近代日本
中国俗文学研究史论

张真／著

上海古籍出版社

学术史研究要考镜源流、追本溯源，这对中国俗文学研究史的梳理而言，尤为重要。中国俗文学研究的研究对象当然是中国的，但是真正对这门学问进行现代意义上的研究却非始于中国，而是首先被外国人作为外国文学来研究的。那么，中国俗文学是何时开始作为一门现代学术研究学科的？它又是为何首先被外国人作为外国文学来研究的？

图书在版编目(CIP)数据

近代日本中国俗文学研究史论/张真著.--上海：
上海古籍出版社,2021.12
ISBN 978-7-5732-0195-9

Ⅰ.①近… Ⅱ.①张… Ⅲ.①中国文学-通俗文学-
文学批评史-日本 Ⅳ.①I206.09

中国版本图书馆 CIP 数据核字(2021)第 247172 号

近代日本中国俗文学研究史论

张 真 著

上海古籍出版社出版发行

(上海市闵行区号景路 159 弄 1-5 号 A 座 5F 邮政编码 201101)

(1) 网址：www.guji.com.cn

(2) E-mail：guji1@guji.com.cn

(3) 易文网网址：www.ewen.co

浙江临安曙光印务有限公司印刷

开本 890×1240 1/32 印张 17.625 插页 3 字数 440,000

2021 年 12 月第 1 版 2021 年 12 月第 1 次印刷

印数：1—1,300

ISBN 978-7-5732-0195-9

I·3603 定价：72.00 元

如有质量问题,请与承印公司联系

目　　录

图 表 目 录

绪　　论

　　学术史研究要考镜源流、追本溯源,这对中国俗文学研究史的梳理而言,尤为重要。中国俗文学研究的研究对象当然是中国的,但是真正对这门学问进行现代意义上的研究却非始于中国,而是首先被外国人作为外国文学来研究的。那么,中国俗文学是何时开始作为一门现代学术研究学科的? 它又是为何首先被外国人作为外国文学来研究的?

一、选题的范围与意义

　　本书的研究对象是"近代日本中国俗文学研究",是指 1868 年明治维新开始到 1945 年第二次世界大战结束,特别是 19 世纪 90 年代到 20 世纪 30 年代之间近代日本的学术转型与中国俗文学研究,以及与日本传统汉学、国际学界中国俗文学研究之关系。所谓"俗文学",则是指包括小说、戏曲和说唱文学在内的整个通俗文学领域,在"近代日本"这个特定的历史地理语境中,主要是指小说和戏曲。

　　日本汉学史上的"近代"是一个既不同于明治维新以前、也不同于第二次世界大战以后的时期,是一个由传统向现代过渡的学术转型期,日本中国俗文学学科在这一时期得以确立。根据中国俗文学学科在日本帝国大学的确立时间,也可以将这一时期细分为两个时期:明治末年至大正初年以前,日本从事中国俗文学研究的主要是东京专门学校师生和东京大学毕业的青年学者。随着狩野直喜、盐谷温分别于 1908

1

年、1917 年执掌京都、东京两所帝国大学的中国文学讲座,日本中国俗文学研究转向以两所帝国大学为主要阵地,此后,除早稻田大学等少数私立大学继续保持和发扬中国俗文学研究的传统外,日本的中国俗文学研究者的师承关系大多可以追溯到上述两所帝国大学。这一时期,也正好是中国国内新旧文化转变期,小说、戏曲等俗文学也开始登上高等学府的讲堂,成为学术研究的一部分。

虽然早在 1880 年,俄国汉学家瓦西里耶夫就出版了《世界文学史》,其中的中国文学史部分又单独出版,被认为“世界第一部”中国文学史,但俄国或其他欧美国家并未建立中国(俗)文学史学科体系,大多是在大学或其他研究机构中设立一个涵盖所有汉学领域的讲座,这些汉学讲座中真正关于中国文学的内容并不占优势。而此时的中国正值清末多事之秋,社会和学术还都在转型前夜或转型之中。于是,一个全面吸收了西方先进成果又极具汉学传统的东方国家——日本,扮演了特殊的历史角色,在 19 世纪末 20 世纪初建立了完整的中国俗文学史学科体系。

日本传统汉学奠定了日本近代汉学家深厚的汉文基础;西学传入改变了日本的文学观念,使文学研究从经学研究中独立出来,形成现代学术意义上的学科研究;近代大学的设立与现代学术制度的形成使得文学研究登上了大学讲坛,获得了学术地位,并得到了现代学术制度的保证;文学史的撰写、敦煌变文的发现、俗文学概念的提出,特别是森槐南、狩野直喜、盐谷温等人在京都大学、东京大学等日本最高学府讲授中国俗文学研究课程,根本性地改变了中国俗文学研究的性质和地位,标志着中国俗文学学科的建立;近代报纸、学术刊物、出版业的发展为学者们发表学术成果提供了平台,藏书机构的建立则为该学科的发展提供了必要的文献基础。

以上这些,都使得日本中国俗文学学科体系的建立在时间上走在中国学界之前,对此,青木正儿可谓一语中的:

对中国文学理解和鉴赏,我辈不足以与他们(中国学者)相提并论。(中略)如果真想与之抗衡,就必须击其虚处。对此,我们向来选取的研究途径,是用新的体系和新的方法,来开拓新的分野。就文学一科而言,撮其大要,新的体系即从文学史角度切入的研究方法,新的分野即提高对戏曲小说等通俗文学的评价。①

因此,本课题的研究在以下三方面具有重要意义:

第一,日本汉学史研究方面。日本汉学是一个庞大的学术研究系统,对中国文化各方面都曾做过细致入微的研究,但由于种种原因,我们对日本汉学的再研究却还显得不足,对这双异域之眼的认识还十分有限。本书的研究虽然也只选取了日本汉学中极小的一个方面,但只有通过这样的局部研究,才能构成、促进和完善日本汉学的全局研究。

第二,中国俗文学研究史方面。中国俗文学研究作为一门现代学术意义上的学科,已走过了百余年的历史,为使当下的研究不走冤枉路、回头路,就必须科学地进行学术史的梳理。既然近代日本的中国俗文学研究早于中国学界,追根溯源、考镜源流就显得尤为重要。本书的研究可以为中国俗文学研究史提供一些日本方面的材料与成果。

第三,当今中国俗文学研究者自身方面。近代学者的治学方法、研究成果至今仍为今天的学者所借鉴和利用,他们在某些具体问题的研究上所达到的高度,至今仍未被超越。近代以来中日学者之间的交往,对各自及各自国家的该领域研究产生了相当大的影响,这种相互影响可以说到今天仍然存在。从这些角度来说,本书的研究可以给当今该领域的研究者提供一些经验与借鉴。

---

① 青木正儿《中国文学研究中日本人的立场》,《东京帝大新闻》,1937年6月。

二、研究的历史与现状

对于日本的中国俗文学研究及其成果,中国学界注目甚早,可以说在日本学者进行研究的同时或稍后就已经开始,按照时代顺序,大体可以划分成三个时期:1949 年以前、建国后三十年、改革开放以后。由于建国后三十年特殊的历史环境,研究几无进展,因此重点介绍 1949 年以前和改革开放以后这两个时期的研究情况,其研究成果大体可以分为三类:论著译介、通论通史研究、专门性研究。以下分述之:

(一)1949 年以前

1. 论著译介

甲午战败以后,清末掀起了一股"以日本为师"的热潮,不仅派出了大量的留日学生[①],聘请了为数甚多的日本教习,就连京师大学堂也是仿造日本的大学而建,其总教习也是日本人服部宇之吉,由此可见日本对清末文教事业影响之一斑。

张之洞主持的《奏定学堂章程》中的"学科程度章第二"首次列入了中国文学课程,并制定了具体的研究法,直言不讳地指出:"日本有中国文学史,可仿其意,自行编辑讲授。"中国最早的《中国文学史》[②]就是在这样的背景下由林传甲编写,作为京师大学堂讲义的。林传甲颇受张之洞器重,后由严复推荐任教于京师大学堂,只要对照一下其所编文学史的目录和《奏定学堂章程》的相关规定,就可知这是一部严格按照《章

---

① 清末留日学生虽众,似未有以研究日本汉学为专业者,亦未闻有相关译介。参见实藤惠秀著,谭汝谦等译《中国人留学日本史》,北京大学出版社 2012 年版。

② 关于究竟哪一部才是中国最早的《中国文学史》,学界有争议,认为也有可能是黄人的《中国文学史》或窦警凡的《历朝文学史》,可看苗怀明《国内第一部中国文学史著作究竟何属》,《古典文学知识》,2003 年第 2 期;周兴陆《窦警凡〈历朝文学史〉——国人自著的第一部中国文学史》,《古典文学知识》,2003 年第 6 期。

程》所编写的教科书。为了对应《章程》精神,他还在绪言里特地写上"仿日本笹川种郎《中国文学史》之意以成书焉"①,而事实上,林传甲不仅没有"仿"其意,甚至是"反"其意。

笹川种郎即笹川临风,其所著《中国文学史》于1898年由博文馆作为《帝国百科全书》第九编出版,因是丛书,篇幅颇有限制,全书仅仅用三百余页就论述了中国四千多年的文学史,但其中的金元、明朝、清朝部分对小说戏曲做了专门介绍,可以说这是第一部把小说戏曲和经史诗文并列的中国文学史。但林氏的《中国文学史》不仅没有戏曲小说部分,相反,林氏对笹川氏的做法颇为不满,认为戏曲小说"不足比于古之虞初,若载于风俗史犹可(中略)可见其识见污下,与中国下等社会无异"②。不知林氏在说这些话的时候,是否知道笹川氏在出版《中国文学史》前一年曾出版了《中国小说戏曲小史》,而且这还是日本乃至世界上第一部中国戏曲小说专史。

总之,林氏若只是拿笹川氏做个噱头,他似乎有点看走眼了,当时日本也有一些中国文学史是排斥俗文学的,林氏偏偏选了笹川临风,他的文学史也遭到了许多批评③。林氏仅用数月时间就编成此书,显然属于应制成文;他又任教于京师大学堂,历史证明,在国立最高学府讲授俗文学还需要十几年的时间④;而且他在任教的次年就调补知县,并

① 林传甲《中国文学史》,武林谋新室1914年版,第1页。
② 林传甲《中国文学史》,武林谋新室1914年版,第182页。
③ 如郑振铎批评道:"名目虽是'中国文学史',内容却不知的是什么东西! 有人说,他都是抄四库提要上的话。其实,他是最奇怪——连文学史是什么体裁,他也不曾懂得呢!"见其《我的一个要求》,《文学旬刊》,1922年9月。
④ 在国立最高学府讲授俗文学之难,日本亦然。东京大学成立于1877年,而直到1899年森槐南在该校开讲中国小说戏曲,仍被认为是破天荒之举。此前,该校不仅没有俗文学课程,甚至连学生也被禁止阅读、谈论戏曲小说。此后,1906年盐谷温奉官命留学学习中国戏曲小说,还遭到该校教授星野恒批评,详见后文。

被派往日本考察,此后再未回到京师大学堂任教,也没有从事文学史专门研究。

而与林氏几乎同时在编写中国文学史的黄人,虽然没有标榜"仿某某之意",却"真是以日本的《中国文学史》观念为主要借鉴了,再往后的《中国文学史》也不脱这一范畴","它们大抵从日本人的同类著作中受到启发、获得借鉴却是不争的事实"①。整个中国文学史的情况如此,小说戏曲专史的情况也大抵相似。按出版时间来看,中国本土的第一部小说史当属上海泰东图书局 1920 年 6 月出版的张静庐著《中国小说史大纲》,但该书仅有 58 页,约 2 万字,严格上说只是一篇长文,而不能称之为专著。其书虽小,口气甚大,俨然以小说研究第一人自居。但由于他本人并没有经过严格的学术训练,自学成才,该书出版时,年方 22 岁,因此该书不仅过于简要,而且在概念、小说史分期等方面都有很大再探讨的空间,甚至还有常识性的错误。书中也没有提及日本方面的研究情况。该书得以出版大概和他时任泰东图书局编辑、出版部主任有关吧。

而一年后由上海中国书局出版的《中国小说史略》,是中国第二部小说史,是郭希汾(字绍虞)将盐谷温所著《中国文学概论讲话》的第六章"小说"用浅易文言翻译成书,他认为盐著下编详论戏曲、小说之发展,这正是中国文学界所缺的,而方今国人也逐渐知道小说的价值,故先译小说部分为研究之助②。尽管署名为"编",但通过与原著的对比

① 章培恒《日本汉学史·序》,上海人民出版社 2010 年版,第 3 页。序中还引郑振铎《插图本中国文学史》(朴社 1932 年版)的《自序》与《例言》"这二三十年间所刊的不下数十部的中国文学史","大抵抄自日人的旧著",并认为郑著对中国文学史的分期也受了日本的影响。

② 盐谷温著,郭希汾译《中国小说史略·序》,中国书局 1921 年版。但上海新文化书社 1934 年再版时,书名改为《小说史略》,前后无序跋,并署名"编辑者古吴郭希汾",未提及原著者盐谷温。

可知,该书几乎是对原著逐字逐句的翻译。盐著虽然是在 1917 年夏季演讲的讲义基础上整理、增补而成,但毕竟出版于 1919 年 5 月,而郭译在两年后的 1921 年 5 月就译成出版,已算较为及时地向学界译介了国外最新学术成果。盐著后来在中国影响甚大,郭译实肇其始。

　　郭译的出版虽然及时,但毕竟只是节译,即使就俗文学部分而言,也只是翻译了小说部分,而没有戏曲部分,读者只能窥其一斑而不能总览全貌,诚为憾事。其后,北京朴社于 1926 年出版了陈彬龢译本,题为《中国文学概论》,结构上虽为全译,但仅"费十日之苦心,择要译之"①,加之该本用典雅的文言翻译,故全书仅 103 页,戏曲小说部分仅有 44 页,其中戏曲部分占 30 页,小说部分仅 14 页,是名副其实的"概论"。除了能让读者得知原著结构之全貌外,该译本似无多大价值。君左也曾将盐著论小说部分译成中文,名曰《中国小说概论》,发表在 1927 年第 17 卷的《中国文学研究》上。

　　盐著真正的第一个全译本应该是 1929 年上海开明书局出版的孙俍工译本,尽管译者本人谦虚地说"我于翻译本非所长,勉力译出,自信除中有不甚关重要的一二处省略了以外,都是逐句地翻译的,唯译笔生疏,词不达意之处在所不免"②,但应邀为其作序的内田泉之助却说他"以周密的用意逐语翻译,虽片言只字亦不忽略,行文亦颇平易而舒畅"③。将孙译与盐著对照可知,孙译省略的大概只有《兰陵王舞乐图》《林黛玉》等八幅插图,还有就是一些原著站在日本立场上的话,因此,孙译不仅是第一部,也是迄今为止唯一一部全译本。孙俍工在翻译此书时,正在日本上智大学攻读德国文学,还致意于钻研中国文学,译本脱稿时还曾请盐谷温本人指正,盐谷温不仅审阅了书稿,还赠以

---

① 汤彬华《中国文学概论·序》,朴社 1926 年版。
② 孙俍工《中国文学概论讲话·译者自序》,开明书局 1929 年版,第 11 页。
③ 内田泉之助《中国文学概论讲话·序》,开明书局 1929 年版,第 8 页。

近照,并嘱译者将其所著《论明之小说三言及其他》和《宋明通俗小说流传表》译出附在本书后面。全书用白话翻译,厚达 572 页,其中戏曲小说和附录部分占了 402 页,这并非是译者有意增补,而是与原著比重相符的。

盐著在中国的影响之所以甚大,更与鲁迅的《中国小说史略》有关。关于鲁、盐的"抄袭案",论之者已多,但亦无定论。鲁迅本人曾就此做过说明:

> 盐谷氏的书,确是我的参考书之一。我的《小说史略》二十八篇的第二篇,是根据它的。还有论《红楼梦》的几点和一张"贾氏系图",也是根据它的。但不过是大意,次序和意见就很不同。其他二十六篇,我都有我独立的准备,证据是和他的所说还时常相反。例如,现有的汉人小说,他以为真,我以为假。唐人小说的分类,他据森槐南,我却用我法。六朝小说,他据《汉魏丛书》,我据别本及自己的辑本,这工夫曾经费去两年多,稿本有十册在这里。唐人小说,他据谬误最大的《唐人说荟》,我是用《太平广记》,此外还一本一本搜起来……。其余分量、取舍、考证的不同,尤难枚举。(中略)好在盐谷氏的书听说已有人译成中文,两书的异点如何,怎样"整大本的剿窃",还是做"蓝本",不久就可以明白了。①

该文发表于 1926 年 2 月 8 日,其后他就在当年 10 月 14 日补记道:"盐谷教授的《中国文学概论讲话》的译本,今年夏天看见了,将五百余页的原书,译成了薄薄的一本,那小说一部分,和我的也就无从

---

① 鲁迅《不是信》,发表于《语丝》周刊第 65 期,1926 年 2 月 8 日,后收于《华盖集续编》,《鲁迅全集》第 3 卷,人民文学出版社 2005 年版,第 244—245 页。"此外还一本一本搜起来"原文后为"……"。

对比了。"①

这里说的译本应该是出版于当年 3 月的陈彬龢译本,小说部分只有 14 页,自然无法比较,但奇怪的是,郭希汾的译本早在 1921 年 5 月就已经出版,而且是原著小说部分的专译,鲁迅为何没有提及该本? 为什么直到 1926 年 2 月还只是"听说已有人译成中文"? 鲁迅是中国小说史研究专家,20 世纪 20 年代又是他在北京各校讲授小说史的主要时期,他既承认盐著是参考书之一,为什么会不知道早有中译本出版? 难道是因为他曾留学日本多年,精通日文,只看原著? 由此,也可见学界对国外最新研究成果译介的重视不够。

戏曲史方面,最重要的译介成果应是青木正儿的《中国近世戏曲史》,有郑震、王古鲁两个译本。青木氏原著由东京弘文堂于 1930 年 5 月出版,王古鲁译本虽然在 1931 年 7 月已译成,但 1936 年才由上海商务印书馆出版,而郑震译本在 1933 年就由上海北新书局出版了②,因此郑译本应是该书的第一个中译本。然而王译本的影响却远远大于郑译本,这从王译本从初版至今已经先后七次重印③,而郑译本自初版以后再无重印便可知其一斑。

王译本影响很大,论者多及之,此不赘述,但并不能因为王译本的走红就完全抹杀了郑译本的存在。郑译本自有其价值与意义,正如译者自己说的那样:

---

① 鲁迅《不是信》,《鲁迅全集》第 3 卷《华盖集续编》,人民文学出版社 2005 年版,第 245 页。

② 郑震译本成书时间虽不详,但据陈子展《序》的落款时间"1931 年 7 月 28 日"来看,其完成时间当在此之前。

③ 分别是:1936 年商务印书馆版、1954 年中华书局修订增补版、1956 年上海文艺联合出版社重印、1956 年台湾商务印书馆版、1958 年作家出版社再次校补版、1975 年香港中华书局版、2010 年中华书局蔡毅校订版。其中,港台两版均用1936 年商务印书馆初版。

在国内学者著的中国近代戏曲史，乃至整个的中国戏曲史未有成书以前，我们能够读到青木正儿先生这样的一部渊博的关于中国戏曲的大书，甚至就仅能看我抽暇节译的这部小书，我们总应该感到一种欣幸。至使我有这样的一部书捧呈于国内文艺同志之前，倘然于艺坛上有若何涓埃之助，尤不能不致诚挚的敬意于原书作者。①

当时中国人自著的戏曲史虽有了王国维的《宋元戏曲史》，但王著并不是一部通史，而王国维之所以只写到元代为止，是因为他认为"明以后无足取，元曲为活文学，明清之曲，死文学也"②，然而，郑震认为要感谢的原书作者青木正儿却认为"明清之曲为（王国维）先生所唾弃，然谈戏曲者，岂可缺之哉！况今歌场中，元曲既灭，明清之曲尚行，则元曲为死剧，而明清之曲为活剧也"③。从这个角度看，在"国内学者著的中国近代戏曲史"未有成书以前，郑译本的及时出版给学界带来了国外最新学术成果。不唯如此，译者还认为原著"主题虽在明清戏曲，而于明清以前戏曲之发展的径路，实具有一种相当的鸟瞰，故读了本书，便可以略知道中国戏曲发展史上的整个不断的线索"④，又可作为一部国内未有成书的"整个的中国戏曲史"来看，因此该译本虽非全译，但译者的期许还是很高的，这从上面引文的语气中也可以感受到。

郑译本删去的主要是两部分，一是"冗长的无所谓的考证材料"，二是"中国历来文人对于戏曲文辞上的评语"，而删去这两部分的原因是"不甚置重于传统的因袭的见解"和"略重于戏曲的内容"。翻译固然

---

① 郑震《中国近代戏曲史·编译略例》，北新书局 1933 年版。
② 青木正儿著，王古鲁译，蔡毅校订《中国近世戏曲史·序》，中华书局 2010 年版。
③ 青木正儿著，王古鲁译，蔡毅校订《中国近世戏曲史·序》，中华书局 2010 年版。
④ 郑震《中国近代戏曲史·编译略例》，北新书局 1933 年版。

要忠实于原著,但郑译本已明确标明"编译",且笔者认为这样的删改也有一定的道理。青木原著的读者预设是日本人,中国戏曲史对日本人来说是外国文学,故青木氏在书中多引材料,以备读者的查阅与理解,而郑译本的读者预设是"国内文艺同志",有些引用材料应是他们所熟悉的,不必尽引,王古鲁译本也是将"凡原书引日本戏曲用语等解释以便日本读者处,从略"①。在日本汉学著作中,常有为了便于日本读者理解而用日本相关概念等解释的做法,本不足为怪,翻译时若照搬过来,反使中国读者摸不着头脑了。那么,郑译本究竟删去了多少篇幅?该本 1933 年版共 458 页,而王译 1936 年版虽有 760 页,但第 560 页以后皆为其自作附录,正文中也增加了不少资料,"所搜所附的资料和文字,约占原著全书分量的三分之一左右"②,由此可知,郑译本所删部分其实不多。青木氏对此亦无甚非议,相反,对于多种译本的出现表示出相当的欣慰:"尝著《中国近世戏曲史》,流世已久,顾者无几,然而中国则出郑、王两家译本,可见其不弃也。"③

此外,郑译本对原著的篇目也做了调整,原著正文为四篇:南戏北剧的由来、南戏复兴期、昆曲昌盛期、花部勃兴期;译本改为三篇:元明之间的南北曲、明清之间的昆曲、清之花部。章节则无大改。因原著的部分章节先以专题论文形式写成,在成书之前,大多单独发表过,后才"修正割裂,配置之于书中各章"④,大概是青木氏也感到了这样不太像一部"史",故在第二、三、四篇的标题下原注有起止时期,以明历史分期。郑译本将一二两篇合为一篇,在正题中直接标出朝代时期,思路似

① 　王古鲁《中国近世戏曲史·译者叙言》,中华书局 2010 年版,第 8 页。
② 　王古鲁《中国近世戏曲史·译著者叙言》,中华书局 2010 年版,第 16 页。
③ 　青木正儿《中国文学发凡·序》,商务印书馆 1936 年版。《中国文学发凡》为青木正儿著《中国文学概说》之中译本,译者为郭虚中。
④ 　青木正儿著,王古鲁译,蔡毅校订《中国近世戏曲史·序》,中华书局 2010 年版。

更顺,史的脉络感似更强。

郑译本值得再探讨的地方,是把书名译成了"中国近代戏曲史"。青木正儿原意欲题为"明清戏曲史",但考虑便于日本读者接受,故以"中国近世戏曲史"为题。在日语语境中,"中国近世"是一个较为复杂的概念,一般指唐以后的中国历史,包括宋元明清,而正如郑震说得那样,青木之书主题虽在明清,其实第一篇的全部和第二篇的部分内容都是谈宋元戏曲的,其书名为"中国近世戏曲史",完全符合日语语境。而汉语语境中的"中国近代"往往是指鸦片战争以后至五四运动间的历史,显然与原题有较大的出入,不免使人迷惑。

青木正儿的著作大概是日本中国文学研究者中译成中文最多的,所著《中国文学概说》由郭虚中译成中文,其中第五章为戏曲学,第六章为小说学,两章各分两部分,戏曲分为杂剧和戏文(传奇),小说分为文言和白话,大体进行了史的梳理,第七章评论学中也涉及了戏曲、小说评论,但不甚详细。

《元人杂剧序说》则由隋树森译成中文,该书是青木正儿在东京共立社刊行的《中国戏曲史》的基础上写成的,因他先撰有《中国近世戏曲史》,详论明清戏曲,故该书以《中国戏曲史》中叙述元代杂剧的部分为主,加以增补整理。他又正在大规模地翻译元剧,这部书也就是元杂剧日译本的序言,他又借此书对《中国近世戏曲史》中的错误、疏漏之处加以订正、增补。书后的《元人杂剧现存书目》则由徐调孚加以增补,并对谬误之处加以说明①。

隋树森还将盐谷温原著的《元曲概说》也译成了中文,这也是盐谷氏为所译《元曲选》写的概说。隋氏"喜其简明扼要,并且著者在二十余年前曾以《元曲研究》论文得博士学位","译文是逐句翻译的,仅于日本

---

① 隋树森《元人杂剧序说·序》,开明书店1941年版。

剧与国剧对照叙述的极不重要的地方,间有省略"①。

2. 通论通史研究

对日文原著的译介虽然最为直观,但毕竟多是某一学者的某一部著作,既无法了解该学者的全部成果,又无法鸟瞰整个日本汉学界的成果,因此,有关日本汉学的通论通史性著作就显得尤为重要,而这些著作中往往也有关于中国俗文学研究方面的介绍。

较早研究日本汉学的通论性著作是 1936 年出版的王古鲁著《最近日人研究中国学术之一斑》。王古鲁具备完成这一工作的条件:他 19 岁赴日本留学,后毕业于东京高等师范学校研究科,"语言文字,尽通症结"②,1931 年以后翻译了大量与日本汉学相关的著作,除上文提及的《中国近世戏曲史》外,尚有《甲午战前日本挑战史》(田保桥洁著)、《塞外史地论文译丛》(白鸟库吉著)、《西人研究中国学术之沿革》(田中萃一郎著)、《六国表订误及其商榷》(武内义雄著)、《目录学概说》(服部宇之吉著)等。其论文除了有关小说戏曲外,全部和日本汉学有关,如《最近日本各帝大研究中国学术之概况》《日本之中文图书》《中日关系的将来:从日人研究中国问题的趋势来观察》《白鸟库吉及其著作》《东洋文库的全貌》等③。

由这样一位留日多年、精通日语,又对日本汉学持续关注与研究的学者所著,该书的深度与广度是可想而知的。全书分为四章:学校;学术机关及图书馆;公私机关的研究中国问题;利用庚子赔款等款所办之文化事业。后有附录一篇:明治维新以来日人研究中国学术的趋势。该书所据资料多为第一手材料,可靠性较强,尤其是书中所引用的有关中国

① 隋树森《元曲概说·译者序》,商务印书馆 1947 年版。
② 吴梅《中国近世戏曲史·序》,中华书局 2010 年版,第 4 页。
③ 王古鲁生平、著述情况,可参看苗怀明整理《王古鲁小说戏曲论集》所附《王古鲁生平年表》《王古鲁著述目录》,中华书局 2013 年版,第 302—307 页。

俗文学的课程表、讲座讲演题目、学生毕业论文题目等,极具参考价值。

该书出版后,当时有一则书评是这样评价的:"我们对于此书当然不能说是已经将日人研究中国学术及中国问题的活动情形,搜罗完备,不过就目前而论,此书确是一册另辟一个园地的巨著。"①然而,就是这样一部巨著,却是由作者自印,且至今未整理再版。而同类著作的再面世,要等到近半个世纪后的 1982 年,黄福庆发表《近代日本在华文化及社会事业之研究》②,但该书的"参考书目"却没有列王古鲁的任何一种论著,亦可知王著湮没已久,知之者不多。黄著也分四章:东亚同文会的文化活动;同仁会的医疗保健服务;日本庚款的处理政策;新闻传播事业。黄著侧重于日本在中国的活动,而王著侧重于日本本土的活动,除庚款部分有些相通以外,两书正好可以互为补充。不过,黄著基本没有涉及俗文学研究情况。

3. 专门性研究

本时期对近代日本的学术转型与中国俗文学研究这一课题的专门性研究尚未充分展开,一方面由于中国学术自身尚处在转型之中,还缺乏用国际视野进行学术研究的意识,另一方面,则是学术研究规范等尚未完全形成,中国学者谈及日本方面的研究情况多是书信、日记、札记等形式,而非专题论文形式。

(二)改革开放以后

1. 论著译介

本时期对国外学术成果的译介往往有一个较为突出的特点,即主要译介同时期最新的成果,对近代日本中国俗文学研究成果的译介主

---

① 刘百闵《〈最近日人研究中国学术之一斑〉书评》,《日本评论》,1937 年第 3 期,第 106 页。
② 黄福庆《近代日本在华文化及社会事业之研究》,台湾《中研院近代史研究所集刊》第 45 期,1982 年 11 月。

要集中在 1949 年以前,此后较少有人再去译介那些泛黄的论著,因此,那些曾经熟悉的名字也就渐渐变得陌生了。少数译介作品也使读者不十分满意,如狩野直喜的《中国学文薮》也曾被译成中文①,但该译本其实是将狩野氏的多种著作选译在一起,并非是《中国学文薮》的对译,其中有关俗文学的文章仅有《中国古代小说戏曲不发达的原因》《〈水浒传〉与中国戏曲》《读曲琐言》等几篇,与其原著(特别是 1973 年再版本)相去甚远。

2. 通论通史研究

建国后的前三十年,由于特殊的历史环境,国内获取国外学界信息较难,对国外学界最近成果的了解也十分有限,因此,这一时期学界似未有专门介绍日本汉学方面的通论通史性的著作。改革开放以后,1980 年出版的严绍璗编著的《日本的中国学家》一书给学界打开了一扇窗户。该书共收入有关学者 1 105 人,辑入他们的著作 10 345 种,并详列其字号、籍贯、学家、师承、学历、游历、职历等,所收绝大部分是当时尚活动于学界的学者,但活动于第二次世界大战以前的汉学家如狩野直喜、盐谷温等人则未收入,这与本书编著的出发点有关:

> 我国学术工作者近二十年来对日本学术界的状况不大理解(中略)我们希望通过这一千余名研究家的介绍,不仅提供他们个人活动的资料,而且也能在大体上反映出近三十年来日本对中国问题研究的基本规模、研究课题及其研究成果。因此,在对这些研究家的学历和职历的介绍中,更侧重于他们参加的各种学术活动;在他们著作的介绍中,更侧重于自五十年代以来的成果。②

---

① 狩野直喜著,周先民译《中国学文薮》,中华书局 2011 年版。
② 严绍璗《日本的中国学家·前言》,中国社会科学出版社 1980 年版,第 4 页。

这是一部著者花了近四年时间编著的资料翔实、查找便利的工具书，在当时对海外汉学家几无所知的年代，这样一部资料书的问世，不啻为学者的福音。即使到了今天，互联网很发达，但是想从中查找几个不太出名的汉学家，还是较为困难的，因此，该书仍然具有无可替代的作用。

《日本的中国学家》出版后，作者又开始编撰两部资料性著作《日藏汉籍善本书录》《1900—1990 年日本中国学论著目录》。在此基础上，又于 1991 年推出了一部《日本中国学史》①，这应是建国后出版的第一部系统性的日本汉学史专著，其意义不言自明②。该书煌煌 46 万言，俯瞰日本汉学全局，涵盖古代日本的"汉学"和近代日本的"中国学"③，其中对近代日本中国学的形成及其学术流派进行了较为详细的介绍。该书认为近代日本中国学形成的条件有三：日本近代文化运动与传统汉学的终结；欧洲 Sinology 的传入；20 世纪初中国文化遗物的重大发现。而近代日本中国学形成的标志也有三：从"经学"向"中国哲学"的蜕变；"道学的史学"的没落与"东洋史学"的兴起；"中国文学"近代性研究的形成。认为"中国文学研究"在此时成为一门独立学科，是因为已经从对历代个别作家作品的注释品评发展为以历史演进为线索的总体研究，并把中国古代戏曲小说等俗文学提高到与传统古典并列的地位。该书还论述了古城贞吉、笹川临风、盐谷温等人的中国文学研究。著者

---

① 严绍璗《日本中国学史》第 1 卷，江西人民出版社 1991 年版。著者在《前言》中多次言及该书是"100 余万字的多卷本"，但未见其他卷本问世。2009 年学苑出版社将其再版，作为"列国汉学史书系"之一，并更名为《日本中国学史稿》，章节有所调整，篇幅增至 60 万字。
② 莫东寅曾著有《汉学发达史》一书，文化出版社 1949 年 1 月版，但此书多以日人石田干之助的《欧人之中国研究》为主，参用了张星烺的《中西交通史料汇编》，基本未涉及俗文学研究。
③ 关于"汉学"和"中国学"的含义及其异同，参看该书前言。

的观点基本上与前文所引青木正儿的说法相似。在学术流派中,较为全面地介绍了以实证主义闻名的狩野体系,对狩野直喜在经学、俗文学、东西汉学交流等方面所取得的成绩较为肯定,而对青木正儿的介绍,主要集中在《中国近世戏曲史》及其与当时中国学界的联系与互动上,认为青木氏是上承狩野直喜、下启吉川幸次郎的重要人物。

总之,该书作为俯瞰全局的汉学史著作,对日本的中国文学研究,特别是俗文学研究的主要人物,都有较为详细地介绍,使读者可以沿着本书所指引的方向,按图索骥,进行更进一步的深入研究。

到了新的世纪之交,随着国际学术交流的空前展开,海外汉学逐渐成为学界注目的一个新领域,并呈现了持续升温的态势。新世纪以来,各种汉学期刊、汉学史著作相继问世,其中与日本汉学史有关的,先是何寅、许光华主编的《国外汉学史》。该书结构宏大,从古代到近代,从日本到欧美,无所不至。全书共分为三编:国外汉学的滥觞和酝酿(从古代至18世纪)、国外汉学的确立与发展(19世纪至20世纪初)、从传统到现代中国学(20世纪20年代以来)。值得注意的是,本书对"汉学"和"中国学"的分期和定义都与严绍璗有所不同。

日本汉学只是其中一个组成部分,分布在上编第一章第二节"日本对中国文化的认识和受容"、第四章"日本江户时代的汉学研究"、中编第八章"明治大正时代的日本汉学"、下编第八章"昭和时代日本的中国学"。关于中国文学研究,本书简单地介绍了古城贞吉、狩野直喜、盐谷温、青木正儿等人,篇幅既短,所论亦不深,这与本书宏大的体系有关,只能点到为止,无法深入展开。但正因本书将日本汉学置于整个世界汉学体系中,东西汉学相参照,可以了解日本汉学在世界汉学发展史上的位置、特点与不足,相比于这时期出版的数量较多的国别汉学史而言,这或许是其特有的意义。

目前为止最为详细、系统的日本汉学史,当是李庆所著的五卷本

《日本汉学史》,达 300 万字。章培恒认为该书的出版对"中国的文史研究者实在是一项福音",并说:

> 这部大著在当前——也许还包括以后的一段较长时期——都是我们在这方面的唯一一部翔实的书籍。而且,他在日本任教二十余年,《日本汉学史》是长时期研究的积累,具有相当强的可信性,绝无疏漏之失和无根之言。(中略)此书对日本的汉学发展——特别是从明治维新直到现代的汉学研究——作了深入的探讨,其搜罗范围之广,对研究对象考察的细致,及其授受渊源的明辨,论断的审慎,都显示了前无古人的、令人惊叹的成就。因此,就日本汉学史本身的研究来说,都具有重要的开拓性,在理清中国文学之学的进程与日本汉学发展的关系也具有重大的开创作用。①

说这部大著"绝无疏漏之失",或许过于绝对,但只要细读过该书,便可知章序并无虚美之词。该书体大思精,分为起源和确立(1868—1918)、成熟和迷途(1919—1945)、转折和发展(1945—1971)、新的繁盛(1972—1988)、变迁和展望(1989—　)五部。每部在介绍主要学者前,都对整个国际和日本的社会环境、国际汉学情况、中日学者交流等做一个交代,尽可能地将这一时期学者的活动还原到历史语境中去。在学者列传部分,不仅列有重要学者的生平介绍,还对其主要著作进行介绍和评述,并在文末指出其师承、交游等情况,这样就很有利于读者去查找除该学者本人以外的其他资料,也可以由此看出整个日本汉学家极重家学师承的传统,且学者间常互为姻亲,往往有一家族或一师门数代薪火相传者。

---

① 章培恒《日本汉学史·序》,上海人民出版社 2010 年版。

该书虽然结构宏伟,头绪纷繁,但著者在论述中时时不忘关注中国俗文学研究。在第一部中,指出古城贞吉的《中国文学史》虽已使用了西方的"literature"概念,但"对于一般的通俗作品,对于那些所谓'不登大雅之堂'的著作,比如小说、词曲等等,基本未涉及"①;狩野直喜作为京都学派的创始者之一,在多个领域都有相当大的成就,但著者认为他"对敦煌写本的研究、戏曲小说的研究,更为注目"②;在介绍森槐南时,特别指出他"在盐谷温从国外留学回国以前,是当时东京帝国大学讲授这方面课程的主要人物",又引久保天随的话说他是"明治时代词曲研究的开山"③;对儿岛献吉郎的相关文学史著作,指出他对"当时已经在学界广为人知的敦煌等资料,基本未加涉及","重诗文,而对其他的问题重视不多。尤其是对俗文学,对戏曲小说等,未多涉及"④;对笹川临风的介绍除《中国小说戏曲小史》外,还特别指出其《中国文学史》中"对中国的小说戏曲多有介绍",认为"在一百年前,倡导对中国的小说戏曲的介绍和研究之功,还是应该肯定的"⑤。在"1895—1918 年间的中国文学研究著述"也主要以罗列俗文学研究著述为主,并认为这一时期的文学研究"比较集中在小说和戏曲领域(中略)当然和日本文学发展的传统,和江户时代以来的文学流变有关,而某种意义上说,和当时社会对西方文学的观念的受容也是有关的"⑥。

上述几位学者都处在近代学术的转型期,对"文学""俗文学"的理解和接受有很大分歧,著者注目于此,指出了每位文学研究者对俗文学

① 李庆《日本汉学史》第 1 部,上海人民出版社 2010 年版,第 375 页。
② 李庆《日本汉学史》第 1 部,上海人民出版社 2010 年版,第 428 页。
③ 李庆《日本汉学史》第 1 部,上海人民出版社 2010 年版,第 458 页。
④ 李庆《日本汉学史》第 1 部,上海人民出版社 2010 年版,第 462 页。
⑤ 李庆《日本汉学史》第 1 部,上海人民出版社 2010 年版,第 464 页。
⑥ 李庆《日本汉学史》第 1 部,上海人民出版社 2010 年版,第 353 页。

的态度。在后几部中，随着学术分科越来越细化，也就出现了专门的俗文学研究者，著者对其有详细的专论。

刘正的《京都学派》(中华书局 2009 年版)专题详论京都学派源流，对狩野直喜等八位京都学派各领域创始者进行了较为详细的介绍，并配有多帧图片。著者后来又在此书基础上修改、扩充，改书名为《京都学派汉学史稿》，作为学苑出版社"列国汉学史书系"之一出版，删去了原有的图片，而增补扩充的部分占了全书的一半，主要是每个领域自创始者之后的继承与发展情况，体现了史的脉络。下篇第一章"京都学派的中国文学史研究"的第五、六点专论"《西厢记》为主的元杂剧研究"和"明清小说为中心的文学史研究"，梳理了京都学派中国俗文学研究的传统，强调"王国维是东京和西京两所帝国大学中国戏曲史研究的共同祖师"①，小说研究则侧重介绍了二战以后的情况。

日本也出版一些有关本国汉学史的著作，如牧野谦次郎的《日本汉学史》②和仓石武四郎的《日本中国学之发展》(《本邦における中国学の発達》)③，两者都是在讲义基础上整理成书的。不同的是，前者为牧野氏口述，其学生三浦叶笔录而成，后者是二松学舍大学据仓石氏讲义手写原稿整理刊行的；前者是牧野氏于 20 世纪 20 年代在早稻田大学的讲义，后者是仓石氏于 1946 年在东京大学的讲义。两者都讲述了从古代至近代的日本汉学史，但作为讲稿，仅从文字上看，两者都过于简要，前者几无涉及俗文学，后者也仅在讲述江户时代和狩野直喜的部分谈及俗文学。

三浦叶以为乃师的《日本汉学史》虽然讲到了明治时代，但毕竟只是大要，不甚详尽，故他又著《明治时代的汉学》(《明治の漢学》)一书以

① 刘正《京都学派汉学史稿》，学苑出版社 2011 年版，第 192 页。
② 该书已由笔者译为中文，仍题《日本汉学史》，学苑出版社 2021 年版。
③ 该书有杜轶文中译本《日本中国学之发展》，北京大学出版社 2013 年版。

20

补续之,基本上涵盖了日本近代汉学转型期的各方面情况,尤其侧重于近代学术转型与中国文学研究的关系。该书分为三部:明治的汉学论;汉学者的研究与活动;汉字汉文教育。其中,第二部第七章专谈明治时代的中国文学史研究①,较为详细地介绍了明治后期日本出现的多部中国文学史。由于这些文学史后来较少再版,日本的各大图书馆即使有藏,一般也已经被当做明治时代的古籍保护,能亲寓目者实不多。这些文学史,或是作者为早稻田大学教员,或是作为早稻田大学讲义丛书出版,而三浦叶早年毕业于早稻田大学,又曾作为该校教授、乃师牧野谦次郎的助手,所据多为第一手资料,这对于了解明治后期整个中国文学史的撰写情况具有较为重要的参考价值。

该章特别注重对俗文学史的介绍,比如宫崎繁吉的《中国近世文学史》就是一部不太为历来研究者所注意的俗文学史。该书作者是早稻田大学讲师,该书也作为讲义录的一种由早稻田大学出版部出版,具体时间不详,约在明治末期。作者明确表示,明治时代多种中国文学史,大体皆详于唐宋以前之诗文,元明以后,尤于小说戏曲甚为疏漏。本书便为近世疏漏之小说戏曲吐气,详说其体裁、脚色、传本、诸评等。宫崎氏还著有《中国戏曲小说文钞释》,对《水浒传》《西厢记》《桃花扇》《红楼梦》四部作品中的若干文辞进行注释、解说,也由早稻田大学出版部出版。

此外,日本还出版了一些关于汉学家的传记或谈话录,其中收有不少中国俗文学研究者的资料。如江上波夫主编的《东洋学系谱》(《東洋学の系譜》)两集,以列传形式为48位近代日本汉学家立传,并在每传后附有该学者的主要成果目录,传记虽然不是很详尽,但是毕竟梳理了

———————
① 三浦叶《明治时代的汉学》,汲古书院1998年版。该书为专题论述形式,部分章节在成书前曾陆续发表过,该章部分内容发表于《斯文》,1967年。

整个近代日本汉学的系谱,使人一目了然,其中收有狩野直喜、青木正儿、盐谷温、吉川幸次郎等重要学者。而东方学会编的《东方学回想》八卷本,共收录 72 位学者①,以座谈形式,或回忆先学,或讲述自己的治学历程,其中如狩野直喜等自不必言,还收有学界所知较少的古城贞吉,座谈由著名汉学家宇野哲人主持,古城之孙古城启郎出席。书中不少珍贵照片和逸闻轶事为他书所无,并附有每位学者的履历。

3. 专门性研究

随着国内外形势的转变,20 世纪 80 年代以来对近代日本的中国俗文学研究情况进行专门性的再研究逐渐展开。回顾这四十年来的研究,大体可分为三类:全局性研究、专题性研究、个案性研究。以下分论之:

(1) 全局性研究

改革开放以来,日本方面的资料逐渐进入到国内学者的视野中,日本的汉学研究也逐渐为学界所注意,一篇以"论日本近代的中国戏曲研究"为题的硕士论文也在此时由中国艺术研究院首届(1981)研究生张杰完成②,这是建国后第一篇此类学位论文。

该文共分四部分。第一部分为"近代戏曲研究的历史考察",先分析了近代日本戏曲研究产生和发展的原因,认为明治维新以来西方文学观念的传入、日本民族希望赶超西方的愿望和明治政府对教育的重视是其中最重要的因素。随后又将研究历程分为 1868—1897 年、1897—1907 年、1907—1926 年这样三个时期,并详细地介绍了各个时期的研究情况。这是作者从大处着眼,但有些论点似有待商榷,如作者

---

① 吉川幸次郎将其中的白鸟库吉、内藤湖南、服部宇之吉、狩野直喜、桑原骘藏、池内宏等人编为一书,名曰《东洋学的创始者们》(《東洋学の創始者たち》),讲谈社 1976 年版。

② 张杰《论日本近代的中国戏曲研究》,该文曾以"简论日本近代的中国戏曲研究"为题发表于《社会科学战线》,1984 年第 2 期,有删减。后收入《中国艺术研究院首届研究生硕士学位论文集·戏曲卷》,文化艺术出版社 1985 年版。

认为在第一时期"戏曲仍受到旧汉学势力的歧视,戏曲的研究也处在沉寂状态"①。其实在此时期的后期,即 1890—1897 年间,不仅森槐南早已经在东京专门学校开设课程,而且当时号称"赤门文士"的东京大学青年学子藤田丰八等人主办的东亚学院发行的讲义中就有田中参的《西厢记讲义》,这一时期的戏曲研究虽然没有像后一个时期那样激烈地展开,但也绝非"处在沉寂状态"。而对于第二时期,作者只举了笹川临风的《中国小说戏曲小史》,其实这一时期才是真正的关键时期。第三时期中强调了东京、京都两所帝国大学的戏曲研究情况,并对森槐南在东京大学讲授《西厢记》加以肯定,认为他"是最先的日本大学中讲授戏曲的日本学者"②。

第二部分为"主要研究家和重要研究著作",详细论述了笹川临风、森槐南、狩野直喜、盐谷温、久保得二等人的戏曲研究,大概是因为本文研究的时间下限在 1926 年,故未对青木正儿作详细研究。第三、四部分为近代日本戏曲研究的特点及其历史作用。认为日本这方面的研究确实早于中国,他们虚心请教、学贯中西以及注重考证等研究方法,这些都是颇为引入注目的特点,他们通过一系列的著作,"把戏曲的教学与研究纳入了大学,改变了人们对戏曲的看法,大大扩大了戏曲的影响"③,这种影响一直延续至今,无论在日本,还是在中国。

尽管该文在资料和论述方面都显得还未十分充分,但它本身的开创之功是不能否定的,它再次为人们的研究提供了一个新的园地。其后,有孙歌、陈燕谷、李逸津合著的《国外中国古典戏曲研究》④继其声。

① 张杰《论日本近代的中国戏曲研究》,文化艺术出版社 1985 年版,第 405 页。
② 张杰《论日本近代的中国戏曲研究》,文化艺术出版社 1985 年版,第 406 页。
③ 张杰《论日本近代的中国戏曲研究》,文化艺术出版社 1985 年版,第 442 页。
④ 孙歌等《国外中国古典戏曲研究》,江苏教育出版社 2000 年版。该书为"中国古典文学走向世界丛书"之一,丛书原计划还有小说卷,后因故未出。

　　该书谈及日本的部分虽然贯穿于全书,但主要集中在第一章第一节"中国古典戏曲在日本"和第十章"日本近现代文化思潮中的中国古代戏曲研究"。前者主要介绍了中国戏曲在日本的翻译及自近代以来日本的中国戏曲研究者,大体属于介绍性质。后者则将整个日本近现代的中国戏曲研究置于文化思潮中加以史的关照,从日本汉学的转型谈到戏曲研究的产生,并对狩野直喜、盐谷温、青木正儿等人的戏曲研究做了分析,认为狩野直喜主张客观地研究中国文学,而对盐谷温的论说,主要集中在他对戏曲的翻译上,分析他与狩野直喜的异同,对青木正儿则强调了他的戏曲结构研究。第十章的后两节谈战后日本的两代戏曲研究的代表人物吉川幸次郎和田中谦二。

　　比较系统地论述近代日本中国戏曲研究的还有黄仕忠的《从森槐南、幸田露伴、笹川临风到王国维——日本明治时期的中国戏曲研究考察》一文,该文长约 3 万言,主旨在论证王国维的戏曲研究受到日本学者的影响:他的某些批评是针对日本学者的观点的,而他的研究又令日本学界大受刺激,从而促成了大正及昭和初期日本元曲研究的兴盛。因此,高度评价王国维、狩野直喜、盐谷温等人的同时,不能忘记森槐南、幸田露伴、笹川临风等人的开创之功①。

　　黄文首先对学界尊崇王国维、狩野直喜为中日两国戏曲研究鼻祖的论调提出质疑,然后分三部分论证。第一部分为明治时期的中国戏曲研究系年,该系年长达 15 页,所据多为第一手资料,详细铺排了明治、大正、昭和初期的戏曲研究情况,起笔于 1878 年 4 月森槐南在《花月新志》上刊出的《题〈牡丹亭〉悼伤一出》,旨在凸显出森槐南的功绩。接着在第二部分对该时期中国戏曲研究的评价中,对森槐南早年受聘于东京专门

---

① 　黄仕忠《从森槐南、幸田露伴、笹川临风到王国维——日本明治时期的中国戏曲研究考察》,台湾《戏曲研究》第 4 期,2009 年 7 月,第 191 页。

学校文学科讲授《桃花扇》及相关著述发表加以高度肯定,认为"也许东京专门学校的文学部的设立,是中国文学史研究中,'文学'的概念发生转变的里程碑式的事件","中国戏曲小说的研究由此正式进入学术的视野,出现在私立大学的讲堂,并且成为中国文学史课程的重要组成部分"①。黄文通过翔实的史料,得出这样的结论,改变了过去一般性认为森氏最初在东京大学讲授戏曲的成见,是颇具说服力的。又对学界知之甚少的森氏的遗著《词曲概论》特别加以介绍,认为这"实为一部完整的戏曲发展史;其考唐宋戏剧的演进搬演,材料之详实,讨论之深刻,实与王国维《宋元戏曲史》,有异曲同工之感"②。正因森槐南等人的努力,戏曲史研究在大学立足后,才可能有后来狩野直喜、盐谷温等人的研究。

在第二部分中,作者还对笹川临风、藤田丰八、田冈岭云等人早期的文学史、戏曲小说史进行了评价,认为这几人又都是二十岁的年轻人,或初出校门,或尚在求学,认为他们的研究水平既不高,且研究资料稀缺,故这一时期出现的一批文学史是"早熟的果子",但他们的开创性意义是不能抹杀的。

第三部分则集中讨论了日本学界对王国维戏曲研究的影响,从王国维初识藤田丰八到完成《宋元戏曲史》,论说其详,只是这一部分多用"情理之中的事情""是完全能够读到的""也是可能的""当有机会"等推测性用语,缺乏切实明确的证据,说服力显得稍弱一些。

全婉澄的《日本明治大正年间的中国戏曲研究》③,在上述两文的基础上,对近代日本的中国戏曲研究做进一步深入研究。

---

① 黄仕忠《从森槐南、幸田露伴、笹川临风到王国维——日本明治时期的中国戏曲研究考察》,台湾《戏曲研究》第 4 期,2009 年 7 月,第 191 页。
② 黄仕忠《从森槐南、幸田露伴、笹川临风到王国维——日本明治时期的中国戏曲研究考察》,台湾《戏曲研究》第 4 期,2009 年 7 月,第 191 页。
③ 全婉澄《日本明治大正年间的中国戏曲研究》,凤凰出版社 2016 年版。该书是作者在其博士论文基础上修订而成。

日本方面也有此类论文,如田中谦二的《日本的元代戏剧研究史》①、传田章《日本的中国戏曲史研究》②。后者是作者在演讲稿的基础上发表的,故结构较为松散,内容上也只主要论述了盐谷温、吉川幸次郎、田仲一成等三代戏曲研究者的情况,未对明治后期的情况展开探讨。

以上都是有关戏曲方面的研究,小说方面则有孙玉明的《日本红学史稿》一书,这也是目前唯一一部关于日本《红楼梦》研究史的专著。全书将日本红学史分为五个时期:酝酿与确立时期(1793—1893)、汉学转型期的红学(1894—1938)、学术低谷期的红学(1939—1955)、汉学复苏期的红学(1956—1978)、中国热时代的红学(1979—2000)。重点介绍了森槐南、青木正儿、目加田诚、大高岩、松枝茂夫、益田胜实、太田辰夫、村松暎、饭塚朗、伊藤漱平等人的红学研究,书后还附有"日本《红楼梦》研究论著目录""《红楼梦》日文译本一览表",方便读者。

该书从宏观着眼,故有些细节或有失精准,如作者将森槐南奉为"日本红学的奠基人",认为他创造了日本红学史上的三个"第一",但却把他的红学奠基之作《红楼梦论评》称为"红楼梦评论",且全书皆如此,不知是与王国维的《红楼梦评论》之名相混淆,还是有意按照中文习惯改动了?中文本有"论评"一词。又如,认为古城贞吉的《中国文学史》"居然完全无视中国的戏曲和小说","笹川临风明确向古城贞吉的《中国文学史》提出挑战","以笹川临风在日本汉学界的地位和影响,他对《红楼梦》的定位必然影响到后世汉学家对《红楼梦》的评价"③。其实这些评价过于武断,古城贞吉的《中国文学史》再版"余论"已经论及中国俗文学,而笹川临风当时还只是一个初出校门的 27 岁的年轻人。在论及宫

---

① 田中谦二《日本的元代戏剧研究史》,载日本东方学会编《亚洲学刊》(ACTA ASIATICA)第 16 期,1969 年。原文未及见。

② 传田章《日本的中国戏曲史研究》,《文学遗产》,2000 年第 3 期。

③ 孙玉明《日本红学史稿》,北京图书馆出版社 2006 年版,第 45 页。

崎繁吉时,却未提到他的《中国近世文学史》和《中国戏曲小说文钞释》。

(2)专题性研究

专题性研究最突出的是中日学者交往研究,如戈宝权的《青木正儿论鲁迅》①及《鲁迅与增田涉》②、张杰的《王国维和日本的戏曲研究家》③、张小钢的《青木正儿博士和中国——关于新发现的胡适、周作人等人的信》④、马蹄疾的《一九二二年鲁迅交往日人考》⑤、张晶萍的《叶德辉与日本学者的交往及其日本想象》⑥、刘岳兵的《叶德辉的两个日本弟子》⑦等。

但最为集中的则是鲁迅与盐谷温的“抄袭案”,宗旨大体在于证明鲁迅并没有抄袭,此类论文中较有分量的有:植田渥雄的《试论盐谷温著〈中国文学概论讲话〉与周树人著〈中国小说史略〉之关系》⑧、黄霖及顾越的《盐谷温对于中国小说史的研究》⑨、钟扬的《盐谷温论〈红楼梦〉——兼议鲁迅“抄袭”盐谷温之公案》⑩、符杰祥的《重识鲁迅“剽窃”

①　戈宝权《青木正儿论鲁迅》,《社会科学战线》,1978 年 1 期。

②　戈宝权《鲁迅与增田涉》,《中国现代文学研究丛刊》,1979 年 1 期。

③　张杰《王国维和日本的戏曲研究家》,《杭州大学学报》,1983 年第 4 期。

④　张小钢《青木正儿博士和中国——关于新发现的胡适、周作人等人的信》,《吉林大学社会科学学报》,1994 年第 6 期。

⑤　马蹄疾《一九二二年鲁迅交往日人考》,《新文学史料》,1996 年第 2 期。

⑥　张晶萍《叶德辉与日本学者的交往及其日本想象》,《厦门大学学报(哲学社会科学版)》,2006 年第 4 期。

⑦　刘岳兵《叶德辉的两个日本弟子》,《读书》,2007 年第 5 期。

⑧　植田渥雄《试论盐谷温著〈中国文学概论讲话〉与周树人著〈中国小说史略〉之关系》,《外国问题研究》,1995 年第 2 期。该文是作者据 1991 年 8 月在第六届中国域外汉籍国际学术会议演讲稿改写而成。

⑨　黄霖、顾越《盐谷温对于中国小说史的研究》,《复旦学报(社会科学版)》,1999 年第 6 期。

⑩　钟扬《盐谷温论〈红楼梦〉——兼议鲁迅“抄袭”盐谷温之公案》,《南京师大学报(社会科学版)》,2005 年第 2 期。

流言中的人证与书证问题》①、鲍国华的《鲁迅〈中国小说史略〉与盐谷温〈中国文学概论讲话〉——对于"抄袭"说的学术史考辨》②、谢崇宁的《中国小说史的构建——鲁迅与盐谷温论著之比较》③、牟利锋的《盐谷温〈中国文学概论讲话〉在中国的传播》④等。这些论文大都提出了较为充分的资料，论述也具有一定的说服力。随着汉学热的升温，这个公案也持续被学界所关注，公案既未解，今后必然还会探讨下去。

（3）个案性研究

目前为止对近代日本中国俗文学研究的再研究，成果最多的是对某个学者的个案研究，且多为单篇论文形式，篇幅较大的是一篇题为《论日本汉学家青木正儿的中国戏曲史研究》的硕士论文⑤。该文共分三章，第一、二章论青木氏的元代戏曲史、明清戏曲史研究，大体以他的《中国近世戏曲史》为主，参以《元人杂剧序说》，将青木氏的观点介绍出来，而第三章论述青木氏的戏曲史观和研究方法，如"结构法"等，也多是前人已经指出的。该文所据多是中译本，参考文献所列的青木氏其余著作在文中基本没有引述，所列日文资料也基本未引述。

此类论文还有王魁伟的《青木正儿与中国文学研究管窥》⑥、全婉

① 符杰祥《重识鲁迅"剽窃"流言中的人证与书证问题》，《山东师范大学学报（人文社会科学版）》，2008年第3期。
② 鲍国华《鲁迅〈中国小说史略〉与盐谷温〈中国文学概论讲话〉——对于"抄袭"说的学术史考辨》，《鲁迅研究月刊》，2008年第5期。
③ 谢崇宁《中国小说史的构建——鲁迅与盐谷温论著之比较》，《中山大学学报（社会科学版）》，2011年第4期。
④ 牟利锋《盐谷温〈中国文学概论讲话〉在中国的传播》，《中国现代文学研究丛刊》，2011年第11期。
⑤ 李楠《论日本汉学家青木正儿的中国戏曲史研究》，华东师范大学硕士论文，2008年。张哲俊曾著有《吉川幸次郎研究》一书，中华书局2004年版，该书是其博士论文，但吉川氏的研究活动主要在第二次世界大战以后，故此处从略。
⑥ 王魁伟《青木正儿与中国文学研究管窥》，《日本研究》，1992年第1期。

澄的《狩野直喜与中国戏曲研究》①、周阅的《青木正儿与盐谷温的中国
戏曲研究》②等。其中颇引人注目的是几篇日文文章,如杜轶文曾先后
发表了《古城贞吉与〈中国文学史〉》(《古城贞吉と〈中国文学史〉につい
て》)③、《儿岛献吉郎与中国文学史研究》(《児島献吉郎の中国文学史
研究 について》)④、《藤田丰八的中国文学史研究》(《藤田豊八の中国
文学史研究》)⑤、《笹川临风的中国文学研究》(《笹川臨風(種郎)の中
国文学研究》)⑥四篇论文。作者在日本多年,所据多为第一手资料,
后又翻译了仓石武四郎的《日本中国学之发展》。这四篇文章对古城贞
吉、儿岛献吉郎、藤田丰八、笹川临风四位中国文学史的早期研究者进
行了细致、深入的研究,多发人所未发。如对古城贞吉《中国文学史》完
成时间的考证,对年谱中所称的"明治三十年(1897)五月著"提出疑问,
认为该书应完成于明治二十九年(1896)上半年,年谱中所谓的"著"是
取出版时间之意。再如藤田丰八后来以西域史、南海史研究家闻名,但
学界对其早期的中国文学史研究则关注不多,而杜文则注意到他曾在
1897 年出版的《先秦文学》最末提出了"小说的萌芽",认为先秦小说和
后世小说有很大区别,但是从文学发展的视点来看,后世小说可溯源
至此。

---

①　全婉澄《狩野直喜与中国戏曲研究》,《广州大学学报(社会科学版)》,2010 年
　　5 期。
②　周阅《青木正儿与盐谷温的中国戏曲研究》,《中国文化研究》,2012 年夏之卷。
③　杜轶文《古城贞吉与〈中国文学史〉》,《二松学舍大学大学院纪要》第 17 卷,2003
　　年 3 月。
④　杜轶文《儿岛献吉郎与中国文学史研究》,《二松学舍大学人文论丛》第 71 卷,
　　2003 年 10 月。
⑤　杜轶文《藤田丰八的中国文学史研究》,《二松学舍大学人文论丛》第 73 卷,2004
　　年 10 月。
⑥　杜轶文《笹川临风的中国文学研究》,《二松学舍大学人文论丛》第 80 卷,2008
　　年 3 月。

黄得时的《久保天随博士小传》①则以授业弟子的身份回忆和总结了乃师久保天随一生治学经历及其著述,但和许多纪念师长的文章相似,本文存在有意无意间拔高、溢美师长的倾向。如作者在谈到久保氏学术著作时,强调其对小说戏曲的重视,又举出古城贞吉的《中国文学史》作为反照。前文已经多次指出,这一时期日本已出现把小说戏曲纳入中国文学史或独立成专史的情况,并非久保氏一人独具慧眼。

沟部良惠的《森槐南的中国小说史研究——以唐以前为中心》(《森槐南の中国小説史研究について——唐代以前を中心に》)②则从森槐南的身世、《中国小说讲话》、受聘东京专门学校文学科、《作诗法讲话》到森氏以后的小说史研究,系统考察学界之前不太关注或语焉不详的森槐南关于中国小说史的研究,其中最有价值的是将森氏从1899年到1911年间的小说研究列表以示,使读者对森氏的研究有一个较为直观的认识。

曾翻译过多部日文著作的隋树森曾说:"我们对于日本的研究,比起日本研究中国的成绩来实在差得太远了。文学如此,别的方面也是一样。"③这话或许有敲警钟的用意,平心而论,各个时期虽然都取得了一些不小的成绩,但总体而言,还是稍显不足,没有及时译介或研究的日本方面的成果应该不在少数,有些甚至数十年后都无人问津,以致学界无法获取和利用国际最新学术信息。

本书的研究尽可能地以第一手资料为基础,重点在于探究近代日本学术转型与中国俗文学之关系,当努力改变以往孤立的个案研究或简单的介绍,将中国俗文学研究置于整个学术进程中。从近代学术转

---

① 黄得时《久保天随博士小传》,《中国中世文学研究》2,1962年3月。

② 沟部良惠《森槐南的中国小说史研究——以唐以前为中心》,《庆应义塾大学日吉纪要·中国研究》1,2008年,第33—67页。

③ 盐谷温著,隋树森译《元曲概说·译者序》,商务印书馆1947年版。

型以前中国俗文学作品在日本的受容情况,到中国俗文学学科建立的背景,然后再铺展到该领域的学术传承与学术竞争、研究热点与治学方法等,由此可以明了日本近代学术与传统汉学之间的异同。日本的中国俗文学研究不仅是日本汉学的一部分,也是世界汉学的一部分,其研究的发生、发展都应该纳入国际视野中。因此,本书还将探讨日本与欧洲在该领域研究的联系以及中日学界的互动关系。

三、需要说明的问题

由于本书研究对象的特殊性,文中征引的日文资料较多,如何处理这些引用资料是本文在写作过程中需要解决的一项重要问题,以下就此问题作简要说明:

第一,本书正文所引之日文资料如全系汉字者,如人名、机构单位名称、部分论文论著标题等,则直接用简体字代替;论文、论著为日文标题者,译成中文,在文中首次出现时,附日文原题("支那"二字径改为"中国"),以后只呈现中译标题;附录所引日文论文、论著标题及正文所引日文论著中的某一章节标题,则统一译为中文。

第二,本书所引日文论文、论著内容,除注明所据译本外,均出拙译。因该时期日文书面语体有较大的变化,不同语体体现不同的时代风貌,为保留原貌,译文亦根据原文语体译出。

第三,本书附录二为"近代日本中国俗文学研究著述目录",其中绝大部分也是本书的参考文献,为避免重复,该部分不再列入本书参考文献。

第一章　近代日本中国俗文学学科的生成背景

　　中国俗文学研究是日本汉学的重要组成部分。日本汉学有着悠久的历史，形成了颇具特色的研究传统。中国俗文学作为汉文学的重要内容，在江户时代的日本形成一股热潮。不仅成为日本人学习汉语的教材，还对江户文学产生了巨大的影响，并为近代日本的中国俗文学研究奠定了坚实的受众基础。随着近代以来西学的不断传入，日本现代学术制度逐步形成，现代学术意义上的中国俗文学学科早于中国本土在日本得以确立，中国俗文学研究迎来了前所未有的变化。

第一节　汉学传统与中国俗文学在日本的传播与接受

　　日本汉学历史悠久，汉文化的影响几乎渗透到古代日本社会的各个方面。中国俗文学作为汉文学的重要内容，为近代学术转型时期日本的中国俗文学研究积淀了深厚的文化背景。

一、日本汉学的传统与特色

　　日本汉学与西方汉学是国际汉学的两大系统，两者都取得了显著的成就，但由于历史地理、文化背景等原因，两者又各具特色。与西方汉学相比,日本汉学具有历史悠久、影响深远等显著特点。这既是日本汉学的特色,也是日本汉学的传统。

先说历史之悠久。众所周知,日本文化深受中华文化影响,那么,这种影响究竟起于何时呢?宽泛而言,应从中日之间的人员往来开始,特别是中国人移民日本开始;严格而言,则应从汉籍传入日本开始。

中国历代移居日本者,大多都在战乱时期。从最早的春秋战国开始,就有部分吴越人移民到了西日本一带;秦汉之际,又有徐福东渡之说。到汉末魏晋南北朝,战乱的持续形成了一次大规模的移民。这些移民中,当包括了部分知识阶层,他们东渡所携之物中,当有汉籍。而一般认为,有关汉籍东传的最早记载也正是此时,不过不是由大陆直接传入日本,而是从朝鲜半岛传入,即284年百济王子阿直岐荐博士王仁携《论语》《千字文》赴日。由此可知,汉籍东传从最初开始,就有大陆直接传入和经由朝鲜半岛传入两条不同的路线,这种传播路线基本保持到近代以前。

从中国传来的先进文化和技术,给当时尚处于蒙昧未开阶段的日本带来的刺激和影响是可以想见的。因此,从汉魏开始,日本方面开始主动遣使到中国,与中国王朝建立联系。日本来使的最早记载是公元57年,光武帝赐以印绶,后在日本发现"汉委奴国王"金印,证实了这一记载。曹魏时期,邪马台女王卑弥呼前后两次遣使曹魏,曹魏封卑弥呼为"亲魏倭王",并遣使回访。到南朝宋时期,日本来使更为频繁。而隋唐时代,日本派出的遣隋使、遣唐使、留学僧,则更是广为人知。

由此,从大化元年(645)开始,日本掀起了一场历史上称为"大化改新"的改革运动,标志着日本开始进入封建社会。大化改新在日本历史上是一场可以与明治维新前后呼应的具有根本性意义的改革运动,其在政治、经济、文化、教育等各方面都模仿隋唐制度,"一个国家如此全面地仿效另一个国家进行制度建设,这在世界历史上应该是绝无仅有的"①。汉籍大规模传入日本,日本传统汉学逐渐形成,此后直到明治维新为止,汉文化一直在日本占据上层和主流地位。

再说影响之深远。历史悠久的日本传统汉学,对日本产生了极为深远的影响,大体可分为三个时期:飞鸟至平安时代前期(7世纪至9世纪)为第一期,镰仓室町时代(13世纪至16世纪)为第二期,江户时代(17世纪至19世纪中叶)为第三期②。

第一期是全盘吸收汉文化的时代。汉籍传入日本时,日本尚无文字,因此当时日本的各种典籍或用纯汉文记录,或假借汉字来记录,如《日本书纪》《古事记》《万叶集》等。后来借用汉字草书和笔画创造了日本文字,但被称为"假名",汉字才是"真名",史书等正统典籍当然仍用"真名"记录,"假名"多为女性使用,因此也被称为"女文字"。这一时期汉文化对日本的影响,主要是文学方面,日本人开始用汉字创作文学,作者多是贵族、朝臣等。

到了第二期,汉学、汉文化在日本已有相当大的基础,日本已经出现了用汉字创作和用假名创作的文学作品并存的局面,开始呈现日本文学与汉文学争一日之长的趋势。以五山文化为代表的佛学开始独擅大场,宋明理学也开始传入日本。这一时期汉学对日本的影响,已经逐渐从文学领域扩大到学术和宗教思想等领域,但汉字作为日本学术著作的主要文字和中日文化交流的主要媒介的地位没有改变。对日本学者而言,"汉字是第二国字或不可或缺的重要辅助文字,因此,汉字与其

---

① 汪高鑫《东亚三国古代关系史》,北京工业大学出版社 2006 年版,第 95 页。
② 日本传统汉学分期有不同说法,但差异不大,本书综合了牧野谦次郎《日本汉学史》(世界堂书店 1938 年版)、石崎又造《近世日本中国俗语文学史》(《近世日本に於ける中国俗語文学史》,弘文堂书房 1940 年版)、仓石武四郎《日本中国学之发展》(二松学舍大学 2006 年版)、严绍璗《日本中国学史稿》(学苑出版社 2009 年版)等书的分法。

他外文相比,有根本性质之不同"①。

第三期又有新变化。江户德川幕府对外实行锁国政策,只对中国、荷兰等国开放长崎一港。对内主张以文教治天下,儒学遂成为江户时代的指导思想,日本儒学由此极盛一时,形成了以林罗山为中心的朱子学派、以中江藤树为中心的阳明学派、以伊藤仁斋为中心的古义学派和以荻生徂徕为中心的古文辞学派等。另一方面,随着市民阶层的兴起,庶民教育空前普及,作为汉语教材的中国俗文学作品也大量输入,这是前两个时期未曾有过的现象。江户时代是日本传统汉学集大成的时代,汉学的各个方面都在日本产生影响,"横亘千余年的日本传统汉学呈现出了空前绝后的黄金时代"②。

二、江户时代中国俗文学在日本的传播与接受

尽管中国小说等俗文学作品早已传入日本,其中不少作品如《游仙窟》等,还对日本文学产生过较大的影响,但其在日本尚未形成像江户时代那样空前的影响。历史进入江户时代(1603—1867)以后,日本社会发生了很大的变化。对外方面,开始实行锁国政策,只放开长崎一港与中国、荷兰等国保持贸易;国内方面,新兴的商业城市开始出现,被称为"町人"的市民社会阶层日益壮大。而中国俗文学的传播之所以在江户时代的日本形成热潮,除中国俗文学作品本身大量出现在明清时代以外,与上述日本国内外形势有极为密切的关系。

长崎一港虽然也对荷兰开放,但主要的贸易对象是中国,包括中国小说戏曲在内的汉籍主要就是通过长崎港输入日本,然后销往江户、京都、大阪等大都市。由于中日贸易、人员往来的空前频繁,对翻译人员

---

① 石崎又造《近世日本中国俗语文学史》,弘文堂书房 1940 年版,第 5 页。
② 石崎又造《近世日本中国俗语文学史》,弘文堂书房 1940 年版,第 6 页。

的需求也就更为迫切,因此,德川幕府于庆长九年(1604)在长崎设立负责与中国商船贸易翻译事务的专门机构,其翻译人员称为"唐通事",把当时的汉语称为"唐话"。

唐通事多由历代流寓日本的华裔当任,时值明末大乱,流亡日本的明朝遗民剧增,他们成为唐通事的重要来源。唐通事可以世袭,因此有不少是父子、祖孙相继,但随着时代的变迁,日化华裔或日籍唐通事逐渐成为主体,这就需要有适合的唐话教材。当时著名的唐话基本教材有《译家必备》《译词长短话》等,唐通事学完这些基本词汇和语法之后,就开始以中国白话小说作为练习口语的教材。其中不少唐通事因为精研中国俗文学而成为闻名一时的学者,开近代日本中国俗文学研究之先河。

此外,来自中国的黄檗宗僧人与日本学者荻生徂徕及其弟子的交往,冈岛冠山、冈田白驹、都贺庭钟、曲亭马琴等人对中国俗文学作品的翻刻、翻译和翻案,更促进了中国俗文学作品的流行,并直接催生了日本读本小说。

国内社会方面。町人阶层的兴起和壮大,给中国俗文学带来了广泛受众基础。中国俗文学本身就是随着中国市民阶层的兴起而产生的,市民是中国俗文学产生和流布的社会基础。日本的町人也一样,他们在追求物质满足的同时,也追求精神娱乐,而中国俗文学作品大多表现市民生活,反应市民的欲求。对日本町人来说,中国俗文学虽是外国文学,但由于其语言相对通俗易懂、人物生动形象、情节跌宕起伏、寓意深远、韵味绵长等特点,到日本后十分"接地气"。

江户时代长达二百六十余年,在这漫长的历史时期内,中国俗文学在日本的流布呈现出十分明显的分期特征。青木正儿将其分为三个时期:

江户时代中国小说戏曲流行甚盛,可划为三时期:元禄(1703)以前为第一期,此时期以文言小说为主;宝永至宽政(1704—1800)为第二期,至此中国语研究兴起,俗语体小说戏曲流行,宝历至宽政(1751—1800)为鼎盛期;享和文化(1801)以后为第三期,初尚有前代之余势,后渐衰,中国语能力弱于第二期。①

(一)第一期:庆长至元禄(1603—1703)

这一时期是文言小说的流行期,其末叶则渐渐转为出现翻译文白相间或浅易文言小说的风气,开翻译历史演义小说之端绪。

这一时期在日本流传最广、影响最大的文言小说是瞿佑的《剪灯新话》。传入日本之前,《剪灯新话》已在朝鲜半岛产生深远的影响,朝鲜作家金时习拟作的《金鳌新话》,其中有不少题材就是来自《剪灯新话》,这些拟作翻开了朝鲜小说史的第一页②。

《剪灯新话》传入日本以后,出现了很多翻译、翻案之作,促成了怪谈小说的兴起和发展。最早受到《剪灯新话》影响的日本文学作品是《奇异杂谈集》。《奇异杂谈集》六卷三十六篇,中村氏编,刊于天文年间(1532—1555),是日本最早的怪谈集。其中有三篇分别是以《剪灯新话》中的《金凤钗记》《牡丹灯记》《申阳洞记》为蓝本编译的。尤其是《牡丹灯记》,大体为全篇直译,成为后来日本牡丹灯怪谈故事的开端,也成为《剪灯新话》日译的开端。

---

① 青木正儿《近世日本中国俗语文学史·序》,弘文堂书房 1940 年版。石崎又造《近世日本中国俗语文学史》(弘文堂书房 1940 年版)、近藤杢《日本近世中国俗文学小史》(《东亚研究讲座》第 87 辑,1939 年 6 月)也采用与青木正儿相同的分期。

② 关于《剪灯新话》在朝鲜的传播和影响,可参看久保天随《〈剪灯新话〉及其对东洋近代文学的影响》(《〈剪灯新話〉と東洋近代文学に及ぼせる影響》,《台北帝国大学文政学部研究年报》第 1 辑,1933 年。

接着是浅井了意的《伽婢子》。《伽婢子》刊于 1666 年，是日本"假名草子"①的代表作，该书由《剪灯新话》中除《富贵发迹司志》《鉴湖夜泛》以外的十八篇和《剪灯余话》等其他作品翻案而成。所谓翻案，就是将原故事中的人名、地名改为日式，笔致流畅，基本不留翻译的痕迹，把中国故事改写成日本故事。《伽婢子》成书以后，其拟作续作迭出，怪谈小说遂形成系统。

此外，罗山子的《怪谈全书》（1698 年刊）中也翻译了《剪灯新话》中的《金凤钗记》；上田秋成的《雨月物语》（1776 年刊）中也有三篇是据《剪灯新话》中的《爱卿传》《龙堂灵怪录》《牡丹灯记》翻案而成的。除《剪灯新话》外，宋代桂万荣的《棠阴比事》也在日本有较大的影响。

这一时期末叶，以《三国演义》为代表的历史演义小说的翻译逐渐流行起来，对日本的"军谈物语"产生巨大影响。目前所见日本最早著录《三国演义》的文献是《罗山林先生文集》附录年谱，为林罗山庆长九年（1604）所读书目之一。最早的日译本是湖南文山的全译本《通俗三国志》五十卷（1689 年完成，1692 年刊）。湖南文山是京都天龙寺僧人义辙、月堂两人同署的号②。其后，《三国演义》及续书的译本不断出现，如高井兰山的《通俗三国志》、马场信意的《通俗续三国志》、尾田玄吉的《通俗续后三国志》、无名氏的《续三国志》等。

在《三国演义》的影响下，其他历史演义小说的翻译、翻案也在日本流行起来。早稻田大学曾出版过丛书《通俗二十一史》《中国物语史大系》，几乎涵盖了中国各个历史朝代。其中有部分是日本人按照中国正

---

① 假名草子，日本江户时代初期出现的一种用假名写作的通俗读物，大都以劝善惩恶为主题，是江户时代日本小说的雏形。
② 关于《通俗三国志》的译者、底本及其与朝鲜本之关系，可参看长尾直茂《关于〈通俗三国志〉述作的二三题》（《〈通俗三国志〉述作に关する二三の问题》），《上智大学国文学论集》第 26 卷，1993 年 1 月。

史改编的,但绝大多数是从历史演义小说翻译而来的。日本由此出现了军谈物语这一系列的小说。

中国戏曲作品在本时期当已传入日本,并成为知识阶层的阅读对象,但总体影响远不如小说。荻生徂徕在与黄檗僧悦峰笔谈中曾问"唱个大嗍"及戏曲体制"出"的含义,并认为日本的"能乐"是"拟元曲杂剧之作"①。此外,新井白石藏有《元曲百种》,著有《俳优考》,其中论及日本谣曲与元曲之关系。有学者认为,上述两例当是"日本人注目中国戏曲最早的资料"②。

(二)第二期:宝永至宽政(1704—1800)

这一时期是江户时代中国俗文学最盛行的时期,其中,宝历至宽政(1751—1800)更是鼎盛期。中国俗文学特别是白话小说之兴盛,是与当时的"汉语热"分不开的,白话小说是作为汉语教材而受到空前重视的。掀起这场江户时代"汉语热"的中心人物就是冈岛冠山。

冈岛冠山(1674—1728),长崎人,名璞,字玉成,号冠山,从清人王庶常及日本人上野熙学汉学,江户时代著名的"唐话学"学者,日本"水浒学"的始祖。1704年前后游京都,译刊《通俗皇明英烈传》,并开始着手翻译《水浒传》。1711年受聘为荻生徂徕的译员,并组织学习汉语的"译社"。冈岛冠山所用的教材就是其所著的《唐话纂要》《唐话类纂》《唐话便用》《唐音雅俗语类》《唐译便览》及《水浒传》等白话小说。冈岛冠山在译社十余年,荻生徂徕"蘐园学派"门下如太宰春台等著名学者都与他相交,这对于扩大"唐话"和中国俗文学的影响起了极为重要的推动作用。

---

① 《荻生徂徕新黄檗章悦峰笔语》,转引自石崎又造《近世日本中国俗语文学史》,弘文堂书房1940年版,第60—61页。

② 近藤杢《日本近世中国俗文学小史》,《东亚研究讲座》第87辑,1939年6月,第65页。

冈岛冠山不仅完成了最早的《水浒传》日译本,还把日本军记物语《太平记》改编成了章回小说体的汉文小说《太平记演义》,共完成五卷三十回,由京都松柏堂刊于 1719 年。其改编的动机就是效仿《三国》《水浒》二书。

在冈岛冠山翻译《水浒传》等一系列活动的影响下,江户时代的"水浒学者"接踵而至。冈岛冠山之后,在中国俗文学传播和研究上最负功绩的是冈田白驹。冈田白驹(1692—1769),字千里,号龙州,"京师已有悦传奇小说者,千里兼唱其说,都下群然传之,其名噪于一时"①。冈田白驹还著有《〈水浒传〉语译》和《〈水浒全传〉译解》。关于江户时代"水浒学"的具体情况,详见本书第六章第三节。

《水浒传》以外,影响较大的还有"三言""二拍"。翻译方面,冈田白驹从以"三言""二拍"为代表的明代拟话本小说中选编为《小说精言》《小说奇言》等,其门人泽田一斋又选编为《小说粹言》,被称为新"三言"。此外,选译"三言""二拍"的还有石川雅望的《通俗醒世恒言》四篇(1789 年跋)、淡斋主人的《通俗今古奇观》三篇(1814 年刊)、西田维则的《通俗赤绳奇缘》一篇(1716 年刊)、江东睡梦庵主的《通俗绣像新裁绮史》。此外,《西湖佳话》《麟儿报》《西游记》《醉菩提》《女仙外史》《隋炀帝艳史》《女仙外史》《平妖传》《包公案》《金云翘传》等也有译本。从 1784 年刊刻的《小说字汇》所引的白话小说书目中,可知其流行程度。

江户时代又出现了一批以"某某水浒传"为题描写日本故事的翻案作品,此外,尚有一些不以"某某水浒传"命名,但显然是受《水浒传》影响的作品,以曲亭马琴的作品最具代表性。从明代话本小说中翻案的作品则以都贺庭钟的《古今奇谈英草纸》为代表。由此,日本的读本小

---

① 《日本诗史》卷三,转引自石崎又造《近世日本中国俗语文学史》,弘文堂书房 1940 年版,第 149 页。

说——一种受中国小说影响的文体也流行起来。"当时的'读本小说'作家,奉明代白话小说语言为圭臬","'读本小说'以明清白话小说中所获得的创作经验和俗语运用的启示,以及所提供的内容题材方面的借鉴,终于使'读本'这一文学样式,具备了'前近代型'小说的特点,从而成为日本古代小说发展的最后的形态。它的进一步发展,便踏入了近代小说的行列"①。

这一时期,中国戏曲开始在日本逐渐流行起来。1744年刊的留守友信《俗语释》中引用了《西厢记》注,《小说字汇》中有《西厢记》《琵琶记》等项,由此大概可推知当时所存之戏曲作品。但戏曲特殊的文体和音律,决定了它不能像小说一样作为汉语会话教材,其翻译和研究不甚乐观:

> 其时真正能读中国戏曲者甚少,如曲亭马琴,虽曾读金圣叹本《西厢记》、毛声山本《琵琶记》等,然不甚明白。江户时代乃日本儒学兴盛时期,其对词曲之藐视更甚于中国本土,全然谈不上对中国戏曲的研究。②

这一时期对中国戏曲的翻译和改编有如下几种:

《新刻役者纲目》,八文字屋1771年刊,作者不详。卷一引李渔《蜃中楼》第五、六出,加以训点并翻译。

《唐土奇谈》,1790年刊,太平馆主人序,后由京都更生阁1929年再刻出版并附内藤湖南解说。将《千字文西湖柳》改编成净琉璃体。

《蝴蝶梦》,岚翠子译,宽政年间(1789—1800)刊,有青木正儿校订

---

① 严绍邊《中日古代文学关系史稿》,湖南文艺出版社1987年版,第376—377页。
② 久保天随《中国戏曲研究·序》,弘道馆1928年版。

本,收入《古典剧大系》第 16 卷(近代社 1925 年版)。清代无名氏将《今古奇观》中的故事改编成戏曲形式,分为九出,岚翠子则又据此改译成净琉璃体。据岚翠子序,他另译有《西厢记》①。

(三)第三期:享和至庆应(1801—1867)

这一时期中国俗文学在日本流布呈衰微趋势,但前一时期以来的强盛之势并未完全消解,仍保有余势,其中心人物是曲亭马琴。他不仅翻译过中国小说,其创作亦多有受中国俗文学影响的翻案之作。列表如下:

表 1.1 曲亭马琴作品及其相关中国原著

序号	刊 年	书 名	相关中国原著
1	1806 年前编 1810 年完结	椿说弓张月	水浒后传
2	1808 年	新编水浒画传	水浒传
3	1808 年	三七全传南柯梦	南柯记、搜神记、三国演义
4	1808 年初编 1814 年后编	松浦佐用媛石魂录	平山冷燕
5	1814 年	朝夷巡岛记	快心编
6	1814 年初编 1841 年终编	南总里见八犬传	水浒传、三国演义
7	1824 年初编 1831 年八编	金毗罗船利生缆	西游记
8	1825 年初编 1835 年十三编	倾城水浒传	水浒传
9	1832—1835 年	开卷惊奇侠客传	好逑传、女仙外史、平妖传、水浒传、快心编

---

① 以上参考近藤杢《日本近世中国俗文学小史》,《东亚研究讲座》第 87 辑,1939 年 6 月,第 66—67 页。

此外,尚有《高尾船前文》《梦想兵卫蝴蝶物语》《松染情史》《秋之七章》《昔语质屋库》《杀生石后日怪谈》《新编金瓶梅》《风俗金鱼传》《押绘鸟痴汉高名》《楚汉赛拟选军谈》《西游记国字抄》《好述传脚色抄》《五虎平西狄青传》《五虎平南狄青后传脚色国字抄》①,都与中国俗文学有关。

对曲亭马琴作品影响较大的小说,都是当时日本广为流传、影响较大的作品。除《水浒传》《三国演义》外,如《金瓶梅》《南柯记》《平山冷燕》《快心编》《好述传》《梼杌闲评》《虞初新志》《燕山外史》等,都曾被翻刻、翻译或翻案。

戏曲方面,开始出现全本注释或翻译。较为著名的是远山一圭,他著有《北西厢注释》。远山一圭(1795—1831),号荷塘,通传奇词曲,文政年间(1818—1829)在长崎学习汉语,从朝川善庵学《西厢记》《琵琶记》,著有《胡言汉语考》。《北西厢注释》所用底本应是汲古阁本。据《译解笑林广记》(1829年刊)载,远山荷塘还注释过《琵琶记》②。

此外,还出现了许自昌《水浒记》的三种日译本③:一是山口大学藏本,系毛利元次(1668—1719)旧藏;二是关西大学藏本,系千叶掬香(1870—1938)旧藏;三是早稻田大学藏本,系坪内逍遥(1859—1935)旧藏。三种译本底本均据汲古阁本,其关系为:山口大学本是译者毛利元次的草稿,关西大学本是译者将定稿移录于汲古阁本上的清稿,早稻田

---

① 上述曲亭马琴作品目录及其相关中国原著,参考了近藤杢《日本近世中国俗文学小史》,《东亚研究讲座》第87辑,1939年6月,第57—59页。

② 黄仕忠《日本译本〈水浒记〉整理本序》,收入《早稻田大学坪内博士纪念演剧博物馆藏〈水浒记〉钞本的翻刻与研究》(《早稻田大学坪内博士記念演劇博物館藏〈水滸記〉鈔本の翻刻と研究》),成志社2013年版。

③ 关于《水浒记》三种日译本的详情,参见冈崎由美、黄仕忠、伴俊典、川浩二等《早稻田大学坪内博士纪念演剧博物馆藏〈水浒记〉钞本的翻刻与研究》,成志社2013年版。

大学本是从关西大学本誊录的,但若干细节又有改动。这三种日译本的发现,"不仅意味着我们可以看到的戏曲的日译本增加一半,也还意味着可以为《水浒传》在日本的影响拓展了一个新的视野"①。

到了江户末期的天保时代,随着日本与西方的联系逐渐增多,西学逐渐取代汉学成为日本学术的主流。中国俗文学从 19 世纪中叶开始近半世纪间显现出明显的衰微,其在日本的再兴,要等到近代学术形成后的 19 世纪末 20 世纪初。

第二节　西学的传入与文学观念的变革

江户时代的日本社会是一个相对封闭保守的社会,长期以来只与中国、荷兰保持通商,其受到的所谓外国文化的影响,主要是中国文化;其学术体系虽也包括"兰学",但其影响是极为有限的。但近代以来西学的大规模传入,彻底改变了这种格局,西方学术体系和学术制度取代传统汉学成为日本学术的范式。文学开始脱离传统经学的藩篱,现代意义上的文学研究也由此开启。

一、西学的传入与日本近代学术体系的转变

近代学术转型以前,日本的学术体系包括国学、汉学、洋学。国学是指日本固有的学术文化;洋学则是指以(荷)兰学为主的西方学术文化;汉学是一个涵盖范围极广的学术领域,包括几乎一切和中国传统文化相关的内容,这些都是近代以前汉学老大家们皓首穷经的研究对象。其体系可图示如下:

---

① 黄仕忠《日本译本〈水浒记〉整理本序》,收入《早稻田大学坪内博士纪念演剧博物馆藏〈水浒记〉钞本的翻刻与研究》,成志社 2013 年版。

近代学术转型以前日本学术文化体系

| 国学 | 汉学 | 洋学 |

国学　　　　　汉学　　　　　　洋学
（日本固有文化）（中国传统文化）（兰学为主的西方文化）

图1.1　近代学术转型以前日本学术文化体系

　　三者之中，汉学处于主导地位。汉学的中心是儒学，日本儒学家用的是中国传统的注疏、章句等治学方法，他们不仅能引经据典，还能吟诗作赋，但他们缺少西学知识，没有掌握现代学术的研究方法，因此，他们的研究成果也往往不以现代论文形式面世。至于小说、戏曲等俗文学，在江户时代虽然已经广泛流传，甚至作为学习汉语的教材，并给江户文学带来较大较深的影响，但如果从学术研究的角度而言，大体与20世纪初以前中国的情况类似：

　　　　对小说（戏曲）的评点与解说虽然也不乏精彩之论，但只能说是个别现象，出自少数人的兴趣和爱好，且大多是浅尝辄止，以残章短制出之，既没有人愿意将其当作一种学术事业来看待，同时这种研究也没有得到社会的广泛认同以及学术制度的保证。①

　　但到了近代学术转型以后，情况就完全不同了。从19世纪末到20世纪中叶，日本汉学研究者完成了从传统汉学老大家到现代学者的转型。随着新式大学成为培养学术人才的主要机构，大学分科分专业的教育也使得原先的涵盖一切中国学问的汉学，开始分化为文学、史学、哲学等专门学科。随着近代学术转型的进一步深入，学科、专业间的分化越发细化，最后甚至出现有些学者只做专书研究的情况。新汉

---

① 苗怀明《近代学术文化的转型与中国古代文学学科的生成》，韩国《中国学报》第61辑，2010年6月。

学者再也不是包揽一切的百科全书式的鸿学硕儒,而是术业有专攻的某一领域的专门研究者。他们自幼当然也受到了传统汉学的教育,有较为深厚的传统汉学功底,在此基础上,他们又在新式大学里接受了各个学科领域的通识教育,掌握了运用现代科学的研究方法进行研究并以论文形式呈现研究成果的学术能力。

近代学术转型以后的日本学术文化体系可图示如下:

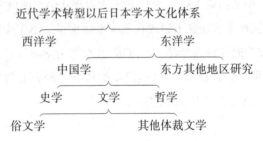

近代学术转型以后日本学术文化体系

西洋学　　　　　　　　东洋学

中国学　　　　　　东方其他地区研究

史学　　文学　　哲学

俗文学　　　　　　其他体裁文学

图 1.2　近代学术转型以后日本学术文化体系

在这个学术转型中,中国文学、中国俗文学乃至中国小说、中国戏曲甚至某一部小说戏曲作品成为一门专学,使得日本中国俗文学学科生成早于中国本土。中国文学乃至中国俗文学能成为一门独立学科,在日本近代学术体系中得以确立,关键在于文学观念的变革。所谓文学观念的变革,是指由原先的传统的、东方式的文学观念转变为现代的、西方式的文学观念,两者之间的一个重要区别,即被传统文学观念排除在外的小说、戏曲成为现代文学观念中的重要内容,这是近代日本中国俗文学学科的基础。而要探究日本近代文学观念的变革、日本的中国俗文学研究,尤其是在提到早稻田大学的中国俗文学学科初创之功时,就不能不首先说到坪内逍遥。

坪内逍遥在中国俗文学学科的初创功劳簿上至少有以下两项:第一,最早系统地引入现代(西方)小说、戏剧等纯文学观念;第二,最早在日本建立以中国小说戏曲课程为特色的纯粹的文学科。前者确定了俗文学的相关概念,而后者更是直接将中国俗文学搬上大学课堂,使得中国俗文学的地位空前提高。关于后者将在本书第二章展开,这里先来探讨第一点。

今天看来已经是常识的"文学",在近代西方文学观念传入以前的日本并非如此。近代以前日本的文学观念来自中国,而古代中国的"文学"的概念大体与"文章学"相同,即把所有用文字书写的书籍文献统称为"文学",日本在长期与中国的文化交流中无形地接受了这种文学观念,直到明治中前期都是如此①。1882年出版的末松谦澄的《中国古文学略史》,是日本第一部以"中国文学史"为题的专书,但其内容则完全是先秦诸子,连诗词歌赋都排除在外,遑论小说、戏曲。该书本是末松谦澄留学英国时演讲的讲稿,虽然其体例也仿照西方学术概念中的"文学史",但内容中的"文学"无疑是东方的,准确地说,更像是一部先秦学术史,而非真正的中国文学史。而早于末松谦澄《中国古文学略史》两年出版的俄国瓦西里耶夫的《中国文学史纲要》,虽然也是以介绍先秦诸子为主,但却以相当大的篇幅介绍了中国古代小说、戏曲。由此可见,同一时期的东西方学者对"文学"的理解之不同。

一位身处西方的日本留学人员对文学的认识尚且如此,可以想见当时东方以及日本国内的情况又会是如何。据一位明治时代的学者回忆,明治中期以前的情况大体是这样的:

> 在不是汉文就不认为是文学的时代,所有的戏作者的作品一概受到贬斥。而当时的社会对西方的所谓文学,又几乎一无

---

① 关于中国和日本的"文学"概念的变迁,可参看铃木贞美著,王成译《文学的概念》,中央编译出版社2011年版,第41—100页。

所知。①

在这种情况下，本属下流作品、为士人所不齿的中国小说、戏曲，又如何能成为严肃的学术研究对象？这首先就要提高小说、戏曲的社会地位，但这种提高首先并不是在中国、由中国人自己先意识到的，而是由日本人首先将原本在西方就已经具有颇高社会地位的小说、戏剧观念引到东方。而这场观念进口运动的发起者就是坪内逍遥：

> 阐明西方文学为何物，对世人进行启蒙的，就是坪内君的《小说神髓》。书中阐述的道理，现在当然已是尽人皆知的了，但在当时，却的确是回答时代要求之作。小说之所以受到重视，说它是发端于这部著作的问世，也绝非过言。②

那么，《小说神髓》究竟是什么样的一部书？其所阐述的道理究竟为何？这样一部书为何是由坪内逍遥来完成？该书对中国俗文学研究的具体影响又如何？

二、文学观念变革的划时代之作——《小说神髓》

（一）明"小说"之概念

任何观念和概念的定型与普及都不是一蹴而就的，往往需要数年、十数年甚至数十年、上百年的时间，虽然坪内氏是将"novel"翻译成"小说"的第一人，但尝试用"小说"来翻译西方相关概念的努力早就开始了。

---

① 市岛谦吉《明治文学初期之回忆》，译文据刘振瀛《小说神髓·译本序》，上海译文出版社 2010 年版，第 12 页。
② 市岛谦吉《明治文学初期之回忆》，译文据刘振瀛《小说神髓·译本序》，上海译文出版社 2010 年版，第 12 页。

"小说"一词早在《庄子》中就已经出现,传入日本的时间也很早,但其与西方的相关概念发生联系则是近代以来的事情,最早使用"小说"一词来解释西方概念的当是西周①。西周的《百学连环》(1870 年)是一部介绍西方文艺学术的专著,用"小说"来翻译西方的"fable",并解释说:

> 凡是与历史相似的内容成为稗史,值得谈论的内容称为"fable",fable 分为 apologue(原注:没有事实根据的语言,例如"桃太郎")和 parable(原注:仅有很少依据的故事,如草双纸和《源氏语物》两类)。

值得注意的是,西周所谓的"fable"是归入"历史"这一学科,而不是"文学"。与 fable 一起被西周归为"历史"的还有"Romance"和"mythology"。Romance(稗史)是"与历史非常相似又有所不同的记载",像《通俗三国史》和《水浒传》一样"对事实大加修饰后所记载的内容"。mythology(古代传说)即神话传说的类别,司马迁的《史记》中具备了所有这些要素②。西周的"小说"概念显然和"novel"有着本质的区别,但他用"小说"一词来对译西方相关概念的做法却颇有开创性,引起了后来学界的继续探讨③。

---

① 西周(1829—1897),日本近代启蒙思想家、哲学家。他是第一个将西方哲学系统地介绍到日本的人,被誉为"日本近代哲学之父""日本近代文化的建设者""明治初年新文化运动的领导者"。他所翻译的许多学术术语至今为汉字文化圈国家广泛使用,如"哲学""主观""客观"等。
② 西周《西周全集》第 4 卷,宗高书房 1981 年,第 76—78 页。
③ 何晓毅曾探讨过"小说"一词在日本的流传及确立,但没有言及福地樱痴。可参看何晓毅《"小说"一词在日本的流传及确立》,载《陕西师大学报(哲学社会科学版)》,第 24 卷第 2 期,1995 年 6 月。

在西周之后,福地樱痴①对文学、小说观念的理解和对小说戏曲的提倡,可以看作是坪内逍遥的先声。福地氏曾在《东京日日新闻》(1875年4月26日)发表过《感叹日本文学之不振》(《日本文学の不振を喟嘆す》)一文,文中的"文学"涵盖了英语"literature"所有含义,认为贬低小说是日本独有的思潮,并用汉字"小说传奇"与"novel"对应,将"drama"翻译为"演戏院本",将其等同于歌舞伎和净琉璃的剧本②。

福地氏是在西周与坪内逍遥之间起承前启后作用的人物:与西周相比,福地氏的文学观念无疑是进步的,西周的《百学连环》没有提及演剧或戏曲,所理解的文学观念和今天也有很大的出入;与坪内逍遥相比,他在坪内之前首次用"小说传奇"来对译"novel",把"小说"和"novel"直接联系在了一起,而坪内在《小说神髓》中写到"戏剧"一词时,所用的注音假名也是"じょうるり"(净琉璃),这与福地氏的理解完全一致③。

那么,现代意义的"小说"究竟为何?阐明"小说"之概念是坪内逍遥撰写《小说神髓》的动机和核心论点。该书上卷五章"小说总论""小说的变迁""小说的眼目""小说的种类""小说的裨益"全都是围绕这一核心问题展开。

坪内逍遥晚年曾回忆明治中期日本社会对"文学"的认识:

---

① 福地樱痴(1841—1906),原名福地源一郎,号樱痴,近代日本政治家、文学家、记者。1874年至1888年间主持《东京日日新闻》,历任主笔、社长,与福泽谕吉并称"天下双福"。1888年退出报社后,作为歌舞伎剧作家活跃。他将英文"socity""socialism"分别翻译为"社会"和"社会主义"。

② 福地樱痴《福地樱痴集》,《明治文学全集》11,筑摩书房1966年版,第342—343页。

③ 笔者认为福地樱痴的戏剧观对坪内逍遥产生过影响或有据可循:坪内氏的长篇论文《日本史剧》(《我が国の史劇》,《早稻田文学》第49、50、51、55、60、61号,1893年10月—1894年4月)中用一节的篇幅专门论述了福地樱痴的史剧。

明治新文学之兴盛在西南战争以后。彼时虽有不少外国文学爱读者,然大都只是作为消遣,并无真正之研究者,外国思潮之影响颇为默然。较之西洋小说,日本小说角色浅薄、荒诞无稽,几乎无人了解审美论、美学等为何物,更不懂今日所谓之浪漫主义、写实主义。目前所见著述仅有中江笃介之《维氏美学》(1883),然这不过是一部译著,影响亦不甚大,中江氏不过是借文学以倡导政治上的自由平等主义。立足于某某主义来从事文学者,文学也不过是一种道具,绝未曾见真正在修身处世方面受到文学感化。①

在这种背景下,要探究文学,就必须先明确什么是作为艺术的纯文学;要明确什么是纯文学,就必须先驳倒世上那些关于"文学"的歪理邪说。故坪内逍遥在《小说神髓》中开宗明义提出两个问题:何为艺术与小说为何是艺术。他认为:

> 所谓艺术,原本就不是实用的技能,而是以娱人心目、尽量做到其妙入神为目的的(中略)因此所谓艺术这种东西,和其它实用的技术,其性质是不同的,它是不可能事先设个准绳来进行创作的。②

坪内逍遥又把艺术分为"有形的"和"无形的","文学"属于"无形的艺术"。他在这里所定义的"文学"当然是对应于英语的"literature"而非中文或日文汉字词中所固有的"文学"③。

---

① 坪内逍遥《近代文艺思潮之源流》(《近代文芸思潮の源流》),《逍遥选集》第8卷,春阳堂1926年版,第548—549页。
② 坪内逍遥著,刘振瀛译《小说神髓》,上海译文出版社2010年版,第11—12页。
③ 关于中文、日文中的"文学"与英语"literature"一词内涵比较及对译过程,可参看铃木贞美著、王成译《文学的概念》,中央编译出版社2011年版,第101—123页。

至于小说为何是艺术,他认为:

> 西方的 poetry 与其说和我国的诗歌相似,毋宁说它与我国的
> 小说相近,是专以刻画世态人情为主的。(中略)小说是无韵的诗、
> 不限字数的歌。(中略)因此那些小说、稗史,如果能够做到出神入
> 化,那么不但说它是诗,说它是歌,使之立足于艺术殿堂之上毫无
> 不可,而且毋宁说是理当如此的。①

虽然坪内逍遥所理解的"novel"与福地樱痴不完全相同,但他实际
上是接受了后者的这一译法,又在此基础上做细化:

> 小说是虚构物语的一种,即所谓传奇的一个变种。所谓
> 传奇又是什么呢？英国将它称为 romance。romance 是将构思
> 放在荒唐无稽的事物上,以奇想成篇,根本不顾是否与一般社
> 会事理相矛盾。至于小说,即 novel,则不然,它是以写世间的人
> 情与风俗为主旨的,以一般世间可能有的事实为素材来进行构
> 思的。②

坪内氏将"romance"翻译成"传奇",是一种"虚构物语",而"小说"
是一种特殊的"传奇",这与西周对"romance"(稗史)的理解有本质的
不同。具体而言,小说"使用新奇的构思这条线巧妙地织出人的情
感,并根据无穷无尽、隐妙不可思议的原因,十分美妙地编织出千姿
百态的结果,描绘出恍如洞见这人世因果奥秘的画面,使那些隐微难

---

① 坪内逍遥著,刘振瀛译《小说神髓》,上海译文出版社 2010 年版,第 14—16 页。
② 坪内逍遥著,刘振瀛译《小说神髓》,上海译文出版社 2010 年版,第 23 页。

见的事物显现出来——这就是小说的本分。因此,那种完美无缺的小说,它能描绘出画上难以画出的东西,表现出诗中难以曲尽的东西,描写出戏剧中无法表演的隐微之处。因为小说不但不像诗歌那样受字数的限制,而且也没有韵律这类的桎梏;同时它与演剧、绘画相反,是以直接诉之读者的心灵为其特质的,所以作者可进行构思的天地是十分广阔的"①。

坪内逍遥这里说的"小说",才是我们今天理解的"小说"的概念。只有明确了概念,才能进行研究。当然,如前所述,坪内氏在《小说神髓》中也对"戏剧"概念作了界定。

（二）定"小说"之文体

虽然《小说神髓》全书上下两卷分别出版于1885年、1886年,但坪内逍遥早在1881年就开始做有关小说论研究的笔记,并于1883年以"蓼汀迂史"为笔名在《明治协会杂志》(第25—28号,9月30日至10月20日)上发表了后来作为《小说神髓》之一篇的《小说文体》②。他之所以最先发表《小说文体》一文,是因为当时正是苦于用何种适合的文体来创作新文学的时代。

1883年,日本自明治维新以来的欧化主义达到极端化。"日本人的大部分习惯在西方看来是偏僻之陋习,他们知道在西方眼里,这是一种劣等文明的表现,于是以西方为标准进行急切地改变。法庭、政府各部门、社会集团等都介绍外国习惯与做法,规定星期天为法定休息日,法庭采用外国法衣,最新流行的时尚风迅速刮来,诸如舞会的流行等。对学习和利用英语者大加奖励,甚至借政府之力介绍、宣传基督教。这

---

① 坪内逍遥著,刘振瀛译《小说神髓》,上海译文出版社2010年版,第16—17页。
② 清水茂编《坪内逍遥年谱》,载稻垣达郎编《坪内逍遥集》,《明治文学全集》16,筑摩书房1969年版,第402—403页。关于《小说神髓》的具体创作、出版过程等情况,也可参见稻垣达郎《小说神髓·解题》,载《坪内逍遥集》,第388—393页。

是极端欧化时代。"①

关于欧化主义对文学的影响,坪内逍遥曾说:"由于明治初年我国政治上的大变革而引起的我国思想界前古未有的变动,其必然的结果就是我国文艺内容与形式的大变化,与外国文明越来越频繁地接触,给我国带来文运兴隆大机缘的同时,也伴随着外国思潮的浸入。"②

然而,另一方面,极端的欧化主义也刺激了日本国粹主义的复苏,明治政府逐渐加强了对各领域的专制统治。外来文化与传统文化如何调和,这是摆在有识之士面前的现实问题。与此同时,文学领域也在酝酿着巨大的矛盾。文体纷乱给叙述方法造成了极大的障碍,用适当的日语将外来的思想、语言表现出来,这并不容易。对新事物要求有新造词,而新事物与新造词如何有机结合,达到天衣无缝的程度? 坪内逍遥在此背景下发表了《小说文体》一文,他开门见山地指出:

> 文章是思想的工具,也是思想的外部装饰。在写作小说时是最不应该等闲视之的。不管构思如何巧妙,如文章稚拙,则无法向读者传达感情,如果文字不能得心应手,则描写也难以得心应手。中国及西方各国,大体上是文言一致的,所以没必要去选择文体,而我国则不同,文体有各种各样的差别,各有长短的是,能都产生好的效果,因其运用如何而异,这就是写小说必须选择问题的原因。③

作为《小说神髓》下卷第二章的《文体论》是全书中篇幅最长的一章,

---

① 大隈重信回忆,《观点》第 104 期,1913 年 6 月 4 日,第 335 页。转引自早稻田大学编《稿本早稻田大学百年史》第 1 卷下,早稻田大学出版部 1974 年版,第 393—394 页。
② 坪内逍遥《逍遥选集》第 8 卷,春阳堂 1926 年版,第 548 页。
③ 坪内逍遥著,刘振瀛译《小说神髓》,上海译文出版社 2010 年版,第 97 页。

几占全书的四分之一,详细论述了日本自古以来三大小说文体:雅文体、俗文体和雅俗折衷体。在这三种文体中,坪内逍遥最为推崇俗文体:

　　(俗文体)文字的意思平易,不仅有易懂的好处,而且具有活泼生动的力量。至于说到修辞中所必不可少的简易明快的风格,则更是它的一大长处。既具有峻拔雄健的气势,又有足以唤起追怀爱慕之思的风格。不仅如此,有时它会与音调、气韵结合在一起,与情趣相适应,曲尽表现内心深处感情之妙。正因为如此,所以不但泰西各国,就连中国,在小说中除了叙述部分的文字外,尽量使用通俗的语言来刻画事物。①

　　但联系到日本当时的文体纷乱状态,坪内逍遥又十分遗憾地将当时日语的书面语和口头语比作"冰炭之不兼容"。雅俗折衷体则是描写不同阶层人物情态或古代情景的最佳文体。其用雅语描写雅趣,用俗语描写野趣,便于临机应变分别写出贵贱雅俗的不同情况,可以在写富丽幽婉的情态时,用和文的娴雅特点加以设色敷彩,在描叙宏壮激烈的情况时,则选用汉文的建雄文辞以补和文之不足②。但雅文体则缺乏活泼豪宕之气,很难用来创作包罗万象的小说。因此,坪内逍遥显然主张用俗文体和雅俗折衷体来创作小说,这就是他给"小说"所定的文体。

　　(三)演"小说"之作法

　　当时称为"小说"的,不是假名垣鲁文③之流的戏作,就是直接为政治服务的政治小说,又等而下之的是江户以来的劝善惩恶主义小说,坪内逍遥所称的"是艺术"的小说是与上述作品都不同的。他试图建立一

---

① 坪内逍遥著,刘振瀛译《小说神髓》,上海译文出版社2010年版,第107页。
② 坪内逍遥著,刘振瀛译《小说神髓》,上海译文出版社2010年版,第115页。
③ 假名垣鲁文(1829—1894),又名神奈垣鲁文,近代日本剧作家、通俗小说家。

种新的文学观，生发出一种与时代相适应的新小说形式，故他从情节安排、主人公设置、叙事法等多方面详细地论述了小说的作法。《小说神髓》下卷除第二章探讨小说文体外（也兼及作法），其余部分全是围绕小说作法展开，篇幅占全书的四分之一强。

坪内逍遥在《小说法则总论》开篇首先反驳了一种论调："世上也有人会错误地认为小说、稗史这类东西，是既无规律也无法则的，只是作者兴会所至，率尔下笔，写成的故事而已。"他认为"这完全是肤浅的见解，是由于不懂得稗史的性质为何物的缘故"，小说"不可不有结构布置之法，不可不有起伏开合的规律。情节上要有波澜，有顿挫，叙事上要有精疏，有繁简。而且在描写情态上也存在斟酌之法"。但法则不是万能的，过分拘泥于法则会有削足适履的危险，故他又说："不应过分拘泥于法则。如果像工匠以规矩绳墨来制造器物那样，硬是矫意曲笔来安排情节，那就不可能自由自在地刻画出世上的人情和风俗。即使幸而得以精细地写出人情世态，但终究会使全篇缺少生气，变成毫无兴味的东西。"①他更是引用曲亭马琴曾向山东京传请教戏作②之法而京传答之以"戏作并非师承之技"的典故，来说明小说创作虽有法而又无定法的道理。因此，坪内氏所谓的"小说法则"，不仅包括了创作小说时应使用的种种方法和技巧，也包括了不能墨守成规、削足适履，不死守法则也是一种"法则"。

坪内逍遥撰《小说神髓》一书，虽然意在引进西方的文学和小说观念，但他并非因此全盘否定了东方文学的精粹，正像后文所要指出的那样，他的文学主张，一言以蔽之曰调和和、汉、洋。故他在《小说神髓》中为论述所举的作品涵盖了和、汉、洋三文学，在小说法则一章中尤为明

---

① 以上引文见坪内逍遥著，刘振瀛译《小说神髓》，上海译文出版社 2010 年版，第 91—93 页。
② 戏作，原指文人的游戏文字，后在江户时代则指娱乐性的通俗小说。山东京传（1761—1816），江户时代后期的戏作者、浮世绘师，著有读本《忠臣水浒传》等。

显地可以看出他的东方文学素养。如他在论述悲喜剧小说创作中要注意防止读者审美疲劳，差不多就是清代毛宗岗在《读三国志法》中所说要有"寒冰破热、凉风扫尘""笙箫夹鼓、琴瑟间钟"之妙。

然而，坪内逍遥在一些关键概念上的解释却与东方（中国）传统的概念又有本质不同，如他对"历史小说"的理解。中国古代的小说批评家强调历史小说应该"羽翼信史"，主张把历史小说当做另一种史书来看，长期以来将历史小说与史书混为一谈，动辄将二者相比较，最多也就是承认历史小说中或有虚构的成分，但这种判断的出发点仍是以史书为参照物。坪内氏则认为很难仅仅用虚实来区别历史学家和小说家，小说之所以不同于历史，是因为它可以补足脱漏和表达作者恍如身临其境的感觉，在史书中难以做到的心理剖析，在小说中则可以自由自在地做到。其他如风俗、服饰等，也都是正史中难以活灵活现描绘的地方，由小说家来描写这些，不但方便得多，而且很近似于写活生生的风俗史。历史小说应该略去表面的历史（正史有记载的），尽量描写内面的历史（正史无记载的）①。将历史小说视作风俗史，是欧洲批判现实主义文学的经典理论，其奠基人代表作家巴尔扎克的《人间喜剧》被誉为19世纪上半叶的法国社会风俗史。坪内氏主张小说要写人情和世态风俗，无疑受到了欧洲批判现实主义文学思潮的影响。

坪内逍遥对小说戏曲等通俗文学的提倡不遗余力，除《小说神髓》外，从理论角度进行宣传的论文尚有《关于历史小说》(《歴史小説につきて》)、《历史小说的尊严》(《歴史小説の尊厳》)、《日本史剧》(《我が国の史劇》)、《论梦幻剧之弊》(《夢幻劇の弊を論ず》)、《三论梦幻剧》(《三たび夢幻劇を論ず》)等②。不仅如此，为了配合相关理论，他还现身说法，亲自创作了小

---

① 坪内逍遥著，刘振瀛译《小说神髓》，上海译文出版社2010年版，第169—174页。
② 以上诸文俱收入稻垣达郎编《坪内逍遥集》，《明治文学全集》16，筑摩书房1969年版。

说《当世书生气质》①。堪比今日博士的堂堂文学士,竟然去写在社会上都不值得议论的小说,这确实是出乎人们意料的②。"这是新文艺的第一声,天下青年翕然景从,一齐开始了文学的冒险。"③"逍遥以《小说神髓》和《当世书生气质》声名远播,是敲响明治新文学破晓晨钟之人。"④

坪内逍遥的学生大村弘毅将"小说革新""演剧革新""教育革新"并列为坪内氏一生的三大业绩,而这三大业绩中,通俗文学占了其中两项⑤。受坪内逍遥的影响而从事文学创作,并在中国俗文学研究领域取得重要业绩的幸田露伴则对坪内氏的意义有更为具体的说明:

> 此前的近松、马琴等人以惩恶主义、俚俗教育为文学之第一条件,而逍遥却不然。其立足于西洋文学论、美学论,其在当时之反响绝不会小。彼时尚无今日之文学概念,更无人将文学作为终生之事业,文学不过是余兴、余技罢了。(中略)自《小说神髓》出,文学逐渐成为专门爱好者之话题,更有人因受其影响而爱好文学,逐渐产生文学意识。毋庸置疑,全赖逍遥之功,无人可以否认他是最初使"文学"拨云见天者。⑥

---

① 关于《当世书生气质》的具体创作、出版过程等情况,可参见稻垣达郎《当世书生气质·解题》,载《坪内逍遥集》,《明治文学全集》16,筑摩书房 1969 年版,第 393—395 页。
② 早稻田大学编《稿本早稻田大学百年史》第 1 卷下,早稻田大学出版部 1974 年版,第 396 页。
③ 内田鲁庵《回忆中的人们》,译文据刘振瀛《小说神髓·译本序》,上海译文出版社 2010 年版,第 12 页。
④ 早稻田大学编《稿本早稻田大学百年史》第 1 卷下,早稻田大学出版部 1974 年版,第 385 页。
⑤ 大村弘毅《坪内逍遥》,吉川弘文馆 1958 年版。
⑥ 幸田露伴《明治二十年前后的二文星》(《明治二十年前後の二文星》),《早稻田文学》第 232 号,1925 年 6 月,第 2—4 页。

第三节　汉学的复兴与近代
学术制度的形成

　　一方面,欧化主义极端化刺激了日本国粹主义的复苏,汉学也由此复兴,中国俗文学研究在这一大背景下展开。另一方面,日本近代学术制度在西方学术持续影响下逐渐形成,为中国俗文学研究提供了制度保障。此外,图书馆、学术团体、期刊等也对这一领域的研究起到了推动作用。作为中国文化重要组成部分的小说、戏曲等俗文学研究,迎来了前所未有的变化。

一、汉学复兴与中国文学研究的兴起

　　明治维新以来,日本效仿西方制度进行改革,综合国力逐步上升,民族自信心随之高涨,积极谋求修改不平等条约。1877 年西南战争结束后,自由民权论在日本兴起,"自由民权"成了和"文明开化"一样的流行语,其中也包括一些过激言论,于是,作为对欧化主义反拨的国粹主义开始抬头。文部省作为日本教育的主管部门,开始意识到要改变此前西洋式的认知方式和功利性的教育方式,代之以东洋式的道德教育。文部卿福冈孝悌上任之后,神宫皇学馆、皇典讲习所、曹洞宗大学林、真宗大学寮等一批包括日本国学、佛学等东方传统文化在内的教育机构纷纷设立。汉学方面也毫不逊色,除在东京大学设立古典讲习科外,斯文会等汉学会,二松学舍等汉学塾一时也隆兴起来。

　　然而,随着 1882 年伊藤博文内阁成立,以 1883 年鹿鸣馆①的修建

---

① 日本政府的高官、华族、富商和各国的外交官员及商人等,经常参加鹿鸣馆交谊厅举办的西洋式舞会。这种取悦外国人的活动,被称为"鹿鸣馆外交",标志着欧化风潮逐渐趋向极端,鹿鸣馆交谊厅也成为日本极端欧化的象征。

为标志,日本的欧化主义达到极端化。森有礼出任文部大臣,积极主张"废除国语、采用西语"的理论,此外,更有人提倡改良人种论,"欲以高加索人种改换大和民族"①。在此期间,对欧美一切文化、风俗的模仿和吸取都受到鼓励,基督教也曾因此在日本兴盛起来,汉学随之衰微。东京大学古典讲习科于 1885 年暂停招生,到 1887 年又将学制由四年缩短为三年,并于 1888 年正式废止,总共不过两届毕业生。

以鹿鸣馆为代表的欧化主义并没有为日本的修约运动带来好运,明治政府在随后与西方国家进行的修改条约进程中遭遇了重重困难,而政府所采取的顺从迁就的外交政策也遭到知识界人士的抨击。1886 年西村茂树发表《日本道德论》,提倡以皇室为中心的国民道德,成为国粹主义的先驱。到 1887 年以后,日本的民族主义和国粹主义开始全面抬头,一场保存国粹的运动在全国范围内展开,日本进入所谓的国粹主义时代,政教社、大八洲会、日本弘道会、日本国教大道社等国粹主义团体纷纷出世。就在进步与保守、欧化与国粹之间的思想混乱之时,《帝国宪法》于 1889 年 2 月 11 日颁布,由此奠定了基本国体;《教育敕语》也于次年 10 月 30 日颁布,规定了基本教育方针②。由此,日本在政治和教育两方面确立了国粹主义的基调,作为日本传统文化不可分割的一部分,汉学于此复兴。日本明治时代欧化、国粹主义消长形势可图示如下:

---

① 近代日本思想研究会著,李民等译《近代日本思想史》第 2 卷,商务印书馆 1992 年版,第 5—6 页。

② 《教育敕语》的核心内容是强调传统伦理道德在教育乃至天皇制国体中的极端重要性。1891 年 6 月,文部省又规定了小学校庆祝日、大祭日仪式规章,将原来只是限于宫中仪式及只要求华族和官员参加的一些祝祭日等,一并要求在各学校举行,由校长以下教职员、学生以及市町村的官吏、学生家长和当地居民参加。在仪式中要礼拜天皇像,山呼陛下万岁,由校长捧读《教育敕语》,并作"涵养忠君爱国之气"的训话。

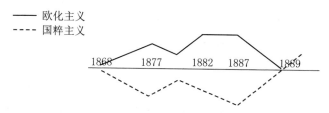

图 1.3 日本明治时代欧化、国粹主义消长形势图

随着国粹主义的复苏,民族意识逐渐加强,日本知识阶层对世界的认识逐渐清晰,要求打破"西洋"一统天下,建构"西洋""东洋"①二元体系的呼声日益强烈,反映到学术领域,就要求构建与"西洋学"相对的"东洋学"。他们常将两者相比较,追本溯源,如果说西洋学的源头在希腊、罗马,那么,东洋学的源头就在中国。这在末松谦澄的《中国古文学略史》中说得非常清楚:

> 中国古文学之于东洋文学之必要,犹希腊拉丁学之于西洋文学,以之足极文化之渊源也。②

前文已述及,末松谦澄这部《中国古文学略史》实际上是一部先秦学术史,因此,虽然他在这里用的是"文学"一词,但实际指的是整个学术,即先秦学术是东洋学术的源头。要探讨东洋学,首先就要阐明先秦学术,就像研究西洋学,必要追溯到希腊、罗马一样。这种认识并非个别的,而是普遍的,比如藤田丰八《先秦文学》出版前的广告也宣称:

---

① 日文"東洋"与中文"东洋"词义有别,中文"东洋"一般指日本,而日文"東洋"则以日本、中国为主,包括西亚、北非在内的广大地区。两者词义的差别也体现了当时中日两国不同的世界观。

② 末松谦澄《中国古文学略史》,文学社 1882 年版,第 1 页。

先秦汉文化之于东洋,比之古希腊文化之于西洋可也,其以璀璨陆离之光彩射人眼,风流余韵,至今不绝。①

如果说甲午战争以前,日本知识界还只是将东洋与西洋并列,更多是用中国学术与西洋学相抗衡的话,那么,随着甲午战争后日本"民族自信心"的空前高涨,他们已不满足于此。他们开始有意突出日本和日本人在东洋学体系中的地位,认为当时之世,唯有日本才能成为东洋的代表,自觉地以振兴东洋学为己任,并无形中以东洋学盟主自居。他们宣称:

西欧自有西欧之文明,东亚岂无东亚之文明?十九世纪末期,实此东西二文明相抵冲之时也。将此东亚文明之光彩大力宣扬于宇内,以抗衡西洋文明,乃东洋人民之天职也。②

在这样一个对膜拜西洋的反拨,而对东洋学术思想大力宣扬的国粹主义复兴时代,日本社会重新掀起了一股"汉学热"。当时老汉学出身的东京大学教授皆有用汉文撰写的著述或遗稿③,用汉文作序跋、作汉诗更成为一时之风尚,"高等学校(预科生)自不用说,中学生作汉诗也是极为普遍的事"④。在这种形式下,加之西方传入的文学观念,作为新生物的"文学史"应运而生。19世纪末20世纪初,日本相继出版了多种国别文学史,其中当然也包括了中国文学史:

---

① 载笹川临风《中国小说戏曲小史》后附《新著月刊》,东华堂1897年版。
② 藤田丰八等《东亚说林》第2号,1894年12月9日。
③ 东京帝国大学编《东京帝国大学学术大观·总说篇·文学部篇》,东京帝国大学出版部1942年版,第276页。
④ 东方学会编《追忆前辈学者》(《先学を语る》)第2册,刀水书房2000年版,第121页。

明治时代社会日益复杂化，熟读各家文学全集等，了解文学变迁之要领，已成为必要之教养知识，故编撰文学史成了社会之愿望。随着汉学复兴，《中国文学》杂志于 1891 年创刊，便有人讲说中国文学史，然尚不甚成熟，古城贞吉所著《中国文学史》(1897)是为第一部完整体系之文学史。甲午战争后，打败老大帝国的日本开始对文化进行再认识。作为大国国民教养之必要，从 1898 年开始，博文馆出版《帝国百科全书》，其中收有《中国文学史》，显示了对汉文化再认识乃是当然之事。①

当然，19 世纪末 20 世纪初日本出版的中国文学史远不止上引的这两部，以下仅据笔者所知，将其列表如下：

表 1.2　19 世纪末 20 世纪初日本出版的中国文学史②

序号	著　者	题　名	出版或发表年份	出版社或出处
1	末松谦澄	中国古文学略史	1882	文学社
2	儿岛献吉郎	中国文学史	1891	《中国文学》
3	森槐南	中国小说讲话（中国小説の話）	1891—1892	《早稻田文学》
4	斋藤木	中国文学史	1892—1893	手写本
5	儿岛献吉郎	文学小史	1894	《中国学》
6	不题撰人	小说史	1894	《中国学》
7	不题撰人	戏曲史	1894	《中国学》
8	小柳司气太	中国文学史	1895	东亚学院出版部

① 三浦叶《明治时代的汉学》，汲古书院 1998 年版，第 309—310 页。
② 同书再版者未列在内，久保天随四部《中国文学史》内容有所不同，并非同书再版。第 6、7 项不题撰人，但很可能是森槐南，详见本书第二章。

序号	著 者	题 名	出版或发表年份	出版社或出处
9	藤田丰八	中国文学史	1895—1896	东京专门学校
10	古城贞吉	中国文学史	1897	东京经济杂志社
11	藤田丰八	中国文学史稿·先秦文学	1897	东华堂
12	藤田丰八、笹川临风等	中国文学大纲	1897—1904	日本图书株式会社
13	笹川临风	中国小说戏曲小史	1897	东华堂
14	笹川临风	中国文学史	1898	博文馆
15	岛村抱月	中国文学史	1898—1901	手写本
16	中根淑	中国文学史要	1900	金港堂
17	高濑武次郎	中国文学史	1901	哲学馆
18	久保天随	中国文学史	1903	人文社
19	久保天随	中国文学史	1904	早稻田大学出版部
20	久保天随	中国文学史	1910	早稻田大学出版部
21	久保天随	中国文学史	1907	平民书房
22	狩野直喜	中国文学史	1908	京都大学讲义
23	儿岛献吉郎	中国大文学史	1909	富山房
24	森槐南	作诗法讲话	1911	文会堂书店
25	森槐南	词曲概论	1912—1914	《诗苑》
26	儿岛献吉郎	中国文学史纲	1912	富山房
27	狩野直喜	中国小说史	1916—1917	京都大学讲义
28	狩野直喜	中国戏曲略史	1917—1918	京都大学讲义
29	盐谷温	中国文学概论讲话	1919	大日本雄辩会
30	日下宽	中国文学	不详	不详
31	松平康国	中国文学史谈	不详	早稻田大学出版部
32	儿岛献吉郎	中国文学史	不详	早稻田大学出版部

上表中尤其值得注意的是笹川临风。他不仅著有《中国文学大纲》中《李笠翁》《汤临川》《元遗山》三卷,还著有日本第一部中国小说戏曲专史——《中国小说戏曲小史》、日本第一部将俗文学与诗文并列的中国文学史——《中国文学史》。他的《中国文学史》是作为《帝国百科全书》的第九编(全三十编)由当时以出版日本国粹主义图书闻名的最大出版社博文馆出版,这无疑具有权威性质。该书在中国影响较大,是当时众多文学史中最早被译成中文的一部。更重要的是,它成了当时林传甲为国立最高学府——京师大学堂编撰文学史讲义的参考书。

日本汉学界之所以在短短一二十年间掀起了中国(俗)文学的热潮,出版了这么多的文学史,正是因为中国文学(文化)与日本文学(文化)的特殊关系:

> 日本既融合中国文化,亦吸收印度文化,又汲取西洋文化,融三者为一炉,即为日本文化。故中国文学之研究,非徒恋旧物,实因中国文学乃日本之第二国文学,探究中国文学之精髓,以阐明中日文学之关系,以新眼光而作新研究,以资研究中国文学之初学者,并为研究日本文学及将来文学取舍之参考也。①

二、近代大学的设立与学术制度的形成

19 世纪末 20 世纪初,日本在中国(俗)文学研究方面涌现出了一大批专业的新汉学者,他们中的代表有森槐南、儿岛献吉郎、藤田丰八、笹川临风、狩野直喜、久保天随、铃木虎雄、盐谷温等,这些新汉学者大都撰写过中国文学史或中国小说史、中国戏曲史,并在高等学府讲授中国俗文学,掀起了日本中国俗文学研究的热潮。

---

① 藤田丰八等《中国文学大纲·序》,日本图书株式会社 1897 年版。

作为现代学术研究的中国俗文学学科，之所以先在日本生成，原因有二：

第一是内部原因。即如第一节所论，中国俗文学在江户时代的广泛传播，在日本拥有广泛的受众基础。进入19世纪以后，中国俗文学的热度虽有所减弱，但其余势依然不可忽视。上述那些新汉学者在少年时期莫不对中国小说、戏曲深感兴趣，有些甚至嗜读到了废寝忘食的程度。试想，如果不是中国俗文学作品在日本有长期、广泛的浸润，他们是无法在短期内实现中国俗文学研究上的丰收的。

第二是外部原因，即西方学术的影响。具体而言，主要有两方面，一是文学观念，二是学术制度。关于文学观念的变革，已在第二节专门讨论，以下来看学术制度的影响。

上述新汉学者有一个共同的学术背景，即都出自东京大学这一日本近代学术大本营。可以毫不夸张地说，离开了东京大学，近代日本汉学就无从谈起，中国俗文学研究也无从谈起。东京大学的诞生，不仅开启了日本近代学术制度的范式，也成为日本近代汉学家的渊薮。但现代大学制度源于西方，作为亚洲第一所现代大学——东京大学完全是在西方学术的冲击下催生的。

高度评价日本近代教育，并不是否定明治以前的教育，相反，江户时代日本教育的普及程度，不仅给了明治维新在教育改革上的便利，更为日本的迅速近代化积蓄了充分的知识能量[1]。江户时代的日本也有相对完整的教育体制：

　　　以幕府官学、诸藩藩校、各乡的乡校为主体，再加上从中世延

---

[1]　可参见臧佩红《日本近现代教育史》第一章《日本近代教育的基础》，世界知识出版社2010年版，第1—17页。

续下来的寺院主办的世俗教育学校——寺子屋，私人兴办的私塾和家塾，形成遍及全国的教育网络。①

日本近代学校体制其实就是在此基础上改制而成的。藩校、乡校、寺子屋、私塾等被改制成近代中小学，而设立在江户（东京）的全国最高学府昌平校，则是日后东京大学的前身之一。明治政府迁都东京，以儒学和国学为主的昌平学校为中心，将洋学为主的开成学校、西洋医学为主的医学校并入，于 1869 年成立"大学校"，并于 1877 年正式定名为东京大学，1886 年改制成为当时日本唯一的一所帝国大学。

不过，东京大学与江户时代的昌平校有本质不同。虽然东京大学在成立之初，就设立了和汉文学科，但传统汉学的主导地位已经被否定，取而代之是各种新学科并存的局面，汉学只是各学科中的一科。随着 19 世纪 80 年代以后日本国粹主义的复苏，东京大学于 1882 年设立古典讲习科，1885 年在文学部分设哲学科、和文学科、汉学科三科。这里的古典讲习科、汉学科讲授的都是作为日本文化一部分的中国典籍，用的是汉文训读法，目的是强化儒教思想。

东京大学最初的办学目的非常明确，是为了培养国家栋梁之材，其课程自然不可能将不入流的、被称为"小道"的戏曲、小说等俗文学列入在内。作为对东京大学这所唯一的帝国大学的挑战，一所更具自由空间的私立学校——东京专门学校却于 1890 年就设立了以中国小说戏曲为特色的文学科，成为近代日本第一所开设中国俗文学课程的高等学府，其主讲者森槐南也由此成为在日本高等学府讲授中国俗文学的第一人。此后，东京专门学校的中国俗文学教学与研究延绵不绝，完成了中国俗文学学科在日本的初创。

---

① 李庆《日本汉学史》第 1 部，上海人民出版社 2010 年版，第 56 页。

当东京专门学校内将中国俗文学教学和研究活动开展得风生水起的时候,东京大学内仍是一片鸦雀无声。当然,东京大学在此前没有俗文学课程,并不意味着东京大学就与之绝缘。在森槐南、盐谷温之前,东京大学的早期毕业生——赤门文士的相关活动成了东京大学中国俗文学研究的先声。他们除编写各种中国文学史外,还设立东亚学院,将中国小说戏曲纳入课程体系。而将中国俗文学课程破天荒地搬上东京大学讲坛的,也正是那位森槐南先生。1899 年森槐南受聘于东京大学,讲授中国小说戏曲,由此正式开启了东京大学中国俗文学学科史,森槐南成为在日本帝国大学讲授中国俗文学的第一人,比鲁迅、吴梅等学者在北京大学开设小说、戏曲课程约早了二十年。

与此同时,日本第二所帝国大学——京都大学也准备开设文科大学。京都大学文科大学于 1906 年正式设立,1908 年开设文学科,曾为赤门文士之一的狩野直喜成为文学科中国语中国文学讲座教授,也开始讲授中国俗文学。京都大学的举动对东京大学的刺激是相当明显的,东京大学文科大学不得不做出相应的改革以应对挑战:将原先哲学、国文学、汉学、史学、英文学等九学科整合为文、史、哲三学科,下设19 个讲座,汉学科分为中国哲学讲座和中国文学讲座,史学科内也单设东洋史学讲座①。至此,在科系和专业的设置上,东京大学完成了从原先的“汉学”到现在的“中国学”的转变。

继森槐南之后在东京大学主讲中国俗文学的是他的学生盐谷温。1906 年 10 月至 1912 年 8 月,盐谷温作为中国文学讲座预备教授,被派往德国、中国留学。需要指出的是,在盐谷温留学期间,东京大学虽已设立中国文学讲座,但事实上并未和中国哲学讲座分开,讲座教授由研究

① 东京帝国大学编《东京帝国大学学术大观·总说篇·文学部篇》,东京帝国大学出版部 1942 年版,第 187—188 页。

中国哲学的星野恒兼任(1901 年 7 月至 1917 年 9 月)。星野恒认为的"文学"仍是传统的经史诗文,他对盐谷温出身于汉学世家却去研究俗文学表示不解和愤慨,曾亲口指责盐谷温。直到 1917 年星野恒去世后,中国文学讲座才由盐谷温和治中国哲学的宇野哲人两位助教授分担[1],自然地分化为中国文学讲座和中国哲学讲座。盐谷温虽然对星野恒等老一辈汉学家不把小说、戏曲算作"文学"的观念表示理解,但并不赞同:

> 在汉学科时代,文学确实只需唐宋八大家文、唐诗选等就足够了,但既然已经设置了与英文学、德文学等并列的中国文学讲座,岂能少了与像莎士比亚、席勒等人相抗衡的小说戏曲作品呢?因此,舍弃传统的汉文学观念,将汉文、唐诗、宋词、元曲以至明清小说都囊括在中国文学的范围内。[2]

盐谷温那部广为人知的《中国文学概论讲话》也是在 1917 年夏季演讲讲稿的基础上修订而成的,因此,可将 1917 年视为中国俗文学被纳入日本最高学府的"正统"学术体系的完成之年。结合早稻田大学、京都大学的情况,可以说中国俗文学学科作为一门现代学科已经在日本得以确立,并得到了现代学术制度的保障。此后,不仅没有人再把小说、戏曲作为不齿的小道,相反,到第三代汉学家吉川幸次郎读大学时(20 世纪 20 年代),"日本的中国文学研究是小说、戏曲的全盛时代,那时候大体的风气是,谁都不会把诗文作为研究对象,要研究的话必须是研究作为新领域的戏曲、小说"[3]。

---

[1]　东京帝国大学编《东京帝国大学学术大观・总说篇・文学部篇》,东京帝国大学出版部 1942 年版,第 275 页。

[2]　盐谷温《天马行空》,日本加除出版株式会社 1956 年版,第 60—61 页。

[3]　东方学会编《追忆前辈学者》第 2 册,刀水书房 2000 年版,第 127 页。

三、日本中国俗文学研究的研究载体与学术群体

（一）中国俗文学研究的重要载体：学术杂志和出版物

随着近代学术制度的形成与西方技术的传入，日本近代报刊业和出版业也逐渐发展并繁荣起来。报刊、出版物不仅成为近代化社会生活不可或缺的组成部分，其对日本中国俗文学研究"也起到了较为积极的催生作用，为研究者们发表学术意见及相互交流提供了新的空间和平台，并改变了学人传统的著述撰写、刊行及传播方式。这一时期有不少重要的古代文学方面的学术著述往往是先发表在一些报刊的副刊和文学杂志上，后来才结集成书的"①。

在中国俗文学研究正式兴起以前，19世纪80年代以来，日本就已经出现了很多汉诗文杂志②，这些杂志尽管大多是发表诗文作品，但却成为以后专门学术杂志的先声，如1881年7月创刊的《斯文一斑》，就是后来著名的汉学杂志《斯文》的前身。进入90年代以后，专门性学术杂志开始出现，其中有不少成为中国俗文学研究的重要阵地，其中创刊时间较早、影响较大的是《早稻田文学》。

今日的《早稻田文学》以纯粹的文学刊物闻名，但在1891年10月创刊之初却非文学杂志，而是半月刊的东京专门学校文学科校外讲义，其创刊号中俗文学的内容占了绝对优势。森槐南和他的学生们就在《早稻田文学》上发表了不少著述，这些在当时都属开山之作。如森槐南的《中国小说讲话》六篇、《红楼梦论评》等所勾勒的史的脉络，则成为以后中日两国的小说史相关著述的总体框架，其所选论的作品也成为日后中国小说史论述的主要作品，而这正体现了《早稻田文学》之于中

---

① 苗怀明《近代学术文化的转型与中国古代文学学科的生成》，韩国《中国学报》第61辑，2010年6月。

② 可参见李庆《日本汉学史》第1部，上海人民出版社2010年版，第162页。

国俗文学学科史的意义。他的学生柳井絅斋在《早稻田文学》连载《桃花扇梗概》，野口宁斋在《早稻田文学》上连载《吟风阁词曲谱》。

20世纪90年代重要的汉学杂志还有《中国文学》《中国学》《帝国文学》《江湖文学》《城南评论》《文章世界》等。特别是《中国文学》和《中国学》，发行时间虽然不长，但在中国（俗）文学上有相当重要的地位。如儿岛献吉郎于1891在《中国文学》上发表《中国文学史》，虽然只发表了先秦部分即停刊，但这是目前所见日本第一部（篇）使用"中国文学史"题名的著述，这一命名方式被后来的学者所沿用，影响及于今日。《中国文学》也刊载中国文学讲义，并专列"小说戏曲门"，森槐南在创刊号起就连载《西厢记读方》，是为近代日本《西厢记》研究的滥觞。《中国学》也一样，不仅刊载了儿岛献吉郎的《文学小史》，还发表了不题撰人的《小说史》《戏曲史》，是为最早的中国小说戏曲分体专史。而稍后的藤田丰八、笹川临风、久保天随等赤门文士的早期论文则多在《帝国文学》《江湖文学》发表。

当然，这一时段的杂志还存在内容相对杂芜、体例不够完善、发行时间不长等缺点，进入20世纪后，则进一步专业化、规范化、稳定化。如京都学派创办的《艺文》《中国学》等刊物，不仅是专门的学术杂志，而且办刊持续稳定，影响较大。

《艺文》是1910年京都大学文科大学创办的综合性学术期刊，是京都学派发表学术成果及交流学术信息的重要平台。狩野直喜早期的中国俗文学研究论文，如《〈水浒传〉与中国戏曲》（《〈水滸伝〉と中国戲曲》）、《元曲的由来与白朴〈梧桐雨〉》（《元曲の由来と白仁甫の〈梧桐雨〉》）等均发表于该刊；他在欧洲调查期间，及时向国内发回信息，并在《艺文》发表，回国后又在该刊分三次介绍欧洲学研究的历史与现状，题为《续狗尾录》；其后又专门就中国俗文学研究新材料撰文发表，是为《中国俗文学史研究的材料》（《中国俗文学史研究の材料》）。铃木虎雄则在该刊上发表了不少译介王国维戏曲研究的文章,如《王国维〈曲录〉及〈戏曲考原〉》(《王氏の〈曲録〉及び〈戯曲考原〉》)、《古剧脚色考》;还以"王木酬唱"为题发表了他与王国维往来唱和的诗作。王国维去世后,《艺文》还为他出了连续两期的纪念专号。

《中国学》是青木正儿等人于1920年创办的,与前述《中国学》杂志同名异刊。该刊创办之初,一方面邀请京都学派前辈学者赐稿助阵,如狩野直喜的《读曲琐言》系列文章,铃木虎雄的《采桑传说》《关于桑树的传说》(《桑樹に関する伝説》)、《李卓吾年谱》等,另一方面则积极专注当下的学术最新动态。青木正儿发表的《以胡适为中心翻涌着的文学革命》(《胡適を中心に渦いてある文学革命》)、《读胡适〈红楼梦考证〉》(《胡適著〈紅樓夢考證〉を読む》)、《读新式标点〈儒林外史〉》(《新式標點〈儒林外史〉を読る》),对中国国内学术动态作了及时的介绍。《中国学》还在同期(1927年第3号)刊发了青木正儿的《关于敦煌遗书〈目连缘起〉〈大目干连冥间救母变文〉及〈降魔变押座文〉》(《敦煌遺書〈目連緣起〉〈大目乾連冥間救母変文〉及び〈降魔変押座文〉に就て》)和仓石武四郎的《〈目连变文〉介绍书后》(《〈目連変文〉紹介の後に》),引起中国学界关注,并由汪馥泉译成中文。

此外,如《斯文》《书志学》《东亚研究》《满蒙》《文字同盟》《东洋》《东洋学报》《中国文学月报》《中国文学》《汉学会杂志》《东方学报》等杂志,曾发表过不少中国俗文学研究论文。

报纸方面。《大阪朝日新闻》在早期的中国俗文学研究上扮演了较为重要的角色,发表过不少中国俗文学研究著述。如狩野直喜的《关于中国小说〈红楼梦〉》(《中国小説〈紅樓夢〉に就て》)、《关于〈琵琶行〉题材的中国戏曲》(《〈琵琶行〉を材料としてる中国戯曲に就いて》),铃木虎雄的《蒋士铨〈冬青树传奇〉》(《蒋士銓の〈冬青樹伝奇〉》)等,西村天囚翻译的《琵琶记》也最先是在该报上连载。但总体而言,随着专业学术杂志的纷纷问世,报纸作为学术成果载体的功能基本上被取代了。

随着近代出版业的发展,除单篇论文形式外,系统的学术专著也开始出版,成为学人展现学术成果的另一种重要形式。近代日本的中国俗文学研究专著不少最先是以讲义形式出现,这种传统的形成首先要归功于早稻田大学。

早稻田大学早在东京专门学校时期,就为了发展校外教育而发行专门的讲义,并为此专门成立了出版部,而在出版部成立之前,《早稻田文学》杂志曾一度扮演过讲义的角色。出版部成立后,讲义的形式由在期刊连载改为以单行出版为主,这种改变不单单是形式上的,更是内容上的。单行本使得讲义录的篇幅大为增加,一般少则一二百页,多则三四百页,这样的篇幅不仅能使论述更为详尽,而且能使讲义结构更为完整,许多单行本讲义录往往就是一部完整的教材或专著。早稻田大学出版的讲义,不仅包括了曾在该校任教的藤田丰八、岛村抱月、盐谷温、宫崎繁吉、松平康国等人的讲义,也包括了未在该校任教的中国文学研究者如久保天随、儿岛献吉郎的专门著述。其中既有中国文学通史,也有像宫崎繁吉的《中国近世文学史》《中国戏曲小说文钞释》这样以俗文学为主的专门讲义。以上所举不过是今日仍能见到的,应当还有一些已经散佚的讲义。可以推测,早稻田大学出版部自1895年设立以来的十余年间,所出版的中国文学史相关讲义至少在20部以上。关于这方面的情况,详见本书第二章。

此外,富山房、博文馆、东华堂、日本图书株式会社等出版社都在19世纪末20世纪初出版过不少中国文学史专著。如富山房出版古城贞吉的《中国文学史》、儿岛献吉郎的《中国大文学史》《中国文学史纲》;博文馆出版笹川临风的《中国文学史》;东华堂出版笹川临风的《中国小说戏曲小史》、藤田丰八的《先秦文学》;日本图书株式会社出版藤田丰八等人的《中国文学大纲》。进入 20 世纪后，出版业取得长足发展，以专著形式呈现研究成果更为普遍，大日本雄辩会(讲谈社前身)、弘文堂书房、文求堂书房、创元社、弘道馆、汲古书院、美篶书房等出版社都出版过重要的中国俗文学研究专著。如大日本雄辩会出版盐谷温的《中国文学概论讲话》、弘文堂书房出版青木正儿的《中国近世戏曲史》等。

(二)日本藏书机构与中国俗文学文献的收藏

学术研究离不开基本文献，人文学科尤其如此。随着西学传入带来的社会制度的变迁，公共图书馆逐渐成为学术研究所需文献的重要收藏形式。"现代学术研究是依托公共图书馆建立的，现代图书馆的建立为中国古代文学学科的建立提供了文献上的保证。图书馆的收藏量大，保存完整，收藏时间长，使分散各地的资料相对集中，查阅方便，适应现代学术研究的需要，这些都是私家藏书所不具备的优势，而且它的对外公开性使它成为学术研究的材料基础。"[1]

近代以来日本中国俗文学研究的长足发展，与日本各大图书馆藏有大量的中国俗文学文献有着密不可分的关系，"其收藏的丰富甚至超过中国本土"[2]。因此，胡适在给孙楷第《日本东京所见中国小说书目》一书所作的序中不无感慨地说：

> 我们可以说，如果没有日本做了中国旧小说的桃花源，如果不是靠日本保存了这许多的旧刻小说，我们决不能真正明了中国短篇与长篇小说的发达演变史。[3]

---

① 苗怀明《近代学术文化的转型与中国古代文学学科的生成》，韩国《中国学报》第 61 辑，2010 年 6 月。
② 苗怀明《二十世纪戏曲文献学述略》，中华书局 2005 年版，第 26 页。
③ 胡适《日本东京所见中国小说书目·序》，《胡适古典文学研究论集》，上海古籍出版社 1988 年版，第 1272 页。

这里说的是小说的情况。戏曲方面，"日本藏有从中国传来的戏曲刊本，数量不算很多，但含有中国今日已经散佚的珍稀本"①。日本藏中国俗文学文献数量多、价值高，不仅使近一个世纪以来的中国学者前赴后继东渡访书，也为日本的中国俗文学研究提供了坚实的文献基础。

日本的中国俗文学文献收藏形式主要有两类，一是公共图书馆收藏，一是私人收藏。公共图书馆收藏又可分为公立和私立两类。

公立图书馆的中国俗文学文献以内阁文库（今日本国家公文书馆第一部）为最，其次为宫内省图书寮（今宫内厅书陵部）、国会图书馆、东京都立图书馆、大阪府立图书馆、神户市立图书馆等。私立图书馆以日光山轮王寺天海藏为最，其次为静嘉堂文库、东洋文库、成篑堂文库、无穷会图书馆、大仓集古馆等。

此外，日本各大高等学府也藏有不少中国俗文学文献，其中公立大学以东京大学、京都大学为最，其次为名古屋大学、东北大学、大阪大学、九州大学、山口大学、东京外国语大学等；私立大学以天理图书馆（与天理大学共用）为最，其次为大谷大学、早稻田大学、庆应义塾大学、拓殖大学、大东文化大学、立命馆大学、龙谷大学②。

私人收藏当以长泽规矩也最富，他曾前后七度来华访书、搜书，所藏中国俗文学文献之多为学界所熟知，其藏书现存于东京大学双红堂文库。与双红堂文库相似，其他藏书较富有的学者，如盐谷温、狩野直

---

① 田仲一成《日本所藏中国戏曲文献研究·序》，高等教育出版社 2011 年版。

② 关于日本各大藏书机构所藏中国俗文学文献的具体情况，参看孙楷第《日本东京所见中国小说书目》，人民文学出版社 1958 年版；严绍璗《日本藏汉籍珍本追踪纪实》，上海古籍出版社 2005 年版；黄仕忠《日本所藏中国戏曲文献研究》，高等教育出版社 2011 年版；苗怀明《二十世纪中国小说文献学述略》，中华书局 2009 年版；苗怀明《二十世纪戏曲文献学述略》，中华书局 2005 年版等。

喜、神田喜一郎、青木正儿、石崎又造、森槐南、古城贞吉、奥野信太郎、宫原民平等，他们的藏书后来都以各种形式归于上述几所大学，成为这些大学中国俗文学文献收藏的重要来源。

当然不少大学的中国俗文学文献是相关学者在该校任教期间有意购置的，最典型的如京都大学。今天京都大学的中国戏曲小说文献藏书中多有珍品，狩野直喜实功不可没。狩野直喜深厚的文献功底，使他能够迅速而准确地判断文献的学术价值；他在京都大学的特殊地位，也使得他在文献的搜集与复制上有着不少便利。在狩野直喜的主持下，京都大学文科大学从 1907 年就开始购藏中国戏曲小说文献，以后几乎每年连续不断，王国维寓居京都之后，文科大学购藏戏曲小说文献数量更为明显增长。狩野直喜还通过抄录等方式获得不少文献，如世德堂本《荆钗记》《还带记》，就是他从阿波文库抄录的，清钞本《传奇汇考》则是他托人在东京抄录的，还有王国维副录后赠与狩野氏的《录鬼簿》等。狩野氏还安排覆刻了《元刊杂剧三十种》。狩野氏本人的藏书，则在其去世后也归于京都大学①。狩野直喜搜集的这些文献，对京都学派的后学者如青木正儿等人早年的研究产生了很大的影响。

此外，今东京大学文学部所藏的中国俗文学文献，大部分也是在盐谷温在任时期购置、抄录的。盐谷温还安排影印出版了家藏元至治新刊《全相平话三国志》、斯文会藏明万历刊本《杨东来先生批评杂剧西游记》、九皋会藏明宣德刊本《新编金童玉女娇红记》、九皋会藏明万历刊本《橘浦记》等稀见元明刊本，在学界有相当的影响。

公共图书馆之于学者的意义毋庸多言，这里仅据一例。后来以中

---

① 关于京都大学及狩野直喜本人所藏中国戏曲文献部分目录，可参见黄仕忠《日本所藏中国戏曲文献研究》，高等教育出版社 2011 年版，第 57—59 页。

国戏曲研究闻名,并成为日据时期台北帝国大学东洋文学第一任讲座教授的久保天随,作为赤门文士的代表人物之一,虽然早在大学期间就已经闻名于文坛,但大学毕业后,由于没有固定教职,缺乏研究资料,竟然过了将近二十年的卖文生涯,直到他1916年供职于大礼记录编纂委员会,才有机会开始学术生涯。该会附设于内阁文库,故久保天随得以在公务之余,广泛阅览文库藏书,他在编委会任职的三年间,利用余暇时间抄录的戏曲相关资料卡片厚达数寸。此后,他就任宫内省图书寮编修官,又得到饱览该馆图书的良机。他的学术代表作、博士论文《〈西厢记〉研究》(《〈西厢记〉の研究》)的主要部分就是在此期间完成的。前文已述及,内阁文库、宫内省图书寮都是日本收藏中国俗文学文献最富的图书馆。试想,如果没有这样的学术资源,久保天随能否完成博士论文、能否在台北帝国大学开宗立派、能否在近代日本中国俗文学研究史上留下浓墨重彩的一笔,都会成为疑问。

久保天随的反例,可以举笹川临风。他在19世纪最后几年连续发表大量的中国俗文学研究著述,但1901年离开东京到地方任中学校长后,"求一见中国小说不可得,此项之研究无奈作罢,其后便与之绝缘矣"①。由此可见公共图书馆之于学术研究的重要性。

(三)研究团体、师承谱系构成的中国俗文学研究学术群体

随着汉学复兴,日本再次掀起了一股汉诗文创作的热潮,文人墨客们为了切磋交流,不仅创办了许多杂志期刊,还联合志同道合之士,组成汉诗文社团,这些也成为后来专门的学术研究团体的先声②。

到了19世纪末20世纪初,随着近代学术研究逐步兴起,这些汉诗文的主持者或参与者的身份也开始发生变化,其中有不少是兼有学者

---

① 笹川临风《琵琶记物语·例言》,博多成象堂1939年版。
② 可参见李庆《日本汉学史》第1部,上海人民出版社2010年版,第163—166页。

和作家双重身份的"两栖型"汉学家,较为著名的有森槐南、久保天随、铃木虎雄。他们一方面以汉诗闻名、领袖诗坛,一方面以中国文学研究成一代之宗师。

尤其是森槐南,他能言善辩、应接从容,除了在课堂授课以外,还常参加一些由各种团体举办的演讲会,演讲的内容也以中国俗文学为主,这也客观上促进了中国俗文学在课外的影响。如森槐南于 1891 年 3 月 14 日在东京文学会上以《中国戏曲一斑》为题做演讲,同月 16 日,《报知新闻》以《中国戏曲之沿革》为题概述了演讲内容。这是日本第一个关于中国戏曲的专题演讲,虽未冠以"史"名,实际上即是一篇简要的中国戏曲发展史,森槐南以后的《作诗法讲话》和《词曲概论》中有关戏曲史的部分,皆在此基础上进一步生成。其与《中国小说讲话》等文一起,构成了森槐南最初的中国小说戏曲史体系。

由于森槐南的特殊魅力,不少学生因他的影响而走上中国俗文学研究的学术之路,形成了一个以森槐南为中心的中国俗文学研究谱系。在东京专门学校有柳井絅斋、野口宁斋、宫崎繁吉,在东京大学有盐谷温、久保天随。可以说,东京专门学校 1890 年以后、东京大学 1899 年以后的毕业生中从事中国俗文学研究的,其师承关系都可以追溯到森槐南。

继森槐南之后在东京大学主讲中国俗文学的是盐谷温。盐谷温在主持东京大学中国文学讲座的二三十年间,以学术地位和政治地位两方面巨大的影响,培养了一大批后学,东京大学中国文学讲座的历任教授、助教授、讲师皆出盐谷之门。节门弟子中除仓石武四郎、竹田复、小野忍等后来曾在东京大学任教授、助教授,辛岛骁任日据时期京城帝国大学教授外,较为著名的尚有内田泉之助、长泽规矩也、增田涉、鱼返善雄、八木泽元、足立原八束等。此外,中国学者郭虚中、孙俍工等在日本求学、任教期间,也都曾受到盐谷温的指导和提携。

不仅如此,东京大学学生毕业论文选题也以中国俗文学为主。以1930年度至1934年度学生毕业论文题目为例,其中以中国俗文学为选题的论文篇数,除1933—1934年约占该年度中国文学科毕业论文总篇数的35％外,其余3个学年度都接近或超过半数。由此可窥,当时东京大学乃至整个日本汉学界新生代研究中国俗文学情况之趋向,尤其可以看出当时有关中国俗文学的选题在整个东京大学中国文学科中所占的比重情况。

东京大学中国文学科师生在日常教学之外,还经常利用东洋史谈话会、中国哲文学学生会、汉学会等东京大学校内的学术团体,展开主题演讲、座谈会等多种方式的学术交流,主讲者既有盐谷温这样的讲座教授,也有该专业的普通学生,营造了师生互动、课内外互动的良好氛围。

再看京都方面。京都大学文科大学设立不久,中国哲学、东洋史学、中国文学三个讲座的师生便联合校外同好者,成立中国学会。这是一个综合性的东洋学研究机构,每年定期举行一次大会,在京都学派的学术活动中曾发挥过重要的平台作用①。如狩野直喜刚从欧洲调查敦煌文献回国,便于1913年11月27日在第一次大会上作了题为《敦煌发掘物视察谈》的调查报告,其后又分别在第四次(1917年12月2日)、第十二次(1925年6月13日)大会上两次发表题为《关于敦煌遗书》(敦煌遗书について)的讲演。

和盐谷温一样,狩野直喜也在长达二十余年的教学生涯中培养了众多的后学。除仓石武四郎曾先后受教于盐谷温和狩野直喜,后又兼任东京、京都两大学教授外,在中国小说戏曲研究领域饶有成就、堪称

---

① 京都帝国大学文学部编《京都帝国大学文学部三十周年史》,1935年版,第34—35页。

一代之领袖的还有青木正儿和吉川幸次郎,他们分别是狩野直喜早期和晚年的得意门生,后来都继承了乃师的衣钵,相继出任京都大学讲座教授,成为京都学派的支柱。就个人而言,青木正儿和吉川幸次郎的影响力都胜于盐谷温门下弟子,虽京都大学成立晚于东京大学,但京都学派日后的声势更胜于东京学派,与上述原因是分不开的。

第二章　早稻田大学与中国俗文学学科的初创

　　早稻田大学与庆应义塾大学并称为日本"私立大学双雄"①。早稻田大学是最早接受中国留学生的日本大学,也是中国留学生人数最多的日本大学之一,曾于 1905 年设立过专门的"清国留学生部"②。或许正因为如此,研究者往往更为关注早稻田大学在近代中日关系中的角色和作用③,而对于早稻田大学在汉学方面的成绩则往往有所忽视,说到日本汉学,往往侧重于探讨东京、京都两所国立大学,特别是更具谱系感的京都学派。其实,早稻田大学也是名副其实的汉学重镇,今人在追溯日本的中国文学研究,尤其是中国俗文学学科史时,是不能忘记早稻田大学的初创之功的。

第一节　以中国俗文学为特色的文学科

　　一门学科的建立是多种因素综合作用的结果,中国俗文学学科是

---

① 早稻田大学前身为大隈重信创建于 1882 年的东京专门学校,于 1902 年升格并更名为早稻田大学,本章标题所称的"早稻田大学"含东京专门学校时期,文中则以 1902 年为界分别称呼。

② 关于早稻田大学的中国留学生问题,可参看实藤惠秀著,谭汝谦等译《中国人留学日本史》,北京大学出版社 2012 年版。

③ 关于早稻田大学在中日交流史上的角色和作用问题,可参看安藤彦太郎著、李国胜等译《早稻田大学与中国——架起通向未来之桥》,武汉大学出版社 2010 年版。

中国文学学科的一个分支,中国文学学科又属于整个文学学科,而文学学科的建立,首先要求文学观念的确立。之所以称为"初创",正是因为这是一个文学观念变革的时代,东西方的思想在这里交汇,新旧时代的观念在这里碰撞,而引领这场"文学观念"变革的中心人物,正是东京专门学校的坪内逍遥。

一、坪内逍遥与东京专门学校文学科

坪内逍遥并不是专门的中国俗文学研究者,他也没有留下关于这方面的相关著作,但在探究日本的中国俗文学研究,尤其早稻田大学的中国俗文学学科初创之功时,却不能不首先说到他。他在中国俗文学学科的初创功劳簿上至少有以下两项:第一,最早系统地引入现代(西方)小说、戏剧等纯文学观念;第二,最早在日本建立以中国小说戏曲课程为特色的纯粹的文学科。前者确定了俗文学的相关概念,而后者更是直接将中国俗文学搬上高等学府讲坛,使得中国俗文学的地位空前提高。本书第一章已经探讨了坪内逍遥在文学观念变革方面的成就,这里再来看看他所创建的日本第一个以中国俗文学为特色的文学科。

坪内逍遥,原名雄藏,号逍遥。出生于幕末一个下级武士家庭,明治维新以后,失去武士身份,全家在名古屋郊外务农为生。坪内逍遥之所以对小说、戏曲产生兴趣,与其母亲家有密切关系。其外祖父是一个富裕的酿酒业者,家族中不乏江户通俗文学、戏剧的爱好者,逍遥的母亲喜观歌舞伎,经常带儿子去看歌舞伎。这种家庭氛围,使得坪内逍遥幼年时就爱读江户时代的草双子①。从中学时期开始,他就成为名古屋著名书肆大野屋的常客,阅读了大量江户时代后期反应市民享乐主

---

① 草双子,又作"草双纸""草册子",原指妇孺所用的通俗读本,后指江户时代附有插图的通俗短篇小说。

义的戏作,如曲亭马琴的武侠小说,十返舍一九、式亭三马等人的滑稽小说,以及永春水的人情本爱欲小说。他不但对这些作品的故事情节十分熟悉,而且也受到这些戏作者所使用的戏作调文体的熏染。

坪内逍遥的幼年期尚在幕末时期,因此,他也接受过严格的汉文教育,随着明治以后主流文化的急剧西化,坪内氏进入名古屋的英语学校,接触到西方文化,后又以公费生身份进入东京大学。东京大学求学期间,在同学高田早苗的影响下,阅读了许多英语文学作品。坪内逍遥曾于1880年将司各特的《拉默穆尔的新娘》加以意译出版,取名《春风情话》,1884年又翻译了莎士比亚的《尤里乌斯·西泽》,题曰《该撒奇谈·自由太刀余波锋锐》①。

坪内逍遥深厚的和、汉、洋三文学修养,既是他的优势,也是他写作《小说神髓》的基本条件,这从他在书中所举的东西洋小说戏曲文学作品及他对这些作品的熟悉程度可以明显看出来。

如果说坪内逍遥的《小说神髓》及其相关戏剧论文所引入的小说戏曲观念对中国俗文学学科初创的影响还是相对间接、抽象、渐进的话,那么,早稻田大学设立日本国内第一个以中国俗文学为特色的文学科、聘请专任讲师讲授中国俗文学,第一次将中国俗文学搬上高等学府讲坛,对于中国俗文学学科的意义就更为直接、具体和具有标志性了。一个学科的建立仅有抽象的理论指导是远远不够的,还需要学术制度的保障,而坪内逍遥创建的东京专门学校文学科就成了中国俗文学学科最初的制度保障。

前文已经述及,坪内逍遥毕业于东京大学英文学科,而且他在东京专门学校最初开设的文学课程也是英文学,但这并不妨碍他日后建立的文学科是以中国俗文学为特色的。其建科之宗旨曾在《早稻田文学》

---

① 坪内逍遥履历据大村弘毅《坪内逍遥》,吉川弘文馆1958年版。

创刊号上向世人宣告:

> 平生我校颇自负之特色,乃中国戏曲与俗文是也。世之偏狭
> 学者,动辄排斥传奇、俗文,彼等不知俗文学乃真平民文学,传奇戏
> 曲乃纯文学之精髓也。要之,本校乃将百般之精华熔于一炉,以炼
> 未曾有之仙丹也。有闻读小说戏曲而以我校教轻薄文学者,不足
> 与论。①

《稿本早稻田大学百年史》也对文学科的建立给予高度评价:

> 文学科在对一部分偏狭的学者发出警告的同时,不为偏狭的
> 文学观所束缚,高瞻远瞩,预告新文艺光明的将来。②

当时除东京专门学校外,还有三所院校也设立文学科,他们虽各有
特色,但都不具有纯文学性质:庆应义塾文学部以英语为主,辅以德语
及和、汉文学;东京文学院极少教授和、汉、英文学,倾向于哲学、政治学
等,宛如东京大学文学部;国学院则基于国史、国文,加之以研究应用不
可欠缺之中西学问③。而东京专门学校文学科"高格调地标榜兼修并
调和和、汉、洋三文学之形式与精神,是都之西北早稻田田园中一束具
有光辉历史的名花。一个新兴的研究文艺与文学的科系诞生了"④。

---

① 《早稻田文学》第 1 号,1891 年 10 月,第 21 页。
② 早稻田大学编《稿本早稻田大学百年史》第 1 卷下,早稻田大学出版部 1974 年
版,第 391 页。
③ 《早稻田文学》第 34 号,1893 年 2 月,第 77 页。
④ 早稻田大学编《稿本早稻田大学百年史》第 1 卷下,早稻田大学出版部 1974 年
版,第 385 页。

与坪内逍遥同为东京专门学校元老之一的市岛谦吉则将文学科与东京大学相关科系相比,凸出了其在当时日本的意义:

> 本校文学科是我国纯粹文科之嚆矢,当时东京大学的文科大学主要是以政治、经济、史学、哲学为主,将文学作为专门学科来开设,对东京大学而言决非容易之事。(中略)我校文学科的创建者不用说就是坪内博士,可以说,他是带着创立文学科的使命来到早稻田的。①

坪内逍遥毕业于东京大学,按常理而言,他在东京专门学校创立文学科应该首先会仿效其母校,但事实却并非如此。他不但没有仿效东京大学,而且有意强调了东京大学所缺位的纯文学研究,颇有一种独树一帜的自我期待感。回溯文学科成立以前时人对文学的认识之低下,就可以更好地理解文学科创设的意义,这在第一章已有述及。

文学科当然不是逍遥以一人之力能成的,但文学科的理想中流淌着逍遥的精神,则是无论如何都不能否定的②。“(逍遥)先生极信文学对人生的影响力,因此,先生终身是文学者,也是文学教育者。(中略)因文学乃人生为善之方法,此是诸学之根本。”③这是文学科建立的大前提。

坪内逍遥的这种精神,和在《小说神髓》中认为的“作为纯艺术的小说可以给人以裨益”的观点是一致的。由此可知文学科与坪内氏文学观的密切关系。坪内氏在《小说神髓》中开门见山地指出,“欲明小说之

---

① 市岛谦吉《追忆往事》(《想い出すまのに》),《早稻田文学》第 380 号,1926 年 10 月,第 43 页。

② 早稻田大学编《稿本早稻田大学百年史》第 1 卷下,早稻田大学出版部 1974 年版,第 385 页。

③ 早稻田大学编《稿本早稻田大学百年史》第 1 卷下,早稻田大学出版部 1974 年版,第 385 页。

为艺术,须先明艺术为何物","所谓艺术,并非实用之目的,而是喜人之心目,使之气格高尚之物",这才是真艺术。由此真艺术愉悦人心的同时,使其气格高尚,劝善惩戒,补遗正史,这才是文学之师表。坪内逍遥在早稻田大学建立纯粹的文学科,即考究作为艺术之文学的学科,这与《小说神髓》的主张是一致的①。

此外,"医文体之纷乱"也是文学科设立的目的之一。时文的纷乱使坪内逍遥展开了对文体论的思考,《小说神髓》下卷用一章专门讨论文体。

关于当时文体究竟如何纷乱,逍遥曾有长文论述:"我国近年文坛之语法、文格大纷乱,乃政治上、社会上所起未曾有之革新之余波。"他又从四个内变(日本国内形势)、三个外变(西方对日本的影响)谈到"在政治、社交之外,文学上也掀起了大波澜,酝酿着明治二十二三年(1889—1890)之交的文体大纷乱,当时欧化的文体与国粹的问题相互抵触、相互影响,欧化派内部、国粹派内部又都有不同派别生出,极其纷错"。他以图表形式详细排列当时的文体主张,这些主张可以细化为十几种之多②。

1899 年颁布《帝国宪法》,寻又有《民法》《商法》等新法典颁布,"帝国之法典由是稍为完备。此际,东京专门学校各学部皆加以法律课程,以副时运。讲师坪内逍遥因此慨叹时文之纷乱,医之之道,唯和、汉、洋三文学之形式与精神,兼修之,调和之,遂与同仁创设文学科,试开其所期之端"③。

文体纷乱非一朝所致。日本自明治维新以来,随着长期闭关锁国

---

① 早稻田大学编《稿本早稻田大学百年史》第 1 卷下,早稻田大学出版部 1974 年版,第 386 页。

② 坪内逍遥《逍遥选集》别册第三,春阳堂 1927 年版,第 659—662 页。

③ 早稻田大学编《早稻田大学开校:东京专门学校创立廿年纪念录》,第 139 页。

的觉醒,接受西方合理主义思想的洗礼,掀起了包括文物制度在内的一系列社会革新,然而未免有些急进,其中也有一些未经消化就照搬过来的不合理的东西,对新思想还有一些固定的语汇,也没有可以用来表现的适当的文体,由是引起日语语法的大混乱。文体纷乱的极端时期在1889 年至 1890 年间,而文学科的设立正是 1890 年。"文学科于此时诞生,正是为了医治时文之纷乱。逍遥当时 32 岁,文学科的创设,也是担忧时文纷乱实态的壮年逍遥的气概与热情的结晶。"①

坪内逍遥不仅是文学科创始人,还是早稻田大学创立的元老之一,他在早稻田大学的任教生涯长达五十年,是名副其实的"早大人"。早稻田大学为了表彰坪内逍遥的特殊功绩,在他完成《莎士比亚全集》日译的古稀之年为其建立了一座坪内博士纪念演剧博物馆,并为其塑立半身像。

二、中国(俗)文学课程教师与讲义

东京专门学校文学科创立以后,将中国俗文学正式纳入课程体系,并开始招请专门的教师来授课。从第一任讲师森槐南开始,东京专门学校的中国俗文学教学与研究从未间断,其历任教员及其主讲课程如下:

表 2.1　早稻田大学中国(俗)文学课程历任教员一览表

姓　名	主讲课程	任教时间
森槐南	小说传奇评释	1890—1895
斋藤木	中国文学史	1892—1897
藤田丰八	中国文学史	1895—1897

---

① 早稻田大学编《稿本早稻田大学百年史》第 1 卷下,早稻田大学出版部 1974 年版,第 389 页。

续　表

姓　名	主讲课程	任教时间
岛村抱月	中国文学史	1898—1901
森槐南	中国文学	1902—1904
盐谷温	中国文学史	1902—约 1905
宫崎繁吉	中国近世文学史、中国小说戏曲	约 1904—1906
古城贞吉	中国文学史	1907
松平康国	中国文学史	1907 年以后

　　不仅在校内，东京专门学校还将中国俗文学教学扩展到校外，并为此专门成立了出版部以发行校外讲义。而且，早在出版部成立之前，坪内逍遥创办和主编的《早稻田文学》杂志就曾一度扮演过讲义的角色，故文学科的校外教育应追溯到《早稻田文学》的创刊时期。

　　今日的《早稻田文学》以纯粹的文学刊物闻名，但在 1891 年 10 月创刊之初却非文学杂志，而是半月刊的文学科讲义，并受当时舆论的高度评价。《国民之友》这样评论刚刚出版的《早稻田文学》："负《早稻田文学》之奇名而面世之讲义，其目的及志望甚大。"《早稻田文学小史》说："（创刊）当时专门致力于讲义与报道。"①《同攻会杂志》也说："《早稻田文学》（中略）选拔东京专门学校文学科讲义之精粹。"②

　　《早稻田文学》直到 1894 年 9 月才增设创作栏，到了 1896 年 1 月

---

① 《早稻田文学小史》，《早稻田文学》第 3 期第 9 号，1898 年 6 月。《早稻田文学》曾多次停复刊，本文所论之《早稻田文学》指第一次《早稻田文学》，即 1891 年 10 月之第 1 号至 1898 年 10 月之第 7 号，期间亦曾两停两复，故此细分为第一期（1891 年 10 月 20 日至 1895 年 12 月 20 日）、第二期（1896 年 1 月 5 日至 1897 年 9 月 1 日）、第三期（1897 年 10 月 3 日至 1898 年 9 月 3 日、10 月 8 日号外）。由于本文所引资料多出自第一期，故只注明"第某号"，如非第一期，则注明"第某期第某号"。
② 《同攻会杂志》第 8 号，1891 年 10 月，第 32 页。

开始的第二期第一号开始,才改以创作为主,"废讲义栏以置评论栏,或诗文月旦,或古今学说,如作家之介绍、报道之紧密、文学现象之观察,渐次扩大"①,遂逐渐变成了文学杂志。这主要是因为新成立的出版部承担了专门出版讲义的任务。

《早稻田文学》创刊第一号上有《发行宗旨》(《発行の主意》),明确指出该刊之宗旨:

> 《早稻田文学》为文学之圆满,第一方便乃是和、汉、洋三文学之调和,故不问东西古今,选拔文学之精粹而释义评注之,以供三文学参照之便。(中略)又周密精确记载文学史、文学者传记等项。凡例(中略)释义、讲述、评注等,皆出斯道名家之手,勿与寻常之讲义笔记同视。(中略)此外,时时另设"杂录"一栏,登载记叙、论评、翻译、随笔、寓言、小说。②

第一号的讲义中就有包括了和、汉、洋三文学的内容,与发行主旨吻合,其中各国俗文学的内容占了绝对优势,参见本书第一章第三节。

随着办学规模的扩大,校外教育逐渐纳入东京专门学校常规发展中来,同时也为了在校生可以更为自由地学习第二专业,校方决定设立出版部,专门出版各科讲义③。出版社设立之后,作为东京专门学校主要科系之一的文学科就开始发行讲义录,第一号是1895年1月20日④。

---

① 《早稻田文学小史》,《早稻田文学》第3期第9号,1898年6月。

② 早稻田大学编《稿本早稻田大学百年史》第1卷下,早稻田大学出版部1974年版,第478页。

③ 早稻田大学编《稿本早稻田大学百年史》第2卷上,早稻田大学出版部1977年版,第62—63页。

④ 此前的《早稻田文学》第74号(1894年10月)"新刊"一览中曾报道文学科讲义录的出版,或系预告。

"此次编辑文学讲义以资校外笃志者(中略)讲义据最新学说,广泛参酌先哲所论,力避杜撰独断,行文力求评议明晰,使初学者能解。若夫和、汉、洋三文学之注释,弃普通繁琐而用一种创新之法,一读而会三文学之精髓。所诠三文学之大纲,是本讲义发刊之主旨也。"①

　　本书第一章曾列出 19 世纪末 20 世纪初日本出版的 32 部中国文学史(见表 1.2),其中近三分之二与早稻田大学有关,还不包括久保天随、儿岛献吉郎、古城贞吉等人的多个版本及藤田丰八等人编著的《中国文学大纲》。与早稻田大学相关的中国(俗)文学史讲义可列表如下:

表 2.2　早稻田大学中国(俗)文学史相关讲义一览表

序号	作　者	讲义名称	出版或 发表年份	出版单位或原载
1	森槐南	中国小说讲话	1891—1892	《早稻田文学》
2	斋藤木	中国文学史	1892—1893	手写本
3	森槐南	小说史	1894	《中国学》
4	森槐南	戏曲史	1894	《中国学》
5	岛村抱月	宣和遗事评释	1894	东京专门学校出版部
6	藤田丰八	中国文学史	1895—1896	东京专门学校出版部
7	藤田丰八	中国文学史稿·先秦文学	1897	东华堂
8	岛村抱月	中国文学史	1898—1901	手写本
9	久保天随	中国文学史	1904	早稻田大学出版部
10	久保天随	中国文学史	1910	早稻田大学出版部
11	宫崎繁吉	中国戏曲小说文钞释	1904	早稻田大学出版部
12	宫崎繁吉	中国近世文学史	1905	早稻田大学出版部
13	宫崎繁吉	续中国戏曲小说文钞释	1905	早稻田大学出版部
14	古城贞吉	中国文学史	1906	富山房

---

① 早稻田大学编《稿本早稻田大学百年史》第 1 卷下,早稻田大学出版部 1974 年版,第 432 页。

序号	作　者	讲义名称	出版或发表年份	出版单位或原载
15	森槐南	中国小说讲话	1907	《文章世界》
16	松平康国	中国文学史谈	不详	早稻田大学出版部
17	儿岛献吉郎	中国文学史	不详	早稻田大学出版部
18	森槐南	作诗法讲话	1911	文会堂书店
19	森槐南	词曲概论	1912—1914	《诗苑》
20	森槐南	汉唐小说史	不详	《诗苑》
21	盐谷温	中国文学概论讲话	1919	大日本雄辩会

东京专门学校校内还藏有不少中国俗文学文献,如坪内逍遥旧藏的《水浒记》日译本,从中也可看出坪内氏本人对中国俗文学的偏好。不仅坪内逍遥,就连留学欧美、在东京专门学校教授西方文学和哲学的千叶掬香,也对中国俗文学颇有研究,他也藏有一种《水浒记》日译本,并为此撰写了《水浒记解题》(《明星》,1904 年 4 月)。此外,千叶掬香还发表过《中国小说话》(《趣味》,1907 年 9 月)、《中国小说讲话》(《自由讲座》,1913 年 6 月)。这说明在当时的东京专门学校文学科,"以中国俗文学为特色"并非只是一句口号,而是实实在在付诸行动的,而发扬这一特色并率先在日本创建中国俗文学学科的中心人物就是森槐南。

第二节　森槐南:近代日本中国俗文学研究之鼻祖

早稻田大学的前身东京专门学校在坪内逍遥的主持下创设了第一个以中国俗文学为特色的纯文学科系,而开设中国俗文学相关课程的第一任讲师就是森槐南。关于森槐南在中国俗文学研究史上的地位,研究者往往注目于他于 1899 年受聘于东京大学之事,而对森槐南在早稻田大学的活动关注较少,其实他早在东京大学之前就已经在早稻田大学讲授中国俗文学。

一、中国俗文学登上日本高等学府讲堂

本书第一章已对江户时代中国俗文学在日本的流布情况做过概述。中国俗文学在 18 世纪的日本曾极盛一时,但进入 19 世纪以后(即江户时代第三期),随着日本与西方的联系逐渐增多,西学逐渐取代汉学成为日本学术的主流。中国俗文学从 19 世纪中叶开始近半世纪间显现出明显的衰微。而"自江户末期以来的中国俗文学,从明治十年前后开始迎来再次隆兴的机运,其中心人物就是森槐南博士"①。

(一)森槐南与东京专门学校文学科

森槐南与东京专门学校文学科结缘之详情,难以确考。据伊藤整的研究,坪内逍遥在创设文学科之前就已经认识森槐南。1888 年 9 月,德富苏峰、森田思轩等人发起文学研究会(后改称"文学会"),每月聚会一次,只有一流文士才有资格受到该会邀请,明治文坛的新批评家、作家聚集一堂,在自由的氛围中,互相切磋,互相提高,坪内逍遥和森槐南都曾受邀参会。坪内逍遥在 1890 年 1 月的日记中记载了当时参会文士们的风貌,其中,森槐南留给他的印象是"应接洒脱"。或许二人正是在这个场合下初识的②。

既然在文学研究会聚会的都是当时一流文士,为何只有森槐南有资格担任日后的中国俗文学讲师? 假设这是坪内逍遥初识森槐南,森

① 近藤杢《日本近世中国俗文学小史》,《东亚研究讲座》第 87 辑,1939 年 6 月,第 71 页。
② 参考沟部良惠《森槐南的中国小说史研究——以唐以前为中心》,《庆应义塾大学日吉纪要·中国研究》1,2008 年,注 16。

槐南何以给坪内留下应接洒脱的印象？这就首先要看看森槐南究竟是何许人。

　　森槐南(1863—1911)，著名汉诗人森春涛(号鲁直，1819—1889)之子，名大来，字公泰，通称泰二郎，号槐南小史，别号秋波禅侣。少年天才，汉文学修养极高，尤精于填词作曲。少年时代曾读过《水浒传》，由是与小说结下不解之缘，以去外语学校学习为名每日在图书馆读小说①。13岁能作汉诗，16岁即发表《题〈牡丹亭〉悼伤一出》，同年以所作传奇《补天石》(一名《补春天》)示黄遵宪。黄遵宪在致其父森春涛的信中称槐南"天才秀发"，并为《补天石》题词曰"后有观风之使采东瀛词者，必应为君首屈一指也"②。时隔十三年，黄遵宪仍念念不忘地称其为"东京才子"③，而此时的森槐南任教于东京专门学校，并且还是文学科所有讲师中最年轻的一位。森槐南后又成为星社、随鸥吟社等诗社盟主④，是明治时期的诗坛领袖。

　　当然，森槐南为当世所注目的原因并非仅限于此，更在于他仕途的亨达。他从1881年开始出任政府官员，是日本政府御用文人。坪内逍遥在文学研究会上见到森槐南的时候，他正受到当朝首相伊藤博文的赏识，而被擢升为内阁二等秘书，又再升为宫内大臣秘书官、宫内省图书寮编修官等职。森槐南常随伊藤博文出行，伊藤氏在哈尔滨遇刺时，

①　三浦叶《明治汉文学史》，汲古书院1998年版，第65页。
②　黄遵宪《补春天传奇·序评》，早稻田大学图书馆藏本。
③　黄遵宪《续怀人诗》自注曰："森槐南，鲁直之子，年仅十六，兼工词，曾作《补天石传奇》示余，真东京才子也。别后时时念之。"黄遵宪著、钱仲联笺注《人境庐诗草笺注》，上海古籍出版社1979年版，第581—582页。
④　星社、随鸥吟社都是明治时期的著名诗社。星社是森槐南之父森春涛晚年创立的诗社，槐南在其父亡后被推举为该社盟主。随鸥吟社是大久保湘南、森槐南等人为了挽回明治三十年代以来汉诗坛渐次衰落的局面而于1904年8月创设的诗社，1908年湘南亡后，槐南被推举为盟主，久保天随也成为其中主要成员。参看三浦叶《明治汉文学史》，汲古书院1998年版，第62、78页。

他也在旁受伤,两年后病亡。

换言之,当时的森槐南是一个既名满于文坛又得宠于政坛的京城名流,给坪内逍遥留下"应接洒脱"的印象也就不足为怪了。此外,日本社会颇重同乡之谊,森槐南生于名古屋,坪内逍遥则自幼居于名古屋,这或许也是坪内逍遥注意到森槐南的原因。毕竟此时坪内逍遥正着手创设文学科事宜,师资是他不得不考虑的问题,尤其是能够体现文学科中国俗文学特色的师资,而森槐南正是一位适合的人选。

那么,森槐南是何时到校任教,任教时间又是多久呢? 有论者认为,森槐南在东京专门学校及早稻田大学的任教是从 1890 年至 1895 年和从 1902 年至 1904 年的前后共七年时间,并认为森氏是作为中国古代小说课程教师引进的①。

上引观点大体不差,但细节问题犹有再探讨的空间,尤其是森槐南最初讲授中国俗文学的时间。以下根据《稿本早稻田大学百年史》试做梳理。《早稻田大学沿革略》载:1890 年 5 月 30 日,东京专门学校召开的临时评议会通过新设文学科的决议,在此会上或更早,文学科的课程表已经通过审议,并于同年 6 月 4 日公布。这张最初的课程表今已不存,无法得知详情,但还是有些间接的材料。如柳田泉在《青年坪内逍遥》(《若き坪内逍遥》)一书中记载,文学科开设前公布的讲师名单中就有森槐南,他所担任的课程是诗学、中国小说、戏曲②。

可知在文学科正式开课前,森槐南计划担任的课程是以俗文学为主的中国文学,而该课程表中担任中国文学课程讲师的仅有森槐南一位,意味着森槐南除讲授小说戏曲外,还讲授诗学。这与认为森槐南是

---

① 沟部良惠《森槐南的中国小说史研究——以唐以前为中心》,《庆应义塾大学日吉纪要·中国研究》1,2008 年,第 35 页。

② 早稻田大学编《稿本早稻田大学百年史》第 1 卷下,早稻田大学出版部 1974 年版,第 399—401 页。

纯粹作为中国小说课程讲师引进的观点有一定的出入。但森槐南在文学科开设之初就受聘为讲师,则是可以确认的。《稿本早稻田大学百年史》曾对当时文学科的师资给予评价:

> 　　文学科创设时的讲师们,都是后来取得辉煌业绩的铮铮人物,一世之大家。(中略)森槐南通音韵及明清传奇,是当时所有教师中最年轻的一位,时年仅 28 岁。①

关于文学科正式开课后实际的课程和讲师情况,因资料不存,无法详知。但 1890 年 10 月 5 日的《邮便报知新闻》上有"东京专门学校募集广告",其中登载了当时的讲师和课程名称,这里记载的是一年级的情况,森槐南担任的课程是"杜诗偶评讲义"②。此时文学科已经正式开课,故所登载的应是森槐南实际讲授的课程,但这里并没有记载他讲授中国小说、戏曲等俗文学课程。

由于 1891 年 9 月学制改革,课程多有变动,故目前所看到的第一年级到第三年级的课程表并非当时全部的课程③,而其中所见记载森槐南最早讲授中国俗文学课程是 1892 年学年度(1892 年 9 月至 1893 年 6 月)④。假设这确是森槐南初次主讲中国俗文学课程的时间,则不但可以修改包括上引的"1890 年说",也可以得知其与小说戏曲课程登

---

①　早稻田大学编《稿本早稻田大学百年史》第 1 卷下,早稻田大学出版部 1974 年版,第 399—401 页。

②　转引自早稻田大学编《稿本早稻田大学百年史》第 1 卷下,早稻田大学出版部 1974 年版,第 399—401 页。

③　早稻田大学编《稿本早稻田大学百年史》第 1 卷下,早稻田大学出版部 1974 年版,第 399—401 页。

④　早稻田大学编《稿本早稻田大学百年史》第 1 卷下,早稻田大学出版部 1974 年版,第 417—418 页。

近代日本中国俗文学研究史论

上中国本土大学讲堂的时间差。

（二）森槐南所授课程及其时间

中国文学史及中国俗文学课程的开设，与东京专门学校文学科的总格局有密不可分的关系。该科系秉承的是和、汉、洋三学科相调和的精神，虽在建科之初曾短暂地以"英文学科"之名招生，但相对于当时东京大学外籍教员占大多数、以外语教学而言，东京专门学校强调的是国语教育。文学科最初安排课时最多的是英文学，所谓和、汉、洋三文学调和，最初也是以英文学为基调，调和和、汉文学。这在当时形势下也可以说是折衷之法，不但不会影响文学科的特色，相反，为中国俗文学的开设与研究提供了一席之地。

东京专门学校文学科最早开设的文学史课程既不是中国文学史，也不是日本文学史，而是英国文学史，这显然与坪内逍遥的文学主张及他的学业背景有关。坪内逍遥早在 1888 年就给当时的二年级下学期开设过"英国文学史"①，这应该是日本高等学府中第一次开设西方学术意义上的文学史课程。其后，文学史课程在文学科连绵不绝，并逐渐扩展到英语以外的其他语种或其他国别的文学史。

1890 学年度为一年级开设"英文学史"，1891 年继续为二年级开设"英文学史"（上学期）和"欧洲文学史"（一学年），并为一年级开设"日本文学史"（一学年），这是日本高等学府首次开设本国文学史。本年度讲师有森槐南，其所主讲的课程是汉文学科中的"诗文"②。

1892 学年度是文学科值得注意的一年：除了继续为史学科一年级开设"日本文学史"（一学年）和"英文学史"（下学期）外，首次为二年级

① 早稻田大学编《稿本早稻田大学百年史》第 1 卷下，早稻田大学出版部 1974 年版，第 369—371 页。
② 早稻田大学编《稿本早稻田大学百年史》第 1 卷下，早稻田大学出版部 1974 年版，第 402 页。

96

开设"中国文学史"（上学期周至后汉，下学期后汉至清），这是日本高等学府首次开设中国文学史课程，讲师为斋藤木①；首次在英文学科三个年级都开设了小说、戏曲专门课程，由坪内逍遥亲自主讲；首次在汉文学科一、二年级开设小说、传奇课程，讲师正是森槐南②。

1893学年度，有"英文学史"、"日本文学史"，森槐南讲授汉文学科的"三体诗"③。

1894学年度，史学科一年级有"日本文学史"，一年级下学期和二年级上学期有"英文学史"；英文学科三个年级开设小说、戏曲课程，汉文学科一、二年级开设"小说"、"传奇"和"汉诗作法"，讲师仍是森槐南，他还兼任科外讲师④。

1895学年度，一年级有"日本文学史"、"英文学史"，英文学科三个年级有小说、戏曲课程，但汉文学科只有经书、子类课程，而无小说、戏曲课程。本年度以后数年，讲师名单中也不见森槐南⑤。其课程开设情况可列表如下：

① 早稻田大学图书馆现藏有题署为"斋藤木述"的《中国文学史》讲义手写本。该手写本记有授课起止时间：1892年10月5日至1893年2月20日，即上学期。该手写本并非斋藤本人手稿，而是署名"岛村生"的笔记，早稻田大学图书馆将此注记为"岛村抱月资料"。其与飨庭篁村述《（日本）近世小说史》（1月28日起讲）、坪内雄藏述《英文学史》（1892年10月3日起1893年2月结）、铃木弘恭述《百人一首讲义》合为一册，毛笔竖写，字迹统一、清晰，当为课堂笔记增补誊写本。无论是否斋藤氏亲笔，其讲义内容大体如此，则是可以确定的。
② 早稻田大学编《稿本早稻田大学百年史》第1卷下，早稻田大学出版部1974年版，第417—418页。
③ 早稻田大学编《稿本早稻田大学百年史》第1卷下，早稻田大学出版部1974年版，第420—421页。
④ 早稻田大学编《稿本早稻田大学百年史》第1卷下，早稻田大学出版部1974年版，第422—423页。
⑤ 早稻田大学编《稿本早稻田大学百年史》第1卷下，早稻田大学出版部1974年版，第428—429页。

表 2.3　森槐南及东京专门学校文学科开设课程表

学年度	森槐南所授课程	文学科其他课程
1890	杜诗偶评讲义	英文学史
1891	诗　文	日本文学史、英文学史、欧洲文学史
1892	小说、传奇	日本文学史、英文学史、欧洲文学史、中国文学史、外国小说戏曲
1893	三体诗	日本文学史、英文学史
1894	小说、传奇、汉诗作法	日本文学史、英文学史、外国小说戏曲
1895		日本文学史、英文学史、外国小说戏曲

　　由此可以推定,森槐南第一次在东京专门学校任教时间为 1890 学年度至 1894 学年度,前后共五个学年,而他先后在 1892、1894 学年度为汉文学科一、二年级(即前后连续四届)学生开设中国俗文学课程。

　　森槐南辞职的原因已无法详考,可能与伊藤博文当权有关①,森槐南将主要精力放在了仕途上。当然,这并不意味着森槐南从此与中国俗文学无缘,相反,他在伊藤第三次内阁倒台后的 1899 年 6 月,受聘成为东京大学讲师,讲授词曲传奇,一时称为破天荒之举。他在东京大学担任教职一直到病逝的 1911 年,期间曾兼任早稻田大学的教职。1902年,东京专门学校正值建校 20 周年,为扩大办学规模,更名为早稻田大学,分设大学部和专门部,诸事之先乃是聘请"古刚练达、新进气锐"的教师以强化师资阵容,森槐南名列当年的教师之中②。他担任的课程

————————

① 伊藤博文前后四度为首相,任期分别为 1885 年 12 月 22 日至 1888 年 4 月 30 日、1892 年 8 月 8 日至 1896 年 9 月 18 日、1898 年 1 月 12 日至 1898 年 6 月 30 日、1900 年 10 月 19 日至 1901 年 5 月 10 日。1906 年 3 月起,任韩国统监。
② 早稻田大学编《稿本早稻田大学百年史》第 2 卷上,早稻田大学出版部 1977 年版,第 34 页。

是大学部文学科二年级的"中国文学"①;而专门部国语汉文科二、三年级设有"中国文学史"课程,讲师正是他在东京大学的学生盐谷温②。

关于森槐南讲课的风采与吸引力,盐谷温曾说他是"雄辩家,口若悬河,滔滔不绝,学生无质问之隙,真乃一泻千里、天马行空之感"③。森槐南在讲授杜诗、《桃花扇》时,"学生听得如痴如醉,无法做笔记,茫然不知讲义之所终"④。早稻田大学校史也称森槐南的能言善辩及其在学生中的魅力是无法忘怀的⑤。这些都可与坪内逍遥的评价相印证。

二、森槐南的中国俗文学研究

森槐南"为学界开拓中国小说戏曲这一全新的研究领域的功绩"⑥,不仅得到了东京大学官方的肯定,更赢得同行后学的极口称赞。吉川幸次郎对森槐南的功绩有过一个较为全面而客观的评价:

> 讨论明治以来日本中国文学史研究的变迁,明治三四十年代是一个既立足于汉学传统又导入西方文学观念的过渡期。作为过渡期的特征之一,不能无视该时期东京帝国大学讲师森槐南的业绩:他既有《杜诗讲义》《唐诗选评释》等较为传统的汉学研究,也积

---

① 早稻田大学编《稿本早稻田大学百年史》第 2 卷上,早稻田大学出版部 1977 年版,第 46 页。

② 早稻田大学编《稿本早稻田大学百年史》第 2 卷上,早稻田大学出版部 1977 年版,第 53 页。

③ 盐谷温《天马行空》,日本加除出版株式会社 1956 年版,第 70—71 页。

④ 早稻田大学编《稿本早稻田大学百年史》第 1 卷下,早稻田大学出版部 1974 年版,第 363 页。

⑤ 早稻田大学编《稿本早稻田大学百年史》第 1 卷下,早稻田大学出版部 1974 年版,第 363 页。

⑥ 东京帝国大学编《东京帝国大学学术大观·总说篇·文学部篇》,东京帝国大学出版部 1942 年版,第 275 页。

极从事由文学观念变革带来的小说戏曲研究,他在东京大学第一次讲授《西厢记》,一时称为破天荒之举。作为官学教师的森槐南,亲自从事向来比诗文地位底下的小说戏曲的介绍与研究,这可以使人感到新学术的萌芽。①

吉川幸次郎主要从森槐南以东京大学讲师的身份而研究中国俗文学这一角度加以肯定,其实森槐南的中国俗文学研究成果绝大多数成于任教东京大学之前,有些讲义虽然在他去世后才出版,但其最先是在东京专门学校讲授的。森槐南取得了近代日本中国俗文学研究史上的多个第一,其具体成果可列表如下:

表2.4　森槐南中国俗文学研究著述一览表

序号	题　名	发表或出版年份	出版社或原载	备　注
1	鹤归楼	1889—1890	《都之花》	翻译
2	中国戏曲之沿革	1891	《报知新闻》	梳理中国戏曲发展脉络
3	牡丹亭还魂记	1891	《国民之友》	翻译
4	西厢记读方	1891	《中国文学》	翻译、注释
5	中国小说讲话	1891—1892	《早稻田文学》	第一篇《宋及以前的小说》、第二篇《白话小说全般》、第三至五篇《水浒传》、第六篇《三国志》
6	红楼梦序词	1892	《城南评论》	第一回翻译、解说
7	红楼梦论评	1892	《早稻田文学》	解说《红楼梦》的作者、创作背景、版本、人物

① 吉川幸次郎《中国文学研究史——明治至昭和初期　与前野直彬氏合著》(《中国文学研究史——明治から昭和のはじめまで前野直彬氏と共に》),收入《吉川幸次郎全集》第17卷,筑摩书房1969年版。

序号	题　　名	发表或 出版年份	出版社 或原载	备　　注
8	四弦秋	1892	《城南评论》	翻译附评释
9	水浒后传	1893—1895	庚寅新志社	翻译
10	小说史	1894	《中国学》	中国小说史讲义
11	戏曲史	1884	《中国学》	中国戏曲史讲义
12	牡丹亭钞目	1897	《太阳》	逐出详解《牡丹亭》,并解释传 奇之体制
13	水浒传	1897	《目不醉草》	解说《水浒传》的作者、成书、 版本、人物等
14	琵琶记	1898	《目不醉草》	解说《琵琶记》的作者、创作背 景、版本等
15	中国小说讲话	1907	《文章世界》	四大奇书以降的白话小说 概说
16	元曲百种解题	1910—1911	《汉学》	实际完成《汉宫秋》《金钱记》 《陈州粜米》《鸳鸯被》《赚蒯 通》《玉镜台》《杀狗劝夫》《和 汗衫》等
17	作诗法讲话	1911	文会堂	共六章,后两章为:词曲与杂 剧及传奇、小说概要
18	词曲概论	1912—1914	《诗苑》	共十六章,后六章为曲论:词 曲之分歧、乐律之推移、俳优 扮演之渐、元曲杂剧考、南曲 考、清朝之传奇
19	汉晋小说史	不详	《诗苑》	汉晋小说史

　　19 世纪末 20 世纪初,日本汉学家如此集中发表中国俗文学研究著述的,似只有笹川临风和幸田露伴能与森槐南相提并论。但笹川临风当时还只是一个初出校门的青年学者,而且他的研究成果只集中在 19 世纪末的最后几年,此后就告别该领域;而幸田露伴当时尚未在大

学任职,以作家身份发表相关研究,影响不及森槐南。以下来看森槐南的具体成就。

(一) 中国戏曲史、小说史的梳理

"中国之小说自来无史,有之,则先见于外国人所作之中国文学史中"①,鲁迅先生这里说的虽只是小说史的情况,戏曲史的情况也大体如此。那么,小说史、戏曲史究竟先见哪个"外国人所作之中国文学史中"? 就笔者考查所得,最早的中国小说、戏曲专史当出自森槐南②。

1891 年 3 月 14 日,森槐南在前文曾述及的文学会上,以《中国戏曲一斑》为题做演讲,同月 16 日,《报知新闻》以《中国戏曲之沿革》为题概述了演讲内容。这是日本第一个关于中国戏曲的专题演讲,也是森槐南第一次梳理了中国戏曲的发展脉络,虽未冠以"史"名,实际上即是一篇简要的中国戏曲发展史。以后森槐南的《作诗法讲话》和《词曲概论》中有关戏曲史的部分,皆在此基础上进一步生成。

森槐南在《早稻田文学》创刊后不久就在该杂志上连载《中国小说讲话》六篇(第 5、10、12、14、18、20 号,1891—1892 年):第一篇《宋及以前的小说》、第二篇《白话小说全般》、第三至五篇《水浒传》、第六篇《三国志》,第一次对中国小说史进行了梳理。不久,又在《早稻田文学》上发表《红楼梦论评》(第 27 号,1892 年),讨论《红楼梦》的作者、版本等问题,这是最早的关于《红楼梦》的专门论文,比王国维的《红楼梦评论》早了十二年。他后来又在《文章世界》(第 2 卷第 14 号,1907 年)上发表《中国小说讲话》,补充论述了四大奇书以降的白话小说。当然,上述文章作为讲义还是相对简要的,其论述尚未充分展开,但其所勾勒的

---

① 鲁迅《中国小说史略·序言》,北新书局 1927 年版。

② 最早的"外国人所作之中国文学史"当属俄国汉学家瓦西里耶夫出版于 1880 年的《中国文学史纲要》,该书不仅是最早的中国文学通史,也是最早将小说、戏曲与诗文并列的中国文学史,但并非小说、戏曲专史。

史的脉络,则成为以后中日两国的小说史相关著述的总体框架,其所选论的作品也成为日后中国小说史论述的主要作品。可以说,《中国小说讲话》是奠定中国小说史撰写格局的第一篇学术论文,其与《中国戏曲之沿革》等文一起,构成了森槐南最初的中国小说戏曲史体系。

1894 年 4 月,京都汉文书院发行的《中国学》共收讲义五种,分别是儿岛献吉郎的《文学小史》、森槐南的《诗学史》、长尾槙太郎的《古今诗变》和不题撰人的《戏曲史》《小说史》。其中,儿岛献吉郎的《文学小史》仅有总论和上古文学两章,没有论及小说、戏曲等俗文学内容。这里收录的"小说史""戏曲史",既是作为"中国学"讲义,无疑都是指中国小说史、中国戏曲史。联系森槐南此时正在东京专门学校讲授的诗学、小说、戏曲等课程,而他的《作诗法讲话》也包含了上述三种文体的结构体系来看,此两种讲义很可能都是森槐南所著,当时似乎也只有他有条件完成。若此推论成立,日本第一部正式出版的中国小说、戏曲史都应该提前到 1894 年 4 月,而森槐南在日本中国俗文学研究史上将再记上浓墨重彩的一笔①。

《作诗法讲话》是在森槐南去世后数月内,由其学生大泽真吉、土屋政朝根据荒浪清彦(号烟崖,著名速记学家)的速记整理出版。研究者往往为该书书名所惑,以为是纯诗学论著,其实不然。该书是一部分体文学史,其凡例中已经明确指出:

> 本书既讲作诗,且说戏曲小说之大要,故非独益诗家,单欲钻研汉土戏曲小说者,亦可以之为指南车也。②

---

① 《中国学》所收五种讲义目录,见三浦叶《明治时代的汉学》,汲古书院 1998 年版,第 292 页。惜笔者未见原刊,无法进一步求证。

② 大泽真吉、土屋政朝《作诗法讲话·凡例》,京文社 1926 年版。

　　盐谷温初次在早稻田大学讲授的"中国文学史"很可能借鉴或参考了森槐南的讲课内容,盐谷温当时的讲义虽已不可见,但从他日后的名著《中国文学概论讲话》上,可以看到《作诗法讲话》的深刻印记。尽管两书的详略、深浅、侧重点有所不同,但盐著在结构甚至书名上受到森著的影响是显而易见的。今将两书结构目录对照如下:

表 2.5　《作诗法讲话》与《中国文学概论讲话》结构对照表

章　节	《作诗法讲话》	《中国文学概论讲话》
第一章	平仄的原理	音　韵
第二章	古诗的音节	文　体
第三章	唐韵的区别	诗　式
第四章	诗、词之别	乐府及填词
第五章	词曲与杂剧、传奇	戏　曲
第六章	小说概要	小　说

　　后人对盐谷温的《中国文学概论讲话》评价很高。如他的学生内田泉之助评价说:

　　　　在当时的学界叙述文学底发达变迁的文学史出版的虽不少,然说明中国文学底种类与特质的这种的述作还未曾得见,因此举世推称,尤其是其论到戏曲小说,多前人未到之境,筚路蓝缕,负担着开拓之功盖不少。①

　　盐著中译本译者孙俍工也认为:

　　　　关于中国文学的研究的著述,照现在的情形看来,恰与内田先

―――――――――

① 　内田泉之助《中国文学概论讲话・序》,开明书局1929年版,第7页。

生所说日本数年前的情形同病,纵的文学史一类的书,近年来虽出版了好几部,但求如盐谷先生这种有系统的横的地说明中国文学的性质和种类的著作,实未曾见。这又是于值得介绍之外,有必须介绍之一理由存在了。[①]

内田泉之助、孙俍工说的都是 20 世纪 20 年代的情况,殊不知,在"叙述文学底发达变迁的文学史"、"纵的文学史一类的书"尚不多见的19 世纪 90 年代前期,《作诗法讲话》"这种有系统的横的地说明中国文学的性质和种类的著作"就已经出现了。因此,内田泉之助、孙俍工对盐著的评价不仅完全可以用于森著,而且应先用于森著。可惜《作诗法讲话》虽有张铭慈中译本(商务印书馆 1930 年版),但删去了第六章,破坏了原书结构,这或许也是学界未能更加全面地认识《作诗法讲话》的原因之一。

(二)《水浒传》和南戏研究

森槐南在中国小说、戏曲研究方面的代表成果,分别是《水浒传》和南戏研究,在当时都最具开创性的意义。

如果说冈岛冠山是江户时代"水浒学"的开山之祖,那么,开近代日本"水浒学"之先河的学者就是森槐南。由他开启的日本近代"水浒学"延续至今,详见本书第六章第三节。

森槐南的《中国小说讲话》六篇,其中第三、四、五篇专论《水浒传》,这是近代以来第一篇《水浒传》专题论文。其后,森槐南又在《目不醉草》(第 20 卷,1897 年 8 月)"标新领异录"栏目上与森鸥外等人研讨《水浒传》,解说《水浒传》的作者、成书、版本、人物等。他还全文翻译过陈忱的《水浒后传》(庚寅新志社 1893—1895 年版)。

---

① 　孙俍工《中国文学概论讲话·译者自序》,开明书局 1929 年版,第 10 页。

　　和森槐南在中国俗文学其他领域取得不少具有开创性意义的成就意义一样,他早在 19 世纪 90 年代就开始研究《水浒传》,而第一阶段的另外两位学者狩野直喜、幸田露伴则要到 20 世纪初才发表相关论文。森槐南之所以能执先鞭,是因为他与中国俗文学的结缘本就源于《水浒传》:"十四五岁时,酷嗜《水浒传》,殆至废寝忘食。"①因读《水浒传》,他对中国小说产生浓厚的兴趣,以在外语学校学习为名,每日在图书馆读小说②。他日后的《水浒传》研究和翻译《水浒后传》,当与少年时代这种特殊的经历与情节不无关系。森鸥外与其弟三木竹次主持《目不醉草》的两期关于中国小说戏曲的专谈栏目(《水浒传》《琵琶记》),都邀请森槐南为特邀嘉宾,称森槐南为此道之专家,并以森槐南的考论为主要内容发表。另外,该栏目的标题为"标新领异录",也可以说明《水浒传》《琵琶记》的专题研究是当时使人耳目一新的题目。

　　森槐南对《水浒传》的评价极高,认为此书是中国小说"巨擘中的巨擘":

　　　　四大奇书是中国小说中的巨擘,若于巨擘中更求巨擘,则无出《水浒传》之右者。其结构之雄大,文字之爽快,自不待言,其立意主旨通贯首位,一丝不紊,精神气魄充满全部,秋毫不松懈,实其余三奇书所远不及也。③

　　关于《水浒传》的成书过程。森槐南认为:

　　　　《水浒传》的骨架从《宣和遗事》出,文体亦多相似之处。《水浒

---

①　森槐南《中国小说讲话》第 3 篇,《早稻田文学》第 12 号,1892 年 3 月。
②　三浦叶《明治汉文学史》,汲古书院 1998 年版,第 65 页。
③　森槐南《中国小说讲话》第 3 篇,《早稻田文学》第 12 号,1892 年 3 月。

传》将《宣和遗事》上卷改作楔子,关于宋太祖的来历一字不差,所写三十六人亦取自《宣和遗事》;文字亦在《宣和遗事》基础上加以斧凿润色。如《水浒传》"燕青夜月逢道君"一回,即借用了《宣和遗事》中的人物,但消除了《宣和遗事》的那种生硬俗气,用香艳风流之笔墨写出异样出色之文字。(中略)其余如李师师房屋位置、屋中布置等,莫不据《宣和遗事》,两相对比,始悟《水浒传》之妙也。《水浒传》至此回达神境,曲亭马琴欲学而不能也。(中略)《三国》《水浒》成书于宋末元初,与《西厢记》《琵琶记》并称元代四大奇书。与《西游记》《金瓶梅》并称为中国小说史上的四大奇书。①

关于《水浒传》的作者。森槐南先例举比较流行的说法,如"施耐庵说""罗贯中说""施罗合作说""施作罗续说"等,他比较赞成"全书并非彻头彻尾出自一人之手"的说法②,至于作者究竟是谁,则无法遽判。但森氏认为《三国》《水浒传》决非同一人所作"《三国》文字之工拙、结构之疏密与《水浒》判然不同。若《三国》出自罗贯中之手,则《水浒》断非罗氏之作;若《水浒》果为罗氏之作,则《三国》定是他人伪托。"③他后来又比较倾向于《水浒传》作者为罗贯中说,但仍坚持《三国》《水浒传》决非同一人所作:"《三国》《平妖传》皆非罗贯中所作,罗贯中所作只有《水浒传》。《三国》不过模仿说话人用古白话写历史故事,《水浒传》才是由一位真正的小说家所作",并认为罗贯中就是杂剧《赵太祖龙虎风云会》的作者④。

关于《水浒传》的版本。由于条件所限,森槐南所见版本仅三种:第

①　森槐南《中国小说讲话》第2篇,《早稻田文学》第10号,1892年2月。
②　森槐南《中国小说讲话》第3篇,《早稻田文学》第12号,1892年3月。
③　森槐南《中国小说讲话》第6篇,《早稻田文学》第20号,1892年8月。
④　森槐南等《标新领异录·水浒传》,《目不醉草》第20卷,1897年8月。

一,所谓"古本",即明初的版本;第二,李卓吾《忠义水浒传》,即所谓百二十回本;第三,较为通行的金圣叹本,一名《第五才子书》。他比较三种版本认为:"古本大概是元代原书的翻刻本,其体裁甚复杂,我宁认为李卓吾本为定本。李卓吾认为'忠义'二字乃此书的宗旨,金圣叹痛讥之。曲亭马琴译本所据李卓吾本,以一家之见解,认为此书主旨在于劝善惩恶,颇为牵强。"①

森槐南对金圣叹腰斩《水浒传》的原因有独到的见解,认为这与金圣叹所处的时代背景有关:

> 金圣叹自序落款为崇祯十四年二月十五日,距明亡仅三四年。当时流寇蜂起,中原骚动,朝野之间,朋党之祸正炽,流言蜚语四起,人人自危,于此时批评《水浒传》,谁能不疑其居心?(中略)其中有难言之悲哀。不知《水浒》之原意,勿读金圣叹本,因金本颠倒原意;不知《水浒》之原意,须读金圣叹本,因金本文字之疏畅,实入神妙不可思议之境。②

但森槐南也给李卓吾评语以较高的评价,与金圣叹批语相比,自有韵味:

> 李批尤简约,然绝不似魏晋清谈般不切要害。金批雄奇奔放一泻千里,浓厚似太牢之味,过之则使人生厌;李批虽如山菜野肴,若得其调理之法,亦使人不能措手。③

---

① 森槐南《中国小说讲话》第 3 篇,《早稻田文学》第 12 号,1892 年 3 月。
② 森槐南《中国小说讲话》第 4 篇,《早稻田文学》第 14 号,1892 年 4 月。
③ 森槐南《中国小说讲话》第 5 篇,《早稻田文学》第 18 号,1892 年 6 月。

关于金本《水浒传》的影响。森槐南认为："张竹坡评《金瓶梅》、毛氏父子评《三国》《琵琶记》，唯模仿金圣叹，欲求其肖，则愈显得刻画，愈失其真。诸书对读，金玉瓦砾之别立判。"①

森氏还特别指出金本《水浒传》在日本的影响，特别是对江户时代作家曲亭马琴的影响："曲亭马琴虽然口称对金圣叹不满，但其所作如《八犬传》等读本小说，却从金圣叹批《水浒》之文章法中而来。马琴认为小说创作的七大法则：主客、伏线、衬染、照应、反对、省笔、隐微，全从金批出。"②

森槐南已经注意到《水浒传》与水浒戏的关系，他认为水浒戏取自《水浒传》：

> 《元人百种》中，《燕青博鱼》《李逵负荆》《黑旋风老收心》《黑旋风双献公》《黑旋风借尸还魂》等，皆谱《水浒》人物之戏曲。其中黑旋风故事最多，盖因《水浒传》写黑旋风最奇最快，作者以全幅精神为之，言《水浒传》者，必不能忘黑旋风李逵。由水浒戏之题材，亦可见《水浒传》于元代之流布情况。（中略）《燕青博鱼》《双献功》之故事不见于《水浒传》，乃出于剧作家之点染发挥。③

当然，森槐南对于《水浒传》与水浒戏之关系的认识尚未得出为今日学界所普遍接受的结论，这同样与他能够接触到的资料有关。当时的东京大学所藏"中国戏曲仅有《西厢记》明刻本一种和《笠翁十种曲》之粗劣刻本"④，而被笹川临风称为"最精于中国小说戏曲一道之森槐

---

① 森槐南《中国小说讲话》第 4 篇，《早稻田文学》第 14 号，1892 年 4 月。
② 森槐南《中国小说讲话》第 4 篇，《早稻田文学》第 14 号，1892 年 4 月。
③ 森槐南等《标新领异录·水浒传》，《目不醉草》第 20 卷，1897 年 8 月。
④ 久保天随《中国戏曲研究·序》，弘道馆 1928 年版。

南君","竟无《元人百种》之全本"①。在这样的条件下,森槐南能意识到《水浒传》与水浒戏之关系问题,并展开考述,已属不易,何况该问题至今仍存在争议。

此外,森槐南还简要介绍了《水浒传》的三种续作:《后水浒传》《水浒后传》《荡寇志》。他认为:"《荡寇志》属拙劣之作,不足为《水浒传》之续篇,且不论其违背原作之本意,即金圣叹批评之精神,亦未深得之。"②

森槐南在中国戏曲研究史上的意义,不仅表现在他是在高等学府讲授中国戏曲的第一人,还表现在他所取得的诸多第一,南戏研究就是其中最有代表性的第一。众所周知,由于研究资料的限制,近代中日学界的南戏研究远不如以《西厢记》为主的元杂剧研究。中国学界真正开始以主要精力从事南戏研究的学者,是被誉为南戏研究奠基人的钱南扬,这已经到了 20 世纪 20 年代后期,对于此前的南戏研究,往往着重举出王国维《宋元戏曲史》中的相关章节。殊不知,森槐南早在明治时期就已经涉足南戏研究,取得了钱南扬以前南戏研究的最高成绩。因此,在南戏研究史上,他不仅是一位拓荒者,也是一座里程碑③。

森槐南的南戏及《琵琶记》研究,主要见于《作诗法讲话》《词曲概论》《标新领异录·琵琶记》等。《作诗法讲话》前已述及,《词曲概论》亦是森槐南去世后,由森川竹磎整理,在《诗苑》(1912 年 10 月至 1914 年1 月)上陆续刊出。共十六章,后六章为曲论:词曲之分歧、乐律之推

---

① 笹川临风《琵琶记物语·例言》,博多成象堂 1939 年版。
② 森槐南《中国小说讲话》第 4 篇,《早稻田文学》第 14 号,1892 年 4 月。
③ 笹川临风也曾在明治后期发表过有关南戏的论述,如《元代戏曲〈琵琶记〉》(《江湖文学》,1897 年 4 月),他的《中国小说戏曲小史》(东华堂 1897 年版)和《中国文学史》(博文馆 1898 年版)中也有关于南戏的内容,但上述内容大体都是《琵琶记》的故事简介。

移、俳优扮演之渐、元曲杂剧考、南曲考、清朝之传奇①,其中《南曲考》是日本第一篇南戏专论。

《词曲概论》在《作诗法讲话》的基础上大幅展开,应该说已经是一部体制完备、选材精当、论述详尽的中国古代戏曲发展史。其中论及南戏(传奇)的部分约占一半,篇幅远多于王国维《宋元戏曲史》的相关部分。且《宋元戏曲史》多铺排曲牌与南北曲《拜月亭》之引文,既缺史的勾勒,亦少论的展开;而《词曲概论》则史论结合,既有对南戏(传奇)发展史的宏观展现,又有对体制、曲调、曲律、角色、作者、作品的细致分析。从《作诗法讲话》到《词曲概论》,森槐南对南戏的认识有一个较为明显发展、深化的过程。因此,两著虽都未标明讲授或撰写时间,仍可推测前者早于后者。两著对南戏研究的贡献主要体现在以下几方面:

第一,关于南戏的起源时间及地点。森槐南明确提出"南戏源于南宋温州",早于王国维在《宋元戏曲史》中提出的相同观点②。有论者推测王国维曾关注过森槐南的曲学研究,他的《宋元戏曲史》相关章节也与森氏有异曲同工之感③。

第二,关于南戏(传奇)的发展史。森槐南以作家作品为主线梳理了南戏自宋元至晚清的发展脉络。元代有南曲之祖《琵琶记》和"荆、刘、拜、杀"四种,此后南曲愈见发达,至明朝已多达三百余种,《六十种曲》即其精华,至清代则有李笠翁、袁于令、吴梅村、阮大铖、洪昇、孔尚

---

① 此六章已由黄仕忠译成中文,以《戏曲概论》为题分两次刊于《文化遗产》,2011年第1、2期。本文所引《词曲概论》译文即据此。

② 王国维认为"南戏之渊源于宋,殆无可疑","南戏当出于南宋之戏文,与宋杂剧无涉,唯其与温州相关系,则不可诬也","宋元戏文大都出于温州,然则叶氏永嘉始作之言,祝氏温州杂剧之说,其或可信矣","《录鬼簿》(中略)以'南曲戏文'四字连称,则南戏出于宋末之戏文,固昭昭矣"。见其所著《宋元戏曲史》,《王国维文学论著三种》,商务印书馆2009年版,第172、179、180页。

③ 黄仕忠《日本所藏中国戏曲文献研究》,高等教育出版社2011年版,第39、29页。

任等人最为著名。森氏还特别介绍了与《红楼梦》相关的剧本。

第三，关于南北曲之递降。《词曲概论》对于南北曲之递降，所论尤为精彩：《琵琶记》元末已出，而南曲大行。荆、刘、拜、杀继之出，皆行于时。元亡，明起于江南，始都金陵。此后南曲愈盛，中原不复用北音。故明以后，北曲寝微也。作南曲者，间亦参用北谱，纯用北谱，体依杂剧者，实只寥寥数家。北曲多入王府，称为秘曲，其传播世间者甚稀，竟致不行矣。南曲在明代扩张。明人之传奇，约三百种。盖明代中叶以后，名人文士往往事作曲，苟无传奇之作，则其人不能重于时。致其盛，实如此。北曲于明中叶渐致失传。公侯缙绅及富家凡宴会小集，亦多唱北曲。歌妓优伶席上所歌，亦间有用北调者。明世宗之时，北调犹未全泯灭。后乃变而尽用南曲。南曲之调，其始止二腔。后则又有四平腔，至昆山魏良辅，以吴音造曲律，声调大变。

森槐南对《琵琶记》的考论，主要发表在《标新领异录·琵琶记》一文中①，主要考论《琵琶记》的作者及创作动机、作品风格、版本及译本等几个方面，这些都是笹川临风所未言及的。森槐南的考论，材料丰富、论证严密，其关于作者及创作动机的考论尤使人信服，已被后来的多数学者所认同。

森槐南在当时南戏资料十分有限的情况下得出上述结论，实属不易。他的南戏研究对后学也产生很大影响，明治末年至昭和初年，曾涉足南戏研究的日本汉学家，多与森槐南有师承关系，最具代表性的有久保天随、盐谷温和宫崎繁吉等，这无疑在客观上造成了南戏研究的声势，推动了南戏研究的进步，而后才有青木正儿等人进一步的突破。

三、吟咏、谱曲、翻译与演讲

早稻田大学的中国俗文学学科初创之功，当然不只是开设相关课

---

① 森槐南等《标新领异录·琵琶记》，《目不醉草》第27卷，1898年4月17日。

程,受影响的群体与范围也不仅限于本校学生,还通过开展多种形式的课外活动,将影响推及校园以外。这些课外活动包括发行讲义、发表专题论文、举行专题演讲和翻译、评注、吟咏等,也是森槐南中国俗文学研究的重要组成部分。

明治时期的日本汉学家多具有深厚的汉学功底,加之汉诗极盛,各种汉诗社团竞相成立,或互相唱和,或就事吟咏,一时颇为流行。森春涛、森槐南父子是明治时期著名的汉诗人,先后执诗坛之牛耳。森槐南早在少年时代就曾发表过不少吟咏中国戏曲的汉诗。

1878 年 6 月,森槐南在《花月新志》(第 46 号)发表《题〈牡丹亭〉悼伤一出》,彼时年方十六;11 月,又在《花月新志》(第 60 号)发表《杂赠四首》,诗歌内容表明他不仅已读过《琵琶记》《西厢记》,甚至注过《西厢记》。1879 年 2 月,在《新文诗》(第 46 集)发表《读〈桃花扇〉传奇题其后》五首。8 月,又在《新文诗》(第 51 集)发表《重读〈桃花扇〉得二律》(其一)。9 月,在《花月新志》(第 82 号)发表《又赠圆朝演义》,其内容乃是咏《桃花扇》。1880 年 6 月,在《新文诗》(别集第 10 集)发表《题蒋苕生〈空谷香〉传奇后》四首和《集〈桃花扇〉传奇句》八首。其少年时代吟咏中国戏曲作品之诗作可列表如下:

表 2.6　森槐南少年时代吟咏中国戏曲作品之诗作

序号	时　间	题　名	出　处
1	1878 年 6 月	题《牡丹亭》悼伤一出	《花月新志》
2	1878 年 11 月	杂赠四首	《花月新志》
3	1879 年 2 月	读《桃花扇》传奇题其后五首	《新文诗》
4	1879 年 8 月	重读《桃花扇》得二律	《新文诗》
5	1879 年 9 月	又赠圆朝演义	《花月新志》
6	1880 年 6 月	题蒋苕生《空谷香》传奇后四首 集《桃花扇》传奇句八首	《新文诗》

在森槐南的直接影响下，他的学生、同为汉诗人的柳井絅斋也用汉诗吟咏的方式品评、介绍中国戏曲。柳井絅斋先后创作了《读〈桃花扇传奇〉》三十首，其中二十首于1892年陆续发表在《栅草纸》（第30、34号）。

森槐南还是日本试作传奇的第一人①，可能也是近代日本的中国俗文学研究者中唯一一位曾作过传奇的人，这或许也是森槐南颇具独到之见解的原因之一。

森槐南的《补春天》传奇刊于1880年3月，同时刊出石埭居士（永阪周）的傍译本，两书现藏早稻田大学图书馆，皆系柳田泉旧藏。《补春天传奇》署"槐南小史填词"，共四出，即"情旨""梦哭""魂聚""余韵"，敷演钱塘陈文述梦中与明末才女冯小青相遇，终为"西湖三女士"（冯小青、杨云友、周菊香）修墓的故事。

《补春天传奇》"题句"有四明张斯桂所书《李玉溪七言句》（紫兰香径与招魂），"题辞"有王韬的诗文，"序评"有沈文荧、黄遵宪的评语，傍译本卷首有学海居士（依田学海）叙、永阪周题句。他们对森槐南的评价甚高，兹略引数语。如王韬题辞曰：

> 春涛先生，今代诗人也。令子槐南承其家学，又复长于填词，工于度句，年仅十七龄，而吐藻采于毫端，惊泉流于腕底，词坛飞将，复见斯人。（中略）情词旖旎，意致缠绵，镂月载云，俪青配白，顾近时作手也，绮年得此尤难。②

沈文荧则称：

---

① 张伯伟《关于〈补春天〉传奇的作者及其内容》，《文学遗产》，1997年第4期，第110页。

② 王韬《补春天传奇·题辞》，早稻田大学图书馆藏本，落款为光绪五年己卯（1879）夏旬，是年槐南十七岁，《补春天传奇》作于此前一年。

孔云亭之芳腻,洪昉思之冷艳(中略)此曲于孔、洪为近,幽隽
清丽四字,兼而有之。东国方言多颠倒,其曲白绝无此病,尤为
难得。①

黄遵宪更是盛赞道:

以秀倩之笔,写幽艳之思,摹拟《桃花扇》《长生殿》,遂能具体
而微。东国名流,多诗人而少词人(中略)此作得之年少江郎,尤为
奇特,辄为诵桐华万里、雏凤声清之句不置也。(中略)后有观风之
使,采东瀛词者,必应为君首屈一指也。②

黄遵宪另在致森春涛信中称槐南"天才秀发",后又题诗怀念这位
"东京才子"等,已于前文述及,此不赘。

依田学海之叙则曰:

吾友森子槐南,年少才敏,好学善诗,余暇溢为传奇小说。顷
以其所著《补春天传奇》见示,造语用字,宛然明清人口气,所谓掩
抑疾徐、敏捷灵活者,不失毫厘分寸,果知才学过人者,世间无复难
事也。(中略)此篇所载,婉约悱恻,读者油然生怜才慕贤之心,岂
非以其能得情与声乎?③

全书另有沈文荧、黄遵宪眉批,亦多赞美之词,不再一一举例。

1882年10月,森槐南又在《新文诗》(别集第17集)发表另一部传

① 沈文荧《补春天传奇·序评》,早稻田大学图书馆藏本。
② 黄遵宪《补春天传奇·序评》,早稻田大学图书馆藏本。
③ 依田学海《补春天传奇傍译·序》,早稻田大学图书馆藏本。

奇作品《深草秋传奇》，内容为时人小野小町与深草少将之情事。卷首"题词"有一首《水调歌头》，仿《琵琶记》"副末开场"，其序则称"调则一仿玉茗《牡丹》'惊梦'一曲"。

除了对中国戏曲作品进行吟咏和直接进行传奇创作以外，森槐南还利用其兼通和汉语文的优势翻译中国俗文学作品，一改江户时代的训读法阅读习惯。这在明治时期亦属创举，与当时兴起的文言一致运动颇为合拍，其影响之深远，由此掀起了今后长达一个多世纪中国俗文学作品日译浪潮。

1891 年 8 月，森槐南在《中国文学》创刊号开始连载《西厢记读方》（第 1、3、6、10、14、18、22 号），列于"中国文学讲义·小说戏曲门"，这是明治时期最早的中国戏曲日译本，也是最初的中国戏曲研究论文，似未载完，而刊物停刊。此文卷首有 8 页文字是对《西厢记》做解题，后则是译文及评述解析。他同时还在《国民之友》（第 127 号）发表《牡丹亭还魂记》译文。

1892 年，森槐南在《城南评论》（第 1 卷第 2 号）发表《红楼梦序词》，解说并翻译了《红楼梦》第一回，这是明治以来《红楼梦》的第一个日译本，尽管只有第一回，但由此开《红楼梦》日译之先河。

1892 年 8 月，森槐南在《城南评论》（第 6 号）连载《〈四弦秋〉附评释》，这是明治以来用日语口语翻译中国戏曲最早的尝试。还于 1893 年至 1895 年间陆续出版其所译的陈忱《水浒后传》全译本（庚寅新志社），其对《水浒传》的钟爱，盖由他在少年时代即因《水浒传》而引发对中国俗文学的兴趣所致。

1910 年 7 月，森槐南在《汉学》杂志连载《元曲百种解题》（第 1 编第 3—8 号、第 2 编第 1 号），至次年 3 月去世中缀。实际完成的有：《汉宫秋》《金钱记》《陈州粜米》《鸳鸯被》《赚蒯通》《玉镜台》《杀狗劝夫》《和汗衫》等。

在森槐南的影响下,他的学生也表现出了对中国俗文学的研究热情,他们积极参与介绍中国俗文学作品,为一些作品撰写梗概、解题等,其中就有不少发表在《早稻田文学》。1892 年 8 月,柳井绚斋在《早稻田文学》"名著梗概"栏目连载《桃花扇梗概》(第 21—28 号)。这是他在课上听到森槐南的讲述,深感兴趣,而应刊物之约,为之作梗概,其中第一篇副标题为"《桃花扇传奇》之由来、大意及价值"。1893 年 1 月,森槐南的另一位学生野口宁斋在《早稻田文学》(第 31 号)上连载《吟风歌词曲谱》,介绍此剧集的梗概,并加以评说。同年 2 月,他又在《雪月花》上刊出《梁廷枏曲话》,此后该书在日本广为界内征引。9 月,又在《栅草纸》刊出《书〈铁锁记〉后》,用该剧所叙明末流寇之事与李渔《巧团圆》传奇情节作比较。

与森槐南能言善辩、应接从容的性格形象相符合的是,他除了在课堂授课以外,还常参加一些由各种团体举办的演讲会,这也客观上促进了中国俗文学在课外的影响。1892 年 1 月 24 日,森槐南又应邀出席早稻田文学会①。他在此会上所讲的具体内容虽未有明记,但亦可通过早稻田文学会的活动内容推知一二。

早稻田文学会是东京专门学校学生自发组织的一个文学研讨会,最早可以追溯到 1889 年末,至于"文学会"之名始于何时,今已无法确考。笔者所见最早关于该文学会的记载是 1891 年 2 月 12 日的《读卖新闻》,其中记载了该会的相关事项:"东京专门学校文学会将于次月15 日(星期日)在该校新讲堂开会,午前为讨论,午后为戏剧朗诵会。"②这是关于文学在第一次会校内举办活动的记录,较为简略,无法得知参

---

① 早稻田大学编《稿本早稻田大学百年史》第 1 卷下,早稻田大学出版部 1974 年版,第 472 页。
② 转引自早稻田大学编《稿本早稻田大学百年史》第 1 卷下,早稻田大学出版部1974 年版,第 471 页。

加人员及活动详情。

不过,第一次在校外开会的记录则颇为详细,由此可稍知文学会的组织形式与活动程序:1891 年 9 月 23 日午后 1 时,在牛込筑土松风亭举行,参加者包括文学科一、二年级学生共 60 名及讲师 4 名,其中大西祝、信夫恕轩两位讲师发表了演说,坪内逍遥等人则有恳切的谈话,然后全体师生一同畅谈,和气蔼然间,不觉夕阳西下、飞鸟归林,到此方才散会,并定于 10 月 17 日举行第二次文学会①。第二次文学会如期举行,情况与第一次基本相同②。"从 1891 年至 1892 年间举行了连续的文学会,每回记录中必见坪内逍遥,盖文学会乃是以逍遥为中心,每期招请文学科讲师数人,师生共论文学,其意义在于将强力之文学活动影响到课外,将其展现于社会。"③

由于史料的缺失,森槐南出席文学会的记载虽仅有一次,但事实上应不止一次。《稿本早稻田大学百年史》记载,1891 年至 1892 年间的文学会开会记录仅有六次,而按照其中三次的日期(1892 年 1 月 24 日、同年 2 月 28 日、同年 3 月 27 日)来看,早期的文学会活动基本是在大体相隔一月的周日举行。森槐南此时正在校任教,从坪内逍遥以外的其他讲师如关根正直等人皆不止一次出席看来,森槐南当也曾多次出席④。而从文学科调和和、汉、洋三文学的宗旨来看,中国俗文学当是文学会讨论的重点之一,而这方面的主讲人无疑是森槐南。

---

① 《同攻会杂志》第 8 号,1891 年 10 月,第 34 页。
② 《早稻田文学》第 1 号,1894 年 10 月 20 日,第 21—22 页。
③ 文学会于 1899 年改为每年三回(2 月、5 月、10 月),彼时森槐南已离职。参看早稻田大学编《稿本早稻田大学百年史》第 1 卷下,早稻田大学出版部 1974 年版,第 472 页。
④ 参看早稻田大学编《稿本早稻田大学百年史》第 1 卷下,早稻田大学出版部 1974 年版,第 472—474 页。

第三节　森槐南的追步者

森槐南在东京专门学校首开中国俗文学课程的影响是深远的,其在中国俗文学学科史上的意义需要重新给予客观公正的评价。仅就早稻田大学一校而言,由他所开创的传统也一直被保留并发扬光大。本节所要讨论的"追步者",仅指在森槐南离职以后在东京专门学校及后来的早稻田大学接任中国(俗)文学相关课程的教师,尚不包括曾受教于森槐南但未在早稻田大学任教者,如台北帝国大学的久保天随;也不包括未受森槐南之教而在其他大学任教者,如京都帝国大学的狩野直喜。

一、藤田丰八、岛村抱月

（一）藤田丰八

由上文可以推定,森槐南第一次离职是在 1894 学年度的结束,即最晚在 1895 年 7 月,第一位接替他教职的应该是藤田丰八(1869—1929)①。

但藤田丰八到任的时间存在疑问。据《早稻田大学百年史》,藤田丰八在东京专门学校的任教期间是 1895 年 9 月至 1897 年,但其后加了一个"?"②,同书又记载他最初任教时间和科目是 1896 学年度的"中

---

① 杜轶文认为东京专门学校的"中国文学史"课程始自藤田丰八,见其所著《藤田丰八的中国文学史研究》一文,《二松学舍大学人文论丛》73,2004 年 10 月,第99 页。非是,前文已经指出该校在 1892 学年度已经开设了从先秦至清朝的"中国文学史"课程,讲师为斋藤木。
② 早稻田大学编《早稻田大学百年史》第 1 卷,早稻田大学出版部 1988 年版,第1038 页。

国文学史"和"中国史"①。后者当来源于《稿本早稻田大学百年史》的记载：1896年，由于学制变更，文学科改为文学部，藤田丰八主讲"中国文学史""中国史"②。另据《藤田丰八博士略传》载，藤田丰八于1897年春赴中国，与马建忠共同办报③，故他的离职时间基本可以确定。藤田氏后来曾再次执教于早稻田大学，不过那已经是1923年，主讲科目是他后来研究的重点领域：西域史和南海史。正因为如此，学界对其早期的中国文学史研究则关注不多，而他从事中国文学史研究主要时期即在赴中国以前。

藤田丰八所讲的"中国文学史"的具体内容，可从他留存至今的几种讲义和相关著述中窥见一斑。日本国会图书馆藏题署为"藤田丰八讲述"的"中国文学史完"共有两册，分别标记有"东京专门学校邦语文学科第一回二年级讲义录"和"东京专门学校邦语文学科第二回三年级讲义录"④。书名虽标称"完"，实际只讲到东汉文学，末页上有藤田的附言："讲者因赴中国，遗憾将此稿中止。"

藤田丰八的本意是讲授中国文学通史，这在1897年5月由东华堂出版的《中国文学史稿·先秦文学·凡例》中有明确的说明："全书共分四册，自上世至秦为一册，两汉魏晋南北朝为一册，唐宋五代为一册，元

---

① 早稻田大学编《早稻田大学百年史》第1卷·资料43，早稻田大学出版部1988年版，第1166页。

② 早稻田大学编《稿本早稻田大学百年史》第1卷下，早稻田大学出版部1974年版，第434页。按，《稿本早稻田大学百年史》与《早稻田大学百年史》并非同一书，前者是早稻田大学百年校庆前十年编纂的校史，出版于百年校庆之前；后者是在前者基础上的定本，出版于百年校庆之后。

③ 小柳司气太《藤田丰八博士略传》，东方学会编《追忆前辈学者》第1册，刀水书房2000年版，第231页。

④ 竹村则行所藏本前有"禀告　明治二八年六月　东京专门学校"两页，此为国会图书馆藏本所无。参见杜轶文《藤田丰八的中国文学史研究》，《二松学舍大学人文论丛》73，2004年10月，第99页。

明清为一册,逐次刊行。"①全书实际只出版了《先秦文学》一册,而这册
与前述《中国文学史》讲义"古代文学"部分的体系、内容、观点完全一
致。加之该凡例写于 1897 年 3 月,即此前《先秦文学》已经成书,由此
可推测,作为讲义的《中国文学史》和作为专著的《中国文学史稿》都将
整个中国文学史纳入构思框架,并且两书的体系、内容基本相同②。

　　虽然看不到藤田丰八对中国俗文学的直接论述,但从他对整个中
国文学史框架的勾勒上完全可以看出俗文学在整个文学史上所占的比
重。藤田氏的《中国文学史稿》虽分为四册,但只有三期:上古至秦为第
一期(古代文学),秦汉至唐宋为第二期(中世文学),元明清为第三期
(近世文学)。他认为:

　　　　至宋元而俗文学兴起,此可以补中世文学之不足,思想上虽承
　　宋而无多少变化,然由中国文学全局而观之,则雅文学于此趋向
　　衰运。③

　　不仅如此,藤田丰八在《中国文学史》讲义中有"小说的萌芽"一节,
讲述先秦两汉小说,认为古来诸子十家中"小说家"之"小说"和后世小
说有很大区别,但是从文学发展的视点来看,后世小说可溯源至此。他
还认为,想象是后世小说的最大特征,故在追溯小说起源时,对充满想
象力的庄子、屈原作品评价颇高④。他后来又将该部分作为单篇论文

① 　藤田丰八《中国文学史稿·先秦文学·凡例》,东华堂 1897 年版。
② 　此外,1897 年 8 月开始发行由藤田丰八、笹川临风、冈田岭云、白河鲤洋合著的
　　《中国文学大纲》15,藤田氏负责其中的第 11 册《司马相如》和第 12 册《司马
　　迁》,其内容也是沿袭了《中国文学史》讲义中的相关部分。
③ 　藤田丰八《中国文学史稿·先秦文学》,东华堂 1897 年版,第 11—12 页。
④ 　藤田丰八《中国文学史》,东京专门学校讲义,第 405—406 页。

发表(《帝国文学》第7卷第5号,1901年5月),题为《论中国小说的起源》(《中国小说の起源を論ず》)。可以想见,如果藤田丰八能把计划的整个中国文学史讲完,则小说、戏曲等俗文学必然会是重点之一。

藤田丰八重视中国俗文学的证据,还可以举出一例。他在东京专门学校任职之前的1895年4月,曾组织东京大学青年学友设立东亚学院。该学院设有"中国文学"科目,课程中列有"中国小说""戏曲讲义",发行的第一号讲义中就有小柳司气太的《中国文学史》和田中参的《西厢记讲义》,《西厢记讲义》后也改由东京专门学校出版。关于藤田丰八及其他赤门文士的活动,详见本书第三章第一节,此不赘。

(二)岛村抱月

藤田丰八之后的中国俗文学课程讲师是岛村抱月①。岛村抱月(1871—1918),本名泷太郎,号抱月。1894年毕业于东京专门学校文学科,是坪内逍遥第二届弟子,毕业后即留校进入《早稻田文学》编辑部,发表了大量有关东西方文学、美学、修辞学等方面的论文。岛村抱月的名著《文学概论》曾对王国维的《红楼梦评论》产生过较大的影响,后者有不少观点见于前者。关于两者的关系,详见本书第七章第二节。岛村抱月后来以戏剧编导和文艺评论家著称,被誉为"日本现代戏剧之父",故他在中国文学方面的功绩往往被忽略。

关于岛村抱月与中国文学课程的最初联系,有论者以为是他为1895年1月发行的东京专门学校文学科讲义编写其中二、三年级的"中国文学史",并认为该讲义是东京专门学校最早的中国文学史讲义②。

---

① 斋藤木自1892年至1897年连续任教于此,但除了1892年、1895年(校外讲义)、1897年主讲"中国文学史"外,其他年度(含1895年校内讲义)均为"诗经"或"书经子类述义",似无专门讲授中国俗文学相关课程,从略。
② 杜轶文《藤田丰八的中国文学史研究》,《二松学舍大学人文论丛》73,2004年10月,第102页。

此说非是：

第一，前文已经指出，东京专门学校在 1892 学年度已经开设了从先秦至清朝的"中国文学史"课程，该课程讲师斋藤木当有相应的《中国文学史》讲义，讲义部分内容应与前述早稻田大学所藏署"斋藤木述"的《中国文学史》同（无论其是斋藤亲笔还是岛村生笔记，内容无疑都是斋藤氏的讲义）。

第二，通过课程与讲师配备表可知，1894 年 1 月发行的二、三年级《中国文学史》讲义仍为斋藤木之讲义，而非岛村抱月①。

第三，岛村抱月确实参加了此次的讲义编写，但他所编写的是一、二年级"和汉英文评释"中的"汉文评释"。该讲义现藏于日本国立国会图书馆，题为《汉文评释》，共二册，分别标记有"东京专门学校邦语文学科第一回一年级讲义录"和"东京专门学校邦语文学科第二回一年级讲义录"，皆署"岛村泷太郎述"。二册内容相同，包括"老子经评释""文选评释""宣和遗事评释"三种，这是面向校外教育的专用教材，而同年校内开设的汉文学课程只有斋藤木的"书经子类述义"。故岛村抱月此时的主要工作乃是《早稻田文学》编辑，而不是文学科专任讲师。

第四，藤田丰八任教期间，岛村抱月曾为他的《中国文学史》讲义写了《中国文学史总论》一文，载于卷首。藤田氏离职后的 1897 学年度，二年级仍有"中国文学史"，讲师仍是斋藤木②。

因此，岛村氏主讲中国文学从 1898 学年度开始③，此后一直到

---

① 早稻田大学编《稿本早稻田大学百年史》第 1 卷下，早稻田大学出版部 1974 年版，第 432 页。
② 早稻田大学编《稿本早稻田大学百年史》第 1 卷下，早稻田大学出版部 1974 年版，第 434—435 页。
③ 早稻田大学编《早稻田大学百年史》第 1 卷·资料 50，早稻田大学出版部 1988 年版，第 1166 页。又见三浦叶《明治时代的汉学》，汲古书院 1998 年版，第 420 页。

123

1901 年,他一直主讲中国文学史相关课程①。1902 年 3 月改任"英文学""审美学"课程讲师②,但实际上似未开讲即赴欧洲留学③。1905 年回国后任早稻田大学教授,以后不再主讲与中国文学史相关课程。

岛村抱月是坪内逍遥的得意门生,由他参与编写文学科公开出版的第一部中国文学讲义并主讲相关课程,也可以看出中国俗文学在坪内逍遥的和、汉、洋三文学相调和体系中的地位。

除《汉文评释》外,现存岛村抱月与中国文学相关的资料尚有《中国文学史讲义笔记》,早稻田大学图书馆藏。全三册,其中第二册封面和第三册笔记正文第一页第一行记有"中国文学史"字样,手写本,不记年月,字迹潦草难辨,且有脱落与拼贴,另有少量朱笔批点。

第一册为铅笔与钢笔混写,铅笔部分内容为:"第二项魏文学、第三项清谈、第四项晋宋文学、第五项齐梁文学、第六项音韵、第七项陈隋及北朝。"钢笔部分为简要诗史。

第二册为铅笔手写,第一页记有"目次":"绪论:第一文学史的定义与中国文学史的范围,第二中国文学的大势",在"中国文学大势"中,将小说、戏曲等"俗语文学"与传统诗文并列为中国文学两大系统。记有中国文学史分期:第一期先秦、第二期自秦至隋、第三期唐宋、第四期金

---

① 早稻田大学编《稿本早稻田大学百年史》第 1 卷下,早稻田大学出版部 1974 年版,第 466、441 页。三浦叶《明治时代的汉学》,汲古书院 1998 年版,第 308 页。

② 早稻田大学编《稿本早稻田大学百年史》第 2 卷上,早稻田大学出版部 1977 年版,第 53 页。

③ 岛村抱月之留学欧洲,是因为东京专门学校哲学讲师大西祝作为新设的京都大学文科大学学长预备人选,由文部省选派于 1898 年 2 月赴欧洲留学,此举令坪内逍遥大受打击,文学科几乎半毁于此。坪内逍遥由是认为,从别校引进的人才始终无法托赖,深感培养本校人才之重要,岛村抱月即在这种情况下作为文学科少数两位教师被派往欧洲留学的。见早稻田大学编《稿本早稻田大学百年史》第 1 卷下,早稻田大学出版部 1974 年版,第 412 页。

元明清,并有第一期和第二期(止于汉武帝)内容,缺武帝以后部分。第一、二册极似同一课程,早稻田大学图书馆编目虽题为"中国文学史讲义笔记",但据其内容来看,也有可能是岛村抱月的讲义大纲。

第二册为铅笔、钢笔、红笔、黑笔混用,疑为多次听课时所用笔之不同。第一页有目录:"绪论(一)文学史之定义(二)中国文学之特色(三)中国文学之沿革概势;第一期(一)上周:其一中国文字之沿革六书之事,其二周前之文化、其三诗。""诗"又分十一个细目,最后有"中国文学者年表"(先秦至唐)。第三册内容与斋藤木的《中国文学史》讲义极为相似,疑即岛村抱月的课堂速记。

由于现存材料残缺不全,很难判断岛村抱月所主讲的中国俗文学课程的具体内容,但从他将小说、戏曲等"俗语文学"与传统诗文并列为中国文学两大系统来看,俗文学无疑是他的重头戏。再联系到岛村氏的校外讲义《宣和遗事评释》,他的重点应该是元以前的俗文学,这或许与森槐南任教期间已经重点讲授宋元以后部分有关。

二、盐谷温、宫崎繁吉

(一) 盐谷温

1902 年岛村抱月赴欧留学后,中国文学讲师空缺,又值东京专门学校升格为早稻田大学,扩大办学规模,分设大学部和专门部,亟须招请新教师充实阵容,前述已任东京大学讲师的森槐南乃携其弟子盐谷温再度受聘,师徒二人分别担任大学部文学科二年级的"中国文学"和专门部国语汉文科二、三年级的"中国文学史"。中国俗文学的教学与著述是盐谷温的名山事业,而其最初的雏形产生于他在早稻田大学任教之时,这对于重新认识早稻田大学的中国俗文学学科初创之功实具有特殊的意义。

目前无法判断盐谷温当时是否出版过《中国文学史》讲义①,故无法确知其当时所讲的主要内容,但仍可根据相关资料推知他的讲授内容当主要参照森槐南。原因有以下几个方面:

第一,盐谷温受聘于早稻田大学讲授"中国文学史"时,正值他从东京大学毕业升入研究生院,他在本科时期所就读的是史学而非中国文学专业,此前未见他有这方面的著述,也未查到他在别校讲授过中国文学史的记录。

第二,盐谷温后来成为东京大学中国文学讲座教授,在中国俗文学研究方面爆得大名,是与京都大学狩野直喜等人鼎峙的东京大学代表人物,但他并非一开始就钟情于此。盐谷温在东京大学求学期间曾听过森槐南的唐诗、《西厢记》及汉唐小说等课程,并由此启戏曲小说之蒙,毕业升学时转攻中国文学,森槐南正是其学术兴趣转移的关键人物②。

第三,盐谷温平生出版的中国文学讲义盖仅有《中国文学概论讲话》,而这部著述从体例、内容到书名都深受森槐南《作诗法讲话》的影响,两书在某些地方甚至整段雷同。关于两著之间的承袭关系,详见本书第七章第三节。

第四,盐谷温对森槐南的评价很高,称"我国词曲研究者,前有田能村竹田,后有先师森槐南博士"③,认为他"若非早亡,定能成为大有作为的中国文学讲座教授,能开中国文学研究的许多新生面,此诚为可惜

---

① 早稻田大学出版部出版的盐谷温《史记讲义》,是他 1902 年在专门部国语汉文科一年级的"史记"课程讲义,现藏早稻田大学图书馆,这也是目前所见盐谷温出版的第一部著述。其所担任的课程,参看早稻田大学编《稿本早稻田大学百年史》第 2 卷上,早稻田大学出版部 1977 年版,第 40 页。
② 盐谷温《天马行空》,日本加除出版株式会社 1956 年版,第 69—70 页。
③ 盐谷温《中国文学概论讲话》,大日本雄辩会 1919 年版,第 166 页。

之事"①。盐谷温还在《中国文学概论讲话》中十数次提及森槐南,每一次都称其为"槐翁"(多为引用或依据森槐南的观点),享有这种尊称的,书中仅森槐南一人而已。

第五,盐谷温与森槐南的风格相似。盐谷温将其晚年的回忆录取名为《天马行空》,该词在书中只出现两次,一次是盐谷氏之友用其概括盐谷温的风格,而另一次就是盐谷氏本人用其概括森槐南的风格。

盐谷温受森槐南的影响如此之大,由此推测他在初次登台授课时有意无意间模仿、参照在同校执教的乃师的授课内容,当不至与事实相差太远。其实,森槐南的《作诗法讲话》和盐谷温的《中国文学概论讲话》都是根据学生笔记整理出版的,森槐南讲课之时,也许盐谷温就在场,他也做了同样的笔记,后来他又把从老师那里学来的知识教授给后学者,也可算是一种特殊形式的口耳相传吧。

(二)宫崎繁吉

森槐南、盐谷温之后,在早稻田大学以主要精力讲授中国俗文学的当属宫崎繁吉。宫崎繁吉(1871—1933),字子寔,号来城、柳溪,有资料称他是森槐南的弟子②。根据林以衡的研究,宫崎繁吉曾于1897年12月末到台湾,后应梁启超之邀,于次年9月离台赴沪,并于同在上海的田冈岭云相识,最迟在1908年3月以前回到日本③。林氏对宫崎繁吉在上海逗留时间的限定还略显宽泛,笔者试将其稍加压缩。

田冈岭云(1870—1912),赤门文士之一,曾与藤田丰八等共编《中国文学大纲》。他第一次到上海是在1899年5月,应藤田丰八之邀担

---

① 盐谷温《天马行空》,日本加除出版株式会社1956年版,第70页。
② 据水浒资料书房《中国戏曲小说文钞释·解题》。
③ 林以衡《日本旅台文人宫崎来城在台汉文学创作与评论初探》,《台湾学研究》第9期,2010年6月,第97—122页。

任东文学社教师,次年 5 月因病归国①。据此,则宫崎繁吉最早应在 1899 年 5 月以后回国。另据黄植亭②《拾碎锦囊(百九十九)》,可知宫崎繁吉至晚在 1905 年 4 月前已经回国,并与久保天随等人在东京倡设以专研汉诗汉文为主旨的“同好会”,并发行《新诗文》月刊③。

而宫崎繁吉的中国俗文学研究相关成果恰好集中出现在 1899 年至 1905 年间:1901 年 9 月,宫崎繁吉曾在《新文艺》(第 1 卷第 9 号)上发表了《读清代小说》(《清朝小説を読む》)。1904 年秋,早稻田大学出版部已出版宫崎繁吉的《中国戏曲小说文钞释》讲义,署“讲师宫崎繁吉述”。1905 年 4 月,早稻田大学出版部又出版他的《中国近世文学史》讲义,仍署“讲师宫崎繁吉述”。前述《读清代小说》一文即收入该书,后又发于《天鼓》(第 7 期),题为《清代小说》(《清朝の小説》)。1905 年冬,宫崎氏又在早稻田大学出版部出版《续中国戏曲小说文钞释》。同年 11 月,在《太阳》杂志上连载《清代传奇及杂剧》(《清朝の伝奇及び雑劇》)(第 11 卷第 14、16 号)。

综上所述,大体可以认为宫崎繁吉回国时间为 1899 年至 1905 年之间,而他在早稻田大学任教则当在 1904 年至 1905 年前后。此时正值森槐南第二次离职,盐谷温也于 1905 年 6 月改任学习院教授,以后任东京大学助教授,并于 1906 年 9 月出国留学。宫崎繁吉和森槐南一

---

① 田冈岭云曾前后三度来华,但只有第一次在上海。第二次:1900 年夏,因义和团事件,作为随军记者来华,因与日军军部冲突而回国;第三次:1905 年 9 月,应张之洞之邀赴清任苏州的江苏师范学堂教习,1907 年 5 月回国。故其与宫崎繁吉的初识只能是第一次在华期间。关于田冈岭云的生平,可参看三浦叶《明治时代的汉学》,汲古书院 1998 年版,第 164—169 页。

② 黄植亭,生卒年不详,盖晚清人。王松《台阳诗话》称:“黄植亭,字茂才(一字茂清),台北人也,风流潇洒,倾倒一时,为台湾新报社骚坛盟主,著述甚夥。”

③ 黄植亭《拾碎锦囊(百九十九)》第 2259 号,《汉文台湾日日新报》,1905 年 6 月 19 日。

样,并无正式学历,他之所以能任教于早稻田大学,不仅因为他是以
"诗、词、传奇有名于时"①的"东岛文坛之健将"②,大概还和他与森槐
南的关系有关,盖为森槐南离职后荐以自代。

从宫崎繁吉出版的讲义来看,他在早稻田大学主讲的课程内容明
确、特色鲜明,即以小说、戏曲为主的中国俗文学。讲义《中国近世文学
史》是继笹川临风《中国小说戏曲小史》后以中国俗文学为重点的专史。
全书共分三编:第一编金元间文学(总说、金朝作家及其小传、元朝文学
者、元朝小说及戏曲)、第二编明朝文学(总说、明朝散文、明诗、明朝戏
曲及小说)、第三编清朝文学(总说、学风及诗文、清朝小说及戏曲)。其
以讲述金元以来的小说、戏曲为主,但在第一编第四章也以一节的篇幅
简述了元以前的小说戏曲发展史,并开宗明义指出:

> 征之古往今来宇内万国历史,其国如有文学,则必称戏曲小说
> 也。中国建国已久,文学由来已古(中略)其戏曲、小说亦见于百代
> 之前。(中略)至元代则有称得上千古未曾有之小说戏曲之发达,
> 在中国文学史上的大放异彩,固须特笔大书也。③

因此,宫崎繁吉认为,欲知元明清之文学,必先知元代文学之由来,
元代文学一出于宋,一出于金,故需明宋金之文学,前人于唐宋以前述
之已详,于金元甚为疏漏,他著《中国近世文学史》的目的,就是为近世

---

① 檐板居士《江濑亭与袖海、来城二君即席赋示》,《台湾新报》,1898 年 6 月 19 日。
② 宫崎繁吉著,陶报癖译《论中国之传奇》,《月月小说》第 14 号,1908 年 3 月 17
　日,第 11 页。此即宫崎论文《清代传奇及杂剧》之中译,译者前言称:"是篇(中
　略)于吾国之传奇之优劣,月且甚详。(中略)宫崎来城者,东岛文坛之健将也,
　著有《西施》《杨贵妃》《虞美人》及多情之豪杰书,兴往情来,淋漓秾艳,颇受一般
　社会之欢迎。"
③ 宫崎繁吉《中国近世文学史》,早稻田大学出版部 1905 年版,第 60 页。

文学吐气,故自金代文学始。毕业于早稻田大学、后曾为早稻田大学教授牧野谦次郎助手的三浦叶曾对此书有过精彩的评论,笔者认为此乃会心之论,特转录于下:

> 中国之文学,当然属小说戏曲。其建国已久,文学由来已古,然小说、戏曲至近世(金元以后)始发展。此前因儒教之势力,以躬行实践为主旨,自政治宗教以至于文学,无不如此。不适于实际日用之小说戏曲,遂为人间无用之文、诲淫唱乱之书,一遭排斥。我国亦然,明治时代数种之中国文学史,大体皆详于唐宋以前之诗文,元明以后,尤于小说戏曲甚为疏漏。本书便为近世疏漏之小说戏曲吐气,详说其体裁、角色、传本、诸评等。①

宫崎繁吉的《中国戏曲小说文钞释》是配合《中国近世文学史》的,所选与《中国近世文学史》中重点介绍的作品完全一致:

> 中国小说及传奇,于宋元之际实有长足之进展,元、明、清三代,小说戏曲迭出。今取其秀逸之部为例:《水浒传》《西厢记》《琵琶记》;《西游记》《玉茗堂四梦》;《红楼梦》《儿女英雄传》《桃花扇》《长生殿》。皆是中国文学必读书。②

《中国戏曲小说文钞释》首先选取了《水浒传》(第三回)、《西厢记》、《桃花扇》、《红楼梦》(第六回),其体例为:文首有"解题",继而抄录小说或戏曲原文一段,然后逐句进行"字解"(解释原文中个别字词)和"义

---

① 三浦叶《明治时代的汉学》,汲古书院1998年版,第299—300页。
② 宫崎繁吉《中国戏曲小说文钞释·凡例》,早稻田大学出版部1904年版。

解"(将原文译为日文)。《续中国戏曲小说文钞释》选取《琵琶记》(第四出)、《粉妆楼》(第三十五回),体例与前集同。按照宫崎繁吉的思路,当是按照讲课的进度分次出版相关作品的"文钞释",遗憾的是后来未见有续出。

在早稻田大学中国文学学科发展史上,松平康国是一位不可不提及的人物。松平康国(1863—1945),长崎人,少从堤正胜、重野成斋、三岛中洲学,曾留学美国密执安大学①。他在早稻田大学的任教时间可追溯到 1897 年,但所任课程不详②。从他留存至今的讲义及出版时间来看,大体可知他最初几年所担任的课程情况:《英国宪法史》(1901 年2 月)、《世界近世史》(1901 年 9 月)、《政治罪恶论》(1901 年 12 月)、《英国史》(1904 年 5 月)等。1902 年,在森槐南、盐谷温师徒执教中国文学期间,松平康国在专门部政治经济科讲授西洋史③,其后曾一度以日本教习的身份来华任教④。但从 1907 年开始(此时宫崎繁吉盖已离职),文学科大学部和专门部的"中国文学史"都由松平康国担任,是早稻田大学早期文学科中担任"中国文学史"课程时间最长的一位。

现存松平康国有关中国文学方面的讲义有《中国文学史谈》《左传讲义》《文章轨范》《韩非子》《史记讲义》《唐宋八大家文讲义》等,大概可知是以传统诗文为主,但这并不表示他无视俗文学的存在。其《中国文

---

① 参考陈广宏《关于斋藤木〈中国文学史〉讲义录——东京专门学校文学科成立初期的中国文学史讲义》,《国际汉学研究通讯》第 4 期,2011 年 12 月。
② 早稻田大学编《稿本早稻田大学百年史》第 1 卷下,早稻田大学出版部 1974 年版,第 434—435 页。上引陈广宏论文认为,松平康国在东京专门学校文学科成立翌年(1891),即留学回国不久就到校任教,但未注明所据为何。
③ 早稻田大学编《稿本早稻田大学百年史》第 2 卷上,早稻田大学出版部 1977 年版,第 48 页。
④ 实藤惠秀著,谭汝谦等译《中国人留学日本史·后记》,北京大学出版社 2012 年版,第 60 页。

学史谈》虽到唐宋为止,但这是因为讲义受到篇幅的限制,只好割爱,元明清文学俟之日后填补,并明确指出"元以后文学之变调,其特色在戏曲、小说"①。说明松平康国曾讲授过俗文学内容,现存《中国文学史谈》可能只是上编,元明清文学为下编,果如是,则俗文学在松平氏的文学史体系中所占比例就更大了。

此外,古城贞吉(1866—1949)也曾于1907年任早稻田大学讲师②,他的《中国文学史》(1897年)是日本第一部正式出版的单行本中国文学通史。该书初版未涉及中国俗文学,盖因初版尚属未完稿③,故古城贞吉后来一直持续关心这方面的内容。1900年,古城贞吉与狩野直喜在北京时,曾谈及必须要研究中国小说、戏曲④,说明自己未将小说戏曲写入,并非藐视,实在因学力不足,其赴中国的期望之一就是搜集有关俗文学方面的材料。他在1902年再版例言中称:

> 唐宋之佛教文学、金元间之词曲小说等,犹未知其消息者多,今虽多少有些材料,不过仅限于所见,尚不能于今版详论之,姑让之异日。本书于明清文学,颇从略,将来欲作《中国近世文学史》以补此阙。⑤

古城贞吉在1906年三版例言中称:"《中国近世文学史》将脱稿,近

---

① 松平康国《中国文学史谈·附言》,早稻田大学出版部,出版时间不详。
② 《古城贞吉先生年谱》,东方学会编《追忆前辈学者》第1册,刀水书房2000年版,第80页。
③ 该书于1891年秋就已动笔,1897年12月古城贞吉作为《大阪每日新闻》记者赴上海,将未完稿托付好友鸟居素川,后者将其出版。参看古城贞吉《中国文学史·再版例言》,富山房1906年版。
④ 古城贞吉《我与狩野博士》(《狩野博士と私》),《东光》第5号,1948年。
⑤ 古城贞吉《中国文学史·再版例言》,富山房1906年版。

世文学之消息，请参看该书。"①"余论"中又简要概述了中国小说戏曲发展略史②。这些变化都发生在他任教于早稻田大学前，因此不难推知其在早稻田大学所讲之中国文学史，亦当涉及俗文学甚或以俗文学为主。

随着早稻田大学十多年间的努力，日本社会已经普遍接受了新的文学概念③。其后，森槐南又在东京大学讲授俗文学课程，将中国小说、戏曲列为大学课程，也已不算稀奇；继而，东京、京都两所帝国大学又相继设立了中国文学讲座，也将中国俗文学作为重点。早稻田大学开创的中国俗文学学科传统一直被继承并发扬光大。前述《中国人留学日本史》作者实藤惠秀（1896—1985），1926 年毕业于早稻田大学中国文学专业，其毕业论文也与中国俗文学有关，题为《中国志怪小说所见命运观》（《中国怪異小説に現はれたる運命観》），"以《聊斋志异》为中心，旁及并限于六朝神仙小说"④。包括实藤惠秀在内毕业后留校任教的一代又一代"早大人"，又将这一传统延续下去，至今文脉不断。

---

① 古城贞吉《中国文学史·三版例言》，富山房 1906 年版。然古城氏所称即将脱稿之《中国近世文学史》今未见，不知是否曾出版。

② 古城贞吉《中国文学史·余论》，富山房 1906 年版。

③ 当时除早稻田大学以外，仅有哲学馆（东洋大学前身）于 1904 年升格为大学之际，增设国语汉文科，学制五年，第三年开设"中国文学史"，三年制专门部中的教育和哲学专业第三年也开设"中国文学史"。其主讲者当是古城贞吉，他于 1906 年至 1938 年一直在该校任教授。参见《古城贞吉先生年谱》，东方学会编《追忆前辈学者》第 1 册，刀水书房 2000 年版，第 79—80 页。

④ 实藤惠秀著，谭汝谦等译《中国人留学日本史·后记》，北京大学出版社 2012 年版，第 400 页。

第三章　日本中国俗文学研究的东京学派

　　在早稻田大学及其前身东京专门学校的中国俗文学学科初创之后,东京大学、京都大学也相继开设中国俗文学课程,建立中国俗文学学科体系,并由此成为近代日本中国俗文学研究的主要阵地和日本汉学史上的"东西两鼎"①。由于两校的中国俗文学研究者各有其师承关系,其治学方法形成了颇具各自特色的流派,故往往冠以"学派"之称。本书第三、四章将主要通过东京、京都两大学派的学术源流、师承谱系、学术竞争等方面,从较为宏观的角度展现两大学派的整体面貌。

第一节　赤门文士:东京学派之先声

　　本书所指的"东京学派"有广义和狭义之分:广义的"东京学派",指活跃于东京地区、从事中国俗文学教学与研究的人员及其师承谱系,从

---

① 　东京大学和京都大学在不同时期内分别有不同的校名,前者有"东京大学""帝国大学""东京帝国大学"等校名,后者有"京都帝国大学""京都大学"等校名,为避免歧义,本书除引用性文字外,将两校分别统一称为"东京大学""京都大学"。"东西两鼎"的称呼,主要借用了李庆《日本汉学史》和严绍璗《日本中国学史稿》两书中的用法,前者将东京、京都两大学总称为日本汉学界的"东西两鼎",而后者则仅将盐谷温和狩野直喜称为日本中国俗文学研究的"东西两鼎",本书则取两者之间的概念,即两大学中国俗文学研究者的总称。

学术史的事实来看,主要是指早稻田大学系(曾在早稻田大学任教、就学者,通称"稻门系")和东京大学系(曾在东京大学任教、就学者,通称"赤门系");狭义的"东京学派",则专指"赤门系"。由于前文已经详述稻门系的中国俗文学研究情况,下文则专论赤门系,即狭义的东京学派。

与稻门系的大本营——私立早稻田大学及其前身东京专门学校不同,赤门系的大本营——东京大学不仅是 1897 年(明治三十年)前日本唯一的帝国大学,而且一直是日本的"官学本山"(意即国立最高学府)。东京大学、早稻田大学两所学府的性质和地位决定各自的办学方针和培养目标,而这又直接决定了两校开设专业和课程之不同。东京大学办学目的非常明确,是为了培养国家栋梁之材,其课程自然不可能将不入流的戏曲、小说等被称为"小道"的俗文学列入在内。因此,当稻门系在其大本营内将中国俗文学教学和研究活动开展得风生水起的时候,赤门内仍是一片鸦雀无声。中国俗文学破天荒般地搬上赤门讲堂,要等到 1899 年森槐南受聘于东京大学之后,而在稻门内掀起中国俗文学热潮的也正是这位森槐南先生。然而,赤门内此前没有俗文学课程,并不意味着赤门系就与之绝缘,中国俗文学之于东京大学,正是墙里开花墙外香,在森槐南、盐谷温之前,赤门文士的相关活动成了东京大学中国俗文学研究的先声。

一、赤门文士

赤门文士是赤门系中特殊的一类,他们是东京大学早期毕业生,活跃在 19 世纪 90 年代,他们虽然还不能说是专业研究者,但却成就了中国俗文学研究史上不少的创举。在他们叱咤风云的时候,多数都还是初出校门的年轻人,他们的研究方法与精神风貌都与生于幕末以前的老汉学家很不同,他们因此被称为"新汉学者"。赤门文士的出现,与明治中期日本汉学复兴有密切的关系,但汉学复活并非一蹴而就,而是一个曲折回复的过程①,本书第一章对此有所论述。

在此背景下,东京大学于1886年设立文科大学汉文学科,1889年改为汉学科。1894年,汉学科第一届学生宫本正贯、中野逍遥、西谷虎二毕业,另有选修生田冈岭云、小柳司气太等五人;1895年毕业生有藤田丰八、狩野直喜;1896年有笹川临风;1897年有白河鲤洋等;1898年有高濑武次郎等;1899年有久保天随;1900年有铃木虎雄。这些毕业生构成了赤门文士的主体。三浦叶曾将他们的毕业年次、科名及相关活动情况列表如下:

表3.1 赤门文士毕业年份及其中国(俗)文学研究情况表②

毕业年份	姓　名	中国(俗)文学研究活动要项
1894	田冈岭云 小柳司气太	
1895	藤田丰八 狩野直喜	《帝国文学》创刊。东亚学院设立。藤田丰八本年起在东京专门学校讲授"中国文学史"。
1896	笹川临风	《中国文学大纲》发行。《江湖文学》创刊。
1897	白河鲤洋	藤田丰八来华。笹川临风《中国小说戏曲小史》出版。
1898	高濑武次郎	藤田丰八、罗振玉于上海创立东文学社,王国维在此求学。田冈岭云赴上海。《花香月影》发行。笹川临风《中国文学史》出版。
1899	久保天随	研经会创设。东亚同文会创立。《新诗综》发行。
1900	铃木虎雄	狩野直喜本年起赴中国留学。

赤门文士活跃的时代,正是对膜拜西洋的反拨、而对东洋学术思想

---

① 关于明治时期日本的欧化主义、国粹主义及汉学复兴情况,详见本书第一章第三节。

② 本表资料据三浦叶《明治时代的汉学》,汲古书院1998年版,第213页。增删与中国(俗)文学研究有关的事项,重新制表,以醒纲目。

大力宣扬的国粹主义复苏时代，这是他们从事作为东洋学术主体之一的汉学研究的时代大背景，离开了这个时代大背景，赤门文士乃至日后以东京、京都两大学为主要阵地的日本汉学都无从谈起。1894 年毕业于东京大学汉学科的藤田丰八也就是在这样的背景下，以超人的精力和创业之才成为赤门文士领头人①。他们宣称：

> 西欧自有西欧之文明，东亚岂无东亚之文明？十九世纪末期，实此东西二文明相抵冲之时也。将此东亚文明之光彩大力宣扬于宇内，以抗衡西洋文明，乃东洋人民之天职也。②

在藤田丰八的引领下，赤门文士一方面拜访当时关心汉学复兴的政学两界要人，向他们力陈汉学研究的必要性，并争取当时最大的汉学团体斯文学会的支持；另一方面则积极投身于汉学教学与研究，其中有关中国俗文学的内容成为一大亮点与特色，与东京专门学校形成呼应，由此掀起日本中国俗文学研究的第一个高潮。

赤门文士的中国文学研究活动大体可分为如下两种形式：教学与著述。这两种形式其实是交织在一起，不能截然分开的：教学的讲义成为著述，而有的著述原本就是为了教学之用。这里不过是按照其侧重点之不同，选取一些有代表性的活动进行粗略分类罢了。

（一）教学

日本有着悠久的私人办学传统，无论质量还是数量，私学在日本教育史上都占有举足轻重的地位。明治维新以来，随着各种新式学校的兴起，不同于私塾、寺子屋等传统形式的新式私学也纷纷设立。当然，

---

① 小柳司气太《藤田丰八博士略传》，东方学会编《追忆前辈学者》第 1 册，刀水书房 2000 年版，第 231 页。

② 藤田丰八等《东亚说林》第 2 号，1894 年 12 月 9 日。

这些私学大多规模小、办学时间短、影响不大，但也有少数私学不仅从办学之初就以挑战帝国大学为目标，还在不同领域开创先河，前述东京专门学校就是如此，以下要论述的东亚学院也是如此。

东亚学院是藤田丰八倡议创设的，该学院位于当时私学林立的东京神田骏河台，1895 年 4 月 21 日开学，入学者达百余名，前后发行过三次讲义：

   第一号 藤田丰八《中国哲学史》、小柳司气太《中国文学史》、田冈岭云《蒙古史》、藤田精一《东洋近世史》、根本通明《周易讲义》、田中参《老子讲义》、田中参《西厢记讲义》、科贝尔（ケーベル）《哲学概论》。

   第二号 姊崎正治《印度哲学》、盐井正男《日本文学史》。

   第三号 狩野直喜《书经讲义》、笹川临风《日本外交史》。①

东亚学院虽仅维持了半年即告结束，但其产生的影响不容忽视：

第一，该校以"东亚"为名，旗帜鲜明地打出了它"面向世界的东洋学"②的办学宗旨，如上所示，其开设的课程紧紧围绕"东亚（东洋）"这个主题，并且涵盖了"东洋学"的各个领域和地区。

第二，这些课程已经打破了传统汉学的范围和范式，文、史、哲分立，开始采用西式学术著述形式。

第三，注意将通史研究与该领域名著研究结合起来，如既有《中国哲学史》，又有《周易》《老子》《书经》等专书。

第四，也是最大的亮点，即第一号中就有《中国文学史》讲义。这是

① 据《早稻田文学》第 93 号"新刊"栏"东亚学院讲义录"条，1895 年 8 月。
② 江上波夫《藤田丰八》，收入其所编《东洋学系谱》（《東洋学の系譜》）第 2 集，大修馆书店 1994 年版，第 14 页。

赤门系开设的第一次"中国文学史"课程,也是赤门系完成的第一部《中国文学史》专著①。不仅如此,作为中国文学史上的唯一名著专门讲义,没有选择先秦诸子,也没有选择唐诗宋词,而是选择了元曲《西厢记》。将此作为中国文学的代表作,意味着赤门文士和东亚学院不仅已经冲破了传统文学观念的藩篱,而且在纯文学内部正式将俗文学置于代表性的地位,与此前已经开设中国俗文学课程的东京专门学校形成呼应。

或许正是基于这样的原因,在东亚学院停办之后,藤田丰八转而执教于东京专门学校,接替之前在该校主持中国俗文学教学工作的森槐南。藤田丰八在东京专门学校讲授"中国文学史"等课程,原计划讲授中国文学通史,后因要赴中国,只讲到东汉文学。但他非常重视俗文学的部分,在已出的讲义中讲述了先秦两汉小说,并预告至宋元而俗文学兴起,雅文学于此趋向衰运②。可以想见,如果他能把计划的整个中国文学史讲完,则小说、戏曲等俗文学必然会是重点之一。其具体任教情况,已于本书第二章述及,此不赘。

藤田丰八于1897年春来华,先与马建忠共同办报,后协助罗振玉创办东文学社,成为清末新学勃兴的先驱者③。藤田丰八的好友、同为赤门文士的田冈岭云随后也加入到清末新学教育中来。东文学社并非

---

① 1888年毕业于东京大学古典讲习科汉书课的儿岛献吉郎(1866—1931)虽然早在1891年8月就在《中国文学》杂志(东京同文社,第1—9、11号)上连载《中国文学史》,但仅有上古部分;又在1894年4月发表《文学小史》,作为京都汉文书院发行的《中国学》讲义一种,但该文亦仅有总论和上古文学两章。因此,上述儿岛献吉郎两文都没有论及小说、戏曲等俗文学内容。参看三浦叶《明治时代的汉学》,汲古书院1998年版,第292页。

② 藤田丰八《中国文学史稿·先秦文学》,东华堂1897年版,第11—12页。

③ 小柳司气太《藤田丰八博士略传》,东方学会编《追忆前辈学者》第1册,刀水书房2000年版,第231页。

只教授日语,日语不过是教学内容中的一项,换言之,日语的教学是为了以日语为教学语言,即以日语教授中国学生新学知识,课程中既包括文学、史学、哲学等,也包括数学、物理、化学、英语等①。藤田丰八、田冈岭云等人在东文学社执教期间,王国维正在此求学,以后王国维又曾数度赴日,受藤田丰八等人的影响较深,他的"哲学——文学——史学"的学术兴趣转移路线也与藤田丰八相一致。有关王国维与日本学者的学术交往,详见本书第七章第二节。

藤田丰八在中国前后长达十五年,主要从事清末新式教育工作。1901年,受两广总督岑春煊之邀担任教育顾问。次年,又应江苏巡抚端方招请,于苏州创设寻常高等师范学校并担任总教习,且从日本各专门学校、师范学校招聘毕业生十数名赴苏州任教。由于藤田丰八的杰出功绩,清廷授予他三等双龙宝星勋章。1909年,罗振玉为京师大学堂农科监督,藤田丰八也就任总教习,直至1911年回国。十数年后,身为东京大学教授的藤田丰八,还带病出任新设立的台北帝国大学第一任文政学部部长,并敦请他的学弟、同为赤门文士之一的久保天随出任东洋文学讲座第一任教授,久保天随因此在台北帝大开创了中国俗文学教学和研究的传统,详见本书第五章第一节。有论者以为,"在中国也好,在日本也好,藤田丰八作为学者、作为教育家、作为文化人活跃于国际舞台,他的才干得以充分发挥出来"②,可与前述藤田丰八"有创业之才"的评价相印证。

(二)著述

藤田丰八还是文笔健将,一生笔耕不辍,著述丰硕,其中与中国文

---

① 江上波夫《藤田丰八》,收入其所编《东洋学系谱》第2集,大修馆书店1994年版,第20页。
② 江上波夫《藤田丰八》,收入其所编《东洋学系谱》第2集,大修馆书店1994年版,第21页。

学研究相关的著述主要发表于赤门文士活跃的时期。藤田丰八在求学期间，就与笹川临风、田冈岭云等人创办《东亚说林》月刊，该杂志于1896 年12 月改为《江湖文学》继续发行；而在东京大学校内，由文科大学师生组织成立了帝国文学会，并于1895 年发行机关刊物《帝国文学》，久保天随成为该杂志的编辑之一，当然也是最活跃投稿者，藤田丰八、笹川临风等紧随其后，成为这些杂志的主要投稿人。以藤田丰八为例，他在《东亚说林》《江湖文学》《帝国文学》等杂志上发表了《论中国小说的起源》等多篇有关中国文学的论文①。

随着形势的发展，作为现代学科的中国文学学科逐渐得以确立，赤门文士也不再满足于单篇论文，开始谋划构建中国文学史体系，纷纷开始撰写中国文学史。藤田丰八的《先秦文学》率先于1897 年出版，东华堂在出版前曾对该书作了如下广告：

先秦汉文化之于东洋，比之古希腊文化之于西洋可也，其以璀璨陆离之光彩射人眼，风流余韵，至今不绝。本书为《中国文学史》第一卷，先以论先秦经史诸子等，文学之侧面，概览无余，尤注意地理之影响、时代之感化、文士之性格，与向来之汉学家，颇异其趣。作者果有评论光彩陆离时代文学之才笔乎？读者自知之，无须敝堂呶呶不休也。②

这不愧是出自当时著名出版社的广告，在不长的文字中抓住了本书的三个要点：撰写背景与选题意义、本书体系与内容特色、作者的写作能力。因此，这段话也完全可以用于对《先秦文学》的评价。

---

① 参看《藤田博士著作目录》，东方学会编《追忆前辈学者》第1 册，刀水书房2000年版，第236—239 页。
② 载笹川临风《中国小说戏曲小史》后附《新著月刊》，东华堂1897 年版。

　　藤田丰八还召集赤门文士策划编写 20 卷本的大型丛书《中国文学大纲》，并于 1897 年 8 月开始，每月出版一卷，后因赤门文士相继离散，实际出版了 15 卷。分别是：卷一《叙论》（藤田丰八）、《庄子》（田冈岭云）、《孟子》（笹川临风）、《韩非子》（白河鲤洋）；卷二《白乐天》（大町桂月）；卷三《李笠翁》（笹川临风）；卷四《苏东坡》（田冈岭云）；卷五《汤临川》（笹川临风）；卷六《元遗山》（笹川临风）；卷七《陶渊明》（白河鲤洋）；卷八《屈原》（田冈岭云）；卷九《杜甫》（笹川临风）；卷十《高青丘》（田冈岭云）；卷十一《司马相如》（藤田丰八）；卷十二《司马迁》（藤田丰八）；卷十三《王渔洋》（田冈岭云）；卷十四《曹子建》（笹川临风）；卷十五《韩退之·柳宗元》（久保天随）。原有计划但未能出版的是：卷十六《李白》、卷十七《陆放翁》、卷十八《宋景濂》、卷十九《李梦阳》、卷二十《结论》。

　　从该丛书选取的内容来看，有以下两个特点：

　　第一，选择的标准为现代（西方）的文学观念，而非传统（东方）的文学观念。全部 20 卷共选择 22 人，其中除庄子、孟子、韩非三人外，全部都是纯粹的文学家；上述三人所占比例极小，且与《叙论》合为一卷；而《庄子》等三书中也确实含有不少的文学因素，其中不少名篇成为中小学语文教材的必选篇目。由此观之，丛书所选择的内容与书名名实相副，不像在此前后出版的有些中国文学史，用巨大的篇幅论述名为文学，实为经学、子学的内容，有的则干脆就是一部先秦学术史。

　　第二，将俗文学正式纳入中国文学史体系中，并占据重要位置。在已出版的 15 卷中，除卷一外，共有《李笠翁》《汤临川》《元遗山》三卷专门为词曲传奇等俗文学作家立传。其中《汤临川》一卷，不仅有汤临川专题研究，还用一半的篇幅叙述中国古代戏曲发展史。虽然由于缺少古代小说作家资料而未能为他们立传，但仅此三卷，已经足以说明俗文学在赤门文士文学观中的地位。

　　通过以森槐南为中心的稻门系和上述赤门文士的努力，明治以来传入的西方文学观念开始普遍被新汉学者所接受，而他们的相关活动则反过来推动了新的文学观念的普及，尤其在东京大学内部产生影响，原本传统的文学观念开始动摇，只有具备了这样的前提，才会有可能出现森槐南在东京大学开讲中国俗文学的创举。在讨论中国俗文学进入东京大学之前，回顾赤门文士的上述活动，我们不难发现一个特殊的人物——笹川临风。他不仅是《中国文学大纲》中《李笠翁》《汤临川》《元遗山》三卷的作者，还是日本第一部中国小说戏曲专史、第一部将俗文学与诗文并列的中国文学史的作者。那么，他又有怎样不同于常人的学术经历呢？

二、笹川临风

目前对笹川临风中国俗文学研究的介绍和研究还不是很多，杜轶文①、黄仕忠②有专题论文，此外，李庆《日本汉学史》③及严绍璗④、仝婉澄⑤的论著中也有关于笹川临风的论述。

（一）笹川临风中国俗文学研究的业绩及其原因

笹川临风(1870—1949)，生于东京。他也和同时代其他日本汉学家一样，在幼年时代就受到严格的传统汉学训练，在母亲指导下读四书，又在汉学塾学习五经、《日本外史》、《十八史略》、《文章轨范》、唐宋八大家文等。这些都是那个时代汉学家的必经之路和必读之书，但笹川临风的性格中有一种不羁的因素，他除了读这些书外，从上小学开始就喜欢从租书店借小说看，上中学以后的阅读兴趣更加广泛⑥。

---

① 杜轶文《笹川临风的中国文学研究》，《二松学舍大学人文论丛》80，2008年3月。
② 黄仕忠《笹川临风与他的中国戏曲研究》，《文化遗产》，2011年第3期。
③ 李庆《日本汉学史》，上海人民出版社2010年版。
④ 严绍璗《日本中国学史稿》，学苑出版社2009年版。
⑤ 仝婉澄《日本明治大正时期的中国戏曲研究》，凤凰出版社2016年版。
⑥ 李庆《日本汉学史》第1部，上海人民出版社2010年版。

笹川临风的少年时代正是欧化主义和国粹主义强烈对抗、此消彼长的 19 世纪 80 年代,这样的时代背景加之广泛的阅读涉猎,使得笹川临风少年时代的思想显得有些复杂。他一方面受到水户学的影响,曾用汉文撰写尊王论的日本史;另一方面,他又对法国民权思想抱有好感,打算报考司法省法律学校的法兰西法律科。此事虽在其父的干预下未能实现,但当时作为考试用书的《孟子》《资治通鉴》等却成了他终生爱读之书。

不过,从笹川临风于 1893 年考入东京大学之后,受到汉学家岛田重礼的影响较大,他的思想基调也差不多形成,即主张宣扬东洋文明以与西洋文明分庭抗礼。在学期间,他参与藤田丰八创设的东亚学院的教学活动,并撰写《日本外交史》讲义,时年不过 24 岁。而后,他又在《帝国文学》《江湖文学》《太阳》等杂志上发表多篇有关中国俗文学研究的论文。大学毕业后,更是出版了《中国小说戏曲小史》《中国文学大纲》《中国文学史》等日本中国俗文学研究史上具有划时代意义的专著。关于笹川临风的中国俗文学研究具体成果,请看下表:

表 3.2 笹川临风中国俗文学研究著述一览表①

序号	题　名	发表或出版年月	出版社或原载
1	金圣叹	1896 年 3—4 月	《帝国文学》
2	读《云翘传》(《雲翹伝》を読む)	1896 年 3—5 月	《文学界》
3	读《西厢记》(《西廂記》を読む)	1896 年 9—10 月	《帝国文学》
4	金陵十二钗	1896 年 11 月	《江湖文学》
5	元以前的小说(元以前の小説)	1896 年 11 月	《太阳》
6	李渔的戏曲论(李笠翁の戯曲論)	1897 年 4 月	《江湖文学》

---

① 本表据杜轶文《笹川临风的中国文学研究》,《二松学舍大学人文论丛》80,2008 年 3 月,有增补。

序号	题　　名	发表或出版年月	出版社或原载
7	元代戏曲《琵琶记》(元の戯曲《琵琶記》)	1897 年 4 月	《江湖文学》
8	中国戏曲(中国の戯曲)	1897 年 6 月	《太阳》
9	汤显祖《南柯记》(湯若士の《南柯記》)	1897 年 6 月	《帝国文学》
10	中国小说戏曲小史	1897 年 6 月	东华堂
11	中国文学大纲卷之三李笠翁	1897 年 11 月	大日本图书
12	中国文学与室町文学(中国文学と室町文学)	1898 年 1 月	《帝国文学》
13	中国文学大纲卷之五汤临川	1898 年 4 月	大日本图书
14	中国文学大纲卷之五元遗山	1898 年 4 月	大日本图书
15	中国文学史	1898 年 8 月	博文馆
16	《长恨歌》及其戏曲(《長恨歌》と其戲曲)	1899 年 5 月	《中央公论》
17	《水浒传》(翻译)	1930 年 3 月	改造社
18	《琵琶记物语》(编译)	1939 年 9 月	博多成象堂

19 世纪 90 年代，日本汉学界以主要精力致力于中国俗文学研究并产出如此多的成果，似只有森槐南能与笹川临风相抗衡。但不同的是，森槐南是教学与研究相结合，持续时间长达二十年，而笹川临风的研究热忱和成果则集中在 1896 年至 1898 年的三年间。

笹川临风为何选择以戏曲为主的中国俗文学作为自己的研究对象，并在短短的三年间完成如此高产的研究呢？这不仅与 1890 年以来日本中国文学研究发展的大形势有关，更与他自己的经历有关。

一方面，笹川临风 1896 年毕业于东京大学，同学有藤田丰八、小柳司气太等人，这些被称为新汉学者的赤门文士，曾在当时的中国文学史研究上叱咤一时。藤田丰八等人在 1895 年设立东亚学院，该学院课程中有关于中国戏曲的内容，藤田丰八和小柳司气太都讲授过中国文学史。赤门文士中的其他人物诸如儿岛献吉郎、古城贞吉、田冈岭云、大町桂月、白河鲤洋、久保天随等人，或是数人合著，或是一人独撰，相关的中国文学史著作一时如雨后春笋一般纷纷问世。另一方面，笹川临风毕业后，进入毛利家编辑所，而编辑所的总裁就是末松谦澄，他所编写的《中国古文学略史》是日本第一部以"中国文学史"为题的文学史著作。换言之，笹川临风的同学和校友是当时从事中国文学史著述的生力军，而他毕业后工作的直属上司又是日本撰写中国文学史的祖师爷。因此，他在从事中国戏曲研究前，显然具有他人所不及的条件。

笹川临风之所以先为中国俗文学作史，这与当时出现的文学史著述的内容有密切的关系。当时横空出世的各类中国文学史，或是中国文学全盘之通史，俗文学仅被提及或未加关注，如古城贞吉的《中国文学史》；或是通史之一部，虽有鸿篇巨制之计划，准备在宋元以后部分重点探讨俗文学，却因故未曾出齐，面世部分基本未及俗文学，如藤田丰八的《先秦文学》；或是以专人研究形式重点介绍几位中国古代文学家，其中虽不乏戏曲作家，但全书并非重在对俗文学进行史的勾勒，如藤田丰八等五人合著的《中国文学大纲》。在当时尚无人专门撰写中国俗文学史的情形下，笹川临风选择撰写中国小说戏曲专史，可谓颇具学术眼光。

（二）笹川临风中国俗文学研究的特点

笹川临风开始从事中国俗文学研究虽晚于森槐南，但他也和森槐南一样，夺得了日本中国俗文学研究史上的多个第一：他的《中国小说戏曲小史》是第一部中国小说戏曲专史；《中国文学史》是第一部把戏曲小说和诗文并列的中国文学史，为小说戏曲列专章，以后中日两国出版的中国文学史，大体皆仿此体例。此外，从局部和专题研究来看，他的《李笠翁》是第一部中国戏曲作家研究专著；《元代戏曲〈琵琶记〉》是第一篇关于南戏的专题论文，此文后来也作为最早的南戏专章列入《中国小说戏曲小史》，这不仅早于森槐南发表的相关论述，而且也是日本汉学近代转型以来最早的南戏研究论文。下面就以《中国小说戏曲小史》和《中国文学史》为主,对笹川临风的中国俗文学研究作一探讨。

《中国小说戏曲小史》全书共 200 页,分为四篇:第一篇"中国小说戏曲之发展";第二篇"元朝",分为概说、杂剧、《水浒传》及《三国志》、《西厢记》、《琵琶记》五章;第三篇"明朝",分为概说、《西游记》、汤若士三章;第四篇"清朝",分为概说、《红楼梦》、金圣叹、李笠翁、《桃花扇》五章;另有附录一篇:《〈金云翘传〉梗概》。

《中国文学史》作为丛书之一,仅用 315 页就概括了整个中国古代文学通史,但作者却第一次在中国文学史著作中为小说、戏曲等俗文学设立了三个专节。全书将中国文学史分为九期:春秋以前、春秋战国、两汉、魏晋南北朝、唐朝、宋朝、金元、明朝、清朝。并在最后三个时期的文学中,各列有小说戏曲专节,分别为:金元文学第二节"小说戏曲之发展"(细目为:中国小说戏曲发展迟缓之原因、中国小说戏曲之特质、起源及发展、《水浒传》、《三国志》、杂剧、《西厢记》、《琵琶记》),明朝文学第三节"小说与戏曲"(细目为:《西游记》、《金瓶梅》、汤若士),清朝文学第二节"小说、戏曲及其批评"(细目为:《红楼梦》、李笠翁、《桃花扇》、金圣叹)。由于受到篇幅的限制,该书的论述相对简要,其中有关小说戏曲的部分基本上就是《中国小说戏曲小史》中相关部分的压缩。

从上述两著中,可以看出笹川临风的中国俗文学有如下几个特点:

第一,详戏曲而略小说。

上述两书中关于小说的论述,基本上只介绍了四大名著,而对其他众多的小说忽略不计,戏曲虽然也不能说完全覆盖了所有的作品,但总体而言,论及的作品和篇幅都超过了小说。原因盖有二:

其一,森槐南已先于笹川临风对中国小说史进行梳理。他曾在《早稻田文学》上连载《中国小说讲话》六篇(1891—1892 年),第一篇《宋及以前的小说》、第二篇《白话小说全般》、第三至五篇《水浒传》、第六篇

《三国志》，又发表了《红楼梦论评》(1892年)，已经对中国小说史进行了梳理。

其二，笹川临风本人的戏曲研究素养和兴趣明显高于小说。他在撰写上述两书前，对中国戏曲研究有着充分的准备，两书并非应景之作，其中有关戏曲研究的部分大多在此前以单篇论文形式发表过，这在上表中可以非常直观地体现出来。此外，他还另著有《李笠翁》《汤临川》两部关于戏曲家的专人研究。而他关于小说单篇文章大概只有《元以前的小说》和作为《中国小说戏曲小史》附录的《〈金云翘传〉梗概》。故笹川临风所作者，实属扬长避短之举。

第二，详金元以后而略宋以前。

笹川临风的研究成果虽不少，但多以元明清小说戏曲名著为主，真正论及宋元以前的，似只有《中国小说戏曲小史》第一篇《中国小说戏曲之发展》和单篇论文《元以前的小说》以及《汤临川》前三章中的相关部分①。而这些内容大多都相似，以《中国小说戏曲小史》第一篇最为详细，然亦仅有12页，仅占全书的6%。其中，除了分析中国小说戏曲不发达的原因外，真正论及具体作品则更少。戏曲基本未涉及，小说也只是简要介绍汉代的小说目录和《飞燕外传》《穆天子传》《杂事秘莘》等，他认为六朝辞赋盛行，小说没有大的发展，唐代《开元天宝遗事》不过是零话琐谈，只简述了《莺莺传》《游仙窟》。

这固然是由于宋元以前的小说戏曲资料不易得见造成的无米之炊，戏曲文本几乎没有，小说则多是明清白话小说，因此，稍早前森槐南所作的《中国小说讲话》宋元以前的部分也相当简略。此外，前文曾述，笹川临风对于小说的知识积累显然不足，他略过宋元以前的小说，也有

---

① 《汤临川》名为汤显祖专人研究，实为一部以汤显祖为下限的中国戏曲简史，共分为五章，分别为：中国戏曲之起源及其发展、中国戏曲之性质、中国戏曲与日本谣曲、汤临川传、玉茗堂四梦。

急于进入兴盛于金元的戏曲主题之意。

第三，多引用他说和介绍故事梗概而少自己的论说。

《中国小说戏曲小史》一书虽有 200 页（含附录），但其中有关作品故事梗概的部分占了不少的篇幅，以其正文中篇幅最长的一章《琵琶记》为例，该章虽长达 23 页，但其中故事梗概占了 16 页，而作为附录的《〈金云翘传〉梗概》，长达 40 页，纯粹为故事梗概。

此外，书中还大量引用中国古代的曲话和小说批评，尤其经常大段转抄李卓吾、李笠翁的相关理论，而真正属于自己的观点则很少。一方面，这仍然是受制于研究资料，当时连戏曲研究的必备资料如《元人百种》等，都几乎无法见到全本，更遑论其他资料，笹川临风后来放弃了中国俗文学研究，也正是由于这个原因。这种客观条件下，他说当时只"以朦胧之知识，缀成中国小说戏曲之略史，为《琵琶记》等戏曲略作梗概"①，并非纯属自谦之词。笹川临风在书中对戏曲作品故事梗概的叙述远远多于小说，这是因为自江户时代以来，中国小说在日本已有不少翻译之作，而戏曲作品普及度远不如小说，绝大多数作品不为当时的日本读者所熟悉，阅读难度也大于小说，故他介绍梗概也兼有译介的用意。但另一方面，不得不承认笹川临风在中国小说戏曲方面的学识和素养远远不如森槐南，两者的相关著述几乎是同时的，但只要将两者作一比较，就明显感受到分量之不同。毕竟，此时的森槐南是一位兼创作、研究、教学为一体的成熟的作家型学者，而当时的笹川临风还只是一位初出校门、意气风发的青年学者。

当然，由于笹川临风的相关著述仍属近代学术转型以来日本中国俗文学研究草创期的草创之作，故他的《中国小说戏曲小史》招来一些批评的声音，其中尤以他的同学大町桂月评论最为直接。大町桂月

---

① 笹川临风《琵琶记物语·例言》，博多成象堂 1939 年版。

指出：

> 笹川氏并非撰写中国小说戏曲史之最佳选人，能担此任者应是精通此道之森槐南、田中参。（中略）笹川氏两书，近乎于漫笔性质，类似中国古代之文话、诗话，缺乏科学、系统、批评之眼光，此书仅为中学生水平。（中略）我劝临风不如烧却两书，再精读小说戏曲原著，然后执笔，成一巨著而非小史。此外，我尚有一二疑问：中国小说戏曲果有研究之价值乎？临风果有以半生之力从事该项研究之毅力乎？①

面对质问的笹川临风，撰文公开回应大町桂月，强调了中国小说戏曲的文学价值及其研究意义②。其实，笹川临风早就对自己的研究有清醒的认识：

> 余学识尚浅，未能窥知中国小说戏曲之蕴奥，所知作品亦仅为九牛一毛，不过漫编其略史而已。③

但他也有自信的一面：

> 然余多有不同意他人之独特见解，为小说戏曲作史亦是史无前例之事，选择几部名著略作评点，不过是为学界做一介绍。待异

---

① 大町桂月《评〈先秦文学史〉与〈中国小说戏曲小史〉》（《〈先秦文学史〉と〈中国小説戯曲小説〉を評す》），《帝国文学》第3卷第7号，1897年7月10日。
② 笹川临风《答大町桂月》（《大町桂月を答す》），《日本人》第47号，1897年7月20日。
③ 笹川临风《中国小说戏曲小史·序》，东华堂1897年版，第11页。

日博览细读之后,再做一部可称为大成的精致之作。①

平心而论,笹川临风的自我评价比较客观,他在一些具体问题的认识上确有独特之处。比如,研究中国小说戏曲史不可回避的首要问题,即小说戏曲长期不发达的原因问题。著者开宗明义指出:

> 中国文学有悠久灿烂之历史,然能描写人情之幽、人世命运之小说戏曲却不发达,究其原因,乃儒教思想之钳制也。中国南北地理之不同,造就南北人种与思潮之不同:北方以质胜,南方以文优;一强健,一温雅;故北方思想崇尚实际,南方追求想象;一重人事,一爱自然;一着实,一奇拔。北方思潮之代表为儒家,南方思潮之代表为道家。思潮既不同,文学风格亦随之迥异:南方文学典雅、思想丰富,北方文学则质朴、实用。然北方为上古中国之中心,北方思潮为正统思想,故小说、戏曲等文学虽萌芽于南方,却长期不发达,实与作为统治思想之北方儒家思想有莫大关系。②

这种情况直到蒙元时代才发生颠覆性的变化。笹川临风认为,蒙元统一中国是中国历史上的一大巨变,开中国历史一新面目,中国的人种、思想亦起一大变动,文物制度不再是古之文物制度,小说戏曲之顿发达,实在此背景下而来③。

笹川临风的这种观点,是在所谓"崖山之后无中华"的认知背景下得出的。他们认为宋元易代以后,中国文化和中国政权是截然分开的

---

①　笹川临风《中国小说戏曲小史·序》,东华堂1897年版,第11页。

②　笹川临风《中国小说戏曲小史》,东华堂1897年版,第1—4页。

③　笹川临风《中国小说戏曲小史》,东华堂1897年版,第11页。

两个问题,这种观点虽然带有一定的政治意图,但也为重新认识一些历史问题提供了一种新的思考角度。

笹川临风的中国俗文学研究尽管还显得颇为稚嫩、粗疏,但其在学术史上的开创意义是绝不容忽视的。有论者正是从这一角度认为:

> 笹川临风的中国俗文学观念,在19世纪的末叶,已经跨越了传统儒学(包括日本汉学)的界限,而把中国小说戏曲的研究,带入了近代学术的行列。其后,日本中国学界在中国俗文学方面所取得的一系列业绩,都是以此作为起点的。这样的估价,也许是并不夸张的。①

(三)笹川临风的影响

笹川临风的中国俗文学研究特别是他的《中国文学史》在中日两国都引起较大的影响。仅举两例以说明之:

在日本,后来成为日本中国俗文学研究大家的青木正儿,最初就是因为在中学时代读了笹川临风的《中国文学史》中所引的《西厢记》"惊梦"一折,对中国戏曲神往不已,考入京都大学时就选择中国文学专业,并完成了毕业论文《元曲研究》,此后,他更是在俗文学等中国文学文化诸领域做出了不俗的成绩②。

在中国,此书是当时众多文学史中最早被译成中文的一部(中译本题为《历朝文学史》,上海中西书局光绪二十九年版),更重要的是,它成了当时林传甲为国立最高学府——京师大学堂编撰文学史讲义的参考书。作为最高学府的官方教材,林传甲在书中公然宣称"仿日本笹川种

---

① 严绍璗《日本中国学史稿》,学苑出版社2009年版,第243页。
② 青木正儿著,王古鲁译著,蔡毅校订《中国近世戏曲史·序》,中华书局2010年版。

郎《中国文学史》之意",不论究竟他在多大程度上"仿"了笹川之作,仅其象征性意义已经远远超过了对笹川之书具体内容的参考。

那么,笹川临风所著为何会有这么大的影响呢?究其原因,除了内容本身的创举以外,还有形式上的有利影响。笹川临风在《中国文学史》等著上署名"文学士笹川种郎著",这在当时看来是破天荒的。

到19世纪末,近代日本已经转型为一个纯粹的学历(学位)社会。在还没有博士学位以前(日本在此时尚未有相当于"硕士"的学位制度,只有学士、博士),"文学士"的称号是高高在上的。当时的"文学士"当然是东京大学文学士,他们被称为"学历贵族",在社会上拥有垄断性的优势①。以东京大学文学士的身份研究小说、戏曲等以往为人所不齿的通俗文学并出版相关论著,不难想见其产生的轰动效应。从这个角度上说,笹川临风可与十余年前以"文学士"之名著有《小说神髓》《当世书生气质》的坪内逍遥前后呼应。相反,没有学历(学位)是有诸多不利的。森槐南因没有正式学历,像东京专门学校这样具有开明意识的私立学校或许会唯才是用,但在帝国大学就不同了,他以无学位的一介诗人,能登上东京大学讲坛,本身就已经不可思议,故他在东京大学始终只是兼职讲师,没有成为教授,这与他没有学位有直接的关系。森槐南虽然也发表过不少的中国俗文学研究论文,但他更重要的著作如《作诗法讲话》等都是在他死后才出版,且在当时和后世都几乎湮没无闻②。本书第四章要探讨的幸田露伴也是如此。

另外,笹川临风的《中国文学史》是作为《帝国百科全书》的第9编

---

① 参见天野郁夫著,黄丹青等译《大学的诞生》,南京大学出版社2011年版,第133—144页。

② 森槐南后来的"博士"称号是受赠的,并非真正的博士学位,况且他在受赠之后数月内就病亡了。因学历问题遭受不公平待遇的例子还有不少,如东京大学的那珂通世、京都大学的内藤湖南都是如此。

（全30编），由当时以出版日本国粹主义图书闻名的最大出版社博文馆出版，这无疑具有权威性质。这30种书的编著（译）者中有29位都是"学士"，只有《东洋西洋伦理学史》的著者木村鹰太郎是"文科卒业"而无学位，但也特地标上了"文学博士井上哲次郎君阅"。这就有意要说明，这套百科全书都出自当时的高学历知识分子之手。这套全书包罗万象①，但与文学有关的只有笹川此书和上田敏的《世界文学史》（第30编），由此即可知，中国文学在当时日本的知识体系中的位置及笹川临风在当时从事中国文学史研究的众多学者中的地位。

1901年，笹川临风离开东京到地方上担任中学校长之后，他的中国俗文学研究也就此告一段落，以后他主要作为历史学家、俳人和日本文化史学者闻名，并于1924年以《东山时代的文化》（《東山時代の文化》）获博士学位。他再次与中国俗文学发生关联，是在数十年以后翻译《水浒传》和编译《琵琶记物语》，那已是他的晚年。

这并非是笹川临风独有的经历，而是赤门文士共同的经历，他们在从事中国文学研究或撰写中国文学相关著述的时候，大多都是初出校门甚至还是在校的年轻人。在19世纪最后一两年，当他们相继离开中国文学研究领域的时候，不过才30岁左右，学术生涯对他们而言才刚刚起步。随着研究的深入和兴趣的转移，大多在后来转移了研究方向，如藤田丰八转向了东洋史，笹川临风转向了日本文化史，并且继续在各自的研究领域做出不俗的业绩。

研究领域的多样性也是早期中国文学研究者共有的特点，而真正

---

① 这三十种书依次为《世界文明史》《日本新地理》《东洋西洋伦理学史》《肥料学》《宗教哲学》《新撰算术》《农产制造学》《万国新地理》《中国文学史》《农学泛论》《修辞学》《论理学》《邦语英文典》《栽培泛论》《植物营养论》《新撰代数学》《新撰几何学》《教育学》《地质学》《天文学》《森林学》《日本文明史》《哲学泛论》《经济泛论》《法律泛论》《西洋历史》《日本历史》《化学》《物理学》《世界文学史》。

要出现以中国俗文学研究为终生事业的学者,要等东京、京都等日本国立最高学府开设中国文学专业之后。然而,东京大学中国俗文学研究的序幕已经拉开,一个全新的时代即将到来,而引领这个全新时代的中心人物就是盐谷温。

第二节　盐谷温:东京学派之主帅

盐谷温为中国学界所熟悉,主要是因为他的《中国文学概论讲话》及其与鲁迅之间的一段学术公案,其实这不过是盐谷温的一个侧面。作为20世纪上半叶日本中国文学研究界的领军人物,盐谷温在日本汉学史和中国俗文学研究史上的地位还有待进一步全面地探讨和认识。盐谷温毕业于东京大学,执教于东京大学,他一生的学术历程、学术成就都与东京大学紧密联系在一起,是名副其实的"东京大学人"。因此,我们就先来看看东京大学校史对他是如何评价的:

> 盐谷温以阔达之人格与赅博之学识,致力于开拓中国戏曲小说研究及培养后学。曾从长沙叶德辉翁研习元曲,此即其终生之事业,亦为其日本中国文学研究之最大贡献。他对"三言""二拍"的研究被介绍到中国以后,引起了中国学者来日本寻访、研究亡佚原书之热潮,为中日学界结下机缘。他又搜访日本所藏之中国戏曲小说,并将其中数种影印出版,使中国学者为之惊叹。此外,他尚有与戏曲小说相关的翻译、专著、论文等,达数十种之多,给后学以巨大之影响。所著《中国文学概论讲话》且有中译本问世。①

---

① 东京帝国大学编《东京帝国大学学术大观·总说篇·文学部篇》,东京帝国大学出版部1942年版,第282页。

这段出自《东京帝国大学学术大观》的评语,对盐谷温可谓是作了客观而全面的盖棺定论,基本上涵盖了盐谷温学术成就的各个方面。归纳起来,大体包括三个方面:主持东京大学中国文学讲座及培养后学、中国俗文学研究著述、中国俗文学文本的翻译与影印。那么,这样的成就为什么是由盐谷温完成的?

一、为什么是盐谷温?

盐谷温的成功不是偶然的,而是必然的。他出生在东京,是典型的"江户子"。在文明开化的明治时代,作为近代化和权力中枢的东京,其地位和意义远远超过现在①。这里不仅有当时在日本全国处于垄断地位的唯一一所帝国大学,而且当时几乎所有的私立专门学校也都集中在帝国大学所在地——本乡和霞关之间的神田一带②,东京最大的古书市场也在这里,而盐谷温就出生在附近的下谷区仲徒士町。与明治时代那些从日本各地奔赴而来"上京游学"的学子们相比,盐谷温占尽了天时地利。然而,仅有这些还不足以造就一个具有时代影响力的学者,盐谷温还有其他别人所不能比拟的条件:他生于四世汉学世家,师从词曲大家森槐南,又曾到中国留学三年,拜师叶德辉治曲,加之出身仿德国式大学建校的东京大学及三年的欧洲留学经历,使盐谷温的知识结构和学术研究真正达到了融"和、汉、洋"为一体的境界。以下拟就这几个方面来谈盐谷温的学术成长之路。

(一)家学渊源

学界对盐谷温的认识往往侧重于将其作为中国俗文学研究家,殊不知,他在儒学研究上也有相当的造诣,著有《孝经新释》《诗经讲话》等

---

① 天野郁夫著,黄丹青等译《大学的诞生》,南京大学出版社 2011 年版,第 266 页。
② 天野郁夫著,黄丹青等译《大学的诞生》,南京大学出版社 2011 年版,第 134 页。

专著及多篇有关儒教的论文,并曾为天皇进讲儒家经典①,是日本近代儒学史上的重要人物。盐谷温的儒学研究和他出身于汉学世家有密不可分的联系,他的学生鬼泽弘道曾说:

> 先生承盐谷氏四世之家学,并以游泳与剑道锻炼身心,兼文武之才而备智、仁、勇三德,常说忠孝大义,忧国慨世,为复兴汉学以再建日本之事,挺身努力,不知老之将至。②

所谓"四世之家学",是指从盐谷宕阴(1809—1867)、盐谷簀山(1812—1874)、盐谷青山(1854—1925)到盐谷温(号节山,1878—1962)横亘百余年的汉学世家。

盐谷宕阴,名世弘,字毅侯,生于江户爱宕山下,因号宕阴。弃医从儒,学承松崎慊堂,曾任昌平黉(东京大学前身)儒官,江户末期著名儒学家,又长文章,著有《宕阴存稿》《晚香堂文钞》等。盐谷簀山,名诚,字诚之,号簀山、晚翠园,宕阴之弟,承宕阴之嗣。学承松崎慊堂,宗程朱理学,曾任昌平黉儒官、大学(东京大学前身)助教授,著有《簀山诗集》《簀山文集》等③。

盐谷青山,簀山之子,节山之父,1888年为第一高等学校教授,1920年退休,任一高教授长达三十二年。第一高等学校,简称"一高",虽曾经多次改制,但其作为东京大学预科的办学初衷和实质则未有大变,毕业生自动升入东京大学,无需再经过选拔考试。因此,考入一高就一定程度上意味着考入了东京大学,故使得优秀人才悉数汇集一高④。

---

① 东方学会编《追忆前辈学者》第2册,刀水书房2000年版,159—161页。
② 鬼泽弘道《天马行空·序》,日本加除出版株式会社1956年版。
③ 盐谷温《天马行空》,日本加除出版株式会社1956年版,第191—197页。
④ 天野郁夫著,黄丹青等译《大学的诞生》,南京大学出版社2011年版,第264页。

盐谷青山就是这样一所学校的汉学教授,明治时代新汉学家,凡一高出身者,基本上都曾亲炙青山之学。

关于青山与一高的关系,盐谷温日后回忆说:

> 青山先生文武兼修,承袭三世家业。作为学者,他维持将欲泯灭之汉学与剑道;作为教育家,他养成一高质实刚健之校风。一高实是天下俊秀之故乡,先生乃一高精神之父,而一高乃先生之家塾与坟墓。①

而鬼泽弘道则感慨道:

> 呜呼,时势造英雄,英雄亦造时事,如青山、节山两先生,受一高之校风同时亦造就之,真正所谓"一高人"是也。②

正如盐谷温自己说的那样:"青山先生与其说是严父,宁说是严师,事实上,我的汉学老师,作文习字老师,还有剑道老师,都是青山先生。"③盐谷温幼时在其父的教育下,受到严格的汉学训练。1896年进入第一高等学校。1902年东京大学毕业后,历任东京大学助教授、教授,1930年兼任京城帝国大学讲师,1937年兼任台北帝国大学讲师。

盐谷温最终成为国立最高学府教授和学界名流,这并非偶然之事,其祖上三代(实为两代)就曾执教于昌平黉、第一高等学校等与东京大学渊源极为密切的教育学术机构。有幸出身于这样的汉学世家,盐谷温对此心怀感恩:

---

① 盐谷温《天马行空》,日本加除出版株式会社1956年版,第204页。
② 鬼泽弘道《天马行空·序》,日本加除出版株式会社1956年版。
③ 盐谷温《天马行空》,日本加除出版株式会社1956年版,第204页。

我幸承祖、父积善之余庆,历任明治、大正、昭和之盛世,得升荣位,为国尽微力。(中略)职业原无尊卑优劣之分,然育英乃君子三乐之一,虽王侯亦难得之,非为功名富贵,甘清贫,安天命,就教职,乃人生之幸福。我能奉职于最高学府,此乃一生最幸福之事。①

盐谷氏虽为汉学世家,但如果因此就认为他们只重传统儒学,而不喜小说、戏曲等俗文学,甚至出于传统鄙视俗文学的观念而对俗文学不屑一顾的话,那就太过武断和片面了。盐谷温对中国俗文学研究的学术兴趣,其实也可以找到家学渊源。盐谷温的祖父盐谷诚(簧山)不仅读过中国古代小说,还为友人写过汉文小说序和评点,更撰有《西游簿》《丛语》等小说,从中或可一窥其对盐谷温的影响。

盐谷诚生活于幕末明治初,由于江户时期中国俗文学作品的大量传入,对日本文学界造成了较大的影响,不少作家仿造中国俗文学作品用汉文进行创作,出现了大量的日本汉文小说②。这些汉文小说作家往往会请当时著名学者、作家用汉文为自己的小说写作序跋和评点,盐谷诚就曾应邀为友人菊池纯(1819—1891)所作汉文小说《奇文观止本朝虞初新志》作序。

《奇文观止本朝虞初新志》刻本,三卷三册,天理大学图书馆藏,题"奇文观止本朝虞初新志,东京书估文玉圃梓",次有依田百川学海明治十五年壬午(1882)序、盐谷诚安政丙辰(1856)序、市河三兼书及菊池纯自序,序后又有依田百川批语。其后为凡例六则及目录。再次为正文,单边有界,每半页十行,每行二十一字,有眉批和训点。正文后有松园

---

① 盐谷温《天马行空》,日本加除出版株式会社1956年版,第192—193页。
② 详见孙虎堂《日本汉文小说研究》,上海古籍出版社2010年版。

近代日本中国俗文学研究史论

道人盐田泰跋、市河三兼书。后为版权页，题"明治十六年一月卅一日版权免许，同年十月一日刻成发兑"。

小说作者菊池纯，号三溪，幕末明治时期著名小说家。本书原为他十年前消暑之作，原稿十卷，题曰《消夏杂志》，后又增补，为三卷，改题《本朝虞初新志》。此书与张潮《虞初新志》名同实异，乃是仿《聊斋志异》而作，唯《聊斋》多说鬼狐，此书则多据实事，劝善惩恶，为读者诫。本书最后录有序跋评点者籍贯姓名，这些人"围绕着菊池三溪，曾形成了一个文学集团，他们主要的文学活动，就是倡导小说创作，互为评点，切磋播扬，以期造成声势和影响"①。

盐谷诚对该小说的文辞与主题颇为赞赏，但对作者用小说这种方式来表达自己的情感与观点则表示质疑：

> 有忠臣孝子，为有凶奸猾贼焉；有美姬艳妾，为有姣童冶郎焉。或为争斗刺击，或为欢忻燕娱，忽而荣华，忽而穷愁，戏嫚淫亵之状，幽鬼怪异之变，举世间可喜、可骇、可哀、可乐之事，而仅在于目前，使人笑泣交集，喜怒更发，殆忘其躬为旁观也，文辞之感人，亦犹有如是者欤？尤其记怪，记情事，记忠孝节义，记寓言戏谑，殆亦使人耽然不能释手。（中略）讲诗书，说仁义，论文章，宜醇粹雅正，卓然有所自立，奈何效稗官虞初，改与风流才子争工拙于字句间耶？亦元微之作《莺莺传》、李邺侯作《枕中记》，俱是一时之戏作，炎暑出音，聊政笔墨耳。②

---

① 罗小东《日本汉文小说家的构成及其小说观念》，《或问》第 20 号，2011 年，第 20 页。
② 盐谷诚《本朝虞初新志叙》，载王三庆等主编《日本汉文小说丛刊》第 1 辑第 1 册，台湾学生书局 2003 年版，第 270 页。按，盐谷诚将《枕中记》作者沈既济误作李泌（邺侯）。

盐谷诚对小说的态度,代表了近代学术转型以前日本知识阶层典型的俗文学观念:他们一方面承认小说、戏曲等俗文学作品具有比儒家经典更具表现力和感染力的效果,另一方面,由于身份和观念的局限,认为小说、戏曲仍非儒者正道;一方面,自己也参与小说评点、创作,另一方面,仍认为这只不过是一时之戏作。但无论如何,盐谷诚没有站在儒官立场上诋毁,乃至禁止俗文学。

这不能苛求身处于江户末期的盐谷诚,事实上,直到日本学术转型之后,除森槐南等极少数学者直接参与创作传奇外,像盐谷温、狩野直喜等身为帝国大学教授的汉学家,他们的主要角色仍为儒学研究者,俗文学研究不过是他们从事的一个在当时看来研究空间较大的学术增长点而已。他们从未声称小说、戏曲于国计民生有何重要意义,也从未亲自从事小说、戏曲的创作,相反,在学术研究之外,更多的是采用汉诗这一传统文体来创作。从这个意义上说,学术转型前后的治学方法和评价体系有很大变化,但对俗文学作品本身的精神内涵的理解,则是一脉相承的。

（二）师承关系

如果说家学渊源为盐谷温奠定了汉学功底和营造了学术氛围的话,那么,师承关系则直接决定了他日后的研究方向和治学方法,成为他从事中国俗文学研究与教学工作的关键因素。盐谷温曾对自己的治学历程做过概括:

> 我的中国戏曲研究启蒙于森槐南先生,大成于叶德辉先生、王国维君。我初时曾从那珂通世先生读《元朝秘史》,略知蒙古语,后又听森槐南先生《西厢记》课程,由此受元曲之启蒙。留学德国时,读英国翟理斯、德国葛禄博之《中国文学史》,知西方学者之研究将戏曲小说置于重要位置。留学北京时,主要学习现代汉语,后转赴

长沙师从叶德辉先生,学《西厢记》《琵琶记》《牡丹亭》《燕子笺》《长生殿》等,并参考王国维君所著《曲录》《宋元戏曲史》,完成博士论文《元曲之研究》。叶先生阅后,喜而作序者二,并激赏曰:"吾道东矣。"①

由于戏曲研究与翻译在盐谷温的中国俗文学研究中占有最大的比重,因此,他的上述概括,虽然未言及戏曲以外的内容,但可以视作对他的整个俗文学研究的概括。这段话中概括了盐谷温的中国戏曲研究从启蒙到大成的过程,其中最为关键的有三位人物:森槐南、叶德辉、王国维。以下就盐谷温和森槐南、叶德辉、王国维等人的学术关系作一探讨。

森槐南是日本近代学术转型时期在高等学府讲授中国俗文学的第一人,本书第二章已经详细探讨了他在东京专门学校的教学及相关学术活动。森槐南对盐谷温学术研究的影响是巨大而深远的,他被盐谷温称为启蒙者,对于这个称号,他是当之无愧的。关于森槐南对盐谷温的具体影响,详见本书第七章第三节。

森槐南不仅是盐谷温治学方向的启蒙者,而且也是盐谷温日后在国立最高学府讲授中国俗文学的先行者。1899 年,森槐南受聘为东京大学讲师,成为日本有史以来第一位在国立最高学府讲授小说、戏曲等俗文学的学者,由此开俗文学搬上大学讲坛之先河,比之吴梅、鲁迅等学者在北京大学开设戏曲、小说课程早了近二十年。森槐南为学界开拓中国小说戏曲这一全新研究领域的功绩,不仅得到了东京大学官方的肯定②,更赢得同行后学的极口称赞。吉川幸次郎对森槐南的功绩

---

① 盐谷温《天马行空》,日本加除出版株式会社 1956 年版,第 91 页。
② 东京帝国大学编《东京帝国大学学术大观·总说篇·文学部篇》,东京帝国大学出版部 1942 年版,第 275 页。

有过一个较为全面而客观的评价：

> 讨论明治以来日本中国文学史研究的变迁，明治三四十年代是一个既立足于汉学传统又导入西方文学观念的过渡期。作为过渡期的特征之一，不能无视该时期东京帝国大学讲师森槐南的业绩：他既有《杜诗讲义》《唐诗选评释》等较为传统的汉学研究，也积极从事由文学观念变革带来的小说戏曲研究，他在东京大学第一次讲授《西厢记》，一时称为破天荒之举。作为官学教师的森槐南，亲自从事对向来比诗文地位低下的小说戏曲的介绍与研究，这可以使人感到新学术的萌芽。①

神田喜一郎则重点评价森槐南受邀成为东京大学讲师一事：

> 没有正式学历，不过是一介汉诗人的森槐南，被作为国立最高学府、拥有绝对权威的东京帝国大学招请为讲师，这无疑是破天荒的人事安排。②

吉川幸次郎、神田喜一郎曾分别主持过京都帝国大学和台北帝国大学的中国文学讲座，他们作为森槐南的同行后学，由于年辈的差异，并没有亲炙森槐南之学，但在时隔数十年后仍对森槐南的开拓之功抱以同情之理解，森槐南影响之深远，由此可见一斑。而盐谷温在森槐南受聘东京大学的当年进入东京大学学习，有幸成为森槐南的亲传弟子，自觉地追步乃师的学术事业，并培养了一大批新生力量，使东京大学成

① 吉川幸次郎《中国文学研究史——明治至昭和初期　与前野直彬氏合著》，收入《吉川幸次郎全集》第17卷，筑摩书房1969年版。
② 神田喜一郎编《中国诗学概说·森槐南遗稿·解说》，临川书店1982年版。

为日本中国俗文学研究史上与京都大学双峰并峙的重镇。

如果说森槐南带给盐谷温更多的是研究方向的启发，那么王国维、叶德辉之于盐谷温，则主要是具体知识和治学方法的影响。

盐谷温初识王国维是在他留学北京期间，王国维亲赠其所著《戏曲考原》《曲录》，盐谷温读后，敬服其博识。遗憾的是，王国维的方言口音浓重，因此他们无法进行更多的交流，后王国维与罗振玉避难京都，盐谷温没有与他再重逢的机会。盐谷温回国后，读王著《宋元戏曲史》，益为其学识之赅博、考据之精确所折服，专以此书为研究指南，写出博士论文《元曲研究》。盐谷温后来在大学讲课之际，又两次将此书作为学生"演习"之用①。他的学生松平定光在此基础上将《宋元戏曲史》译成日文，可惜因故未能出版②。

盐谷温对王国维忠于清室的遗老心态颇为赞赏，他认为王国维是为殉清而自沉的③。1941 年 12 月，盐谷温游北京万岁山，在王国维投湖自尽处徘徊不忍去，并赋诗曰："三十年前共学文，博闻强识固超群。孤忠殉节光清史，万寿山头忍哭君。"④还将王国维、叶德辉之死称为学界之两大不幸，仿佛焚书坑儒、屈原投江等历史悲剧的重演。

盐谷温在北京留学一年，主要是学习现代汉语口语，但苦于没有适合的大学和导师，遂在日僧水野梅晓的推荐下，于 1910 年冬赴长沙拜叶德辉为师，研习中国戏曲。叶德辉(1864—1927)，字焕彬，号郋园，祖

---

① 日本的中国文学课程一般有"讲读"和"演习"两种形式，"讲读"即由教师讲解某部书籍，"演习"则让学生仔细研读，并查阅相关资料，将原文译成日文。

② 盐谷温《天马行空》，日本加除出版株式会社 1956 年版，第 95—96 页。

③ 盐谷温有浓厚的旧幕臣意识，对自己的学生、幕府将军后裔德川庆光表现出一种对旧主子孙般的尊重，对溥仪也极尽礼节，因此，他对叶德辉、王国维的遗老心态颇为理解和赞赏。详见东方学会编《追忆前辈学者》第 2 册，刀水书房 2000年版，第 150—153 页。

④ 盐谷温《天马行空》，日本加除出版株式会社 1956 年版，第 97 页。

籍苏州,其父在长沙经商,遂家焉。"郎"是《说文解字》作者许慎的出生地,叶德辉以此为号,显然是希望自己在学术上尤其是文字学上有所作为。然而,叶德辉在学术上的兴趣和造诣远不止此,他出身翰林,博览多识,经史子集自不必说,戏曲小说、文艺美术等,亦无一不精。他藏书极富,横跨四部,计有六十八部五百余卷之多,亦可见其学殖如何。

　　叶德辉与长沙另外两位大学者王闿运、王先谦并称为"二王一叶",二王年长二三十岁,名气更盛,盐谷温长沙拜师为何选择叶德辉? 笔者认为,除二王年事已高而叶德辉正当盛年(时年 45 岁)及叶氏与日本学者多有交往等原因以外①,更为重要的是叶氏具有深厚的曲学造诣②。叶德辉不仅"藏曲本甚多",更兼"好剧曲,家有梨园乐部,择其子弟秀异者,教以昆曲","昆曲既不足以娱乐,乃思著一书,名曰《剧史》,论列古今戏曲严格,撰次历代优人事迹,辑为小传"③。

　　叶德辉以文字学家而兼治曲学,往往能将二者融会贯通,使二者相得益彰,见人所不能见。如他后来为盐谷温所著《中国文学概论讲话》所作的序中尤见其功力,指出盐谷书中尚未论及歌舞之起源。叶氏以他深厚的文字学功底,从"舞"字入手,论证"舞"源于鸟兽,先有鸟兽舞,而后有人舞,一驳"舞始于巫"之说④。

　　叶德辉丰富的藏书也成为盐谷温学习时难得的资源,叶氏还将贵重版本赠与盐谷温。如现藏于日本天理大学的嘉庆二年刊本《春灯谜》

---

① 叶德辉曾支持日本人白岩龙平等在湖南创立轮船公司,又支持水野梅晓在湖南传教,亲自风气遍及全湘。又,因叶德辉以学问名世,日本汉学家游学中国者,多登门拜访,铃木虎雄也曾亲谒其门。详见盐谷温《先师叶郋园先生追悼记》,《斯文》第 9 编第 8 号,1927 年 8 月。

② 王先谦则相反,他对盐谷温研习俗文学持否定态度。参看盐谷温《天马行空》,日本加除出版株式会社 1956 年版,第 60 页。

③ 叶德辉《元曲研究·序》,《斯文》第 9 编第 8 号,1927 年 8 月,第 45—46 页。

④ 叶德辉《元曲研究·序》,《斯文》第 9 编第 8 号,1927 年 8 月,第 45—46 页。

就是其一,中有叶德辉1912年识语:"盐谷温君游学长沙,遍搜新旧刻本诸曲,独不得此种,余乃以此赠之。"①加之叶德辉正当盛年,精力旺盛,使盐谷温受到良好的学术训练。他的教学方法不同于新式学校,而是传统师徒传授方式,但由于言语障碍,师徒二人主要采用笔谈方式进行教学。盐谷温如遇迷惑不解之处,则将需要解答的问题事先写下来,再向老师请教,叶德辉则毫无厌烦之色,以蝇头细字连绵而下,有时写了数行,又从参考书上再找一些资料,继续作答,不曾停笔。"寒冬时执笔冻指,酷暑时汗滴纸上,极尽千万辛劳之苦,热心垂教。"②盐谷温在乃师亡后的追悼文中对此事亦有详细地记述:

> (余)日夜钻研戏曲,得暇即赴丽廔,请教质疑。先师执笔作答,解字析句,举典辨事,源泉滚滚,一泻千里,毫无凝窒。由朝至午,由午至晚,循循善诱。至会心处,鼓舌三叹,笔下生风,正书蝇头细楷,直下一二十行,乐而不知时移。(中略)先师感余之诚,亦认可余之学力,许为可教,夏日酷暑,罔顾汗滴纸上,冬日严寒,罔顾指僵难以握管,开秘籍、倾底蕴以授余。(中略)余以不才,得通南北戏曲,实先师教导之赐。③

叶德辉为盐谷温的博士论文《元曲研究》作序,也十分怀念当时的教学情景,并对盐谷温及其所著《中国文学概论讲话》予以高度评价:

> 适节山来湘,从问元曲,余书既不就,而以语言不通、风俗不同之故,虽口讲指授,多方比喻,终觉情隔,不能深入。盖以吴音不能

---

① 参看黄仕忠《日本所藏中国戏曲文献研究》,高等教育出版社2011年版,第76页。
② 盐谷温《天马行空》,日本加除出版株式会社1956年版,第93页。
③ 盐谷温《先师叶郋园先生追悼记》,《斯文》第9编第8号,1927年8月,第41页。

移入湘人之口者,而欲以中原之音移于海外,岂非不可信之事哉!
幸余家藏曲本甚多,出其重者以授君,君析疑问难,不惮勤求。每
当雨雪载途,时时挟册怀铅来寓楼,检校群籍。君之笃嗜经典,过
于及门诸人,知其成就之早,必出及门诸人之右。尝以马融谓门人
"郑生今去,吾道东矣"之语许君,君微哂不让也。(中略)君之博览
鸿通,实近来中东所罕见。书(指《中国文学概论讲话》)中推论元
曲始末及南北异同,莫不缕析条分、探源星宿。幸余书未编定,若
较君作,真将覆酱瓿矣。①

辛亥革命后,时局纷乱,叶德辉闭门谢客,盐谷温曾请他到东京大
学任教以为避难之计,并向东京大学文学部部长上田万年推荐,上田氏
亦颇感兴趣,然最终因故未能实现。此后,师徒二人虽未再谋面,但盐
谷温并未就此忘记师恩,他的父亲盐谷青山与女儿悦子都曾专程拜访
叶德辉,以表谢意。1915 年夏,盐谷青山率第一高等学校学生,赴中国
旅行期间,专程往长沙访叶德辉,叶德辉为此倒履相迎,延留数日,极尽
一时之盛。盐谷青山诚邀叶德辉到日本一游,叶氏亦颇有意。

盐谷温归国经年,研究愈深、疑点愈多而无从求教,曾欲再次渡海,
重聆教诲,然皆因故未能成行。1923 年春,盐谷温又命其女悦子赴湘
访叶德辉,代候起居,叶氏喜出望外。悦子并以其父《桃花扇》日译本奉
呈叶德辉前,又以所作学位论文《元曲研究》求正,请为赐序,叶氏欣然
承诺。盐谷温准备亲谒叶氏,可惜其人已逝。1927 年 7 月 11 日,盐谷
温会集同人,在东京上野津梁院举行先师追悼仪式,并作追悼文②。叶
德辉与盐谷温的师徒情谊,诚为近代中日学术交流史上的一段佳话。

---

① 　叶德辉《元曲研究·序》,《斯文》第 9 编第 8 号,1927 年 8 月,第 45—46 页。
② 　盐谷温《先师叶郋园先生追悼记·附记》,《斯文》第 9 编第 8 号,1927 年 8 月。

（三）留学欧洲

1906 年 10 月 2 日，日本《读卖新闻》以"文部省留学生"为题报道了当年度官派出国留学的四名来自帝国大学、官立学校的教员，盐谷温就是其中之一①。盐谷温自 1906 年 10 月 30 日出国至 1912 年 8 月 16 日回国，在外时长近六年，除去旅途时间，其中在德国、中国各两年半有余。

那么，盐谷温研究中国文学为什么要先留学德国？甚至不惜缩短在中国的留学时间以延长在德留学时间？对此，盐谷温作过明确说明，他认为留学德国的目的是：

> 为先精通德语，巩固文学研究之基础，汲取欧洲汉学家之研究方法，且在外国修习中国语学研究，具有充分准备后，再入中国予以实践、研究，以期实现生涯之大成。②

这也可以看作盐谷温日后治学的总纲领。具体而言，盐谷温在这份延长留德时间的申请书中一共写了五点原因，他正是因为预感到留德时间过短，不足以完全达到留学目的，才提出延期，所以他提出延期的原因，也就是他留学德国的目的。这五点原因中有两点最为关键：

第一，为"巩固中国文学研究之基础"。盐谷温认为，学术研究不应只囿于某一专业领域，"欲专攻某一学艺，必先以一般普通之学奠定根基，并广泛参考其它相关学科，否则难免有孤陋偏郿之见。故研究一国之文学，当以哲学、心理学、美学、神话传说、语言文字、文明史、艺术史、

---

① 藤井省三《盐谷温》，收入江上波夫编《东洋学系谱》第 2 集，大修馆书店 1994 年版，第 94 页。

② 盐谷温《独国留学延期出愿理由书》，《留学生关系书类 G18》，东京大学史史料室藏，第 123—130 页。转引自谭皓《近代日本对华官派留学史研究（1871—1931）》，社会科学文献出版社 2018 年版，第 240 页。

文学论等为基础,进而参照外国文学之特性、沿革。特别是中国文学,若欲开垦未拓之领域,非以外国文学研究方法不可。故余志在先于德国获得文学研究之素养,然后赴中国专攻中国文学。"①

第二,为"中国文学之研究"。盐谷温指出,当时的欧洲东方学界之研究视野十分广阔,眼光所及,已由埃及、巴比伦以至于印度、中国,或编纂辞典、翻译经典,或研究文哲史地,成果迭出。相比之下,德国的学习研究条件明显优于中国:"德国已有两所大学开设中国学讲座,其讲义固为德国学生开设,于吾人多有不足之感,然由此亦可知欧洲中国学之一斑,以为他山之石。中国学界不振已久,耆宿凋零,后继乏人,虽新学勃兴,但无有能讲习古学之人,虽北京已有大学堂,不过为新学之讲习所,并无适于我等之学堂,亦无可从之教师,是为赴中国留学最苦恼之处。故虽专攻中国文学,仍不如暂留欧洲,听其说、读其著,定自家研究之方针,然后赴中国,是为上策。"②

总而言之,盐谷温留德是为学习西方汉学研究方法用以研究中国文学,而要达到这个目的并非易事,不仅要将课堂学习与实地考察相结合,还要将莱比锡大学一校与德国其他汉学机构、欧洲其他国家的汉学结合起来。这就要求盐谷温在留学期间,不仅要读德国书,更要读欧洲诸国之书;不仅要读万卷书,更要行万里路。因此,盐谷温在听大学鸿儒硕学之讲课、读图书馆之藏书外,还遍访博物馆、美术馆以广博见识不可;在莱比锡大学之外,还涉足德、意、奥及瑞士,并希望有更多的时

---

① 盐谷温《独国留学延期出愿理由书》,《留学生关系书类 G18》,东京大学史史料室藏,第 123—130 页。转引自谭皓《近代日本对华官派留学史研究(1871—1931)》,社会科学文献出版社 2018 年版,第 239 页。

② 盐谷温《独国留学延期出愿理由书》,《留学生关系书类 G18》,东京大学史史料室藏,第 123—130 页。转引自谭皓《近代日本对华官派留学史研究(1871—1931)》,社会科学文献出版社 2018 年版,第 239 页。

间,游历他国,以巩固日后研究之基本①。延期申请获批之后,盐谷温
又游历英、法等国,其间,汉学家葛禄博、科尔迪耶、翟理斯等人及其著
作,对他的中国俗文学研究产生了较大的刺激与启发。关于盐谷温与
欧洲汉学家的交流及其所受影响等情况,详见本书第七章第一节。

二、盐谷温与东京大学中国文学讲座

　　盐谷温是东京大学第一位中国文学讲座教授,主持该讲座长达二
十余年,培养了一大批从事中国俗文学研究的日本学者,二战前东京大
学出身的中国文学研究者大多出自盐谷之门,不少留学日本的中国学
者也曾得到他的指导。盐谷温何以成为东京大学第一位中国文学讲座
教授? 这就要追溯到中国文学讲座在东京大学最初的设置问题。

　　东京大学自 1877 年成立之初,就设立了和汉文学科,随着 19 世纪
80 年以后,日本民族主义的反拨和专制主义的复活,1882 年设立古典
讲习科,1885 年,文学部分设哲学科、和文学科、汉学科三学科。这里
的古典讲习科、汉学科讲授的都是作为日本古典一部分的中国典籍,用
的是汉文训读法,目的是为了强化儒教思想,而非学术研究,当然不可
能有被儒家正统观排斥在外的小说、戏曲的一席之地。但是,作为对东
京大学这所唯一的帝国大学的挑战,到 19 世纪末 20 世纪初,更具自由
空间的私立学校——早稻田大学自不必多言,该校的中国俗文学教学
与研究早已开展得轰轰烈烈,就是日本第二所帝国大学——京都大学
也准备开设文科大学。

　　京都大学文科大学虽因财政预算问题,到 1906 年方正式设立,但

---

① 盐谷温《独国留学延期出愿理由书》,《留学生关系书类 G18》,东京大学史史料
　室藏,第 123—130 页。转引自谭皓《近代日本对华官派留学史研究(1871—
　1931)》,社会科学文献出版社 2018 年版,第 239 页。

此举对东京大学的刺激是相当明显的,东京大学文科大学不得不做出相应的改革以应对挑战:将原先哲学、国文学、汉学、史学、英文学等九学科整合为文、史、哲三学科,下设 19 个讲座,汉学科分为"中国哲学"和"中国文学"两个讲座,史学科内也单设东洋史学讲座①。盐谷温就是作为"中国文学讲座"预备教授,被派往德国、中国留学的。

需要指出的是,在盐谷温留学期间(1906 年 10 月至 1912 年 8 月),东京大学虽然已经有了中国文学讲座,但事实上并未和中国哲学讲座分开,讲座教授总设一人,即研究中国哲学的星野恒(1839—1917,1901 年 7 月至 1917 年 9 月任讲座教授)。星野恒所讲授的"文学"就是经史诗文,他对盐谷温出身于汉学世家却去研究俗文学表示不解和愤慨,曾亲口指责盐谷温②。在此期间,森槐南、铃木虎雄也曾讲授中国文学尤其是戏曲课程③,但铃木虎雄于 1908 年赴任京都大学,森槐南也于 1911 年离世,且两人在东京大学均为讲师,而非教授。

盐谷温虽然在留学之前就已是助教授,但他回国之初,似以科研为主,相继发表了《西厢记考》(《东亚研究》第 2 卷第 11、12 期,1912 年 11、12 月)、《中国歌曲之沿革》(《中国歌曲の沿革》,《东亚研究》第 3 卷第 5、6 期,1913 年 5、6 月)、《南北曲私言》(《东亚研究》第 3 卷第 7、9、10、11 期,1913 年 7、9、10、11 月)、《梧桐雨》(《东亚研究》第 4 卷第 1

① 东京帝国大学编《东京帝国大学学术大观・总说篇・文学部篇》,东京帝国大学出版部 1942 年版,第 187—188 页。
② 盐谷温既是奉命留学,星野恒又何敢如此反对? 笔者起初也颇不解,但只要了解了星野恒与盐谷氏的关系后,就不足为怪了:星野恒授业于盐谷温的曾祖(实为伯祖)盐谷宕阴,宕阴无子,欲以星野恒为养子,但星野恒本是星野家长子,故未成,宕阴乃以弟簀山(盐谷温祖父)为嗣。而星野恒又是盐谷青山(簀山之子、盐谷温之父)的老师。参看盐谷温《天马行空》,日本加除出版株式会社 1956 年版,第 59—63 页。
③ 东京帝国大学编《东京帝国大学学术大观・总说篇・文学部篇》,东京帝国大学出版部 1942 年版,第 275 页。

期,1914 年 1 月)、《伍员吹箫》(《东亚研究》第 4 卷第 4、5 期,1914 年 4、5 月)、《楚昭王杂剧》(刊载不详,1914 年 12 月)等论文。这一方面应该和星野恒的导向有很大的关系,他对小说、戏曲等俗文学颇为反感,故在课程上有意压缩乃至取消,都不无可能;另一方面,刚回国的盐谷温,不仅面临着对长达六年的留学时间里所学知识和方法的消化吸收,还面临着职称评定的压力,需要一定数量的科研成果。

直到 1917 年星野恒去世后,"中国文学讲座"才由盐谷温和治中国哲学的宇野哲人(1875—1974)两位助教授分担①,自然地分设为"中国文学"和"中国哲学"两个讲座。盐谷温那部广为人知的《中国文学概论讲话》就是在本年夏季演讲讲稿基础上修订而成的。因此,将 1917 年视作盐谷温执掌东京大学中国文学讲座的起始之年,当不致有较大的错误。

上任以后,盐谷温提出了自己对中国文学的理解。他虽然对星野恒等老一辈汉学家不把小说、戏曲算作"文学"的文学观念表示理解,但并不赞同:

> 在汉学科时代,文学确实只需要唐宋八大家文、唐诗选等就足够了,但既然已经设置了与英文学、德文学等讲座并列的中国文学讲座,岂能少了与像莎士比亚、席勒等人相抗衡的小说戏曲作品呢? 因此,应将汉文、唐诗、宋词、元曲以至明清小说都囊括在中国文学的范围内。②

因为当时要成为东京大学教授,必须首先取得博士学位,而取得博士学位,则必须先提交申请博士学位的论文。因此从 1917 年到 1920

---

① 东京帝国大学编《东京帝国大学学术大观·总说篇·文学部篇》,东京帝国大学出版部 1942 年版,第 275 页。

② 盐谷温《天马行空》,日本加除出版株式会社 1956 年版,第 60—61 页。

年间,盐谷温的工作量非常大,一面要主持讲座,按时授课,一面要撰写博士论文和完成其他科研任务。1920 年 3 月,他完成博士论文《元曲研究》,取得博士学位,同年 8 月即升任教授,并正式出任讲座教授。

在此期间,他除撰写博士论文外,还先后发表了《绿荫茗话(西厢记)对译》(《帝国文学》7 月号,1918 年 7 月)、《唐代歌舞戏》(《唐の歌舞戲》,《斯文》第 1 卷第 2 期,1919 年 4 月)、《中国剧之发展》(《中国劇の発展》,《中央公论》1919 年 5 月)、《宋代杂剧》(《宋の雑劇》,《斯文》第 2 卷第 2 期,1920 年 4 月)、《中国戏曲之沿革》(《中国戲曲の沿革》,《国译汉文大成》第 9 卷,1921 年 2 月)。

升任讲座教授对盐谷温来说是第一个转折点,此前他的主要精力是科研,发表的上述 12 篇论文全都与中国俗文学有关,但进入 20 年代以后,他转而以教学、翻译为主,科研为辅。从 1921 年到 1931 年,盐谷温发表的关于俗文学论文仅有《中国小说史》(《中国文学大观》第 8 卷,1926 年 4 月)、《关于明代小说"三言"》(《明小説"三言"に就いて》,《斯文》第 8 卷第 5、6、7 期,1926 年 5、6、7 月)、《明代通俗短篇小说》(《改造》第 8 卷第 8 期,1926 年 7 月)、《关于〈全相平话三国志〉》(《〈全相平話三国志〉に就いて》,《狩野教授还历纪念中国学论丛》,1928 年 2 月)、《元曲选改题》两篇(《中国学研究》2、3,1931 年 12 月、1933 年 6 月)①,占其所发表论文的 23%。

而 1931 年 1 月 8 日开始的为天皇"御讲书",则是盐谷温的第二个转折,此后他所发表的 18 篇论文,全都是鼓吹儒学复兴和中日文化关系等方面的文章,没有再发表过一篇有关中国俗文学的论文。盐谷温不同时期的中国俗文学研究论文情况如下:

---

① 《盐谷温博士著述目录》,收入东方学会编《追忆前辈学者》第 2 册,刀水书房 2000 年版,第 160—161 页。

表 3.3　盐谷温不同时期的中国俗文学研究论文情况表①

时　段	总篇数	与俗文学有关篇数	俗文学论文所占比例
1912—1921	12	12	100%
1921—1931	22	5	23%
1931—1962	18	0	0%

　　由上表可知,20 世纪 10 年代,盐谷温从一个刚留学回国的青年学者逐渐成为主掌一方的讲座教授,实现了他奉官命出国留学的既定目标,他学术研究的主要成果在这一时期取得;20 年代开始,他以东京大学讲座教授的身份成为学界名流,主持讲座、翻译作品、影印古籍、培养后学等,左右逢源,如日中天,使他的学术事业达到顶点;30 年代以后,则多以学官身份出入于政学两界,为天皇讲经,奉命出使欧美,鼓吹儒教与军国主义糅合,并特旨叙正三位,死后叙一等勋、授瑞宝章②,除继续授课以外,不再发表中国俗文学研究成果③。

　　盐谷温在二三十年间,以学术地位和政治地位两方面的巨大影响,培养了一大批后学,此后,中国文学讲座的历任教授、助教授、讲师皆出盐谷之门:东京大学中国文学讲座也由此成为日本中国文学研究者的渊薮。今将 20 世纪上半叶东京大学中国俗文学课程历任教员及其主讲课程列表如下:

① 同一题目分若干次连载的论文算为一篇,盐谷温 1912 年至 1921 年间发表的论文多属此类,若分开计算,则篇数应更多。
② 《盐谷温博士略历》,收入东方学会编《追忆前辈学者》第 2 册,刀水书房 2000 年版,第 159 页。
③ 1931 年至 1935 年间,盐谷温开设了"西厢记讲义""西厢记注研究""琵琶记讲义""桃花扇讲义""唐代小说"等课程。参看王古鲁《最近日本研究中国学术之一斑》,自印本 1936 年版,第 2—3 页。

表 3.4　东京大学中国俗文学课程历任教员一览表①

姓 名	职 称	任职时间	主讲课程
森槐南	讲 师	1899 年 6 月—1911 年 3 月	西厢记、晋唐小说等
铃木虎雄	讲 师	1906 年 9 月—1908 年 9 月	戏曲
盐谷温	讲 师	1906 年 7 月—1906 年 9 月	中国文学概论、中国文学史概说、中国戏曲史、中国小说史、中国文学地理、中国文献与自然、诗经、楚辞、西厢记、琵琶记、桃花扇、宋元戏曲史、唐代小说等
	助教授	1906 年 9 月—1920 年 3 月	
	教 授	1920 年 9 月—1939 年 3 月	
	名誉教授	1939 年 10 月—?	
竹田复	讲 师	1924 年 5 月—1926 年 10 月	红楼梦、急就篇、京本通俗小说、白话文学史、清平山堂话本、元曲、雨窗集、欹枕集、今古奇观、古今杂剧、毛诗、中国文学史、白话文学史等
	助教授	1926 年 10 月—1945 年 1 月	
仓石武四郎	讲 师	1939 年 3 月—1940 年 4 月	小学通论、中国语法通论、中国学概论、顾炎武音论、世说新语等
	教 授	1940 年 4 月—1958 年 3 月	
	名誉教授	1958 年 5 月—?	
长泽规矩也	讲 师	1939 年 3 月—（短期）	中国小说史、明清小说
王古鲁	讲 师	1939 年 9 月—（短期）	小说、戏曲
增田涉	讲 师	1946 年 9 月—1947 年 9 月	中国小说史

　　该讲座先后培养的学生,除上述仓石武四郎、竹田复等后来曾在东京大学任教授、助教授外,较为著名的尚有内田泉之助、长泽规矩也、辛岛骁、增田涉、鱼返善雄、八木泽元、足立原八束、小野忍等,他们也曾亲炙盐谷之学,成为日本中国俗文学研究的中坚力量;此外,中国学者郭虚中、孙俍工等在日本求学、任教期间,也都曾受到盐谷温的指导和提携,他们也成为中国国内重要的学术力量。关于上述诸人的具体研究情况,将在本章第三节中详细讨论。

---

①　本表所列主要课程根据《东京帝国大学学术大观·总说篇·文学部篇》《最近日人研究中国学术之一斑》等资料。

通过上表可以一目了然,自盐谷温 1917 年主持讲座以后的近三十年间,东京大学"中国文学讲座"的课程以中国俗文学为主,不仅如此,学生毕业论文选题都以中国俗文学为主。以 1930 年度至 1934 年度学生毕业论文题目为例,其中,以中国俗文学为选题的论文,除 1933—1934 年约占该年度中国文学科毕业论文总篇数的 35％外,其余 3 个学年度都接近或超过半数。具体篇目和所占比例如下:

表 3.5　1930—1934 学年度东京大学中国俗文学选题毕业论文一览表①

学年度	作　者	论文题目	所占比例
1930—1931	熊木启作	明代白话短篇小说文化史(明の白話短篇小説の文化史系統)	7∶12
	石田正信	《红楼梦》的一个考察(《紅樓夢》の一考察)	
	铃木三八男	《长恨歌》题材戏曲的发展及《长生殿》研究(戯曲史上に於ける《長恨歌》の開展と《長生殿伝奇》の研究)	
	原三七	中国戏剧角色研究(中国戯劇角色の研究)	
	森井庸男	《桃花扇》新研究(伝奇《桃花扇》の新研究)	
	八木泽元	汤显祖及其《还魂记》(湯顯祖と其の《還魂記》)	
	吉浦千里	关于唐传奇(唐代伝奇小説に就て)	
1931—1932	伊藤慎一	汉魏六朝神怪小说研究(漢魏六朝時代の神怪小説研究)	6∶13
	伊能源太郎	"三言"研究(三言の研究)	
	内山良太郎	作为文言短篇小说的《聊斋志异》(文語短篇小説としての《聊斎志異》)	
	加藤守光	《琵琶记》评论	
	下村是隆	唐代小说论	
	早川光二郎	《水浒传》研究	

① 资料来源:王古鲁《最近日人研究中国学术之一斑》,自印本 1936 年版,第 5—10 页。

续 表

学年度	作 者	论文题目	所占比例
1932—1933	高原四郎	中国小说对日本江户文学的影响（中国小説が日本江戸時代文学に与へた影響）	4：7
	榎村巧	《红楼梦》评论	
	小森政治	鲁迅论	
	曹钦源	《红楼梦》语言学研究（《紅樓夢》の語学研究）	
1933—1934	大井弘夫	《楚辞·天问》中的神话传说（《楚辞·天問篇》に於ける神話伝説）	5：14
	平田幸男	中国神话研究（中国神話の研究）	
	佐藤永弌	《桃花扇传奇》研究	
	竹内好	郁达夫研究	
	津久井信也	关于《宣和遗事》（《宣和遗事》に就て）	

尽管这些学生毕业后不一定都从事中国俗文学研究，他们的论文水平也参差不一，但由此就可窥当时东京大学乃是整个日本汉学界新生代研究中国俗文学情况之趋向，尤其可以看出当时有关中国俗文学的选题在整个东京大学中国文学科中所占的比重情况。

中国文学科师生在日常教学之外，还经常以东洋史谈话会、中国哲文学学生会、汉学会等东京大学校内的学术团体为平台，展开主题演讲、座谈会等多种方式的学术交流，主讲者既有盐谷温这样的讲座教授，也有该专业的普通学生，营造了师生互动、课内外互动的良好氛围。其具体情况如下：

以上活动都是在盐谷温任讲座教授期间举行的，这里不过是择要列举，并非全部，但由此已见当日之盛况。东京大学的中国俗文学教学研究活动之所以开展得如此热烈，除了小说、戏曲作为新的研究领域充满学术空间以外，还与盐谷温本人的学术影响力密切相关，以下就来谈谈盐谷温中国俗文学研究的具体情况。

表 3.6　东京大学中国俗文学主题演讲活动一览表①

时　　间	主讲者	题　　目
1925 年 2 月 22 日	内田泉之助	《长恨歌》题材的发展（《長恨歌》の展開）
1925 年 5 月 1 日	北浦藤郎	《琵琶行》
1925 年 5 月 1 日	盐谷温	《西厢记》
1925 年 12 月 4 日	辛岛骁	《青心》
1927 年 10 月 1 日	辛岛骁	金圣叹生卒年代及其事迹（金聖嘆の生卒年代及其事跡）
1928 年 7 月 16 日	松井武男	《西厢记》与《㑇梅香》杂剧
1931 年 6 月 17 日	长泽规矩也	书志学上所见中国戏曲小说之发展（書志学上より観中国戯曲小説の開展）
1933 年 2 月 28 日	伊能源太郎	"三言"研究
1933 年 10 月 28 日	盐谷温	巴黎国民图书馆所藏中国俗文学资料二三题（巴黎国民図書館に於ける中国俗文学書の二三に就て）
1934 年 10 月 27 日	辛岛骁	公案文学论

三、盐谷温的中国俗文学研究

　　盐谷温的中国俗文学研究实绩主要可从两个方面来看，一是对于中国俗文学本身的研究，以《中国文学概论讲话》为代表；二是对于中国俗文学文献方面的贡献，以翻译中国戏曲小说和影印《三国志平话》等稀见文献为代表。

　　（一）《中国文学概论讲话》

　　《中国文学概论讲话》是盐谷温的名山事业，也是日本中国俗文学研究史上的经典之作，加之因其与鲁迅的"抄袭案"，该书也成为中国学

---

① 　资料来源：王古鲁《最近日人研究中国学术之一斑》，自印本 1936 年版，第 17—20 页。

界耳熟能详的学术名著,其地位与意义无需赘言。这里主要就盐谷温在书中体现的研究方法与学术特色作一探讨。

第一,奠定了中国文学分体文学史(戏曲史、小说史)的撰写范式。

前文曾指出,19 世纪末 20 世纪初日本汉学界出现了多种中国文学史,也出现了像笹川临风《中国小说戏曲小史》这样的小说戏曲专史,这些文学史的撰写者在年辈上都要长于盐谷温,因此就出版时间而言,盐谷温的《中国文学概论讲话》要晚于上述诸作。但正像盐谷温的学生内田泉之助所说的那样:"在当时的学界叙述文学底发达变迁的文学史出版的虽不少,然说明中国文学底种类与特质的这种的述作还未曾得见,因此举世推称,尤其是其论到戏曲小说,多前人未到之境,筚路蓝缕,负担着开拓之功盖不少。"①盐著译者孙俍工也赞同此说:"关于中国文学的研究的著述,照现在的情形看来,恰与内田先生所说日本数年前的情形同病,纵的文学史一类的书,近年来虽出版了好几部,但求如盐谷先生这种有系统的横的地说明中国文学的性质和种类的著作,实未曾见。"②

内田泉之助和孙俍工推崇盐著的原因,可归结为两点:分文体论述和重视戏曲小说。那么,符合这两条标准的是否只有盐谷温这一部论著呢? 答案是否定的。在盐谷温之前,森槐南的《作诗法讲话》也符合这个标准。但我们在承认盐谷温受到森槐南影响的同时,也应当承认,无论是论述的分量、深度,还是在学术界的影响力,森著都是不能和盐著相提并论的。盐著是当之无愧的青出于蓝而胜于蓝者,它奠定了今后近一个世纪的中国分体文学史(戏曲史、小说史)的撰写范式。

《中国文学概论讲话》虽然对诗、文、戏曲、小说都有论述,但戏曲、小说无疑是全书的重点所在,两者共占全书篇幅的 71%(全书共 540

① 内田泉之助《中国文学概论讲话·序》,开明书局 1929 年版,第 7 页。
② 孙俍工《中国文学概论讲话·译者自序》,开明书局 1929 年版,第 10 页。

页,其中戏曲小说占 385 页)。而再版时,盐谷温又对全书作了增补,其中增补内容最多的就是小说部分,并将该部分作为下册单独出版。小说部分是盐谷温用力最多、也是最为中国学界所知、在中国学界影响最大的一部分,中国国内的小说史学科体系就是在翻译盐著小说部分和国人自撰小说史齐头并进的基础上建立起来的。现将 20 世纪 20 年代盐著中译本列表如下:

表 3.7 《中国文学概论讲话》中译本一览表

时间	译者	题名	原载或出版社	备注
1921	郭希汾	中国小说史略	(上海)中国书局	小说,白话翻译,共 95 页。上海新文化书社 1934 年再版时,书名改为《小说史略》,前后无序跋,并题署为"郭希汾编辑",未提及原著者盐谷温。
1926	陈彬龢	中国文学概论	(北京)朴社	全书,文言翻译,共 103 页,戏曲小说占 44 页。
1927	君 左	中国小说概论	《中国文学研究》第 17 卷	小说,白话翻译,共 73 页。
1929	孙俍工	中国文学概论讲话	(上海)开明书局	全书,附附有盐谷温著《论明之小说三言及其他》《宋明通俗小说流传表》两篇论文,白话翻译,共 572 页,戏曲小说和附录占 402 页。

　　盐著出版以后不到两年的时间,就出现了第一个小说部分的中文节译本——郭希汾的《中国小说史略》,在当时的条件下,这种译介不可谓不及时。译者认为盐著下编详论戏曲、小说之发展,这正是中国文学界所缺的,而方今国人也逐渐知道小说的价值,故先译小说部分为研究之助①。尽管署名为"编",但该书几乎是对原著逐字逐句的翻译。

———————————

① 盐谷温著,郭希汾译《中国小说史略·序》,中国书局 1921 年版。

　　而几乎与此同时,中国人自撰的中国小说史也开始层出不穷,小说史研究成为 20 世纪中国学界的显学,其成果不仅远远超过了作为雅文学的诗文研究,也超过了同为俗文学的戏曲研究。从中国人自撰的第一部中国小说史——1920 年出版的张静庐《中国小说史大纲》算起,到 1949 年为止,至少出现了 17 种中国小说史(概论)。这应当还不是全部,有些学者如马廉、俞平伯、许寿裳、台静农、傅芸子等都在大学讲授过中国小说史课程,尚未见讲义存世①。今将此 17 种小说史(概论)按照出版或发表时间顺序列表如下:

表 3.8　1949 年以前中国出版中国小说史(概论)一览表

序号	时间	著(编)者	题名	刊载或出版	备注
1	1907 年 12 月	王钟麒 (1880—1913)	中国历代小说史论	《月月小说》第 1 卷第 11 号	单篇约 0.1 万字。
2	1920 年 6 月	张静庐 (1898—1969)	中国小说史大纲	(上海)泰东图书局	上海新潮丛书(文学系)第二种,共 58 页,约 2 万字。1921 年 3 月再版。
3	1920 年 12 月起	鲁迅 (1881—1936)	小说史大略	油印本	共 17 篇,约 6 万字。约 1922 年至 1923 年间增补为排印本《中国小说史略》,共 26 篇,10 余万字。1923 年 10 月至 1924 年 6 月,北京大学新潮社出版《中国小说史略》,共 28 篇,约 15 万字。以后又多次再版。
4	1923 年 6—9 月	庐隐 (1898—1934)	中国小说史略	《晨报》副刊《文学旬刊》3—11 号	分 5 次连载,约 2 万字。
5	1925 年 4 月	徐敬修 (1893—1926)	说部常识	(上海)大东书局	国学常识之十,共 108 页,约 3.5 万字。

① 参看胡从经《中国小说史学史长编》,上海文艺出版社 1998 年版,第 373 页。

序号	时间	著(编)者	题　名	刊载或出版	备　注
6	1927 年 12 月	范烟桥 (1894—1967)	中国小说史	(苏州)秋 叶社	共 340 页,约 17 万字。
7	1929 年 10 月	胡怀琛 (1886—1938)	中 国 小 说 研究	(上海)商务 印书馆	万有文库第一集之一, 后作为百科小丛书之 一,于 1933 年 4 月再 版,共 144 页,约 7.7 万字。
8	1929 年以后 1941 年以前	孙楷第 (1898—1986)	《小说史》	北平师范大 学讲义	存 61 页,约 2.7 万字。
9	约 1930 年 前后	刘永济 (1887—1966)	小 说 概 论 讲义	商务印书馆 函授学校国 文科	共 30 页,文言撰写,约 1.5 万字。
10	约 1930 年 前后	沈从文 (1902—1988)	中国小说史	暨南大学出 版室	暨南大学中国小说史 讲义之一,现存"绪论" "第一讲　神话传说"。 共 52 页,约 3.7 万字。
11	约 1930 年 前后	孙俍工 (1894—1962)	中国小说史	暨南大学出 版室	暨南大学中国小说史讲 义之一,主要依据盐谷 温《中国文学概论讲 话》,共 72 页,约 5 万字。
12	1934 年 8 月	胡怀琛	中国小说的 起源及其 演变	(南京)正中 书局	共 132 页,约 6 万字。
13	1934 年 11 月	胡怀琛	中 国 小 说 概论	(上海)世界 书局	中国文学丛书之一, 1944 年 4 月再版,共 133 页,约 6 万字。
14	1935 年 5 月	谭正璧 (1901—1991)	中国小说发 达史	(上海)光明 书局	共 471 页,约 20 万字。 参照鲁迅《中国小说史 略》写成。
15	1939 年 5 月	郭箴一 (1931 年 毕业于复旦 大学新闻系)	中国小说史	(长沙)商务 印书馆	中国文化史丛书之一, 共 720 页,约 34 万字。 多抄袭鲁迅《中国小说 史略》、谭正璧《中国小 说发达史》等。

续　表

序号	时间	著(编)者	题　名	刊载或出版	备　注
16	1939 年 11 月— 1941 年 6 月	许寿裳 (1883—1948)	中国小说史	(成都)华西 大学讲义	存手稿二种,分别为 128 页,约 5 万字;84 页,2.7 万字。
17	1948 年 5 月	蒋祖怡 (1913—1982)	小说纂要	(南京)正中 书局	国学汇纂丛书之一,共 189 页,约 12 万字。

小说史撰写与研究的兴盛,究其原因,固然有白话文运动等国内原因,但也不能否认日本方面特别是盐著的影响。

日本虽然早就有了笹川临风的《中国小说戏曲小史》,但该书只是几部名著梗概的连缀,深度和广度都十分有限,不过是笹川临风青年时代应时之需而作的罢了;森槐南也曾对中国小说史进行梳理,但知之者甚少,湮没无闻;而京都大学的狩野直喜虽然也较早地讲授中国小说史(1916 年)、戏曲史(1917 年),但他述而不作的风格使得其讲义迟至1992 年方才整理出版①。他们在当时的影响都不及作为东京大学讲座教授的盐谷温。

因此,无论从哪一方面说,在 20 世纪 20 至 40 年代,盐谷温无疑是日本中国小说史研究的代表和权威,也是对中国影响最大的日本中国小说史研究者,盐著在短短八年间出版了 4 个中译本,可作为明证。而且,除鲁迅外的其余 13 部论著撰写者都生于 19 世纪末 20 世纪初,比盐谷温整整晚了一代,他们的论著或受到鲁迅的影响,或直接参照盐著;而鲁迅的小说史,从油印本、排印本到新潮社本乃至以后的修订本,都不同程度受到盐著的影响,也已经是学界公认的事实。

相比之下,盐著对中国戏曲史的撰写范式的影响要小一些,但仔细

---

① 　狩野直喜的两部讲义合为一册出版,已由笔者译成中文,题为《中国小说戏曲史》,江苏人民出版 2017 年版。

考察起来,在 20 世纪 20 至 40 年代,盐著第五章仍是第一部完整的中国戏曲史。

日本方面,正如上文说的那样,笹川临风、森槐南、狩野直喜的著述中虽也有戏曲史部分,但影响远不如盐著;宫原民平也曾出版一部《中国小说戏曲史概说》(共立社 1925 年版),但该书是按照时间顺序将小说史和戏曲史交织在一起,而不是小说、戏曲分体史;青木正儿的《中国近世戏曲史》(弘文堂书房 1930 年版)虽也将明清以前的戏曲史包括在内,但其撰写此书的目的是为了续写王国维的《宋元戏曲史》,故全书仍以明清戏曲为主,实可视为一部明清断代戏曲史。

中国方面,虽然早就有了王国维的《宋元戏曲史》,然此书虽有宋以前部分,却无元以后部分。而后来再出版的或为概论,如吴梅的《中国戏曲概论》(大东书局 1926 年版);或为断代史,如卢前的《明清戏曲史》(商务印书馆 1935 年版);或为专题研究,如钱南扬等人的南戏研究。20 世纪 30 年代,中国学界也出版过两部"真正意义上的通史"①,即卢前的《中国戏剧概论》(世界书局 1934 年版)和周贻白的《中国戏剧史略》(商务印书馆 1936 年版),但出版时间都晚于盐著。

当然,20 世纪上半叶的"戏曲研究还处于初创阶段,各个领域的研究不够平衡,缺乏整体、通识性的观照"②,中国戏曲史的撰写与研究的热度远不如小说史,这是盐著中译本译者有意节选小说部分的原因,而盐著节译本反过来又对小说史的研究起了推动和促进作用,客观上造成了盐著戏曲史部分的冷落。另一方面,戏曲史因先后有了王国维、青木正儿的两部名著面世,不仅给其他研究者造成了难以逾越的高度,似

---

① 苗怀明《从传统文人到现代学者——戏曲研究十四家》,中华书局 2013 年版,第 138—139 页。
② 苗怀明《从传统文人到现代学者——戏曲研究十四家》,中华书局 2013 年版,第 139 页。

乎也一定程度上减弱了盐著戏曲史部分的影响力。也正是因此,我们应该重新检视盐著作为学术经典的价值与意义。

第二,将中国文学史研究纳入整个国际汉学视野中。

盐谷温在《中国文学概论讲话》中非常重视利用西方汉学研究成果和介绍中国文学在欧洲的接受与传播情况,即作为一部日本人论述中国文学的著作,欧洲视角在书中却从未缺席,这与著者的欧洲留学经历有着密不可分的联系。三年的欧洲留学,不仅使盐谷温开阔了研究视野,还使他与当时欧洲一流汉学家有了近距离接触的机会。关于盐谷温与欧洲汉学家的交往,详见本书第七章第一节。

除了引用乔治·加布伦兹的《汉文经纬》(*Chinesische Grammatik*),盐谷温所引用的论著,还包括乔治·加布伦兹的弟子、莱比锡大学及柏林大学教授葛禄博(Wilhelm Grube,1855—1908)所著的德国第一部《中国文学史》,英国外交官、汉学家威妥玛(Thomas Wade,1818—1895)的《语言自迩集》(*Yü-yen Tzǔ-erh Chi*),英国传教士、汉学家艾约瑟(Joseph Edkins,1823—1905)的《北京官话文典》(*Mandarin Grammar*),德国外交官、柏林东方语言学校教授阿伦德(Karl Arendt)的《官话手册》(*Nordchinesische Umgangssprache*),意大利外交官、汉学家弗洛秘车利(Zenone Volpicelli)的《汉语音韵学》(*Chinese Phonology*)等①。上述诸人,或是欧洲汉学界开山立派的祖师,或是有长达数十年的在华经历(威妥玛在华四十年、艾约瑟更是长达五十余年),其中大多数学者还精通除汉语以外的多种东方语言,他们的汉语语言学研究,不管在理论上,还是在实际感知上,都具备了常人无法达到的条件。因此,他们的著作不管在当时,还是今后,都是该领域无法回避的经典之作。

盐谷温能对这些经典原著旁征博引,正是得力于他良好的外语功

---

① 　盐谷温《中国文学概论讲话》,大日本雄辩会 1919 年版,第 6、10、17、18、25 页。

底。他出身第一高等学校、东京大学,第一高等学校要求学生至少学习英、德两种外语,而且用的都是英德词典,而非日英词典或日德词典;东京大学从一开始就是模仿德国大学的建立,早期的东京大学不仅教授多德国人,连教学语言都是德语。留学德国以后,他又先在慕尼黑大学专门学了一年德语,转到莱比锡大学后,也从未中断德语的学习,他甚至申请压缩在中国的留学时间用以延长在德国的留学时间,其主要目的仍是学习德语。

盐谷温留学德国近三年时间,足迹遍及欧洲诸大国,他在学习外语、研究欧洲汉学著作的同时,也十分留意中国文学在欧洲的接受与传播。中国小说戏曲等俗文学作品早在17、18世纪就已经大量传入欧洲,并在欧洲引起强烈反响,出现了不少译本甚至仿作。盐谷温在《中国文学概论讲话》中也不乏对这方面的介绍,基本上凡是有欧译本的戏曲小说作品,盐谷温都会在书中或详或略地提及和说明。戏曲方面,如法国汉学家巴赞著有《元曲选解题》及翻译《琵琶记》等曲数种,儒莲翻译《西厢记》《赵氏孤儿》《灰阑记》等曲①;小说方面则以才子佳人小说为多,如《好逑传》《玉娇梨》《平山冷燕》等均有欧译本。此外,盐谷温还指出法国汉学家科尔迪耶的《汉籍解题》中收录了很多中国戏曲小说的欧译本②,德国Rekuramu文库中有关于《水浒传》鲁智深故事的翻译③。

(二)中国俗文学文献方面的贡献

盐谷温对中国俗文学文献方面的贡献,以翻译中国戏曲小说和影印《三国志平话》等稀见文献为代表。

盐谷温留学期间非常留意中国小说戏曲在欧洲的反响,多种欧洲译本的出现对他产生了不少的触动。早在1898年,森槐南在同森鸥外

---

① 盐谷温《中国文学概论讲话》,大日本雄辩会1919年版,第202—203页。
② 盐谷温《中国文学概论讲话》,大日本雄辩会1919年版,第511—512页。
③ 盐谷温《中国文学概论讲话》,大日本雄辩会1919年版,第475页。

等人探讨《琵琶记》译本时，就曾惊讶于在人情风俗、语言文字皆有天壤之别的欧洲却先于号称同文之国的日本出现了英、法两种译本①。对于乃师的疑惑，盐谷温认为，日本人正因同文的原因，多能用汉文训读法来阅读，于翻译一事反不在意了；而欧洲普通学者若不通过译本，是无法阅读原著的。因此，翻译既是中国文学在欧洲传播的手段，也是必然的结果。

当然，欧洲和明治维新以前日本的文学观之不同也是一个重要原因。欧洲文学观崇尚小说、戏剧等叙事文学，中国小说戏曲传入后，引起较大的反响；而深受儒家正统思想浸染的日本则不同，小说戏曲为雕虫末技，不过消遣游戏而已。然而，到了20世纪初，欧洲的文学观早已为东方世界所广泛接受，盐谷温等新一代汉学家正是在认可小说戏曲的文学地位的基础上才从事研究的，因此，此时已可以堂而皇之地将小说戏曲作为文学乃至作为经典来研读。另一方面，随着日本近代社会的转型与西化，日本普通民众的汉学素养也在逐步下降，要求每位读者都能通过汉文训读法阅读原著已不现实，所以，日本也到了需要翻译才能欣赏中国文学的时候。

盐谷温正是在这样的时代背景下，投入大量精力从事中国戏曲小说作品的翻译工作。他的翻译并非是零散地选择一篇一部作品，而是组织大量的人力进行系统翻译。如他曾先后完成《国译汉文大成》中的《国译晋唐小说》(第12卷，国民文库刊行会1920年版)、《国译琵琶记》(第9卷，1921年版)、《国译桃花扇》(第11卷，1922年版)、《国译剪灯新话》、《国译剪灯余话》、《国译宣和遗事》(第13卷，1922年版)、《国译长生殿》(第17卷，1923年版)。此外，他还主持完成了全译《元曲选》(目黑书店1940年版)和《歌译西厢记》(昌平堂1947年版、养德社1958

①　森槐南等《标新领异录·琵琶记》，《目不醉草》第27卷，1898年4月17日。

年再版)。

上文曾述及,盐谷温自 1920 年升任教授以后,学术研究的重心开始由科研论文转向翻译和教学,而这两项工作几乎贯穿了他今后的全部生涯。翻译是一项对译者要求极高的工作,像《元曲选》这样浩大的翻译工程不可能由盐谷温以一人之力完成,他的工作重点是主持、检校、润色,而大部分译本初稿主要是由他的学生完成的。这些译者中,以土屋明治居功最伟,他一个人完成了一半以上的工作量,翻译了其中的 55 种,其次是泽口刚雄,他翻译了近 30 种,上述两人完成全部工作量的 80% 以上。此外还有松井武男(约 3 种)、黑木典雄、目加田诚(各约 1—2 种)①。盐谷温组织学生,利用暑假期间,埋头研究室,教学、研究、翻译都在一起。1932 年夏,全书译竣,盐谷温大喜,与全体译者和译本一起合影留念。他又将与元曲有关的博士论文《元曲研究》在启明会作报告,但遗憾的是,《元曲选》译本未能及时出版,只是手抄誊清。1939 年盐谷温退任以后又和从中国留学回来的学生足立原八束、加藤大三、内田道夫一起,对《元曲选》日译本进行修正、注释,终于在1940 年出版。

《元曲选》以外的一个大工程,就是译注《西厢记》,由天理大学资助出版。《歌译西厢记》的出版,对元曲研究来说意义重大,对京都大学也产生一定的影响。吉川幸次郎撰写博士论文《元人杂剧研究》前,曾向盐谷温请教元曲问题,他后来在京都大学人文科学研究所做研究员时期,致力于编集元曲语汇,也参考了盐谷温的研究成果。

---

① 根据日本东方学会于 1985 年 12 月 12 日召开的追思盐谷温的座谈会记录。与会者都是盐谷温的亲属或学生:盐谷桓(盐谷温之子)、辛岛昇(辛岛骁之子、盐谷温外孙)、石田一郎(石田干之助之子)、北浦藤郎、泽口刚雄、松井武男、德川庆光、马越恭一等。见东方学会编《追忆前辈学者》第 2 册,刀水书房 2000 年版,第 144 页。

　　盐谷温对中国俗文学文献的搜集则更为引人瞩目。如明刊本"三言""二拍"在日本内阁文库被发现，引起学界关注，盐谷温在辛岛骁和长泽规矩也的协助下逐页拍摄，他不仅为此写了专文，还将内阁文库藏本借出展示。由此，在盐谷温周围掀起一阵研究"三言""二拍"的热潮：增田涉注意到"三言""二拍"与江户文学的关系；长泽规矩也则从古籍版本的目录学角度研究；盐谷温内侄伊能源太郎的毕业论文也是关于"三言""二拍"的研究。

　　盐谷温并没有挟孤本秘籍自重，他影印出版了家藏元至治新刊《全相平话三国志》三卷（1926 年 3 月）、斯文会藏明万历刊本《杨东来先生批评杂剧西游记》六卷（1928 年 2 月）、九皋会藏明宣德刊本《新编金童玉女娇红记》二卷（1928 年 12 月）、九皋会藏明万历刊本《橘浦记》二卷（1929 年 4 月）等极为稀见的元明刊本。这些文献的影印面世，一定程度上改写了以往的小说戏曲史。鲁迅《中国小说史略》据盐谷温影印本及时作了更新，并对盐谷温所赠《全相平话三国志》特笔志谢。今东京大学文学部所藏中国小说戏曲文献，大部分是在盐谷温在任时期购置、抄录的，而盐谷温本人的藏书则归于天理图书馆，其中小说戏曲文献多达 625 种 4 400 余册，设为"节山文库"①。

第三节　节门弟子：东京学派之干将

　　盐谷温以教学为终身事业，多次表示以育英才为人生乐事，在他长达三四十年的教学生涯中，门下后学俊秀可谓群星灿烂，其中几位曾获

---

①　关于盐谷温所藏小说戏曲文献之详情及不归东京大学而归于天理图书馆之原因，可参看黄仕忠《日本所藏中国戏曲文献研究》，高等教育出版社 2011 年版，第 76—78 页。

两翼、三杰、四学士、七贤、十哲、龙虎等美誉①。虽然这些弟子后来并非都在东京大学任教,他们的研究方向也并非都是中国俗文学,但他们都出自东京大学,都出自盐谷之门。因此,他们不仅属于东京学派,且为学派之干将。

国内学界对这些人的研究情况尚不熟悉,目前只有严绍璗《日本的中国学家》和李庆《日本汉学史》对其中几位有过简要的介绍,此外就是还有几篇论文谈及辛岛骁、增田涉与鲁迅的交往,而对于他们的学术历程和研究业绩,或语焉不详,或尚未涉及。本节拟根据笔者搜集到的一些资料,对作为东京学派干将之节门弟子较有代表性的五位作较为详细地论述,以窥节门之全貌。

这五位弟子中有四位或是与盐谷温的《中国文学概论讲话》有密切的关系,或是与和此书颇有瓜葛的鲁迅有过直接交往,他们是:竹田复、内田泉之助、辛岛骁、增田涉。另外一位就是书志学大家长泽规矩也②。由于这些学者多出生于 19 世纪末 20 世纪初,1945 年前还是他们的学术成长期,有些研究成果要等稍后才出现,但为了保持相对完整性,论述中将涉及他们在 1945 年以后的情况。

一、竹田复、内田泉之助

竹田复和内田泉之助都是盐谷温早期的学生,两人相差仅一岁,都

---

① 盐谷温《天马行空》,日本加除出版株式会社 1956 年版,第 136 页。
② 节门弟子中本应介绍的还有仓石武四郎,他不仅是《中国文学概论讲话》索引的编制者,还是继盐谷温之后担任东京大学中国文学讲座教授之人,同时也是唯一一位曾同时兼任东京、京都两大学中国文学讲座教授的学者(1939 年 4 月—1949 年 4 月)。他在两大学任教时间都长达二三十年,影响极大,但其主要研究方向和学术成就在于现代汉语的研究与推广,虽也曾涉及中国俗文学,但毕竟不占主要位置,因而选取节门中其他几位以中国俗文学为主要研究对象的弟子。

与盐谷温的《中国文学概论讲话》有直接关系:盐著初版根据竹田复的笔记整理而成,而内田泉之助则是盐著再版的主要整理者,还曾为孙俍工中译本作序。两位看起来颇有些相似的学者,其学术生涯却完全不同。

(一)竹田复

竹田复(1891—1986)自1918年任东京大学文科大学助手至1945年转任东京文理科大学教授,前后在东京大学将近三十年,若加上他在第一高等学校、东京大学的求学时间,竹田复与东京大学有长达三十五年的交集。竹田复表现优异,又是盐谷温的开山大弟子,东京大学方面有意将其作为盐谷温的接班人培养,但最终却因未获得博士学位等硬性条件而不能升任讲座教授,颇有些遗憾。不过,颇使人感到欣慰的是,竹田复之子、师从仓石武四郎、主攻中国古代小说的竹田晃①后来成为东京大学教授。

和盐谷温一样,竹田复也是土生土长的"江户子",不过他没有乃师那么幸运,既没有出生于汉学世家,而且少年时代过得颇不顺利。竹田复幼年时身体非常羸弱,于是迁居到较为温暖的和歌山,中学三年级时又得了哮喘。中学将要毕业,他父亲的意愿决定了竹田复今后一生的方向:回东京学习汉学。竹田复为考入第一高等学校,一边和病魔战斗,一边努力复习考试,终于在1911年9月顺利进入一高文科。当时盐谷温之父盐谷青山在一高任教授。

1914年,竹田复从第一高等学校毕业后,进入东京大学,师从盐谷温学中国戏曲。因为当时他的汉语知识还不充分,盐谷温有时需要借用

---

① 竹田晃(1930—2021),1949年至1959年就读于东京大学,1961年为东京大学文学部助手,1967年任东京大学教养学部助教授,1971年升任教授,1985年为教养学部部长,1991年退任后为东京女子大学、明海大学教授。主要研究方向为六朝志怪小说,所译《搜神记》是较有代表性的日译本。因竹田晃的主要学术活动时期在第二次世界大战以后,从略。

训读法来讲解,这样才能使竹田复完全明白。为了更好地学习专业知识,竹田复又特地去善邻书院跟从宫岛大八①补习汉语口语。1917 年大学毕业,竹田复在各位老师的建议下继续深造,次年进入研究生院,并成为"特选给费生",同时兼任东京大学文科大学副手。此时正值盐谷青山退任,东京大学同意竹田复兼任第一高等学校讲师,以补青山之缺。

1921 年 10 月,竹田复作为文部省在外研究员留学中国,从事中国语言文学研究。为了留学,他又跟着宫岛大八学习汉语口语,宫岛氏在《急就篇》以外,还选用《红楼梦》等中国小说作为汉语教材。竹田复在北京留学时,主要在北京大学、北京师范大学听课,和鲁迅、郁达夫多有来往,并曾受到胡适、周作人、沈尹默等人的关照,谈论最多的话题,当然是中国文学。此外,因为每月留学资助高达 400 日元,远远超过生活所需费用,竹田复因此买了不少书,还看了不少戏剧演出。他在看戏时,以《戏考》作参考,听戏讲究对中国风俗的考究,否则不能明白唱词。竹田复还通过朗读《金瓶梅》等明清白话小说来练习汉语口语。

1924 年 5 月,竹田复回国任东京大学文学部(由东京大学文科大学改制)讲师,1925 年升任助教授,兼任第一高等学校教授。此后,直至 1939 年盐谷温退任,竹田复一直是盐谷温的得力助手,当时的中国文学讲座就是教授盐谷温和助教授竹田复支撑起来的。竹田复先后开设的课程有"红楼梦""急就篇""京本通俗小说""白话文学史""清平山堂话本""元曲""雨窗集""欹枕集""今古奇观""古今杂剧""毛诗""中国

---

① 宫岛大八(1867—1943),日本著名外交家、汉学家宫岛诚一郎之子,1877 年入胜海舟之门,1879 年进入东京天德寺中国语学校,后转入旧外语学校(该校后并入第一高等学校),1887 年前往中国从张裕钊学,1894 年回国开办私塾咏归舍,教授中国语,主掌朗读和背诵,1895 年任东京大学讲师,1898 年将咏归舍扩展为善邻书院,以后就在此教授中国语,所著《急就篇》是当时日本最权威的中国语教材。

文学史""胡适《白话文学史》"等,绝大部分都与中国俗文学有关。盐谷温退任后,按理应由竹田复接任,但因为他尚未取得博士学位,故无法胜任讲座教授,只好由本已经是京都大学教授的仓石武四郎兼任,竹田复仍为助教授。1945年1月,竹田复获文学博士学位,转任东京文理科大学(由东京高等师范学校升格,今筑波大学前身)教授,1952年退任后,历任东洋大学、日本大学、大东文化大学教授①。

竹田复以从事中国语言文学的教学为主,故相关著述较少,但他往往能以独到的眼光直击问题点,而不是只编著像中国文学概论或文学史之类的教材。如他的《中国文艺思想》一书即是如此,该书主要探讨儒家和道家的文学观,特别是有关小说戏曲的俗文学观。这个问题在其他学者的著述中也有涉及,但以专著形式研究此问题,盖仅此一书。

竹田复认为,中国文艺思想大概可以分为儒家和道家两个潮流,这两个思潮是互相影响,汇合而下的。儒家思想在一统集权时代最为明显,以此种思想为基础的文学,便形成重形式而轻内容的倾向,竹田复称之为"修辞的文学"。这种文学讲究温柔敦厚,讲究中庸,抑制真情实感,只以形式的整齐完备为主旨,因此是束缚的文学,而非自由解放的文学,与欧洲古典主义文学思想有某种相似之处②。他认为,在儒家文艺思想看来,仅有诗、文是文学,而神话、民谣、戏曲、小说之类都不是文学,因此,这些作品亡佚多而保存少。有些神话是因为被收录在经典,所以才幸免于亡佚,而叙事诗和民谣基本没有流传下来,至于小说,虽也被收录在像《汉书·艺文志》之类的目录中,但认为小说不过是逸闻琐语而已,君子不为也。这种小说观几乎影响了整个中国古代历史,在小说戏曲作为研究对象登上现代学术殿堂之前,在中国古代士大夫看

---

① 竹田复履历参见东方学会编《回忆治学之路》(《学问の思い出》)第1册,刀水书房2000年版,第204—226页。

② 竹田复著,隋树森译《中国文艺思想》,香港龙门书局1966年版,第41—42页。

来,不仅创作小说戏曲是壮夫不为之事,就连阅读也是受到鄙视的,这种要求不仅用于男子,也用于女子。当然,细分起来,戏曲的情况比小说要好一些,文言小说比白话小说也要好一些。曲为词之余,词为诗之余,多少还能攀上"诗"的血亲;文言小说也是以语体之雅洁,或可暂充作"文"的行列,唯有白话小说是最为鄙俗、低下的。但也正因此,白话文学在受儒家拘束较少的下层社会受到热烈欢迎。

道家的文艺思想正与儒家相反,或产生在国家混乱、统治力松弛的时代,或异民族统治下汉人被压迫时代,总之都是集权思想松动的时代,所以彷徨于乱世的人们,在厌世之余,产生一种形而上的思想倾向,以孤高的精神探求某种本质的东西。因而其文学是弃形式而就内容的,以平易的表现为主,尊尚被解放的人类自然感情之流露,带着一种人本主义色彩,和欧洲浪漫主义有相同之处①。具体到小说戏曲,道家的流行期、思想多元时期往往也是小说戏曲发达期:道家不老不死的神仙思想,是魏晋六朝神仙小说的思想基础;而蒙古人统治下的元朝,就是一个放弃文学形式的时代,小说戏曲由此盛行起来,其中以老庄思想为主题的作品亦复不少,如神仙道化剧、隐居乐道剧等,就是元散曲中也有不少歌咏归隐的作品;到了明末清初,满族入主中原,加之西方传教士带来的科学思想,客观上传播了在某种意味上可称为中国文艺复兴的那种对传统的反抗思想与人性解放思想,于是产生了像《桃花扇》《长生殿》《红楼梦》《儒林外史》等著名的戏曲小说作品,这些作品大多具有较为强烈的批判传统的精神。

(二)内田泉之助

与竹田复相比,仅比他小一岁的学弟内田泉之助就显得较为边缘化,内田氏除了曾在东京大学短暂兼职外,终生未在帝国大学任职,更

① 竹田复著,隋树森译《中国文艺思想》,香港龙门书局 1966 年版,第 42—43 页。

遑论讲座教授、助教授，一定程度上影响了他的学术知名度。

内田泉之助(1892—1979)，1926 年毕业于东京大学，1928 年赴中国留学，回国后在东京女子大学、东京大学、法政大学任讲师。1933年，与长泽规矩也等开设"汉文学讲座"，主讲"晋唐小说""中国文学史"等课程。1950 年为武藏大学教授，1957 年为二松学舍大学教授，1970年退任后成为该校名誉教授。

内田泉之助的研究重点在汉魏晋唐文学，与俗文学有关的主要著作有《中国文学史》(共立社 1933 年版)、《晋唐小说》(弘道馆 1933—1934 年版)、《中国文学史纲要》(龙文书局 1939 年版)、《中国文学史》(明治书院 1956 年版)、《唐代传奇》(明治书院 1971 年版)等①。

内田泉之助最主要的学术成就在于中国文学史研究。从 20 世纪30 年代初与长泽规矩也一起设立"汉文学讲座"开始，他先后在多所大学主讲中国文学史。他的课程内容并非简单的重复，而是根据此前一段时间的研究成果和教学经验及时更新，讲稿也曾屡经修订增补，多次再版，每次再版都代表新的水平。内田泉之助是继 19 世纪末 20 世纪初以赤门文士为代表的新汉学家时代之后，最早撰写中国文学史之人，也是第二次世界大战后日本撰写中国文学史的第一人。内田氏充分借鉴了半个世纪以来中日学界的中国文学史撰写的经验和成果，期望能用"史的研究方法，在时势及人的变迁中，拈出一条一以贯之的线索，然后阐明之"②。

内田氏各版文学史虽都是中国文学通史，而非断代史，也非小说戏曲分体史。但小说戏曲等俗文学等在书中占有相当的比重则是一目了然的。以《中国文学史纲要》为例，全书共 23 讲，其中涉及俗文学的内

①　李庆《日本汉学史》第 2 部，上海外语教育出版社 2004 年版，第 487 页。
②　内田泉之助《中国文学史·序》，明治书院 1956 年版。

容共有 7 讲,分别是第 8 讲"评论之小说"、第 12 讲"文言小说"、第 15
讲"口语之抬头"、第 16 讲"北曲之勃兴"、第 18 讲"明代小说之发展"、
第 19 讲"南曲之盛衰"、第 20 讲"清代小说之展开",其所占比例几近三
分之一。

内田泉之助的一些具体观点也有别于前人。如小说的萌芽或起源
时间,藤田丰八曾极力论证小说在先秦时期已经萌芽,而内田氏则完全
否定此说,对源于汉代的说法也持疑问,而且明确指出:

> 当时即使有所谓"小说",其概念也与今日所称"小说"不同,今
> 存传为汉代小说者,悉为魏晋人之伪托。①

当然,作为教材,内田氏的中国文学史更多是借鉴和吸收前人的成
果及时更新或补充。如京都学派狩野直喜、那波利贞等人通过对敦煌
俗文学的调查和研究,得出中国白话小说、戏曲等俗语文学萌芽于唐末
的结论,已基本为学界所公认,内田氏也将其作为中国俗文学起源的
论据。

此外,就专题而言,内田泉之助对晋唐小说的研究用力较深,这大
概与他的师承有较大的关系。早在森槐南任东京大学讲师时,就开设
过"晋唐小说"课程,盐谷温正是因为受到森槐南课程的影响,才决定由
史学转攻中国文学。到了盐谷温执掌东京大学教席时,不仅开设过"唐
代小说"课程,而且主持翻译过《国译晋唐小说》,其内容包括《汉武帝内
传》《飞燕外传》《搜神记》《搜神后记》《唐代小说》等。因此,内田泉之助
主讲"晋唐小说"课程,著有《晋唐小说》《唐代传奇》等书,是从森槐南、
盐谷温那里一脉相承下来的。内田泉之助认为:

---

① 内田泉之助《中国文学史》,明治书院 1956 年版,第 92 页。

文学的发展常伴随着文化的发展,中国小说在六朝渐次发达,
至唐代益盛,出现了能称其为现代文学观念上的"小说",而其呈现
的形式就是"传奇",从唐传奇开始,小说作者始有意为小说,开始
有读者群的预设。[1]

内田泉之助的《唐代小说》收录了《人虎传》《杜子春传》等 11 篇作
品,对这些作品进行翻译、注释、解说。客观上说,这些作品并非唐传奇
中的最上乘之作,但内田氏自有其独特的选录标准,即与日本文学的关
系密切度,所选作品多对日本文学产生过较大的影响,多为日本文学题
材来源,如《人虎传》为中岛敏《山月记》之来源,《杜子春传》为芥川龙之
介《杜子春》之来源等。

在内田泉之助的学术生涯中,协助乃师盐谷温整理再版《中国文学
概论》是值得特别提及的。1923 年日本关东大地震后,盐谷温《中国文
学概论讲话》已绝版,书市上已经见不到此书了。内田泉之助等学生几
次请盐谷温将此书再版推出,而盐谷温认为此书当全盘修正增补后才
能再版。后因盐谷温事务多忙,直到退休竟都没有修订的机会。其后,
因弘道馆的恳请,盐谷温于 1942 年夏方才着手修订之事,内田泉之助
同时参与整理原稿。他们对全书进行修正,尤其是戏曲、小说两章,增
补了盐谷温多年的研究成果,可以说是重新撰写了一遍。

内田泉之助每日带着朱墨纵横的补订稿,往返于自家和位于斯文
会的盐谷温临时研究室,而当时盐谷温忙于战争中的所谓中日文化交
往,进度颇慢,直到 1943 年夏,盐谷温才闭门谢客,专事修订。盐谷温
另一弟子足立原八束后也参与进来,师徒三人在酷暑和空袭中执笔赶
稿,整理一部分,排字一部分。起初尚为顺利,但到了 1944 年,因遭遇

───────────

[1]　内田泉之助《中国文学史》,明治书院 1956 年版,第 270 页。

连续空袭,所有的印刷所都开始迁离东京,而夹有假名的繁难排字不受印刷所欢迎,加之初校再校时的增删改动,往往让排字员欲哭无泪。内田泉之助每周只能整理十几页,一想到当时不利的局势,就对此书的出版刊行感到绝望,全书整理花费了一年多的时间。但不如意事常八九,1945 年 5 月 25 日的大空袭,将盐谷温宅、弘道馆、内田宅全部化为灰烬,数年来的辛苦,一朝化作泡影。

战争结束后,盐谷温避难佐原,弘道馆一度停业,内田泉之助则无家无书无食,后又患重病,极度绝望。事情的转机是在 1946 年 3 月,住院的内田泉之助接到盐谷温来信,告知此书上篇(第一章至第五章)已经刊行的消息。原来烧毁殆尽的纸版在弘道馆的努力下基本恢复,下篇中缺失的一部分内容,因保存于斯文会书库而得以幸存,以此补齐下篇(第六章),并于次年出版。而那年正好是盐谷温古稀之年,盐谷温看到增补修订版,感慨内田氏为此所付出的辛劳,深情赋诗曰:"润色重修费讨论,战中编述苦心存。出蓝有弟能成业,报得古稀夫子恩。"①

二、辛岛骁、增田涉

一场学术风波,将鲁迅、盐谷温两位学者的名字紧紧地联系在了一起,不仅盐谷温本人确曾与鲁迅有过交往,他的学生中也不乏其人。节门弟子中与鲁迅直接交往最多的莫过于辛岛骁和增田涉,他们不仅同出盐谷之门,还是同年出生,开始与鲁迅交往时都是不到 30 岁的年轻人,都曾向鲁迅要求翻译《中国小说史略》,都受到鲁迅不小的影响,但是,他们的人生道路和学术历程却迥然不同。国内学界对他们的了解和研究往往注目于其与鲁迅的交往,在这些研究中,他们始终只是一个

---

① 参看内田泉之助《中国文学概论·跋》,弘道馆 1947 年版。

片段,而对他们本人的学术经历和研究成果则涉及不多。

（一）辛岛骁

辛岛骁(1903—1967),1928 年毕业于东京大学,同年与盐谷温长女悦子结婚。辛岛骁和鲁迅的最早交往是在 1926 年 8 月。当时他还是东京大学二年级学生,给鲁迅送来盐谷温所赠影印《全相平话三国志》一部,另有《内阁文库书目》《舶载书目》等,鲁迅回赠排印本《西洋记》《醒世姻缘》各一部,并将辛岛骁所赠两份目录在《语丝》上发表。1926 年 8 月 26 日,鲁迅离开北京赴厦门大学任教,与仍在北京的辛岛骁保持通信。辛岛骁在北京时,曾访通州李卓吾墓,购得《李卓吾墓碣》拓本,并给鲁迅寄赠《斯文》三册和《古本三国志演义》十二页。鲁迅在1926 年 12 月 31 日致信辛岛骁,告知将转赴广州中山大学任教①。

辛岛骁与鲁迅再次会面是 1929 年 9 月。当时鲁迅在上海,而辛岛骁已从东京大学毕业并赴日据时期朝鲜的京城帝国大学任教,他当时是去苏州发掘金圣叹墓,回国之前特地到上海拜会鲁迅。他向鲁迅提出请求,希望翻译《中国小说史略》,鲁迅愉快地答应了。但由于辛岛骁当时身处朝鲜,对朝鲜民族问题方面更为关注,因此翻译之事停顿下来。而此时在上海的增田涉正好来信,请求由他来翻译,辛岛骁答应了他的要求②。

---

① 鲁迅致辛岛骁信现仅存此 1 通,见《鲁迅全集》第 14 卷,人民文学出版社 2005 年版,第 177 页。

② 此说见于辛岛骁著,任钧译《回忆鲁迅》,收入《海外回响:国际友人忆鲁迅》,河北教育出版社 2000 年版,第 203—203 页。关于翻译《中国小说史略》之事,尚有另说:辛岛骁曾受鲁迅之托将其所著《中国小说史略》赠盐谷温,上题"敬呈节山先生教正。鲁迅,九月十七日"。与增田涉翻译此书的同时,盐谷温也曾组织门生分章翻译此书,故辛岛骁甫一到京城帝国大学,即着手翻译,他与节门弟子荒井瑞雄、小林道一、黑木典雄、斋藤护一等基本上已经将此书翻译完毕,但出版的却是增田涉的译本,这是因为增田涉来信请求先出版他的译本。参看东方学会编《追忆前辈学者》第 2 册,刀水书房 2000 年版,第 149 页。

近代日本中国俗文学研究史论

1933 年 1 月,辛岛骁在上海再次拜会鲁迅,这也是他与鲁迅的最后一次会面。鲁迅设宴款待,并赠以翻刻本雷峰塔砖中佛经一纸,辛岛骁回到朝鲜后,给鲁迅寄来儿童玩具和食品①。辛岛骁在二战后开始转向中国现代文学研究,并以《中国现代文学研究》(《中国现代文学の研究》)一文获东京大学文学博士学位,这和他与鲁迅的交往有很大关系。其子辛岛昇认为,"辛岛骁和仓石武四郎一样,在中国古代小说戏曲研究之外开辟各自新的研究领域,也是继承了当年盐谷温在传统汉学之外开辟中国俗文学研究这一新研究领域的传统"②。

辛岛骁与鲁迅的交往,不仅由于盐谷温的关系,更是因为辛岛骁本人就是中国小说研究者③。他东京大学在学时期,曾协助盐谷温翻译了"三言""二拍"中的数种,50 年代又独立翻译过《醒世恒言》。当然,辛岛骁更重要的功绩在于主持京城帝国大学中国语学中国文学讲座和金圣叹研究。

京城帝国大学始建于 1924 年,简称"城大",与日本本土帝国大学归属文部省管辖不同,城大归日本设在朝鲜的总督府管辖,其教授基本由东京大学毕业生组成,以日语为教学语言。1926 年设立的法文学部是最早的两个学部之一(另一个是医学部),分设法学、经济学、政治学、哲学、史学、文学等学科,文学科下专门设有中国语学中国文学讲座,首任讲座教授为儿岛献吉郎,辛岛骁先为讲师,后为助教授(1935 年前),

---

① 关于辛岛骁与鲁迅的交往,可参见辛岛骁著,任钧译《回忆鲁迅》,收入《海外回响:国际友人忆鲁迅》,河北教育出版社 2000 年版,第 200—206 页;熊融《鲁迅与辛岛骁——读鲁迅致辛岛骁信》,《吉林师大学报》,1978 年第 3 期。
② 东方学会编《追忆前辈学者》第 2 册,刀水书房 2000 年版,第 149 页。
③ 盐谷温的中国俗文学研究侧重于对戏曲的研究和翻译,辛岛骁则以小说研究为主,这大概是盐谷温有意为之。参东方学会编《追忆前辈学者》第 2 册,刀水书房 2000 年版,第 145 页。

再升任讲座教授（1939 年前）①。

儿岛献吉郎在前文中已有述及，他是"日本汉学界实现由汉文学向中国文学研究过渡的先驱，在其时业已功成名就"。他于 1891 年至 1892 年间在《中国文学》杂志上发表的《中国文学史》，"已尝试用一种区别于广义学术概念的文学观念来梳理中国文学的发展历程，是明治时代涌现的一批中国文学史著作中着先鞭之作"，"由这样一位资历深厚、精通中国文学与哲学的学者出任汉文专业主任，创建京城帝国大学的中国语学、中国文学讲座，相信与在中国文学及哲学研究领域同样具有开创性成就的藤田丰八出任台北帝国大学文政学部长、久保得二出任台北帝大东洋文学讲座教授一样，是经过当局慎重考虑的"②。

不过，儿岛献吉郎的任教时间较短，京城帝国大学"中国语学中国文学讲座"的核心人物是辛岛骁。他自 1928 年到任至 1945 年日本战败回国，在该讲座长达十八年，期间还曾兼任朝鲜延禧专门学校（延世大学前身之一）校长，由此可见他在朝鲜时期的影响力。辛岛骁在京城大学开设的课程有"戏剧与小说之关系（劇と小説の関係）""中国文学进化史""中国文学概论""中国文学史概说""中国文学（特殊讲义）""元曲（演习）""中国文学（演习）"③。辛岛骁任教期间致力于中国小说戏曲的整理与研究，他的《中国小说的整理与接受》（《中国小说の整理と接受》）受到帝国学士院学术研究经费资助，还曾请岳父盐谷温到城大讲授中国俗文学④。

---

① 陈广宏《韩国"汉学"向"中国学"转型之沉重一页——日据朝鲜时期京城帝国大学的"中国学研究及其影响"》，《韩国研究论丛》，2005 年。

② 陈广宏《韩国"汉学"向"中国学"转型之沉重一页——日据朝鲜时期京城帝国大学的"中国学研究及其影响"》，《韩国研究论丛》，2005 年。

③ 王古鲁《最近日人研究中国学术之一斑》，自印本 1936 年版，第 43 页。

④ 辛岛昇《中国现代文学研究：从国共分裂到上海事变・解说》（《中国现代文学の研究：国共分裂から上海事变まで・解説》），汲古书院 1983 年版。

辛岛骁在东京大学求学期间即开始研究金圣叹,毕业论文选题即为《金圣叹》,任教城大以后发表的《金圣叹生平及其文艺批评》(《金聖嘆の生涯とその文芸批評》)一文即在此基础上修订而成。该文原载于《朝鲜中国文化研究》(《朝鮮中国文化の研究》,京城帝国大学法文学会第二部论纂第一辑)①,长达40页,被认为是近现代人文学科背景下最早的金圣叹研究专业论文,也是用日文写作的最详尽的金圣叹研究论文②。全文共分六部分:

第一部分考证金圣叹的生年、家世、少年经历等。辛岛骁认为金圣叹约生于万历三十年代末,即17世纪初年。家贫,十岁入乡塾,从塾师徐叔良先生学,读《大学》《中庸》《论语》《毛诗》,后因体弱,次年退学,在家卧床读书,读到《水浒传》,从此与《水浒传》结缘。

第二部分是关于金圣叹批评《水浒传》。辛岛骁认为,金圣叹对《水浒传》的兴趣大约是从少年期(12岁)持续到崇祯十四年(约30岁),期间亦撰有日记,两者结合,可以看他的思想与生长的足迹。

对于金圣叹批评《水浒传》,辛岛骁认为可以从两个方面考察:一是关于《水浒传》的表现技巧形式的批评及其价值;二是金圣叹借评《水浒传》抒发对人生百态的态度。辛岛骁从金圣叹的时代背景入手,一方面是颓废糜烂的生活世态,一方面是内忧外患的政治形势,金圣叹发奋评书,借小说以抨击时事,但他不可能对社会有系统地认识,以主观批评为主。对于《水浒传》的表现技巧,金圣叹采用文本细读的解构主义批评手

---

① 本辑收入论文九篇,均由日本东洋学专家执笔。京城帝国大学法文学会以研究中国、朝鲜文化为目的,分为两部,法律、经济、政治为第一部,哲学、史学、文学为第二部,会长由京城帝国大学校长兼任,评议长由该校法文学部部长兼任,评议员、会员有该校教授、助教授及专任教师等组成,其中选举产生三名委员,辛岛骁为一员。详见《京城帝国大学法文学会规则》,《朝鲜中国文化研究》,刀江书院1929年版。

② 陈广宏《韩国"汉学"向"中国学"转型之沉重一页——日据朝鲜时期京城帝国大学的"中国学研究及其影响"》,《韩国研究论丛》,2005年。

法,如将宋江怒杀阎婆惜一段,分为"春云三十展"等30个小段落等。辛岛骁认为金圣叹的批评"救《水浒》之倦怠,兴《水浒》之生气,为李卓吾、钟伯敬所无,金圣叹独特之功绩,《第五才子书》所以风行天下也"①。

第三部分探讨金圣叹入清以后的变化及其原因。认为明清鼎革,天地巨变,加之幼年时已与佛学结缘,金圣叹的人生态度变得消极。而他有关参禅文字,近乎文字游戏,令人不喜。

第四部分论金圣叹批评《西厢记》。此批盖在入清以后,约在顺治十三年完成。辛岛骁在此多将金圣叹批《水浒》与批《西厢》作比较:以《水浒传》看社会,以《西厢记》悟人生;评《水浒》时尚年轻,关心现实的世界,到评《西厢记》,则对生与死、有与无等问题有了更深的思考。关于文章技法的批评也是一样,评《西厢记》多用佛教语句。

第五部分论金圣叹批评杜诗。第六部分论金圣叹之死,认为他最后的哭庙抗粮是对批《水浒》精神的回归。

中国学界的金圣叹研究在20世纪30年代成果迭出,如隋树森《金圣叹及其文学评论》(《国闻周报》第9卷第25、26、32期,1932年)、陆树枏《金圣叹的生涯及其文艺批评》(《江苏研究》第1卷第7期,1935年)、韩庭棕《金圣叹底文艺创作论》(《西北论衡》第5卷第1、3、5、6期,1937年)、伯精《金圣叹文艺论释》(《北华月刊》第1卷第5、6期、第2卷第1、2期,1941年)等,还出版了第一部金圣叹传记——陈登原的《金圣叹传》(商务印书馆1935年),但这些研究都要晚于辛岛骁,辛岛骁在金圣叹研究上执先鞭的地位及其研究成果是值得肯定的。

(二)增田涉

与辛岛骁相比,学界对增田涉更为熟悉,但基本上仍是集中在他与鲁迅的交往,而对于增田涉翻译鲁迅《中国小说史略》的研究尚未充分

---

① 辛岛骁《金圣叹生平及其文艺批评》,《朝鲜中国文化研究》,刀江书院1929年版,第558页。

展开①。其实,增田涉是 20 世纪一位颇有影响的汉学家,他对《中国小说史略》的翻译,应在近代中日学术交流史和日本中国俗文学研究史上写下浓墨重彩的一笔。

增田涉(1903—1977),医师增田忠达长子,但他未对医学发生兴趣,而是和看似与他无关的文学结缘。1918 年小学毕业后进入岛根县立松江中学校,开始嗜好文学,并与同学创办同仁刊物,后因热衷文学,对学校课程失去兴趣而中途退学。1923 年进入松江高等学校文科乙类,受芥川龙之介、佐藤春夫作品的影响,逐渐倾心于中国文学,从上海购得《太平广记》《说库》《唐代丛书》《今古奇观》《聊斋志异》等小说,并向芥川龙之介致信求教,决心转攻中国文学。

1925 年考入东京大学文学部中国文学科,对讲座教授盐谷温的中国小说史课程很感兴趣,课外师事佐藤春夫,并协助他翻译中国小说。不过,增田涉远没有辛岛骁那么幸运,他于 1929 年毕业后未有固定职业,仍协助佐藤春夫翻译中国小说。1931 年赴上海,从鲁迅学中国小说史,留学的最大成果就是促成了他对《中国小说史略》的翻译。此外,增田涉所著的《鲁迅传》也在当时一流杂志《改造》上发表,在竹内好

① 关于增田涉与鲁迅交往的研究,比较重要的资料有:李菁《忆鲁迅的日本朋友增田涉》(《吉林师大学报》,1978 年第 1 期),戈宝权《鲁迅和增田涉》(《中国现代文学研究丛刊》,1979 年第 1 期),郭豫适《序》、中岛利郎《解说》、伊藤漱平《跋》、《跋文补记》(以上四种见伊藤漱平、中岛利郎编,杨国华译,朱雯校《鲁迅增田涉师弟答问集》,华东师范大学出版社 1989 年版),徐实《鲁迅致增田涉一信中的两处笔误》(《四川大学学报(哲学社会科学版)》,1980 年第 3 期),陆晓燕《关于日本版〈鲁迅增田涉师弟答问集〉的一页手稿》(《鲁迅研究动态》,1985 年第 8 期),陈福康《略论新版〈鲁迅全集〉日文书信和答增田涉问的校译和重译》(《鲁迅研究月刊》,2007 年第 3 期)。对增田涉学术的研究则有:萧欣桥《对"话本"定义的思考——评增田涉〈"话本"的定义〉》,《明清小说研究》,1990 年第 1 期;刘兴汉《对"话本"理论的再审视——兼评增田涉〈"话本"的定义〉》,《社会科学战线》,1996 年第 4 期。

(1908—1977)等稍晚一辈的文学青年中产生较大的影响。1934 年,增田涉参加竹内好、武田泰淳、松枝茂夫等人组织的中国文学研究会。1937 年 2 月成为改造社社员,参与《大鲁迅全集》的编辑工作。当时,东京大学的毕业生,优秀者成为大学教师,一般的也能成为中学教师,而像新闻记者一样给杂志社写稿、作编辑则被认为难以理解,但竹内好却认为自己想成为增田涉那样超脱的高士①。

不过,增田涉还是迫于生计,不得不在二战期间供职于兴亚院、大东亚省等与战争密切相关的部门,战后又转到外务省。期间虽然也在法政大学、东京大学、庆应义塾大学等校兼任讲师,但都不是正式教职。直至 1949 年取得文部教官资格并任教于岛根大学后,增田涉才真正回到了学术研究领域,1953 年转任大阪市立大学文学部教授。1965 年,大阪市立大学文学部中国文学研究室为庆祝增田涉 60 周岁,特地邀请了增田涉的好友、门生共 40 余人,就各自的专门研究领域各写一篇与《三国演义》等中国古代八部小说名著有关的论文,并由奥野信太郎、武田泰淳作序,竹内好作跋,汇编成《中国八大小说》一书,作为祝寿文集,执笔者皆为当时著名汉学家。增田涉退休后为关西大学文学部教授②。

增田涉在中国俗文学研究领域的重点就是对鲁迅学术的再研究,其主要成果就是翻译鲁迅的《中国小说史略》,译本更名为“中国小说史”,1935 年由东京赛棱社出版。

增田涉与《中国小说史略》的渊源,可以追溯到他在东京大学求学时代。那是在盐谷温的中国小说史课程上,盐谷温在课堂上也介绍了鲁迅的《中国小说史略》。《中国小说史略》“那材料的丰富和体系的完

① 竹内好《增田涉:人与学问》(《增田涉——人と学問》),大阪市立大学中国文学研究室编《中国八大小说·跋》,平凡社 1965 年版,第 479 页。
② 增田涉履历参看竹内好《增田涉:人与学问》,大阪市立大学中国文学研究室编《中国八大小说·跋》,平凡社 1965 年版。

整使人惊异。受了它的刺激,盐谷先生完成了明代小说'三言''二拍'的研究,弄明白了《今古奇观》的成立系统。我和长泽规矩也君、辛岛骁君同去上野图书馆查考《醒世恒言》,查考三言的编者冯梦龙,研究的辅助工作是很多的,那都是以《中国小说史略》做引导的调查、研究。从这样的工作中,使我深感到《中国小说史略》是中国小说史的划时代名著,这部书的作者的确是惊人的学者"①。

因为有了这样的缘起,才有增田涉后来赴上海师从鲁迅学习中国小说史。在上海的近八个月时间,增田涉每天都到鲁迅寓所求教,鲁迅以修订版《中国小说史略》原稿为讲义,每天花费三小时为增田涉详细讲授小说史,增田涉一面听讲,一面翻译、训读笔记。他的译本就是在此笔记基础上完成的。

增田涉回国后仍与鲁迅保持密切联系,翻译过程中凡有疑问,即致信鲁迅求教,鲁迅一一作答,译本前后费时两年方才告竣。自增田涉回国至鲁迅逝世的五年间,前者致后者书信多达 80 封,后者致前者有 68 封,现存 58 封②,另有大量需要鲁迅回答的疑问。质疑答问的内容后由增田涉的后学伊藤漱平(1925—2009)、中岛利郎(1947—)编辑出版,题为《鲁迅增田涉师弟答问集》(汲古书院 1986 年版)。鲁迅和增田涉的学术交往成为近代中日学术交流史上的一段佳话,鲁迅的教学方式以及师生二人的感情,与二十余年前增田涉的老师盐谷温赴长沙师从叶德辉的情景何其相似乃尔。

鲁迅《中国小说史略》在学术史上的意义与地位早已得到名家的公认。胡适曾说:"在小说的史料方面,我自己也颇有一点贡献。但最大的成绩自然是鲁迅先生的《中国小说史略》。这是一部开山的创作,搜

---

① 增田涉著,北京师范大学中文系译《鲁迅的印象》,内部资料,1976 年印本,第 2 页。
② 伊藤漱平《鲁迅增田涉师弟答问集·跋》,华东师范大学出版社 1989 年版。

集甚勤,取材甚精,断制也甚谨严,可以替我们研究文学史的人节省无数精力。"①就连主张"鲁迅抄袭说"的顾颉刚也认为该书"出版已二十余年(中略)现在尚无第二本足以代替的小说史读本出现"②。增田涉也认为:

> 在小说被士大夫不屑一顾的古代中国,关于小说及小说书目的记载寥寥无几,仅散见于一些笔记。因此,仅小说史料的搜集就已经是一项需要花费很大努力的工作,更何况要对这些史料考证、消化,继而构建起小说史的体系,这绝非一般的手腕和功底能完成的。《中国小说史略》一经出世,便博得斯界之绝赞,一般读者自不必言,专业研究者亦从中获益良多,受此书之刺激与启发,中国小说史之新发现、新研究连续不断,凡有研究,则必称引此书。此书堪称斯界之权威、中国小说研究史上的一座丰碑。③

由于增田涉曾亲炙鲁迅之学,故对鲁迅的治学风格有独到的认识。他认为,"学者鲁迅"所作的《中国小说史略》体现了"作家鲁迅"的独特风格,这绝不是缺乏才情的学究型研究者所能达到的境界。增田涉认为,此书以简洁的文言写作,言简意赅,并非自说自话,而是搜辑援引古来各家之言论,加之以详密的考证,更注明出处,以便读者以此书为线索进行更深更广的研究。此书的一大特色,乃是对漫长的中国历史上所产生的多姿多态的小说进行独特、合理地分类,修改了古来粗杂的分类法,使之判然有序。论述则往往对古来各家记载中小说作家的传记思想等先做一个概览,然后以独到的见地加以严正地论定而非苛责。

---

①　胡适《白话文学史·自序》,新月书店 1938 年版。
②　顾颉刚《当代中国史学》,上海古籍出版社 2002 年版,第 115 页。
③　增田涉《中国小说史·译者的话》(《訳者の言葉》),东京赛棱社 1935 年版。

为了更好地展现小说作品的原貌,往往多引用原文,这些引文并非随意摘抄,而是经过仔细地检读,选取那些能反映时代风俗、世相,乃至社会观念等的文段,体现了鲁迅高超的写作技法,字里行间闪烁着锐利的批锋,足以让人感受到作为"作家鲁迅"的风貌,往往寥寥数语就能入木三分①。

当然,增田涉并非只是盲目崇拜,他在赞叹的同时,也指出了《中国小说史略》的不足。如关于该书的结构与方法,增田涉认为该书基于中国传统之史体史法,他一方面被鲁迅史笔的功力所叹服,另一方面为未能深刻地揭示小说史发展的规律与本质而感到些许遗憾。当然,增田涉也认为这也不能苛求于鲁迅,鲁迅也曾在题记中表示"诚望杰构于来哲",不过是他作为译者的一个期望而已。增田涉还预言,"作家鲁迅"之名凭借《阿 Q 正传》等作品成了文学史上永远不灭的存在,而"学者鲁迅"的《中国小说史略》,即使在百年后也必将获得世人的称誉②。历史证明了他的预言。

增田涉的日译本并非只是对原著的机械翻译,准确地说,应称之为"译注",全书由三部分组成:翻译、注释和附记。当然,原著全译是主体部分,其中,原著引文部分为汉日对译,正文部分则只有日译。注释是指对原著中一些疑问词语的单独解释,便于对汉语不太熟悉的日本读者阅读,其中有关白话小说的词语解释尤为重要,因为这些往往都是普通字典上查不到的词汇,当时也还没有专门的白话小说词典。注释只解释词语,而不对原著的内容与观点发表意见。在避免混淆原意的前提下,对原著不曾言及的问题,根据译者所掌握的资料,有时也进行若干补充,这部分内容就是附记。

---

① 增田涉《中国小说史·译者的话》,东京赛棱社 1935 年版。
② 增田涉《中国小说史·译者的话》,东京赛棱社 1935 年版。

　　附记的篇幅一般不长,大多只有寥寥数行,但往往颇有学术价值。这些附记或补充学术信息。如在第二篇有关神话研究,他就作如下附记:

> 　　中国神话研究始于西洋人,如 N.B.Dennys 的 *The folk-lore of China*、ETChalmers Werner 的 *Myths and Legends of China* 等,但他们有时会杜撰材料,沈雁冰在其所著《中国神话研究》(原注:《小说月报》第十六卷第一号)中曾指出并加以论考。①

　　有些是就某一问题,补充鲁迅在其他场合曾论及但在此书中未加细说的观念,并委婉地表达自己的不同见解。如第二十篇《明之人情小说(下)》后有一段较长的附记:

> 　　入清以后,才子佳人小说相继出来,盖自通俗而言,所谓才子佳人为小说之好题材,但鲁迅视才子佳人为无价值之物。他曾对我言,因编小说史,才子佳人不得不收入,作品不得不一一经眼,然其内容愚劣,令人无语,故小说史中亦仅举四部较有名者,入清以后之发展,皆尽省去不言。然此种小说广为流传,传入日本者亦不少,见于图书寮《舶载书目》(原注:著录元禄八年至宝历四年之舶载书)、《小说字汇》(原注:天明四年题辞、宽政三年刊行)之援引书目,亦见于古文库、图书馆之藏书目录。最近郭昌鹤于《文学季刊》创刊号及第二号发表《才子佳人小说》,对此类小说加以研究,称"才子佳人小说存四十九部,有目无书者一部,共计五十部",并按时代著录其书名、卷回、撰人等,其中较为著名者,另作稍详之解题。②

---

① 增田涉《中国小说史》,东京赛棱社 1935 年版,第 31 页。
② 增田涉《中国小说史》,东京赛棱社 1935 年版,第 325—326 页。

其中有一则附记颇值得注意,在第二十四篇《红楼梦》的"贾氏系图"后,增田涉附记曰:

> 此系谱据盐谷温《中国文学概论讲话》,鲁迅在《华盖集续篇·不是信》中有说明。①

众所周知,鲁迅《中国小说史略》原著正因少了这样的说明,而被指责为抄袭,尽管他后来作了回应,但不知何故,仍未在修订版中加以说明。而增田涉的这则简要附记,将鲁迅的回应直接呈现在读者面前,不仅表明了他对盐、鲁"抄袭案"的态度,而且也表达了对鲁迅、盐谷温两位师长及其研究成果的尊重。

此外,增田涉还根据鲁迅的授意,对原著作了若干改动,如删去了第二十四篇中摘录自俞平伯《红楼梦辨》的年表,增补了第二十六篇中《花月痕》作者魏子安的相关资料。

三、长泽规矩也

长泽规矩也(1902—1980)是近代日本唯一一位几乎以毕生精力从事汉籍书志学(目录学)研究的汉学家,他的中国俗文学研究也主要围绕小说戏曲文献学展开,形成有别于其他研究者的一个独特的风格。

和不少日本汉学家一样,长泽规矩也也有深厚的家学渊源。他自幼与祖父生活在一起,受祖父的影响很大。长泽的祖父虽然是一位数学家,但汉学造诣也相当深,藏书颇富,他给孙子取名为"规矩也",原意是要他继承自己的数学事业,但长泽规矩也选择了"第二志愿"的汉学作为今后的学术方向。祖父对此也表示很赞同,并且给了他购买图书

---

① 增田涉《中国小说史》,东京赛棱社 1935 年版,第 387 页。

的经济援助,这使得长泽规矩也在少年时代就有条件可以饱览群书,为以后的书志学研究打下了重要的基础。

长泽规矩也也是按照"第一高等学校——东京大学"的模式升学的。在一高求学时,师事盐谷青山、安井小太郎等汉学家,升入东京大学后,亲炙盐谷温之学,由此与中国戏曲小说发生联系。1926 年毕业后进入研究生院,研究题目即为"中国文学文献学研究(中国文学の書志学的研究)"①。不过,长泽氏对文学颇不感兴趣,也没有作诗的才情,只好选择书志学研究,但他并未消极对待,相反,他为此前后七次赴中国收集研究资料。长泽氏藏书今存于东京大学东洋文化研究所双红堂文库,多有孤本②。

长泽氏搜书以戏曲小说文献为主,因为作为俗文学的戏曲小说在中国向来不被当作学术研究对象,其文献本身的价值也受到质疑,散落四处,故这方面的文献搜集不仅很有必要,也有较大的空间。当时,有人批评长泽氏只懂书志学研究,而不是真正的戏曲研究。长泽规矩也为了回应这种批评,频繁到剧场观剧,亲近演员,甚至想尝试自己登台表演③,显示了他追求彻底的性格,而这种性格也正是书志学研究所必须的。

长泽规矩也的中国俗文学研究业绩主要有两方面,一是戏曲小说文献研究,二是中国文学概论。

（一）中国戏曲小说文献研究

长泽氏以书志学研究闻名,这与他同时是一位藏书家有密切之关

---

① 长泽孝三《长泽规矩也》,收入江上波夫编《东洋学系谱》第 2 集,大修馆书店1994 年版,第 235 页。
② 关于长泽规矩也的搜书及其藏书现存情况,可参看黄仕忠《日本所藏中国戏曲文献研究》,高等教育出版社 2011 年版,第 103—170 页。
③ 长泽孝三《长泽规矩也》,收入江上波夫编《东洋学系谱》第 2 集,大修馆书店1994 年版,第 236 页。

系。中国戏曲小说文献自江户时代以来就大量流入日本，加之长泽氏曾前后七次专程到中国搜书，俗文学文献占了其中的主要部分，因此他的家藏文献成为俗文学文献的一座宝库。

长泽氏撰写了系列文章来介绍日本所藏中国小说戏曲文献（主要为长泽家藏），如《日本现存戏曲小说类目录》（《文字同盟》第 7 号，1927年）、《现存明代小说书刊行者表初稿》（《书志学》第 3 卷第 3、5 号，1934年）、《家藏旧钞曲本目录》（《书志学》第 4 卷第 4 号，1935 年）、《明代戏曲刊行者表初稿》（《书志学》第 7 卷第 1 号，1936 年）、《家藏曲本目录》（《书志学》第 8 卷第 3 号，1937 年）、《家藏中国小说书目》（《书志学》第 8 卷第 5 号，1937 年）、《家藏中国曲本小说书目补遗》（《书志学》第 13卷第 1 号，1939 年）等，详细记述了家藏小说、戏曲乃至子弟书、宝卷、大鼓、弹词、梆子、乱弹、二黄、岔曲等几乎所有形式的俗文学文献。上述系列文章并非只是简单地罗列所藏书目，还记述了搜辑的经历，并附有《关于中国俗曲的文本》（《中国俗曲のテキストに就いて》）等对俗曲文本进行专门考证的论文，极具学术价值，直至今日仍不失为了解日本所藏中国小说戏曲文献的一扇窗口。

除戏曲小说文献本身的研究外，长泽规矩也在研究著述类文献的研究上也有很高的成就，这方面的代表著作有《中国学入门书略解》和《中国文学概观》附录《参考书举要》。

《中国学入门书略解》原是长泽氏为东京大学《中国哲文》杂志编辑部编写的汉学入门教材，后应文求堂要求，决定公开出版，以备广大初学者之用，再版时作了若干改订，主要是增补了当时中国学界新出丛书及订正初版中的一些谬误①。全书除序说外，共分辞书、书目、经学、诸子、史学、地理、诗文、戏曲、小说、随笔、语言学十一大类。本书与其他

---

① 长泽规矩也《中国学入门书略解·绪言》（改订版），文求堂书店 1931 年版。

目录著作最大的不同之处,就在于收录了戏曲、小说类。长泽氏认为:

> 　　戏曲小说在中国文学史上历来不占重要地位,为昔日之学者所轻视,即使戏曲小说作家本人亦为是否署实名而犹豫,然近来中日学界呼吁关注此领域之研究,进步颇为显著。日本有志于斯道之研究者颇不少,因其在中国文学界不占重要,汉籍解题等全然无视之,故将稍加详述。①

他还提出了戏曲小说研究的具体方法:

> 　　研究戏曲小说之人,必先学经典史乘之大概,继而须熟读著名诗人之作,此外,因题材多有共通之处,故应将戏曲小说之研究融会贯通,不可偏废。欲切实理解其内容,务必要精通汉语,在此之上,因中国戏曲多为歌剧,故须兼通音乐。中国小说戏曲之研究,绝非简单容易之事。②

　　本书著录的书目大体包括研究论著和作品原著两大类,著录方法大体按目录法,列举书名、卷数、编著者、主要版本等。书名据卷头,即本书最初题名。卷数如仅一卷或不分卷、无卷数,则省略;洋装本则记两册以上的册数。编著者明确时,记其姓名,不明确时,则说明具体情况。版本则不能尽举,按照购买度之难易及版本之优劣,择要著录。
　　除此之外,还有简要的评述,虽仅三言两语,往往能点中要害,将该书的特色与价值展现出来。如长泽氏对中国戏曲小说史研究的几部名

---

① 　长泽规矩也《中国学入门书略解》(改订版),文求堂书店 1931 年版,第 120 页。
② 　长泽规矩也《中国学入门书略解》(改订版),文求堂书店 1931 年版,第 120 页。

著的点评：

　　王国维的《宋元戏曲史》为"空前之名著，自本书出版以后，言中国戏曲者，必据此"①；青木正儿的《中国近世戏曲史》"占有最新之研究资料，发前人所未发之言，颇有可观之处。其述昆曲之兴衰、考皮黄之渊源等，能使中国学者敬服。著者常听剧，精通音乐，此书为他处难觅，不亚于王国维《宋元戏曲史》也"②；鲁迅的《中国小说史略》为"中国小说史研究史上之划时代名著，后出之作多据此"③。

　　《中国学入门书略解》不仅有常用常见的资料，对最新发现的资料也及时给予著录，如《永乐大典戏文三种》，推测为《琵琶记》之前的南戏文本，虽不过三种，只此亦为贵重之资料④。由于戏曲小说坊间刻本、抄写多俗字略字，如《古今杂剧三十种》《新编五代史平话》《京本通俗小说》《全相平话》等及唱本等，都存在这种问题。故他又在最后介绍了中国学界在俗字等方面的最新研究成果，如胡怀琛《简易字说》（商务印书馆 1928 年版），刘半农、李家瑞《宋元以来俗字谱》（中央研究院历史语言研究所 1930 年刊）等，为研究戏曲小说中的俗字提供了必要的参考资料。此外，还对戏曲小说之源流作了提纲挈领式的梳理。

　　长泽氏的《中国文学概观》附录《参考书举要》更是后出转精。如果说《中国学入门书略解》还只是列举了对"中国学"所有分支学科的最重要的必读书，那么，《参考书举要》则可以说是对 1950 年以前有关中国（俗）文学研究的中日学术著作进行了穷尽式地收罗。不仅包括前举的必读书，还增加了其他的论著论文及作品原著，并加之简要说明和评论。这也是近代日本汉学界开出的一份最完备的中国文学研究参考书

① 长泽规矩也《中国学入门书略解》（改订版），文求堂书店 1931 年版，第 121 页。
② 长泽规矩也《中国学入门书略解》（改订版），文求堂书店 1931 年版，第 133 页。
③ 长泽规矩也《中国学入门书略解》（改订版），文求堂书店 1931 年版，第 121 页。
④ 长泽规矩也《中国学入门书略解》（改订版），文求堂书店 1931 年版，第 126 页。

目,充分显示了长泽规矩也作为目录学专家的功底。

（二）中国文学概论研究

长泽规矩也曾在法政大学、东京大学、庆应义塾大学等校讲授中国文学史,曾使用过不同的文学史教材,他自己也曾编著过相关教材,如上述与内田泉之助共编的《中国文学史纲要》等。文学史以外,也曾讲授中国文学概论。他最初因为担心不能讲好这门课,借用青木正儿《中国文学概说》为教材,1941 年开始自编教材在庆应义塾大学讲授,第二次世界大战以后,又参与编写汉文教材。此时,文学观念早已从儒教经学中解脱出来,编写组认为有必要将中国文学分体论述,故长泽氏又在原稿基础上增补成书,就是上述的《中国文学概观》一书①。

全书共分六章:序论、诗、文、词曲、小说、评论。另有附录《参考书举要》。著者在第一章序论中,先明确了文学观念及其变迁,指出"文学"的概念有广义和狭义之分。广义是指用语言文字表现的人类一切思想感情,狭义则仅指诗歌、散文、戏曲、小说等美文学或纯文学,该书的主体部分即论述上述四种文体。序论中还简述了戏曲小说等各种文体之发达,具体内容则在第四、五章中展开。

第四章论词曲,分为四节,第一节先叙说词曲的意义、剧曲与散曲之关系,第二、三节论填词、散曲,第四节专论剧曲,包括戏剧的起源、种类、特征、题材、剧曲勃兴的原因到北曲作家及作品、南曲作家及作品、明清之际的作品、说唱文学等。

第五章专论小说,分为三节:第一节叙说小说的定义、分类、特征、神话传说等,大体将小说分为"传奇小说"和"通俗小说"两大类分别论述。著者所谓的"传奇小说""通俗小说",概念略同于"文言小说""白话小说"而稍广泛,从传奇小说的特征、六朝小说、传奇小说之盛衰、唐代

---

① 长泽规矩也《中国文学概观·序》,学友社 1951 年版,第 126 页。

传奇小说、宋元文言小说、传奇选集的编辑、明清怪异小说到敦煌俗文学、宋代通俗小说、历史小说、英雄传奇小说、神怪小说、艳情小说、才子佳人小说、言情小说、讽刺小说、公案小说、拟话本等,基本上包罗了中国古代所有的小说类型。

第六章则专论文学批评,着重介绍了金圣叹、李笠翁、王国维等人有关戏曲小说的论说。

客观地说,长泽此书作为概论性的教材,内容较为简要,以吸收和介绍学界既定的共识为主,极少发挥个人意见。其分文体论述的形式也非首创,从森槐南开始,盐谷温、儿岛献吉郎、青木正儿都有此类概论,但该书仍有不同于上述诸人的价值,即对民间俗文学的关注。

由于研究资料的限制,长泽规矩也的论述仍是相当简要的,但却系统地梳理出了从汉唐民谣、敦煌变文、鼓子词、诸宫调、道情、鼓词、弹词到子弟书的中国民间俗文学史发展线索。此前日本出版的各种中国文学概论、中国文学史,对这方面基本上未作专门论述①,长泽规矩也的意义在于第一次将民间俗文学纳入到了整个中国文学体系中,这从某种程度上说,和当初笹川临风将小说戏曲纳入中国文学史是具有同样重要意义的创举。

长泽规矩也论中国文学尚有《中国学术文艺史》(三省堂1938年版,胡锡年中译本《中国文艺学术史讲话》,世界书局1943年版),该书将中国文学史与学术史融为一炉,提纲契领,概念清晰,详略得当,在不长的篇幅中,既有学术史,也有文学史,既有雅文学,也有俗文学,更有民间俗文学的一席之地。

长泽规矩也有关中国俗文学的论文后收入《长泽规矩也著作集》第

---

① 狩野直喜、那波利贞等人有关于敦煌变文的专论,但未将其纳入整个中国文学体系中;盐谷温《中国文学概论讲话》再版时(弘道馆1947年),在"小说"部分增补了"敦煌俗文学"一项。

5卷(汲古书院1985年版),除上述诸作外,尚有《关于〈录鬼簿〉通行诸本》(《〈録鬼簿〉の通行諸本について》)、《宋明通俗小说流传表》、《传入日本的中国戏曲小说》(《日本に伝はつてある中国戯曲小説》)、《江户时代中国小说流传之一斑》《江戸時代に於ける中国小説流伝の一斑》)、《现代华北见闻》(《現代北中国の見世物》,分为戏剧、杂戏、鼓词、八角鼓、小曲、说书、杂艺等部分)、《中国小说》(分为自序、参考书解题、序说、六朝小说、唐代小说、宋元小说等部分)、《影响日本文学的中国小说——以江户时代为主》(《日本文学に影響を及ぼした中国小説——江戸時代を主として》)、《关于〈怪谈全书〉的作者》(《〈怪談全書〉の著者について》)及《续考》、《江户时代〈水浒传〉的流布》(《江戸時代に於ける〈水滸伝〉の流行》)、《〈大唐三藏法师取经记〉与〈大唐三藏取经诗话〉》(《〈大唐三藏法師取経記〉と〈大唐三藏取経詩話〉》)、《〈金瓶梅〉在日本的流布》(《我国に於ける〈金瓶梅〉の流行》)、《〈金瓶梅〉版本》(《〈金瓶梅〉の版本》)、《〈拍案惊奇〉考》、《关于日光慈眼堂所藏小说》(《日光慈眼堂の小説書について》)等,大体都是从文献版本学角度考察。

第四章　日本中国俗文学
研究的京都学派

　　东京学派是日本汉学界的重镇，其在汉学研究上取得了举世瞩目的成就，然而，东京学派的成就并不是孤立的，在其发展史上始终伴随着与一个强大对手的竞争，甚至可以说，一部东京学派发展史也就是与这个强大对手的竞争史，这个强大的对手就是在日本汉学史上与东京学派东西并峙的两鼎之一——京都学派。回顾近代以来百余年的日本汉学史，尽管随着历史的变迁，日本汉学的研究格局有了较大的变化，但东京、京都两鼎执牛耳的地位始终没有动摇。那么，这个强大对手的庐山真面目究竟如何？

第一节　京都大学与京都学派

　　陈垣曾对胡适感叹道："汉学正统此时在西京呢？还在巴黎？"①早在 1923 年，在北京大学国学门的一次聚会上，陈垣曾表达过类似的感慨："现在中外学者谈汉学，不是说巴黎如何，就是说日本西京如何……"②陈垣在这里所说的"日本西京"即京都，具体说就是指以京都

---

① 　胡适 1931 年 9 月 14 日日记，胡适著，曹伯言整理《胡适日记全编》第 6 册，安徽教育出版社 2001 年版，第 152 页。
② 　郑天挺《五十自述》，《天津文史资料选辑》第 28 辑，第 8 页。

大学为主要代表的京都学派。京都大学始建于 1897 年,其文科大学更是到了 1906 年方告成立,比始建于 1877 年的东京大学晚了二三十年,却又何以能在短短十数年间就成为与巴黎并称的世界两大汉学中心?

一、何谓"京都学派"

本书第三章曾对"东京学派"作了界定,与"东京学派"相比,"京都学派"是一个更为多元而复杂的概念。"京都学派"一词,在中国学界比"东京学派"具有更高的知名度,尤其在文史研究领域,这几乎是一个耳熟能详的词。其之所以在该领域广为人知,反过来也正好说明了学界对该词的理解也限于文史研究领域。这与事实有不小的出入,因此,有必要对"京都学派"进行正名。

"京都学派"最初并非是指京都大学的中国文史研究者,而是指由该校哲学教授西田几多郎(1870—1945)、田边元(1885—1962)及与他们有师承关系的哲学研究者形成的哲学学派。该学派的主要成员有波多野精一等,其主要宗旨是促进西洋哲学与东洋思想的融合。在既受到东洋思想浸润又逐渐西化的近代日本,他们主张不只是全盘接受西洋哲学,而追求对东洋思想的再评价,后逐渐演变成一种以东洋为中心的大东亚思想。这是一个政治色彩颇浓的学派,他们研究的对象虽然也包括了中国哲学,但其主要成员中没有一位是以中国文学为主要研究方向的,因此,该学派与后来广为流传的"京都学派"显然是完全不同的两个概念。

然而,在西田几多郎等哲学研究者的京都学派影响下,京都大学不同领域的学派纷纷出现。这些学派大多以京都大学初创时期某一领域的研究者为中心、以他们的弟子为主要成员形成,其中较为著名的有近代经济学学派(以柴田敬为中心)、宪法学学派(以佐佐木惣一为中心)、精神医学学派(以今村新吉为中心)等,他们都被外界同领域称为"京都学派"。而我们所熟悉的"京都学派"就是这众多学派中的一派,应称之为"东洋学京都学派"。

"东洋学"也是一个涵盖范围极广的概念,我们可以从《京都大学东洋学百年》(《京都大学東洋学の百年》)一书中看到其学科体系和代表学者的组成结构。该书表彰了京都大学东洋学百年史上的11位主要学者,这些学者可以按照年辈和主持讲座的先后分为三个时期:

表4.1 京都大学东洋学主要学者及其学科领域分布表①

时 期	主要学者	学科领域
明治后期	狩野直喜	中国语学中国文学
	内藤湖南	东洋史学
	桑原隲藏	东洋史学
	内田银藏	日本史学
	三浦周行	日本史学
大正至昭和初期	铃木虎雄	中国文学
	滨田耕作	考古学
	羽田亨	东洋史学
	小岛祐马	中国哲学史
战败前后	吉川幸次郎	中国语学中国文学
	宫崎市定	东洋史学

由此可知,"东洋学"的主体,即是以中国文史哲为主的"中国学"和包括日本史在内的整个"东洋史学",当然,这两者并非截然分开,而是互相交叉融合的。仅就其研究侧重点之不同而言,本书所指的"京都学派",是指以狩野直喜为创始人的"中国学派",其完整的称呼应为"中国学京都学派"或"京都大学中国学学派"。《京都大学东洋学百年》一书为了照顾到学科的平衡性,在各个时期的中国文学研究

---

① 砺波护《京都大学东洋学百年·前言》,京都大学学术出版会2002年版。

代表者中仅列了"狩野直喜——铃木虎雄——吉川幸次郎"的谱系,事实上,还有两位举足轻重的人物。他们分别是在铃木虎雄之后、吉川幸次郎之前任中国语学中国文学第二讲座教授(1938—1947)的青木正儿和曾兼任东京、京都两大学中国文学讲座教授(1939—1949)的仓石武四郎。

综上所述,可将各"京都学派"的概念关系图示如下:

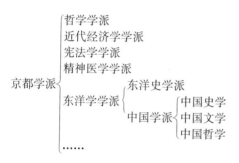

图4.1　"京都学派"概念关系图

京都学派的总阵地是京都大学,作为其分支之一的中国学派阵地当然是京都大学文科大学,离开了文科大学,中国学派就无从谈起,"文科大学的开设,不仅是该分科大学自身的大事,也是京都帝国大学历史上意义深远的大事"①。那么,文科大学究竟为何能在京都大学历史上具有如此重要的意义呢?

二、京都大学文科大学(京都大学文学部)

始建于1877年的东京大学,经过近二十年的发展,已逐渐呈现出作为当时唯一的帝国大学的垄断形势,因此,有识之士担心东京大学

---

① 京都帝国大学文学部编《京都帝国大学文学部三十周年史》,1935年版,第17—20页。

会因此沉醉于自我满足中，从而导致其衰退。他们开始认识到有必要设立第二所帝国大学，与东京大学形成良性竞争，以便于日本的高等教育与科学研究能积极健康地发展。因此可以说，这第二所帝国大学就是带着作为东京大学竞争对手的使命而设立的，它就是京都大学。

京都大学的正式设立是在 1897 年（明治三十年），此前曾有过一个较长的酝酿时期。早在 1892 年的帝国会议上，议员、医学家长谷川泰就提出了在关西设立帝国大学的建议案，他直言不讳地指出当时东京大学因无竞争对手而出现的种种不良现象，若长此以往，不仅不能完成大学的教学研究使命，更不能为日本的发展提供支持，因此亟需设立第二所帝国大学。他还指出了这所新的帝国大学的具体筹建办法，即由原在大阪、当时已迁址京都的第三高等学校改组而成。不过，这一建议案未被帝国议会定为议题，当然也就付诸东流了。

第三高等学校（简称"三高"）和位于东京的第一高等学校一样，虽经多次改制，但在第二次世界大战以前主要是大学预科性质，而不是中学。在长谷川泰建议案之前，三高除文理基础学科外，已附设有医学校、法学部，1894 年又增设了工学部，因此，该校具备作为筹建第二所帝国大学的学科基础。当时的文相井上馨也有将三高升格为大学的设想，在他构想中，全国分为关东和关西两大学区，关东已有东京大学，应在关西设立"西京大学"，但研究生院仅设于东京大学。次年，继任文相的西园寺公望积极倡导高等教育的扩充，并由时任副官、后为文相的牧野伸显具体筹划。牧野伸显计划在三高基础上扩张为京都大学，设置法、医、工、文、理五个分科大学，使之成为关西最高学府，以此与东京大学相呼应，并申请将甲午战争赔款的一部分用作两大学的建设基金。京都大学的创设工作由此正式开始。按照整体规模为东京大学三分之二的设想和当时社会升学意向者人数的顺序，从理工科（1897 年）开始，法科(1899年)、医科(1899年)、文科(1906年)逐步设立①。

与东京大学建校之初大量聘请外国学者为教授不同，京都大学以留学归国人员为中心形成教授集团。这些留学人员虽也出身于当时处于独霸地位的东京大学，但从建校之日起，校长木下广次就明确倡导本校的个性与独立的校风：京都大学并非东京大学之分校，而是一所完全独立之大学；既是一所独立之大学，就须有固有之生存方式；为形成固有之生存方式，须有独特之资质。故京都大学的母体虽为东京大学，却产生了不同于东京大学，而且常常是与东京大学分庭抗礼的学风，为学术和研究的革新作出了贡献②。因此，京都大学在学风、学制等各方面都尝试探索一条与东京大学不同的发展道路，这种反拨与革新，最为明显地体现在文科大学。

在京都大学分科大学的设立顺序中，文科大学被置于最后，这显然与社会要求有关，毕竟在上述学科中，一心只读圣贤书的文科的确是产生社会效益最慢、实用性最低的学科，甚至颇有一些脱离社会的意味，然而日后能与东京大学抗衡，使京都大学闻名于世的，竟然正是这个文科大学。早在文科大学尚未开设之时，就有人曾预言：

　　活动的、世俗的东京与静止的、脱俗的西京，影响着东西两大学，东京大学以培养实用型人才为其特长，京都大学则倾向于培养学者型人才。将来京都大学在各分科大学设置齐全时，最放异彩的会是文科大学，东京大学以法科著称，而京都大学则将以文

---

① 以上资料根据京都帝国大学编《京都帝国大学史》，1943年版；京都大学编《京都大学百年史》，京都大学后援会1998年版；天野郁夫著，黄丹青等译《大学的诞生》，南京大学出版社2011年版等。
② 天野郁夫著，黄丹青等译《大学的诞生》，南京大学出版社2011年版，第253、386页。

科名世。①

事实证明了这个预言。京都大学的理、工、医等分科大学,在短期内无法与东京大学相提并论已成事实。本来尚可与东京大学一较高下的法科大学,由于两校法科大学教学宗旨之不同,造成京都大学法科学生在高等文官考试中惨败,由此失去对求学者的吸引力,导致实际入学人数远远不到计划数的一半,以至于京都大学入学总人数呈逐年下降的趋势。

东京、京都两所大学在 1909 年的情况对比则是这样的:

表 4.2　1909 年东西两大学的分科大学、学科、讲座对照表②

分科大学	东京帝国大学		京都帝国大学	
	学科数	讲座数	学科数	讲座数
文科	3	24	3	23
法科	4	37	2	30
理科	9	26	理科、工科合为理工科大学	
工科	10	32	8	33
医科	2	32	1	22
农科	5	33	尚未开设	
合计	33	184	14	108

此时,京都大学文科大学下属哲学科(1906 年)、史学科(1907 年)、文学科(1908 年)三学科的设置刚刚完成,在京都大学总体实力远逊于东京大学的基本格局下,其文科大学就达到了与东京大学文科大学相

① 斩马剑禅《东西两大学:东京帝大与京都帝大》(《東西両京の大学:東京帝大と京都帝大》),讲谈社 1988 年版,第 15—16 页。
② 本表资料据天野郁夫著,黄丹青等译《大学的诞生》,南京大学出版社 2011 年版,第 272—273 页,有调整。

当的实力。可以说,京都大学文科大学从开设之初就以比肩东京大学为目标,而文科大学这种在京都大学内部一枝独秀的格局在此后数年内继续得以保持。

　　到1915年,日本的帝国大学共有4所,其开设的分科大学数目为:东京帝国大学6个(文、法、理、医、工、农),京都帝国大学5个(文、法、理、医、工),东北帝国大学3个(理、医、农),九州帝国大学2个(医、工)。其中只有东京、京都两所开设文科大学,以下再就这两大学在1915年时的格局对比如下:

表4.3　1915年东西两大学的分科大学、学科、讲座对照表①

分科大学	东京帝国大学		京都帝国大学	
	学科数	讲座数	学科数	讲座数
文科	3	28	3	24
法科	4	41	2	35
理科	9	27	0	11
工科	10	34	5	26
医科	2	32	1	23
农科	5	33	尚未开设	
合计	33	195	11	119

　　由此可知,从1909年到1915年的六七年间,两大学的总体情况变化不大,但东京大学发展仍快于京都大学,京都大学的学科总数未增反减,只有文科大学仍维持了与东京大学相抗衡的实力。因此,"京都大学能够与东京大学相抗衡的非学术研究莫属,而不在于培养以官僚为主的实用型人才的教育方面。事实上,京都大学此后将自己定位成以

---

① 本表资料据天野郁夫著,黄丹青等译《大学的诞生》,南京大学出版社2011年版,第384页,有调整。

文科大学为中心的学问之府，以此来对抗东京大学"①。

　　而京都大学文科大学与东京大学相抗衡的招牌学科当然就是东洋学。从第一任学长（即分科大学负责人）狩野亨吉开始，京都大学文科大学就重视以中国为中心的东洋学研究，狩野亨吉为文科大学的发展不遗余力，勇于打破学历等硬性条件的束缚，破格聘用了只有秋田师范学校学历的内藤湖南等学者，内藤氏后来成为京都大学东洋学的主要创始人之一，这在东京大学是无法想象的事情。近一个世纪以后，京都大学东洋学传人、《京都大学东洋学百年》一书的编者砺波护在总结这百年以来的历史时，不无自豪地说：

　　　　京都大学文科大学在创设之际，就为了创造有别于既存的东京大学文科大学的特色而颇费苦心。作为其特色之一，在文科大学的哲学科、史学科、文学科中分设同属于"中国学"的"中国哲学""东洋史学""中国文学"讲座。这三个讲座的设立，也是京都大学建校之初的方针之一。早在 1892 年 10 月，后来制定《京都大学条例》的帝国博物馆馆长九鬼隆一，在京都召开的关西地区教育家大集会上，就曾发表了在京都设立一所大学的构想，这所大学应不逊于欧洲诸大学，以参与世界文化为己任，此外，还应有一种特色，即扮演东洋学主盟者的角色。②

　　京都大学文科大学开设后数年内，几乎所有学科都创立了学会，进行专门性的学术研究，不仅显示了初创时代该校强烈的向学心，还在作为补助课堂教学的同时，增进了师生、同学之间的亲和关系，既能使学

①　天野郁夫著，黄丹青等译《大学的诞生》，南京大学出版社 2011 年版，第 270 页。
②　砺波护《京都大学东洋学百年·前言》，京都大学学术出版会 2002 年版。

术精进，又能陶冶人格，这也意味着文科大学内容已渐趋整备。1908年10月，中国哲学、东洋史学、中国文学三个专业的师生联合校外同好者，成立中国学会，这是一个综合性的东洋学研究机构，在日后京都学派的活动中曾发挥过重要的平台作用①。

京都大学东洋学已经走过了百年历程，这确实是一段值得反思和感慨的历史。回顾这段百年史，我们不能不注意到一位重要人物，他就是和内藤湖南等人一起成为京都大学东洋学创始人的狩野直喜。

第二节　狩野直喜：京都学派
中国文学研究之先驱

"京都学派"的概念关系较为复杂，与其开创者的研究领域较为广泛有着密切的关系。近代早期的日本汉学家多不是从事某一项专门领域的研究，他们的研究范围往往横跨整个人文科学领域。以本书所称的"京都学派"为例，其开创者狩野直喜即是一位通才型汉学家，他在中国文史哲诸领域均有取得较大成就；即使仅就中国文学研究而言，也不仅限于俗文学。然而，狩野直喜在中国文学研究领域影响最大的，莫过于中国戏曲小说和敦煌俗文学的研究。

一、中国俗文学研究在狩野学术体系中的位置

正是因为狩野直喜在京都学派和中国俗文学研究领域占据如此重要的地位，其后学和后人纷纷将其奉为"鼻祖""开创者"。最早"追封"狩野直喜的当属他的高足青木正儿，他在乃师逝世百日之际撰文纪念，

---

① 京都帝国大学文学部编《京都帝国大学文学部三十周年史》，1935年版，第34—35页。

称狩野氏"实为我国元曲研究之鼻祖"①。其后,狩野直喜的另外一位高足吉川幸次郎,则更是把乃师称为"中国小说戏曲研究的开创者"②。狩野之孙、汉魏政治史研究者狩野直祯则把以上两说作了更为具体的阐释,并明确了狩野学术的谱系传承:

> 狩野直喜开创之戏曲史研究,继承而拓展者,在京都大学有青木正儿、吉川幸次郎,在东京大学则有盐谷温。③

言下之意,即谓日本的中国俗文学研究不仅由狩野直喜开创,而且,至今该领域所有研究者莫不曾受狩野氏之教。

由于上述三位学者的特殊身份,他们对狩野直喜的评价几成定论,对中国学界的影响极大。如李庆《日本汉学史》即称狩野直喜"首先在日本的大学中开设了中国文学的课程,使之逐步形成一门专门的学科。(中略)今日日本的中国文学研究者,考其师承源流,多受到他的恩泽"④。这样的评价还可以举出很多,大体不难看出青木正儿等人的影响。

那么,这些评价是否客观中肯? 中国俗文学研究在狩野学术体系究竟处于怎么样的位置? 这就首先要探究狩野学术的体系结构。还是以吉川幸次郎的评价为例,他认为乃师之所以是京都学派中国学的创始者而非改革者的理由有四:第一,自觉地以外国人的视角将经学作为中国文明史的资料和客观学术研究的对象;第二,作为研究基础的文献

---

① 青木正儿《我与君山先生及元曲》(《君山先生と元曲と私》),《东光》第 5 号《狩野先生永逝纪念》,1948 年。
② 东方学会编《追忆前辈学者》第 1 册,刀水书房 2000 年版,第 179 页。
③ 狩野直祯《中国小说戏曲史·跋》,美篶书房 1992 年版。
④ 李庆《日本汉学史》第 1 部,上海外语教育出版社 2002 年版,第 527 页。

学研究,包括敦煌文书的调查、经史戏曲等古文献的研究;第三,中国哲学、文学及与制度关系的综合研究;第四,现代学术意义的中国小说戏曲等虚构文学的研究①。而《京都大学文学部五十年史》在介绍狩野直喜开辟的领域时,也举出四个方面,大体与吉川所言相同:清朝考证学的引入、敦煌写本的研究、中国戏曲小说的研究、唐人旧疏的研究②。两者说法虽有差异,但都包括了中国俗文学研究一项,即都认为中国俗文学研究是狩野学术体系四大支柱之一。

平心而论,上述评价有其客观的一面,也有为了突出狩野直喜的开创功绩而淡化乃至忽视其他学者的努力的一面。事实上,早在狩野直喜开设中国俗文学课程之前,早稻田大学早已开设相关课程并基本完成了中国俗文学学科的初创,赤门文士也在狩野氏之前进行了相关的著述或教学活动。相比之下,狩野氏的中国俗文学研究起步较晚,不仅晚于日本其他汉学家开始从事中国俗文学研究的时间,也晚于他自己所从事的其他研究领域。

这与狩野直喜的学术背景密切相关。狩野直喜自幼所受的是传统经学教育,大学所学专业是中国哲学,后来在京都大学也是先作为中国哲学讲座教授。但也要承认,他是京都学派中国俗文学研究的开创者,与东京学派的盐谷温一起成为近代日本中国俗文学研究史上的双子星座。以下就先来看看狩野直喜究竟有着怎样不同寻常的学术经历。

狩野直喜(1868—1947),字子温,号君山、半农人、葵园③。幼年丧

---

①　吉川幸次郎《中国学文薮·解说》,美篶书房 1973 年版,第 500—503 页。

②　京都大学文学部编《京都大学文学部五十年史》,1957 年版,第 217 页。

③　关于狩野直喜的生平,可参看江上波夫主编《东洋学系谱》第 1 集,大修馆书店 1992 年版;东方学会编《追忆前辈学者》第 1 册,刀水书房 2000 年版;砺波护《京洛之学风》(《京洛の学風》),中央公论新社 2001 年版;砺波护《京都大学东洋学百年》,京都大学学术出版会 2002 年版;李庆《日本汉学史》第 1 部,上海外语教育出版社 2002 年版。

父,由祖父狩野直温抚养成人,直温本是藩学教师,故狩野直喜自小受到汉学熏陶,自幼能作汉诗,还曾在旧藩主前讲学,一时传为美谈。12岁入济济黉就读。济济黉校名取自《诗经》"济济多士,文王以宁"之句,以"正伦理、明大义;重廉耻、振元气;磨知识、进文明"为教育方针,故狩野直喜在故乡熊本的少年时代已受到相当浓厚的儒家经学思想教育。

1884年,狩野直喜从济济黉毕业后前往东京,进入神田共立学校学习英语,后又入第一高等学校。求学期间,狩野直喜刻苦学习外语,其英语、法语水平都达到了能与外国人打电话的程度①。据说,狩野直喜一度想报考英文学专业,有人认为他如果真的专攻英语,或许能和毕业于东京大学英文科的著名作家夏目漱石一较高下②。总之,狩野直喜的这段学习经历为他日后与国际汉学界的联系打下了坚实的外语基础。

1892年,狩野直喜考入东京大学汉学科。他和盐谷温一样,最初的专业并非是中国文学,盐谷温是中国史学专业,在研究生院期间转攻中国文学,而狩野直喜则是中国哲学专业,入研究生院时仍似未转攻中国文学③。狩野直喜在东京大学攻读中国哲学时的教授有岛田重礼、重野安绎、根本通明、竹添进一郎、井上哲次郎等,他最尊重岛田重礼,对竹添进一郎、井上哲次郎则颇有微词。岛田氏最为推崇清朝的考证学风,主张读原典,狩野直喜日后治学主张考证,实受到岛田氏的启发④。

狩野直喜从东京大学毕业后颇为不遇⑤。他毕业之时,京都大学

---

① 东方学会编《追忆前辈学者》第1册,刀水书房2000年版,第167页。
② 狩野直祯《狩野直喜》,收入江上波夫编《东洋学系谱》第1集,大修馆书店1992年版,第100页。
③ 狩野直祯《狩野直喜博士年谱》,《东方学》第42辑,1971年8月。
④ 东方学会编《追忆前辈学者》第1册,刀水书房2000年版,第169—172页。
⑤ 东方学会编《追忆前辈学者》第1册,刀水书房2000年版,第172页。

尚未建立,其出任文科大学教授更在十余年之后。而早在他毕业之前,早稻田大学前身东京专门学校早已设立了专门的文学科,并已由森槐南等人讲授中国文学史、中国俗文学等相关课程。当时早稻田大学的中国俗文学学科一时颇称得人之盛,狩野直喜的学长儿岛献吉郎、好友古城贞吉、同学藤田丰八、学弟盐谷温及久保天随等,都曾先后在该校讲授"中国文学史"课程或出版相关教材,其中未见狩野之名。狩野直喜毕业那年,赤门文士发起设立东亚学院,该学院虽仅维持半年,但发行过讲义,狩野氏虽参与其事,但所讲并非中国文学,而是《书经讲义》,讲授中国文学的是小柳司气太和田中参。而在此前后数年内,日本汉学界出版了多部中国文学史,除前述儿岛献吉郎、藤田丰八、古城贞吉、久保天随外,尚有笹川临风、大町桂月、白河鲤洋等人,一时颇为热闹,他们都是狩野氏的学长或学弟,其中亦未见有他的大作。在同学和校友叱咤风云之时,狩野氏却默默无闻地在私立正则寻常中学校、东京外国语学校等校教授历史地理、汉文[1],据说还曾因为粉笔字写得不好而被学生笑话[2],其当时的窘况不难想见。换言之,在当时日本汉学界中国文学研究风气颇盛之时,未见狩野氏有何相关研究活动及著述。

狩野直喜真正与中国文学发生联系,是在 1900 年留学中国之后。此时正值京都大学设立,狩野直喜幸得京都大学校长木下广次因同乡之情招请,并被作为筹备中的京都大学文科大学预备教授派往中国留学。当时和他同在北京的古城贞吉曾回忆说:

> 狩野直喜在东京大学所学专业虽是哲学,但对中国文学就很有兴趣,他看见我的住所有文学方面的书,又听我说必须要研究戏

---

① 狩野直祯《狩野直喜博士年谱》,《东方学》第 42 辑,1971 年 8 月。

② 东方学会编《追忆前辈学者》第 1 册,刀水书房 2000 年版,第 186 页。

曲小说,于是透露了自己也想研究文学的意思,但因为要研究儒学,所以只能抑制此心。①

狩野直喜后又在上海接触到欧洲汉学,欧洲的中国小说戏曲翻译对他产生很大的刺激,吉川幸次郎认为此事对狩野氏开始研究中国俗文学极为重要②。由于财政预算问题,京都大学未及时办文科大学,留学归国的狩野直喜只得在图书馆抄写卡片,既不能就任教职,更无法从事中国俗文学研究。其间,他还受台湾总督府委托,参与台湾旧惯调查会事务,辅助法科大学教授织田万编纂《清国行政法》。此书虽非狩野直喜的署名著作,但却与他后来开设"清朝的制度与文学(清朝の制度と文学)"课程有直接关系,使得仓石武四郎等学生从中受益③。该讲义后整理出版,题即《清朝的制度与文学》(美篶书房1984年版)。《清国行政法》的编纂给了狩野直喜研习清朝制度的绝好机会,开拓了制度与文学之关系研究的新课题,这对狩野学术体系的构成与完善有较大的影响④。

日俄战争以后,京都大学决定开办文科大学,狩野直喜才正式登上京都大学东洋学的历史舞台,长时期积蓄的学术能量得以发挥。1906年4月,狩野氏任文科大学创设委员,7月任文科大学"中国哲学讲座"教授。1907年,获文学博士学位。1908年,文科大学文学科正式开办,狩野直喜兼任"中国语中国文学讲座"教授,至此,他的中国文学研究学术生涯才真正开始。就在这一年,狩野直喜不仅第一次开讲"中国文学史",还发表了他的第一篇中国俗文学研究论文 *On the Authorship of the*

① 古城贞吉《我与狩野博士》,《东光》第5号,1948年。
② 狩野直祯《中国小说戏曲史·跋》,美篶书房1992年版。
③ 东方学会编《追忆前辈学者》第1册,刀水书房2000年版,第183页。
④ 高田时雄《狩野直喜》,收入砺波护编《京都大学东洋学百年》,京都大学学术出版会2002年版,第12—13页。

Hung-lou Meng and the Date of its Composition（原英文，《活人》，1908 年 3 月）。但他此时已经 40 岁，在年龄上显然晚于森槐南 28 岁任东京专门学校文学科讲师，也晚于盐谷温 24 岁转攻中国文学并于同年在早稻田大学主讲"中国文学史"、28 岁任东京大学中国文学讲座助教授。

二、狩野直喜的中国俗文学研究实绩

狩野直喜的中国俗文学研究起步虽较晚，但以他所取得的实绩来看，确实称得起是一位在学术史上具有开拓性意义的大家。纵观狩野氏的中国俗文学研究实绩，大体可以从以下四方面论述：

第一，率先在日本的帝国大学建立中国俗文学学科体系。

前文已述及，早稻田大学及其前身东京专门学校是日本第一所讲授中国俗文学的高等学府，自森槐南以来的多位讲师，十数年间前赴后继，这不仅成为早稻田大学当时引以为豪的特色学科，也造成中国俗文学学科在早稻田大学的初创之势，但早稻田大学毕竟是私立大学；而作为帝国大学的东京大学虽然在 1905 年就设立了中国文学讲座，但仍在汉学科体系下，文、史、哲兼修，所谓"文学"的概念，几乎仍是传统的"文章学"。而京都大学文科大学则分设哲学科、史学科、文学科，三者之间互不隶属，不再强制兼修①，故其 1908 年设立的文学科，实是日本帝

---

① 当时京都大学文科大学的哲、史、文三学科，各分为"正科目"和"副科目"，前者为必修，后者为选修；学制三年，课程则分为"普通讲义""特殊讲义""演习"。"普通讲义"为必修，是为一年级开设的通识教育课程；"特殊讲义"则为二年级开设的专业课程，专业从"正科目"中选取；"演习"则是三年级学生选取课题进行研究，再由教师批评指正之。当时文学科开设的"正科目"有：文学概论、国语学、国文学、中国语中国文学、英文学、德文学、梵语梵文学、言语学；"副科目"有：英语、德语、法语、俄语、中国语、朝鲜语、梵语、希腊语、拉丁语、哲学概论、心理学、教育学教授法、美学美术史等。并在史学科、哲学科的"副科目"中设有中国文学。参见京都帝国大学文学部编《京都帝国大学文学部三十周年史》，1935 年版，第 17—20 页。

国大学设立的第一个从事纯文学教学与研究的科系。狩野直喜出任文学科首位中国语中国文学讲座教授,并于 1910 年就开设了"中国戏曲及小说"课程①,他也由此成为第一位以讲座教授身份在帝国大学讲授中国俗文学的学者。

狩野直喜自出掌"中国语中国文学讲座"以来,主持该教席长达二十年,由于其主张大学教师应将全部精力放在教学上,故他虽在多个领域卓有建树,但一生从未出版过专著,是一位典型的述而不作型的学者②。生前只有两部分别作为他六十岁、八十岁纪念而结集出版的论文集:《中国学文薮》(弘文堂 1927 年版)和《读书籑余》(弘文堂 1947 年版)。目前所见狩野氏的其余著述,均是在他去世后,由其孙狩野直祯和弟子吉川幸次郎等人根据狩野亲笔讲义稿及学生听课笔记整理而成,如《中国哲学史》(岩波书店 1953 年版)、《两汉学术考》(筑摩书房 1964 年版)、《魏晋学术考》(筑摩书房 1968 年版)、《中国文学史》(美篶书房 1970 年版)、《论语孟子研究》(美篶书房 1977 年版)、《汉文研究法》(美篶书房 1979 年版)、《御进讲录》(美篶书房 1984 年版)、《清朝的制度与文学》(美篶书房 1984 年版)、《中国小说戏曲史》(美篶书房 1992 年版)、《春秋研究》(美篶书房 1994 年版),此外还有两部诗文集:《君山文》(1959 年)、《君山诗草》(1960 年版)。

讲稿内容的时间跨度由上古及清代,学术领域则横跨文史哲,这基本上可以反映出作为中国学创始人的狩野直喜的授课内容和知识体系。需要指出的是,兼任哲学科、文学科讲座教授对狩野直喜而言,并非将全然分裂的两个科目生硬地捏合在一起,恰恰相反,狩野氏认为:

----

① 据《京都文科大学新学年讲义目录》,《艺文》1910 年第 7 号。按,森槐南也曾于 1899 年起受聘于东京大学讲词曲,但他始终是以讲师身份,身前未获教授职称;而盐谷温任东京大学"中国文学讲座"教授则是 1920 年。

② 东方学会编《追忆前辈学者》第 1 册,刀水书房 2000 年版,第 166 页。

"中国的经学和文学是由同一主体运营的，根据这一原则，所以是不可
分割的。如果把两者各自独立地进行研究的话，两者都得不到圆满的
研究结果。"①不仅中国哲学与中国文学不能分割，即在中国文学内部，
各时期、各文体的文学也不能分割，他在俗文学研究之外，还对"过去被
视为'堕落文学'的魏晋六朝文学进行了有独创性的研究，这一领域后
来称为日本乃至世界中国文学史研究中的鲜血，这和狩野氏独具慧眼
的选择和研究也是分不开的"②。

当然，正像前文述及的那样，狩野学术之于中国文学的最大意义仍
在俗文学方面。俗文学在狩野直喜的中国文学史研究体系中占有重要
位置，他对"文学"的理解介于东西新旧之间，但有意突出俗文学的地
位。他将中国文学的范围分为五类，在传统的经、史、子、集四类外，单
列"俗文学"一类，并解释说：

> 举凡中国戏曲、院本、小说等，皆属此类。其初兴于元代，然地
> 位极卑，《四库全书》亦不著录此等书。以中国人思之，其不属文学
> 之列，此等作品中，戏曲或有文人公然署名者，然至于小说，则不知
> 其作者为谁者多矣。③

他又进一步说明研究戏曲小说等俗文学的意义：

> 《四库全书》不著录小说戏曲等今日所谓之纯文学，中国向来

---

① 吉川幸次郎《魏晋学术考·跋》，《吉川幸次郎全集》第 17 卷，筑摩书房 1974 年
版，第 283 页。
② 吉川幸次郎《魏晋学术考·跋》，《吉川幸次郎全集》第 17 卷，筑摩书房 1974 年
版，第 284 页。
③ 狩野直喜《中国文学史》(上古至六朝)，美篇书房 1970 年版，第 9 页。

不把与道德政治无关之书当做典籍,这就是《四库全书》只收录经史子集的原因,但如果从文学角度来看,则必须将小说戏曲也收录在内。小说戏曲有不少既有文学价值又饶有趣味的东西,在研究中国特别是研究中国风俗时,就有必要研究这些小说戏曲。西洋人早就注意到了这一点,还把不少作品翻译成了西方语言。①

正因为如此,他在 1911 年夏季举行的题为"汉文研究法"的讲演会上,再次明确地将传统经史类和小说类都纳入其所谓的"汉文"范围内,对收有大量文言小说的《太平广记》进行较为详细的论述。

狩野直喜不仅率先在帝国大学开设了系统的"中国小说史"(1916年 9 月至 1917 年 6 月)、"中国戏曲史"(1917 年 9 月至 1918 年 6 月)等关于中国小说戏曲史的"特殊讲义",还每年开设"元曲讲读"等"普通讲义",到他退休时已讲完《元曲选》半数以上的作品。此外,他还陆续发表了《关于中国小说〈红楼梦〉》(《大阪朝日新闻》,1909 年 1 月)、《关于〈琵琶行〉题材的中国戏曲》(《大阪朝日新闻》,1910 年 1 月)、《〈水浒传〉与中国戏曲》(《艺文》1910 年第 5 号)、《元曲的由来与白朴〈梧桐雨〉》(《艺文》1911 年第 3 号)、《中国俗文学史研究的材料》(《艺文》1916 年第 1、3 号)、《读曲琐言》(《中国学》第 2 卷第 2 号,1921 年 10月)等论文,所论或给当时学界带来最新学术信息,或得出为今后大多数人所接受的结论,大都具有很高的学术价值。

由此可知,明治末大正初正是狩野直喜以大量精力关注、研究中国俗文学的重要时期,而这时期又恰逢盐谷温学成回国(1912 年 9 月)和流寓京都的王国维完成《宋元戏曲史》(1912 年末至 1913 年初),中日两国学者的俗文学研究在短时间、近距离内,形成既有国内又涉国际的

① 狩野直喜《汉文研究法》,《中国学文薮》,美篶书房 1973 年版,第 7 页。

十分微妙的竞争与合作关系。当时或无意，后来却成为莫衷一是的一段学术公案，即谁最先开始相关研究，三方对此各执一词。

王国维在《宋元戏曲史·序》中宣称："凡诸材料，皆余所搜集，其所说明，亦大抵余之所创获也。世之为此学者自余始，其所贡于此学者，亦以此书为多。"①盐谷温虽认为"我国词曲研究者，前有田能村竹田，后有先师森槐南博士"，但也承认"王氏游寓京都，我国学界也大受刺激，自狩野君山博士起，久保天随学士、铃木豹轩学士、西村天囚居士、亡友金井保三君等，皆于斯学造诣极深，或研究曲学，或译介名作，呈万马齐喑之势"②，但也有人认为，盐谷温才是日本最初从学术角度研究中国小说戏曲的人③。

至于狩野直喜，前文已引狩野直祯等人的评语，兹就其与王国维的戏曲研究之关系略附数语。王国维自尽后，狩野氏曾撰文纪念，其中谈道："当时（1909 年）我正欲研究元杂剧，并已于京都大学讲授元杂剧，恰王静安君与我相似之研究，已经著有《曲录》《戏曲考原》等书。"④有学者认为，狩野直喜在这里特别强调他在元杂剧研究方面的起步并不晚于王国维，显然是话里有话⑤。后人果然从其中发掘出许多微言大义：先有吉川幸次郎认为狩野直喜和王国维的戏曲研究是隔海同时进行，明确推翻了"王国维影响说"⑥；后有狩野直祯进一步追溯到狩野直喜从留学清朝开始就已经关注小说戏曲研究，并非在王国维的影响下

①　王国维《宋元戏曲史·序》，商务印书馆 2009 年版，第 58 页。

②　盐谷温《中国文学概论讲话》，大日本雄辩会 1919 年版，第 166 页。

③　藤井省三《盐谷温》，收入江上波夫编《东洋学系谱》第 2 集，大修馆书店 1994 年版，第 94—95 页。

④　狩野直喜《回忆王静安君》，原载《艺文》1927 年第 8 号。此据滨田麻矢译文，收入陈平原、王风编《追忆王国维》（增订本），三联书店 2009 年版，第 292 页。

⑤　黄仕忠《日本所藏中国戏曲文献研究》，高等教育出版社 2011 年版，第 8 页。

⑥　吉川幸次郎《中国学文数·解说》，美篆书房 1973 年版，第 503 页。

进行,而且狩野氏讲授中国小说史也早于鲁迅①;高田时雄则更加突出狩野氏研究的意义远胜于王国维:

> 戏曲小说等俗文学研究着先鞭者为狩野直喜与王国维。狩野氏由京都大学派往北京调查敦煌写本时,初见王国维,因彼时他已经在京都大学讲授元杂剧,故与已著有《曲录》《戏曲考原》的王国维话多投机。王国维流寓日本一两年后完成《宋元戏曲史》,其后再无关于戏曲之著述,而狩野氏则自 1910 年直至 1927 年退休的十七年间,每年都开设元曲课程。日本此前虽有幸田露伴、森槐南等人介绍元曲,但真正以元曲为学术研究对象,则从狩野氏开始,后成为京都大学中国文学研究的一大传统。②

上述评价虽不无溢美之词,但大体符合事实。在狩野直喜的倡导和努力之下,到吉川幸次郎"读大学的时候(20 世纪 20 年代),中国文学方面是戏曲小说研究的全盛时代,那时候大体的风气是,谁都不会把诗文作为研究对象,要研究的话必须是研究作为新领域的戏曲小说"③。

就日本汉学史上的地位而言,在中国俗文学研究这一领域,确实只有东京大学的盐谷温足以与狩野直喜相媲美。和盐谷温一样,狩野直喜也在长达二十年的教学生涯中培养了众多的后学,其中在中国小说戏曲研究领域饶有成就、堪称一代之领袖的就有青木正儿和吉川幸次郎,他们后来都继承了狩野直喜的衣钵,相继出任京都大学讲座教授,成为京

---

① 狩野直祯《狩野直喜》,收入江上波夫编《东洋学系谱》第 1 集,大修馆书店 1992 年版,第 104 页。
② 高田时雄《狩野直喜》,收入砺波护编《京都大学东洋学百年》,京都大学学术出版会 2002 年版,第 20 页。
③ 东方学会编《追忆前辈学者》第 2 册,刀水书房 2000 年版,第 127 页。

都学派的支柱。京都学派先后相继教员及其开设课程情况如下：

表 4.4　京都大学中国(俗)文学课程历任教员一览表

讲座名称	姓　名	职　称	任职时间	主讲课程
中国语学中国文学第一讲座	狩野直喜	教　授	1908 年—1928 年	中国文学史、中国小说史、中国戏曲史、元曲等
		名誉教授	1928 年—？	
	铃木虎雄	助教授	1908 年 12 月—1919 年 7 月	明代戏曲概要等
	仓石武四郎	讲　师	1926 年 4 月—1927 年 4 月	红楼梦、世说新语等
		助教授	1927 年 4 月—1939 年 4 月	
		教　授	1939 年 4 月—1949 年 4 月	
中国语学中国文学第二讲座	铃木虎雄	教　授	1919 年 7 月—1938 年 5 月	资料暂缺
		名誉教授	1938 年 5 月—？	
	青木正儿	教　授	1938 年 3 月—1947 年 6 月	宋元明文学史、清朝文学史、元曲评论、京本通俗小说、古代文学史、元曲选等
	吉川幸次郎	讲　师	1931 年 4 月—1947 年 6 月	资料暂缺
		教　授	1947 年 6 月—？	

　　上述几人中,除仓石武四郎曾先后受教于盐谷温和狩野直喜,后又兼任东京、京都两大学教授外,青木正儿和吉川幸次郎的影响力远胜于节门弟子;而先任狩野氏副手而后独立出掌第二讲座的铃木虎雄的影响力,也远大于在东京大学一直作为盐谷温副手的竹田复;而由铃木氏开始设立的"中国语中国文学"两讲座制一直保留下来,也使得京都大学中国文学研究的总规模胜过了始终仅设一讲座的东京大学。京都大

学的成立虽晚于东京大学,但京都学派日后的声势更胜于东京学派,与上述原因是分不开的。

第二,将考证学方法引入中国俗文学研究。

狩野直喜的治学特色或曰学风,用他自己的话就是"考证学"①:一方面,他以祖述清朝考据学为研究态度;另一方面,他又融合西方汉学的实证主义研究方法。狩野直喜认为:

> 中国学研究有两方面,一是经史之理论研究,二是现实中国之风俗习惯研究。研究客体之不同,研究方法亦不同,换言之,一则由古及今,一则由今及古,前者乃和汉学者之方法,后者乃是现今西洋汉学家之方法。②

那么,"和汉学者之方法"和"西洋汉学家之方法"具体又是指什么? 狩野直喜又是如何将两者结合起来的呢? 吉川幸次郎曾有过一个较为全面的解释:

> (狩野直喜)对儒家经典心存敬意,不像同时代有些学者蔑视之。他将其作为为人处世的依据而不是绝对的教条,还将其作为古典,精读其注释。因此,他对儒家经典注疏史的价值判断与之前的日本学者不同。他既不乏宋明理学的造诣,又对宋明人教条主义的曲解进行批判,推崇汉魏古注及对古注再注释的唐人之疏等冷静的解释,此外,也尊崇以古注为基础研究古代语言和制度、主

---

① 狩野直祯《狩野直喜》,收入江上波夫编《东洋学系谱》第 1 集,大修馆书店 1992 年版,第 98—99 页。

② 狩野直喜《中国人的通俗道德及宗教思想》(《中国人の通俗道德及び宗教思想》),《读书籑余》,美篶书房 1980 年版,第 197 页。

张古典直读的清代汉学。对清学的靠拢可以追溯到江户末期的松崎慊堂、海保渔村、安井息轩等人，狩野氏在东京大学求学时所师事的岛田重礼即海保渔村的弟子。狩野氏作为文部省留学生赴清留学后，开始正式全面地吸收清朝学术，这在他回国就任京都大学教授的讲义中就可看出来，以其全新的创始与当时旧有之日本儒学、宋明儒学及其他故步自封的学者形成了鲜明的对比。更加之，他在上海留学期间，出入于英国皇家亚洲文会北华支会，接触到了欧洲汉学的治学方法，这也成为其学风的另一来源。①

　　狩野直喜的中国俗文学研究中可以很明显地看到这种考证学的运用，如他的《红楼梦》研究。作为现代学术研究的红学，其早期的两大研究课题，即王国维在《红楼梦评论》中提出的"作者之姓名"与"著书之年月"，但王国维在该文中并没有对这两个问题作出回答。早在王国维《红楼梦评论》发表前十二年，森槐南的《红楼梦论评》一文曾就此问题展开探讨，但他基本上认同《桐荫清话》之说，即《红楼梦》成书于康熙间京师某府某幕宾孝廉之手②，这显然还不是今天学界所公认的结论。

---

① 吉川幸次郎《中国学文薮·解说》，美篶书房1973年版，第500—501页。狩野直喜之孙狩野直祯也有类似的说法："狩野直喜对于中国学研究的方向与方法的论述值得注目，幼年即亲近汉学，在东京大学又师事岛田重礼，对'和汉学者之方法'自然心领神会，其中也汲取了清朝考证学。此外，他作为明治初期的日本学者，以优秀的外语能力，关心并吸收了欧洲学问方法论。初次赴清留学期间，在北京就已经特地留意阅读从上海寄来的欧美汉学著述。第二次赴清留学在上海时，俞樾、孙诒让尚在，其出入于英国皇家亚洲文会北华支会，更为直接地接触到了欧洲汉学的方法。后经大正初年的欧洲调查旅行，更将西方汉学方法加入清朝考证学之中，成为日本儒学的改革者、创始者。"见《读书纂余·解说》，美篶书房1980年版，第572页。
② 森槐南《红楼梦论评》，《早稻田文学》第27号，1892年11月。森氏的这一观点在后来是颇受关注的，笹川临风就曾引用并加以驳斥，认为作者是曹雪芹，见其所著《中国小说戏曲小史》，东华堂1897年版，第108页。

狩野直喜的《红楼梦》研究晚于森槐南、王国维，且由于研究材料的限制等原因，也没有得出今天学界公认的结论，但其在文中体现出的严谨的考证学风，是前述森槐南等人所不及的。关于其对《红楼梦》的具体考证，见本书第七章第三节。

再如考证臧晋叔《元曲选》。《元曲选》有些地方明显留有明人改动的痕迹，狩野直喜以马致远《汉宫秋》第一折汉元帝唱词《金盏儿》中"你向正阳门改嫁的倒荣华"一句为例，指出城门或宫门出现"正阳门"始于北宋祥符六年（1013），此门原称"明德门""丹凤门""乾元门"，改称"正阳"后不过二十年，又于明道二年（1033）或景祐元年（1034）改称"宣德门"。即此门在五六十年间六易其名，且存在时间极端，影响不大，马致远使用此名的可能性不大。而元代北京城南门称为"丽正门"，入明后仍袭用"丽正门"，明英宗正统年间（1436—1449）才改称"正阳门"，一直沿用至今。作为《元曲选》刊本之时的皇城正南门，其影响力显然比北宋正阳门大得多，因此，狩野直喜认为这是经明英宗正统以后的明人改动过的[①]。

再如他考证《水浒传》的成书时间及与水浒戏之关系，认为《水浒传》并非水浒戏的原本，恰恰相反，《水浒传》是在水浒戏等许多小水浒故事的基础上形成的长篇小说，成书时间在明初。这一看法已被多数研究者接受，与森槐南等人在《目不醉草》上的见解相反。关于狩野直喜等人对于《水浒传》的具体研讨，将在本书第六章中论述。

第三，与欧洲汉学界的交流和对敦煌俗文学文献的调查。

前文曾述及狩野直喜汲取了欧洲汉学的研究方法，事实上，他不只是被动地接受，而是主动地与欧洲汉学界展开对话，他也由此成为日本汉学界与西方汉学界交流史上的先驱者之一。吉川幸次郎曾评价狩野

---

① 狩野直喜《读曲琐言》，《中国学》第 1 卷第 12 号，1921 年 8 月。

直喜说：

> 日本学界不仅能与中国学者对话，且能与欧洲学者对话，始自
> 狩野直喜、服部宇之吉两先生。（中略）从俄罗斯到西欧，日本前往
> 欧洲调查敦煌文书的第一人，就是狩野直喜先生。①

　　狩野直喜对西方汉学的关心，从在东京大学求学时期就已经开始，他读过英国汉学家艾约瑟关于中国佛教方面的论著②，而直接接触国际汉学则是他在出国留学之时。明治时代日本学生一般都热衷留学欧美，而文部省却于1899年官派狩野直喜和东京大学的服部宇之吉留学清朝，这是东京、京都两大学校长联合申请的结果。当时，服部宇之吉已经是助教授，而狩野直喜也是京都大学文科大学预备教授，留学的目的就是将狩野、服部两人培养成日后两大学中国学讲座教授③。

　　服部宇之吉先于1899年10月赴北京，狩野直喜则在1900年4月到达。当年6月，因义和团之乱，两人被困北京，直至八国联军入城，狩

---

① 东方学会编《追忆前辈学者》第1册，刀水书房2000年版，第185页。

② 东方学会编《追忆前辈学者》第1册，刀水书房2000年版，第175页。按，艾约瑟（Joseph Edkins，1823—1905），英国传教士、外交官、汉学家。1843年在上海传教，与麦都思、美魏茶、慕维廉等英国伦敦会传教士创建墨海书馆，1863年到北京，负责伦敦会的北京事工并创立了北京缸瓦市教会，1880年被中国海关总税务司赫德聘为海关翻译。一生翻译了大量中西科学著作，为西学在中国的传播与普及做出过重要贡献，著有《汉语在语言学中的定位》《汉字入门》《中国口语入门》《汉语的进化》《汉语文法》《中国语言学》《诗人李白》《中国宗教》等与中国语言文化有关的著作。

③ 两人后来不仅达到留学的预期目的，还于1923年同时出任"对支文化事业调查委员会"委员，1925年又分别出任东方文化事业委员会委员，1929年分别出任东方文化学院东京、京都两研究所第一任所长，而这两个研究所就是后来东京大学东洋文化研究所、京都大学人文科学研究所的前身。他们确实成了各自大学东洋学研究的顶梁柱。

野直喜因此短暂回国,次年再赴上海留学。狩野直喜在北京留学时期已经关注欧洲汉学,留学上海使他有了直接接触欧洲汉学的平台,这个平台就是皇家亚洲文会北华支会(The North China Branch of the Royal Asiatic Society)。

皇家亚洲文会成立于 1824 年,是英国亚洲研究领域的高级学会,其宗旨是调查和研究与亚洲相关的科学、文学及自然产物的课题,成员包括在亚洲研究领域有极高成就的著名学者。自成立之日起,该文会就是一个通过讲演、自身杂志和其他出版物而形成的、代表亚洲研究最高水平学术的论坛。文会每年出版 4 期《皇家亚洲文会杂志》(JRAS),每期都有一些学术性的短文和几篇书评。而皇家亚洲文会北华支会前身为成立于 1857 年的上海文理学会,会长为裨治文[1],成员多为著名传教士、外交官、教育家、汉学家,如艾约瑟、雒魏林[2]、汉璧礼[3]等,学会以调查、研究中国及其周围国家的现状与历史为宗旨,1859 年加入英国皇家亚洲学会,更名为皇家亚洲文会北华支会。北华支会自 1858 年出版《皇家亚洲文会北华支会会刊》(Journal of The North-China Branch of The Royal Asiatic Society),至 1948 年停刊,历时近百年,共

---

[1] 裨治文(Elijah Coleman Bridgman,1801—1861),第一位来华的美国传教士,在华三十年间,前半段主要在广东一带,后半段则在上海活动,并卒于此。裨治文在汉学研究上卓有成就,主张中文的学习,应包括文化、宗教在内,曾和第一位来华的英国传教士马礼逊创办《中国丛报月刊》,译有《孝经》等,并用中文编写了《美国志略》。

[2] 雒魏林(William Lockhart,1811—1896),英国传教士、医生。1838 年到广州,先后在澳门、舟山、香港行医,1843 年到上海,并开设了上海第一家西式医院(中国医馆),后当选为英国皇家外科医学院院士,著有《在华行医传教二十年》等。

[3] 汉璧礼(Thomas Hanbury,1832—1907),英国商人、慈善家。1853 年来华,1891 年在上海创办欧亚混血儿学校,该校后成为汉璧礼蒙养学堂、汉璧礼西童公学,并将遗产设立为"汉璧礼基金会",主要用于发展上海的文教事业。此外,他还曾出资为广学会建造办公楼,为该会扩大规模起了关键作用。

出版 75 卷计 109 册①。该刊主要以调查和研究中国为主,兼及朝鲜、日本及俄国等邻近国家,所刊文章涉及东方学研究的各个方面,是 19 世纪中期至 20 世纪前半期具有重要影响的汉学杂志,对促进西方世界了解中国、推动近代欧美汉学的发展发挥了重要作用,具有很高的史料价值和学术价值。

皇家亚洲文会北华支会和广学会一起,成为当时上海中西信息交流的两大主流平台,狩野直喜经常到北华支会附属图书馆去查阅资料。该图书馆成立于 1869 年,藏书上万种,其中汉籍两千余种,其余也都是与中国有关的西文著作和杂志,这使兼通英法文的狩野直喜得到了解欧洲汉学的绝好机会。那里还定期举行有关中国历史文化的学术讲座,在狩野氏留学期间就先后有佛尔克②、李提摩太③、福开森④等人的讲座,狩野直喜得以借此结识了这些当时在上海的欧洲汉学家。另据学者考证,狩野直喜于 1902 年正式加入了北华支会,会员资格一直到 1920 年⑤。

狩野直喜对欧洲汉学研究方法的特点总结出两点:第一,将中国古

---

①　《皇家亚洲文会北华支会会刊(1858—1948)》,上海科学技术文献出版社 2013 年影印出版,共 35 册,第 1 册为导论、索引、附录,其余 34 册为原刊影印件。

②　佛尔克(Alfred Forke,1867—1944),德国汉学家。曾任德国驻华使馆翻译,1903 年起,出任德国东方语言学校教授,1909 年获得有汉学界诺贝尔奖之称的儒莲奖,1923 年后任汉堡大学教授,著有《中国哲学史》等。

③　李提摩太(Timothy Richard,1845—1919),英国传教士、汉学家。1870 年来华,1891 年创办广学会,并主持该会达二十五年之久,1902 年参与创建山西大学堂,并任西斋总教习,获清廷一品顶戴、二等双龙宝星、诰封三代。在华活动长达四十五年,著有《亲历晚清四十五年》等,是晚清具有重要影响的外国人士。

④　福开森(John Calvin Ferguson,1866—1945),美国教育家、汉学家。1886 年来华,1888 年任南京汇文书院(金陵大学、南京大学前身之一)院长,1896 年出任南洋公学(上海交通大学前身)监院,在上海先后创办《新闻报》《英文时报》《亚洲文荟》等刊报,1910 年获清廷二品顶戴,1934 年将个人全部收藏捐赠金陵大学,在华五十余年。

⑤　刘正《京都学派汉学史稿》,学苑出版社 2011 年版,第 38 页。

典文献作为外语文献,自觉从外国人的角度来研究,这是欧洲汉学和日本汉学最大的不同;第二,从来被中国、日本儒学家弃之不顾的小说、戏曲和以道教为代表的中国民俗习惯,在欧洲汉学家那里成了热门的研究对象。狩野直喜后来以较大的精力关注中国小说、戏曲等俗文学和以道教为中心的民俗学,并在讲学中频繁引用法国科尔迪耶的《汉籍解题》、英国翟理斯的《中国文学史》等西方汉学著作,与他在上海留学期间的经历有直接的关系。

此外,狩野直喜还在同学藤田丰八的介绍下,认识了罗振玉,藤田丰八同时还向他介绍了王国维,但他此次在上海期间没有见到王国维①。

文科大学创设时期的京都大学,新学问充满了生机。此时伯希和、斯坦因从敦煌劫取了数千卷的古写本,伯希和将敦煌文书送回法国后返回河内,翌年(1909)受河内的远东学院派遣,再次到中国购书,在北京召开的欢迎会上,伯希和将其所获写本的一部分展现给与会学者。该消息由罗振玉等人传入京都学者之耳,一时掀起轩然大波。古写本的大量出现,对新研究材料极为敏感的京都大学教授们来说无疑是一个很大的刺激。狩野直喜很快就收到了罗振玉从北京寄来的部分照片,并于同年11月在京都府立图书馆举行的史学研究会第二次大会上展出,京都学派代表人物小川琢治、内藤湖南、富冈谦藏、滨田耕作、羽田亨、桑原骘藏等分别从各自研究领域对其进行解说,狩野直喜解说的是《老子化胡经》。翌年(1910),敦煌藏经洞残留经卷全部运抵北京的消息传开,文科大学于是派出狩野直喜、小川琢治、内藤湖南、富冈谦藏、滨田耕作五人赴北京调查。当时罗振玉为京师大学堂农科监督,藤田丰八和王国维都在其处任职,为狩野等人的调查提供了极大的方便,

---

① 狩野直喜《回忆王静安君》,原载《艺文》1927 年第 8 号。此据滨田麻矢译文,收入陈平原、王枫编《追忆王国维》(增订本),三联书店 2009 年版,第 291 页。

回国后举办了盛大报告展览会,而罗振玉、王国维寓居京都,使得敦煌学更加升温。因此,狩野直喜于 1912 年 9 月开始远赴欧洲调查,从北京经由俄国到达巴黎,在俄国时,受到汉学家阿克列夫的接待。在欧洲一年多的时间里,狩野直喜遍访瑞士、意大利、奥地利、德国、比利时、荷兰、英国等国,或在图书馆调查,或与学者会面,此次欧洲之行使他与欧洲学者建立广泛的交游。在伯希和等人关照下,得以亲自调查敦煌写本,他调查的重点是经学与俗文学相关文献,做了三册笔记①。

狩野直喜出国调查的同时,又很注意及时向国内学界报告最新信息。在俄国期间,就从彼得堡发来信件,报告俄国的情况:

> 科兹洛夫在甘肃的发掘品数量上虽然不多,但在学术价值上完全可与敦煌古书相媲美。其中西夏语掌中字汇、西夏文经卷、唐槧大方广严经、北宋槧列子片段、宋槧吕观文进注庄子、杂剧零本(没有时间仔细琢磨,但依我的判断这似乎是宋槧,比普通流传的古今杂剧版式要旧。如果真的是宋槧版,那么就是海内孤本,元曲源流从此有迹可寻,只可惜纸张破损太多)。②

狩野直喜归国后,再分三次介绍欧洲特别是法国、英国、意大利等国汉学研究的历史与现状,题为《续狗尾录》(《艺文》1914 年第 2、3、11

---

① 高田时雄《狩野直喜》,收入砺波护编《京都大学东洋学百年》,京都大学学术出版会 2002 年版,第 14—17 页。
② 狩野直喜《海外通信》,《艺文》,1913 年第 1 号。译文据神田喜一郎著,高野雪等译《敦煌五十年》,北京大学 2004 年版,第 74 页。按,科兹洛夫(1863—1935),俄国著名探险家、考古学家、东方学家,著有《蒙古和喀木》《蒙古、阿木道和哈拉和卓城址》。1907 年,科兹洛夫在额济纳河下游接近居延海附近发现了西夏古城黑水城遗址,发掘出文物三千余件,其中包括《刘知远诸宫调》等重要的中国俗文学资料。

号），这是当时第一篇系统介绍欧洲汉学的文章，信息量大而又能突出俗文学研究这一重点。此文为后来石田干之助等人专事东西交通史及欧美汉学史研究之先河。狩野直喜还于 1913 年 11 月 27 日在京都大学中国学会第一次大会上作了题为"敦煌发掘物视察谈"的调查报告，其后又有两次题为"关于敦煌遗书"的讲演（1917 年 12 月 2 日第四次大会、1925 年 6 月 13 日第十二次大会）。

狩野直喜很快注意到在敦煌写本中俗文学资料的学术价值，从欧洲回国后发表了《中国俗文学研究的材料》一文，将自己抄写回来的作品介绍给学界：

> 斯坦因、伯希和等人前后从敦煌千佛洞得到六朝至宋初有关经籍、佛典、历史、地理、文学的写本，数以万计，其中不少属于俗文学作品，即发现了雅俗折衷、散韵相间的押韵小说。我往年在英法两京博物馆、图书馆中研究敦煌遗书时偶然见之，喜不自禁，乃将其中一部分抄录回来。遗憾的是，当时抄写的时候没有其他参考书，又没时间精读原文，遇到文字不清晰的时候，只好先照着字形描画下来，回来一看，完全不能通读的地方颇不少。但我对此抄本尤为感兴趣的是，它们都是唐末五代的写本，换言之，元明以后之俗文学在唐末五代时已出根芽。说到唐五代文学，我们通常直接就想到优雅典丽的诗文辞赋，而这种雅文学以外极俚俗的、为一般下层民众所喜爱的所谓平民文学，可从这些抄本窥知一二。学者论述中国白话小说的起源，从来都引用明代郎瑛《七修类稿》等文献的说法，认为小说起于宋仁宗时期，我则认为有必要由此上溯到唐末。①

---

① 《中国俗文学史研究的材料》，《艺文》，1916 年第 1、3 号。此文有汪馥泉中译版，《语丝》第 4 卷第 52 期，1929 年 1 月。

　　然后,狩野直喜举出了斯坦因所得敦煌文献中的《唐太宗入冥记》残卷与张鷟《朝野佥载》中的记载相印证,认为这个故事后来被《西游记》吸收。再如《秋胡变文》残卷。该故事先见于汉代刘向的《列女传》,其后流传不绝,南朝宋颜延之的《秋胡诗》尤为著名,元代石君宝乃有《秋胡戏妻》杂剧。而《秋胡变文》故事中的秋胡本是先秦之人,但他外出游学所带之书却全是唐代士子必读之书;写本卷残满纸错字,显然是出于下层民众之手;其中有不少当时俗语,这些俗语文体和元明以来的白话小说虽然多少还有区别,但其与当时唐传奇等文言小说文体之不同,已是显而易见之事。再如伯希和所得的《伍子胥变文》等。最后,狩野直喜探讨在唐末五代已经萌芽的俗文学在何时泯灭的问题。实际上,他认为宋代小说没有流传下来,《宣和遗事》《大唐三藏取经诗话》等都是元代的作品,但不能因此就说宋代没有这种俗文学在流传,前举《七修类稿》即是明证,宋代说话兴起是很值得注意的,元代话本多为这些说话故事的笔录。

　　狩野直喜将通俗小说的起源追溯到唐末五代,这是该文的中心论点。当然,由于时代条件的制约,该文没有深入研究变文的语言、构成、起源、演出方法等问题,但他作为敦煌俗文学研究史最初的论考则是无疑的。最早呼应狩野直喜的敦煌俗文学研究的是王国维,他据狩野带回的敦煌写本过录文写了不少跋文,如《唐写本韦庄秦妇吟》《唐写本残小说跋》,后又写成《敦煌发见唐朝之通俗诗及通俗小说》(《东方杂志》第17卷第9号,1920年)一文,根据《北梦琐言》中记有“内库烧为锦绣灰,天街踏尽公卿骨”二句,判断出狩野氏所录片段为《秦妇吟》。

　　第四,中国俗文学文献的搜集与刊行。

　　近代以来中国小说戏曲研究的长足发展,与相关文献资料的陆续发现密切相关,因此,相关文献资料的搜集与复制是一项极为重要的活动。狩野直喜深厚的文献功底,使他能够迅速而准确地判断文献的学术价值；他在京都大学的特殊地位，也使得他在文献的搜集与复制上有着不少便利。在狩野直喜的主持下，京都大学文科大学从1907年就开始购藏中国戏曲小说文献，以后几乎每年连续不断，王国维寓居京都之后，文科大学购藏戏曲小说文献数量更为明显增长。狩野直喜还通过抄录等方式获得不少文献，如世德堂本《荆钗记》《还带记》，就是他从阿波文库抄录的，清钞本《传奇汇考》则是他托人在东京抄录的，还有王国维副录后赠与狩野氏的《录鬼簿》等，而狩野直喜本人的藏书，则在其去世后也归于京都大学①。狩野直喜搜集的这些文献，对京都学派的后学者如青木正儿等人早年的研究产生了很大的影响。因此，今天京都大学的中国戏曲小说文献藏书中多有珍品，狩野直喜实功不可没。

狩野直喜对于戏曲文献的复制与保存上，尤值得一提的是《元刊杂剧三十种》。1913年7月，狩野直喜在京都见到罗振玉购得的《元刊杂剧三十种》，马上安排由京都大学覆刻，1914年作为文科大学丛书第二卷出版，题为《覆元椠古今杂剧三十种》。狩野直喜并用汉文撰写跋语，是为日本最早发表的关于《元刊杂剧三十种》的研究文字。全文大概可分为三部分。第一部分先介绍《元刊杂剧三十种》的基本情况、旧藏者及与《元曲选》之关系：

> 右《元椠古今杂剧三十种》，无卷数，不知编者名氏，旧藏黄荛圃士礼居，前年有人从吴门购回，今归我友罗君参事。检所装书匣，面刻荛圃手题书名，且署曰乙编。荛圃富藏储，分宋元本为甲乙二类，非此书别有甲编也。案明万历中，吴兴藏晋叔多贮元人秘本杂剧，又从刘延伯借所录御戏监本二百五十种，参伍校订，择其

---

① 关于京都大学及狩野直喜本人所藏中国戏曲文献部分目录，可参见黄仕忠《日本所藏中国戏曲文献研究》，高等教育出版社2011年版，第57—59页。

佳者一百种,名曰《元曲选》,刻传于世。自来,臧选以外元曲之存者无几。后人或疑其师心取舍,未免采砆砥而遗珠玉。今见此书,臧选不载者凡十七种,即如关汉卿《佳人拜月亭》、王伯成《李太白贬夜郎》、宫天挺《严子陵垂钓七里滩》诸杂剧,劲切雄丽,足为绝唱,元人本色,于斯可窥,凡如此类,散佚已久,不料乃当我世而出,岂非艺林快事?

接着,狩野直喜又从杂剧体例、宾白、曲文、曲数、文字五个方面论述《元刊杂剧三十种》与《元曲选》的异同,认为此书对于元杂剧研究的意义重大:

> 且就此书、臧选均载者,而论其异同之处,亦足以资考镜。今不缕述,聊发数段:杂剧体例,概用四折,法律一定,不得变易,乃臧选纪君祥《赵氏孤儿》,楔子以外,独有五折,不类他剧,今见此书,亦唯四折,一不同也。臧选序云,或以谓元曲宾白,演剧时伶人自为之,故多鄙俚蹈袭之语,此书亦唯正末旦有白,不录其余,然与臧选相较,复不相同,即如老生儿正末扮。刘禹字天锡,臧选作刘从善,其侄刘端字正一,臧选又作刘引孙,可知晋叔之言,不必无征,二不同也。两书所载同一杂剧,曲名已同,曲文则异者,如《楚昭王疏者下船》(原注:臧选"昭王"作"昭公"),类出二手,三不同也。有曲数不同,此书所录,多于臧选,臧选所录,则此书不载,参差不齐,详略互见,四不同也。至同曲中字句之异同,则满纸皆是,无可指数,盖此书本以供听剧者把玩,犹今世七字唱本之类,是以讹字别字,每行数见,固不能据为的本,然传世元剧,得此骤增十有七种,即与臧选互出者,得此别本,足以比勘字句,辨正音释,则其于读曲,岂言无补?

最后,狩野直喜强调了作为俗文学的元曲"应与唐诗汉文并列"的主张,这也就是他为何要覆刻的缘由:

> 夫杂剧一道,要在娱俗,唯取易解,不务修辞。是以艳曲曼声,已异雅颂;街谈巷语,又伤鄙陋。然人之嗜音,乃出天性,古乐今乐,其用则同。是知元美《卮言》,不废北弦南板之说;里堂《笋论》,乃有移情豁趣之论。文士经生,不以致远恐泥为嫌;元曲宋词,应与唐诗汉文并列。爰请本学覆刻传世,以存元代文献焉。①

狩野直喜又根据此书,写出《读曲琐言》系列学术札记。狩野此举对以后的学者影响很大,这种将新发现的学术资料覆刻、影印,以资研究者参考的做法,一直被日本学界继承下来。

三、狩野直喜治学与东京学派之关系

狩野直喜的中国俗文学研究相对独立,但并非孤立,他与森槐南、盐谷温等东京方面的研究既有联系又有区别,这并不是偶然的,这与狩野氏的学术经历以及东京、京都两大学之间的学术竞争有着深刻而密切的关系。

首先,狩野直喜重视中国俗文学研究是有意避东京大学之长。

狩野从东京大学毕业后很是不遇,据说是和东京大学教授关系很不和,称他们为腐儒。毕业之初几乎没有安身立命之所,后幸得京都大学校长木下广次因同乡之情招请,作为京都大学文科大学预备教授,但由于财政预算问题,京都大学未及时办文科大学。而比他小十岁的盐

---

① 以上引文见狩野直喜《覆元椠古今杂剧三十种跋》,收入《中国学文薮》,美篶书房1973年版,第467—468页。

谷温,此时已是日本皇族学校学习院的教授。日俄战争以后,京都大学决定开办文科大学,狩野氏任文科大学创设委员,为包括中国俗文学在内的"中国学"的创立付出了诸多的努力。

这固然与当时国际汉学形势的发展有关(如敦煌文书、甲骨文的发现等),但一定程度上也是为了避东京大学之长。东京大学早就设置了文学部,但在中国学研究领域主要侧重于哲学、史学等方面,对文学尤其是小说、戏曲等俗文学的研究,是东京大学所不屑的。森槐南虽曾在东京大学开设过相关课程,毕竟未设置专业,直到盐谷温留学回国,仍遭东京大学老教授星野恒痛批。在这种情况下,新生的京都大学要想与东京大学同场竞技,甚至赢得一技之长,就必须避其长而攻其短,而小说、戏曲正是绝好的选择。

狩野直喜还以此为基地培养出了一批从事中国俗文学研究的优秀学者,后来以研究中国戏曲著称的青木正儿和吉川幸次郎分别是他早期和晚年的得意门生,由此形成了中国俗文学研究的京都学派。狩野直喜以东京大学为竞争对手的意识是很明显的,吉川幸次郎认为他对东京大学的反感终生很强,其在东京大学的失意可以想见,他在京都大学不置助手,也是对东京大学教授常有助手的反拨①。京都学派用乾嘉考证学方法研究俗文学,也是向来采用德国史学研究方法的东京大学所不擅长的。

狩野直喜在京都大学的一系列活动又反过来刺激了东京大学,东京大学也明显感到了来自京都大学的压力与挑战。在狩野直喜任文科大学教授后数月内,东京大学便将盐谷温作为中国文学讲座预备教授派出留学,培养模式和程序都直接模仿了京都大学。盐谷温虽多次声称自己要从事的小说戏曲研究是未开发的处女地,但历史的前后逻辑

_____

① 东方学会编《追忆前辈学者》第 1 册,刀水书房 2000 年版,第 183—184 页。

掩盖不了这种被动出击的事实。

其次，狩野直喜并非将中国俗文学研究视作自己的专利，而是主张公开、公平的学术竞争。

由于东京、京都两大学在中国文学研究领域展开竞争的架势已经拉开，占有尽可能多的学术资源以便在竞争中处于有利地位，应该是竞争双方应有的逻辑和正常的心态，而由此带来的做法往往是携孤本秘籍唯恐人知，尽量不使自己的资源透露给对方，然而，这种狭隘的心胸在狩野直喜那里是不适用的。

这一时期作为狩野直喜的主要竞争对手无疑是来自东京大学的盐谷温。盐谷温出国留学乃是奉命行事，他本人曾在多种场合中多次强调，但具体究竟是谁推荐他去学习元曲，却有两种不同的说法，一说是水野梅晓①，一说就是狩野直喜。这两种说法都出自盐谷温本人之口。

盐谷温在德国留学后转赴北京，但他在北京近一年的时间里，为找不到合适的大学和导师、达不到留学目的而苦恼。正在此时，他偶然结识同在北京的日僧水野梅晓，后者便介绍他去长沙从叶德辉学，故盐谷温乃于当年冬负笈长沙②。水野之劝看起来对盐谷温赴长沙求学有直接导向作用，但狩野直喜的建议却是让盐谷温在出国之前就确定了具体的研究方向：盐谷温临出国，途经京都，向狩野直喜辞行，狩野氏乃劝其学习元曲。盐谷温回国后专攻元曲，狩野直喜又将京都大学覆刻的《元刊杂剧三十种》惠赠，使盐谷温且惊且喜，得以亲眼目睹元刊杂剧的

---

① 水野梅晓(1877—1949)，日本僧人。13岁出家，后入京都大德寺学习。1894年入东京哲学馆上夜校，结识根津一，经其介绍，就读于上海东亚同文书院第一期，研习道教经典和阿拉伯文。1904年毕业，到天台山参拜如静禅师墓地，旋至湖南长沙开福寺开创僧学堂，讲授曹洞宗教义，结识当地名流王闿运、王先谦、叶德辉，成为在长沙的日本名僧。
② 盐谷温《天马行空》，日本加除出版株式会社1956年版，第85—86页。

真面目,这对他研究元曲的意义不言而喻,后来他就是以《元曲研究》获博士学位,还主持了《元曲选》的日译工作。盐谷温后来将内阁文库藏《全相平话三国志》影印出版,以飨内外同好者并答谢狩野氏之厚爱①。

前辈学者之间这种良好的学术风气,受到了后学的极口称赞。宇野精一不仅引述其父——和狩野、盐谷两氏都有交往的宇野哲人之说确认了此事,还把无私劝告的君山先生和谦虚听劝的节山先生,称为"学界的传说"②。

再次,狩野直喜对中国和中国文化的态度与盐谷温等人迥然不同。

狩野直喜从小受到汉学熏陶,对"中国及中国文化表现出最纯粹的爱好"③,充满敬意,他喜穿中式传统服装,喜食中餐,喜欢中国书法,还表示自己恨不能生在中国。他日后更是一生致力于中国文化研究,在"东洋学"领域中特别开拓了专事中国古代文史哲研究的"中国学",并以高深的学术水准和巨大的社会影响力培养了大批卓有成就的后学。

狩野直喜受儒家"学而优则仕"的人生信条影响,在学术研究之外,以积极入世的精神投身于中日文化事业中,如 1919 年至 1922 年任京都大学文学部(由京都大学文科大学改制)第二任部长,1929 年起任东方文化学院京都研究所(京都大学人文科学研究所前身)第一任所长等。狩野直喜的本意是为了促进中日学术文化交流与进步,然而,随着日本侵华战争爆发,日本军方出于战争考虑,认为研究古代中国乃是无用的,学术研究机构应以战争政策为准则,展开对现实中国的研究,而外务省则采用折中方案,即原有中国古代文化研究计划继续进行,但同时追加所谓"现实有用"的研究。这对于坚守"学术独立于政治之外"原

---

① 盐谷温《关于〈全相平话三国志〉》,《狩野教授还历纪念中国学论丛》,弘文堂书房 1928 年版。
② 东方学会编《追忆前辈学者》第 2 册,刀水书房 2000 年版,第 159 页。
③ 宫崎市定《清朝的制度与文学·解说》,美篶书房 1984 年版,第 422 页。

则的狩野直喜来说,当然是不能接受的。为此,外务省文化事业部于1938年3月曾出面与狩野氏交涉,狩野直喜断然拒绝了他们的要求,当月便辞去了东方文化事业委员会委员职务,明确表示了研究所的自立原则。次月,京都研究所从东方文化学院独立出来,改称东方文化研究所,狩野直喜并辞去所长职务。当年11月,东方文化研究所在中庭(今京都大学人文科学研究所旧址)为狩野直喜塑立铜像①。

辞职后,晚年的狩野直喜依然拒绝介入政治,隐居不出,潜心研究《易》《汉书》《杜诗》等中国传统文化,并以书画自娱。狩野直喜"是把中国文明当作世界文明中的重要一环来尊敬、爱护,蔑视那些以功利为目的的中国研究及那些对中国一知半解却到处兜售的所谓中国通"②,他正是因为"尊重中国人的价值观,才能阐明中国之所以为中国"③。这与战争时期积极鼓吹"皇国思想"的盐谷温等人是截然不同的。

第三节　京都学派的"三尊"

在狩野直喜之后、吉川幸次郎之前,京都学派中国俗文学研究的代表人物有幸田露伴、铃木虎雄和青木正儿。幸田、铃木两氏后来分别以文学创作和中国诗赋研究闻名,他们在日本中国俗文学研究史上的分量本轻于青木正儿,但如从年辈和师承的角度看,他们却都是青木正儿的师长。他们三人分别相差十岁左右,其从事中国俗文学研究也大体相差一个时代:幸田露伴主要在明治后期,铃木虎雄主要在明治末大正

---

① 高田时雄《狩野直喜》,收入砺波护编《京都大学东洋学百年》,京都大学学术出版会2002年版,第25—26页。
② 吉川幸次郎《中国学文薮·解说》,美篶书房1973年版,第503页。
③ 高田时雄《狩野直喜》,收入砺波护编《京都大学东洋学百年》,京都大学学术出版会2002年版,第26页。

初,而青木正儿则主要在大正及昭和前期。他们代表了京都学派三个不同时期的研究情况,下文即以此顺序进行论述。

一、幸田露伴

与京都学派代表人物狩野直喜、铃木虎雄、青木正儿等人相比,幸田露伴是一位颇为特殊的人物:他以作家闻名,却不以学者著称;他既非东京、京都两大学出身,也未担任京都大学教授;他虽曾任京都大学讲师,但极为短暂,仅有一年,所任科目是日本文学而非中国文学。但他在中国戏曲小说研究方面的研究足以匹敌乃至超越许多所谓的专业学者,在日本中国俗文学研究史上,特别是近代学术转型后的草创时期仍是一个不可轻视的存在。这也就是本书将其列为京都学派重要人物的原因。

(一)幸田露伴与京都大学

幸田露伴(1867—1947),生于东京,名成行,号露伴。他的求学之路颇与众不同,屡次中途退学。6 岁开始素读《孝经》,8 岁进入东京师范学校附属小学,因为成绩优异,连续跳级,12 岁提前两年小学毕业,进入东京府立第一中学校,但在该校仅一年就因家庭经济原因退学。第二年转入东京英学校(青山学院大学前身),又仅一年就再次退学。次年,进入汉学塾迎曦塾。1883 年,为了学习谋生技能,16 岁的幸田露伴凭借优异的数学成绩以公费生身份进入电信修理技术学校学习,两年后毕业,被派往北海道电信部门任职。在北海道期间,受到坪内逍遥《小说神髓》的影响,有志于文学创作,于 1887 年离职返回东京。1889年,幸田露伴以小说《露团团》登上文坛,其后以主要精力投入文学创作,并以《五重塔》《运命》等作品确立了在日本文坛的地位,与尾崎红叶、坪内逍遥、森鸥外齐名,他们活跃的时期在日本文学史上被称为"红露逍鸥时期"。

1908 年 5 月,幸田露伴受聘为京都大学文科大学日本文学讲师,9 月到任,次年 9 月辞职回东京,1914 年 9 月正式解聘,在京都大学前后实际仅一年。关于他离职的原因,有论者以为是对教师生活感到不适应,从而重归自由写作①。这容易使人联想是幸田氏性格方面的原因。但幸田露伴"与通常印象中的文学家形象不同,他肩膀宽广、胸膛厚实、下颚外张,显示出多血质的体质特点,行事不拘一格,性情明朗阔达"②,这样的人物应该较为适合教师职业。根据青木正儿回忆,京都大学学生为幸田露伴高深广博的学问和独创性的见解所折服,得知幸田氏决意离职时,曾有两位学生代表赶赴东京挽请,但被他谢绝。可见他的讲课当是成功的。因此,他的离职有更深层的原因,这就是学历问题。

明治后期的日本已经完全是一个学历社会,没有学历在社会上,尤其在帝国大学是难以立足的。森槐南、那珂通世因为没有帝国大学学历,他们在东京大学始终只是一名讲师,而京都大学文科大学虽勇于突破这种藩篱,唯才是举,也确实破格聘请了只有秋田师范学校学历的内藤湖南,但内藤氏起初仍以讲师身份入职,两年后才升任教授。京都大学再次破格聘请同样没有正式学历的幸田露伴时,却在舆论界引起了轩然大波。那个举世膜拜西洋学术的时代,幸田露伴这样虽学富五车,但无正式学历的"民间学者",是与帝国大学无缘的。结局是,幸田露伴恐累及京都大学校长冈田良平、文部省上田万年等人,仅一年就离职回到东京。

当初京都大学有意聘请幸田氏的消息一出,流言蜚语四起,幸田氏坦然辞而不就,后因冈田、上田二氏再三敦请,京都大学教授会又一直

---

① 黄仕忠《日本所藏中国戏曲文献研究》,高等教育出版社 2011 年版,第 21 页。
② 大冈升平《幸田露伴传》,小林秀雄编《现代日本文学馆》3《幸田露伴·泉镜花》卷,文艺春秋株式会社 1968 年版,第 5 页。

通过决议,幸田氏不能再辞,方同意出任,故幸田氏之任京都大学,全由此二人极力促成,虽为讲师名义,但享受教授待遇。幸田氏在暑假期间就为授课作准备,以期报感二人知遇之恩①。他第一天上课,还特地穿了西装,以示尊重。他是日本文学讲座的讲师,讲授课程为"日本文脉论"(普通讲义,每周二小时)、"曾我物语、和赞"(特殊讲义,每周一小时)、"近松世话净琉璃"(讲读,每周一小时)。"日本文脉论"从《古京遗文》中非汉非和的文体一直讲到镰仓时代,重点在于探讨汉文学之于日本文学的影响,他后来根据该课程内容写成《中日文学之关系》(《中国文学と日本文学交涉》)一文。此外还指导文学科学生组成的文学会②。1909年6月15日,幸田露伴在弘法大师诞辰纪念会上作了题为"文学史上的弘法大师(文学上に於ける弘法大师)"的演讲后不久即回到东京,从此再没回到京都大学。

1911年2月,幸田露伴与森槐南、夏目漱石等四人被文部省授予文学博士称号。森槐南因病由人代为出席,夏目漱石辞而不受,幸田露伴则亲自出席授予仪式。早在1901年,森鸥外被授予文学博士称号的博士会上,就有人提议授予尾崎红叶、幸田露伴博士称号,并获得坪内逍遥、上田万年等人的赞成,但当时还没有将博士称号授予教育系统以外纯粹的作家文人的先例,因此不了了之。这次是因为幸田氏前曾任教于京都大学,已经符合授予要求。而作为博士称号的审议材料,就是写于任教京都大学之前的考证《游仙窟》的论文③。

1947年,幸田露伴去世后,政府有意为他举行国葬,被其家人拒

① 盐谷赞《幸田露伴》(中),中央公论社1977年版,第179—187页。
② 盐谷赞《幸田露伴》(中),中央公论社1977年版,第195、196、202页。
③ 幸田露伴对获博士称号颇为喜悦,授予仪式结束后专程去向其母报喜,又顺路告知井上哲次郎,回到家又十分感念不舍得买新衣服却全力支持丈夫购书作文的亡妻。详见盐谷赞《幸田露伴》(中),中央公论社1977年版,第250—251页。

绝,但仍由参众两院赠悼词,内阁总理大臣以下参加葬礼①,可谓殊荣备至矣。

（二）幸田露伴的中国俗文学研究

从 19 世纪 90 年代到 20 世纪 20 年代,幸田露伴陆续发表了多种有关中国俗文学研究的论文,并译注或编译过四大名著中的《水浒传》《红楼梦》《三国演义》。其具体成果目录列表如下:

表 4.5　幸田露伴中国俗文学研究著述一览表

序号	题　名	出版社或原载	发表或出版年月
1	郑廷玉的《忍字记》（鄭廷玉の《忍字記》）	《通俗佛教新闻》	1894 年 2 月
2	元杂剧（元時代の雑劇）	《太阳》	1895 年 1、6、9 月
3	水浒传	《目不醉草》	1897 年 8 月
4	《画中人》（槃花主人の《画中人》）	《新小说》	1899 年 10 月
5	元剧谈片	《太平洋》	1902 年 8 月
6	《琵琶记》梗概（中国第一戯曲の梗概）	《女学世界》	1903 年 1—3 月
7	张国宾	《新小说》	1903 年 3 月
8	元代俗语（元時代の俗諺）	《太阳》	1903 年 3 月
9	游仙窟	《蜗牛庵夜谭》（春阳堂版）	1907 年 11 月
10	金圣叹与王元麓（金聖嘆と王元麓）	《第一高等学校校友会杂志》	1908 年 10 月
11	西厢记、琵琶记、桃花扇、长生殿、红雪楼九种曲、中国俳优、聊斋志异、十二楼、弹词	《日本百科大辞典》（三省堂书店版）	1908 年 11 月起

① 幸田露伴履历据大冈升平《幸田露伴年谱》,小林秀雄编《现代日本文学馆》3《幸田露伴·泉镜花》卷,文艺春秋株式会社 1968 年版。

序号	题　名	出版社或原载	发表或出版年月
12	通俗三国志	日本文艺丛书（东亚堂版）	1911 年 2—8 月
13	题《水浒传》	东亚堂	1911 年夏
14	再题《水浒传》	东亚堂	1911 年 8 月
15	三题《水浒传》（三たび《水滸伝》に题す）	东亚堂	1911 年 11 月
16	四题《水浒传》（四たび《水滸伝》に题す）	原稿	1912 年 4 月
17	汉楚军谈	东亚堂	1912 年 6 月
18	《水浒传》第一美女李师师（《水滸伝》中の第一の美人李师師）	《淑女画报》	1917 年 5 月
19	中国戏曲	《帝国文学》	1919 年 8—10 月
20	国译《红楼梦》	国民文库刊行会	1920—1922 年
21	译注《水浒传》并解题（即国译《忠义水浒传》）	国民文库刊行会	1923 年
22	闲窗偶笔	《思想》	1925 年 2—5 月
23	金圣叹	《随笔春秋》	1927 年 5 月
24	中国小说	原稿	不详
25	小说在中国古文学上的地位（古中国文学に於ける小说の地位）	原稿	不详
26	水浒余话	《随笔春秋》	不详

在近代日本早期的中国俗文学研究中,幸田露伴可与森槐南、笹川临风鼎足而三,但森槐南早逝,笹川临风研究兴趣早已转移,幸田露伴的研究持续之长远超过他们二人。对于这样一位重要的学者,学界的研究显然还不够。以下即以其中较有分量的《游仙窟》《元杂剧》两文为例,一窥幸田露伴的中国俗文学研究。

《游仙窟》作于 1907 年夏,当是明治以来日本第一篇《游仙窟》专论,成稿之后直接收入幸田露伴的随笔集《蜗牛庵夜谭》(春阳堂 1907 年版),该集后收入《明治大正文学全集》第 6 卷《幸田露伴篇》(春阳堂 1927 年版)①。由于该文并未作为单篇论文发表,故知之者甚少,但其对于幸田露伴本人的意义甚大,是其被授予博士称号的审议材料,换言之,相当于博士论文。

《游仙窟》一文主要围绕两个问题展开论述:《游仙窟》与日本文学之关系;《游仙窟》的作者。

《游仙窟》在中国早已散佚,却成了日本小说史的开篇,不可谓不奇。幸田氏开篇即先从日本小说的起源说起,认为日本小说之始祖当属《竹取物语》,由此引出《游仙窟》,《游仙窟》乃是传入日本的外国小说之始祖。《游仙窟》最早当是由遣唐使等使节带回日本的,日本人由此始知何为小说,然后有《竹取物语》。《竹取物语》大体可以确定成书于延喜年间(901—923)以前,作者虽无确考,但传为梨壶五人之一的源顺,而这位源顺也正是那部受到《游仙窟》影响的《和名类聚抄》的作者。《和名类聚抄》约成于承平年间(931—938),其中多处引用汉文典籍,本不足为怪,但作为猥谈小说的《游仙窟》却被频繁引用(至少有 14 处),这足以说明《游仙窟》在当时已有很大的影响。

此后,《和汉朗咏集》《新撰朗咏集》等也引用了《游仙窟》,而最能看出《游仙窟》影响之大的,要数《万叶集》,大伴家持赠坂上大娘的 15 首歌,有 4 首与《游仙窟》中的情景极为相似。大伴家持的歌才并不亚于《游仙窟》作者张鷟,没必要以《游仙窟》为蓝本作歌,他是把自己和坂上

---

① 《游仙窟》一文现收入《露伴全集》第 19 卷,岩波书店 1951 年版。该卷标题为"考证",收录有关中日传统文化各类考证文章 40 篇。与中国小说戏曲相关的,除此篇外,尚有《闲窗偶笔》中的《西游记的作者》一文,否定丘处机说,肯定吴承恩说。

大娘想象成了《游仙窟》中的人物。比大伴家持早数十年的山上忆良，为自己之病所作自哀文也存于《万叶集》中，其中也引用了《游仙窟》。

关于《游仙窟》的作者与武则天的关系，幸田氏否定了在日本流传的荒诞故事。日本有一部《唐物语》，书中写到张文成与武则天有一夜之欢，认为张鷟作《游仙窟》源于对武后的思慕，平康赖也将此事写入《宝物集》。《唐物语》与《宝物集》大体同时，约成于治承年间（1177—1184），所据不过是当时的传说。幸田露伴根据史料，证明张鷟在武后时不被重用，他是一位性情急躁、放荡无检、有才无德、矜己轻人之人，但正史野乘均未记载他因思慕武后而作《游仙窟》一事，相反，他还对武后宠幸面首、作新字、滥授官职等行为颇多讽刺。幸田氏认为张鷟兼有儒、释、道三家的思想，为人诙谐多智，才情俊敏，诗赋文章尤光彩灿烂。

幸田露伴认为《唐物语》《宝物集》之说乃误传，盖来源于武后有面首张易之、张昌宗之事。二张与张鷟同姓又同时，而二张之父名曰张行成，与张文成仅一字之差，其人虽早死，然世之浅妄之人，就容易把张文成与张行成；张文成、张氏兄弟与武后；《游仙窟》与迎仙院等糅杂在一起，最终生此误传。

此外，幸田氏引洪迈和《四库提要》的评语，对《龙筋凤髓判》也作了简要评述，认为《龙筋凤髓判》与《游仙窟》内容和性质都相去甚远，但文笔气质却十分相近，当同出一人之手。

幸田露伴对张文成的后人也略有考述。张文成家族为才学世家，其孙张荐，曾受颜真卿赞赏，著有《灵怪集》等；张荐之兄张著好隐语；张荐之子张又新曾中状元，又新之弟希复亦登进士科；希复之子张读年十九，登进士第，著有志怪小说集《宣室志》十卷。

幸田露伴除写过这篇《游仙窟》考证外，还曾将其作为公开演讲的题目，当时在京都大学就读的青木正儿等学生曾在东京高等师范学校听过他有关《游仙窟》的讲演①。他当是近代日本第一位对《游仙窟》给予专门研究的学者。

幸田露伴在戏曲研究方面的代表性论述是《元杂剧》。他写此篇的初衷，是因为元曲乃才子之作，然而其特殊的体制、音律等，对作为外国人的日本读者而言是不易理解的，故有此作，并附录几篇名作的梗概。

幸田氏在此文中提出了将元曲与秦汉之文、盛唐之诗、两宋之词并列的观点：

> 若论中国文学，文必称秦汉，诗必称盛唐，词必称两宋，非秦汉唐宋以外无文章诗词，乃因文章诗词必于特定之时代发达繁荣、大放光彩，故称其时代也，剧于元代亦如此。（中略）元代忽然发达繁荣之剧，实夺后世之光辉，故称剧者，必于前冠以"元"字。秦汉乃文章之源泉，唐宋乃诗词之标的，元代即戏曲之祖先也。②

笹川临风、狩野直喜、盐谷温等人后来也都有类似的说法，但都晚于幸田露伴，而王国维的"一代有一代之文学"的观点更是比幸田氏晚了近二十年。关于王国维的戏曲研究与日本之关系，详见本书第七章。

接下来是论诗词曲之关系。幸田露伴认为，元杂剧是一种叙事诗，中国的叙事诗虽不发达，但并非没有，千年以来一直有延续的传统，故"先秦至元之诗、由唐至元之词的发达，对元杂剧而言，是非常有利的后援，有此大势力为后援的元杂剧，于前人未到之地立一旗帜，忽然开拓广大之领土，看似甚奇，实不足为怪"③。

---

① 盐谷赞《幸田露伴》（中），中央公论社1977年版，第172页。
② 幸田露伴《元杂剧》，《太阳》，1895年1、6、9月，后收入《露伴丛书》，博文馆1902年版，第1739页。
③ 幸田露伴《元杂剧》，《露伴丛书》，博文馆1902年版，第1741页。

幸田露伴否定元代以曲取士造成元曲的繁荣的说法。其证据有四:第一,如有以曲取士这样的新制,史必有书,史书既无明文,多半是误传;第二,杂剧四折的写作水平逐渐下降,宾白和唱词的水平不一,不同剧本却有相同或相似的宾白,这样的情况不可能出现在科场中;第三,如为科场所作,杂剧作家何以宣称是自娱戏作? 第四,以文字水平看人之高下是中国固有习惯,如是科场所作,又岂肯出现如此鄙俚之词?

然后介绍杂剧与传奇之关系。幸田露伴认为杂剧与日本谣曲相似,而传奇则与能和俗剧相似,这与荻生徂徕所认为的"能乃拟元曲杂剧之作"的观点很不同。幸田氏认为,元杂剧注重音乐效果,著名演员如卢纲、李良辰、蒋康之、李通等人都具很富感染力的演唱效果,因此,杂剧与其说是看,不如说是听。明清传奇如汤显祖、李渔、蒋士铨等人的作品,都有超越元人之处,但因元剧实为中国剧之渊源与根本,后世才子必先入元剧之堂奥,然后才能自成一家。且中国有尚古之风,明清传奇多有沿袭、化用元剧词句者。

幸田露伴认为,因为杂剧是有韵有调的,如翻译成外文,必然失其本色,而若只是解题的话,又如隔靴搔痒,故取折中,选择一小段翻译,大部分用稍详细的解题,并指出佳处妙处。此外,对作者及其写作技巧、风格等也作一评价。幸田氏选择作品是很有标准的。有通过同一作者不同作品间的对比,展现该作者的不同水平:如他评价乔吉的《扬州梦》:"平板无波澜,无曲折顿挫,通篇缺少变化,乔吉之才不必止于此。"到了《金钱记》则大有不同,对柳媚儿初见飞卿一段大加赞赏:"何等之佳趣、何等之妙笔,实羡作者之笔。"[①]选择杨显之是为了与乔吉对比:杨显之《潇湘雨》《酷寒亭》"虽无乔吉绮丽浓艳之笔,曲亦无甚奇异,然全篇结构之巧,足以使读者泣之"[②]。关汉卿则作为元曲大家,故所

---

① 幸田露伴《元杂剧》,《露伴丛书》,博文馆 1902 年版,第 1770 页。
② 幸田露伴《元杂剧》,《露伴丛书》,博文馆 1902 年版,第 1871 页。

举作品最多，介绍最详细，但作品类型也不同，他以《望江亭》《窦娥冤》《救风尘》为例作介绍，可以更全面的了解关汉卿。

翻译方面，幸田露伴曾全文译注《水浒传》，并写了多篇相关评论文章，在日本《水浒传》研究史上占有重要地位，本书将在第六章中作专题论述。今早稻田大学演剧博物馆藏《元人百种》，即幸田露伴旧藏残本，存 20 册，约 60 种，其中《谢天香》《争报恩》《张天师》等附有训译，疑即幸田氏所作。

幸田露伴虽生活于急剧西化的近代日本，但他思想上受佛教影响很深，从北海道时期就开始坐禅，主张文学作品要有东方精神和色彩，因此颇推崇东方传统文化，并长于考证。他的考证癖源于他的读书癖，惊人的阅读量使他的知识储备达到了常人无法企及的程度。他的著作后结为《露伴全集》40 卷（外别册 1 卷），其中除了创作外（其中如历史题材小说等，亦包含了广博的学识和明显的考证性质），尚有研究、考证、译注等，是一位典型的学者型作家。在幸田露伴的读书生涯中，在迎曦塾求学的一段经历是不得不提的，正是在那里，他最初接触到中国小说戏曲作品。

迎曦塾是旧式私塾而非新式学校，其创办人菊池松轩，名骏，字千里，是幕末鸿儒佐藤一斋的高足，与安积艮斋、安井息轩为同门。菊池松轩承佐藤一斋之衣钵，因乃师读书楼名为爱日楼，故将其塾名曰迎曦塾。当时，菊池松轩已年过古稀，而幸田露伴则是听讲生中较为年少的，对于祖述朱子学的老师，他多据古注论难之，议论百出，塾中往往因此热闹非凡。幸田氏当时已经显示出了不易满足的旺盛的求知欲，通读经史子集。当时东京唯一的图书馆（上野图书馆前身）在汤岛圣堂内，该图书馆不仅可以免费阅读，还提供纸笔、蜡烛，成了幸田氏求知的天堂。他每天都带着干粮到这里来看书，遇到善本，还常有抄写的习惯。那一年多的时间，他基本上都是白天在图书馆看书，晚上回到迎曦塾学习、研讨①。迎曦塾和东京图书馆的经历,不仅让幸田打下了坚实的汉学功底,还让他得以饱览群书,为他日后的研究和创作奠定了必要的基础。

二、铃木虎雄

与幸田露伴几乎同时到任的还有铃木虎雄,但与前者极为短暂的任教不同,后者从到任之日起,终身都与京都大学联系在一起,成为京都学派的重要代表人物之一。铃木虎雄被他的后学、京都学派学者兴膳宏誉为"日本文化史上由明治以前传统汉文学向中国文学转型时期最初的巨星"②。与狩野直喜等早期汉学家横跨汉学各领域不同,铃木虎雄一生专治中国文学,因此,吉川幸次郎称"京都学派真正纯粹的中国文学研究是从铃木虎雄开始的",小川环树则称铃木虎雄"在东京时代就已经有了文学研究应当作为一个独立学术研究领域的自觉意识,这种自觉意识是日本最初的"③。

(一)铃木虎雄与东西两大学

铃木虎雄以诗赋研究闻名,但这并不表示他仅仅局限于诗赋研究而对其他文学体裁置而不问。他的中国文学研究,从纵的角度看,涉及了从先秦至晚清的各个时代;从横的角度看,则包括了诗文、戏曲、小说等各种体裁以及文学批评。因此可以说,他的研究涵盖了各个时代各种体裁的中国文学。而且,如果从学术兴趣的先后顺序上看,他最初对中国戏曲研究更为关注。有学者认为,这固然有狩野直喜的影响,但森

---

① 迟冢丽水《迎曦塾时代的幸田露伴》(《迎曦塾時代の幸田露伴》),坪内祐三等编《明治文学》12《幸田露伴》,筑摩书房 2000 年版,第 461—469 页。
② 兴膳宏《铃木虎雄》,收入江上波夫编《东洋学系谱》第 1 集,大修馆书店 1992 年版,第 194 页。
③ 东方学会编《追忆前辈学者》第 2 册,刀水书房 2000 年版,第 125 页。

槐南的影响也许更为直接①；还有学者认为，铃木虎雄也深受王国维影响②。诚然，铃木虎雄的中国俗文学研究与上述三人均有着密切的关系，此三人恰出现在铃木学术生涯的关键时期。

铃木虎雄（1878—1963），生于新潟，和同龄的盐谷温一样出生于汉学世家，祖父铃木文台、父亲铃木惕轩都是汉学者，铃木虎雄自幼就在祖父创办的汉学塾长善馆中受到汉学熏陶。长善馆是一所颇为著名的汉学塾，文台、惕轩都热心于清朝考证学研究，日后成为汉学家的桂五十郎、小柳司气太等人，少年时也曾在这里求学③。铃木虎雄的这一段经历，"无疑为他日后强固的学术根底，打下了坚实的基础"④。以后，铃木虎雄和明治时代众多学子一样到东京求学，经东京府立寻常中学校、第一高等学校，最后考入东京大学。

铃木虎雄在中学时代就喜作汉诗，在东京大学求学期间，明治汉诗坛领袖森槐南正在此任教。铃木虎雄对森氏的人品颇反感，因为森氏见宠于伊藤博文，政客色彩较浓；他也不喜欢森氏的诗，对森氏的《杜诗讲义》也颇不满，这也是他以后翻译杜诗全集的动因之一⑤，但不能否认铃木虎雄客观上也受到了森槐南的影响，特别是词曲方面。他毕业

---

① 黄仕忠《日本所藏中国戏曲文献研究》，高等教育出版社 2011 年版，第 39 页。
② 钱鸥《京都时代的王国维与铃木虎雄》（《京都时代の王国維と鈴木虎雄》），《中国文学报》第 49 册，1994 年。
③ 东方学会编《追忆前辈学者》第 2 册，刀水书房 2000 年版，第 119—120 页。
④ 兴膳宏《铃木虎雄》，收入江上波夫编《东洋学系谱》第 1 集，大修馆书店 1992 年版，第 194 页。
⑤ 东方学会编《追忆前辈学者》第 2 册，刀水书房 2000 年版，第 129 页。按，铃木虎雄与比他早一年毕业、同受森槐南之教的久保天随都长于汉诗，被称为"双璧"，但两人并无深交，可能与两人作诗宗旨迥异有关。久保天随喜性灵派，诗风近于森槐南，而铃木虎雄宗格调派，属于国分青崖一派，其诗风亦与森槐南一派完全不同。参看神田喜一郎著，程郁缀等译《日本填词史话》，北京大学出版社 2000 年版，第 711 页。

后任东京大学讲师时,就是与森槐南一起讲授中国戏曲课程,东京大学校史赞誉道:"开拓中国戏曲这一新的研究领域,是讲师森槐南、铃木虎雄给学界的功绩。"①王国维寓居京都时,铃木虎雄又向他赠送刚刚付梓出版的《槐南集》,而《槐南集》除收录森氏所作汉诗外,还收录他的传奇作品,铃木氏此举,就是为了给正在研究戏曲的王国维提供资料。铃木虎雄在后来所作的《词源》(《中国学》,1922 年 10 月)一文中还引用了森槐南的《词曲概论》中关于"词由诗出"的论述②。因此,铃木虎雄与森槐南的关系颇为复杂,名义上也是师生,但实际上,铃木虎雄既对森氏有异议,又不免受其影响,成为他早期研究戏曲的动因之一。

铃木虎雄毕业后也曾一度任东京大学讲师,但最终离开了东京大学,而选择了刚刚成立的京都大学,这也有比较复杂的原因。他和狩野直喜一样,毕业后颇为不遇。先是作为新闻记者被派往台湾,仅一年辞职回到东京,任早稻田大学讲师,不到一年又再赴台湾任《日日新报》汉文部主任,不满两年再辞职回到东京,先后转任东京同文书院、东京高等师范学校、明治大学、国学院大学等,最后才任东京大学讲师。他在东京高等师范学校与同年毕业的宇野哲人共事,最后宇野氏升任教授,而他屈居次席,对此颇为不平。而在东京大学任讲师时,盐谷温恰由讲师升任助教授,并作为预备教授官派留学,东京大学也已经没有铃木氏的位置。吉川幸次郎认为,那时的铃木虎雄"到处兼课,有时一天就要跑好几个地方,十分辛苦,他是在极为不满的情况下,哭着到京都大学去的,从他到京都以后所作的诗里还能看到牢骚之气"③。

铃木虎雄到京都虽为无奈之举,然而,新生的京都大学却给了他一

---

① 东京帝国大学编《东京帝国大学学术大观·总说篇·文学部篇》,东京帝国大学 1942 年版,第 275 页。
② 铃木虎雄《中国文学研究》,弘文堂 1925 年版,第 469—470 页。
③ 东方学会编《追忆前辈学者》第 2 册,刀水书房 2000 年版,第 123 页。

个展现自己的舞台,影响他从事戏曲研究的第二位人物——狩野直喜在这里起了关键作用。本书第三章已述及,东京大学文科大学是文学、史学、哲学兼修的学科体系,而且这里的"文学"主要还是传统意义上的"文章学",直至1917年讲座教授星野恒去世,盐谷温主持工作,才真正设置专门的中国文学讲座。铃木虎雄专治中国文学,他任东京大学讲师期间,正是极力反对研究中国戏曲小说的星野恒主政,因此,东京大学无论从人事安排,还是学科领域,都给铃木氏造成了难以突破的障碍。而京都大学则刚好相反,文科大学甫一成立,即分设哲学、史学、文学三科,1908年9月文学科刚刚设立,就在讲座教授狩野直喜的建议下招请铃木虎雄,铃木氏于当年12月到任。铃木虎雄在京都大学的教职一开始就是助教授,此后更是升任为与狩野直喜并列的中国语学中国文学第二讲座教授,他退休后由青木正儿继任,完全打破了东京大学中国文学仅设"一讲座一教授"的体制。

铃木虎雄初到京都大学之时,他的教学和研究的关注点更多是在戏曲小说而不是诗文方面,这与狩野直喜有直接关系。当时身为讲座教授的狩野直喜和助教授铃木虎雄分担"中国文学史"课程,狩野氏负责先秦至六朝部分,而铃木虎雄负责唐代及以后的部分,惜至今尚未发现①。铃木虎雄的讲义虽然没有保存下来,但从他讲授的文学史时段来看,戏曲小说等俗文学内容当会占到较大的比重。1910年是京都大学中国戏曲研究史上极为重要的一年,狩野直喜开始在文学科开设"中国戏曲及小说"专门课程,这是日本帝国大学中第一次开设系统性的中国戏曲小说课程;他也于本年开始发表有关中国戏曲的论文;他还在成立于1907年的京都大学中国学会上先后发表题为《中国戏曲之起源》

---

① 吉川幸次郎《中国文学史(上古至六朝)·解说》,美篇书房1970年版,第462页。狩野直喜该讲义标明讲授时间为1908年9月起,铃木虎雄当在次年开始讲授。

（中国戯曲の起源）、《〈琵琶行〉题材的元剧》（《琵琶行》にもづける元剧）的演讲。

狩野直喜的系列活动给京都大学中国戏曲教学与研究客观上造成了相当大的声势，戏曲研究一时成为京都大学中国学的显学，尤其是他从北京带回的王国维的《曲录》《戏曲考原》，成为铃木虎雄公开发表戏曲研究论文的起点。铃木虎雄于同年就在《艺文》杂志上发表文章，介绍和评论王国维的这两部著作，与此同时，他又发表了《蒋士铨〈冬青树传奇〉》（《大阪朝日新闻》，1910 年 8 月）一文，这也是铃木氏公开发表的第一篇中国戏曲研究论文。因此，虽然铃木虎雄曾在东京大学讲授戏曲，但真正的研究可以说是从 1910 年开始的。

（二）铃木虎雄的中国戏曲研究与王国维之关系

王国维因辛亥革命避难日本，寓居京都，铃木虎雄由此开始了与他的交往。来京都之前，王国维的学术兴趣已由词学转向戏曲，收藏了六十余种词曲书籍，并先后著有《曲录》《戏曲考原》《优语录》《宋大曲考》《录曲余谈》等。铃木虎雄此前虽未与王国维会面，但早已闻名，他曾回忆说：

　　我知道王君静庵是在他《戏曲考原》及《曲录》问世之时。读过这本书后，我在《艺文》上介绍了概要。①

铃木虎雄之文题曰《王国维〈曲录〉及〈戏曲考原〉》，除介绍王国维两书的卷数、内容、参考文献、作品排列及考证、作者生平及近作等外，还对王著中提及的中国戏曲作品之欧洲译本作了更为详细的说明，更

① 铃木虎雄《追忆王静庵君》，原载《艺文》1927 年第 8 号，此据王萌译、郭海良审订，收入谢维扬、房鑫亮主编《王国维全集》第 20 卷，浙江教育出版社、广东教育出版社 2010 年版，第 377 页。

对王著目录搜辑与史的叙述之功进行了表彰。此外，也提出了一些不同见解及将来的期望：

> 王氏此著，实有空谷足音之感。《曲录》乃为不能一一得见原作品之日本学者提供便利之目录，《戏曲考原》又考述金元以前以歌舞演戏之状况，通览两书，可察戏曲演变之大势。余仅有一二疑问：戏曲果是"以歌舞演故事"者乎？其起源果为唐代大面等乎？虽有此一二疑问，然王氏对中国士大夫不屑一顾之戏曲，对排除于士农工商以外、子孙三代皆不能应试之优伶及其社会状态，给予如此热心之研究，实乃可喜之事。王氏更有成一家之言之抱负，将来必出更有益之著述，吾辈且拭目以待。①

关于铃木虎雄与王国维密切交往的原因，有学者认为是两人具有一些共同点：兼学者与诗人于一身；以充实的学术成果肯定文学的独立价值；对陶渊明、杜甫和陆游的爱好；对政治革命没有好感②。如果从两人一生的交往来看，上述概括可谓是客观全面的，但若仅从王国维寓居京都最初一二年的情况而言，笔者更同意吉川幸次郎、小川环树的意见，即铃木虎雄与寓居京都的王国维交往，是和他对戏曲的兴趣紧密相关的③。这在铃木虎雄的自述中有更为具体的说明：

> （王国维）寓居京都田中村的时候正在梳理他以往的词曲研究成果，当时我也起了研究词曲的念头，所以屡次登门受教。为了练习，我尝试着训点高则诚的《琵琶记》，难解之处时常求教于王君。

---

① 铃木虎雄《王国维〈曲录〉及〈戏曲考原〉》，《艺文》，1910 年第 8 号。
② 钱鸥《京都时代的王国维与铃木虎雄》，《中国文学报》第 49 册，1994 年 10 月。
③ 东方学会编《追忆前辈学者》第 2 册，刀水书房 2000 年版，第 123 页。

这个稿本迄今犹藏箧底。(中略)(我还)写了关于《鸣凤记》的文章。(中略)关于词曲,王君当时在《国学丛刊》上发表了《古剧脚色考》,这篇文章我曾在《艺文》上译载。①

　　铃木虎雄与寓居京都的王国维过从甚密,他们往来唱和的诗作后以《王木酬唱》为题在《艺文》(1912年第3号)上发表。铃木氏也是与王国维往来书信现存最多的一位日本学者。他们以书信论学,与戏曲有关的内容占了相当大的比重:或是铃木氏主动向王国维提供与戏曲研究有关的资料:"《槐南集》近者上木,谨呈一本。"②王国维则于次日回函曰:"承惠《槐南集》并辱手书,均拜收。(中略)《槐南集》卷帙甚富,敝国近代诗人无此巨帙,容缓缓细读。"③或是王国维请铃木虎雄代借资料:"前闻(京都)大学藏书中有明人《尧山堂外纪》一书,近因起草宋元人戏曲史,颇思参考其中金元人传一部分,能为设法代借一阅否?"④从11天以后王国维就将此书归还来看,铃木虎雄当非常及时地就为他代借了此书⑤。或是王国维将自己最新的研究成果赠送给铃木虎雄:"《国学丛刊》三册奉呈左右。《古剧脚色考》已修改毕,请教正为荷。"

---

①　铃木虎雄《追忆王静庵君》,原载《艺文》1927年第8号,此据王萌译,郭海良审订,收入谢维扬、房鑫亮主编《王国维全集》第20卷,浙江教育出版社、广东教育出版社2010年版,第377页。

②　铃木虎雄1912年5月8日致王国维函,收入马奔腾辑注《王国维未刊来往书信集》,清华大学出版社2010年版,第70页。

③　王国维1912年5月9日致铃木虎雄函,收入谢维扬、房鑫亮主编《王国维全集》第15卷,浙江教育出版社、广东教育出版社2010年版,第58页。

④　王国维1912年11月18日致铃木虎雄函,收入谢维扬、房鑫亮主编《王国维全集》第15卷,浙江教育出版社、广东教育出版社2010年版,第62页。

⑤　王国维1912年11月29日致铃木虎雄函:"《尧山堂外纪》三册久拟奉还(中略)今特遣人送呈。"收入谢维扬、房鑫亮主编《王国维全集》第15卷,浙江教育出版社、广东教育出版社2009年版,第63页。

"拙作《古剧脚色考》亦已修改,别由邮局寄上,乞教之。"①

除书信论学以外,他们还经常当面研讨,这在王国维致铃木虎雄函中数见之:"前日晤教,至为快慰""前日车站晤言,甚慰渴想""昨承枉顾""久不奉教,渴想殊深。日曜午后当在舍奉候台驾并木苏君"②。王国维还曾为其子王潜明就学问题请铃木虎雄代向同志社中学问询③,可见两人之关系。

随着王国维学术兴趣的转移,两人之间的关系也出现了微妙的变化。王国维在回国当天曾对自己在日本的这段经历有过一个总结,其中他谈到学术兴趣的转变:

> 自辛亥十月寓居京都,至是已五度岁,实计在京都已四岁余。此四年中生活,在一生中最为简单,惟学问则变化滋甚。(中略)以词曲书赠楅公(罗振玉),盖近日不为此学已数年矣。④

王国维这种转变在他完成《宋元戏曲史》以后就已基本完成。他于1913年6月27日致铃木虎雄信中说"近年治礼,旁及古文字,拟着手三代制度之研究",而这就是现存王国维致铃木虎雄的最后两封信之

---

① 王国维1912年7月25日、29日致铃木虎雄函,收入谢维扬、房鑫亮主编《王国维全集》第15卷,浙江教育出版社、广东教育出版社2010年版,第59页。

② 王国维1912年7月25日、10月7日,1913年2月28日、6月27日致铃木虎雄函,收入谢维扬、房鑫亮主编《王国维全集》第15卷,浙江教育出版社、广东教育出版社2010年版,第59、61、64、66页。

③ 王国维1913年2月28日、3月6日致铃木虎雄函:"同志社中学事如已询过,请函示为感","敬悉承询同志社事,感甚。唯入学须全照中学课程,为后来计,不能不为踌躇,故拟作罢"。收入谢维扬、房鑫亮主编《王国维全集》第15卷,浙江教育出版社、广东教育出版社2010年版,第64、65页。

④ 王国维《丙辰日记》,收入谢维扬、房鑫亮主编《王国维全集》第15卷,浙江教育出版社、广东教育出版社2010年版,第911页。

一①。1916 年 2 月 4 日（丙辰正月初二），王国维由日本起身回国，狩野直喜、罗振玉等人为他送行，到了神户，出版社博文馆主人也来送行，却未见此前密切交往的铃木虎雄②。王国维去世以后，铃木虎雄"为了追忆王君的旧事，我翻遍箧底，发现几封我去中国留学以前与他往来的信件。可是不知为什么，这些信只限于壬子（1912）一年，其他的一封也没有保存下来"③。铃木虎雄的疑惑或许不是偶然的，他与王国维的书信论学大概止于此。王国维的学术兴趣转移，特别是回国以后，铃木虎雄的中国戏曲研究虽未戛然而止，但研究热情大为减弱。其后，他虽开设过"明代戏曲概要"课程（1915—1916 学年），留学北京时（1916—1918

---

① 王国维 1913 年 6 月 27 日致铃木虎雄函，收入谢维扬、房鑫亮主编《王国维全集》第 15 卷，浙江教育出版社、广东教育出版社 2010 年版，第 66 页。此后所存仅一封，即王国维 1913 年 8 月 24 日致铃木虎雄函，赠所作《释币》附《历代布帛丈尺考》一文。当然，这不是说王国维此后与戏曲研究再无关系，在从日本回国以前，他至少还有两件与戏曲研究有关的活动：一是 1914 年 6 月 13 日至 7 月 24 日在《盛京时报》连载《优语录》，总计 91 则，这与 1909 年连载于《国粹学报》（第 63—66 期）的 50 则是有区别的；二是 1915 年 10 月，著《元刊杂剧三十种序录》。但他以后的学术兴趣和治学重点已不在戏曲研究，则是事实。

② 王国维《丙辰日记》，收入谢维扬、房鑫亮主编《王国维全集》第 15 卷，浙江教育出版社、广东教育出版社 2010 年版，第 910 页。铃木虎雄此时尚未赴中国留学，其出国时间有两说：一说 1916 年 1 月任命，同年 3 月 30 日出发，见《铃木虎雄博士略历》，东方学会编《追忆前辈学者》第 2 册，刀水书房 2000 年版，第 139 页；一说 1916 年 4 月 6 日（到达中国），见谭皓《近代日本对华官派留学史研究（1871—1931）》附录，社会科学文献出版社 2018 年版，第 345 页。他受命留学到实际成行有 3 个月左右的时差，而王国维正在此期间回国，铃木氏大概是因病未能送行。据《乙卯寿苏录》载，1916 年 1 月 23 日（乙卯年十二月十九日），日本学者在京都圆山春云楼为苏轼诞辰八百周年举行"寿苏宴"，京都、大阪等地的日本汉学家及罗振玉、王国均与会，而铃木虎雄"以病未至"，此距王国维回国不过十余天，故推测他未能送行与未能及时留学的原因均在于此。

③ 铃木虎雄《追忆王静庵君》，原载《艺文》1927 年第 8 号，此据王萌译、郭海良审订，收入谢维扬、房鑫亮主编《王国维全集》第 20 卷，浙江教育出版社、广东教育出版社 2010 年版，第 379 页。

年),还曾专门向人学习《桃花扇》等戏曲①,但再未发表与戏曲有关的论述。

由此可知,铃木虎雄从事戏曲研究与他和王国维的交往有着密切的关系,他撰写的几篇戏曲研究论文也都在与王国维往来频密之时:除了前述介绍王国维的《曲录》《戏曲考原》,又把王国维的《古剧脚色考》译成日文介绍给学界(《艺文》,1913 年第 1、4、7 号);并训点过《琵琶记》,撰写过关于《鸣凤记》的论文(未发表)及《〈桃花扇传奇〉作者的诗》(《〈桃花扇伝奇〉作者の詩》,《艺文》,1913 年第 1 号)、《毛奇龄的拟连厢词》(《毛奇齡の擬連廂詞》,《东亚研究》,1913 年 7 月)等论文。

(三)铃木虎雄中国俗文学研究的特点

铃木虎雄没有讲授或撰写过系统的中国戏曲史,其发表的戏曲论文数量也不多,但颇具特色,各有特点:

第一,重本事考证,而不是从戏曲艺术角度研究,这与狩野直喜将考证学运用到戏曲研究有关,体现了京都学派考证学风格。如他的《蒋士铨〈冬青树传奇〉》,全文分为十一个部分,除第六、第七、第九、第十一对《冬青树》第十出《发陵》、第十一出《收骨》、第二十五出《守正》、第三十一出《遇婢》、第三十二出《碎琴》、第三十七出《西台》、第三十八出《勘狱》等作必要的简介外,其余全部都为考证。第一部分先介绍《冬青树》、作者蒋士铨、写作时代及撰写此文的目的;第二至第五部分考证《冬青树》的故事背景,排比其与两宋史实的关系;第八部分考证第十七出《死葬》与唐珏《冬青树》诗、林景熙《冬青花》诗之关系,第二十二出《和驿》与王清惠、文天祥、汪大有等人唱和词之关系;第十部分考证第三十七出《西台》与谢翱《四台恸哭记》及黄宗羲注、谢翱《金华游录》及徐沁注、徐沁《谢翱年谱》、谢翱《冬青树引》及《过杭州故宫二绝》《重过

---

① 东方学会编《追忆前辈学者》第 2 册,刀水书房 2000 年版,第 126 页。

二绝》等诗之关系。

第二,对王国维所不重视的明清戏曲进行研究。铃木虎雄关于明清戏曲的研究,除上述未发表的关于《鸣凤记》的论文外,尚有《毛奇龄的拟连厢词》。论文从毛奇龄《词话》中有关连厢词的六则纪事入手,考察宋辽金元间的词曲之推移,考释"连厢"之名,认为连厢词是连接诸宫调与元杂剧的桥梁。又以毛奇龄拟作二种《卖嫁连厢》《放偷连厢》为例,将连厢词与赵令畤鼓子词、董解元《西厢记》作对比,阐明连厢词之形式与特色。铃木氏此文对此前被忽略的连厢词及拟连厢词作了专题研究,填补了戏曲史研究上的空白点。

第三,善于将戏曲与相关体裁文学样式作综合研究。铃木虎雄精于诗赋研究,亦擅长汉诗创作,故他的戏曲研究能与诗歌研究融会贯通,如《〈桃花扇传奇〉作者的诗》。全文以孔尚任的诗歌创作研究为中心,但却没有将其孤立,而是与《桃花扇》乃至《长生殿》作者洪昇之诗联系在一起。先从戏曲作家与诗文之关系、洪昇的《石门》《公子行》《金环曲》等诗入手,逐渐过渡到专论孔尚任之诗。从《清诗别裁》《山左诗钞》中搜辑出收录孔尚任所作诗歌十七首,重点分析了《红桥》《忆昔》《观音阁》《昭阳》《淮南柳林》等诗,将其与孔尚任的生平及《桃花扇》的创作结合起来。此外,他还介绍了孔尚任的另外一种戏曲作品《小忽雷》及其所作《小忽雷》《大海潮》《小吟蝉》《琵琶歌》等诗。此种研究,不仅打通了多种文体研究之间的壁垒,而且为戏曲研究提供了更为广阔的研究视角。

除戏曲外,铃木虎雄还对中国小说及与小说起源有密切关系的神话作过研究。铃木虎雄的小说研究主要集中在唐代及唐前部分,这大概也与此前日本所出的中国文学史及小说专史专论多关注明清白话小说而对唐及唐前文言小说的研究不足有关。铃木虎雄研究中国小说,注重以小说论文化,如《周汉游侠与唐代剑侠》(《周漢の遊侠・唐の剣侠》,《日本及日本人》,1911 年 1 月)。该文分为两部分,第一部分论周汉游侠。铃木虎雄认为,汉武帝独尊儒术之前,中国还是一个社会未定型的时代,思想流派纷呈,这是《史记》之所以为侠客立传的原因之一,这些人物在司马迁的笔下是平民侠客。他从"侠"字的意义分析侠客之性质,并将其与日本武士道、欧洲中世纪骑士比较,对著名侠客如朱家、剧孟、郭解、鲁仲连、毛遂、冯谖、侯嬴、聂政等人作了简要介绍,对古代中国人能舍个人利益的侠情给予高度评价。但汉以后的正史不设游侠传,后世的侠沦为盗贼,水浒式的豪杰比起战国游侠,其品位是较低的。第二部分论唐代剑侠。铃木虎雄认为,剑侠是唐人小说想象的产物,与实际存在的战国游侠不同。小说中的剑侠有男有女,有僧有道,他们都精于武艺,或具有神通,唐人之所以会在小说中虚构扶弱灭强的剑侠,与当时藩镇之强的社会背景有关,如《红线传》《聂隐娘》等,明显寄托了除藩镇之弊的愿望。

铃木虎雄关于神话的研究论文先有《采桑传说》(《中国学》,1921年3月)。该文先对采桑传说的概念、故事套路、产生地区等进行总说,后分六部分,分论大禹与涂山氏、解居父传说、秋胡妻传说及其变迁、《陌上桑》等。此后,他又由采桑传说进而追溯到桑树本身的传说,发表了《关于桑树的传说》(《中国学》,1921年5月)一文。全文分为五节,分论榑桑、若木;帝女桑;空桑传说;桑林、桑树之意义等,指出中国古代有崇拜桑树之俗,桑林是商朝的社,后成为神名、歌舞名,桑封是三代以前祭山之仪,并附有东吴张俨《太古蚕马记》、西晋干宝《园客养蚕》译文。

三、青木正儿

青木正儿(1887—1964),字君雅,别号迷阳,是中国学界较为熟悉的日本汉学家,国内先后出版过他的几部重要著述中译本,此外,介绍和研究的论文论著也不在少数。以下在已有的研究成果基础上,结合笔者搜集的资料,集中探讨青木正儿的中国戏曲研究。

（一）青木正儿对中国戏曲的兴趣

青木正儿是日本著名汉学家，其在近代日本汉学史，特别是京都学派汉学史上具有举足轻重的地位。后来成为京都学派中国文学研究巨擘的吉川幸次郎曾对青木正儿有过一个历史性的评价：

> 中国文学的历史很悠久，但对中国文学史的规律及其审美价值进行系统的研究，直到本世纪才在西洋方法的启发下开始，且日本人比中国人着了先鞭，狩野直喜、铃木虎雄更是其中的两位先觉，继承和发展两位先觉，并取得了许多独创性研究业绩的，就是青木正儿博士。①

吉川幸次郎将青木正儿列为狩野直喜、铃木虎雄之后京都学派乃至整个日本汉学史上中国文学研究的代表者，而他认为青木正儿最重要的学术业绩即在于中国戏曲史，特别是近世戏曲史的研究：

> 狩野直喜、幸田露伴、王国维诸氏都致力于元杂剧研究，而对明清戏曲史的研究基本上仍是空白，青木正儿博士所著《中国近世戏曲史》即开拓了这一领域，这不仅是前人所无的业绩，而且后来的该领域研究也未能超越此书。此书不仅在中国广为流传，西方汉学家也将其推为经典著作。②

吉川幸次郎的上述评价应当是较为客观和精准的，青木正儿在中

---

① 吉川幸次郎《青木正儿博士业绩大要》，东方学会编《回忆治学之路》第 1 册，刀水书房 2000 年版，第 181 页。
② 吉川幸次郎《青木正儿博士业绩大要》，东方学会编《回忆治学之路》第 1 册，刀水书房 2000 年版，第 181 页。

国戏曲史研究所取得的成就当毋庸置疑。那么他何以能在众多的戏曲研究者中脱颖而出、独树一帜呢？这就首先要探讨青木正儿为何钟情于戏曲研究。

1908 年 9 月，青木正儿考入京都大学，成为文科大学新设立的中国文学讲座第一届学生，其父青木坦平是一位颇具汉学素养和对中国文化很感兴趣的人，这是青木正儿选择中国文学作为自己的学习和研究对象最初的影响来源①。具体到戏曲，青木正儿的兴趣是由多源影响而成的。

青木正儿对中国戏曲的兴趣早在少年时代已经萌发，这也成了他报考京都大学中国文学专业的重要原因之一，此时对他产生关键作用的人物，就是前述赤门文士中在中国戏曲研究上用力最多的笹川临风：

> 余少年时，即有读净琉璃之癖，明治四十年（1907）左右，在熊本学窗时，尝见笹川临风氏之《中国文学史》中，所引《西厢记》"惊梦"一折，虽未能了解，然已神往矣。后又得解释《西厢记》数折之书，益喜焉。此为余知中国戏曲之始，亦即爱好中国戏曲之始也。②

对青木正儿影响较大的第二位人物即前述时任京都大学讲师的幸田露伴，青木正儿是因慕幸田氏之名而最终决定报考京都大学。晚年的青木正儿曾回忆说：

> 当初大家都想报考东京大学，而不想去京都大学，我的中学同学有川武彦君却报考了京都大学日语专业，并劝诱我说："幸田露

---

① 水谷真成《青木正儿》，收入江上波夫编《东洋学系谱》第 1 册，大修馆书店 1992 年版，第 262 页。
② 青木正儿著，王古鲁译著，蔡毅校订《中国近世戏曲史·序》，中华书局 2010 年版。

伴先生来京都大学了,难道你不去吗?"当时我对汉文不太关注,也不知有哪些汉文老师,但我因为经常读幸田先生的小说,于是就报考了京都大学。①

青木正儿在京都大学求学时,曾到幸田露伴家中拜访,他们由古代中国的钓渔具的考证(幸田氏最喜钓鱼,著有《钓车考》),谈到了中西文学,让青木正儿看到了幸田氏的博学多识,不仅遍览汉、和之书,对西方文学文化也有深刻的了解,这对青年青木正儿来说是一个不小的刺激②。虽然幸田露伴在京都大学任教仅一年,但对青木正儿今后的影响很大。青木正儿就是在幸田氏的熏陶下,逐渐对江户文学、汉文小说乃至中国戏曲发生兴趣,他后来还把幸田露伴的《元杂剧》等论文介绍给神田喜一郎等学生去读③。

当然,对青木正儿的戏曲研究影响最大的莫过于他的老师狩野直喜。青木正儿入学后,得以较多地接触到戏曲文献,最终选择以元曲研究作为毕业论文题目及后来在戏曲研究上的大成,都与狩野直喜有直接关系:

　　及进京都大学,适际会我师狩野直喜先生将大兴曲学之机运,《元曲选》《啸余谱》等,堆学斋中,乃欣然涉猎,又承老师之教授,专

① 东方学会编《回忆治学之路》第1册,刀水书房2000年版,第162页。
② 盐谷赞《幸田露伴》(中),中央公论社1977年版,第203页。在京都大学期间,青木正儿又和幸田露伴一起参观奈良古代艺术。幸田露伴辞职以后,1910年7月30日,青木正儿到东京迎接从国外回国的兄长,专程拜访幸田露伴,谈到在京都大学的往事。分别后,青木正儿又致信幸田露伴,自称"弟子"。参见同书第215、242、243页。
③ 神田喜一郎《关于久保天随先生》(《久保天随先生について》),久松潜一编《明治文学全集》41·附录,筑摩书房1971年版。

事研究元曲，略得窥其门径也。当卒业也，老师戒以更进而求曲学大成。①

青木正儿在毕业论文《元曲研究》第七章《燕乐二十八调》中引用了德国学者 A.Ch.Moule 关于中国乐器的论文中的《东西对音表》，而 A. Ch.Moule 此文便是发表在前述《皇家亚洲文会北华支会会刊》（第 34 卷）上，这无疑是由经常出入北华支会的乃师狩野直喜指导或提供的。

由此可知，对青木正儿产生重要影响的三位人物，都是在 19 世纪末 20 世纪初日本中国戏曲研究史上的开创性人物，他们的研究无疑对作为后学的青木正儿的学术生涯和治学方法都产生了极为深远的影响。

（二）青木正儿中国戏曲研究的特点

作为外国人研究中国文学，比起中国人自然会有许多不利的因素，但青木正儿却十分自负地说："研究方法之善恶在于其人之头脑，研究领域之开拓在于其人之眼光，而不在于本国人还是外国人。"②他所说的研究方法和研究领域，具体来说就是"用新的体系和新的方法，来开拓新的分野。（中略）新的体系即从文学史角度切入的研究方法，新的分野即提高对戏曲小说等通俗文学的评价"③。他正是在这样的认识下展开戏曲研究的。具体来说，青木正儿的戏曲研究至少有以下两个较为显著的特点：

---

① 青木正儿著，王古鲁译著，蔡毅校订《中国近世戏曲史·序》，中华书局 2010 年版。

② 青木正儿《江南春》，弘文堂书房 1941 年版，第 91 页。

③ 青木正儿《中国文学研究中日本人的立场》（《中国文学研究に於ける邦人の立場》），《东京帝大新闻》，1937 年 6 月，收入《青木正儿全集》第 7 卷，春秋社 1972 年版。

第一,敢于打破传统束缚和挑战学术权威,以新的体系构建戏曲史。

如果说青木正儿的戏曲研究在狩野直喜等人的引导下入门,那么,真正使其"大成"的人物应当是王国维。他最重要的著作《中国近世戏曲史》就是"出于欲继述王忠悫国维先生名著《宋元戏曲史》之志"①。但青木正儿受到王国维的"影响",并非指其对王国维顶礼膜拜,亦步亦趋,而很大程度上是指受到王国维的"刺激",是指其日后的戏曲研究多"针对"王国维进行"反拨"。

青木正儿最初确实曾受到王国维的影响,他回顾道:

> 我第一次听到了王静庵国维先生的名字大概是明治四十二年(1909)秋天。(中略)其后不久我就在研究室里看到了《曲录》和《戏曲考原》的合订本。(中略)当时《录鬼簿》极难看到,王先生就把它抄写下来,送给了狩野先生,因此我也沾光能借阅这本书了。我的中国戏曲史研究是拜读这三本书后才有幸一窥门径,其后,王先生的名字就铭记于脑海之中了。②

王国维寓居京都时,青木正儿虽已在前一年"草《元曲研究》一文卒大学业",但"戏曲研究之志方盛,大欲向(王国维)先生有所就教",并在"明治四十五年(1912)二月,始谒王先生于京都田中村之侨寓"③。

但青木正儿颇感此次会面未达到原先的期望:"因为王先生只顾学

---

① 青木正儿著,王古鲁译著,蔡毅校订《中国近世戏曲史·序》,中华书局2010年版。
② 青木正儿《追忆与王静庵先生的初次会面》,原载《中国文学月报》第26号,1937年5月。此据王萌译,郭海良审订,收入谢维扬、房鑫亮主编《王国维全集》第20卷,浙江教育出版社、广东教育出版社2010年版,第399页。
③ 青木正儿著,王古鲁译著,蔡毅校订《中国近世戏曲史·序》,中华书局2010年版。

问,没有艺术美感,我颇感失望。(中略)过了几天,王先生突然来到我的宿舍。(中略)(我)尽量请教他关于元曲的知识,可是他的回答太简单了。我们的谈话始终处于冷场的局面。我和王先生的初次见面以扫兴而告终。"①"(王)先生仅爱读曲,不爱观剧,于音律更无所顾,且此时先生之学将趋金石古史,渐倦于词曲。余年少气锐,妄目先生为迂儒,往来一二次即止,遂不叩其蕴蓄。"②

由此可见,青木正儿对王国维并非盲目崇拜,如果说上述两次见面还只是因为他的"年少气锐",那么,时隔十多年以后,已经步入中年的青木正儿与王国维的再次会面,则彻底刺激了他著《中国近世戏曲史》的决心。这就不能仅以"年少气锐"来解释了,而是因二人对于戏曲研究的观点有根本之不同。

王国维《宋元戏曲史》"对唐宋及其前的历代戏剧均有所考,故其根本的缺失不在'真戏剧'之上限,而在其'下限'"③,他认为"北剧南戏,皆至元而大成,其发达,亦至元代而止","此种笔墨,明以后人全无能为役,故虽谓北剧南戏,限于元代可也"④,"汤氏(显祖)才思,诚一时之隽,然较之元人,显有人工与自然之别。故余谓北剧南戏限于元戏,非过为苛论也"⑤。而青木正儿之作《中国近世戏曲史》正是对此而发:

> 大正十四年(1925)春(中略)谒(王国维)先生于清华园,先生问余曰:"此次游学,欲专攻何物欤?"对曰:"欲观戏剧,宋元之戏曲

---

① 青木正儿《追忆与王静庵先生的初次会面》,原载《中国文学月报》第 26 号,1937 年 5 月。此据王萌译,郭海良审订,收入谢维扬、房鑫亮主编《王国维全集》第 20 卷,浙江教育出版社、广东教育出版社 2010 年版,第 399 页。

② 青木正儿著,王古鲁译著,蔡毅校订《中国近世戏曲史·序》,中华书局 2010 年版。

③ 陈鸿祥《王国维全传》,人民出版社 2003 年版,第 348 页。

④ 王国维《宋元戏曲史》,《王国维文学论著三种》,商务印书馆 2009 年版,第 190 页。

⑤ 王国维《宋元戏曲史》,《王国维文学论著三种》,商务印书馆 2009 年版,第 192 页。

史,虽有先生名著足陈具备,而明以后尚无人着手,晚生愿致微力于此。"先生冷然曰:"明以后无足取,元曲为活文学,明清之曲,死文学也。"余默然无以对。噫,明清之曲为先生所唾弃,然谈戏曲者,岂可缺之哉! 况今歌场中,元曲既灭,明清之曲尚行,则元曲为死剧,而明清之曲为活剧也。先生既饱珍馐,著《宋元戏曲史》,余尝其余沥,以编《明清戏曲史》,固分所宜然也。苟起先生于九原,而呈鄙著一册,未必不为之破颜一笑也。①

青木正儿确实"具有反叛性格"②,也正是这种"反叛性格",才使得他敢于打破传统束缚,敢于挑战学术权威。关于其性格与日后的学术成就之关系,吉川幸次郎曾有过一段精彩的论说:

青木正儿博士具有狷介和不羁的性格,狷介使他尊重实证的研究方法,而不羁又使他不甘于传统的见解,经过深思熟虑后提出批判,此即独创。(中略)尊崇实证和独创,又由独创重视新研究领域的开拓,他的这种学风发挥得最为成功就是戏曲史研究。③

青木正儿的这种性格一以贯之。早在求学京都大学时,就曾想和乃师狩野直喜在中国戏曲小说资料的搜辑方面一较高下④,他对王国维的戏曲研究的不满,也早在 1920 年致胡适函中表达出来:

---

① 青木正儿著,王古鲁译著,蔡毅校订《中国近世戏曲史·序》,中华书局 2010 年版。
② 蔡毅《中国近世戏曲史·校订后记》,青木正儿原著,王古鲁译著本,中华书局 2010 年版,第 589 页。
③ 吉川幸次郎《青木正儿博士业绩大要》,东方学会编《回忆治学之路》第 1 册,刀水书房 2000 年版,第 181 页。
④ 东方学会编《回忆治学之路》第 1 册,刀水书房 2000 年版,第 165 页。

作为戏曲研究家,我曾瞩望于王静安先生,但终究还是不行。
王先生在京都时,我曾与他见过面,是一位思想陈旧的人。[1]

由于王国维不重视明清戏曲研究,所著《宋元戏曲史》也止于元代,而青木正儿的《中国近世戏曲史》则以宋元南戏、明清传奇为主,因此其中对王国维的"反拨"也就更多的体现在两书的交汇处——南戏。例如关于南戏起源的时间及地点,青木正儿认为王国维推定"南戏与宋杂剧无涉,遂不考杂剧之行踪。一无使余首肯之说",认为"戏文"乃元代人称呼南宋杂剧之语,而用"杂剧"专称新兴之北曲。青木氏虽肯定温州在南戏发展史上的重要地位,但认为南宋杂剧乃是指一种以南宋首都杭州为中心的流行剧种,并非仅限温州一地。南宋杂剧在至元明南戏的发展过程中受到诸宫调的影响[2]。

青木正儿的明清戏曲史研究特别注重昆曲研究,这与他对另一位"权威"的"挑战"有关,这就是久居北京的日本著名剧评家辻听花。

辻听花(1868—1931),本名辻武雄,其作诗多署"剑堂",作剧评则署"听花"。青木正儿与辻听花的相识之缘似乎早已注定:辻听花少与同乡且同龄的狩野直喜为竹马之交[3];1898 年从庆应义塾大学毕业后来华考察教育情况,足迹遍及北京、天津、上海、苏州等地,由此第一次看到了京剧;1905 年再次来华,又与王国维、藤田丰八、田冈岭云等人同为江苏师范学堂教习[4]。对青木正儿的戏曲研究而言,狩野直喜、王

---

① 青木正儿 1920 年 10 月 1 日致胡适函,收入耿云志编《胡适遗稿及秘藏书信》第 42 册《胡适书信·他人致胡适信》(20),黄山书社 1994 年版,第 631 页。
② 青木正儿著,王古鲁译著,蔡毅校订《中国近世戏曲史》,中华书局 2010 年版,第 34—37 页。
③ 东方学会编《追忆前辈学者》第 1 册,刀水书房 2000 年版,第 172 页。
④ 汪向荣《日本教习》,三联书店 1988 年版,第 83—84 页。

国维正是两位最重要的人物。

辛亥革命以后,辻听花三度来华,以后一直在日本人于北京所办的《顺天时报》供职。从 1913 年开始,辻听花陆续在《顺天时报》上发表剧评,直到去世,"他的剧评至少也在 1 000 篇开外"①。1920 年,顺天时报社出版了辻听花用汉文撰写的中国戏剧研究专著《中国剧》,为此书撰写序言的有 50 人,其中中国籍 37 人,日本籍 13 人,多数都是当时的各界名流。该书风靡一时,"人手一编,胫走翼飞,未几书罄"②,短短数年间,便多次再版,书名也有所变动,如《中国芝居》(华北正报社 1924年日文版)、《中国戏曲》(顺天时报社 1925 年版)。"在当时,这部《中国剧》的确可以称得上是一部全新的'戏曲史',它有自己规定的、'戏曲史'应该涵盖的范围。这一范围的设定,比较彻底地脱离了中国传统观念、文本的限制和当时剧评家的视野,或者说,他在对于中国'戏曲史'的架构设置上,表现了令人耳目一新的开创。"③

数以千计的剧评和风靡一时的《中国剧》使并非学者的辻听花成为中国戏曲戏剧评论界的"权威",而此时正"以戏剧研究为主题游学北京"的青木正儿,当然"强烈地想拜访请教听花先生"④。他确实如愿见到了辻听花,但见面的结果,也和几乎同时的与王国维的会面一样"刺激"了青木正儿,使他下决心要在昆曲研究上下一番功夫。关于此次会面,青木正儿后来回忆说:

---

① 幺书仪《报人辻听花和他的〈中国剧〉》,《菊谱翻新调:百年前日本人眼中的中国戏曲》附录三,浙江古籍出版社,2011 年版,第 202 页。按,此书正文即辻听花《中国剧》。

② 辻听花《中国戏曲自序》,《菊谱翻新调:百年前日本人眼中的中国戏曲》,浙江古籍出版社 2011 年版。

③ 幺书仪《报人辻听花和他的〈中国剧〉》,《菊谱翻新调:百年前日本人眼中的中国戏曲》附录三,浙江古籍出版社,2011 年版,第 196 页。

④ 青木正儿著,卢燕平译《琴棋书画》,中华书局 2008 年版,第 195 页。

　　（辻听花）先生只有一件让我发怵的，那就是他本人是京剧通，而且是京剧的铁杆戏迷，可是他对昆曲却毫无同情理解，这方面不足托为我师。先生说：昆曲不足观不足听。昆曲的佳处，都是从京剧汲取来的。这简直像在说义太夫的好处都是从浪华节那里吸收的，可以说是带点强词夺理的"狂评"了。（中略）如果真照听花先生所说来看，所指不过就是舞台上的演技而言。（中略）然而尽管如此，也不能说京剧胜于昆曲、昆剧不足观吧。我那时怎样进行了反驳已经记不得了，想来论旨即上述所言。①

　　青木正儿深感"所欲研究之古典的'昆曲'，此时北地已绝遗响，殆不获听。惟'皮黄''梆子'激越俚鄙之音，独动都城耳。乃叹'昆曲'之衰亡，草《自昆曲至皮黄调之推移》，旋游江南，寄寓上海者，前后两次。每有暇辄至徐园，听苏州昆剧传习所童伶所演昆曲，得聊医生平之渴也。今专演'昆曲'者，国中唯有此一班而已。所演者，以属南曲为主，然间存北曲之遗响。归国之后，乃草《南北曲源流考》一文，言王（国维）先生所未言者"②。后又在此基础上，结合后来所作《沈璟〈南九宫十三调曲谱〉与蒋孝之〈九宫十三调〉二谱》③一文，撰成巨著《中国近世戏曲史》。

　　青木正儿不受传统的束缚，还表现在对中国戏曲发展史的分期上。此前的中国文学史、戏曲史，无论详略，大多都以朝代更迭为分期的重

---

① 青木正儿著，卢燕平译《琴棋书画》，中华书局 2008 年版，第 196 页。按，义太夫即竹本义太夫(1651—1714)，日本人偶净琉璃的创始人之一；浪华节，日本江户末期流行的一种市民艺术形式。

② 青木正儿著，王古鲁译著，蔡毅校订《中国近世戏曲史·序》，中华书局 2010 年版。《自昆曲至皮黄调之推移》，原载《内藤博士还历祝贺中国学论丛》，弘文堂书房 1926 年版。《南北曲源流考》，原载《狩野教授还历纪念中国学论丛》，弘文堂书房 1928 年版。

③ 原载《高濑博士还历纪念中国学论丛》，弘文堂书房 1926 年版。

要标准,殊不知,文学艺术的发展有其自身规律,有时并不完全与朝代更迭相一致,换言之,完全按照朝代来划分文学艺术发展史并不是完全科学的研究方法。青木正儿正是看到了这一点,因此,他在《中国近世戏曲史》的分期上打破了这种束缚,采用了一种全新的分期法。

全书正文为四篇:第一篇"南戏北剧之由来",论述从宋以前戏剧发达之概略到元代北剧之盛行与南戏之下沉;第二篇"南戏复兴期"则自元中叶至明正德,不仅重点论述复兴期内之南戏,也对保存元曲余势之杂剧的继续发展作了勾勒;第三篇"昆曲昌盛期"自明嘉靖至清乾隆,从昆曲之兴隆与北曲之衰亡开始,重点论述昆曲勃兴、极盛、余势时代之戏曲,探讨了明清传奇重要作家作品,并介绍代表作品的故事梗概,是全书的核心部分;第四篇"花部勃兴期"自乾隆至清末,重点论述花、雅二部兴衰更迭及该时期重要的戏曲作家作品。

第二,青木正儿是把戏曲作为舞台综合艺术来研究,而不仅仅是作为案头文学来研究。

青木正儿应当是近代日本的中国文学研究者中最具艺术家气质的一位。他不仅撰有不少关于艺术的著述,在文学研究中,他也最钟情于与其他艺术形式广泛联系的戏曲,将其作为综合艺术研究,而不仅是文本研究。他对王国维最大的意见,其实就在于他认为王国维"没有艺术美感"。他曾直言不讳并且不止一次地指出,王国维"仅爱读曲,不爱观剧,于音律更无所顾","只顾学问,没有艺术美感"。这其实也就是青木正儿认为王国维作为戏曲研究家,"但终究还是不行"的原因,归纳起来,大概就是两点:一"不爱观剧",二"于音律更无所顾"。

青木正儿则完全不同,他对艺术的兴趣从少年时代就已经开始,而且是极为广泛的。他自幼"好书画音乐,玩画笔,弄三弦"①,"对乐器也

---

① 水谷真成《青木正儿》,收入江上波夫编《东洋学系谱》第 1 册,大修馆书店 1992 年版,第 262 页。

很感兴趣,就想找一些音乐理论方面的书来读,但当时日本还没有那样的专著,后来买到了德国学者 Sammelung Gessen 的三册德文音乐理论著作,成为他的音乐理论入门书,因为是自学,尽管不完全懂,但还是读下来了。此外,还读了中国的一些音乐理论"①。金石书画方面,青木正儿大学毕业后,曾组织画友成立名为"考槃社"的画会,师事当时画坛名宿富冈铁斋,并常与精于书道的内藤湖南探讨书法。其与同学小岛祐马、本田成之等人创办的《中国学》杂志,其封面图案就是从汉代武梁祠石刻中选出,而刊名"中国学"三字,则选自六朝墓碣,显得古色古香,很具艺术气息②。

青木正儿不仅爱好艺术,而且对各种艺术和名物风俗展开广泛而深入的研究,先后著有《金冬心之艺术》《中国文学艺术考》《中华名物考》《琴棋书画》等,译有《中国文人画谈》《历代画论》《中华茶书》《随园菜谱》等,几乎对中国文人和文学有密切关系的方方面面都进行了考察。他的中国文学研究,正是在这样的背景下展开的,他在《中国文学艺术考》的序言中说:

> 我虽是文学研究者,但对于音乐、美术等姊妹艺术很有兴趣,很注意研究其与文学之间的关系,此次结集出版的杂著就包括这几方面。将其分为"文学考""艺术考"等类目,纯是为了编辑上的方便,其实,文学研究中兼及音乐方面考论者极多。这种分类固不合理,我是出于以文学为主兼及其他艺术的考虑,才大体划分的。③

① 东方学会编《回忆治学之路》第 1 册,刀水书房 2000 年版,第 166 页。
② 青木正儿著,卢燕平译《琴棋书画》,中华书局 2008 年版,第 200 页。按,富冈铁斋(1836—1924),近代日本画坛巨擘,日本文人画集大成者,画风融日本水墨画与中国明清文人画为一体,在儒学、佛道、书法、篆刻等方面均有高深的造诣。其子富冈谦藏,日本汉学家、书法家,京都大学东洋学教授,曾与狩野直喜等人赴北京调查敦煌文书。
③ 青木正儿《中国文学艺术考·序》,弘文堂书房 1942 年版。

　　具体到戏曲研究,青木正儿非常重视将其作为场上艺术,而不仅是案头文学,因此,现场观剧成为他留学中国时非常重要的活动。在北京,他"乘机观戏剧之实演,欲以之资书案空想之论据",但因"所欲研究之古典的'昆曲',此时北地已绝遗响",便游江南,"每有暇辄至徐园,听苏州昆剧传习所童伶所演昆曲,得聊医生平之渴也"①。

　　青木正儿在留学前,当无机会现场观看京剧、昆曲等中国戏剧,他如此注重现场观剧,当受辻听花的影响较大。辻听花自称"予性嗜华剧,旅华以来,时入歌楼,藉资消遣。且与梨园子弟常相往来,谈论风雅,于是华剧之奥妙,获识梗概焉"②。而从当时与辻听花有交往的友人笔下,也能看到一个经常出入戏院、与戏曲演员过从甚密并长于剧评的资深戏迷形象:

　　　　不尝见乎(辻听花)先生之身影徘徊于各园之间乎? 日则听曲坐上,夜则搦管案头,或评或赞,纪其所闻所见,登诸报端。又不尝见先生之颜色呈露于酒筵之场乎? 不为某伶洗尘,即为某伶祖饯。③

　　　　(辻听花)居北京久,乃独好吾中国旧戏剧。余见其四五年来,日夕涉足戏园,无有间断。凡京、津各戏园之状况,以及各名角之情形,靡不谙识。④

---

① 青木正儿著,王古鲁译著,蔡毅校订《中国近世戏曲史·序》,中华书局2010年版。
② 辻听花《中国剧原序》,《菊谱翻新调:百年前日本人眼中的中国戏曲》,浙江古籍出版社2011年版。
③ 汪侠公《中国戏曲题词》,《菊谱翻新调:百年前日本人眼中的中国戏曲》,浙江古籍出版社2011年版,第161页。
④ 少少《中国剧序》,《菊谱翻新调:百年前日本人眼中的中国戏曲》,浙江古籍出版社2011年版,第164页。

青木正儿在北京拜会"京剧通"辻听花，他虽不赞同辻听花关于昆曲的看法，但对辻听花深入剧场观剧的研究法却是颇为认可的，并受其影响。他在《中国近世戏曲史》中专设"剧场之构造"一节，而本节关于北京剧场的相关情况，除引用道光年间的《金台残泪记》和《梦华琐簿》外，多以辻听花的《中国剧》和他的相关谈论为依据。

青木正儿先引用辻听花之言，列举了北京戏场中"自乾隆以来，构造毫无若何变化"的庆乐园、三庆园、广和楼等，并说"此数剧场，余尝目击，略存记忆，又乞辻翁之教得知后台之大体情状焉"①。关于剧场的名称，青木氏先据《梦华琐簿》《金台残泪记》等书，指出有"戏庄""戏园"之别，戏庄曰某堂、某会馆，为大宴会兼剧场之所，而戏园曰某园、某楼、某轩，为普通剧场，有茶点而无酒馔，故亦曰茶楼、茶园。青木氏又引辻听花《中国剧》中的记述与上述文献相印证，得出当时中国南北剧场之名"尚袭其旧称"②的结论。至于剧场中的具体布置，引辻听花之说就更多了，如桌子、散座、前台、后台等，基本上都是以辻听花之说为依据。

青木正儿在辻听花的启发下，也非常注重深入剧场，除了上述北京几座剧场外，他游江南时也注意观察当地戏场，并与北京的情况作比较，这就在辻听花仅限于北京剧场的基础上更进了一步。如青木氏对剧场构造中"池心"的考述：

> 又曰池子。《梦华琐簿》曰："中庭设案如楼下。而座者率皆市井驵侩仆隶舆台，名之曰池子。"《金台残泪记》亦曰："池心皆坐市井小人。"按：客座中以池子为贱者，盖或因其始剧场构造仅前台、

---

① 青木正儿著，王古鲁译著，蔡毅校订《中国近世戏曲史》，中华书局 2010 年版，第 378 页。
② 青木正儿著，王古鲁译著，蔡毅校订《中国近世戏曲史》，中华书局 2010 年版，第 378 页。

后台及左右楼、正楼盖有屋顶,而池子——中庭——为露天之旧习
欤? 余尝观宁波城隍庙之戏台,庙之正面有戏台,左右两侧有楼,
中间有空地,即相当池子者。北京颐和园戏台略与之相同,戏台面
对正殿,左右有廊,中间有敷石之中庭。演剧时,或于中庭搭天棚,
亦未可知,然在此种情形下,中庭为最贱者之座席,当然之事也。
但北京戏园之池子,昔时曾否有屋顶,无文献可征。①

青木正儿还对辻听花不太关注的南方寺庙戏台做过调查。他先引
用《南漂记》《萨州漂客见闻录》这两部日本人出海漂流的记述,对清乾
隆末年浙江乍浦、嘉庆末年广东陆丰等地区的寺庙戏台作了描述,接着
根据《扬州画舫录》的相关记载,对扬州天宁寺、重宁寺戏台的情况作了
介绍。最后,还是以他自己的实地调查作为印证:

> 余所寓目之中,浙江宁波城隍庙所设戏台规模最为宏大庄严
> (原注:宁波有新旧两城隍庙,均有戏台。其一甚为宏大),较北京
> 旧日戏园之前台,觉甚宽大,戏台甚高,望之似有九尺,而左右两侧
> 有楼,当以之备楼座之用者,小规模者,无左右楼。意者此为最存
> 原始的样式者。②

其后更附有一张《宁波城隍庙戏台平面图》。据笔者对同属浙江的
温州地区一些具有代表性的庙宇宫观的调查,其中规模较大者如关帝
庙、东堂殿、洪岩殿、太阴宫等,其附戏台情况,与青木正儿所言基本一
致,这可以给他的调查提供一些旁证。

---

① 青木正儿著,王古鲁译著,蔡毅校订《中国近世戏曲史》,中华书局 2010 年版,第
379—380 页。
② 青木正儿著,王古鲁译著,蔡毅校订《中国近世戏曲史》,中华书局 2010 年版,第
32 页。

第五章 东西两鼎以外的
中国俗文学研究

本书第二至四章已对早稻田大学及东西两所帝国大学的中国俗文学研究作了探讨,在上述三所著名大学以外,近代日本尚有不少以高等学府为中心的中国俗文学研究阵地。随着对外扩张的逐渐推进,日本在以东亚为主的殖民地设立了两所帝国大学:一所就是本书第三章已述及的京城帝国大学,另一所就是本章要讨论的台北帝国大学。东亚自古以来是一个相对完整的汉字文化圈,而加之现实形势的需要,所以这两所殖民地大学都很重视对中国的研究,中国俗文学作为中国文化的重要组成部分,自然成为重点研究的对象之一。除此以外,尚有不少私立大学展开了各具特色的中国俗文学研究,其中颇具代表性的有:原为海外殖民事业服务而设立的拓殖大学和与早稻田大学齐名的庆应义塾大学。

第一节 久保天随及台北帝国大学
东洋文学讲座

久保天随的学生曾将乃师平生著述分为四大类:第一,评论、随笔、纪行类;第二,中国古典文学评释译注类;第三,学术著述类;第四,汉诗①。其在中国文学领域最重要的学术业绩,无疑是以《西厢记》为主的中国戏曲研究和中国文学史研究,换言之,久保天随主要是作为一个中国戏曲研究者而为中国学界所知。目前对他的介绍和研究一般也仅限于戏曲研究方面,至于他在台北帝国大学的活动及其影响则关注甚少。其实,他不仅是在台湾高等学府讲授中国文学的第一人,还开创了日据时代台北帝国大学中国俗文学教学与研究的学术传统。本节结合久保自身的学术研究和他任教台北的影响两方面,试图还原一个较为全面的近代日本汉学家形象。

一、久保天随与《西厢记》研究

> 碧天如梦夜微茫,
>
> 最可怜宵最断肠。
>
> 帘外春寒月当午,
>
> 满身花影读《西厢》。

1927 年,久保天随以《〈西厢记〉研究》一文获东京大学文学博士学位,他是继盐谷温之后第二位以元杂剧研究获博士学位的日本学者,也是第一位以《西厢记》专题研究获得博士学位的日本汉学家,以至于有人认为日本的《西厢记》研究始于久保天随。上面所引七绝,即是久保天随在三十年后回忆自己少年时代读《西厢记》时的情景,由此结下了他与《西厢记》长达数十年的因缘。

久保天随(1875—1937),名得二,号天随,生于东京,1899 年毕业于东京大学汉文科。他在东京大学求学期间,曾承森槐南之教,对中国

---

① 黄得时《久保天随博士小传》,《中国中世文学研究》2,1962 年 3 月。

戏曲的热情又进一步高涨①。但当时的东京大学附属图书馆"仅有《西厢记》明刻本一种和《笠翁十种曲》之粗劣刻本。纵使有材料,亦无研究成果可供参考"。他"最初有志于研究中国戏曲之时,图书之收集乃当务之急,然欲购《元人百种》《六十种曲》《九宫大成谱》等,于一介穷书生而言,实乃沉重之负担"②。尽管受到客观条件的限制,但久保天随研究中国戏曲的热情并没有像笹川临风那样很快就消失,他在 20 世纪初曾先后出版过四部《中国文学史》③,书名虽同,内容各异,但都包括了小说戏曲等俗文学。

久保天随与藤田丰八、田冈岭云、笹川临风等都是当时著名的赤门文士,而久保氏为赤门文士中"文笔最健、最有望者",也是其中"汉诗汉文素养最深者之一、文字最丰富者之一"。大町桂月称赞久保天随之文"劲健魂丽,气魄磅礴,有俊鹘度空之概",推其为"当代文章之雄",认为"汉诗汉文之评释,中国文学之研究,舍天随其谁哉"④。久保天随的文笔极好,大学在读及毕业后的一段时间内,常在《帝国文学》等当时著名刊物上发表评论、随笔、纪行等文字,还从事汉籍评释、汉诗译注等

---

① 久保天随受森槐南的影响较深。1904 年 8 月,森槐南与大久保湘南等人为了挽救明治三十年代以来汉诗坛渐次衰落的局面创设诗社,名曰随鸥吟社诗社,1908 年湘南去世后,槐南被推举为盟主,久保天随也成为其中的主要成员,其诗风亦近于森槐南。20 年代,久保天随曾在大东文化学院长期讲授与森槐南同名的课程"作诗法",直至赴台北帝国大学。参看三浦叶《明治汉文学史》,汲古书院 1998 年版,第 62、78 页;神田喜一郎著,程郁缀等译《日本填词史话》,北京大学出版社 2000 年版,第 711 页。
② 久保天随《中国戏曲研究·序》,弘道馆 1928 年版。
③ 赵苗《久保天随和他的中国文学史》(《文史知识》,2014 年第 4 期)只提到了久保氏的两部《中国文学史》,即人文社 1903 年版和早稻田大学 1904 年版,其实他还有两部《中国文学史》,分别是平民书房 1907 年版和早稻田大学出版部 1910 年版。
④ 大町桂月《关于赤门文士》(《赤门文士に就いて》),原载《新文艺》,1901 年 8 月,收入久松潜一编《明治文学全集》41,筑摩书房 1971 年版,第 378—381 页。

工作。

这种"卖文生活"一直持续了近二十年之久。1916年前后，久保天随的人生迎来转机，开始供职于大礼记录编纂委员会①，由于该会设于内阁文库楼上，故久保天随得以在公务之余，广泛阅览文库藏书，这是他告别卖文生涯，从事学术研究的重要契机。

久保天随最关心的当然是关于中国戏曲的资料，他在编委会任职的三年间，利用余暇时间抄录的戏曲相关资料卡片厚达数寸。其间，久保天随的友人上村卖剑创办了名为《文字禅》的汉诗杂志，久保氏曾在该杂志连载长达百页的《西厢记解题》，获佐藤六石的激赏，称其"考据正确，叙述致密，古来本邦如此善读《西厢记》者，无之"②。久保氏窃喜得知音，此后，又在《帝国文学》发表《〈西厢记〉杂考》、《〈西厢记〉的续作》(《〈西厢记〉統撰の諸劇》)等论文。

1920年秋，久保天随就任宫内省图书寮编修官，又得到饱览该馆图书的良机，本欲编写一部《中国戏曲史》，但因题目太大，一时未能实现。1924年夏，久保氏从中国东北旅行回国，又重拾著《中国戏曲史》之旧梦，眼下虽未具备撰写通史条件，但决定先从《西厢记》开始入手。1925年春开始，共花费三个月之力，写成《〈西厢记〉研究》，成稿以后，亲友劝其试以此申请学位。同年9月，久保氏从中国华北旅行回国后，又花费两三个月时间补订，11月末向东京大学提出学位申请，并于两年后获得博士学位③。次年，久保天随将《〈西厢记〉研究》与此前陆续发表的中国戏曲研究相关论文结集出版，是为《中国戏曲研究》。

---

① 大正天皇即位时曾举行非常隆重的典礼，大礼记录编纂委员会的任务就是为该典礼编写两大册的记录。
② 伊藤六石曾任随鸥吟社主事，1927年4月去世后，由久保天随继任主事。
③ 久保天随履历根据其所著《中国戏曲研究·后记》及黄得时《久保天随博士小传》等资料整合而成。

《中国戏曲研究》是久保天随中国戏曲研究的代表作,他首先在自序中简要回顾了戏曲在中国的研究情况:

> 小说戏曲在中国一直被蔑视,虽有金圣叹、李笠翁等为俗文学大声疾呼,毕竟影响有限;戏曲作品传世者极少,大抵归于湮灭,得见极难;论曲之书,明清两代间亦仅有《太和正音谱》《曲律》等聊聊几种;所幸当今中国学界,多有戏曲之覆刻,如《元人百种》,亦有石印本,极容易入手,大益后来之研究者;与此同时,新进之学者也开始这方面的科学研究,如王国维之《曲录》《戏曲考原》《宋元戏曲史》,吴梅之《中国戏曲概论》《顾曲麈谈》等,可谓斯界之启明。①

由此可见,久保天随对近代以前中国本土的研究情况并不十分满意,认为在研究与文献两方面都做得很不够,但他对民国以来的戏曲文献复刻与研究表示欣喜,尤其是受到西方学术影响的王国维、吴梅等"新进之学者"的研究尤使他感到中国戏曲研究的希望。而作为一衣带水的邻邦,自古以来通过海上书籍之路接受中国文化浸润的日本,其中国戏曲研究的情况又如何呢? 久保天随接着说:

> 日本方面,中国戏曲作品传来已久,江户时代新井白石藏有《元人百种》,又曾见《小说字汇》《续汇刻书目》等,由此大概可推知当时所存之戏曲作品。但其时真正能读中国戏曲者甚少,如曲亭马琴,虽曾读金圣叹本《西厢记》、毛声山本《琵琶记》等,然不甚明白。江户时代乃日本儒学兴盛时期,其对词曲之藐视更甚于中国本土,全然谈不上对中国戏曲的研究。森槐南为明治时代词曲研

---

① 久保天随《中国戏曲研究·序》,弘道馆 1928 年版。

究开山之祖,研究与创作并举,但他也为没有《六十种曲》而遗憾;当时东京大学图书馆等处亦仅藏有极少量的戏曲作品,由于资料的限制,研究也就无从谈起。①

久保天随认为,至少在明治中期以前,日本的中国戏曲研究成就十分有限,其受限的原因大体有如下三方面:一、语言文字的隔阂。如曲亭马琴是江户时代通俗文学大家,其对中国俗文学也颇熟悉,还翻译过中国小说,但他对中国戏曲的语言也"不甚明白";二、对戏曲作品的藐视。受儒学深刻影响的日本,对俗文学的藐视更甚于中国,当然没有人会去研究这些被高级知识阶层所不齿的俗文学;三、戏曲文献的严重不足。缺少了作为研究材料的基本文献,研究当然也就无从谈起。因此,久保天随对自己的研究有着颇高的期望:

> 虽不敢称斯界之陈吴,但愿为后来英才之先驱。②

言下之意似是说,他的中国戏曲研究虽不是最早的,但他希望自己的成就超越前人,成为后来该领域研究者的榜样。

《中国戏曲研究》全书分前后两篇。前篇即《〈西厢记〉研究》,共分十一节。第一节总述中国戏曲之发展,是为该篇之背景。所用材料及整体思路基本上都与王国维《宋元戏曲史》等戏曲研究系列论著相同,只是久保天随认为"《宋元戏曲史》头绪繁琐,读者难得要领",因此,他采用比较简要的语言概述元以前的中国戏曲发展史,并称"这不过为《西厢记》之研究作背景交代,单独的中国戏曲史专著,以俟异日"③。

---

① 久保天随《中国戏曲研究·序》,弘道馆1928年版。
② 久保天随《中国戏曲研究·序》,弘道馆1928年版。
③ 久保天随《中国戏曲研究》,弘道馆1928年版,第2页。

不过,后来似未见他出版过专门的中国戏曲史。

后十节专论《西厢记》,是全篇的重点,分论《西厢记》的成书、内容、作者、体制、人物及其描写、词藻、流布、版本、续作等。

关于《西厢记》的成书过程,久保天随作了如下的精要概括:

> 《西厢记》从根本上说并不是出自于作者独立构思,其内容上保留了明显的传承踏袭的痕迹。概言之,唐人元稹《会真记》是其最初原型,其后一转而有宋人赵德麟《蝶恋花》鼓子词,再转而有金人董解元《西厢记》诸宫调,三转乃至元人王实甫的《西厢记》杂剧。①

他又进一步由上述三种作品的"三转"推演到三种文体的"三变",从中勾勒出中国戏曲发展史的脉络:

> 《西厢记》成书的过程,也正是从小说到鼓子词,从鼓子词到诸宫调,从诸宫调到北曲杂剧的变迁过程,这个过程可以使中国戏曲发展史的踪迹明白地展现出来。②

尤其体现了久保天随文献考证功力的是以下几个问题:

《西厢记》的作者。久保天随详细介绍了历来的"王实甫说""关汉卿说""王前关后说""关前王后说""关前董(省之)后"等诸说。久保天随通过现存作品的比较及相关资料的考证,同意金圣叹的说法,认为人物性格前后不一、后四折辞藻相对草率浅陋,否定全本出自一人的观点;再根据王实甫、关汉卿两人的创作风格,比较赞同"王作关续说"。

---

① 久保天随《中国戏曲研究》,弘道馆 1928 年版,第 45 页。
② 久保天随《中国戏曲研究》,弘道馆 1928 年版,第 45 页。

具体而言,就是前十六折为王实甫作,后四折为关汉卿作。

《西厢记》的版本。久保天随列出了周宪王本、日新堂本、顾玄纬本、徐士范本、徐文长本、金在衡本、王伯良本、陈眉公本、余泸东本、李卓吾本、李卓吾王凤洲合评本、陈宝庵本、词坛清玩本、刘丽华口授本、闵刻六幻本、即空观本、六十种曲本、毛西河论定本、金圣叹本、桐华阁本、暖红室汇刻传奇本共 21 种版本,对各本间的异同、刊刻情况作了介绍,并专门用一节的篇幅对金圣叹本进行了重点研究。

《西厢记》的续作。久保天随列出了从王生《围棋闯局》、李景云《西厢记》、李日华《南西厢》、陆天池《南西厢》、李开先《园林午梦》、卓人月《新西厢》、周公鲁《锦西厢》、盱江韵客《续西厢》、查继佐《续西厢》、周坦纶《竟西厢》、杨国宾《东厢记》、研雪子《翻西厢》、无名氏《后西厢》、碧蕉轩主人《不了缘》、杨世漋《东厢记》、无名氏《小桃红》、无名氏《拆西厢》17 种续作,并一一介绍续作作者、文体、故事梗概、版本以及著录这些续作的戏曲论著,比较清楚地勾画了《西厢记》成书后的流传与影响。

此外,值得注意的是,久保天随的研究所用资料并非完全是固有的纸质文献,还利用了当时最新的出土文物资料。如第二节对“郑恒”这个人物的探讨,除了利用各种文献记载外,还利用了 1913 年文求堂主人田中庆太郎从北京寄来的《郑恒夫人崔氏合祔墓志》拓本,真正做到了“取地下之实物与纸上之遗文互相释证”。

《中国戏曲研究》后篇为《诸名剧之梗概》(《諸名曲の梗概》)。这里的“梗概”不完全是指诸名曲的故事梗概,而是指诸名曲研究没有像《西厢记》研究那样详细、全面,仅为粗略的研究,是作者自谦之词。后篇论及王昭君题材杂剧、《长恨歌》题材戏曲、《琵琶行》题材戏曲、《荆钗记》、《四声猿》、明末戏曲、吴梅村戏曲、《桃花扇》等元明清重要戏曲作品。

后篇的研究虽没有《西厢记》那样详尽,但其中也颇有可观之处,如

《读〈荆钗记〉》(《〈荆釵記〉を読む》)一文。此前,日本涉足南戏研究的学者如森槐南、笹川临风、狩野直喜等人,他们或是侧重南戏通论,或是将目光集中在南戏的经典之作《琵琶记》,而久保天随的《读〈荆钗记〉》是第一篇《琵琶记》以外的南戏作品专论,这对于扩大和加深南戏作品的整体研究,具有深远的影响。全文共分七节。第一节考证四大南戏的作品及创作年代,认为《荆钗记》作者为丹邱先生,而丹邱先生即明宁献王朱权之道号①。第二节考察明宁献王朱权生平及戏曲研究与创作。第三、四节为《荆钗记》故事梗概。第五节探讨《荆钗记》的创作动机及由来。第六节评价《荆钗记》之得失。第七节论《荆钗记》之版本。其中介绍的日本内阁文库藏本,颇值得注意②。

《中国戏曲研究》还附有久保天随所作《读曲观剧杂咏》数十首及书影插图十数幅,也是本书的第一大特色。

从日本的中国戏曲研究史来看,此前森槐南、狩野直喜、盐谷温等虽有倡导,但他们或侧重于史的勾勒,或侧重于翻译注释,就具体的研究成果而言,尚未有像久保天随此书这样详尽的著述。当然,久保天随的戏曲研究也存在一些不足。他还是主要把戏曲作品当作案头文学来研究,往往只顾文本研究,而忽视了戏曲作为一种场上艺术的特点,如戏曲的演出、曲律等,尚未充分展开。而真正要将中国戏曲作为舞台综合艺术来研究,还要等到青木正儿等人。

---

① 久保天随曾在文中引吴梅《中国戏曲概论》"明人以丹邱为柯敬仲,不知宁献王之道号,一切风影之谈,皆因是起也"之语,但却未指出王国维已考证丹邱先生即宁献王。王氏考证见其所著《宋元戏曲史》,《王国维文学论著三种》,商务印书馆 2009 年版,第 180 页。按,吴梅《中国戏曲概论》作于 1925 年在东南大学任教期间,1926 年由上海大东书局出版,久保天随此文发表于 1917 年,收入《中国戏曲研究》时当有所改动。

② 关于日本所藏《荆钗记》,可参看黄仕忠《日本所藏中国戏曲文献研究》,高等教育出版社 2011 年版,第 225—227 页。

1925 年前后,正在北京游学的青木正儿不仅拜会了王国维、辻听花,也见到了久保天随。时隔五年左右,青木正儿将新出版的一代名著《中国近世戏曲史》寄给远在台北帝国大学的久保天随,并附有一封颇为恭敬的书信请前辈赐教。时任久保天随副手的神田喜一郎认为,青木正儿是因为年轻时读了久保天随的著作受到启发,所以敬赠自己的新著以表谢意①。青木正儿从久保天随的论著中除受到启发外,也应当看到了其不足之处。

二、重视俗文学的中国文学史研究

久保天随也是日本最早从事中国文学史研究并撰写中国文学史的汉学家之一,他在 20 世纪初出版的《中国文学史》,前后增删改订凡四版,他后来在台北帝国大学开设的"中国文学史"的课程讲义,就是在此基础上增补而成的②。久保天随也是第一位在台湾开设"中国文学史"的汉学家,这本身就具有相当大的意义,详见后文。

日本从 1882 年开始就陆续出版了末松谦澄等人撰写的中国文学史,久保天随的《中国文学史》出版相对较晚。但他对自己的研究颇为自负,公然宣称自己是"东亚文献研究第一人",他在人文社版前言中毫不客气地将此前所出版的各种中国文学史贬得一文不值:

> 此前虽有两三部中国文学史,无非是见识浅薄之人所作,更无
> 价值可言。著者完全不知文学与文学史为何物,所著无非是罗列
> 作家小传及作品解题而已。其间或有人并未通晓中国历代文集,
> 所著文学史无非投机取巧,难有公平之鉴赏与精确之评判,此辈无

---

① 神田喜一郎《关于久保天随先生》,收入久松潜一编《明治文学全集》41·附录,筑摩书房 1971 年版。

② 黄得时《久保天随博士小传》,《中国中世文学研究》2, 1962 年 3 月。

异于学界之鼠贼。①

然后,他提出了撰写文学史的标准与要求:

> 全体之艺术,以形式与内容之调谐为最上乘,中国文学史之研究亦不能厚此薄彼。全体之艺术作品皆是时代印记与个人品性相结合之产物,故在研究具体文学作品时,需将两者加以区别。笔者之研究基于文学之根本规则,尽可能简易明晰,力求既有精确之文学理论依据,又有公平之批判态度。②

久保天随认为,真正优秀的中国文学史应该是这样的:

> 用最完备之组织方法,为求趣味与效果之兼得,以妥当不偏之选择,按年代编辑,附作家略传,以审其为人与性格,并记简洁明晰之评论,以助学生理解与洞察作品之真趣。如此,则劳少功多,知悉中国文学古今变迁之大略,养成领会趣旨之读书法。③

久保天随的观点很快得到大町桂月的响应,他在《太阳》杂志上发表了题为《评天随〈中国文学史〉》(《天隨の〈中国文学史〉を評す》)一文,几乎与久保异口同声:

> 迄今为止,日本撰写中国文学史著作者有十数人,然其皆不明

---

① 久保天随《中国文学史》,人文社 1903 年版,第 5 页。
② 久保天随《中国文学史》,人文社 1903 年版,第 5 页。
③ 久保天随《汉学教育与汉文读本》(《漢学の教授と漢文読本》),收入久松潜一编《明治文学全集》41,筑摩书房 1971 年版,第 235 页。

白"文学"与"文学史"为何物,其将历史学家、文章家、古典学者或语言学者并列为文学家,将文学与史学、文学与哲学相混同。一部中国文学史,无非罗列作者小传与作品摘要。不追问思想,只诠索形式,只记录文学发展之变迁,而忽视文学内在之价值。①

尽管如此,久保天随的《中国文学史》在当时似乎并未引起学界的重视,因此,他在台北帝大的学生黄得时曾为乃师鸣不平:

久保先生的《中国文学史》绝不比之前的那些文学史逊色,其中多有能成一家之言者,然而未得学界应有的重视,提到早期的《中国文学史》,必推古城贞吉之作,这多少有些遗憾。古城氏之作当然有其值得称道之处,但他只重诗文,而对小说戏曲置之不顾,这无论如何是不合适的。久保先生的《中国文学史》,从今天的眼光看,当然也有缺陷,但他勇于劈开当时轻视小说戏曲的风潮,而将其堂堂正正地列入文学史,这除了显示先生高迈的见识外,还应对其价值给予高度评价。②

由此可知,是否包括小说戏曲是黄得时评价文学史优劣很重要的标准,久保天随和大町桂月虽未明言,但其言下之意也在于此。因为从出版时间来看,在久保天随之前的中国文学史有末松谦澄、儿岛献吉郎、藤田丰八、笹川临风等,除笹川氏外,其余诸人所著之文学史,或仅有先秦部分,侧重于诸子学术;或虽为通史,但将小说戏曲排除在外。

---

① 　大町桂月《评天随〈中国文学史〉》,《太阳》第 10 卷第 1 号,1904 年 1 月。
② 　黄得时《久保天随博士小传》,《中国中世文学研究》2, 1962 年 3 月。

　　平心而论，黄得时对久保氏的中国文学史的评价主客观参半。客观方面，他指出了古城贞吉的《中国文学史》对待俗文学的态度，这是事实，古城氏的《中国文学史》初版正文中只字未及俗文学，仅在三版余论中作了概述；主观方面，黄得时有意忽略了当时先于久保天随出版的其他中国文学史著作，而特笔拔高了乃师的功绩。黄得时对笹川临风等人及其相关著作视而不见，"勇于劈开当时轻视小说戏曲的风潮"的第一人并非久保天随，而是笹川临风；"将其（小说戏曲）堂堂正正地列入"的第一部文学史亦非久保氏之作，而是笹川氏的《中国文学史》，后者甚至在更早的时候就出版过第一部中国小说戏曲专史——《中国小说戏曲小史》。

　　黄得时的评价自然也有合理的一面，仅就当时日本出版的几部中国文学通史而论，久保天随的《中国文学史》确实是俗文学所占比例最大的一部。试以久保天随与笹川临风的两部《中国文学史》为例。久保天随《中国文学史》（早稻田大学 1904 年版）中世文学部分，唐代文学中有"唐代小说"一节，宋代文学中有"小说戏曲之气运"一节。到了近世文学部分，俗文学的内容大幅展开，金元文学中有"剧之发达""戏曲之形式""杂剧""西厢记""琵琶记""水浒传""三国演义"七节；明代文学中有"汤显祖""西游记与金瓶梅"两节；清代文学中有"金圣叹""李渔""桃花扇与长生殿""红楼梦与儿女英雄传""红雪楼九种曲与吟风阁词曲谱""晚近小说"六节。元明清俗文学部分共 74 页，占篇幅近世文学三分之一强。而笹川临风《中国文学史》的唐宋文学部分没有俗文学的专门章节，元明文学中的俗文学内容与久保大体相同，清代文学部分则仅有"红楼梦""李笠翁""桃花扇""金圣叹"四节。久保氏《中国文学史》共389 页，俗文学部分共 78 页；笹川临风《中国文学史》共 315 页，俗文学部分共 30 页，前者俗文学部分占全书比重显然大于后者。现将两者对比如下：

表 5.1　久保天随、笹川临风《中国文学史》俗文学部分对照表

	久保天随《中国文学史》	笹川临风《中国文学史》
唐	唐代小说	无
宋	小说戏曲之气运	无
金元	剧之发达、戏曲之形式、杂剧、西厢记、琵琶记、水浒传、三国演义	中国小说戏曲发展迟缓之原因、特质、起源、发展、三国演义、杂剧、西厢记、琵琶记
明	汤显祖、西游记与金瓶梅	西游记、金瓶梅、汤若士
清	金圣叹、李渔、桃花扇与长生殿、红楼梦与儿女英雄传、红雪楼九种曲与吟风阁词曲谱、晚近小说	红楼梦、李笠翁、桃花扇、金圣叹
总页数	389	315
俗文学页数	78	30
俗文学所占比例	20%	9.5%

不过,久保天随对中国俗文学的态度也有一个变化的过程。上述与笹川临风《中国文学史》相对比的是早稻田大学 1904 年版的久保氏《中国文学史》,如将该版与他前一年在人文社出版的《中国文学史》相比,就可以看出这种变化。人文社版《中国文学史》中不乏"将历史学家、文章家、古典学者或语言学者并列为文学家,将文学与史学、文学与哲学相混同","完全不知'文学'与'文学史'为何物"的内容,而早稻田大学版不仅剔除了上述内容,而且在"序论"中加入"中国文学研究的必要性以及方法""中国文献的九大散遗""中国文学的特质""中国文学的分期"等内容,这不仅在结构上有所调整,也显示了文学观的转变。

久保天随在 19 世纪末 20 世纪初日本中国文学史研究的大势中以《三国演义》中的曹操自比,而大町桂月却比之为张飞,说他"好冷骂,唯见所短,不见所长,见形式,不见内容,以一己狭隘之兴趣为标准,不合

其味之文章,悉骂为恶文"①。青年时代的久保天随确实血气方刚,主观性很强,其早期的著述多为"卖文"之作,学术分量远不如后期。

久保天随晚年在新设立的台北帝国大学主持东洋文学讲座,主讲"东洋文学史",因此,这一时期他更为注意东亚三国文学之间的交流与互动关系,这方面的代表作有《〈剪灯新话〉及其对东洋近代文学的影响》长文,1933年作为《台北帝国大学文政学部研究年报》第一辑单行出版,是近代日本《剪灯新话》研究最详尽、最系统的专著。

久保天随选择在东亚三国影响都很大的文言小说集《剪灯新话》,颇有见地和代表性意义:

> 《剪灯新话》不过是一部小册子,但它在后世的影响实为巨大。不仅在中国本土,就是在朝鲜、日本,也随处可见它的流传与影响,从大一点的角度说,这是一部具有世界性价值的名著。其影响概而言之就是,在中国出现了许多改作和续作;入朝鲜,则对其的拟作成为朝鲜真正意义上小说的开祖,并促成了朝鲜小说史的发展;在日本,不能否认因此书的流传,促进所谓怪谈文学的兴起及发达。②

全文共分四节。第一节论述《剪灯新话》的成书及其作者,旁及《剪灯新话》的校订、禁毁、刊本等。第二节主要讨论《剪灯新话》在中国的续书、仿作及改编等。第三节重点围绕金时习的《金鳌新话》,探究《剪灯新话》在朝鲜半岛的影响。第四节介绍《剪灯新话》在日本的影响。

① 大町桂月《关于赤门文士》,《新文艺》,1901年8月,收入久松潜一编《明治文学全集》41,筑摩书房1971年版,第380页。
② 久保天随《〈剪灯新话〉及其对东洋近代文学的影响》,《台北帝国大学文政学部研究年报》第1辑,1933年,第3页。

三、台北帝国大学东洋文学讲座

（一）久保天随

久保天随在日本汉学史上的功绩,除中国戏曲和文学史研究以外,尤其不能不注意到他对台北帝国大学中国俗文学的教学与研究之影响。1928 年,日本政府在台湾设立台北帝国大学,最初设文政、理农二学部,文政学部部长为藤田丰八。次年,文政学部文学科增设东洋文学讲座,以中国文学为主要讲授内容①,而其首任讲座教授就是久保天随。

台北帝国大学成立之时,藤田丰八患病在身,他之所以被力邀赴任,名为文政学部部长,实为副校长②,这是因为日本政府设立台北帝国大学的目的,乃在于使日本文化向台海、南洋地区扩张。而藤田氏不仅以东京帝国大学教授的身份为世所重,且常年居中国南方,在南海史研究领域取得卓越的成就,并精通中国哲学、文学,加之其在清末中国的长期办学经历,故能成为新成立的文政学部部长的不二人选③。

纵观藤田丰八的一生,他的研究领域有明显的转变过程:他在大学时代所学的专业是中国哲学,而使他在日本汉学史上留名的却是他后来从事的西域史、南海史及东西交流史研究;然而,他的学术兴趣远不止此,他对中国文学尤其是俗文学颇多留意。本文前已述及,藤田氏早

---

① 台湾光复后,国民政府接收台北帝国大学,改称"国立台湾大学",将原各学部改称"学院",文政学部分为文学院、法学院,"科"改称"系"。文学院初设中国文学、历史学、哲学三系,中国文学系由此成立。参看张宝三《任教台北帝国大学时期的神田喜一郎之研究》,载张宝三、杨儒宾编《日本汉学研究初探》,华东师范大学出版社 2008 年版。另可参看台湾大学中国文学系网站。

② 江上波夫《藤田丰八》,收入其所编《东洋学系谱》第 2 集,大修馆书店 1994 年版,第 29 页。

③ 小柳司气太《藤田丰八博士略传》,东方学会编《追忆前辈学者》第 1 册,刀水书房 2000 年版,第 234 页。

在大学毕业后就与青年学友一起组织设立东亚学院,该学院有专门的俗文学课程及讲义;藤田氏本人还曾在东京专门学校讲授"中国文学史",虽仅有先秦部分,但已触及先秦小说萌芽等问题,而序言中也已经表明了俗文学必然在他的文学史中占有重要地位;他主持编写的《中国文学大纲》,则更为凸显了俗文学的地位。

久保天随之任教台北帝国大学,当与藤田丰八有关。两人同为赤门文士,久保天随大学刚毕业,藤田丰八就招请他赴上海任东文学社教习,但久保氏因故未能成行,引为终生之憾事①。时隔近三十年后,藤田丰八出掌台北帝大文政学部,主讲课程虽为东洋史学,但他仍未忘记早年的教学经历。而久保天随专攻中国文学,新近以中国戏曲研究获博士学位,却尚未在帝国大学任教。这对于藤田氏和新设立的台北帝大而言,也是东洋文学讲座教授的不二人选;而对于久保氏而言,自然也是人生的重大转机(他此前未有固定教职)。藤田、久保二氏在台北重逢,不仅使他们二人的夙愿得偿,也使得中国俗文学的教学与研究成为台北帝大的一大传统,并得到较好的延续与发扬。

久保天随于 1929 年 4 月到任。他主讲"中国文学史""桃花扇""琵琶记""瓯北诗话"等课程,教课之余,曾游福建,访琉球,与台湾诗人及在台日本汉诗人多有唱和。

(二)神田喜一郎

与久保天随一同到任的,还有作为助教授的神田喜一郎。1934 年 6 月 2 日,久保天随去世,同年 11 月,神田喜一郎升任讲座教授,以迄台湾光复,神田氏在台北任教前后近十六年,是他一生中任职最久的地方。神田喜一郎之任教台北,亦出于藤田丰八之推举。

---

① 久保舜一《久保天随》,久松潜一编《明治文学全集》41,筑摩书房 1971 年版,第 383 页。

神田喜一郎(1897—1984)，号鬯盦，生于汉学世家。神田家为京都首屈一指的名门，历代不乏好学之人，且多有钟情于汉学、致力于古文书典籍搜藏者。神田喜一郎之祖父神田香岩汉学功底极深，工于诗书，以汉籍搜藏闻名，常召集同好鉴赏、研究，与京都学派内藤湖南、狩野直喜等人交往，并曾任京都帝室博物馆学术委员①。神田喜一郎自幼受到家学熏陶，很早就开始创作汉诗，1917年考入京都大学，攻读中国史学专业，师事内藤湖南、狩野直喜②。藤田丰八招请神田喜一郎时，他已从京都大学毕业，时任大谷大学教授。藤田氏认为，神田喜一郎和久保天随一样，"也是一位能作汉诗文且不亚于台湾本地学者之人"③。

神田喜一郎升任教授后，很好地继承了藤田丰八的初衷，并使久保天随主讲的课程得以延续。中国俗文学在神田喜一郎所授课程中占有相当高的比重，他曾先后开设过"东洋文学史"(普通讲义)、"元杂剧"(讲读)、"中国戏曲"(讲读)等。

神田喜一郎在读大学以前对法国文学更为感兴趣，考入京都大学以后开始喜好中国戏曲，乃是受狩野直喜的影响：

> 我在京都大学求学期间，每年都坚持出席狩野君山先生所授之元曲讲读课程，早被中国戏曲之趣味所吸引。④

---

① 日比野丈夫《神田喜一郎》，江上波夫编《东洋学系谱》第2集，大修馆书店1994年版，第225页。按，神田喜一郎1952年出任京都博物馆馆长，其子神田信夫(1921—2003)也是著名汉学家。

② 日比野丈夫《神田喜一郎》，江上波夫编《东洋学系谱》第2集，大修馆书店1994年版，第225页。

③ 东方学会编《追忆前辈学者》第4册，刀水书房2000年版，第202页。另见日比野丈夫《神田喜一郎》，江上波夫编《东洋学系谱》第2集，大修馆书店1994年版，第225页。

④ 神田喜一郎《鬯盦藏曲志·序》，《神田喜一郎全集》第4卷，同朋舍1986年版，第300页。

　　京都学派素有考证、注疏、演习、讲读之传统,狩野直喜生前陆续讲读过的元曲作品占《元曲选》的半数以上,神田氏开设戏曲课程并采用"讲读"形式,当与狩野直喜的影响有直接关系。有论者认为,神田氏在台北帝国大学教学与研究之内容与风格,除"部分源于家学熏陶之外,与其出身京都大学文学部亦有密切关系,他虽身处台湾,所授课程竟能与京都之学风遥相呼应,亦可谓一大特色"①。

　　神田喜一郎在台任教期间,积极与国际学界展开交流。1930 年夏,他到上海会见鲁迅,双方曾就《游仙窟》及《三藏法师取经诗话》展开讨论。在上海期间,他也曾访问胡适,但不知所谈具体为何②。1934 年末至 1936 年 8 月,作为日据台湾总督府在外研究员赴英、法两国留学,其主要活动就是调查两国所藏敦煌文书情况,尤其是尚未介绍到日本的法国伯希和所藏文书。

　　神田喜一郎赴欧洲调查是敦煌学史上的重要事件,回国后,神田氏从其所摄资料中选取六十三种影印出版,题为《敦煌秘籍留真》,给学界提供了重要的学术资料。但该书所选资料"各为单篇零页",因此,台北帝大又请神田喜一郎"出其全部,复择优影印,计得二十三种,名曰《敦煌秘籍留真新编》,虽种类较寡,而每种页数,则大有增多,蔚为巨帙。付印在战争期间,未及装订,而台湾已光复矣"③。因伯希和"长于中国学,故其所选取之汉文卷轴,悉为精品,而神田氏之所影摄,其精处自无待烦言",故"此《新编》之散页,分量既富,内容又精,价值之隆,

---

① 张宝三《任教台北帝国大学时期的神田喜一郎之研究》,载张宝三、杨儒宾编《日本汉学研究初探》,华东师范大学出版社 2008 年版。

② 鲁迅日记未记神田喜一郎来访,此据日比野丈夫《神田喜一郎》,江上波夫编《东洋学系谱》第 2 集,大修馆书店 1994 年版,第 225 页。胡适 1930 年 8 月 3 日日记记载甚为简略:"神田喜一郎来谈。此君是中国学者,读书甚多。"见胡适著,曹伯言整理《胡适日记全编》第 5 册,安徽教育出版社 2001 年版,第 748 页。

③ 陆志鸿《敦煌秘籍留真新编·序》,台湾大学 1947 年版。

逾于璆璧"①,其中包括《还冤记》等小说。

久保、神田两氏均为藏书家,他们对台北帝大的相关藏书方面均有功绩。久保天随去世后,其在台藏书由台北帝国大学购入,成立久保文库,其中颇多与中国文学有关之古籍,尤多戏曲善本。神田喜一郎曾参与购入福州龚氏藏书三万余册,成立乌石山房文库,其中多四部古籍。此二文库图书今藏于台湾大学图书馆特藏组,仍经常为校内师生及海内外学者所参考利用②。神田喜一郎还曾于1944年1月赴广东,调查意大利人罗斯所藏资料,并预定台北帝国大学购买这些资料,但因时局之变中止③。由于神田氏赴任台北之前及战败回国之后都曾在大谷大学任教,故其本人的藏书,除被指定为"重要文化财产"而由政府保存外,其余则寄存于大谷大学。神田氏藏书中有不少戏曲文献珍品,他曾撰《鬯盦藏曲志》,对其中戏曲善本作了解题④。

(三)原田季清

除久保天随、神田喜一郎先后为文政学部东洋文学讲座教授外,还有一位助教授原田季清。原田季清,目前关于他的资料甚少,亦未见有对他的专门研究,一些日本汉学史著作也对他只字未提⑤。据《台湾总督府公文类纂》,原田氏生于1911年,日本兵库县人,1933年3月毕业

---

① 陆志鸿《敦煌秘籍留真新编·序》,台湾大学1947年版。

② 参看台湾大学中国文学系网站。

③ 日比野丈夫《神田喜一郎》,江上波夫编《东洋学系谱》第2集,大修馆书店1994年版,第226页。

④ 关于现存于大谷大学的神田喜一郎旧藏中国戏曲文献情况,可参看黄仕忠《日本所藏中国戏曲文献研究》,高等教育出版社2011年版,第80—81页。

⑤ 李庆《日本汉学史》、严绍璗《日本中国学史稿》及《日本的中国学家》等只字未提原田季清;江上波夫编《东洋学系谱》、东方学会编《东方学回想》等也未见其人;早稻田大学图书馆藏有原田氏的两部著述,但未标记作者生卒年;台湾大学中国文学系网站则仅提及姓名及任教时间,未作详细介绍。

于京都帝国大学文学部文学科中国文学专业①,4月起在该校中国语学中国文学讲座教授铃木虎雄的指导下,进行中国文学研究。原田季清于1935年4月到台北帝大文政学部任讲师,1939年4月升任助教授,1942年3月辞职。现将台北帝大东洋文学讲座教职情况列表如下:

表5.2　台北帝国大学文政学部东洋文学讲座历任教员一览表

姓　名	职　称	任教时间	主讲课程
久保天随	教　授	1929年6月—1934年6月	中国文学史、桃花扇、琵琶记
神田喜一郎	助教授	1929年6月—1934年11月	东洋文学史、元杂剧、中国戏曲
	教　授	1934年11月—1945年12月	
原田季清	讲　师	1935年4月—1939年4月	话本小说
	助教授	1939年4月—1942年3月	
稻田尹	副　手	1938—1941年	资料暂缺
	助　手	1941—1945年	

　　从上表可知,原田季清之任教台北,当是神田喜一郎升任教授之后,副手空缺,原田氏乃是作为东洋文学讲座助教授的预备人选赴任的。

　　根据原田季清现存的著述来看,其从事学术研究的主要时期即在台北帝大任教之时,而他的主要研究领域即是以话本小说为主的中国古代通俗文学②。原田季清的代表著作是《话本小说论》长文,该文作为《文学科研究年报·言语与文学》第二辑,1938年由台北帝国大学文

---

① 京都帝国大学中国文学专业1932年有一位名为"原田清"的毕业生,毕业论文题为《论孙原湘诗》。见王古鲁《最近日人研究中国学术之一斑》,自印本1936年版,第25页。此与《台湾总督府公文类纂》的记载虽有出入,但从神田喜一郎与京都帝国大学的关系及原田清的专业等情况来看,原田清与原田季清有可能是同一人。

② 日本学术搜索引擎(http://ci.nii.ac.jp)主要收录第二次世界大战以后日本的学术论文,但未收录署名原田季清的论文,由此或可推知他在二战以后较少发表学术成果。

政学部单行出版。关于此书撰写的方法与预期目标，作者在《前言》中
有所说明：

> 近年中日学界对话本小说的研究极为兴盛，通过前辈大家的
> 努力，其文献考证方面的成果已经颇为可观，故本书则省去文献考
> 证，将话本小说作为通俗文学一部分，专对作品内容加以系统地解
> 析，以期明了各侧面之情况，探究作品的发展过程，指出其存在的
> 文学价值，并阐明其在文学史上的地位与意义及其给予我们的
> 启示。①

文献考据是日本汉学的传统与特色，狩野直喜等人以经史考证学
研究俗文学的治学方法亦颇为流行，这种方法所取得的学术成果当然
是有目共睹的，但其忽视对文学艺术的本体研究也是显而易见的。原
田季清的《话本小说论》一反文献考证的治学传统，一方面固然是因为
新成立的台北帝国大学学术资源的限制，另一方面也显示了他自成一
体的治学风格。

当然，不将文献考证作为重点，并不意味该书纯属思辨之作，原田
季清的研究同样是在占有大量文献的基础上展开的。据原田氏统计，
今存历代话本集约有 60 种，除其重复者，作品约有 450 篇之多，而该书
则选取通行话本集约 15 种、作品约 280 种为研究的基础材料②，超过
现存话本作品总数的一半。尽管作者仍谦虚地自称"此乃试论，不过抛
砖引玉之意，真正名实兼备的《话本小说论》，须待大方博学之士"③，但
读者自能感受到作者的功底与成绩。

---

① 原田季清《话本小说论·前言》，台北帝国大学文政学部 1938 年版。
② 原田季清《话本小说论·前言》，台北帝国大学文政学部 1938 年版。
③ 原田季清《话本小说论·前言》，台北帝国大学文政学部 1938 年版。

　　该书长达 208 页，分为序论、话本小说分类、话本小说通论、话本小说与他种文学的关系以及结论等几个部分。序论部分概说话本小说的定义、范畴及其在中国小说史上的地位与盛衰变迁。原田季清将话本小说分为五大类十五小类：第一大类为灵怪类，下分幻想小说、佛道小说；第二大类为烟粉类，即艳情小说；第三大类为讲史类，即历史小说；第四大类为讽世类，下分理想小说（理想主义）、鉴戒小说（写实主义）、讽刺小说（写实主义、自然主义）、说理小说（因果论、运命论、自然主义）、问题小说（人道主义）；第五大类为说公案类，下分犯罪小说（自然主义、恶魔主义）、裁判小说（民事诉讼故事）、侦探小说、复仇小说、谋计小说（言情、讽世、恶魔主义）、侠义小说（理想主义）。通论部分为全书主体，共分七节，除详述上述十五类话本小说外，尚有话本小说概观和入话论、风格论等内容。此外，本书还论述话本小说与民间小说、文言小说、长篇小说、戏曲、宣讲书等其他体裁文学之关系。

　　该书更附有 23 张相关图表，这些图表功能各异，但大多具有较高的学术价值。如《小说源流表》，以时代为经，以小说文体为纬，将文言小说、白话短篇小说、白话长篇小说三者的发展源流对照起来，使原本颇为复杂的流变关系显得直观、明晰。并指出话本乃是作为民间散文学伴随着民间韵文学的发展而发展的，其衰微则是由多方面的原因造成的：话本文学的文人化、明清易代带来的作品散佚、长篇小说的兴盛、弹词鼓词等民间唱词的发达等。再如《创作年代别话本分类表》，则以时代为经，以话本小说分类为纬，分别统计宋元、明（"三言"以前）、明（"二拍"以后）、清及年代不详共五个时期中五大类话本小说的创作情况，从创作数量上更为直观地说明了话本小说的盛衰变迁。此外，如《话本作品·民间文学作品对照表》《包公案·话本作品对照表》《唐人传奇·话本小说作品对照表》《话本小说·长篇小说作品要素对照表》《宋元曲本·话本作品对照表》《话本作品·宣讲书对照表》等，将话本小说与其他体裁的俗文学进行对照,更为直观地反映出中国古代各种俗文学之间的联系。

原田季清的中国小说研究以话本小说为中心,但并非仅限于此,他对中国古代小说有着广泛的研究兴趣,撰有《关于〈情史〉》(《〈情史〉に就て》,《台大文学》第2卷第1期,1937年)、《骈文と小説の関係に就て》(《台大文学》第4卷第2期,1939年)等论文。

《骈文と小説の関係に就て》由林火译为中文,题为《中国"骈文"与"小说"之关系》(《中国公论》第2卷第3期,1939年)。全文分为七部分:何谓骈文、骈文小说、文言小说中之骈体文、唐代变文中之骈体文、白话小说中通俗之骈体文、戏曲科目中之骈体文、结语。译者称原田季清"其所摘录之文中,则颇多可疑之处,译者乃不揣浅陋,敢就其差异之点特用括号表出,且于下附以吾人常见自信可靠之文"[1]。译者所指出的多是由古籍版本不同造成的引文差异,这大概是与原田氏身处的学术环境有关,新兴的台北帝国大学尚缺乏足够的学术资源。

译者同时称赞道:

> (原田季清)为日本之"汉学家",所著关于"中国文化"之论文,颇多精湛独到之处,读者于本篇中自亦不难窥得其渊博之一斑。[2]

原田氏此文甫一发表,即被译成中文,并得到如此高的评价,亦可见他在当时的日本汉学界是一位颇有影响力的学者。

原田季清还是一位重视实地调查的学者,著有《中北支俗文学资料

---

①　原田季清著,林火译《中国"骈文"与"小说"之关系》,《中国公论》第2卷第3期,1939年,第98页。

②　原田季清著,林火译《中国"骈文"与"小说"之关系》,《中国公论》第2卷第3期,1939年,第98页。

调查报告》。该《报告》为台北帝国大学文政学部编纂的《东亚事情：昭和十四年度海外视察报告》(1941年版)之一。从题名来看，内容当是原田氏对华北、华中地区俗文学资料的调查，惜笔者未见原书，尚不知其详①。

（四）稻田尹

台北帝国大学文政学部东洋文学专业还培养了两位研究中国俗文学的日籍学生：稻田尹(1938年毕业)和藤原登喜夫(1943年毕业)。由于整个近代日本汉学界对中国俗文学研究的重视(大环境)和台北帝大自久保天随以来一脉相承的以中国俗文学为主的教学特色(小环境)的综合影响，上述两位日籍学生的毕业论文也都和中国俗文学有关，前者的论文题为《〈红楼梦〉研究》，后者的论文题为《〈聊斋志异〉研究》。

藤原登喜夫毕业后的情况不详。稻田尹毕业后留校任助教，这一时期他的主要学术兴趣由《红楼梦》研究转移到对台湾民谣的采集、整理和研究。他在友人"歌人医生"林清月的帮助下，潜心研究台湾歌谣，其研究成果陆续在《民俗台湾》《台湾时报》等刊物上发表，后整理成册，题为《台湾歌谣集》(第一辑台湾艺术社1943年版)②、《台湾歌谣》(台湾时报社1946年版)。稻田尹采用田野调查的方法研究俗文学，当有原田季清的影响在。

台湾光复以后，稻田尹回到日本，1949年任日本鹿儿岛大学文理学部助教授，1965年成为教养部教授，1983年退休，改任该校名誉教授。由于学术环境的变化，他的研究兴趣再次转回到中国古代小说上

---

① 该《报告》还收录了浅井惠伦《广东方面学术视察报告》、伊藤猷典《现势兴亚教育》、冈田谦《华南家族与村落》、园部敏《华北、东北与朝鲜法制的关联》、东嘉生《汪伪政权的财政经济基础》等，都是实地调查报告，作者当都是台北帝大文政学部教员。

② 可参看杨丽祝《歌谣与生活：日治时期台湾的歌谣采集及其时代意义》，台湾稻乡出版社2000年版。

来。他的《宋元话本类型考》一文,分四次发表在《鹿儿岛大学文科报告》(1958年、1959年、1960年、1964年),该选题也可以看出他在台北求学时原田季清的影响。此外,他对文言小说投入了较大的研究精力,曾为师长神田喜一郎六十寿辰献上《〈醉翁谈录〉与〈太平广记〉》(《〈醉翁談録〉と〈太平広記〉》,《神田博士还历纪念书志学论集》,1957年)一文作为祝贺。他还对六朝贵族和以《世说新语》为中心的六朝文学之间的关系作专题研究,所著《王谢的系谱——以〈世说新语〉为中心》(《王謝の系譜——〈世說新語〉を中心として》)分十次发表在《鹿儿岛大学文科报告》(1968年、1969年、1971年、1972年、1973年、1974年、1977年、1978年、1979年、1980年)。

日据时期台北帝国大学的中国俗文学教学与研究,由于主事的几位日本汉学家学术背景各异,既呈现各具特色的研究风格,又能保持一脉相承的学术谱系,形成了与日本本土的中国俗文学研究既有区别又有联系的特点。具体来说,久保天随出身东京大学,神田喜一郎出身京都大学,他们更多地继承和发扬了日本汉学的学术传统,重视文献考据。而原田季清则有意反其道而行之:一方面,从较为薄弱的理论层面入手,而另一方面,则将案头研究与田野调查结合起来。稻田尹作为台北帝国大学本校培养的年轻一代,既继承了日本汉学的学术传统,也接受了新方法、开拓了新视野;既有文献考据,也有理论阐发;既有案头研究,也有田野调查。

第二节　宫原民平:拓殖大学中国学开山之祖

在拓殖大学,宫原民平是一个广为人知的人物,提到他的名字,人们的第一反应就会联系到该校校歌,因为他是校歌的作词者,不唯如此,他还是拓殖大学的第六代学监。当然,真正使宫原民平在日本汉学史占有一席之地的,并非他在拓殖大学显要的地位,而是他开创了具有拓殖大学特色的中国学,他也因此被誉为"拓殖大学中国学开山之祖"①。宫原民平在日本汉学史上的主要贡献即在中国小说戏曲研究②。

一、宫原民平与"拓大风中国学"

与宫原民平在拓殖大学的地位形成鲜明对比的是,他不为中国学界所熟知。与享有盛名的狩野直喜、盐谷温、铃木虎雄、青木正儿、吉川幸次郎等人相比,宫原民平显得默默无闻,少有人问津③。宫原民平未引起研究者的充分注意,或许与他身处非东京大学、京都大学等国立最高学府有关。日本学界颇重视家学渊源或师承关系,近代日本汉学家大多具有深厚的学术背景,或是出身于学术世家,或是毕业于国立最高学府。与他们相比,宫原民平既非生于名门,亦非出自名校。他的起点很低,因而其所取得如此的成绩就显得尤为不易。

宫原民平(1884—1944),笔名天樵生,出身寒微。其父原为佐贺下级武士,经营煤矿,后破产,时宫原民平年仅 3 岁,随父流徙东京。私立顺天中学毕业后,因家境贫寒,无力供其继续升学。适值拓殖大学前身台湾协会专门学校成立,宫原民平因成绩优异,于 1902 年成功考入该

---

① 见拓殖大学编《宫原民平:拓大风中国学的开祖·六代学监》,拓殖大学出版社 2001 年版。该书是以收录宫原民平汉学研究论文为主的文集,下文称"宫原民平文集"。

② 古城贞吉 1901 年从中国回国后,曾在拓殖大学的前身台湾协会专门学校任讲师,所讲课程及任期不详。参看《古城贞吉先生年谱》,东方学会编《追忆前辈学者》第 1 册,刀水书房 2000 年版,第 79 页。

③ 目前所见,仅黄仕忠的《日本所藏中国戏曲文献研究》(高等教育出版社 2011 年版)、全婉澄的《日本明治大正时期的中国戏曲研究》(凤凰出版社 2016 年版)论及宫原民平的中国戏曲文献收藏与研究,此外未见有专门研究。

校,成为他人生的关键转折点。1906 年毕业后留校任教,此后历任教授、学监(期间曾短期兼任东京大学、早稻田大学讲师),直至去世。

　　宫原民平曾于 1911 年 1 月至 1912 年 5 月赴北京留学,研究中国语言文学。留学期间,就曾在《顺天时报》上用汉文发表有关元曲的文章,受到日本学界的瞩目。回国后与乃师金井保三合作编译出版了《西厢歌剧》,后又与盐谷温一道主持《国译汉文大成》中的戏曲部分,他个人翻译了其中的《西厢记》《还魂记》《汉宫秋》《燕子笺》等作品,他还为《古典剧大系》翻译了《琵琶记》。另著有《中国小说戏曲史概说》(共立社 1925 年版)、《中国口语文学》(《中国の口語文学》,日本放送出版协会 1940 年版)及拓殖大学百年校庆时编辑的《宫原民平文集》等。宫原民平去世后,其藏书赠与拓殖大学,是为"宫原文库",所藏清代之前的戏曲版本达一百余种,此外,多明版清印本和清刊本戏曲,其中以《西厢记》版本为最①。

　　关于宫原民平的学术业绩,拓殖大学理事长藤渡辰信曾有过一段评价,颇为中肯:

　　　　宫原民平在拓殖大学任教的科目虽为"中国语",但他具有超越一般语言学家的天才学识,他精通传统汉学、中国文学、中国史,在古典戏曲、诗词方面的造诣尤深,并将中国戏曲的翻译与研究作为终生事业。留下了多种重要研究业绩的宫原民平,必将在元曲研究史大放光彩。②

　　那么,宫原民平建立的"拓大风中国学"究竟是一种怎样的学术体

① 黄仕忠《日本所藏中国戏曲文献研究》,高等教育出版社 2011 年版,第 87—88 页。
② 藤渡辰信《宫原民平文集·序文》,拓殖大学出版社 2001 年版。

321

系？它与东京、京都学派等日本主流汉学研究风格又有何不同？宫原氏"中国学"为何又以中国俗文学研究为主？

宫原氏"中国学"并非单纯地满足于从文献资料上获取知识，强调要投入到中国社会中去，亲身感受、理解、把握中国的民情、民心，并在此基础上展开广泛研究，这就是"拓大风中国学"的特色。换言之，宫原"中国学"不同于狩野直喜、盐谷温、青木正儿等以研究中国文学并探讨古代中国为主的学风，而强调重视对现实中国的研究，即狩野诸人之学可称为"汉学"（Sinology），而宫原之学更接近于"中国研究"（China Studies）。

中国小说戏曲正是宫原民平研究中国的一把钥匙。宫原民平认为："欲知中国学之真髓，必须成为中国人，和中国人一起生活，读中国的小说戏曲，因为通过阅读中国小说戏曲可以知晓中国的社会和思想。"[1]不可否认，狩野直喜、盐谷温等人也都有留学中国的经历，也曾在其著述中表达了通过阅读中国小说戏曲以了解中国社会人心的观点，但他们往往只是有感而发、点到为止，其研究对象仍是小说戏曲本身；而在宫原民平那里，中国小说戏曲是他研究中国的材料或途径，而非最终的研究对象。事实上，宫原民平的著述中除中国俗文学研究外，全部都与中国社会、风俗、国民性等有关，由此深入探讨作为历史文明体的文化中国之于日本及宫原氏本人的意义。因此，在宫原氏"中国学"中，"中国"并非纯属研究客体而游离于研究主体以外，而是与研究者呈现一种反观照鉴的主客互动关系。

宫原氏"中国学"学风的形成，当与拓殖大学最初的殖民色彩及宫原氏本人的经历有关。拓殖大学的前身是由曾任日据台湾总督、首相的桂太郎于1900年创立的"台湾协会学校"，是为培养开拓殖民台湾的

---

[1]　藤渡辰信《宫原民平文集·序文》，拓殖大学出版社2001年版。

专门人员而设立的。宫原民平在读期间,曾作为日本陆军省学生翻译官参与日俄战争,长达一年半,回国后还享受判任官(日本官位四类十六等中的第九至十三等)待遇、受八等勋、赏金五十日元①。宫原民平当时还只是一个在校生,首次踏足东亚大陆,给年轻的他带来多方面的见闻与感想,他日后毕生从事中国研究的志愿与热情,或萌芽于此②。宫原氏留学北京期间,正值辛亥革命,政权迭变,由此而引起的中国社会与文化的变革,正是日本汉学家关注的焦点。这些对于亲历晚清内外变局的宫原民平而言,则具有更为直接的影响。

二、用语言学的方法研究中国俗文学

如果说"成为中国人,和中国人一起生活,读中国的小说戏曲"是宫原氏"中国学"的总方针,那么用语言学以研究中国小说戏曲,则是宫原民平的根本方法。就其具体研究方法而言,即用"中国音"(现代汉语发音)来解读、研究中国文学。关于此前日本人阅读、研究中国俗文学的方法,宫原民平有作过鞭辟入里的批评:

> 久被我读书界闲却之中国小说戏曲,近时顿成异常注目之物,实为文艺界值得庆贺之事。然现今一般人乏读中文原书之力,多借译本以充其欲,此盖不得已之事。亦有效汉文训读之法而读中国口语文体,自以为得其意者,于不解原文之真趣,则与读译本同。中文必以中国音读之,方能彻底,而我国专门之研究者亦不能以中文原音读之,由此陷入重大之谬误。③

---

① 松尾圭造《宫原民平略历》,《宫原民平文集》,拓殖大学出版社 2001 年版,第 605 页。
② 藤渡辰信《宫原民平文集·序文》,拓殖大学出版社 2001 年版。
③ 宫原民平《中国小说戏曲史概说·序文》,共立社 1925 年版。

宫原民平的恩师、同为语言学家的金井保三则进一步指出了必须用语言学来研究文学的必要性及其意义：

> 近来关心中国杂剧之人不少，然真正之研究者，则不满十指之数，且彼等以我国旧有之汉文学研究法，似不能解语言音韵之韵味。无论古今东西何地何国之歌曲，不通该国之言语，则不能解歌曲之真味。语言在寻常之意义以外，尚有品味、香气与滋味，若不知此味，而满足于寻常之意义，犹食肉汁之残羹也。①

由于中日之间特殊的历史文化关系，汉、日语言之间也有一些特殊关系。日本汉学家与西方汉学家最大的不同之处在于：西方汉学家研读中国作品只有两种方法，要么是原文，要么是译文；而日本汉学家则有第三种方法，即汉文训读法。汉语口语，不管是古代汉语还是现代汉语，对日本人来说当然从来都是外语，而古代汉语书面语（即"汉文"）对日本人来说，不一定就被认为是外文，这种情况直到近代都是如此②。但汉语和日语毕竟分属不同语系，语法有着显著的差异。古代日本人在阅读汉文时，虽然也能明白文意，终觉拗口不顺，于是，他们发明了一种能将汉文按照日文语法顺序解读的独特方法，长期以来，日本人就是用这种方法，不必依赖翻译即可直接解读原文，即汉文训读法。汉文训读法实际上就是介于古典汉文和古典日文之间一种灵活的方法，即在汉文上标特定符号，阅读时就可以按照日语语法去理解了。

由于长期浸润，古典汉语在词汇、读音等方面对古典日语的影响是容易想见的，但是，随着时间的推移、历史的发展，尤其是进入近代以

---

① 金井保三《西厢歌剧·跋》，文求堂书店 1914 年版。
② 不少日本汉学家用汉文翻译西方著作、用汉文撰写论著，明治时期还一度兴起了"汉诗热"和"汉文序跋热"，宫原民平《西厢歌剧》也仍用汉文写序。

来,西方语言词汇语法大量进入汉、日两种语言,口语与原来的古典书面语之间渐趋二致,两国分别兴起了文言一致运动和白话文运动。书面语由此渐渐转向与口语表达一致,汉日两种语言都由古典语发展成现代语,二者在文字、词汇、发音、语法等方面的差异日趋扩大。换言之,现代日本人即使利用汉文训读法也无法完全读懂现代汉语书面语(即宫原民平所谓的"中国文"),即现代汉语和现代日语是完全属于不同语系的两种语言。现代日本人如未经专业学习和训练,就既不能读懂古代汉语,也不能读懂现代汉语,现代中国人阅读现代日文也是如此。具体到中国小说戏曲作品,由于所用是一种由古趋今的近代汉语语体,用汉文训读法即使能半蒙半猜、一知半解,又岂能领略语言之韵味、文学之真髓? 这就是金井保三、宫原民平之所以强调不宜用汉文训读法研究中国口语文学的原因。

宫原民平以语言学研究中国俗文学的具体方法有二:一是名著翻译,二是理论研究。前文已经列举宫原民平曾翻译过不少的中国戏曲名著,他之前所以选择翻译戏曲作品而非小说,是因为戏曲是比小说更具语言因素的文学艺术形式。用汉文训读法也能阅读小说,尤其是文言小说,知其大意即可,而戏曲却不然。这就是宫原氏所谓的"口语文学",不能纯粹作为文本阅读,因此必须介入语言学的方法。

《西厢歌剧》是宫原民平最早,也是最有代表性的译作。他曾对翻译该剧的缘起、所据底本等有过说明:

> 中国文学多般古来概行于我国,惟戏曲一类,能解之者,迄今聊聊,予素憾焉。前年,予侨居燕京,尝将圣叹批《西厢》之《惊艳》《借厢》二章译成东文,载之于《燕尘》杂志,后以译文不甚妥当,自觉索然,姑绝续稿。去冬,恩师樱枫斋先生告曰"如译《西厢》圣叹

本之多改窜，莫如眉公本之近乎原作"，且怂恿予再试翻译。予恐千古传神文章，枉为劣手俗了，乃请先生鼎助，幸获俯诺。尔来，俗务之间，执笔半稔，而始译就此书。译笔鄙浅，罪应归予不才，然均经先生删润，庶几足以略窥原作之妙趣乎。①

该书署"金井保三、宫原民平译"，表明是宫原民平与乃师金井保三合作的。金井保三(1871—1917)，即宫原氏序中所称之樱枫斋先生，曾游历中国十余年，后历任拓殖大学、东洋大学、东京大学、早稻田大学等校"中国语"教师，盐谷温在谈及日本的中国戏曲情况时，认为金井保三亦于此道造诣极深②。该书是宫原民平在金井保三的劝诱与支持下完成的。师徒二人的分工，如宫原民平所言，乃是由他译出全文，再由金井保三"删润"，这在金井氏为该书所作的跋中可以印证。金井保三主要负责语法、假名等方面的修改润饰，但他还"于元剧及《西厢》之研究为向来所遗漏者，缀成附录一篇，聊为中国剧之趣味在本国之流传助"。跋文中还描述了他究竟是如何"删润"的，从中不难看见师徒情深及金井氏为本书所付出的艰辛③。

金井、宫原两氏的《西厢歌剧》旨在既能窥原作之妙趣，又能便于日本读者接受，故他们在翻译时颇费了一番心思，一改以往训点或直译的

---

① 宫原民平《西厢歌剧·序》，文求堂书店1914年版。原汉文。
② 盐谷温《中国文学概论讲话》，大日本雄辩会1919年版，第166页。
③ 金井保三跋文中有"今年二月初，稿成，余方困于病与俗务之时也。本意以十日至半月之余暇阅毕，怎奈俗务繁病缠身，及至三月初，方着手批阅。删此彼，斟酌推敲，仍以天樵君原译为最合适，如此者凡数次。昼则忙于俗务，至夜方归，服药发汗，入褥中以驱寒气休疲劳，至夜半，执笔校订删润，常至天明。精神爽快之时，一夜一出，不快之时，不过半出，甚至坐卧进退之间，苦吟三日，方成一语之译。凡四十余出，乃交还天樵君。五月初，即与文求堂主人谋出版之事，主人快诺。六月末始印刷，七月下旬校正毕。因附录未成，乃不顾身心俱疲，费十数日之功写就"等语。见《西厢歌剧·跋》，文求堂书店1914年版。

方法,而将其译成"歌剧",即日本的短歌形式。但元杂剧有五宫七调,其各曲牌总计三百余种,而日本短歌一般只有五七调,如果都译成五七调,则恐过于单调,故宫原民平又试着用四四、四六、六七、四八等句式参差翻译,有时也将五七调中途变作七五调,同一曲牌,如前面已经翻作七五调,后者也都用七五调。这并非严格按照日本短歌的句式,而是为了忠实原文而采取的变通法。歌剧要求主要或完全以歌唱和音乐来表达剧情,而《西厢记》原为每折只能由一人唱的杂剧形式,其他人物则仅有宾白,这与歌剧的要求不符,故宫原民平又将其改为多个角色可以互唱、合唱的南戏传奇形式,改"折"为"出"。

《西厢歌剧》全书前有故事梗概一篇,宾白则多改为每出之前及文中的简要解说。格式上,每段唱词结束,则用句号表示。有些一段唱词中间虽加入解说,但没有句号,表示与下一行唱词仍相连,而唱词文意转折时,则用空一行表示。译本以意义之通达为主旨,用极平易之辞句,时用一二现代新语。版本的选择也有考虑,没有采用变动较大的金圣叹本,而以坊间颇易得的陈眉公为底本,参照王伯良本,对窜改之痕迹,尽皆删去。

这种"歌译"在金井、宫原师徒看来,恐怕是最好的一种翻译法,尤其适用于戏曲。这种翻译不仅可以使得翻译后仍是戏曲艺术形式(而不是叙事等其他形式),而且能使之成为本国读者熟悉、容易接受的艺术形式。将外国文学完全变为本国文学,而不仅仅是语种的转换,这才是翻译的最高境界,这就是因为"语言在寻常之意义以外,尚有品味、香气与滋味"。宫原民平的这种歌译法,在日本尚属首创,三十多年后,盐谷温也曾歌译《西厢记》(昌平堂1947年版)。

宫原民平翻译《西厢记》大概受到西村天囚(1865—1924)翻译《琵琶记》的刺激,其师金井保三勉力他完成《西厢记》全译,即举西村译本为例。西村天囚虽非中国戏曲的专门研究者,但对中国戏曲也颇感兴趣,常向寓居京都的王国维请教①。宫原民平歌译《西厢记》时,西村天囚已开始着手翻译《琵琶记》,先在《大阪朝日新闻》上连载,后以《南曲〈琵琶记〉附中国戏曲论》为题出版(1913 年),王国维为之作序。《西厢记》《琵琶记》是中国戏曲史上双峰并峙的经典之作,故宫原民平译毕《西厢记》之后,又翻译了《琵琶记》(《古典剧大系》第 16 卷,1925 年),其与西村天囚译本、盐谷温译本(《国译汉文大成·文学部》第 9 卷,1921 年)一起成为近代日本的《琵琶记》三大译本。

此外,宫原民平积极投身于宣传中国口语文学,并注重口语文学的理论研究。他曾应日本广播协会邀请,以广播演讲形式分九次讲授中国口语文学。嗣后,他又认为广播中只能口头举例,而不能以文字形式呈现出来,由于听众水平不一,没有见到原文,难免有隔靴搔痒之感,这将会大大降低讲座的效果,于是他又将讲座文稿整理出版,即《中国口语文学》一书。

全书共分二十一章,内容可谓包罗万象:白话文学;文言的尊重;白话文学发展之阻力;《京本通俗小说》;《西游记》的演变;平话与《三国演义》;梁山故事的演变;元杂剧;《梧桐雨》;《西厢记》;《琵琶记》;科举与通俗道教;历史、勇狭、灵怪等小说;《儒林外史》与《红楼梦》;短篇白话小说;白话与翻译;《牡丹亭》;小说戏曲作家;鼓词与弹词;演剧;中日文学关系。

宫原氏著此书的目的,即在于使日本读者明白中国口语文学语体与汉文、日文之间的关系,其具体方法是:

> 鉴于日本读者大多有汉文训读的经验,故本书则摘取中国口语文学小段原文,以便与汉文(文言文)比较,并试着揭示出中国口

---

① 金井保三《西厢歌剧·跋》,文求堂书店 1914 年版。

语文学发展之概况。所举原文都是选取各书中的优秀篇章,并全部加以日译。日译全部都是对原文逐字逐句的直译,故从日文角度看,或许并非美文,这仅是为了对照研究上的方便。①

由于宫原民平在此前已出版了《中国小说戏曲史概说》一书,详述中国小说戏曲等口语文学的发展史(详见下文),故从具体内容来看,《中国口语文学》一书虽然也大体按照史的脉络展开,但其重点则在于口语文学语体之鉴赏。从前言可知,宫原民平采用的是四个要素的两两对照法:汉文、汉文训读法、口语文、口语直译日文。之所以是两两对照法,而不是简单的汉、日语言对照法,即是由上文已述及的汉、日语言的历史关系造成的。这样不仅可以很直观地看出口语文与汉文书面语之不同,而且可以指出不同时代、不同作品的口语文学之间的差异。他举《关公遇害》《林冲误入白虎堂》作为《三国演义》《水浒传》的例文,并指出:

> 《三国演义》之文殆近汉文,作为口语白话文学,显得有些生硬,但我国习惯于汉文训读的读者却易懂此书。与《三国演义》相比,《水浒传》的文体有何不同?《水浒传》是纯粹的白话文学。而到了后来出现的《西游记》,对话就更为洗练了。②

寥寥数语,就概括出了语体在中国古代白话小说发展史上的重要标志性作用,若非长期浸润,作为外国读者要体会出其间的差异,是颇不容易的,这反过来也恰恰说明了宫原民平在中国语言文学方面根植之固、用力之深。

---

① 宫原民平《中国口语文学·前言》,日本放送出版协会 1940 年版。
② 宫原民平《中国口语文学》,日本放送出版协会 1940 年版,第 23—49 页。

宫原民平还善于在论述中进行中日语言文学的比较与互动。他曾将中国戏曲与日本能乐作比较,认为两者在以下几点上极为相似:舞台形状、不用背景和大道具、不分幕、以歌唱为主、登场人物自我介绍、多种脚色、科(动作)的表示、面具与脸谱①。

最后,宫原民平又专门用一章的篇幅来论述中日文学之影响。他重点论述了中国口语白话文学对日本江户文学的影响,大体可分为三个阶段:翻译时代、翻案时代(将中国故事改编为日本故事)、应用时代(将中国故事应用到日本作品中)。与此相对,明治维新以前的日本文学几乎未对中国文学产生太大的影响。但到了近代以后,中日文学状况正好与昔日相反,中国开始大量翻译日本文学,而日语口语的流行也由此刺激了中国白话文之流行,小说戏曲自不必言,就连学术论文也大抵改用白话文了。大量翻译外国文学,造成了汉语白话文的外国化倾向,书面语与口头语有较大的差异。他以日语的影响为例说明之:

> 日文:昨年上海に着いてこっち薩張り私に手紙を寄こさなかった大山君が、昨日突然に私を訪ねて来た。
> 直译:自从去年到上海以来老没给我写信的大山君,昨天忽然找我来了。②

"大山君"前面一长串形容词是"大山君"的定语,这种语法表达方式,在今天看来已经习以为常,但白话文运动以前的白话中不用这么长的定语,而是这样表达的:

> 大山君昨天忽然找我来了,他去年到上海以来老没给我写信。

---

① 宫原民平《中国口语文学》,日本放送出版协会 1940 年版,第 168—169 页。
② 宫原民平《中国口语文学》,日本放送出版协会 1940 年版,第 169—174 页。

三、中国小说戏曲史研究

　　文学史的撰写是近代日本学术转型的重要标志之一,而为自来无史的中国小说戏曲作史,则更是近代日本汉学的一大特色。森槐南、笹川临风、狩野直喜、盐谷温等都曾著有中国小说戏曲史专文或专著,而久保天随、儿岛献吉郎、笹川临风、宫崎繁吉等人所著的中国文学史中也已将小说戏曲等俗文学与传统的雅文学分签并架,在此影响下,中国学界也相继出现了多部小说戏曲史。经过中日两国学者数十年的努力,小说戏曲等俗文学已经毫无争议地进入了学术研究的范围,且有成为显学之势。那么,在这种情况下,宫原民平为何还要撰写中国小说戏曲史? 他的研究又有何特点?

　　宫原民平首先回答了为什么要研究小说戏曲发展史和他为什么要另撰中国小说戏曲史的问题:

　　　　欲品味戏曲小说,则不可不知其发展之路径。其在中国如何萌芽,如何生长,单看作品而不顾历史,则如知船而不知水一般。且向来未有简明平易适合一般人阅读之中国小说戏曲史。故吾辈虽不才,聊以为己任,著此书以补缺陷。①

　　宫原民平的比喻颇为形象。诚然,治小说戏曲者,也可以专治某书,但只做这种专书研究,就很容易陷入如宫原氏所言"只知船而不知水"的困境。离开了水的船,自然也就失去了其存在的意义,自然也就无法对"船"进行孤立的研究,因此,必须追本溯源,知其发展路径。小说戏曲本身是适合大众的通俗文学,但小说戏曲史却写得艰涩

———————————

①　宫原民平《中国小说戏曲史概说·序文》,共立社 1925 年版。

难懂的话,就会适得其反,因此,他的《中国小说戏曲史概说》力求以"适合一般读者阅读为预设目标,以人所共知之公论为准绳,省去学究式之考证,叙述亦简明,唯解说或引例等,稍详之,亦以原定篇幅为限,力求简明平易"①。

《中国小说戏曲史概说》共分二十五章:平民文学发展之阻力、古代神话传说、所谓汉代小说、歌剧之先驱、六朝小说、亡佚之六朝小说、唐代传奇、宋金戏曲之进步、宋代小说、北曲之完成、北曲体制、《西厢记》概观、南曲之兴隆、元代小说、明代戏曲、明代文言小说、明代鬼神小说、明代人情小说、明清拟话本、明清历史小说、昆曲与近代戏曲、清代戏曲、清代文言小说、从李渔到曹雪芹、道光以后之创作。

由于该书定位为面向一般读者,因此书中以沿用学界共识为主,少有宫原民平个人观点的考论,但该书也有许多不同于其他小说戏曲史的特色:

第一,本书将小说史与戏曲史有机结合起来,是一部完整的中国小说戏曲史。此前日本出现的中国小说戏曲史,仅有笹川临风的《中国小说戏曲小史》是将小说史和戏曲史结合起来论述的,其余如森槐南的《作诗法讲话》《中国小说讲话》《词曲概论》、狩野直喜的《中国小说史》《中国戏曲略史》、盐谷温的《中国文学概论讲话》等专著,都是将两者分开论述。这显然破坏了将小说、戏曲作为中国俗文学的整体感,缺乏两者的互动和联系;而另一方面,有些材料又重复出现。此外,笹川临风之书虽将小说和戏曲放在同一部书中论述,但两者没有融合在一起,只是较为生硬地排列组合而已。从这个角度上说,宫原氏此书是近代日本学术转型时期唯一一部真正的中国小说戏曲史。

---

① 宫原民平《中国小说戏曲史概说·序文》,共立社 1925 年版。

第二,本书是对中国小说戏曲史的全面梳理,重在勾勒中国小说戏曲发展史的脉络,而不仅仅列举几部名著梗概。上述森槐南、笹川临风、狩野直喜、盐谷温等人论著的另一缺点是:重近世(元明清)而轻上古、中古;而对近世俗文学的论述,则又只以几部名著为主,缺少史的关照。最明显的缺陷是:清代部分只以介绍《红楼梦》为主,对其他小说和戏曲关注较少,不是绝口不提,就是语焉不详。宫原之书则完全不同,这是一部自上古至晚清的完整小说戏曲史,其论述元以前和清代的篇幅超过了上述诸书,对道光以降的近代文学列出专章。宫原民平注重史的关照和对非名著及理论著作的关心,其所举作品数量亦为上述诸书之冠,名著则仅有《西厢记》列专章,这与他在序言中说的宗旨是相吻合的。当然,需要说明的是,宫原民平并非不重视名著解读,他在《中国口语文学》一书中即以名著为主,他还曾把多部名著译成日文,为多部名著写过梗概等,这些工作正好与本书形成互补。

第三,宫原民平对除小说戏曲以外的其他形式俗文学也予以相当的关注,试图构建一个"大俗文学"的谱系。上述诸人,或是限于资料而对说唱文学等俗文学不做重点关注,如森槐南、笹川临风;或是只侧重于关注当时较为热门的焦点问题——敦煌俗文学,如狩野直喜、盐谷温,盐谷温还在其《中国文学概论讲话》一书再版时,专门追加了一章"敦煌俗文学"。与他们不同,宫原民平更为关注流传于民间的俗文学,此书中有"昆曲与近代戏曲"专章,前述《中国口语文学》中还有科举与通俗道教、鼓词与弹词、演剧等内容。这与宫原氏"成为中国人,和中国人一起生活"的宗旨是一致的。在中国逗留时间长达三年的经历,也给了他和中国人在一起,并深入接触民间社会的机会。

宫原民平的《中国小说戏曲史概说》还附有《历朝年代表》《小说戏曲家略传》,多达30页,收录了从战国到晚清的小说戏曲家,并做简要介绍，颇有资料价值。但其中也有一些值得再探讨之处，如屈原、东方朔、曹丕等人，在他们是否曾创作过小说仍存疑的情况下，将其列入"小说家"是否合适。

宫原民平的中国俗文学研究，还有一个特别之处，即不仅从中国小说戏曲中看中国，还从其中看日本。前文已述，小说戏曲是宫原氏"中国学"的途径和材料，而不是最终的研究对象，他最终的研究对象始终是"中国"。而在宫原氏"中国学"中，"中国"并非纯属研究客体而游离于研究主体以外，而是与研究者呈现一种反观照鉴的主客互动关系。因此，在中日文学交流史研究上，与一般研究者片面强调中国对日本的影响、日本对中国的认识不同，宫原民平则重在揭示中日互动，这当然也要包括中国对日本的认识。可以举他的《中国小说中的日本》（《中国小说中の日本》）为例。

该文开宗明义指出："中国不知日本。"①何以见得？小说中的描写能否作为这一论断的依据？小说是文学作品，固然多出于想象，但这种想象既要以读者的共识为前提，又要以引起读者的共鸣为目标，故小说中的描写虽多虚构，但一般都有事实基础。不过，宫原民平没有直接从小说入手，而是笔锋一转，先举了乾隆年间成书的《明史》，其中的《日本传》大半属于道听途说，真伪参半。《万宝全书》是清代流行的通俗百科全书，其中对日本的描述更为滑稽：仅将"日本"作为"倭国""倭寇"的代名词，而且连地理位置也弄错了，说成"在暹罗国东南大海中"。宫原民平认为，这些记述可以代表中国普通民众对日本的认识。接着，宫原民平又以清代小说《野叟曝言》为例，其中关于日本的部分主要在小说第 114 回至 134 回文白之子文龙征倭前后。该书对日本的地理位置、领土、宗教等，错乱处甚多，关于丰臣秀吉故事的描写与评价，

---

① 宫原民平《中国小说中的日本》，《拓殖文化》第 37、38 号，1928 年。

更是想当然①。《野叟曝言》初刊于光绪八年(1881),宫原民平认为这反映了清代中晚期中国人对日本的一般理解。宫原氏仅以几部文献的记载作为论据,难免失于片面,但这些文献多少也反映了一些事实。相比于同时期日本对中国的调查、研究,令人不胜感慨。

第三节　奥野信太郎与庆应义塾大学的中国俗文学研究

　　庆应义塾大学是与早稻田大学并称为"日本私立双雄"之一的著名大学,但两校的风格却迥然不同:早稻田大学外向、张扬,并于1905年就设立了专门的"清国留学生部",具有极高的国际知名度;庆应义塾大学内敛、低调,长期不招收外国留学生,使得该校的国际知名度远不如早稻田大学。两校在中国俗文学研究方面也存在类似的情况:早稻田大学早在东京专门学校时期就在日本高等学府中先声夺人,率先开设中国俗文学相关课程,并出版了多部中国(俗)文学史,可以说日本的中国俗文学学科是由早稻田大学初创的;反观庆应义塾大学,在早稻田大

---

① 《野叟曝言》故事大体以本州、四国、九州、琉球及台湾部分地方为日本的领土或势力范围。对于日本国内地名,涉及析木崖、鸡笼、佐渡岛、东京等。宫原民平指出,析木崖盖是台湾的地名,不在日本本土;鸡笼即基隆,但书中的描写又不是基隆的位置;佐渡岛因产黄金而受瞩目,但书中却未提及此事;最有意思的是东京,小说以此为倭国首都,但其实小说作者生活于清代乾隆时代,此时日本首都尚在京都,距迁都江户并改名东京尚有百余年。再如喇嘛教从未传入日本,而小说言丰臣秀吉妄信喇嘛教,以致祸害全国。参宫原民平《中国小说中的日本》,《拓殖文化》第37、38号,1928年。按,明清时期以丰臣秀吉为题材的小说戏曲尚有明代袁黄的传奇小说《斩蛟记》、明代环溪渔夫的戏曲《莲囊记》等。宫原民平此篇仅就中国古代小说中的日本而论,故未对中国古代诗歌、戏剧中的日本题材展开论述。诗歌、戏曲中的日本题材有明代宋濂的《日东曲》和清代曹寅用日文创作的杂剧《太平乐事》第七出《日本灯词》等。可参见严绍璗《中日古代文学关系史稿》,湖南文艺出版社1987年版。

学的相关活动已经风生水起的时候,庆应义塾大学中国俗文学教学与研究的第一人才刚出生。不过,这位学人虽姗姗来迟,但他在庆应义塾大学开创的这一传统却一直延续至今,不愧为开山之祖。他就是奥野信太郎①。

一、奥野信太郎其人及学术风格

奥野信太郎(1899—1968),生于东京,自幼接受汉文训练,15 岁起开始日汉翻译文学的练习,1925 年毕业于庆应义塾大学文学部,历任该校讲师、外务省驻华盛顿特别研究员。1934 年,参加中国文学会,参与创办《中国文学报》。1936 年至 1938 年留学北京,其间,曾调查北京的戏台,并撰文介绍,这当是继踵辻听花。1942 年为"大东亚文学会议"筹备委员。

奥野信太郎曾参与编著 83 种本《东洋思想丛书》(时事评论社),主编其中的《西厢记》(第 27 种)。1944 年再赴中国,任辅仁大学教授。1946 年回国后任庆应大学教授。先后翻译了《水浒传》(创元社 1954 年版)、《三国演义》(创元社 1956 年版)。1959 年至 1961 年为 33 卷本《中国古典文学》(平凡社)总主编,并负责翻译其中的《儿女英雄传》。1966 年至 1967 年为 10 卷本《中国文学名著全集》(盟光社)主编,负责翻译《唐代小说集》《三国志选》等②。

然而,这样一位开山祖师,生前却未出版过一部中国文学研究专

---

① 古城贞吉于 1928 年至 1940 年在庆应义塾大学任教,主讲课程不详。参见《古城贞吉先生年谱》,东方学会编《追忆前辈学者》第 1 册,刀水书房 2000 年版,第 80 页。

② 奥野信太郎履历参看奥野信太郎著,村松暎编《中国文学十二话》,日本放送出版协会 1968 年版;李庆《日本汉学史》第 3 部,上海外语教育出版社 2004 年版,第 352—353 页;严绍璗《日本的中国学家》,中国社会科学出版社 1980 年版,第 12—13 页。

著。他的学生村松暎曾回忆乃师：

> 奥野先生的文字，大部分都是随笔，他首先是作为随笔大家闻名于世的。先生最喜欢随笔形式，而不太喜欢正儿八经的论文形式。先生的学问和杂谈时候一样，也融入到他的随笔中。换言之，奥野先生关于中国文学的论著一部也没有。作为弟子，已经领受了先生的学问，但世间还不太了解先生作为中国文学研究者的真正意义，这难道不是很遗憾的吗？但每个人都有自己的生活方式，奥野先生有他特立独行的人生。①

诚如斯言，奥野信太郎这种述而不作的风格很大程度上影响了他在中国俗文学研究史上的地位，对他的功绩学界知之者甚少，更未见对他的专门研究。

二、《中国文学十二话》

目前所见奥野信太郎唯一的中国文学研究专著，就是《中国文学十二话》，故由该书可见奥野氏的中国文学研究之精要。该书原本是他在1964年1月广播讲座的内容，村松暎根据自己的速记稿整理而成，出版时奥野信太郎已去世。本书在尽可能地保留讲座内容原样的前提下，做到最小限度地修改，其间得到前辈吉川幸次郎、同事藤田祐贤及佐藤一郎、助手冈晴夫等人的指点和帮助②。

《中国文学十二话》共分12讲，其中有关俗文学的内容占6讲，分别是第6讲"唐代传奇小说"、第7讲"戏曲"、第8讲"演剧之发展"、第

---

① 村松暎《中国文学十二话·后记》，日本放送出版协会1968年版。
② 村松暎《中国文学十二话·后记》，日本放送出版协会1968年版。

10 讲"四大奇书"、第 11 讲"怪异文学之系谱"、第 12 讲"红楼梦"。这种结构安排,可以看出奥野信太郎对中国文学史的总体理解,即在唐代以后中国文学中重点关注俗文学,除第九讲为"散文的沿革",其余部分全是戏曲和小说;再进一步细分的话,又能发现小说比重明显多于戏曲,是戏曲的两倍。这与前文论述的久保天随、宫原民平等较为侧重戏曲研究有所不同,奥野信太郎的中国俗文学的研究与翻译,以中国古代小说为主。为方便读者,书后还附有《中国古典文学相关年表》(含中外文学对照)和《中国地图》。

由于奥野信太郎的中国文学研究著述仅此一部,而这本书又是在他广播讲座内容的基础上根据学生速记整理而成,因此相对比较简略浅易,但其对中国俗文学的论述也颇有特色,表现在以下几点:

第一,对于焦点问题的新看法。比如,现代意义上的小说为什么最先产生于唐代? 奥野信太郎认为原因有三:其一,唐代多元文化使得生活复杂化,这是小说产生的母胎;其二,唐代古文运动带来的文体解放,这是小说产生的原动力;其三,唐代实行科举制度,因此,像大量的科举落榜者这样的知识阶层,就成了小说作者的重要组成人员①。

第二,对现当代中国相关情况的关照。奥野信太郎不仅介绍了当今中国各地的剧种,还介绍了当时中国政府的文艺方针,对政府挖掘地方剧、成立专门戏剧学校、培养戏剧专业人才等表示赞赏,同时也对禁止上演与当时主流意识不符合的剧本、有意改动剧本等现象表示遗憾②。对红学史的介绍,则从旧红学到新红学,一直讲到批判俞平伯的红学论争。

第三,中日文学现象相关介绍。中国古代小说的版本情况往往比

---

① 奥野信太郎著,村松暎编《中国文学十二话》,日本放送出版协会 1968 年版,第 89—91 页。
② 奥野信太郎著,村松暎编《中国文学十二话》,日本放送出版协会 1968 年版,第 133—134 页。

较复杂,这对于专业研究者而言亦非易事,何况普通读者?故奥野氏在述及小说版本时,往往以日本名著为类比,这样不仅形象易懂,也能客观上展现中日文学的某些共同点。如他介绍《水浒传》版本时,就以《平家物语》为类比,认为两者版本情况极为相似①。

第四,中国俗文学在日本的流传与研究的介绍。奥野氏对森鸥外、幸田露伴、依田学海等在明治时代就注意到《琵琶记》等戏曲并撰文讨论表示钦佩②,对安井息轩这样的宿儒也曾读过《金瓶梅》表示意外③,以此说明中国小说戏曲在日本的受欢迎程度。

三、奥野信太郎的影响

奥野信太郎这种述而不作的风格,大概是流派创始人的共同风格:森槐南、狩野直喜、盐谷温、宫原民平等人都是如此,身前大多仅有一两部讲义,有些甚至是在身后数十年才整理出版,但这并不妨碍他们成为开山之祖,相比于著书立说,他们的意义更在于开宗立派。

奥野信太郎在他的教学生涯中培养了一批后来成为中国俗文学研究名家的学者,使得中国俗文学教学与研究在庆应义塾大学成为一个流派与传统,这才是奥野信太郎最大的功绩。如参照"京都学派"的称法,可将由奥野信太郎开创的庆应义塾大学中国俗文学研究相关学者群体称为"庆应义塾学派"。"庆应义塾学派"在奥野信太郎之后的代表

---

① 奥野信太郎著,村松暎编《中国文学十二话》,日本放送出版协会 1968 年版,第155—156 页。

② 奥野信太郎著,村松暎编《中国文学十二话》,日本放送出版协会 1968 年版,第128 页。

③ 奥野信太郎著,村松暎编《中国文学十二话》,日本放送出版协会 1968 年版,第165 页。按:安井息轩(1799—1876),考证学派儒学者,致力于汉唐注疏考证,著有《论语集说》《管子纂诂》等,曾任昌平坂学问所(东京大学前身)教官。其外孙安井小太郎(1858—1938)亦为研究中国哲学的著名汉学家。

人物(按年辈顺序)有村松暎(1923—?)、冈晴夫(1939—?)、金文京(1952—)等。

村松暎 1950 年毕业于庆应大学文学部,后为该校教授。"其父乃著名作家村松稍风,在中日尚未建交的 20 世纪 50 年代就曾率日本社会党代表团秘密访华,故父子俩都与周恩来总理熟识。"①村松暎的主要研究领域在中国古代小说,先后发表了《李汝珍与女王国》(《李汝珍と"女王国"》,《三田文学》第 48 卷第 8 号,1953 年 10 月)、《从贾宝玉看〈红楼梦〉思想》(《賈宝玉を通して見た〈紅樓梦〉思想》,《艺文研究》第 27 卷,1969 年)、《作为小说家的李渔》(《小説家としての李笠翁》,《艺文研究》第 14、15 卷,1963 年)、《对〈红楼梦〉论争的批判》(《〈紅樓夢〉論争に対する批判》,《艺文研究》第 5 卷,1955 年)、《蒲松龄与〈聊斋志异〉》(《蒲松齢と〈聊斎志異〉》,《艺文研究》第 44 卷,1982 年)等论文。

冈晴夫"年轻时即以其聪颖之姿,博得已故汉学大师奥野信太郎的激赏,成为奥野教授的关门弟子";其父是日本驻香港、高雄总领事冈宗义,因此,冈晴夫成为香港著名老生孟小冬唯一的外籍弟子②。1965 年毕业于庆应大学中国文学研究科,后为该校教授。求学期间曾参加 1963 年举行的日本中国学会第 15 届大会,并做了题为《关于元曲结构的考察》的报告,1965—1966 年参加《世界文学小辞典》(新潮社)中国文学部分的编写,1967 年参加《中国文学名著全集》(盟光社)第 4 卷《元曲》的编译,1977 年起在庆应大学文学部主讲"中国戏剧史"等课程③。冈晴夫"除会唱戏外,还能拉胡琴;除京剧外,且对中国的地方戏亦如数家珍","是东西比较演剧学的权威,典型的才子派教授,他于 1987 年应邀在北京参加中国戏曲艺术国际学术研讨会时,论文宣读后,内容即为《人民

---

① 王涵《梦里不知身是客》,南京大学出版社 2010 年版,第 16 页。
② 王涵《梦里不知身是客》,南京大学出版社 2010 年版,第 16 页。
③ 严绍璗《日本的中国学家》,中国社会科学出版社 1980 年版,第 125 页。

日报《文艺报》介绍,并为《文艺研究》全文转载。当时的中国戏曲学院院长俞林读之大奇,指示学院无论如何要将冈教授请去讲学"①。

　　与村松暎主攻小说不同,冈晴夫更多继承了奥野信太郎的戏曲研究传统,从艺术气质上说,冈晴夫与乃师更为相近。其发表的论文也多围绕中国戏曲展开:《元杂剧做工考》(《艺文研究》第 17 卷,1964 年)、《关于元曲中告知者的考察》(《元曲构成に関する一考察——劇中の告知者について》,《艺能》第 7 卷第 4—7 号,1965 年)、《关于关汉卿戏曲的作法》(《關漢卿の戯曲——その作劇法について》,《艺能》第 6 卷第 8—12 号、第 7 卷第 1—3 号,1964—1965 年)、《元杂剧的空间形成》(《元雑劇における空間形成》,《艺文研究》第 36 卷,1977 年)、《作为剧作家的李渔》(《劇作家としての李笠翁》,《艺文研究》第 42 卷,1981 年)、《李渔的戏曲及其评价》(《李漁の戯曲とそ評價》,《艺文研究》第 43 卷,1982 年)、《闲情偶寄考》(《艺文研究》第 59、60、65 卷,1991—1993 年)、《李渔与日本戏作者》(《李笠翁と日本戯作者》,《艺文研究》第 73 卷,1997 年)、《李渔戏曲与歌舞伎》(《李笠翁の戯曲と歌舞伎》,《演剧学》第 31 卷,1990 年)。

　　金文京毕业后留校,在任助教授时,成为吉川幸次郎在京都大学的关门弟子,后任京都大学教授、人文科学研究所所长,活跃在国际学界,国内学人对他较为熟悉,此不赘述。

　　优秀的老师往往会影响改变受教学生的一生,奥野信太郎就是这样一位老师。关于奥野氏的人格魅力与讲学风采,村松暎曾回忆道:

　　　　奥野先生的课很有意思,能把汉文课上得这么有趣,这是我之前想象不到的。我从预科升入本科后选择中国文学专业,就是因

---

① 　王涵《梦里不知身是客》,南京大学出版社 2010 年版,第 17 页。

为奥野先生的课太有魅力了,可以说,是先生的授课使我对中国文学着了迷。先生幽默洒脱,口才堪称天下一流,他的话任何时候都不会让人厌倦。先生在课堂以外的杂谈也会谈论中国文学,并且多有独特的见解。①

也许是奥野氏的风采太过迷人,他的学生在其影响下,自觉或不自觉地变得和乃师"越来越像"。一位曾在庆应义塾大学留学,并在冈晴夫门下攻读博士学位的中国学生后来回忆说:

> 我那时最喜欢听的是村松暎、冈晴夫那一类才子派教授的课,他们上课看似闲聊,其实处处暗藏机锋,透着才智和识见。村松暎教授术业渊奥,涵泳中国文学研究诸涯。(中略)听冈晴夫教授的课就更随便了,可以泡茶、喝咖啡。(中略)他与中国学者尤其是戏曲研究家、梨园中人聚会时,常常煮酒论戏,以曲会友,逸兴遄飞,下榻处时常如同"票房"。②

奥野信太郎去世后,藏书归庆应义塾大学文学部图书馆。其中有江户时期已东渡的戏曲作品,如乾隆间古吴三乐斋刊本《绣像第六才子书》、文德堂刊《绣像妥注第六才子书》、维经堂刊《增注第六才子书》、大知堂刊《邯郸梦》(森槐南旧藏)等;还有《光绪年老戏单三九条》,戏单上间有日期、戏班名及奥野氏本人题识等③。此外,尤值得一提的是,1969 年,日本中国学会第 21 届大会决定用奥野氏的捐赠稿费建立"日本中国学会奖"。

---

① 村松暎《中国文学十二话·后记》,日本放送出版协会 1968 年版。
② 王涵《梦里不知身是客》,南京大学出版社 2010 年版,第 16—17 页。
③ 黄仕忠《日本所藏中国戏曲文献研究》,高等教育出版社 2011 年版,第 85 页。

第六章 近代日本关于中国俗文学重要问题的研究

本书前几章探讨了近代学术转型时期日本中国俗文学研究的基本格局和总体情况,取得了不俗的成就。其中有不少问题,并非由某一位学者在某一篇论文或某一部论著得以解决,而是数十年间众多学者共同研究的结果,成为近代日本中国俗文学研究史上的重要问题。中国俗文学的各个文体都有这样的重要问题,本章从中各选取一个较有代表性的问题加以探讨。

第一节 日本小说中的中国故事研究:以《太平记》为例

汉籍传入日本的历史十分悠久,对日本文学产生过巨大的影响,汉籍所载的典故经常被日本文学作品所引用,尤以日本的军记物语为最。军记物语是日本古代的一种小说文体,以日本古代历史为主要题材,与中国的历史演义小说较为相似,因此,军记物语经常引用中国史籍及历史小说中的故事。由于所引故事出处较为复杂,成为学者探究的焦点。日本军记物语中引用中国故事最多的是其代表作《太平记》,以下就以此书为例来探讨。

《太平记》是日本中世军记物语之集大成,共 40 卷,现存 22 卷。据考证，其编者与弹唱者为小岛法师，由惠镇上人撰成，后经玄惠法印修改、增补。玄惠死于 1350 年 3 月 2 日，故其改本应成于 1350 年之前。其后，作品有大规模修订，初步形成了 40 卷本形态。作品所记述年代最晚的历史事件——桃井直常与足利义将之战发生于 1371 年，而其最古抄本永和本成于 1375 年。因此，《太平记》最初形成并迅速流传于 1371—1375 年间①。《太平记》所引中国故事多达二三十则，如卷一"无礼讲事"后附"玄慧文谈事"，卷二"主上临幸依非实事、山门变议事"后附"纪信事"，卷十"安东入道自害事"后附"汉王陵事"，卷十二"兵部卿亲王流刑事"后附"骊姬事"，卷十三"兵部卿宫薨御事"后附"干将莫邪事"等。

一、狩野直喜对《太平记》中国故事的研究

据笔者考察，近代以来最早对《太平记》中的中国故事进行探讨的日本学者当是狩野直喜，他于 1918 年 2 月在国文学会发表了题为《〈太平记〉所见中国故事》(《〈太平記〉に見えたる中国の故事》)的演讲。原稿并不完整，作者生前似未公开刊发，亦未收入其 60 岁时编集的论文《中国学文薮》(弘文堂 1927 年版)，只在他去世后收入该论文集增补版(美篶书房 1973 年版)，因此知之者不多。

狩野直喜首先介绍了读《太平记》的经历：

> 幼时因家藏《平家物语》《源平盛衰记》《太平记》等军记物语，心窃喜之，学业之暇尤爱读之，以怠正课之故，屡遭父兄叱斥。余尤爱《太平记》，其中精彩有趣之段落，往往能背诵之。唯当时不过为娱乐，书中文句并非尽解，只知大体情节而已，然至今记忆犹新。②

---

① 详见邱岭、吴芳龄著《〈三国演义〉在日本》，宁夏人民出版社 2006 年版，第 3—5 页。
② 狩野直喜《〈太平记〉所见中国故事》，《中国学文薮》，美篶书房 1973 年版，第 408 页。

接着,狩野直喜阐述《太平记》中的"中国因素":

　　读《太平记》第一感觉,即该书文体与中古时代日文迥异,汉文因素极多。四书五经自不必言,引《史记》《汉书》《文选》《白氏文集》《和汉朗咏集》等书之处亦极多。由此可知,此书作者乃博学之人,日本典籍以外,亦精通中国文学及佛典,并在书中引经据典,运用自如。书中或是引用与书中情节相似之中国故事,或是就书中情节与中国故事之关系作大段议论。①

那么,《太平记》等军记物语频频引用中国故事的原因究竟何在?狩野直喜认为这是当时崇尚汉学的风气所致:

　　当时崇尚汉籍为普遍风气,书中凡有与中国故事相似者,具说明是用汉籍典故,以求读者之喜。②

不过,《太平记》所引中国故事并非都是简单地从汉籍照搬过来,其出处情况有些复杂,大体可分为三类:第一,与汉籍原典相同,其出处比较容易求得,如《史记》《汉书》等;第二,难以考证所引故事出处者;第三,与汉籍原典有所不同的故事。第一种情况,出处比较明确,姑且置而不论。第二种情况,大多属于所引汉籍原典后来已经散佚,难以考证出处。因此,狩野直喜认为,有考证之必要及可能的是第三种情况。

第三种情况也并不简单,狩野直喜认为至少又可以分为两种情况:

第一,"作者所引中国故事可见于不同汉籍,其所引的是其中一种

---

① 狩野直喜《〈太平记〉所见中国故事》,《中国学文薮》,美篶书房1973年版,第408页。
② 狩野直喜《〈太平记〉所见中国故事》,《中国学文薮》,美篶书房1973年版,第409页。

典籍,如果用另外的典籍来对比,其故事自然有所不同"①。

狩野直喜举卷一"无礼讲事"后附"玄慧文谈事"来证明之:该故事是写《太平记》中一位名叫玄慧法印的僧人讲解《昌黎文集》,其中讲到韩愈"犹子"韩湘自言有夺造化顷刻开花之力,韩愈不信,韩湘开之,花中有一句诗曰"云横秦岭家何在,雪拥蓝关马不前",及韩愈被贬方悟,补齐此诗。狩野直喜认为,韩愈文集中并无此事,只有那首"一封朝奏九重天"的七律,而题作《左迁至蓝关示侄孙湘》,因此,韩湘是韩愈的侄孙,而不是"犹子"。

狩野氏考证,与这段故事相关的出处至少有三个:《太平广记》卷五十四神仙部之《韩愈外甥》引《仙传拾遗》、唐段成式《酉阳杂俎》和宋刘斧《青琐高议》。这三则故事互有出入,其中《青琐高议》所载与《太平记》所引大体相同。狩野氏认为,就写作笔法而言,《仙传拾遗》最好,《青琐高议》次之,《酉阳杂俎》最简单,《太平记》为何不用《仙传拾遗》,而用《青琐高议》? 这是因为"那部《昌黎文集》(《五百家注音辩昌黎先生文集》)早就传入日本,并出现和刻本,该书在上述韩愈诗下注有'引《酉阳杂俎》《青琐高议》'字样,故《太平记》作者从两者中选取了情节相对有趣的《青琐高议》"②。

第二,《太平记》在汉籍所载故事的基础上略有发挥创作,其故事与汉籍原典大体相同而略有出入。如卷四"备后三郎高德事"后附"吴越军事",讲述范蠡助越王勾践灭吴之事。此事在《国语》《史记》《越绝书》《吴越春秋》等书中都有记载。但《太平记》中有一个情节是上述诸书所没有的:越王被囚于吴,有一鱼贩写了一行字放入鱼肠,来狱中将鱼送给越王,上书:"文王囚羑里,重耳走翟,皆以为霸王,莫死许敌。"狩野直

① 狩野直喜《〈太平记〉所见中国故事》,《中国学文薮》,美篶书房1973年版,第410页。
② 狩野直喜《〈太平记〉所见中国故事》,《中国学文薮》,美篶书房1973年版,第413页。

喜遍查汉籍,不见此事,鱼肠剑之类故事与此相差太大。此外,还有一些与汉籍所载不同者,如将西施写成越王的王后,把吴王所得之病说成是"石淋"等。

狩野直喜讲座原稿上尚列有:卷十三所引"干将莫邪事",卷十八所引"程婴杵臼事",卷十九所引"囊沙背水阵事",卷二十所引"诸葛孔明事",卷二十五所引"黄粱梦事"。他当日讲演时,应包括上述故事,可惜今所见原稿中,只简要考证了"干将莫邪事",其余故事的考证都付阙如①。

二、青木正儿对《太平记》中国故事的研究

狩野直喜的学生青木正儿对中日文学关系,特别是中国文学对日本文学的影响也很关注,曾著有长文《日本文学与中国文学》(《国文学と中国文学》)②,此文长达 88 页,曾单行出版,后收入其论文集《中国文学艺术考》(弘文堂书房 1942 年版),由狩野直喜题签书名。该文从中国文学(汉文化)以朝鲜半岛为中介传入日本的奈良时代及其前后(约三国至隋末)开始,一直到明治大正时期(约晚清至民国前期)的中国戏曲小说翻译为止,系统研究了一千多年来中国文学在日本的传播、接受及其影响。

具体到俗文学方面,《游仙窟》的传入,揭开了日本小说史的发端,正是由于这样的关系,中国文学特别是小说、戏曲、说唱等俗文学从一开始就深刻地影响了日本的俗文学创作。镰仓室町时期(约南宋中期至明中期)的军记物语中有大量的中国故事,青木正儿此文中有一节

---

① 笔者对《太平记》卷二十所引"诸葛孔明事"进行过考证,张真《〈太平记〉中的三国故事来源再考察》,《明清小说研究》,2014 年第 2 期。
② 此文有梁盛志中文译注本,题为《中日文学关系论——中国文学对日本文学的影响》,《东亚联盟》,第 1 卷第 2 期,1940 年 8 月。

《军记物语中的中国故事》(《軍記物中の中国説話》)就此展开专论。他认为,军记物语中之所以会插入这么多的中国故事,并非作者随意为之,当然也不能等闲视之:

> 这可能是为增加读者兴趣,也有可能是作者炫耀才学,总之有一点是可以明确的,那就是作者也好,读者也好,他们都喜好中国故事。①

青木正儿以《平家物语》《源平盛衰记》《太平记》等名著为例,一一列出其中所引用的中国故事,其中《源平盛衰记》中有 23 则,《太平记》则有 24 则。这些故事中,先秦两汉故事占了绝大多数。青木正儿对《太平记》中的两个故事作了简要论述,即前述狩野直喜已经考证的"昌黎文集事"和原稿中未考证的"黄粱梦事"。青木正儿基本同意乃师的说法,认为"昌黎文集事"所载韩湘故事可能出自《青琐高议》,但他同时也补充了一个狩野直喜没有指出的来源,即唐代的《韩仙传》。而"黄粱梦事"则出自李泌所作唐传奇《枕中记》②。

由于青木正儿此文所论范围非常大,因此,他限于篇幅没有对《太平记》展开更为具体的考证,但仅上述两则故事,已补狩野直喜之所未言者。

三、大矢根文次郎对《太平记》中国故事的研究

此后对《太平记》中的中国故事来源进行考证的是早稻田大学的大矢根文次郎。大矢根文次郎(1903—1981),1932 年毕业于早稻田大

---

① 青木正儿《中国文学艺术考》,弘文堂书房 1942 年版,第 44 页。
② 按,青木正儿将《枕中记》作者沈既济误作李泌。

学,1940 年任早稻田大学讲师,1945 年任教授,1967 年任早稻田大学东洋文学会会长,1970 年获早稻田大学博士学位,1973 年为名誉教授。著有《中国文学史(元以前)》(前野书店 1955 年版)、《中国古典文学》(高文堂出版社 1965 年版)、《〈世说新语〉与六朝文学》(《〈世説新語〉と六朝文学》,早稻田大学出版部 1983 年版)[1]。

大矢根文次郎的《〈太平记〉中的批评文、汉语、汉诗文、故事二三题》(《〈太平記〉中の批評文、漢語、漢詩文、故事の二三について》)一文,对《太平记》中的中国故事作了专题研究。共分三个部分:

第一部分讨论《太平记》书中所附作者的议论。这些议论不见于其他军记物语,只见于《太平记》,而且多用在中国故事后,其宗旨多为劝善惩恶。大矢根认为:"这些评论从写法到内容,都很难说是作者的独创,很明显地受到中国古代史传文学及小说的影响。"[2]

第二部分讨论《太平记》中所用的古汉语词汇、古诗文。《太平记》的语言风格显示出强烈的男性化色彩,这固然与其以政治军事为主的题材有关,但《太平记》比其他同类题材的军记物语相比,男性化更为显著。大矢根氏认为,其原因就在于《太平记》运用了大量的汉语词汇、汉诗、汉文,其中就有一篇用汉文写成的长达 950 字的奏文,这种长达数百字的汉文在书中还有很多。即便是把汉文译成日文,也基本上用训译法,其词汇大多仍是汉语,这种风格被称为"汉文脉"或"汉文调",而不是纯粹的日语词汇和语法。将其与《平家物语》相比,即可知两书的差异:"优雅流丽、富有诗意的《平家物语》和汉文气息浓厚、男性化倾向显著

---

① 大矢根文次郎履历据《大矢根文次郎博士略历・著述目录》,《〈世说新语〉与六朝文学》,早稻田大学出版部 1983 年版,第 253—256 页。
② 大矢根文次郎《〈太平记〉中的批评文、汉语、汉诗文、故事二三题》,《军记物及其周边——佐佐木八郎博士古稀纪念论文集》,早稻田大学出版部 1969 年版,第 528 页。

的《太平记》，正是军记物语前后两期的代表作。"①这其实也就是前述狩野直喜所说的《太平记》"文体与中古时代日文迥异，汉文因素极多"。为何汉文越多就会越男性化？这是因为日文文字分为真名（即汉字）和假名，在古代真名是男性使用的文字，而假名最初是女性使用的文字。

第三部分考证《太平记》所引的中国故事，是全文的重点。据大矢根氏统计，《太平记》全书共有标题故事145则，而其中有标题的中国故事有21则，此外还有不少没有标题的故事。他将这些故事一一列出，并指出出处。不过和青木正儿指出的24则中国故事略有出入：大矢根氏所列少了卷九"项羽自害事"、卷二十"诸葛孔明事"、卷二十二"犬戎国事"、卷二十六"秦穆公事"；多了卷十三"龙马进奏事"②。

大矢根文次郎将这些故事分为四类：

第一，忠实于中国故事原典者。属于这一类的故事有"楚汉合战事""纪信事""白鱼入船事""囊沙背水阵事"等。

第二，将不同记载（含日本人所作）的故事糅合在一起。最为典型的代表就是卷三十七所引"杨国忠事"，糅合了《长恨歌》《长恨歌传》《杨太真外传》《今昔物语》《唐物语》《壒囊钞》等的相关情节。

第三，被日本化的故事。如卷二十五所引"黄粱梦"，该故事本出于《枕中记》，原故事颇为复杂，但在《太平记》引用时，情节有所改动，并且简化了很多。大矢根氏认为："这个故事被简化，恐怕是符合日本人崇尚简约淡泊的性格，其改动的情节也与平安时代贵族生活或《平家物

① 远藤光正《〈中国故事金言集〉中〈明文抄〉与〈太平记〉出典之关系》（《〈中国故事金言集〉と〈太平記〉の出典——〈明文抄〉との関係について》），《东洋文化研究所纪要》第7辑，1967年3月，第105页。
② 该故事写大臣盐冶高贞献给后醍醐天皇一匹宝马，名曰"龙马"，大臣万里小路藤房引用汉文帝、汉武帝、周穆王等人的故事，劝谏后醍醐天皇不能玩物丧志，事与《贞观政要》卷二《论纳谏》中魏徵劝谏太宗从西域买名马相类，但魏徵谏言中未提及周穆王因玩八骏而导致周朝衰败。

语》的某些情节相似,可以想象,这个故事是被日本化了的。"①

第四,在故事梗概大体相同的前提下改作。如卷三十四所引"精卫事",该故事在《山海经》、左思《三都赋》、郭璞《精卫赞》、陶渊明《读山海经》等文献中都有记载或描述,但在《太平记》中被改写:一个叫精卫的人,带其子从他国回来途中,因大风溺死于海,其子日夜悲泣,亦投海而死,魂化作鸟,在海上啼叫,其声如"精卫精卫",最后衔草木填海。大矢根认为,该故事改动后变成以孝为主题的故事,与曹娥故事有些类似,但不一定就是受到了后者影响,这大概是孝行主题故事共同的模式。

远藤光正的《〈中国故事金言集〉中〈明文抄〉与〈太平记〉出典之关系》则提出了另一个重要观点,即《太平记》所引汉籍中的名言锦句并不是直接引自中国典籍,而是间接引自日本编刻的有关中国知识的工具书。

具体而言,自汉籍传入日本后,直到近代西学传入以前,汉学是日本社会流行的学问,也是日本人安身立命所不可或缺的教养,因此,日本相继编辑刊刻了不少的汉学工具书,其中最主要的有 7 种之多。这 7 种按照成书先后顺序,有 4 种在《太平记》成书(约 1370 年代)之前,即《世俗谚文》《明文抄》《玉函秘抄》《管蠡抄》,而《太平记》引用最多的是成书于 1233 年藤原孝范编的《明文抄》②。通过对《太平记》中所有出自汉籍的 183 处名言锦句的考查,远藤光正证明其全部都可以在上述 4 种工具书中找到出处,其中 182 句见于《明文抄》,100 句见于《玉函秘抄》,71 句见于《管蠡抄》,53 句见于《世俗谚文》③。不过该文侧重于对

---

① 大矢根文次郎《〈太平记〉中的批评文、汉语、汉诗文、故事二三题》,《军记物及其周边——佐佐木八郎博士古稀纪念论文集》,早稻田大学出版部 1969 年版,第 545 页。

② 远藤光正《〈中国故事金言集〉中〈明文抄〉与〈太平记〉出典之关系》,《东洋文化研究所纪要》第 7 辑,1967 年 3 月,第 105—106 页。

③ 远藤光正《〈中国故事金言集〉中〈明文抄〉与〈太平记〉出典之关系》,《东洋文化研究所纪要》第 7 辑,1967 年 3 月,第 116 页。

名言锦句的考察，而没有对故事情节的出处进行考证。

关于《太平记》所引中国故事的探讨一直在持续，近三四十年来也还有相关论文发表。如大隅和雄《〈太平记〉中国人名分布》（《〈太平記〉における中国人名の分佈》，《日本文学》第 31 卷第 1 号，1982 年 1 月）、三田明弘《中国典籍与〈太平记〉》（《中国古典と〈太平記〉》，《国文学解释与鉴赏》第 56 卷第 8 号，1991 年）、加美宏《〈太平记〉接受史研究》（《〈太平記〉享受史研究》，早稻田大学博士论文 1998 年）、邱璐《中国典籍对〈太平记〉的影响》（《〈太平記〉における中国古典の影響》，《皇学馆论丛》第 45 卷第 5 号，2012 年 10 月）、小秋元段《〈太平记〉的历史叙述与中国故事》（《〈太平記〉における歴史叙述と中国故事》，《日本学研究》第 23 卷，2013 年）、邓力《〈太平记〉的表现与中国的类书：以〈韵府群玉〉的接受为中心》（《〈太平記〉の表現と中国の類書——〈韻府群玉〉の受容を中心に》，《法政大学大学院纪要》第 81 卷，2018 年）等。对其中某一故事的出典考证也有不少，如增田欣《〈太平记〉中的程婴杵臼故事》（《〈太平記〉における程嬰杵臼の説話》，《国文学考》第 24 卷，1960 年 10 月）、增田欣《虞舜至孝故事的传承——以〈太平记〉为中心》（《虞舜至孝説話の伝承——〈太平記〉を中心に》，《中世文艺》第 22 卷，1961 年 7 月）、增田欣《骊姬故事的传承与〈太平记〉》（《驪姫説話の伝承と〈太平記〉》，《国文学考》第 28 卷，1962 年 5 月）、邱鸣《〈太平记〉引用中国故事的方法——关于黄粱梦故事》（《〈太平記〉における中国故事説話の方法——黄粱夢説話について》，《都大研究》第 28 卷，1991 年）、邱鸣《〈太平记〉引用中国故事的方法——护良亲王的人间像与中国故事说话》（《〈太平記〉における中国故事説話の方法——護良親王の人間像と中国故事説話》，《都大研究》第 27 卷，1990 年）、三田明弘《〈太平记〉卷四"吴越斗事"与中国的吴越争霸故事》（《〈太平記〉卷第四"呉越鬥事"と中国における呉越説話》，《早稻田大学教育学部学术研究·

国语国文学编》第 44 卷,1995 年)等。

第二节 南戏研究

由于研究资料的限制,近代中日学界的南戏研究远不如以《西厢记》为主的元杂剧研究。中国学界真正开始以主要精力研究南戏的,是被誉为南戏研究奠基人的钱南扬,这已经到了 20 世纪 20 年代后期,对于此前的南戏研究,往往着重举出王国维《宋元戏曲史》中的相关章节。殊不知,日本学者早在明治时期就已经涉足南戏研究。

一、明治后期的南戏研究(1890—1912)

南戏作品很早就传到日本,《琵琶记》早在江户时期就出现了日译本,而真正现代学术意义的研究则始于明治时期。明治后期是日本南戏研究的起步时期,主要研究者有两类:一是森槐南及与其有师承关系的宫崎繁吉、久保天随、盐谷温等;一是笹川临风。

笹川临风开始从事中国戏曲研究虽晚于森槐南,但他第一篇关于南戏的专题论文《元代戏曲〈琵琶记〉》(1897 年 4 月),不仅早于森槐南发表的相关论述,而且也是日本汉学近代转型以来最早的南戏研究论文。笹川临风的《中国小说戏曲小史》和《中国文学史》也都为《琵琶记》辟有专章或专节。

笹川临风对南戏的一个总认识是:同意王世贞等人的观点,认为杂剧分南北曲,"北曲不谐南耳而后有南曲",南戏即杂剧之南曲①。基于这种认识,他把《琵琶记》《拜月记》《荆钗记》等,都看成是杂剧,又从风格上对《琵琶记》《西厢记》进行比较,同意汤显祖"《琵琶记》都在性情上

---

① 笹川临风《中国小说戏曲小史》,东华堂 1897 年版,第 28 页。

着工夫,不以词调巧倩长"之说。又分析了《琵琶记》的创作缘由和故事梗概,认为终不及《西厢记》。他还认为,中国戏剧总体上犹属幼稚,《琵琶记》《西厢记》虽为南北曲巨擘,但犹不能与欧洲、日本戏剧相比。其《琵琶记》一章虽长达 23 页(《中国小说戏曲小史》正文仅 160 页),但其中故事梗概占了 16 页,余则多引李卓吾、李笠翁的相关评论充实之,真正属于自己的见解不是很多。

笹川临风模糊地意识到宋代是杂剧产生的关键期,和通俗小说始于宋代一样,词也在宋一变为曲,杂剧由此出,为戏曲之滥觞。所欠者,仅点到为止,未能充分展开。总体而言,他的南戏研究所取得的成绩是十分有限的,这并非全是他个人原因,更多的是受制于研究资料和研究成果的局限。笹川临风涉足南戏研究时,学界尚不知南戏为何物,他本人对个中缘由有过陈述:

> 《元人百种》之类,在今日易见,然在彼时颇难得也。幸田露伴君曾于《太阳》杂志连载《元人百种》之梗概,后因该书借给他人而辍笔。我曾向当时最精于中国小说戏曲一道之森槐南君祈借《元人百种》,然森君亦无全本。我于明治三十四年(1901)离京后,求一见中国小说不可得,此项之研究无奈作罢。且彼时大学图书馆所藏亦无多,为后来研究者之方便计,故将自家所藏小说戏曲之书,大多捐于图书馆,其后便与之绝缘矣。①

笹川临风的学弟久保天随也说:

> 我就读于大学时,附属图书馆以藏书之富自矜,然中国戏曲仅

---

① 笹川临风《琵琶记物语·例言》,博多成象堂 1939 年版。

有《西厢记》明刻本一种和《笠翁十种曲》之粗劣刻本。纵使有材料，亦无研究成果可供参考。我最初有志于研究中国戏曲时，收集图书乃当务之急，然欲购《元人百种》《六十种曲》《九宫大成谱》等，于我一介穷书生而言，实乃沉重之负担。①

久保天随就读大学时（1896—1899）正是笹川临风集中发表中国俗文学研究的时期，在这种客观条件下，笹川临风称自己"以朦胧之知识，缀成中国小说戏曲之略史，为《琵琶记》等戏曲略作梗概"②，并非纯属自谦之词。笹川临风再次与南戏发生联系，是在数十年以后编译《琵琶记物语》，上面这段话即他为该书所写的"例言"。

近代日本南戏研究真正的拓荒者和里程碑是森槐南。森槐南对南戏及《琵琶记》的专门论述，见于《作诗法讲话》、《词曲概论》和《标新领异录·琵琶记》等。

《作诗法讲话》（文会堂1911年版）和《词曲概论》（《诗苑》，1912年10月至1914年1月）虽然都是森槐南去世以后才出版或发表的，但都是先于19世纪末20世纪初作为讲义在早稻田大学和东京大学讲授过的。《作诗法讲话》共六章，第五章为"词曲及杂剧传奇"，《词曲概论》共十六章，后六章为曲论：词曲之分歧、乐律之推移、俳优扮演之渐、元曲杂剧考、南曲考、清朝之传奇③，其中，《南曲考》是日本第一篇南戏专论。

《词曲概论》在《作诗法讲话》的基础上大为扩展，应该说已经是一部体制完备、选材精当、论述详尽的中国古代戏曲发展史，其中论及南

---

①　久保天随《中国戏曲研究·序》，弘道馆1928年版。

②　笹川临风《琵琶记物语·例言》，博多成象堂1939年版。

③　此六章已由黄仕忠译成中文，以《戏曲概论》为题分两次刊于《文化遗产》，2011年第1、2期。本书所引译文即据此。

戏(传奇)的部分约占一半,篇幅远多于王国维《宋元戏曲史》的相关部分。且《宋元戏曲史》多以铺排曲牌与南北曲《拜月亭》之引文,既缺史的勾勒,亦少论的展开,而《词曲概论》则史论结合,既有对南戏(传奇)发展史的宏观展现,又有对体制、曲调、曲律、脚色、作者、作品的细致分析。从《作诗法讲话》到《词曲概论》,森槐南对南戏的认识有一个较为明显发展、深化的过程,两著对南戏研究的贡献主要体现在以下几方面:

第一,关于南戏的起源时间及地点。这也是两著的最大差别。在《作诗法讲话》中,森槐南认为元亡明兴之际,北曲渐衰,曲调多干燥无味,故入明后,戏剧多用南方之曲调,南曲声韵分为九宫,与北曲大异,故南曲遂离北曲而独立,南曲音调亦为北方蒙古人所乐闻,南曲由此发达。这种说法,基本上还是沿用王世贞的"南曲出于北曲说"。而到了《词曲概论》中,森氏明确提出"南曲出于南宋时之温州杂剧"的观点,认为明初叶子奇《草木子》"戏文始于《王魁》,永嘉人作之"中的"戏文",即祝允明所谓南戏出于宣和之后、南渡之始,谓之"温州杂剧"者。元杂剧中也有《王魁负桂英》《王魁不负心》等,但他不信戏文以此为始。他又进一步认为陆放翁诗"斜阳古柳赵家庄,负鼓盲翁正上场。身后是非谁管得,满村听唱蔡中郎"之句,说的是淘真、琵琶之类,与杂剧不同,两者同起源于北宋仁宗时期。今日所传高则诚《蔡中郎传奇》,即《琵琶记》,推为南曲之祖,其所本亦在此。森槐南是第一位明确提出"南戏源于南宋温州"的学者,早于王国维在《宋元戏曲史》中提出的相同观点。

第二,关于南戏的命名。在《作诗法讲话》中,森槐南已经从南北曲命名上的不同进而指出其根本之不同:北曲谓"杂剧",南曲谓"传奇"。所谓"传奇"者,即专指南方戏曲,其与杂剧,既不能互相侵害,亦不可互相通融。他又追溯"传奇"之名的由来:南曲多取材于唐人小说,故名

"传奇",盖本来之"传奇",非戏剧之专名,自元末南曲产生以后,乃以
"传奇"为名。《词曲概论》沿用此命名。

　　第三,关于南戏(传奇)的发展史。他以作家作品为主线梳理了南
戏自宋元至晚清的发展脉络。元代有南曲之始祖《琵琶记》和"荆、刘、
拜、杀"四种,此后南曲愈见发达,至明朝已多达三百余种,《六十种曲》
即其精华,至清代则有李笠翁、袁于令、吴梅村、阮大铖、洪昇、孔尚任等
人最为著名。他还特笔介绍了与《红楼梦》相关的剧本。

　　第四,关于南北曲之递降。《词曲概论》对于南北曲之递降,所论尤
为精彩:《琵琶记》元末已出,而南曲大行。荆、刘、拜、杀继之出,皆行于
时。元亡,明起于江南,始都金陵。此后南曲愈盛,中原不复用北音。
故明以后,北曲寝微也。作南曲者,间亦参用北谱,纯用北谱,体依杂剧
者,实只寥寥数家。北曲多入王府,称为秘曲,其传播世间者甚稀,竟致
不行矣。南曲在明代扩张。明人之传奇,约三百种。盖明代中叶以后,
名人文士往往事作曲,苟无传奇之作,则其人不能重于时。致其盛,实
如此。北曲于明中叶渐致失传。公侯缙绅及富家凡宴会小集,亦多唱
北曲。歌妓优伶席上所歌,亦间有用北调者。明世宗之时,北调犹未全
泯灭。后乃变而尽用南曲。南曲之调,其始止二腔。后则又有四平腔,
至昆山魏良辅,以吴音造曲律,声调大变。于是天下无复唱北曲者。森
槐南认为,古来对南北曲源流之变的记载甚少,正史自不必言,诗词歌
赋中咏及此,盖仅有吴梅村的《琵琶行》,此诗仿佛一部明代南北曲史,
可证其说。

　　第五,关于南戏的音韵、曲调。其音极柔曼清脆。此时入声之韵仍
存在,然押入歌曲,则不得不沿北曲之例。其乐律亦有九宫。乐器则以
笛为主,以板和之。盖清高细亮为南曲之特色,犹豪爽矫健为北曲之特
色。曲牌名全与北曲异,其名间有同者,其调亦不同。其曲则词之变。

　　第六,关于南戏的脚色、剧本体制。南曲一折谓一出,无北曲四折

357

之限制，大抵以四十出内外为一部。科谓之介。其优人则生、旦等江湖十二脚色。凡一出内之曲，不拘何色，皆得唱之。其曲有"引子""过曲""合""前腔"等。其开场一出，必用末或副末出场，叙其剧作者之本意。然后用独白与问答，点出剧名。又用一长词，揭出一部之本末。南曲每出有标目，以括该出之要。其始皆标四字，其后略为二字。第二出始人本题，谓之冲场，必用生出场。第三出则用旦出场。观此二出，则全部之脉络针线所埋伏尽可知矣。此外关于脚色之全部，大约于以下三四出，尽已登场。其十出以外，则用前数出所出脚色，错综变化，以发全部之精彩。传奇出数多且长，故分上下两卷。上本之末，为一小束，是曰小收煞。下本之末，则全部归根结穴，谓之大收煞。

第七，关于南戏的剧目存佚。《作诗法讲话》第五章后有附录，其中除南曲传奇的角色、体制、主要作品、曲牌等资料外，还著录了元明清南戏（传奇）作品。由于客观条件的限制，他所见的明清以前南戏作品只有《琵琶记》和"荆、刘、拜、杀"五种，并将其归为元代作品。

森槐南对《琵琶记》的考论，主要发表在其与森鸥外、三木竹二（鸥外之弟）共同研讨的《标新领异录·琵琶记》一文中①。森鸥外曾与森槐南同在东京专门学校任教，此前一年也和森槐南等人一起探讨《水浒传》的相关问题。关于此次探讨《琵琶记》的经过，鸥外曾在日记中有记载：1898 年 2 月 27 日，为作《标新领异录》，再读《琵琶记》；3 月 2 日，笃次郎（即三木竹二）口授《琵琶记》梗概；3 月 11 日，寄森泰次郎（即槐南）书，约共评《琵琶记》；3 月 27 日，评《琵琶记》；3 月 31 日，午后，笃次郎来军医学校，校《琵琶记评》②。

《标新领异录·琵琶记》的主体部分是森槐南的考论。他主要考论

---

① 森槐南等《标新领异录·琵琶记》，《目不醉草》第 27 卷，1898 年 4 月 17 日。
② 《鸥外全集》第 24 卷《后记》，岩波书店 1973 年版，第 642 页。

《琵琶记》的作者及创作动机、作品风格、版本及译本等几个方面，这些都是笹川临风所未言及的。森槐南的考论，材料丰富、论证严密，其关于作者及创作动机的考论尤使人信服，已被后来的多数学者所认同。

关于《琵琶记》的作者。森槐南根据《列朝诗集小传》《玉山雅集》《尧山堂外纪》《都公谈纂》《青溪暇笔》《在园杂志》《因树屋书影》《静志居诗话》等材料，考证《琵琶记》作者及创作时的情景。从《琵琶记》古本题为《三不从琵琶记》出发，否定了"讽刺王四说""牛僧孺婿蔡某说""宋奸臣蔡卞说"等关于《琵琶记》创作动机的几种流传较广的说法，认为该剧是以"不得已"之情节寓劝诫之意。认为历史上的蔡邕本身是个依附董卓之人，难称正人君子，该剧不过借其姓名而已。

关于作品风格。森槐南同意汤临川"《琵琶记》都在性情上着工夫"之说，认为《琵琶记》特有之长处，即真率挚厚。真率挚厚中又有秀雅整丽，此是作者达雅俗并重之妙，驳臧晋叔以为此系后人窜入之说。

关于版本和译本。森槐南所藏《琵琶记》乃是明袁了凡释义本[①]，与毛声山评本曲白皆有大不同，不失古本之面目。未见有为汉之蔡邕雪冤的版本。当时日本尚未有译本，唯曲亭马琴因爱读毛声山评本，故在其作品中时有提起甚至有源于此的情节。而在欧洲，法译本之后又有英译本。G.亚当斯著《中国戏剧》（*The Chinese Drama*）中有《琵琶记》片段译文，载《十九世纪》（*The Nineteenth Century*）37卷（1895年1月至6月）。森槐南举出几处英文与原文对照，意在说明汉文有些词语是英文无法翻译的，英译只取其大意而已，在意境上看，颇索然无味，但总体而言，虽然不充分，但仍能尽其意。他还感慨同文之国的日本无人着意，在人情风俗语言文字皆有天壤之别的泰西，竟然先出译本，不得不为之惊。

---

① 该本现藏日本京都大学，详见黄仕忠《日本所藏中国戏曲文献研究》，高等教育出版社2011年版，第222—224页。

　　森鸥外进而补充五点，前四点都是关于创作动机：第一，《琵琶记》写汉蔡邕之事，颇可解释。他举出《后汉书·蔡邕传》《琅琊代醉编》《列女传》《晋书·羊祜传》等材料，认为历史上的蔡邕多与《琵琶记》中的蔡邕吻合。第二，"牛僧孺婿蔡某说"不可信。《旧唐书》记载牛僧孺有二子，名曰牛蔚、牛藂，《新唐书》虽说牛僧孺"诸子，蔚、藂最显"，但两书并无记载牛僧孺有子名牛繁，更未见牛僧孺嫁女与牛繁同年及第的蔡某。第三，"宋蔡卞说"更属于穿凿附会。蔡卞乃蔡京之弟，王安石之婿，史有确载。第四，"元不花丞相"也无法坐实。元代有许多名为"某某不花"之人，此处不花丞相根本无法确指何人。此外，关于《琵琶记》译本，他指出有巴赞的法译本①。鸥外还从"意味"上对《琵琶记》与《西厢记》进行比较，认为前者以孝为本，后者以恋为本。《西厢记》虽然也写得很动人，但不过是依田学海所谓的"色"，与《琵琶记》相比，有根本之不及。

　　森槐南在当时南戏资料十分有限的情况下得出上述结论，实属不易。他的南戏研究对后学也产生很大影响，在明治末年到昭和初年间，曾涉足南戏研究的日本汉学家，多与森槐南有师承关系，最具代表性的有久保天随、宫崎繁吉和盐谷温等，这无疑在客观上扩大了南戏研究的声势，推动了南戏研究的进步。

　　久保天随的南戏研究见本书第五章第一节。

　　宫崎繁吉出版过《中国近世文学史》《中国戏曲小说文钞释》（含续编）两部讲义录。《中国近世文学史》论述南戏的起源、《琵琶记》的创作

---

① 巴赞译《琵琶记》(*Le Pi-Pa-Ki，ou histoire du luth，drame chinois de Kao-Tong-Kia représenté à Pékin，en 1404 avec les changements de Mao-tseu*)，1841年由巴黎皇家印刷所出版。此外，巴赞译著的《现代中国》(*Chine Moderne ou Description Historique，Géographique et Littéraire de ce vaste empire，d'après des documents chinois*)一书，收有其选译和评介《琵琶记》的文章，1853年由巴黎迪多兄弟公司出版。

动机等。《中国戏曲小说文钞释》(含续编)是配合《中国近世文学史》的,该书共选取了《琵琶记》在内的六部中国小说戏曲名著的某一出(回、折),其体例为:文首有"解题",继而抄录小说或戏曲原文一段,然后逐句解释原文中个别字词,再将原文译为日文。

盐谷温于1902年就和森槐南一起任教于早稻田大学,主讲"中国文学史",但因讲义录无存,无法确知其当时所讲的主要内容。盐谷温的中国文学研究与教学活动主要从大正时期开始,故将他的南戏研究放在下一时期论述。

二、大正时期的南戏研究(1912—1926)

明治末大正初,狩野直喜开始以大量精力关注、研究中国俗文学,而这时期又恰逢盐谷温回国主持东京大学的"中国语中国文学讲座"和流寓京都的王国维完成《宋元戏曲史》。中日两国学者的俗文学研究在短时间、近距离内形成既有国内又涉国际的微妙的竞争与合作关系。大正中后期开始,拓殖大学的宫原民平也开始以主要精力从事中国俗文学的教学与研究。上述学者的相关著述中,都包含了南戏研究。

狩野直喜关于南戏的论述,主要见于《中国戏曲略史》第七章《南曲与传奇》,这是他在京都大学的课程讲义(1917年9月至1918年6月)①。该讲义较为简略,大体只论及南北曲源流,认为南曲在宋或许已有,在元代甚不显,明代定都南京后方兴旺起来,明中叶,南曲盛行,北曲衰微。此外,就是关于南北曲的宫调、曲牌、宾白、角色、剧本体制之区别,认为明清杂剧只是模仿元杂剧四折之体制,两者在音律上区别很大。南曲的名称为"传奇",传奇作为剧的名称,出现于元末明初。后

---

①　该讲义后与狩野直喜在前一年度的《中国小说略史》讲义合为一册,美篶书房1992年版,已由笔者译成中文,题名《中国小说戏曲史》,江苏人民出版社2017年版。

附录南戏作品目录,仅有《琵琶记》和四大南戏五种,将《荆钗记》作者记作"明宁王权",但未作考证。狩野直喜在论述元杂剧的地方多引用或提及王国维的观点,于南戏则无。

盐谷温的南戏研究主要见于《中国文学概论讲话》[①]第五章《戏曲》,可分为南戏通论和《琵琶记》专论,另附有《六十种曲》目录及《静志居诗话》《雨村曲话》《太和正音谱》《庄岳委谈》等书中有关南戏(传奇)的资料。南戏通论部分着重论述以下几方面。

关于南戏的起源。他认为杂剧始于宋代,南渡之后,愈加隆盛,并引朱熹批评当时的诗风流弊好似村里杂剧之语,说明杂剧之流行。又引祝允明《猥谈》、叶子奇《草木子》之记载,认为南戏始于南宋温州,肇兴于北曲之前。不过,他和久保天随一样,认为陆游诗写的是鼓子词[②]。

关于南北曲源流。他认为北宋边境陷落是中国声曲史上的一个分水岭,也是后世南北曲的分歧点,宋乐入金者,为元代北曲之先驱,其在江南者,是南曲之源流[③]。元代北曲流行,南曲受到抑制,元亡明兴之际,南曲复兴,至明中叶,则南曲盛行,北曲衰亡。

关于南北曲体制之别。他从音韵、乐律、剧本体制、脚色等四方面,将南北曲进行对比。关于南戏的作品、作者、故事梗概。他也认为《荆钗记》的作者是明宁献王,亦未作考证。

《琵琶记》研究方面,则重点探讨以下几个问题。关于作者,肯定高则诚所作,否定"高杭所作说",并简介高则诚生平。关于创作动机,他例举历来诸说,但认为文学作品原本多寓意,不能坐实。关于《琵琶记》

---

① 本书有孙俍工中译本《中国文学概论讲话》,开明书店 1929 年版。译文据此本。

② 久保天随之说,见其所著《西厢记研究》一文,收入《中国戏曲研究》,弘道馆 1928 年版,第 36 页。

③ 金井保三对此有异说,他认为南北剧之曲体与词曲之体符合度才是南北曲的分离点,北曲曲体与词曲之体极少一致,南曲则甚多。见《西厢歌剧》附录《元曲源流》一文,文求堂书店 1914 年版。

与《西厢记》之比较，则多引明清评论家的说法。最后引《琵琶记》第二出《高堂称庆》作为南戏之例文。

盐谷温的南戏研究总体未脱出森槐南论述的范围，观点也大多与后者相似。另一方面，王国维的影响也不容忽视。盐谷温在论述中常提及王国维的观点，虽不尽赞同，但却没有无视他的存在。

宫原民平的南戏研究主要见于《中国小说戏曲史概说》《中国口语文学》及拓殖大学百年校庆时编辑的《宫原民平文集》等著述。

他在《中国小说戏曲史概说》中主要探讨了几个问题。关于南北曲的分歧：他和盐谷温一样，认为北宋汴京陷落、宋金对峙是中国戏曲分为南北两派的主因。关于南戏的起源：南宋已有温州杂剧，其在北曲之前已存在。关于南北曲之差异：曲调、发音、剧本体制、角色等方面，以《琵琶记》为例说明。关于南戏作品：《琵琶记》的题材、评本，四大南戏之梗概，他也认为《荆钗记》作者为宁献王。书后附有《小说戏曲家略传》，其中收有高明等南戏作家。

《中国口语文学》是在广播讲座基础上改定的文稿，第十一讲关于《琵琶记》的部分，除附有第二十一出前半的汉日对译外，其余与《中国小说戏曲史概说》同。《宫原民平文集》收有《中国古代戏曲讲话》（《中国古戯曲の話》）九篇，分别为九种中国古代戏曲作品做题解和分析，第九篇为《琵琶记》（《东洋》第 28 卷第 10 号，1925 年 10 月），内容大体同前两书。宫原民平的论述没有提及王国维和其他中国学者的观点。

这一时期，日本开始出现《琵琶记》译本。最早的《琵琶记》日译本由西村天囚（1865—1924）完成。西村氏虽非中国戏曲的专门研究者，但对中国戏曲也颇感兴趣，常向寓居京都的王国维请教，并开始着手翻译《琵琶记》，先在《大阪朝日新闻》上连载，后以《南曲〈琵琶记〉附中国戏曲论》为题出版（1913 年）。王国维为之作序："南曲之剧，曲多于白，其曲白相生亦较北曲为甚。故欧人所译北剧，多至三十种，而南戏则未有闻也。君之译此书,其力全注于曲。"①

《琵琶记》尚有盐谷温和宫原民平的两个日译本,前者收入《国译汉文大成·文学部》第9卷(1921年),除翻译外,还附有原文和相关注释;后者收入《古典剧大系》第16卷(1925年)。

由于研究资料的客观限制等因素,大正时期日本的中国戏曲研究仍侧重于元杂剧的研究,除出现了《琵琶记》的多个日译本外,南戏研究总体上未有突破性的进展,也未出现像森槐南那样以较多精力关注南戏的学者。

三、昭和前期的南戏研究(1926—1945)

随着新材料的发现,20世纪20年代以来中日学界的南戏研究都取得了前所未有的突破性进展,中国方面有钱南扬等学者,日本方面则应以青木正儿为翘楚。

青木正儿一生致力于中国文学研究,又以戏曲研究闻名于世,他的代表著作《中国近世戏曲史》即是一部以宋元南戏、明清传奇为主的戏曲史著作,在许多地方有前人未发或与前人不同之论。青木氏的南戏研究大体论及以下几个方面:

关于南戏起源的时间及地点。青木正儿否定王国维的"南戏与宋杂剧无涉说",认为"戏文"乃元代人称呼南宋杂剧之语,而用"杂剧"专称新兴之北曲。他认为南宋杂剧乃是指一种以南宋首都杭州为中心的流行剧种,并非仅限温州一地,但他肯定温州在南戏发展史上的重要地位。南宋杂剧在至元明南戏的发展过程中受到诸宫调的影响。

---

① 王国维《〈译本琵琶记〉序》,收入谢维扬、房鑫亮主编《王国维全集》第14卷,浙江教育出版社、广东教育出版社2010年版,第134页。前文已述,森槐南、森鸥外等人于1898年发表的《标新领异录·琵琶记》一文就曾指出该剧的欧洲译本,而王国维此时尚不知有欧译本,亦可见其对南戏的认识颇为有限。

关于南北曲之消长。青木氏认为，宋金杂剧院本，其体例与乐曲，均相去不远，地虽分南北，名称虽各异，然实质上未截然分为南北曲也。南北曲名实均分离者，盖始于元代。元代一统，杂剧勃兴，遂使南戏气息奄奄不能起者，殆一百年。南戏虽不振，然尚未绝迹，仍间有行之者，其复兴之曙光露于元中叶以后，并勾稽出元代南戏曲目六十九种。北曲在明初，不乏作者，然何良俊以后，逐年衰颓，然在北京宫中尚演北曲。至嘉靖间，南戏更进飞跃，万历间，竞盛一时，明末清初，诸家所作，尤殷富灿烂，遂为南戏之黄金时代，彻底压倒北曲。

关于《永乐大典戏文三种》。青木氏首先简介该文献及其发现情况，再考证此三种作品当作于元代，疑在《琵琶记》之前。最后介绍三种作品的故事梗概，认为其文学价值与北曲杂剧有霄壤之差，并以此作为元代杂剧压倒南戏的一个佐证。

关于南戏作品。青木正儿主要从作者、创作动机、题材、故事梗概、版本、译本几个问题进行考查。关于《荆钗记》的作者，青木正儿认为王国维的"宁献王说"纯属想象之说，未见有题为"丹邱先生"所作的版本。《白兔记》的题材，青木氏谈到了俄国彼得格勒大学所藏之《刘知远诸宫调》，并披露乃师狩野直喜近得其照片，不久将发表。他认为《白兔记》与《刘知远诸宫调》当有某种联系。还介绍了《金印记》《赵氏孤儿》《牧羊记》三种元明南戏作品。此外，青木氏还着重论述了南戏之体例。

从上述内容可知，青木正儿的南戏研究超过了此前所有日本南戏研究者的水平，故他在南戏研究史上具有举足轻重的地位。青木氏的有些论述虽已见于森槐南的《词曲概论》，如论南北曲之消长，然详略深浅则不能同日而语。青木氏作此书的本意是欲继王国维之《宋元戏曲史》，实则书中许多地方纠正王氏旧说，这一方面得益于新材料的发现，另一方面，则是因为青木氏治曲有着王国维所不能及之处：自幼的音乐熏陶、对中国戏曲的长期持续研究和现场观剧等。

但青木正儿的不足之处也是显而易见的,他对中国学界研究成果的关注,大体仅限于王国维,而对与他同时进行南戏研究的相关学者与研究成果未能及时了解。如他的《中国文学概说》①中也有关于南戏的论述,与上述内容基本相同,并附有"选读书目",戏曲研究论著类仅列王国维的《曲录》《宋元戏曲史》,而未提及钱南扬《宋元南戏考》(1930)、《宋元南戏百一录》(1934),赵景深《宋元戏文本事》(1934)及吴梅、张寿林、陈子展等人的研究。

日本的南戏研究起步于明治后期,笹川临风先声夺人,负开拓之功不可没,而森槐南的南戏研究不仅到达了相当高的水平,且对后学也产生了很大影响,客观上扩大了南戏研究的声势,推动了南戏研究的进步。明治末大正初开始,狩野直喜、盐谷温、宫原民平等人以大量精力关注、研究中国俗文学,他们的相关著述中,都包含了南戏研究。随着新材料的发现,昭和时期青木正儿的南戏研究超过了此前所有日本南戏研究者的水平。

第三节 《水浒传》研究

中国古代小说自传入日本后,从收藏、翻刻到翻译、评点乃至翻案、摹写,在日本造成了较大的影响。其中,白话小说由于其语言相对通俗易懂、人物生动形象、情节跌宕起伏、寓意深远、韵味绵长等特点,拥有了更大的受众面。进入近代以后,受到西方学术的影响,日本学者开始用现代学术方法来研究中国古代小说,并用论文论著等现代学术形式来发表其研究成果。其中有一些代表性的作品,成为学者们持续关注

---

① 青木正儿《中国文学概说》,弘文堂书房 1935 年版;郭虚中中译本《中国文学发凡》,商务印书馆 1936 年版。

的重要问题,直到现在仍不断有新的研究成果问世。《水浒传》就是其中颇具代表性的一部作品。

一、江户时代以来日本的《水浒传》研究

要探讨《水浒传》在日本的研究情况,首先就要从《水浒传》传入日本说起,遗憾的是,目前尚不能准确地回答这个问题。其中关于传入时间最早的说法,出自青木正儿:

> 我曾在藤井乙男先生的书斋见到题为《燕居笔记》的明版通俗书。该书每页分上下两栏,下栏是记、传、判之类;上栏则是某一段白话小说。该书的底页记有"庆长元年某僧从他人取得"的一段文字。庆长元年即明万历二十四年(1596),以此推测并非困难,受人喜爱的名著《水浒传》恐怕也是这一时期传来的吧。①

但学界至今未能发现青木氏所称这类本子,目前所见日本最早著录《水浒传》的文献是1639年的内阁文库《御文库目录》,其次是1643年的《日光山文库目录》;而目前所见现存最早的版本,则是铃木虎雄旧藏的与《三国演义》合刻的《二刻英雄谱》,这是日本人山形八右卫门于1679年从寓居长崎的中国商人处获得的。总之,《水浒传》至迟在明末已经传入日本,而最早的日译本则由冈岛冠山完成。

冈岛冠山(1674—1728),名璞,字玉成,号冠山,江户时代"水浒学"的开山之祖。他的《水浒传》日译本分两种:训译和国译。训译,即在《水浒传》原文旁边按照日文语法用训点符号标出,对日本读者难以理解的词汇则用日语假名旁注。国译,就是直接翻译成日文。

---

① 青木正儿《〈水浒传〉在日本文学史上的影响》(《〈水滸伝〉が日本文学史上に佈いてある影》),《中国学》第1卷第9号,1921年5月。

冈岛冠山的《忠义水浒传》训译本刊刻时间实早于他的国译本，不过知之者不多。据近代学者石崎又造旧藏本，该训译本仅完成前二十回，前十回刊于1728年，第十一至二十回刊于1755年，并记有"二十一回以下嗣刻"字样，然似未见再刻①。国译本题曰《通俗忠义水浒传》，是应书肆林文会堂约请而翻译的，完成于1704年，所据底本为李卓吾本，全书四十七卷共一百回，分三编刊于1757年，卷四十五至卷四十七及《拾遗》则刊于1790年②。

冈岛冠山除翻译《水浒传》外，还翻译了《英烈传》等白话小说，编写了《唐音和解》等唐话学著作，并把日本军记物语《太平记》改编成了章回小说体的汉文小说《太平记演义》，完成的部分共五卷三十回，由京都松柏堂刊于1719年。其改编的动机就是效仿《三国》《水浒》二书，这在其学生守山祐弘为本书所作的序文中说得很清楚：

> 吾师玉成先生（中略）于贯中二书，通念晓析，无所不解，其余《西游记》《西厢记》《英烈传》等诸家演义小说，亦皆搜抉无隐。（中略）一日，先生喟然而叹曰："吾朦胧之际，年将老矣。今若不效贯中意思，以毕平生微志，则恐必无复有日也。"遂入斋操毫，译吾邦名史《太平记》为演义。（中略）抑中华演义起于贯中，而贯中为之鼻祖，吾邦演义起于先生，而先生为之鼻祖也。③

---

① 石崎又造《近世日本中国俗语文学史》，弘文堂书房1940年版，第88页。按，石崎又造，生卒年不详，从本书藤井乙男、青木正儿序及出版时间，略可知其交游情况及活动年代，他去世后，藏书归九州大学图书馆，其中以中国古代小说为最。
② 由于刊刻时，冈岛冠山已经去世，故另有丢甩道人将百二十回本中的田虎、王庆故事译出，作为《拾遗》。参看石崎又造《近世日本中国俗语文学史》，弘文堂书房1940年版，第89—90页。
③ 守山祐弘《太平记演义序》，原汉文，转引自石崎又造《近世日本中国俗语文学史》，弘文堂书房1940年版，第81—82页。

在冈岛冠山翻译《水浒传》等一系列活动的影响下，"几多水浒学者接踵而至，日本的小说读本——一种受中国小说影响的文体也流行起来"①。这里的"水浒学者"可以分为三大类：一是《水浒传》译注者；二是受《水浒传》影响的读本小说作家；三是《水浒传》评论者。

日本从 18 世纪开始，陆续出现了多种《水浒传》译本，直到 21 世纪初，仍有新的译本出版，现将 18 至 20 世纪《水浒传》主要日译本列表如下：

表 6.1　18 至 20 世纪《水浒传》主要日译本一览表②

序号	译者	题名	出版年份	刊刻者或出版社	内容
1	冈岛冠山	忠义水浒传	1728、1755	林九兵卫等	前二十回训译
2	冈岛冠山	通俗忠义水浒传	1704 年完成1757 年刊刻	菱屋孙兵卫等	一百回
3	曲亭马琴高井兰山	新编水浒画传	1814	丸屋甚助	一百二十回
4	久保天随	水浒传	1912	至诚堂	一百二十回
5	平冈龙城	标注训译水浒传	1914—1916	近世汉文学会	七十回
6	幸田露伴	译注水浒传	1923	国民文库刊行会	一百二十回
7	笹川临风	水浒传	1930	改造社	资料暂缺
8	佐藤春夫	新译水浒传	1952—1953	中央公论社	八十七回
9	村上知行	水浒传	1956	修道社	七十一回
10	驹田信二	水浒传	1956—1961	平凡社	一百二十回
11	吉川幸次郎清水茂	水浒传	1947—1991	岩波书店	一百二十回

---

① 石崎又造《近世日本中国俗语文学史》，弘文堂书房 1940 年版，第 93 页。
② 据石崎又造《〈水浒传〉的异本及其日译本》（《水滸伝》の異本と其の国訳本，《图书馆杂志》，1933 年第 1、2、3 号），江户时代《水浒传》日译本尚有：冈岛冠山训点《忠义水浒传》（第一至十回）、冈岛冠山译《通俗忠义水浒传》（八十册）、陶山南涛译《忠义水浒传解》（第一至十六回）、乌山石丈译《忠义水浒传抄译》（第十七至三十六回）、乌山石丈译《忠义水浒传抄译后篇》（第三十七至百二十回）、光□（原缺字）道人译《通俗水浒传拾遗》（第九十回后半至第百零九回）、弄愚译《水浒传译解》（百二十回）等。因未见原本，姑志于此，备考。

有学者指出："《水浒传》在日本的流传及影响,区别于其它中国古典小说的一大特点在于它推动了日本学习汉语的热潮,汉语热又反过来扩大了《水浒传》的影响。具体说来,《水浒传》成为江户时代学习汉语的上好教材,或出于教学需要,或出于为《水浒传》读者释义解字的需要,相继出现了一大批为《水浒》说文解字的语释书籍,书籍的作者又都是积极推动汉学的汉学家。"①

最早对《水浒传》进行注释是曾亲受冈岛冠山之教的冈田白驹。冈田白驹(1692—1769),字千里,当时有模仿汉式命名的风尚,故他又称为"冈千里"。"京师已有悦传奇小说者,千里兼唱其说,都下群然传之,其名噪于一时。"②他的《水浒传语译》所用底本就是冈岛冠山日译本,对其中一些难解字词再做解释。其另有《水浒全传译解》,这是艮斋根据冈田白驹口授而成,成书时间在 1768 年。石崎又造认为,冈田白驹的汉语及白话小说知识"受到冈岛冠山很大的指导",其注释《水浒传》"至少也是受冠山的刺激"③。

白驹之后,又有陶山南涛。陶山南涛(1719—1785),名冕,字尚善,汉式命名称为"陶冕",师从田中大观。他的注释也有二种:其一为《水浒传解》(前十六回),刊于 1757 年,除注释外,还附有汉语读音。十七回至百二十回后由乌山石丈注释补齐,题为《水浒传抄译》,刊于 1784 年,长泽规矩也有藏;其二为《水浒传译解》四卷百二十回手写本,竹田复有藏④。

上述江户时代《水浒传》译注者或多或少的受到冈岛冠山的影响,石崎又造曾有一个酷评,对冈岛冠山推崇备至:

---

① 马兴国《中国古典小说与日本文学》,辽宁教育出版社 1993 年版,第 169 页。
② 《日本诗史》卷三,转引自石崎又造《近世日本中国俗语文学史》,弘文堂书房 1940 年版,第 149 页。
③ 石崎又造《近世日本中国俗语文学史》,弘文堂书房 1940 年版,第 144—145 页。
④ 石崎又造《近世日本中国俗语文学史》,弘文堂书房 1940 年版,第 144—145 页。

以《水浒》翻译者自命之人,如曲亭马琴、高井兰山等,他们并不都是像他们自命的那样的"水浒通",不过是对冈岛冠山译本的剽窃罢了。①

在《水浒传》的影响下,江户时代又出现了一批以"某某水浒传"为名描写日本故事的翻案作品。如建部绫足的《本朝水浒传》、山东京传的《忠臣水浒传》、曲亭马琴的《倾城水浒传》、伊丹椿园的《女水浒传》、式亭三马的《松竹梅女水浒传》、仇鼎散人的《日本水浒传》、多岛散人的《天明水浒传》、岳亭丘山的《俊杰神稻水浒传》及《水浒太平记》、自然的《天满水浒传》、并木五瓶的《伊吕波藏水浒传》、柳水亭种清的《水浒画传》、松彦梅参的《水浒传正制本》等。

此外,尚有一些不以"某某水浒传"命名,但显然是受《水浒传》影响的作品,以曲亭马琴的作品最具代表性。"毫不夸张地说,马琴的作品中,几乎都受有《水浒》的影响","《南总里见八犬传》是他模仿《水浒传》的规模最大、最具代表性的长篇读本,无论是思想内容,还是情节、结构、人物、语言都留有《水浒传》的印痕"②。

江户时代中期的水浒学者,开始逐渐超越翻译、注释等文字层面,转向批评与考证等带有研究性质的工作,可视为近代学者《水浒传》研究的先声,其代表人物为都贺庭钟和清田儋叟。

都贺庭钟(1718—1794?),字公声,通称六藏,号近路行者、大江渔人等,读本作家、儒学家、医学家。他对《水浒传》的几个故事本事进行考证:第一回张天师化身道童骑着黄牛、横吹铁笛一节,出自《庄子》黄帝条;第五回鲁智深大闹桃花村,参照了安南国王陈日照的故事;第七

---

① 石崎又造《近世日本中国俗语文学史》,弘文堂书房 1940 年版,第 160 页。

② 马兴国《中国古典小说与日本文学》,辽宁教育出版社 1993 年版,第 187—188 页。

回林冲带刀误入白虎堂,出自《左传定公十年》;第三十四回黄信大闹青州道、秦明夜走瓦砾场的情节,与《白獭髓》中被贪官污吏激怒的民众,用酒灌醉士兵,夺其兵器的情节有关;高俅出身的描写,出自《挥尘后录》;吴学究形象,与宋太祖谋臣赵普有关;呼保义玉麒麟名号,出自周密《癸辛杂识》;《辍耕录》中花山贼的女将,《酉阳杂俎》中盗贼杀人食肉,与《水浒传》相关情节相似①。

清田儋叟(1719—1785),名绚,字君锦,师从冈田白驹一派,嗜爱中国小说,曾训译过《照世杯》。他批评《水浒传》,由门人高田润加以注解,题为《水浒传批评解》,手写本二册,前六十九回②。清田儋叟认为,《水浒传》是以《宋史》和《宋元通鉴》为基础创作的,小说中的人物与历史人物,无论从性格或行动上都是一致的。如晁盖与宋太祖、宋江与宋太宗、吴用与赵普、关胜与魏胜、石秀与首文德、武松与潘阆、祝彪与李全、一丈青与杨妙真、张横张顺与张贵张顺、李逵与陈靖宝等③。

关于江户时代的"水浒学",石崎又造有过一个总结:

> 整个江户时代,无出冈岛冠山之右者,真正继承冠山的水浒学者要等到明治时代。从这个意义说,冠山不愧是小说史上的奇才。④

冈岛冠山作为江户"水浒学"的开山之祖,确实取得了他人所不及的成就,石崎又造的评价大体符合事实,但他对其他"水浒学者"的工作

---

① 参考马兴国《中国古典小说与日本文学》,辽宁教育出版社 1993 年版,第 199—200 页。
② 石崎又造《近世日本中国俗语文学史》,弘文堂书房 1940 年版,第 166 页。
③ 参考马兴国《中国古典小说与日本文学》,辽宁教育出版社 1993 年版,第 201 页。
④ 石崎又造《近世日本中国俗语文学史》,弘文堂书房 1940 年版,第 93 页。

却似乎没有给出公正合理的评价。试想,若无众多学者的努力,"真正
继承冠山的水浒学者"怎么会突然在明治时代出现? 那些被石崎又造
忽略不计的"无出冠山之右"的学者无疑为明治以后的"水浒学"奠定了
坚实的基础:曲亭马琴作为有着巨大影响力的读本作家,他的《水浒传》
翻案之作,无疑扩大了《水浒传》在日本普通读者中的影响力;冈田白驹
等人将《水浒传》作为"唐话"教材,并从字词语句的角度对其进行注释,
也成为近代汉学家学习汉学的主要方法之一;都贺庭钟、清田儋叟等人
的"考证"虽不免牵强,但他们已经注意到本事考证是"水浒学"的一大
课题,已开近代《水浒传》考证研究之先河。

　　到了明治以后,"真正继承冠山的水浒学者"出现了,从 19 世纪 90
年代到 20 世纪 40 年代,"水浒学"成为受到日本汉学界持续关注的一
大课题,学者前赴后继,研究成果层出不穷。这一时期的研究成果可列
表如下:

表 6.2　近代日本《水浒传》研究论文论著一览表

序号	作者	题　名	发表年份	出版社或原载
1	森槐南	中国小说讲话	1892	《早稻田文学》
2	森槐南等	标新领异录·水浒传	1897	《目不醉草》
3	幸田露伴	金圣叹与王元麓	1908	《第一高等学校校友会杂志》
4	狩野直喜	《水浒传》与中国戏曲	1910	《艺文》
5	幸田露伴	题《水浒传》	1911	东亚堂
6	幸田露伴	再题《水浒传》	1911	东亚堂
7	幸田露伴	三题《水浒传》	1911	东亚堂
8	幸田露伴	四题《水浒传》	1912	原稿
9	幸田露伴	《水浒传》第一美女李师师	1917	《淑女画报》
10	狩野直喜	《水浒传》与杂剧(小说《水滸伝》与雑劇)	1921	《中国学》

序号	作者	题 名	发表年份	出版社或原载
11	青木正儿	《水浒传》在日本文学史上的影响	1923	《中国学》
12	幸田露伴	《水浒传》解题	1923	国民文库刊行会
13	幸田露伴	水浒余话	不详	《随笔春秋》
14	幸田露伴	金圣叹	1927	《随笔春秋》
15	辛岛骁	金圣叹生平及其文艺批评	1929	《朝鲜中国文化研究》
16	神山闰次	《水浒传》诸本	1930	《小说月报》
17	早川光二郎	《水浒传》研究	1932	东京大学毕业论文
18	石崎又造	《水浒传》的异本及其日译本	1933	图书馆杂志
19	斋藤护一	全像本《水浒传》的出现	1935	中国文学月报
20	斋藤护一	百回本《水浒传》考	1938	汉学会杂志
21	长泽规矩也	江户时代《水浒传》的流布	1938	书志学
22	小川环树	关于全相本《水浒传》（全像本《水滸伝》について）	1940—1941	文化
23	八幡关太郎	金圣叹	1940—1941	东洋
24	斋藤护一	关于全相本《水浒传》（全像本《水滸伝》について）	1941	斯文
25	丰田穰	明刊四十卷《拍案惊奇》及《水浒志传评林》全本的出现（明刊四十卷《拍案驚奇》及び《水滸志伝評林》完本の出現）	1941	斯文
26	宫崎市定	《水浒传》所见中国近世社会状态（《水滸伝》に於ける中国近世社会状態）	1941	京都大学史学科讲义
27	井阪锦江	《水浒传》与中华民族（《水滸伝》と中国民族）	1942	大东出版社

此外,尚有笹川临风、久保天随、狩野直喜、盐谷温等人所著的中国文学史、中国小说史、中国文学概论中的《水浒传》相关章节。

近代水浒学者"继承冠山"的只是"水浒学"这一课题,至于研究内容和方法则有天壤之别。这是因为,在西方学术影响下,生于明治时代的水浒学者所处的是一个和江户时代的前辈学者迥然不同的学术环境。从成果形式方面而言,尽管还有翻译、注释等传统形式,但不再是主要形式,取而代之的是现代专题论文论著形式。至于研究内容方面,变化就更大了。这一时期又可再分为三个阶段,列表如下:

表 6.3　近代日本《水浒传》研究分期情况表

分　期	时间段	主要研究内容	主要研究者
第一阶段	20 世纪 20 年代以前	《水浒传》作者、成书	森槐南、幸田露伴、狩野直喜
第二阶段	20 世纪 20—30 年代	《水浒传》在日本的流传、版本及金圣叹	青木正儿、辛岛骁、长泽规矩也、斋藤护一、丰田穰
第三阶段	20 世纪 40 年代	水浒传与中国社会文化	宫崎市定、井坂锦江

上述三个阶段所关注的主要内容各不相同,正好反映了随着新材料的发现,《水浒传》研究呈现出逐渐深入的趋势。这三个阶段所包含的研究课题,也是《水浒传》研究中最为重要的几大问题,至今仍是学界关注的焦点。以下就以三个阶段的研究课题为中心,来探讨近代日本"真正的水浒学者"的研究情况。

二、《水浒传》作者及成书时间研究

如果说冈岛冠山是江户水浒学的开山之祖,那么,开近代日本水浒学之先河的就是森槐南。他在《早稻田文学》上连载《中国小说讲话》六篇(第 5、10、12、14、18、20 号,1891—1892 年),其中第三、四、五篇专论《水浒传》,这是近代以来第一篇《水浒传》专题论文。其后,森槐南又在《目不醉草》杂志"标新领异录"栏目上与森鸥外等人研讨《水浒传》（第 20 卷,1897 年 8 月),解说《水浒传》的作者、成书、版本、人物等。他还全文翻译过陈忱的《水浒后传》（庚寅新志社 1893—1895 年版)。和森槐南在中国俗文学其他领域取得不少具有开创性意义的成就一样,他早在 19 世纪 90 年代就开始研究《水浒传》,而第一阶段的另外两位学者狩野直喜、幸田露伴则要到 20 世纪初才发表相关论文。

　　关于森槐南的《水浒传》研究,详见本书第二章第二节。森鸥外在森槐南的基础上,又作了一些补充,主要有以下几点:第一,《水浒传》杨志押运花石纲、杨志卖刀大体和《宣和遗事》同;第二,比较《宣和遗事》《水浒传》三十六天罡姓名之不同;第三,考证百二十回《水浒传》故事情节的时间范围是北宋元符三年到宣和六年间（1100—1124)的二十五年;第四,借用西方的象征和隐喻学说,对金圣叹腰斩《水浒传》并以卢俊义梦结之,表示这一段文字"实拙劣","《水浒传》英雄未聚义前与既聚义后较,前优后劣,不争之事"[1];第五,引用少年时代所读日译本《照世杯》一篇署名孔雀道人所作的序,以证森槐南引中村敬宇《水浒传》影射宋初史实之说。又引述王明清《挥麈录》、王铚《默记》以证赵普（赵学究)与吴用（吴学究)之相似,又引《宋史·兵志》《凌波楼船军》等以证《水浒传》张顺凿漏之"海鰍舡"是宋代的舰名。魏胜本传已用大刀[2]。森鸥外所说的"孔雀道人",盖就是前述的清田儋叟。

　　但森田思轩不认可影射宋初说,他反驳道:

　　　　若本书成于宋代,固不能居其国而恶其国,或借晁盖、宋江间刺太祖、太宗。然本书作者乃异代之人,何必如此隐晦影射前代之

---

① 　森槐南等《标新领异录·水浒传》,《目不醉草》第 20 卷,1898 年 4 月。
② 　森槐南等《标新领异录·水浒传》,《目不醉草》第 20 卷,1898 年 4 月。

事？若其事相似便是影射，何不曰潘金莲、武大郎之事影射唐中宗与韦后、齐桓公与姜氏？作者不过把世间易有之事写入小说，读者便以某事与某事相似，某事为世间实有，此大可随读者之意，然由此即断作者以此写彼，不但穿凿附会，亦近诬也。①

　　森田思轩开始涉及到了《水浒传》与中国社会的关系问题。他说："宋代中国和现今中国同一现象，这是书中给我们的印象，《水浒传》是特殊的中国社会的产物。"②森田氏以行贿受贿为例，考证中国自殷商始就有贿赂的传统，与日本和西方相比，是一个"贿赂公行之国"。《水浒传》所写社会，与中国的真实社会没有太多的差别。森田氏认为，中国历史上之所以多"盗贼"，是因为：第一，政治黑暗；第二，天灾频发；第三，中国人多迷信，"盗贼"多利用各种宗教名目；第四，频繁改朝换代，"盗贼"可能就是"新天子"；第五，官兵素质差，既不能平乱，所为更甚于"盗贼"，使"盗贼"越发势大③。

　　幸田露伴曾发表不少关于《水浒传》的文章，他是明治大正之际在水浒学方面用力较多的一位学者。他的《译注水浒传》是对《水浒传》百二十回的全文翻译，并作了详尽的注释，并附有《解题》一篇，曾作为《国译汉文大成·文学部》第18—20卷出版，因此，他的翻译具有相当的示范意义。原刊后附有《水浒传》原文，收入全集时略去。幸田露伴的《水浒传》研究主要讨论以下几个问题。

　　《水浒传》的本事。幸田露伴引《宋史》《宣和遗事》《癸辛杂识》对《水浒传》的本事作了一些钩稽，重点对《癸辛杂识》《宣和遗事》《水浒传》中的三十六天罡的姓名、绰号、座次之不同作了列表比较，对其中绰

---

①　森槐南等《标新领异录·水浒传》，《目不醉草》第20卷，1898年4月。

②　森槐南等《标新领异录·水浒传》，《目不醉草》第20卷，1898年4月。

③　森槐南等《标新领异录·水浒传》，《目不醉草》第20卷，1898年4月。

号的讹误作了辨析。如"一丈青",在龚圣与赞辞中为燕青的绰号,在《宣和遗事》中是张横的绰号,而在《水浒传》中则是扈三娘的绰号,幸田氏由此推测"一丈青之绰号非始自扈三娘"①。幸田氏的这一推测是有道理的,后来佐竹靖彦曾专门对此做过考证,"一丈青"并非指身高,而是起源于唐末的刺青,其所刺图案为一丈长的青蛇或青龙②。至于这种演变的原因,幸田露伴认为,《水浒传》的世代累积型成书过程是造成各种讹传的原因,他介绍了宋以来的说话、傀儡戏、影戏等民间艺术,并总结说"《水浒传》成书以前,自宋以来的说话人之间互相传说,而其所谈,主干虽无大异,但枝叶自不同"③。

《水浒传》与水浒戏的关系。除了见于《元曲选》的高文秀《黑旋风双献功》、康进之《李逵负荆》、李文蔚《燕青博鱼》、李致远《还牢末》、无名氏《争报恩》五种水浒戏外,幸田露伴还列出了高文秀的《黑旋风诗酒丽春园》《黑旋风大闹牡丹亭》《黑旋风敷演刘耍和》《黑旋风斗鸡会》《黑旋风穷风月》《黑旋风乔教学》《黑旋风借尸还魂》,李文蔚的《燕青射雁》,杨显之的《黑旋风乔断案》,红字李二的《病杨雄》《板踏儿黑旋风》《打担儿武松打虎》,康进之的《黑旋风老收心》,屈子敬的《宋上皇三恨李师师》,无名氏的《张顺水里报怨》《一丈青闹元宵》十六种,前十四种见于《录鬼簿》,后两种见于《涵虚子》,大大超出了森槐南所列的范围。幸田氏并将上述水浒戏与《水浒传》情节作对比,认为"与《水浒传》情节有联系的有七种:《李逵负荆》《斗鸡会》《乔教学》《燕青射雁》《乔断案》《武松打虎》《水里报怨》;《水浒传》所无的有四种:《双献功》《燕青博鱼》《还牢末》《争报恩》;其余仅从题目无法判断"④。至于水浒戏和《水浒

① 幸田露伴《译注水浒传·解题》,《露伴全集》第33卷,岩波书店1955年版。
② 佐竹靖彦著,韩玉萍译《梁山泊——〈水浒传〉一〇八名豪杰》,中华书局2005年版,第109—126页。
③ 幸田露伴《译注水浒传·解题》,《露伴全集》第33卷,岩波书店1955年版。
④ 幸田露伴《译注水浒传·解题》,《露伴全集》第33卷,岩波书店1955年版。

传》谁先谁后的问题,幸田露伴认为这实际上是一个涉及《水浒传》成书
时间的大问题:"若先有水浒戏,后有《水浒传》,则《水浒传》必至元末方
出;若先有《水浒传》,后有水浒戏,则《水浒传》成于元中叶以前。(中
略)虽疑心《水浒传》成书于元末明初,但因为缺少确证,无法下定论。
不过在其成书以前,水浒故事早已流传,水浒戏取材于此。"①

　　《水浒传》的作者。幸田露伴介绍了郎瑛、田汝成、李卓吾、胡应麟、
周亮工、金圣叹、胡适等人的各种说法,然后逐一辨析反驳。幸田氏首
先否定了胡适"七十回本为施耐庵作,百回本为罗贯中作"的观点,认为
两本前七十回除最后"梁山泊英雄惊恶梦"一段外,大体相同,因此,"若
百回本为罗作,则七十回本亦罗作;若七十回本为施作,则百回本前七
十回亦为施作"②。

　　幸田氏对金圣叹所称"七十回及楔子、序等俱为施耐庵作"亦持怀
疑态度,认为金圣叹所称的"贯华堂本"是其十一二岁所得,所言太过虚
幻,而不能明示所谓"古本"。"楔子"一般是为元曲所有,小说极少见,
金圣叹以"楔子"为古本之古色,但"楔子"未见于元曲之前③。幸田氏
更直言"施耐庵序"为金圣叹伪作:

　　　　吾虽未读过《水浒传》以外施耐庵之文字,然所谓"施耐庵序"
　　者,其思路、文气,悉是圣叹,圣叹岂耐庵之后身? 抑或耐庵乃圣叹
　　之前世? 何施序与金评,思想行文皆甚酷似? (中略)所谓施耐庵
　　序,盖金圣叹伪作也。④

①　幸田露伴《译注水浒传·解题》,《露伴全集》第 33 卷,岩波书店 1955 年版。
②　幸田露伴《译注水浒传·解题》,《露伴全集》第 33 卷,岩波书店 1955 年版。
③　幸田露伴《译注水浒传·解题》,《露伴全集》第 33 卷,岩波书店 1955 年版。
④　幸田露伴《译注水浒传·解题》,《露伴全集》第 33 卷,岩波书店 1955 年版。

他一一反驳了周亮工的"明初罗贯中作或元人施耐庵作说"、胡应麟的"元武林人施耐庵作说"、李卓吾的"七十回前施耐庵作、七十回后罗贯中续说"、田汝成的"南宋人罗贯中作说"、郎瑛的"出于施耐庵、成于罗贯中说",认为大多都是传说,缺乏真凭实据。但综合众说,幸田氏认为"《水浒传》盖出施耐庵"①。

《水浒传》的版本。幸田露伴介绍几种版本:一、金圣叹评七十回本。二、明版李卓吾评百回本。三、明版李卓吾评百二十回本。四、明版郭武定本。五、郭武定以前古本,有致语,未经眼。六、明版李卓吾评金昌映雪草堂三十卷本,这与其他版本很大不同:分卷不分回,田虎王庆事与百二十回不同,李卓吾评语不同,开篇词不同。"人称李卓吾本,多以为仅一种,实有三种,百二十回本、百回本、三十卷本。前二者差别在有无田虎王庆事,而三十卷本则差异甚多甚大,人为之惊。此本现藏东京大学,未闻前人谈及此本者,诚稀有之书。"②七、明版《京本增补校正全像忠义水浒志传评林》二十五卷本,幸田氏经眼者,缺第一至第七卷,田虎王庆事与映雪草堂本同。

明治末年在《水浒传》研究上取得较大成绩的还有狩野直喜,他的研究成果见于《〈水浒传〉与中国戏曲》(《艺文》1910 年第 5 号)、《读曲琐言》(《中国学》第 2 卷第 2 号,1921 年 10 月)、《中国小说戏曲史》(美篶书房 1992 年版)等著述。

狩野直喜重点探讨的是《水浒传》与水浒戏的关系,他知道上述森槐南等人的考论,但表示自己不能同意他们的观点:

森槐南、幸田露伴诸氏在《目不醉草》里,已稍许论及了与《水

① 幸田露伴《译注水浒传·解题》,《露伴全集》第 33 卷,岩波书店 1955 年版。
② 幸田露伴《译注水浒传·解题》,《露伴全集》第 33 卷,岩波书店 1955 年版。

浒传》有关的戏曲问题，这对我下面的研究，颇有助益。不过我要说明的是，《目不醉草》对两者关系的观点，与我的推论是相反的。①

狩野直喜的观点是：元杂剧水浒戏先于《水浒传》，而明传奇水浒戏如《水浒记》《义侠记》等，则取材于《水浒传》。

狩野直喜先对森槐南等人的观点提出几点疑问：

第一，现存"杂剧中的许多情节，不见于《水浒传》"，如果"杂剧出现于《水浒传》之后，为何杂剧弃《水浒传》的精彩情节如敝履，完全另起炉灶呢？"②

第二，"《水浒传》将一百单八将分成天罡星三十六，地煞星七十二，然而元杂剧登场人物，几乎皆为天罡星中的豪杰。倘若杂剧晚于《水浒传》，又为何偏偏无视七十二地煞星中的好汉呢？"③

第三，《宋史》《癸辛杂识》《宣和遗事》等书，均以宋江及其部下为三十六人，而没有一百零八人之说，而元杂剧则说法不一：《双献功》《李逵负荆》中宋江宾白说"某聚三十六大伙，七十二小伙"，但《李逵负荆》中的李逵唱词却说"莫说这三十六英雄"，《争报恩》中宋江宾白也说"聚义的三十六个英雄汉，那一个不应天上天魔星"。对于这个现象，狩野直喜解释说：

> 杂剧不是《圣经》，并非一字不容改动，上面曾说过，我们如今在《元曲选》里看到的文字，不一定就保存了元时的旧有的面貌。联想到宾白由优伶随意制作的俗说，我们更不难推测宾白比起曲词来，在后世被改动的情况要更频繁、更严重些。（中略）也就是

---

① 狩野直喜著，周先民译《中国学文薮》，中华书局 2011 年版，第 257 页。
② 狩野直喜著，周先民译《中国学文薮》，中华书局 2011 年版，第 263 页。
③ 狩野直喜著，周先民译《中国学文薮》，中华书局 2011 年版，第 263 页。

说,《双献功》《李逵负荆》的宾白,很可能最初与曲词一致,只云三十六条好汉,后来随着有关宋江传说的增容,《水浒传》之类的小说及散文等皆出现了一百单八将,杂剧的宾白也就随之改成了现在我们所看到的样子。①

到了明周宪王所作《豹子和尚自还俗》中,宋江宾白仍是"弟兄三十六",这大概是因为"明初杂剧仍用北曲,模仿元时旧状,倘若元人杂剧以水浒豪杰为一百零八人,则断无宾白中单称三十六人之理"②。

因此,狩野直喜的结论是:

> 元杂剧水浒戏人物限于《水浒传》所谓三十六天罡,其故事亦多不见于《水浒传》,可知元杂剧早于《水浒传》。元杂剧既早于《水浒传》,则可以推想《水浒传》当出于明初。③

他在《读曲琐言》中明确"认为该书成于明初",并认为自己的研究虽不及胡适的《水浒传考证》那样精致,"但亦可算作不谋而合,故现在读罢胡君大论,颇有喜不自禁之感"④。

狩野直喜对《水浒传》的成书过程总结说:"自南宋末年开始,有关宋江等三十六义贼的传说逐渐盛行于世;入元后出现了《宣和遗事》,同时也出现了元杂剧,受到了读者的热烈欢迎;随着水浒故事广泛而深入的流传,有关一百单八将的完整的《水浒传》终于被创作出来。(中略)在伟大的《水浒传》成书之前,有许许多多的'小水浒'(即使没有所谓书

---

① 狩野直喜著,周先民译《中国学文薮》,中华书局 2011 年版,第 278—279 页。
② 狩野直喜著,周先民译《中国学文薮》,中华书局 2011 年版,第 279 页。
③ 狩野直喜《中国小说戏曲史》,美篶书房 1992 年版,第 79 页。
④ 狩野直喜著,周先民译《中国学文薮》,中华书局 2011 年版,第 277 页。

名)为之积累了素材,打下了基础,最后终于促成了集大成的《水浒传》的诞生。这样的成书过程,并不仅限于《水浒传》一书,研究其它的小说时,类似现象也随处可见。(中略)成书时代,周亮工在《书影》中提出的洪武(即明初)说,我以为最值得玩味。"①

关于《水浒传》的作者,狩野直喜所据的材料和森槐南、幸田露伴等人大体相同,他虽然认为难以下定论,但因上述资料多称"罗贯中作",故狩野直喜认为此说相对稳妥。但无论是罗贯中还是施耐庵,都被记作杭州(钱塘、越)人,而杭州正是宋室南渡后的首都,因此,"《水浒传》的作者,无论是罗贯中还是施耐庵,都是居于南宋首都的人,根据有宋一代口耳相传流传于此地的材料,作此一大部书"②。

此外,狩野直喜还介绍了《水浒传》巴赞法译本,并引巴赞序论"《水浒传》与《三国演义》之不同在于《水浒传》描绘出了中国社会风俗"③。狩野直喜赞同此说,进而补充说"如果不知中国风俗习惯,亦难知《水浒传》之趣味"④。他以第三十三回花荣请求知寨文官刘高以同姓之谊释放宋江一事为例,说明如不知中国知识分子阶层自古有重同姓之谊的风俗,就很难理解该段故事。

至于《水浒传》的艺术成就,狩野氏认为《水浒传》描写之精细,"中国小说中唯有《红楼梦》能与之媲美,不过,后者是因为以女性人物为中心所致"⑤。而曲亭马琴学《水浒传》所作《八犬传》,在人物形象的描写水平上有天壤之别,即"《八犬传》是死的,《水浒传》是活的"⑥。

---

① 　狩野直喜著,周先民译《中国学文薮》,中华书局 2011 年版,第 266 页。
② 　狩野直喜《中国小说戏曲史》,美篶书房 1992 年版,第 68 页。
③ 　狩野直喜《中国小说戏曲史》,美篶书房 1992 年版,第 82 页。
④ 　狩野直喜《中国小说戏曲史》,美篶书房 1992 年版,第 82 页。
⑤ 　狩野直喜《中国小说戏曲史》,美篶书房 1992 年版,第 89 页。
⑥ 　狩野直喜《中国小说戏曲史》,美篶书房 1992 年版,第 84 页。

三、《水浒传》在日本的影响、版本

本书第一章已经概述了中国俗文学在江户时代日本的流布情况，其第二阶段是为白话小说流行的鼎盛期，而《水浒传》正是最具代表性的一部作品。《水浒传》在日本的传播及影响研究，以藤井乙男、青木正儿、石崎又造一系的学者为代表。青木正儿的中日文学关系研究主要受到藤井乙男的影响：

> 江户时代中国小说戏曲流行甚盛(中略)于日本文学之影响，乃近世日本文学史上重要之分野，然此研究必须有中国文学为背景素养，一般日本文学史家往往忽略之。吾师藤井乙男先生夙留意与此，伐荆棘，辟新径，余亦聊附骥尾，有所染指。①

藤井乙男(1868—1946)，号紫影，京都大学日本文学教授，研究重点为江户文学，著有《江户文学研究》(内外出版社 1921 年版)。藤井氏虽专攻日本文学，但在中国古典文学方面也有较深的造诣。在中学时代，受到汉文教师原口南村的影响，熟读《三国》《水浒》等名著，进而将阅读范围扩展到整个中国俗文学领域。石崎又造著《近世日本中国俗语文学史》时，曾向藤井乙男请教，藤井氏"觉有空谷足音之感，遂踊跃提供研究资料"。当石崎之书著成，藤井氏认为，此举"不仅是使自己多年的夙愿得偿，更有旧债因此获得数倍利息之感"②。石崎又造也曾向青木正儿请教，正因为中日文学关系研究者极少，故青木正儿对"新人"石崎又造的出现表示由衷的喜悦，称其"探究之精励，用意之周到，眼光

---

① 青木正儿《近世日本中国俗语文学史・序》，弘文堂书房 1940 年版。
② 藤井乙男《近世日本中国俗语文学史・序》，弘文堂书房 1940 年版。

之犀利"，称自己的研究"不过是开了头"，而石崎又造乃是"完成吾志之人"，因此他感到"诚愉快之极"①。

具体到《水浒传》。青木正儿对《水浒传》传入日本的时间没有下明确的结论，但如前述的那样，他认为《水浒传》的传入可以尽可能早推到其成书的明代："明朝是中日交流兴盛的时代，留学僧往来极多，《水浒传》在彼时已经传来也未可知。"②其《〈水浒传〉在日本文学史上的影响》一文，重在对《水浒传》在江户时代的传播、翻译、影响的介绍。先从日本所藏《水浒传》版本入手，特别是铃木虎雄藏《二刻英雄谱》，然后以冈岛冠山、陶山尚善、曲亭马琴为中心，勾勒《水浒传》在江户时代的翻译、注释、翻案的情况，此外，还简要提到了进入明治以后的情况。他认为：

> 《水浒传》之有助于江户文坛，实在是令人惊讶的。其促成读本小说之发展，实在是应该感谢的。这一点是《水浒传》之所以能在日本文学史绽放灿然光彩的原因，亦是《水浒传》必须大书特书的功绩。③

此外，石崎又造《近世日本中国俗语文学史》、近藤杢《日本近世中国俗文学小史》中也有关于《水浒传》在江户时代的流布和影响等情况的介绍，但大多都是在青木正儿的基础上展开，以补充资料为主。长泽规矩也《江户时代〈水浒传〉的流布》（《书志学》，1938年）则对冈岛冠

---

① 青木正儿《近世日本中国俗语文学史·序》，弘文堂书房1940年版。
② 青木正儿《〈水浒传〉在日本文学史上的影响》，《中国学》第1卷第9号，1921年5月。
③ 青木正儿《〈水浒传〉在日本文学史上的影响》，《中国学》第1卷第9号，1921年5月。

山、陶山尚善等人翻译、注释《水浒传》的版本情况作了详尽的考证,这得益于长泽规矩也作为目录学家、版本学家的优势。

随着新材料的发现,这一时期《水浒传》的版本研究成为一大热点,其研究者除石崎又造的师承关系无法明确外,大多都出自盐谷温之门。

石崎又造《〈水浒传〉的异本及其日译本》(《图书馆杂志》,1933年第1、2、3号)考证了他所能见到的几乎所有的《水浒传》版本和日译本。

其所列举的《水浒传》原著版本计有以下几种。第一,百回本:郭武定本(一百卷)、芥子园刊《李批忠义水浒传》(一百回)、《李卓吾先生批评忠义水浒传》(一百回一百卷)、《钟伯敬先生评忠义水浒传》(一百卷一百回);第二,一百五十回本:《京本增补校正全像忠义水浒志传评林》(共二十五卷,存十八卷)、《新刻全像忠义水浒志传》(二十五卷百十五回);第三,英雄谱本:内阁藏本(百十回)、胡适藏本(百十五回);第四,百二十四回本:胡适藏本;第五,征四寇本:亚东图书馆藏(四十九回)。此外,尚有金阊映雪草堂刊《水浒全本》(三十卷)、《水浒全书》(百二十回)和最常见的金圣叹本。

日译本则有:冈岛冠山训点《忠义水浒传》(第一至十回)、冈岛冠山译《通俗忠义水浒传》(八十册)、陶山南涛译《忠义水浒传解》(第一至十六回)、乌山石丈译《忠义水浒传抄译》(第十七至三十六回)、乌山石丈译《忠义水浒传抄译后篇》(第三十七至百二十回)、光□(原缺字)道人译《通俗水浒传拾遗》(第九十回后半至第百零九回)、弄愚译《水浒传译解》(百二十回)等。

丰田穰,1934年毕业于东京大学,先是作为东方文化学院研究人员分配在上田分院,后因兼二松学舍大学课乃到东京,不幸受寒而死。他的《明刊四十卷〈拍案惊奇〉及〈水浒志传评林〉全本的出现》(《斯文》第32编第6号,1941年)一文,介绍与王古鲁在日光山轮王寺慈眼堂法库发现《京本增补校正全像忠义水浒志传评林》全本的情况。该本共二十五卷八册，是比上述石崎又造所见内阁文库仅存十八卷更为完整的全本，是"天壤间之孤本"，是"《水浒传》版本研究上极重要的资料"①。丰田氏此文着重介绍了其版式、序、题款、回目等与其他版本的差异。

斋藤护一，1933年毕业于东京大学，后跟随盐谷温多年，作为中国文学研究室助手，在学术上和事务上都给了盐谷温不少协助。后为大阪高等学校教授，又为学生主管，因过度劳累病死。他尤专注于《水浒传》的研究，弥补了盐谷温在该方面研究的不足。

斋藤护一对百回本《水浒传》进行了考证。他首先指出研究百回本的意义：

> 此前一般认为百回本是《水浒传》各版本中最稀见、最早的一个版本。要考究该本到底有无值得重视之处，就要通过检讨现存数种百回本正文及评语，判断其是否是最早的版本，并探明《水浒传》成书、变迁的过程。②

斋藤氏先从百回本和其他版本的关系入手，同意百回本早于百二十回本的说法，然后举出他所知的五种百回本：明万历容与堂刊《李卓吾先生批评忠义水浒传》（一百卷一百回，内阁文库、仓石武四郎藏）、明末四知馆刊《钟伯敬先生批评忠义水浒传》（一百卷一百回，巴黎图书馆、京都大学、东京大学藏）、清芥子园刊《李卓吾评忠义水浒传》（一百回，马廉、帝国图书馆藏）、明万历刊《忠义水浒传》（一百回不分卷，李玄伯藏）、清刊李氏藏本《忠义水浒全书》（一百回，东京大学藏）。

斋藤护一指出，芥子园本与宝翰楼百二十回本同一版式，李氏藏本

---

① 丰田穰《明刊四十卷〈拍案惊奇〉及〈水浒志传评林〉全本的出现》，《斯文》第32编第6号，1941年。
② 斋藤护一《百回本〈水浒传〉考》，《汉学会杂志》第6卷第1号，1938年。

则是郁郁堂百二十回本的删本,李玄伯藏本即郭武定本。内容上,容与堂本、四知馆本与其他三种相差很大,这两种版本每回都有诗词。斋藤氏认为这些诗词就是韵文体的致语,其他三种版本均删去,同时也删去了正文中的很多诗词,因此那三种版本当是从容与堂本删改而来。而容与堂本与四知馆本之间又有不同:四知馆本第一回前无"引首",正文相对容与堂本也有删减,但不多。因此,这五种可以分为两大系统:容与堂本、四知馆本为完整本,其余三种为删节本。那么是谁删的呢?斋藤氏认为是嘉靖间人郭武定:"有致语的完整本系统,清朝以后在中国湮灭不闻,而郭武定删节后的百回本系统保持延绵不绝的生命力。七十回本是砍去了删节本中百回本的后三十回,而百二十回本则在删节本中百回本基础上插入田虎王庆故事。"①

斋藤氏认为容与堂本、四知馆本不流行的原因有如下两点:第一,删节本的文字,作为小说更成功;第二,容与堂本、四知馆本的评语触犯清朝忌讳,被列为禁书。

关于容与堂本和四知馆本的关系,斋藤氏指出,容与堂本的李卓吾评语与四知馆本的钟伯敬评语大体相同,而四知馆本也掺入了李卓吾评语,因此,李评本当早于钟评本,换言之,"钟评本出自李评本,钟评并非钟伯敬之作,不过取自李评罢了。四知馆本刊于明末天启崇祯间,正是天启五年李卓吾之书焚禁之际,李评本被迅速改版,标榜为当时有名的竞陵派文人钟伯敬评本,因此,所谓钟评本,乃是伪作"②。

斋藤氏的结论是:"《水浒传》成书之初的形态已不可知,但现存《水浒传》诸版本中最早的是百回本,而容与堂本是现存最早的百回本,足以见早期百回本的大体形态。"③

---

① 斋藤护一《百回本〈水浒传〉考》,《汉学会杂志》第6卷第1号,1938年。
② 斋藤护一《百回本〈水浒传〉考》,《汉学会杂志》第6卷第1号,1938年。
③ 斋藤护一《百回本〈水浒传〉考》,《汉学会杂志》第6卷第1号,1938年。

　　丰田穰、斋藤护一均出自盐谷温之门，名列"节门四学士"，乃"拔群之英才，温厚笃实，勤勉力行，难兄难弟，将来天下太平之后可为大学教授，却皆因战争而亡"，"丧此有为之后继者"，使乃师盐谷温"伤心断肠，五内俱裂，恸天哭地"①。"节门四学士"去世时都不过三四十岁，其学术生涯才刚刚起步，从盐谷温对他们的期许来看，他们当都有较大的学术潜力，只可惜看不到他们后来的成就。

四、《水浒传》与中国社会之关系研究

　　随着侵华战争的爆发和推进，日本的学术研究进入了明治以来的低谷时期，以中国为研究对象也不例外。在战争政策的导向下，这一时期日本汉学的重点转为服务于战争的现实研究，传统文史研究力量大为减弱，研究成果也大幅减少。其中还有不少研究，只是以传统文史为材料，其目的仍在于现实研究，这在与中国社会风俗紧密相关的小说研究中体现得尤为明显。就像前文已述及的那样，《水浒传》是一部"描绘出了中国社会风俗"的小说，自然也成为他们很好的研究材料，这方面代表性的论著就是井坂锦江的《〈水浒传〉与中华民族》（《〈水滸伝〉と中国民族》，大东出版社 1942 年版），同年由孙世瀚译成中文，改题为《水浒传新考证》，由当时日本统治下的大连实业印书馆出版。

　　探究《水浒传》与中国社会风俗并非始自井坂锦江，前述森田思轩、狩野直喜等人皆有涉及，安冈秀夫曾著有《小说所见中国民族性》（《小説から見た中国の民族性》，聚芳阁 1926 年版）一书，但以《水浒传》为专门课题是从侵华战争以后开始的。在井坂锦江此书出版前一年，东洋史学巨擘、京都学派代表性人物宫崎市定就曾在京都大学开设过一门名为"《水浒传》所见中国近世社会状态"的课程。1941—1942 年，正

---

① 盐谷温《天马行空》，日本加除出版株式会社 1956 年版，第 136—140 页。

是日本对外侵略战争进入白热化的阶段,宫崎市定、井坂锦江等人的选题与当时的形势有密切的关系①。

井坂锦江,生卒年不详。他在《序》中称:"明治四十年春(1907),拜访曾师事之白河鲤洋先生于(东京)涩谷寓所。"②白河鲤洋(1874—1919),1897年毕业于东京大学,曾与藤田丰八等人合著《中国文学大纲》,1903年来华,为设在南京的江南高等学堂总教习,归国后,历任早稻田大学等校讲师。著有《孔子》(东亚堂书房1900年版)、《中国学术史纲》(博文馆1900年版)、《中国文明史》(博文馆1900年版)、《王阳明》(博文馆1900年版)、《诸葛孔明》(敬文馆1911年版)等。井坂锦江既然师事白河鲤洋,那么,多少也可以从白河氏的著述内容中看到一些井坂锦江的知识结构。此外,还可知井坂锦江生年当晚于白河鲤洋,而卒年当在《〈水浒传〉与中华民族》出版(1942年)之后,大体属于日本近代以来第二代汉学家之列。

井坂锦江之所以著此书,是受到那次拜访白河鲤洋的影响。当时在座的日本大文豪山路爱山提出"若想认清中国及中国人,除非能读中国小说"的观点,白河鲤洋也"肯定此说",井坂锦江"便把这句训言谨记在心,其后也曾努力翻译几卷新旧小说,尤其是在中国旅行的时候,因

---

① 试看宫崎市定在战后发表的关于《水浒传》的论文论著,大体都回到了学术研究本身上来:《〈水浒传〉——虚构中的史实》(《〈水滸伝〉——虚構のなかの史實》,中公新书1972年版)、《〈水浒传〉的伤痕——现行本成立过程的分析》(《〈水滸伝〉の傷痕——現行本成立過程の分析》,《东方学》第6辑,1953年7月)、《两个宋江?》(《宋江は二人いたか》,《东方学》第34辑,1967年6月)、《〈水浒传〉与江南民屋》(《〈水滸伝〉と江南民屋》,《文学》第49卷第4号,1981年4月)。此外,《宫崎市定全集》(全25卷,岩波书店1992年版)第12卷题为《水浒传》,但只收上述战后四种著述,未收"《水浒传》所见中国近世社会状态"课程讲稿。

② 井坂锦江著,孙世瀚译《水浒传新考证·序》,大连实业印书馆1942年版。译者情况不详,该译本多有舛误不通之处,引文以此为基础,参照日文原著酌情改动。

为路上寂寞,时常在手提包里装着二三册小说稗史等类的东西","以后虽然总没获得机会,但这次为搜集中国民族生活资料,竟译起《水浒传》来,翻译的结果,果然知晓先觉之言不欺,往下继续读去,的确令人有心悟意会之感"。井坂锦江进而发现,《水浒传》所提供的"又不只是民情风俗方面,甚至往日视为一些强盗的战记的勾当,今日已被发觉是一些颇值得重视的资料了","属于战略的所谓权谋术策,由从来之中国内乱见闻观之,确有不少相同之点"。他便是以当时的西安事变和重庆政府为例,与《水浒传》相关故事作类比,最后表明"因为这种关系,遂由搜集中国民族之生活资料为出发点,并抱着探究《水浒传》的时代相和它的社会现象之意志"[1]。全书除绪言外,共分十二章,分别从政治、思想、宗教、社会、习俗、性情、学艺、衣食住医、经济、法律、武艺、动植物等方面对《水浒传》进行全面剖析。

井坂锦江在绪言中开宗明义指出:

> 《水浒传》是中国通俗文学中的杰作。对于时代的思想风俗及其他种种社会状态,描写得很详尽,在研究中国民族上,实在是罕有的好资料。(中略)同时这部小说,不难想象是产出后世许多水浒式人物及梁山泊的生活极大之母体。(中略)因此,限于可能,虚心坦怀,渔猎本传中的资料,借为研究中国及中国人之一助。[2]

那么,《水浒传》描绘的究竟是哪一个时代的风俗? 井坂锦江认为:

---

① 井坂锦江著,孙世瀚译《水浒传新考证·序》,大连实业印书馆1942年版。
② 井坂锦江著,孙世瀚译《水浒传新考证》,大连实业印书馆1942年版,第1、7、9页。

得承认《水浒传》是用力描写北宋时代的事实,但所谓之《宣和遗事》时代到《水浒传》完成之明朝中叶,其间是历四百年的岁月,所以除政治法制的机构外,思想、社会、习俗等方面的描写,都有无意识的混淆后代的事象。另一方面,《水浒传》表现的这些思想、社会、习俗等,是中国四千年以来一直传袭的东西,也是事实。①

换言之,《水浒传》所反映的并非某一个朝代或某一段时代的情况,而是融合了至少自宋以来数百年的中国社会风貌,也就是宫崎市定所谓的"中国近世社会状态"。如井坂氏在第一章《政治》中指出,《水浒传》中"官匪之别,仅有隔一层纸之差","从前清到民国,这种事例甚多"②。有些观点颇有一针见血之感。

全书对《水浒传》中表现的思想作了最深刻的剖析:

《水浒传》中表现的思想,首先是天的思想。梁山泊首领晁盖及宋江口中常说"替天行道",他们并以此为主义和纲领,旗印上也是标榜着。③

而这种"替天行道"的内涵颇为复杂:

替天行道主义,虽然不能说就是革命,至少也是不甘心当朝的政治,拟另辟一个天地,营他们为所欲为的生活,所以究其性质

---

① 井坂锦江著,孙世瀚译《水浒传新考证》,大连实业印书馆 1942 年版,第 8 页。
② 井坂锦江著,孙世瀚译《水浒传新考证》,大连实业印书馆 1942 年版,第 22、23 页。
③ 井坂锦江著,孙世瀚译《水浒传新考证》,大连实业印书馆 1942 年版,第 25 页。

来说，还是独立的一种。虽有异心，但又没有取而代之的意思，又当他们受当朝招安时，欢喜应之。（中略）这种矛盾是中国知识阶级者共通心理，作者的头脑里，有儒教而生出来的尊王主义精神与固有之民主主义思想混杂，时而唱王道，有时也主张霸道，对这两个相反思想之矛盾，自己不悟，造成这样似是而非的心理。①

出现这种矛盾的根源在于中国特殊的国家君臣观念。在古代中国，臣民对君王和国家并不是无条件服从和牺牲的，"在国家不能尽到责任时，势非放弃国家所与的命令权不可，即国家与国民，是根据恩惠与俸禄之互相交换利益条件而成立的，换言之，就是在国家与官吏间有一种雇佣关系观念存在着"②。"从国家社会状态观之，朝廷强盛之际，以天下为循吏食俸，臣民愿意度其安稳的生活；与此相反之时代时，所谓的乱世英雄就敢作其放荡不羁的行动，他们并不认为是无理之事，反以豪快自居"，"构成其根本的，是所谓'王侯将相本无种'的社会平等思想"③。这与日本相对稳定的等级社会有很大的区别。

井坂锦江也指出了《水浒传》中的华夷思想：《水浒传》写辽国降服，并对宋纳贡，与历史上宋朝与周边民族政权的关系正好相反，"这是华夏一流的国家自尊心"，"十足地显示出华夷思想，对蛮夷下视，把他们打在藩属的地位上"④。

---

① 井坂锦江著，孙世瀚译《水浒传新考证》，大连实业印书馆 1942 年版，第 26—27 页。

② 井坂锦江著，孙世瀚译《水浒传新考证》，大连实业印书馆 1942 年版，第 33 页。

③ 井坂锦江著，孙世瀚译《水浒传新考证》，大连实业印书馆 1942 年版，第 27—29 页。

④ 井坂锦江著，孙世瀚译《水浒传新考证》，大连实业印书馆 1942 年版，第 35—36 页。

《水浒传》对中国社会和习俗的直接描写也很多,这也是井坂锦江谈论的重点问题之一。井坂氏同意日本著名汉学家服部宇之吉的观点:"中国国民是平等主义国民","士农工商可以自由移动,没有太严重的阶级分别","只有政治的差别"①。关于家族和村落制度,则是"家族结合村落","为共同防卫的团体","存在一种攻守同盟关系","婚姻等亦互相结合"②。关于亲族问题,井坂锦江与狩野直喜所见相同,认为中国社会除直系亲属以外,尚有许多复杂的关系。他也是以清风寨故事为例,说明中国古代重同姓之谊,此外,还有堂表亲、结义等关系,异常复杂。井坂锦江还对佣人、私兵、里正、恶霸、娼妓、赌场、瓦市、城镇、婚俗、葬仪、节庆、朝礼、娱乐乃至乞丐、厕所等作了考证,几乎包括了宋代以来中国社会生活的方方面面。

第四节　敦煌俗文学研究

敦煌文献的发现是 20 世纪学术界的一件大事。敦煌文献包罗万象,其中有不少属于俗文学文献,这些俗文学文献是研究中国俗文学史的重要资料,也引起了日本汉学界的关注。京都学派对此尤为关心,狩野直喜是日本学者中亲赴欧洲调查敦煌文书的第一人,他不仅带回了一些俗文学资料和学术信息,而且提出了一些重新探究中国俗文学史的观点。在狩野直喜的影响下,那波利贞、神田喜一郎等人也都先后赴欧洲调查。关于狩野直喜的敦煌俗文学研究,已在本书第四章述及,本节则将专门探讨京都学派继狩野直喜之后另一外在敦煌俗文学研究上用力最深的学者——那波利贞。

---

① 井坂锦江著,孙世瀚译《水浒传新考证》,大连实业印书馆 1942 年版,第 56 页。
② 井坂锦江著,孙世瀚译《水浒传新考证》,大连实业印书馆 1942 年版,第 57 页。

一、那波利贞与敦煌俗文学研究

在日本敦煌学史上，那波利贞是一位不该被遗忘的学者。他是为数不多的曾亲赴欧洲调查，并抄写敦煌文书达八千张打印纸的学者；他曾以半生的精力致力于敦煌文书研究，较早写出了《俗讲与变文》（《俗講と変文》）等一系列在敦煌学领域中具有独创性意义的著述；他曾在敦煌文书等长期研究的基础上，提出了不同于乃师内藤湖南"唐宋变革论"的"开元天宝变革论"。

那波利贞（1890—1970），号诚轩，生于德岛儒学世家那波家族，为那波活所（1595—1648）第十一世孙。那波活所以刊行活字本《白氏文集》闻名；其子那波木庵（1614—1683）著有《老圃堂诗集》三卷；其六世孙那波鲁堂（1727—1789）修春秋学，著有《左传标例》；那波利贞之父那波韦亦为儒者。那波韦在那波利贞 8 岁时亡故，那波利贞自幼受教于母亲。

那波氏的家学渊源及母亲的严格教育，使得那波利贞自幼就打下了很好的汉学功底，14 岁开始作汉诗，收入当地名胜宣传册中。那波利贞于 1909 年进入第三高等学校第一部乙类。三高为京都大学预备校，其与京都大学之关系，一如第一高等学校之于东京大学。1912 年7 月毕业，进入京都大学文科大学史学科，以东洋史学为专业，该专业的教授是内藤湖南、桑原隲藏。1915 年 7 月毕业，进入研究生院，研究题目为"中国文化史"。那波利贞后来回忆当初选择专业和研究方向时曾说："活所、木庵父子的文学学风，五世祖鲁堂治《春秋》《左传》的学风，使我的东洋史学研究中带有中国学色彩。"①

那波利贞 1920 年为第三高等学校讲师，1921 年为该校教授，1928

---

① 《那波利贞自撰略历》，《东洋史研究》第 12 卷第 5 号，1953 年。

年起为京都大学文学部讲师,次年为助教授。1931 年 5 月,那波利贞作为文部省在外研究员赴法国留学,1933 年 5 月,再受命往德国留学,8 月回国,主要目的是调查法国所藏敦煌文献,由此开始了敦煌文书研究。1938 年 4 月,他以《唐开元天宝变革论》(《唐の開元天宝期の交が時世の一転变期たるの考證》)一文获文学博士学位,同年为京都大学教授,担任文学部东洋史学第一讲座教授。1953 年退休,被授予名誉教授称号,同年为京都女子大学教授①。

那波利贞的研究领域以唐代社会文化史为主,特别是基于敦煌文书的中晚唐民间社会文化史研究,这是一个对研究者的综合素质要求极高的领域。众所周知,社会文化史是一个包罗万象的研究领域,涉及文学、艺术、经济、政治、民俗,乃至军事、外交、民族等几乎所有的人文社会科学学科,如果没有博闻强识的功底难以涉足这样博杂的研究领域,而那波利贞恰恰具备这样的研究条件。

深厚的家学渊源使他具备了坚实的汉学汉文学功底,以创作汉诗为例,不仅在少年时代已经崭露头角,而且成为他一生的爱好,其创作总数达一千多首,任教期间,每逢新生入学会或毕业会,他都喜欢高声吟咏自己创作的汉诗。那波利贞广博的学问,在日本近代以来研究领域逐渐细化的第二代汉学家中不太常见,这源于他极强的求知欲,而京都大学高质量的师资与课程正好满足了他的求知欲。那波氏在大学时期非常勤奋好学,几乎选修了京都大学所有的课程,大一时期每周听课达到 40 小时②,其中包括了"人类学"(足立文太郎)、

---

① 《那波利贞博士略历》,东方学会编《回忆治学之路》第 1 册,刀水书房 2000 年版,第 201 页;竺沙雅章《那波利贞先生的敦煌文书研究》(《那波利贞先生の敦煌文書研究》),收入高田时雄编《草创期的敦煌学》(《草創期の敦煌学》),知泉书店 2002 年版。

② 东方学会编《回忆治学之路》第 1 册,刀水书房 2000 年版,第 187 页。

"西洋史"(原胜郎)、"日本史"(内田银藏、三普周行)、"地理学"(小川琢治)、"考古学"(滨田耕作)、"文献学"(富冈谦藏)等日本著名汉学家的课程。

那波利贞虽是东洋史学专业,但其日后对敦煌俗文学的研究显然受到了狩野直喜的启发和影响。早在德岛中学就读时,当时有一位姓三宅的老师跟那波利贞介绍了那位鼓励自己考上三高的同乡狩野直喜,这是那波利贞对狩野直喜最初的印象。进入京都大学之后,狩野直喜对那波利贞的情况也有所了解,大概是那位三宅老师事先介绍的。那波利贞的学习习惯也和狩野直喜相似,把房门都关上,只把有书桌的那间打开,以便集中精神①。那波利贞在第三高等学校、京都大学求学时期,正是狩野直喜远赴欧洲调查敦煌文献并发表《海外通信》《中国俗文学研究的新材料》的重要学术成果之时,也正是罗振玉、王国维流寓京都,由此在京都乃至日本学界掀起敦煌学、甲骨学、戏曲等俗文学研究热潮之时。

狩野直喜的《中国俗文学研究的新材料》作为敦煌俗文学研究的第一篇论文,当给那波利贞今后的研究以直接启发;而狩野直喜远赴欧洲调查敦煌文献的创举,也成为那波利贞直接效仿的对象。当时京都大学大多都是派往德国留学,只有那波利贞为了调查敦煌文献而前往法国留学,主要研究其中的民俗资料,这是内藤湖南等以往关心敦煌文献的日本学者所未关注的。留学期间,那波利贞几乎每天白天都在图书馆查阅民俗资料,每天平均阅读约三件文书,抄写的资料多达八千张打印纸。回国之后在史学研究会作了题为《梁户考》的演讲,考证了"梁户"这个不见于日汉词典的词汇背后一段不为人知的历史。以后发表的著述如下:

---

① 东方学会编《回忆治学之路》第1册,刀水书房2000年版,第191页。

表6.4　那波利贞敦煌俗文学研究著述一览表

序号	题　　目	发表时间	原　　载
1	韩朋赋考	1934年	《历史与地理》
2	基于佛教信仰的中晚唐社邑(上)(佛教信仰に基きて組織せられたる中晚唐五代時代の社邑に就きて)(上)	1939年7月	《史林》
3	基于佛教信仰的中晚唐社邑(下)(佛教信仰に基きて組織せられたる中晚唐五代時代の社邑に就きて)(下)	1939年10月	《史林》
4	中晚唐时代俗讲僧文溆法师释疑	1939年8月	《东洋史研究》
5	晚唐有关茶的滑稽文学作品(晚唐時代の撰述と考察せられる茶に関する通俗的滑稽文学作品)	1946年3月	《史林》
6	俗讲与变文(上)	1950年1月	《佛教史学》
7	俗讲与变文(中)	1950年6月	《佛教史学》
8	俗讲与变文(下)	1950年10月	《佛教史学》
9	中晚唐五代佛教寺院变文演出方式(中晚唐五代の佛教寺院の俗講の座に於ける変文の演出方法に就きて)	1955年2月	《甲南大学文学会论集》
10	敦煌发现本《悉达太子修道因缘》解说	1958年3月	龙谷大学《西域文化研究》第一卷(法藏馆)
11	敦煌发现古写录《茶酒论》之研究(敦煌発現古写録本唐の鄉貢進士王敷撰の《茶酒論》の研究)	1958年12月	《甲南大学文学会论集》
12	变文探源	1960年6月	《樽本博士古稀纪念东洋学论丛》

　　在那波利贞之前,中日学界在敦煌俗文学研究方面已经发表不少有影响的研究成果。中国方面,如王国维的《敦煌发见唐朝之通俗诗及通俗小说》(《东方杂志》,1920年)、罗振玉的《敦煌零拾》(1924年)、刘半农的《敦煌掇琐》(上卷,1925年)。日本方面,《中国学》在同期(1927年

第 3 号)刊发了青木正儿的《关于敦煌遗书〈目连缘起〉〈大目干连冥间救母变文〉及〈降魔变押座文〉》和仓石武四郎的《〈目连变文〉介绍书后》，认为变文是最早的说唱文学。两文发表以后，引起中国学界关注，并由汪馥泉译成中文，收入《中国文学研究译丛》(北新书局 1930 年版)。

与那波利贞的研究差不多同时的还有：向达的《唐代俗讲考》(《燕京学报》1934 年 12 月)、孙楷第的《唐代俗讲轨范与其本之体裁》(《国学季刊》第 6 卷第 2 号，1936 年)、盐谷温的《关于〈茶酒论〉》(《〈茶酒論〉に就いて》，《汉学会杂志》第 2 卷第 3 号，1934 年)、武田泰淳的《关于唐代佛教文学的民众化》(《唐代佛教文学の民眾化について》，《中国文学月报》第 13 卷，1936 年)、重松俊章的《关于敦煌本〈还冤记〉残卷》(《敦煌本〈還冤記〉残卷に就いて》，《史渊》第 17 卷，1937 年)、山崎宏的《关于唐代的义邑、法社与俗讲》(《唐代の義邑、法社と俗講に就いて》，《史学集志》第 49 卷第 7 号，1938 年)等，但用力最多、研究最系统的无疑是那波利贞。

那波利贞一生笔耕不辍，发表的论文、书评计有 250 篇之多，然生前未有专著，其论文亦散见于各刊，去世后方由木村英一、田村实造等学生将其结集出版，题曰《唐代社会文化史研究》(创文社 1974 年版)。此书除博士论文《唐开元天宝变革论》外，其余基本上都是上表所列与敦煌俗文学有关的论文。

那波利贞敦煌俗文学研究的总结论是：宋以来的说唱文学的源头在中晚唐时代已经出现，与狩野直喜的"中国白话小说萌芽于唐末"的观点大体是一致的。但由于国情和学术背景的不同，中日两国学界在具体研究的侧重点和方法上有较大的不同：

　　　　日本国学的研究趋向对日本的汉学研究也有相当的影响力。以变文研究为例，日本专家的研究特点之一是比较偏向于变文的内容以及演唱方式，包括各方面的演变的来龙去脉，有时候还要和类似的日本"说话文学"作品比较，或利用"说话文学"研究的手段来研究变文，还有的时候用民俗学的手段来分析。中国学者比较侧重于把变文作为白话文学演变史的一部分来研究。（中略）日本学者并不重视文体和变文的关系，可能是因为日本研究者的前提是口头的传承介入在其间，要研究的是这个传承的内容而不是形式。①

这段出自当代日本敦煌学者的话，很好地概括了中日两国在敦煌俗文学研究方面的差异，也很好地概括了包括那波利贞在内的日本敦煌俗文学研究者的特色。诚如斯言，那波利贞的敦煌俗文学研究基本上没有"把变文作为白话文学演变史的一部分"等内部问题来研究，而是"比较偏向于变文的内容以及演唱方式"等外部问题来展开。

二、敦煌俗文学背景研究

（一）中晚唐时代俗讲的性质

何谓俗讲？那波利贞先引胡三省《资治通鉴注》中"俗讲者，又不能演空有之义，徒以悦俗，邀布施而已"的记载，但他完全不同意胡三省之说，对中晚唐时期寺院的俗讲先提出一个总看法：

中晚唐时代佛寺盛行之俗讲，即通俗说教，决非假托经纶而谭说淫秽鄙亵的极卑俗化、物质化、艺人化、民众娱乐化的行为。（中略）俗讲是以庶民大众为对象的讲经说法，为了通俗平易地讲说佛法，且为了不使听众厌倦，在讲说技巧上颇下功夫，但其目的仍在于讲经说法，而不是佛寺或僧侣为了营利的物质化行为。②

① 荒见泰史《敦煌讲唱文学写本研究》，中华书局 2010 年版，第 197—198、203 页。
② 那波利贞《唐代社会文化史研究》，创文社 1974 年版，第 395—396 页。

　　那波利贞认为,胡三省的误解在于没有还原历史语境。因为随着中晚唐以后中国社会的日趋世俗化,到宋代以后,原本以讲经说法为目的的俗讲逐渐偏离初衷,成为寺院或僧侣营利的手段,这种现象在胡三省所处的元代已经很普遍,胡氏便是以元代的情况论中晚唐时期的俗讲。其实不然,中晚唐时代的俗讲最初是按照皇帝敕命举行的,不是寺院为了营利的自发行为,这有当时日本留学僧圆仁《入唐求法巡礼行记》等文献为证。

　　那波利贞更对其中一位著名的主讲人文溆和尚的身份作了考证,以此证明中晚唐俗讲讲者都是钦定的高僧大德。唐赵璘《因话录》和圆仁《入唐求法巡礼行记》各记了一位文溆和尚,不过两者形象有天壤之别:《因话录》中的文溆是一位"假托经纶,所言无非谭说淫秽鄙亵之事"的"庸僧",而《入唐求法巡礼行记》中所记的是长安会昌寺"供奉三教讲论赐紫引驾起居大德法师",主讲《法华经》。宋王灼《碧鸡漫志》以这"两位文溆"为同一人。那波利贞认为,赵璘为唐文宗开成二年进士,在宣宗时任左补阙,与"两位文溆"都是同时代人,高僧文溆受敕命讲经一事当为他所知,而《因话录》所记庸僧文溆形象与高僧文溆完全不符。当时受敕命开讲的除文溆外,如海岸法师、体虚法师、齐高法师、光影法师等,无一不是多年修行的一世高僧,没有一位是像庸僧文溆那样的卑俗艺人出身。那波氏进而考证"两位文溆"本来就是不同的两人,俗讲高僧名为"文溆",而庸僧则是另外一位名为"文淑"的僧人。"溆""淑"音形皆似,而两位讲者的地位、开讲目的、内容虽有不同,但都是同时代著名的讲者,因此,极容易被人混为一谈。当时像庸僧文溆乃是已经演变为纯艺人,不能算在当时俗讲的范围①。当时除了钦定高僧俗讲外,尚有一类"化俗法师",但他们是为庶民大众宣讲佛法的通俗讲法者,是

①　那波利贞《唐代社会文化史研究》,创文社 1974 年版,第 397—401 页。

正规传教僧人，而不是像庸僧文淑那样的营利艺人，他们中也有成为钦定俗讲法师的①。

关于俗讲开讲的仪式，那波利贞根据法国国立图书馆藏《俗讲庄严回向文》，指出俗讲有庄严的仪式。开讲时间以春座为主，或分春秋两次，或分正月、五月、九月三次。正月开讲时间往往为一个月，自正月十五至二月十五，其余两次大体如此。根据开讲寺院之贫富、赞助之多寡及所在地区差异等因素，开讲时间有长短之别，大体而言，位于都市的富庶寺院开讲时间较长，反之则短，最短者每次仅七天②。

寺院俗讲除宣扬佛法、广化庶民外，尚具有宣誓寺院在地方的特殊权力之功能，以此又知中晚唐时代的俗讲并非卑俗化、艺人化、物质化的行为。那波氏的证据是法国国立图书馆所藏敦煌文献《四兽因缘》后接《寺院特殊权力拥护宣言文》，他认为，此《宣言文》之所以连在因缘谈之后，当是"俗讲之后，讲说因缘谈之际，向听众宣布的，但不知其形式是宣读还是讲说"③。

（二）与俗讲有关的"社"

敕命俗讲的费用由国家支出，而一般寺院的俗讲费用来源于何？费用之中最大的一项是对该寺院有所施舍的、与寺院有密切关系的所谓"社人"的招待费。所谓"社"，就是基于佛教信仰的在家信徒在寺院的指导下建立的一种组织，寺院俗讲之际，社人要对寺院进行资助，寺院则要在俗讲结束后招待他们，因此，寺院就可以从这个差额中得以余

① 那波利贞《唐代社会文化史研究》，创文社1974年版，第402页。
② 那波利贞《唐代社会文化史研究》，创文社1974年版，第402—403页。
③ 那波利贞《唐代社会文化史研究》，创文社1974年版，第418页。关于中晚唐时代寺院的特殊权力，可参见那波利贞《梁户考》，《中国佛教史学》第2卷第1、2、4号，1938年3—11月。该文主要通过对敦煌文书中"梁户"一词的考证，说明寺院对当地经济一定程度上的垄断地位。

利,而敦煌文献有很多这样的记载。

据那波利贞考证,中晚唐时代的这种"社"是从南北朝到唐初大量存在的"义邑"或"邑会"演变而来。彼时的"义邑"或"邑会",是具有共同信仰的佛教信徒将零碎施舍联合起来,举办造佛像甚至建寺院等相对大规模的活动,其成员称为"邑子""邑人",管理者称为"邑主""邑长""邑维那"等,其大者,达两三百人,一般会有三四名僧人作为信仰指导者,称为"邑师"。相比之下,中晚唐时代的"社"有一些变化:第一,中晚唐时代的"社"规模要小一些,一般只有三十人;第二,中晚唐时代的"社"分化为两种,一种仍基于佛教信仰,与前述"义邑"或"邑会"类似,另一种则超出了佛教的范围,扩大到成员之间的互相帮扶、亲睦宴会等。以后者居多;第三,中晚唐时代的"社"没有"邑师",仅有一类称为"社僧"的僧人,可能相当于"邑师",但不一定每个社都有,比较少见①。

三、敦煌俗文学研究

（一）因缘谈及其演出方式

中晚唐时代的俗讲虽非假托经纶而谭说淫秽鄙亵的极卑俗化、物质化、艺人化、民众娱乐化的行为,但其确是以知识程度相对较低的庶民大众为对象,而所讲内容又是相对高深玄奥的佛理,不仅要确保听众尽可能少地流失,甚至还要通过俗讲来扩大受众面,这就要求讲者在讲说技巧上下功夫,"因缘谈"就是一种很有效的方法。

所谓因缘谈,就是"在一段佛经讲述终了后,讲授一段与佛经有关的因果故事,然后继续讲述佛经。因缘谈既能使听众消倦解乏,又能以

---

① 那波利贞《唐代社会文化史研究》,创文社1974年版,第405—407页。按,中晚唐时代的这两种"社",与温州社会中的两种组织颇为相似:前者似家庭教会,后者似"呈会"。

生动形象的具体故事来说因果道理,确实是有助于宣扬佛理的一举两得之法。这种方法早已用于初盛唐时代的讲经活动。"①。唐苏鹗《杜阳杂编》记载:咸通十二年(871)唐懿宗"制二高座,赐(长安)新安国寺,一曰讲座,一曰唱经座,各高二丈"。其"讲座"无疑是讲经说法之座,"唱经座"从命名上看,当是唱经文之用。据那波氏考证,唐懿宗时代大安国寺的"唱经座","本来是诵经之座,同时为了呼应讲经说法的'讲座',也表演因缘谈、变相押座文等,即在'讲座'上讲完一段佛经后,'唱经座'上就演出一段因缘谈或变相押座文,然后再是'讲座'上的讲经,如此交互进行"②。宋孟元老《东京梦华录》、吴自牧《梦粱录》等都记载开封、临安都城瓦市中有专门说经、谈经、说诨经等活动,日本喜田川季庄的《守贞漫稿》中也记载江户时代有"说经座"。这里的"说经"并不是僧尼严肃的讲经说法,而是像《东京梦华录》《梦粱录》中那样的艺人表演,有时也俗称"唱经",这种流行于南北宋的说话技艺,其渊源必在"唱经座",而这种"唱经座"并非始于唐懿宗咸通年间,而是中唐初期以来的习惯,咸通十二年冬赐讲座、唱经座,当是为翌年春的俗讲做准备。

敦煌文书中有很多种与原典文字不同的因缘谈,这是因为"所见的因缘谈文本不过是纲要性的文字,讲说者不过以此为备忘之用,他们并不是逐字逐句地照本宣科,而是在讲说过程中自由增删发挥"③。那波利贞以法国国立图书馆所藏《诸经略出因缘卷》为例,通篇大体以劝孝为主旨,但其故事并非来自某一典籍,而是"诸经",如《法苑珠林》《报恩经》《杂宝藏经》等,然后摘出纲要,编成因缘谈。

那波利贞的这种研究,是典型的"日本式"研究,正如当代学者荒见

① 那波利贞《唐代社会文化史研究》,创文社1974年版,第409—410页
② 那波利贞《唐代社会文化史研究》,创文社1974年版,第456页。
③ 那波利贞《唐代社会文化史研究》,创文社1974年版,第409—410页。

泰史所指出的那样：

> 在敦煌文献上经常发现的把散文体作品摘要下来作成的较零
> 碎的写本理解为唱导时候的文本或底本的研究，在日本也不少。
> （中略）在日本佛教史研究上经常有对这种说话、唱导的底本或文
> 本的研究，因为日本还留有这种唱导底本资料。（中略）说唱文学
> 的传承过程中，不只是把原来的文献摘要成纲要底本，有时还跟着
> 实际演唱的唱和随机应变地把它改写。（中略）在变文研究上应该
> 要注意到变文是经常被改写的。①

笔者赞同上述两位学者的观点，这种"经常被改写"的"纲要底本"
在说唱文学中十分常见。以《三国志平话》为例，其中卷有这样一句：

> 却说皇叔守荆州，百姓鼓腹讴歌，言皇叔仁德也。②

这句话之前是赤壁之战后又有传言曹军南征刘备，诸葛亮安排关、
张临敌，叫赵云受计；之后是赵云按计杀败周瑜。也就是说，这句话夹
在一段完整的叙事之中，且与上下文之间并无直接的逻辑联系。这样的
安排显然是不利于情节的完整性，因此，这句话很可能是说话人插在此
处用以提示自己讲述的一种"纲要底本"，他们也许准备在此处暂时抛开
一场血战，而插入一段来描绘刘备治下的荆州。这样既可以调动听众
继续听下文的兴趣，还可以使故事冷热相间、气氛张弛有度，更可以专
门用一段来单独描绘刘备治下荆州的太平繁盛与百姓对刘备的鼓腹讴

---

① 荒见泰史《敦煌讲唱文学写本研究》，中华书局 2010 年版，第 203—205 页。

② 钟兆华《元刊全相平话五种校注》，巴蜀书社 1990 年版，第 441 页。

歌，更有利于把战前祥和的人间美景与血战中的惨绝人寰进行对比。

从初盛唐时代已有的因缘谈到了中晚唐时代更为盛行，基本上当时全国寺院俗讲都有这样的因缘谈，那么，因缘谈的演出方式究竟如何呢？

那波利贞认为："因缘谈的演出方式是最初'谭说'，以后渐有乐器伴奏的吟咏。因缘谈的文体有两种，一种是七言韵文体，一种是叙事散文体与七言韵文体交错而成。但无论哪一种，其韵文部分无疑都是吟咏的。"①敦煌变文中属于七言韵文体的，如《悉达太子修道因缘》《季布歌》等；属于散韵交错体的，如《金刚丑女缘起》《大目连缘起》等，后者的散文部分为谭说。吟咏时，与晚唐时代城市流行歌曲吟唱时一样伴有"拍弹"，当是《东京梦华录》所记宋代的"弹唱因缘"的先驱②。

（二）变相押座文

随着因缘谈由谭说演变为谭说吟咏相结合，为了给听众增添新的兴趣，逐渐出现了配图的因缘谈。那波利贞认为，这种由图画敷演而出的谭说吟咏文本，就是"变"或"变文"，如敦煌文书中的《维摩诘所说经变文》《佛本生经变文》《降魔变文》《大目连冥间救母变文》，其内容多少与佛经有关，文体则为散韵交错③。

问题是为何称之为"变"或"变文"？郑振铎认为，中国以前没有这种散韵结合的新文体，这是"随了佛教文学的翻译而输入的，重要的佛教经典，往往是以韵文散文联合起来组织成功的"④。这样看来，郑振铎认为变文最初很可能是作为书面文学而生成的，他认为"变文"名称可能来自于散韵变化。

那波利贞则认为，变文并非作为读物，乃是为俗讲演出而生成，散

---

① 那波利贞《唐代社会文化史研究》，创文社 1974 年版，第 420—421 页。
② 那波利贞《唐代社会文化史研究》，创文社 1974 年版，第 423 页。
③ 那波利贞《唐代社会文化史研究》，创文社 1974 年版，第 427 页。
④ 郑振铎《插图本中国文学史》，人民文学出版社 1957 年版，第 448 页。

韵交错为演出时增加听众兴趣的实际需要①。他指出，"变文"源于描绘佛经内容的画图，即"变相画"。"变相"在佛教语言中指"佛"或"菩萨"，佛或菩萨的本相是唯一的，即法身，但其所现之相会有种种变化，故称"变相"。"变相画"就是描绘佛菩萨现身时的状态。变相画始自东晋，后逐渐演变成兼有装饰和信仰的功能，隋唐时代寺院的壁画盛行变相画。信徒往往会对这些变相画题一些说明、讴歌、礼赞之辞，这就是"变相辞"，也就是"变相文"。但题辞的"变相文"只是中晚唐五代时期作为通俗文学的"变文"的一种材料，而不是"变文"本身或主体。后又在变相画的基础上发展出这种移动式的、配合因缘谈内容的"变相图"，而与此"变相画"相符的散韵交错的谭说吟咏的文本，就是"变相文"。

那波利贞同意郑振铎的观点，"变"是"变相"的简称，"变相文"即"变文"②，但他不同意"变相图和变相文都是固定存在"的说法。那波氏考证，变文在敦煌文献中更多地被称为"押座文"，如《维摩押座文》《降魔变押座文》。所谓押座文，就是"借讲经说法之座说变相图"，这里的变相图"不是寺院固定的壁画，而是俗讲中展现的可移动的图画，变相图和变相文原则是同一题材，图为主，文为从，后来图不存，仅见到文，故仅称'变文'"。因此，"某某变""某某变文""某某押座文"都是"某某变相押座文"的简称③。

据那波利贞所见法国国立图书馆藏敦煌文书，存在与佛经无关的变文。有些是全篇都是佛教以外的故事，如《王陵变》；有些是在佛教故事之后添加一些别的内容，如《降魔变押座文》。其第十三行以下的十三行和末尾九行的内容均与佛教无直接关系，是讴歌君王贤明，祈祷政

---

①　那波利贞《唐代社会文化史研究》，创文社 1974 年版，第 428 页。
②　那波利贞《唐代社会文化史研究》，创文社 1974 年版，第 431—436 页。
③　那波利贞《唐代社会文化史研究》，创文社 1974 年版，第 437—438 页。

治清平、百姓和睦等,这与前述《四兽因缘》后所附之《寺院特殊权力拥护宣誓文》可以互参,因此,"四兽因缘"当是"四兽因缘变相押座文"的简称。那波利贞认为,这种具有佛教以外故事的变文,其演出者当是前述圆仁《入唐求法巡礼记》所见的"化俗法师","演出时当配有变相图,其散文部分为谭说,韵文部分为引用,讴歌祝祷部分为缓缓朗诵"①。

佛教题材的变文自盛唐中叶流行以来,随着时间的推移,受众对其的兴趣逐渐变淡,于是非佛教题材的变文应运而生,成为中国俗文学的一种新生命。"非佛教题材的变文并非都出自僧侣之手,有不少是坊间为了营利目的而作的,其表演形式就像日本现代在路旁演出的'纸芝居'。"②

非佛教题材的变文大多是中国历史题材,如《王陵变》《伍子胥变》《明妃传》《舜子至孝变》《孝子董永变》等一批作品,但也有以当时的实事为题材的,可据此推测创作年代的上限。如法国国立图书馆所藏残卷《回鹘及吐谷浑劫掠沙伊两州变文》(那波利贞暂名),就是以中晚唐时代回鹘、吐谷浑等侵入沙州、伊州等唐朝边境地区的实事为题材,其中的人名、地名等都是真实存在的。为此,那波氏根据大英博物馆所藏斯坦因所得《唐代伊州尹吾军地理书残卷》及《资治通鉴》等史料,考证此次入侵发生在唐宣宗大中十、十一年(856—857),进而推测此变文作于 857 年以后。再如残卷《大唐击破回鹘变文》(那波利贞暂名),可能是前述《回鹘及吐谷浑劫掠沙伊两州变文》中的一部分,也可能是另外一种独立的变文,并考证文中的"参谋张大庆"与《唐代伊州尹吾军地理书残卷》中的张大庆为同一人,如此,则此变文亦作于晚唐时代③。

那波利贞能对变文的演出方式作出如此详尽而合乎实情的考证,

---

① 那波利贞《唐代社会文化史研究》,创文社 1974 年版,第 439—441 页。

② 纸芝居,产生于昭和初期(20 世纪 20 年代后期以后),主要以孩子为对象,是一边给孩子看画,一边讲故事的一种表演剧种,内容丰富多样。

③ 那波利贞《唐代社会文化史研究》,创文社 1974 年版,第 448—452 页。

的确得益于日本特殊的历史文化背景:

> 由于在日本宗门里留有奈良时代以来一直流传下来的各种佛
> 教仪式,还有《东京大学寺讽诵文稿》等很多唱导底本存在着,有关
> 唱导的文献上也有不少类似于敦煌讲经的有关的文献,因此日本
> 学者研究变文时经常与日本的情况作比较分析。(中略)伴图讲唱
> 活动的研究也很多,可能是因为在日本伴图讲唱活动的历史很悠
> 久,而且在日本的民俗学研究上也是一个热门话题。①

那波利贞确实是以此与日本的佛教宣教情况作类比,他曾举出江
户时代与此类似的图说佛法的熊野比丘尼为证。

---

① 荒见泰史《敦煌讲唱文学写本研究》,中华书局 2010 年版,第 205—206 页。

第七章 国际视野下的近代日本中国俗文学研究
——日本汉学与国际汉学的互动关系

近代日本的中国俗文学研究,不仅是日本汉学的重要组成部分,也是国际学术的重要一环,即日本的中国俗文学研究并不是一个孤立的学术现象,它的发生、发展始终与国际学术相联系。本章拟通过盐谷温与欧洲汉学家的交往、王国维的中国俗文学研究与日本学界的关系及以《红楼梦》研究为视角的近代东亚三国学术交流三个典型个案,试图勾勒出中国俗文学研究史上西方、日本、中国及中、日、韩东亚三国间的学术联系与互动关系。

第一节 盐谷温与欧洲汉学家的交往及其影响

盐谷温在《中国文学概论讲话》中非常重视利用西方汉学研究成果和介绍中国文学在欧洲的接受与传播情况,即作为一部日本人论述中国文学的著作,欧洲视角在书中却从未缺席,这与著者的欧洲留学经历有着密不可分的联系。三年的欧洲留学,不仅使盐谷温开阔了研究视野,还使他与当时欧洲一流的汉学家有了近距离接触的机会。对盐谷温的中国文学研究产生过较大影响的欧洲汉学家有三位：德国的葛禄博、英国的翟理斯和法国的科尔迪耶。

一、盐谷温留学欧洲的原因

1906 年 10 月 2 日，日本《读卖新闻》以"文部省留学生"为题报道了当年度官派出国留学的四名来自帝国大学、官立学校的教员，盐谷温是其中之一。据该报道登载，盐谷温当时的身份是"东京帝国大学文科大学助教授"，研究科目为"中国文学"，留学目的国为"清国"，留学年限为"四年"①。

这则报道虽见于日本著名报纸，但与实际情况仍有出入。当时，日本政府为了提高文部省留学生在外国的地位与使命感，往往在派出前有意提高留学生的职称，盐谷温就是很典型的例子。他于 1902 年东京大学本科毕业后，进入研究生院，历任早稻田大学讲师、学习院教授等，于 1906 年 7 月成为东京大学讲师，但到了同年 9 月，他就升任该校助教授，这显然是为了留学而临时破格升的。因此，《读卖新闻》报道的盐谷温身份是真实的，研究科目也是确定的，问题在于留学目的国和留学期限。

留学目的国是《读卖新闻》的误报，盐谷温原定留学目的国是德国、中国两国，按照先德国后中国的顺序进行为期各两年的留学。他于同年 10 月 30 日启程，同年 12 月 23 日抵达德国②，按照原定留学期限，他本应于 1908 年 12 月由德国转赴中国留学。但在德国留学一年半后，盐谷温即向文部省申请延长在德国的留学时间，同时缩短在中国的留

---

① 藤井省三《盐谷温》，收入江上波夫编《东洋学系谱》，大修馆书店 1994 年版，第 94 页。

② 文部省专门学务局编《文部省外国留学生表》，1908 年 6 月 3 日发行，第 4 页。转引自谭皓《近代日本对华官派留学史研究(1871—1931)》，社会科学文献出版社 2018 年版，第 237 页。

学时间,要求改为"德国三年、中国一年"①。文部省同意了他的申请,但并未缩短其在中国的留学时间,改为"德国两年半、中国两年"②,但实际又有所变动。盐谷温于 1909 年 8 月由德国转赴中国留学,定于 1912 年 8 月 1 日留学期满归国③,同月 16 日回到日本④。

总之,盐谷温自 1906 年 10 月 30 日出国至 1912 年 8 月 16 日回国,在外时长近六年,除去旅途时间,其中在德国、中国各约两年半有余,而不是原定的各两年,更不是《读卖新闻》报道的留学中国四年。关于其留学德国的目的,本书第三章已就其中两点作了说明,此处补充三点:

第一,为"德语之修养"。盐谷温毕业于第一高等学校、东京大学,第一高等学校要求学生至少学习英、德两种外语,而且用的都是英德词典,而非日英词典或日德词典;而东京大学从一开始就是模仿德国大学的建立,早期的东京大学不仅教授多德国人,连教学语言都是德语。留学德国以后,盐谷温先在慕尼黑大学专门学了一年德语,转到莱比锡大学后,也从未中断外语的学习。盐谷温认为:"今日苟欲探究学问技艺之蕴奥,有必要至少通英、法、德三国语言。语学有如武器,无精巧之武器,则很难获胜。学者非能自由运用德语,读破万卷,到底无法于学界

① 盐谷温《独国留学延期出愿理由书》,《留学生关系书类 G18》,东京大学史史料室藏,第 123—130 页。该申请书落款时间为 1908 年 4 月 30 日,收件人为当时的文部大臣牧野伸显。转引自谭皓《近代日本对华官派留学史研究(1871—1931)》,社会科学文献出版社 2018 年版,第 237—240 页。
② 文部省专门学务局编《文部省外国留学生表》,1909 年 5 月 26 日发行,第 4 页。转引自谭皓《近代日本对华官派留学史研究(1871—1931)》,社会科学文献出版社 2018 年版,第 241 页。
③ 文部省专门学务局编《文部省外国留学生表》,1913 年 7 月 25 日发行,第 39 页。转引自谭皓《近代日本对华官派留学史研究(1871—1931)》,社会科学文献出版社 2018 年版,第 246 页。
④ 藤井省三《盐谷温》,收入江上波夫编《东洋学系谱》,大修馆书店 1994 年版,第 94 页。

逐鹿中原。"①

第二,为"现代中国语学之研究"。盐谷温学习德语等外语的目的是为了研究"现代中国语学"。他认为:"欲学中国文学,应有语学为基础,而我国之汉学者,多有不通现代汉语之流弊。特别是古文与今文差异甚大,单以古文无法涵盖中国文学,需通今文之沿革。是为研究现代汉语之必要。"盐谷温在研究生院期间利用暑假赴北京游历,发现当时的中国尚缺乏专门教授汉语的机构,而教材也多出自英国人之手。与其早早赴中国学习英文教材之现代汉语,"不如他日赴柏林之东洋语学校,待中国语研究进步后,再入中国实习之"②。

第三,为"文字之研究"。盐谷温在研究中国文学之余,对文字学也有浓厚的兴趣,文字学研究不仅需要汉字资料,还需要古埃及之象形文字、古巴比伦之楔形文字等其他文字资料,当时的中国显然没有这种条件,而这正是德国具备的③。

总而言之,盐谷温留德是为学习西方汉学研究方法用以研究中国文学,而要达到这个目的并非易事,不仅要将课堂学习与实地考察相结合,还要将莱比锡大学一校与德国其他汉学机构、欧洲其他国家的汉学结合起来。这就要求盐谷温在留学期间,不仅要读德国书,更要读欧洲诸国之书;不仅要读万卷书,更要行万里路。因此,盐谷温在听大学鸿

① 盐谷温《独国留学延期出愿理由书》,《留学生关系书类 G18》,东京大学史史料室藏,第 123—130 页。转引自谭皓《近代日本对华官派留学史研究(1871—1931)》,社会科学文献出版社 2018 年版,第 239—240 页。
② 盐谷温《独国留学延期出愿理由书》,《留学生关系书类 G18》,东京大学史史料室藏,第 123—130 页。转引自谭皓《近代日本对华官派留学史研究(1871—1931)》,社会科学文献出版社 2018 年版,第 239—240 页。
③ 盐谷温《独国留学延期出愿理由书》,《留学生关系书类 G18》,东京大学史史料室藏,第 123—130 页。转引自谭皓《近代日本对华官派留学史研究(1871—1931)》,社会科学文献出版社 2018 年版,第 240 页。

儒硕学之课程、读图书馆之藏书外,还遍访博物馆、美术馆以广博见识不可;在莱比锡大学之外,还涉足德、意、奥及瑞士,并希望有更多的时间,游历他国,以巩固日后研究之基本①。延期申请获批之后,盐谷温又游历英、法等国,其间,汉学家葛禄博、翟理斯、科尔迪耶等人及其著作,在中国俗文学研究方面给了他很大的刺激与启发。

二、葛禄博和乔治·加布伦兹

德国是盐谷温留学欧洲的主要目的地,因此,德国汉学对盐谷温的影响相对较大。盐谷温在回顾这段留学经历时曾说:

> 留学德国时,读英国翟理斯、德国葛禄博之《中国文学史》,知西方学者之研究将戏曲小说置于重要位置。②

将戏曲、小说等俗文学置于中国文学的重要位置来研究,这确实是受到西方汉学的影响,但这种影响对盐谷温而言,应该是间接的。因为在盐谷温之前,日本早已出版了不少"将戏曲小说置于重要位置"的中国文学史,甚至也已经有了中国小说戏曲专史,他在留学德国之前,当早已知道"将戏曲小说置于重要位置"。那么,德国汉学对他的具体影响究竟何在呢? 对此,盐谷温的后学小野忍解释得更为具体:

> 盐谷温先生留学德国时,主要学习德国汉学方法,从乔治·加布伦兹的《汉文经纬》和葛禄博的《中国文学史》中获益良多。(中

---

① 盐谷温《独国留学延期出愿理由书》,《留学生关系书类 G18》,东京大学史史料室藏,第 123—130 页。转引自谭皓《近代日本对华官派留学史研究(1871—1931)》,社会科学文献出版社 2018 年版,第 229 页。
② 盐谷温《天马行空》,日本加除出版株式会社 1956 年版,第 91 页。

略)《中国文学概论讲话》开头"中国语的特质"一节就借鉴了德国汉学的成果,这在当时日本汉学界还是新鲜的学说。据我推测,这一节参考了葛禄博的《中国文学史》。葛著第一章即是"文学与语言文字",这是葛禄博的创见,比葛著早一年出版的翟理斯《中国文学史》未涉及此问题。①

由此可知,盐谷温受到德国汉学直接影响的主要是在研究方法方面,即引入了语言学的研究方法,这与前述盐谷温留学德国的目的是相吻合的。具体而言,主要是受到了乔治·加布伦兹和葛禄博的影响,而葛禄博又出于乔治·加布伦兹之门,两者在学术上存在较为明显的师承关系。

葛禄博②(Wilhelm Grube,1855—1908),德国著名汉学家,生于俄国圣彼得堡,1874 年至 1878 年在圣彼得堡大学求学时,师从俄国著名东方学家席夫纳③学习汉语、蒙古语、满语和藏语,毕业后升入德国莱比锡大学,师从德国著名汉学家乔治·加布伦兹,并于 1880 年获得博士学位,毕业后,他曾在莱比锡大学讲授藏语语法。1883 年,他到柏林民俗博物馆工作,同时在柏林大学兼职,讲授汉语、满语、民俗等,并于 1892 年获得"特职教授"(extraordinary professor)称号。1897 年至 1899 年间前往中国旅行④。

---

① 小野忍《盐谷先生治学的西洋方法》(《鹽谷先生の学問の西洋的方法》),《东京中国学报》第 9 号,1963 年 6 月。
② 又译作"顾路柏""葛鲁贝""顾威廉",这本是音译问题,无伤大雅,但历史上西方来华传教士或汉学家大多都有自取汉名或约定俗成的汉译名,不同的译名往往就指代不同的人物,郑锦怀通过 Wilhelm Grube 的藏书印与藏书票证明其自取汉名为"葛禄博"。参看郑锦怀《葛鲁贝还是葛禄博——〈鲁迅全集〉中的一个错误注释》,《博览群书》,2012 年第 5 期。
③ 席夫纳(Franz Anton von Schiefner,1817—1879),生于爱沙尼亚,俄国著名东方学家,曾校译藏文史籍《印度佛法源流》等。
④ 关于葛禄博的生平,参看英文版维基百科"Wilhelm Grube"条。

葛禄博以中国语言文学和民俗宗教研究而闻名于世,他的《女真语言和文字》(1896 年)、《北京民俗》(1901 年)、《中国的宗教和祭仪》(1910 年)、《中国古代宗教》(1911 年)等汉学研究著作,或开德国该领域研究之先河,或受学界一时之瞩目。而他的《中国文学史》(Geschichte der Chinesischen Litteratur)于 1902 年由莱比锡阿美朗斯出版社(Amelangs verlag)出版(1909 年再版),是德国第一部中国文学史,代表了当时德国中国文学研究的最高水平。

葛著《中国文学史》全书分为十章:文学与语言文字;孔子和古典文学;先秦诸子;老子和道家;屈原和楚辞;汉代文学;汉唐之间的文学;唐代文学;宋代文学;宋元戏剧与明清小说。该书材料非常丰富,引用了中国文学的大量译文,使读者对中国文学的发展和内容有一个相对直观的认识。

葛禄博在该书的前言中称,鉴于"读者对中国学的兴趣明显增大",书市上关于中国的书籍显著增多,"而关于中国文学和思想的作品却很少","作为中国精神生活的一个重要方面的文学至今没有得到足够的研究",乃决定"写一部通俗性的中国文学史"[1]。"各章并非均衡用力,探究文学及其思想之源流,是本书一大特色,尽管是出版于六十年前的著作,但至少在文学史方法论方面至今仍有生命力。"[2]

与葛禄博《中国文学史》相比,威廉·硕特(Wilhelm Schott,1807—1889)在半个世纪前撰写的德国最早的一部研究中国文学的著作《中国文学述稿》(1854 年)是相当不完备的。葛禄博《中国文学史》出版以后,一直是德国最权威的中国文学史专著,直到 1999 年施寒微[3]的《中国文

---

[1]　葛禄博《中国文学史·前言》,莱比锡阿美朗斯出版社 1902 年版。

[2]　小野忍《盐谷先生治学的西洋方法》,《东京中国学报》第 9 号,1963 年 6 月。

[3]　施寒微(Helwig Schmidt-Glintzer,1948—　),生于德国,1973 年获博士学位,1979 年获教授资格,1981 年起历任德国慕尼黑大学汉学教授、德国巴伐利亚国家图书馆馆长、哥廷根大学汉学教授、汉堡大学教授、德国沃尔芬比特尔奥古斯特公爵图书馆馆长等职。主要著作有《中国文学史》《墨翟著作集》《联邦德国的汉学》《古代中国》,与施舟人、顾彬并称"欧洲三大汉学家"。

学史》出版。

葛禄博不仅毕业于莱比锡大学,曾在莱比锡大学任教,而且他的《中国文学史》在莱比锡初版、再版,该书又是当时德国汉学界有关中国文学史研究的权威读本,其成为有志于中国文学研究、正在莱比锡大学留学的盐谷温的必读书并对他产生较大的影响,是理所当然之事。虽然笔者目前尚未掌握直接可资证明的材料,但盐谷温曾亲自登门拜访过葛禄博,应在情理之中:盐谷温留学莱比锡之时,翟理斯、科尔迪耶等人远在英、法,他亦能远赴拜访,何况葛禄博近在咫尺?

盐谷温在《中国文学概论讲话》第一章专门探讨汉语语言学,在章节的设计方面确实受到了葛禄博《中国文学史》的直接启发,但其内容上,则更可以追溯到葛禄博的老师乔治·加布伦兹。

乔治·加布伦兹(又译作甲柏连孜、鄂伯廉,Georg von der Gabelentz,1840—1893),德国著名语言学家、东方学家,所著《汉文经纬》一书,建立了汉语史上最早的完整的古汉语语法体系。莱比锡大学于1878 年设立汉学系,聘任乔治·加布伦兹为首位东方语言学主讲人,他由此成为德国第一位汉学教授,莱比锡大学也由此成为德国最早设立汉学系的大学①。由此可知,乔治·加布伦兹及莱比锡大学对有志于中国文学研究、正在该大学留学的盐谷温产生的影响。盐著开篇即引用乔治·加布伦兹的《汉文经纬》,指出汉语属于三大语言系统中的孤立语,其特点为单音节、孤立、有韵调,然后在此基础上分别展开。

乔治·加布伦兹并非只研究汉语语法,他还和父亲、兄长一起翻译过《金瓶梅》。这则出自葛禄博《中国文学史》的重要学术信息,看似轻描淡写,却隐藏着一段极具历史意义的故事。书中记载由德国人康

---

① 乔治·加布伦兹履历,参见苗怀明、宋楠《国外首部〈金瓶梅〉全译本的发现与探析》,《上海师范大学学报》(哲学社会科学版),2015 年第 6 期。

农·加布伦兹根据满文本翻译的全本《金瓶梅》手稿最近被发现了①。该本是《金瓶梅》的首个外文译本，完成于 1862 年至 1869 年间，于 2005 年开始陆续整理出版。译者康农·加布伦兹（Hans Conon von der Gabentz, 1807—1874）就是乔治·加布伦兹的父亲，他也是德国东方学家，曾当选为德国东方研究会会长、俄罗斯科学院院士。

乔治·加布伦兹与其兄阿尔伯特·加布伦兹也参与其中共四回的翻译工作，他又曾将该译本的第一、十三、一百回单独发表过，以至于学界误以为该译本是由乔治·加布伦兹独立完成的节译本。葛禄博师承乔治·加布伦兹，他的这一正确的记述当来自乔治·加布伦兹本人，葛氏也有可能曾亲睹该手稿。1908 年，葛禄博的学生劳费尔②在其所著《满族文学简介》中又转引葛禄博的话，再次记述了该译本。而葛禄博本人也曾翻译过《封神演义》的前四十八回。因此，乔治·加布伦兹和葛禄博对盐谷温的影响，当不仅限于语言学方面，在中国文学研究本身方面，也当给他启发。盐谷温从回国后"由语言学进而研究小说"③，"德国汉学特别是葛禄博对他这种学风的形成起到了很大的作用"④。

三、翟理斯

根据盐谷温的自述，另一位对他的中国文学史研究影响较大的欧

---

① 参见苗怀明、宋楠《国外首部〈金瓶梅〉全译本的发现与探析》，《上海师范大学学报》（哲学社会科学版），2015 年第 6 期。
② 劳费尔（Berthold Laufer, 1874—1934），美籍德国东方学家、人类学家。童年时代梦想成为戏剧家，1893 年在柏林大学师从葛禄博研究汉学，1897 年获莱比锡大学博士学位，1898 年移民美国，1901 年参加加希夫中国考察队，1901 年至 1904 年、1908 年至 1910 年多次在中国考察，1923 年参加费尔德中国考察队，对包括汉学在内的东方学有着广泛而深入的研究。
③ 盐谷温《中国文学概论讲话·自序》，大日本雄辩会 1919 年版。
④ 小野忍《盐谷先生治学的西洋方法》，《东京中国学报》第 9 号，1963 年 6 月。

洲汉学家是翟理斯。翟理斯（Herbert Allen Giles，1845—1935），英国外交官、汉学家，在华二十余年，1897 年起任剑桥大学第二任汉学教授，直至 1932 年退休。著有《汉语无师自通》《华英字典》《中国文学史》，翻译过《聊斋志异》（164 篇）等。

　　盐谷温曾先后两次拜访翟理斯。第一次是他在德国留学期间，到剑桥大学拜访翟理斯，时为 1908 年春。当时盐谷温虽然已经是东京大学助教授，但毕竟还是一个刚出道的年轻人，而翟理斯早已是一位名满天下的著名汉学家。盐谷温将自己的一篇稿子呈请翟理斯指正，翟理斯表示很有兴趣，但具体情况不详。二十多年后的 1932 年秋，盐谷温再访翟理斯。此时的盐谷温身为东京大学教授，主掌东京大学"中国语中国文学讲座"已十数年，著述等身，桃李满门。翟理斯称盐谷温为"大汉学家"，并作了一首英文诗，用汉字"翟理斯"署名，盐谷温作诗回敬。盐谷温后在美国旅行期间，收到翟理斯的贺卡，称盐谷温为"一流的汉学家"①。

　　翟理斯《中国文学史》篇幅颇大，梳理了自先秦至清朝的中国文学发展史，涉及两百余位作家及其作品，全书共 448 页，分为八章：先秦、汉朝、魏晋南北朝、唐朝、宋朝、蒙元、明朝、满清。最后三章中，他用大量篇幅介绍了中国古代小说戏曲以及各种民间通俗文学的状况。在元代文学中，翟理斯介绍了中国戏曲的起源及其发展脉络。小说方面，他认为中国小说最常见的题材有四种：军事谋略类、才子佳人类、神魔志怪类、英雄传奇类，并把《西游记》《水浒传》《三国演义》都视作元代小说。明代小说，主要介绍了《金瓶梅》《玉娇梨》《列国志》《镜花缘》《平山冷燕》《二度梅》等作品②，戏曲则主要谈《琵琶记》。清代小说重点介绍《聊斋志异》《红楼梦》，其中大部分篇幅为翻译和故事梗概。

①　盐谷温《天马行空》，日本加除出版株式会社 1956 年版，第 101—104 页。
②　翟理斯误将《镜花缘》列入明代小说。

翟氏《中国文学史》的不足之处是显而易见的,除了全书有不少疏漏讹误之处外,大体只是罗列作家作品,并附有大量对中国文学原著的翻译,尤其是《红楼梦》一项,除几句评论外,其余近30页的篇幅全都用于故事情节的译述。与其说该书是一部中国文学史,倒不如说是一部按照时间顺序排列的中国古代文学作品选译。因此,有学者认为:"翟理斯的《中国文学史》没有太大的学术价值,颇为粗杂。"①

学界大都认为翟理斯的《中国文学史》最早出版于1901年,和葛禄博的《中国文学史》(1902年)都是最早的"外国人所作之中国文学史"②。这或许是轻信翟氏在该书序言中所说的话:"在这个时候,在无论哪一种的文字里,都还没有这样的一本讲中国文学的书出现过。"③这话出自作者之口,似乎已成定论。然而,也有论者开始对这个"定论"进行反驳,认为日本学者撰写、出版的中国文学史有不少是早于翟理斯的④。那么,翟氏《中国文学史》到底是不是最早的"外国人所作之中国文学史"? 答案是否定的。

翟氏《中国文学史》作为戈斯(Edmund Gosse,1849—1928)主编的《世界文学简史》丛书第10种出版于1901年⑤,晚于最早的"外国人所

---

①　小野忍《盐谷先生治学的西洋方法》,《东京中国学报》第9号,1963年6月。

②　如《鲁迅全集》第9卷对《中国小说史略·序言》中"中国之小说自来无史,有之,则先见于外国人所作之中国文学史中"一句的注释,人民文学出版社1981年版,第4页。

③　翟理斯《中国文学史·序》,纽约阿普尔顿出版公司1901年版。

④　康文《谈鲁迅所说"外国人所作之中国文学史"——对〈鲁迅全集〉一条注释的补正》,《鲁迅研究动态》,1987年第5期。

⑤　也有不少论者认为翟理斯《中国文学史》最早出版于1897年,如谌景云摘编《唐诗在西方各国的翻译初版》,《全国新书目》,1992年第1期;郭延礼《19世纪末20世纪初东西洋〈中国文学史〉的撰写》,《中华读书报》,2001年9月19日第22版;唐宏峰《当"小说"遭遇"novel"的时候——一种新的现代性文类的兴起》,《文学评论丛刊》,2008年第2期;胡旭《〈汉文学史纲要〉之成因及其文学史意义》,《福州大学学报》(哲学社会科学版),2010年第2期等。这大概是误以为戈斯主编的《世界文学简史》丛书全都出版于1897年,其实该丛书是从1897年开始陆续出版的。

作之中国文学史"——俄国汉学家瓦西里耶夫出版于 1880 年的《中国文学史纲要》①。瓦氏该书不仅是最早的中国文学通史，也是最早将小说、戏曲与诗文并列的中国文学史。稍后日本末松谦澄的《中国古文学略史》(1882 年)是日本第一部以"中国文学史"为题的著作，但该书仅有先秦部分，实际上是一部先秦学术史，而非中国文学通史。此后的 19 世纪末 20 世纪初，日本出版了数十部中国文学史，这些文学史中有不少是断代文学史，或仅是传统意义上的"文章学"史，真正将小说、戏曲与诗文并列的第一部中国文学通史是笹川临风的《中国文学史》，出版时间为 1898 年，也早于翟氏《中国文学史》。因此，若以包含诗、文、戏曲、小说四大文体的通史为标准来看，上述"外国人所作之中国文学史"的出版顺序应为：俄国瓦西里耶夫《中国文学史纲要》(1880)→日本笹川临风《中国文学史》(1898)→英国翟理斯《中国文学史》(1901)→德国葛禄博《中国文学史》(1902)。

由于翟氏文学史近百年来多次再版，风行西方，加之所用语言的优势，使得翟氏《中国文学史》的影响力远胜于瓦西里耶夫的《中国文学史纲要》。狩野直喜、盐谷温在他们的相关著述中都曾多次提及或引用翟氏《中国文学史》，而瓦氏所著渐至湮没无闻，故误以为翟著为最早的"外国人所作之中国文学史"。

四、科尔迪耶

法国是早期欧洲汉学的先驱和重镇，甚至有"汉学是法国人创立的"这样的说法②，早在 1685 年，法王路易十四就派遣使团出使中国，

---

① 参见李明滨《世界第一部中国文学史的发现》，《北京大学学报》(哲学社会科学版)，2002 年第 1 期。瓦氏此书由南开大学阎国栋教授译成中文，并于 2013 年在圣彼得堡出版，中央编译出版社又于 2016 年出版俄汉对照本。
② 戴密微著，胡书经译《法国汉学研究史概述》，收入张西平编《欧美汉学研究的历史与现状》，大象出版社 2006 年版，第 183 页。

不少耶稣会士也随使团而来,他们成为早期法国汉学的主力,该时期也被称之为"传教士汉学"时期,在"游记汉学"和"专业汉学"之间起了重要作用①。法国汉学由此发轫,开始大量译介中国典籍,原本被中国士大夫阶层不屑一顾的小说、戏曲等俗文学作品,受到了法国人的青睐,他们不仅将这些作品翻译成法语,还涌现了大量的以"中国"为背景和题材的作品,还有一些干脆伪造中国书②。另一些汉学修养较高的传教士如马若瑟,则不仅完成了元曲《赵氏孤儿》的首个外文节译本,更开始试图用汉文模仿中国小说进行创作③。

"18 世纪法国和欧洲的'中国风''中国潮',就这样凭借耶稣会士中国报道、中国知识的传播和启蒙运动主流作家伏尔泰等的介入、推动和提升,发展成西人全面介绍中国、研究中国、认识中国、崇尚中国的文化热潮,以中国为题材的各种著作,中国小说、中国戏剧、中国游记,也趁势流行,成为 18 世纪法国和欧洲盛极一时的文化景观。"④

而盐谷温所拜访的法国汉学家亨利·科尔迪耶(又译作考狄、柯蒂埃、科尔迪埃,Henri Cordier, 1849—1925),是著名东方学杂志《通报》的创办人及首任主编。1869 年起长期在中国工作,同时开始研究汉学和东方学。先后出版《皇家亚洲学会图书目录》《东京最近世态简述》。

---

① "游记汉学""传教士汉学""专业汉学"三词借用张西平的说法,详见其《欧美汉学研究的历史与现状·序》,大象出版社 2006 年版。
② 参见郑晨《中国俗文学在法国的译介与接受》,南京大学硕士论文,2012 年。
③ 参见宋莉华《传教士汉文小说研究》,上海古籍出版社 2010 年版。
④ 钱林森《亨利·科尔迪埃与〈18 世纪法国视野里的中国〉》,亨利·科尔迪埃著,唐玉清译,钱林森校《18 世纪法国视野里的中国》,上海书店出版社 2010 年版。关于中国俗文学在法国的传播情况,另可参看郑晨《中国俗文学在法国的译介与接受》,南京大学硕士论文,2012 年;钱林森《中国文学在法国》,花城出版社 1990 年版;许光华《法国汉学史》,学苑出版社 2009 年版;后藤末雄《中国思想西渐法国》(《中国思想のフランス西渐》)改订增补版,养德社 1956 年版。据靳文翰等主编《世界历史词典》,上海辞书出版社 1985 年版,第 503 页。

1881年回到法国,任现代东方语言学院教授,1886年起又任政治科学院教授。著有《1860—1900年中国和西方列强关系史》《1857—1858年中国远征记》《1860年中国远征记》《中国通史》四卷等。编有《西人论中国书目》《西人论日本书目》①。

这样涉猎广泛、极重目录学的汉学家,他自然没有忽略中国俗文学在法国的译介与接受情况,他在其所著《18世纪法国视野里的中国》一书第六章中曾专门谈及这个问题,介绍马若瑟翻译《赵氏孤儿》,伏尔泰受到启发,完成了五幕悲剧《中国孤儿》。

《18世纪法国视野里的中国》原系作者于1908年11月20日在"铭文与纯文学学会"巴黎年会上的讲演,后由作者整理成册,并附上十余幅珍贵插图,作为法国珍奇爱好者图书于同年出版。当时盐谷温尚在欧洲,他或许就是为了去听这个讲演才赶赴巴黎的。即使并非如此,他亦能在与科尔迪耶的会谈中或科尔迪耶的书中获得中国俗文学在法国的译介情况,如盐谷温曾指出科尔迪耶的《汉籍解题》(*Bibliotheca sinica*,1878—1895)中收录了很多中国戏曲小说的欧译本②。

欧洲的中国俗文学作品翻译对盐谷温有不小的刺激,他在留学归国后的报告讲演中,曾这样表示:

> 没想到法国学者巴赞、儒莲、德尼等人翻译了中国戏曲小说,这让我吃了一惊。这毕竟是跟着中国人研修语言的结果,这是纯文学的工作。我为《西厢记》《琵琶记》等还没有适当的日译本而感

---

① 关于亨利·科尔迪埃的履历,另可详见伯希和《纪念亨利·科尔迪埃》,科尔迪埃著,唐玉清译,钱林森校《18世纪法国视野里的中国》,上海书店出版社2010年版。另,法国印象派画家居斯塔夫卡耶博特(Gustave Caillebotte,1848—1894)曾于1883年以正在工作的科尔迪耶为素材创作名画《亨利·科尔迪耶》。
② 盐谷温《中国文学概论讲话》,大日本雄辩会1919年版,第511—512页。

到汗颜。①

时隔多年,他在所著《中国文学概论讲话》中,仍提及此事:

　　西洋人夙研究元曲,如法国汉学家巴赞、儒莲之辈,前者著有
《元曲选解题》及翻译《琵琶记》等曲数种,后者翻译《西厢记》《赵氏
孤儿》《灰阑记》等曲。日本人多能训读元曲,故从来无翻译者,仅
有西村天囚之《琵琶记抄译》及金井保三、宫原民平之《西厢歌剧》
补此缺,望今后更多佳作面世。②

　　由于语言文化的差异,中国俗文学在法国乃至整个欧洲都是以译
介为主,真正研究性的论著则不多。从 1735 年杜赫德主编的《中华帝
国全志》收入马若瑟、殷宏绪的相关译本开始,直到 1909 年盐谷温离开
欧洲为止,法国出版的中国小说戏曲作品之全译、节译、选译等译本多
达上百种③,盐谷氏不过举其要者罢了。而日本人由于用汉文训读法
直接阅读原文,故长期以来没有出现日译本,盐谷温所举《琵琶记》
(1913)、《西厢记》(1914)日译本还是在他留学回国后才出现的。早在
1898 年,盐谷温的老师森槐南在和森鸥外探讨《琵琶记》的西文译本
时,就曾感慨同文之国的日本无人着意,在人情风俗语言文字皆有天壤
之别的泰西,竟然先出译本,不得不为之惊④。这或许就是盐谷温日后
主持《国译汉文大成》中的中国戏曲小说作品翻译工作的最初动机。

---

① 盐谷温《游学漫言》,《东亚研究》,1912 年 11 月。
② 盐谷温《中国文学概论讲话》,大日本雄辩会 1919 年版,第 202—203 页。
③ 郑晨详细排列了自 1735 年至 2012 年法国出版的中国小说戏曲译本,见《中国
　　俗文学在法国的译介与接受》附录二,南京大学硕士论文,2012 年。
④ 森槐南等《标新领异录·琵琶记》,《目不醉草》第 27 卷,1898 年 4 月。

第二节　王国维的中国俗文学研究
与日本汉学界之互动

王国维与近代日本学界的交往成为中日学术交流史上的一段佳话,两者的学术互动关系也成为学术史上的重要问题。在这方面用力最勤的当是日本同志社大学的钱鸥①,对王国维和日本学术联系最为紧密的两个重要人物进行了考论;黄仕忠②、张杰③、程华平④则对王国维的戏曲研究与日本的关系进行专门论述;苗怀明也有关于王国维的戏曲研究的专论⑤;此外,陈鸿祥长期从事王国维研究⑥。本节则在上述研究成果的基础上,以王国维的中国俗文学研究与日本之关系为中心展开论述。

一、王国维与日本

要讨论王国维的学术研究与日本的关系,首先就要讨论王国维与日本的关系,而王国维东渡日本无疑是两者关系的重要联结点和标志。

---

① 钱鸥先后发表了《京都时代的王国维与铃木虎雄》(《京都時代の王国維と鈴木虎雄》,《中国文学报》第 49 册,1994 年 10 月)、《青年时代的王国维与明治学术文化》(《青年時代の王国維と明治学術文化》,《日本中国文学会报》第 48 集,1996 年 12 月)、《罗振玉、王国维与明治日本学界的接触:围绕农学报、东文学社时代》(《羅振玉、王国維と明治日本学界ろの出会い:農学報、東文学社時代をめぐって》,《中国文学报》第 55 册,1997 年 10 月)等日文论文。
② 黄仕忠《日本所藏中国戏曲文献研究》,高等教育出版社 2011 年版。
③ 张杰《王国维和日本的戏曲研究家》,《杭州大学学报》,1983 年第 4 期。
④ 程华平《王国维与近代日本的中国戏曲研究》,《中华戏曲》第 34 辑,文化艺术出版社 2001 年版。
⑤ 苗怀明《从传统文人到现代学者——戏曲研究十四家》,中华书局 2013 年版。
⑥ 陈鸿祥著有《王国维年谱》(齐鲁书社 1991 年版)、《王国维全传》(人民出版社 2003 年版)等。

那么,王国维一生究竟几次东渡日本?每次东渡的具体情况及其影响又如何呢?王国维辛亥避难寓居京都,当然是他东渡日本中寓居时间最长的一次,也是影响最大的一次,但他的东渡并非仅此一次,而是五次。现将王国维历次东渡起止时间、寓居地点及东渡前后的相关情况列表如下:

表 7.1　王国维五度往返日本情况表①

次序	起止时间(公历)	地点	备　注
1	1901.2.9—1901.6.26	东京	王国维由罗振玉资助、藤田丰八安排,赴东京物理学校留学。后因病回国,在罗振玉任监督的武昌农学堂任"译教",藤田亦在同校任教。
2	1902.5.3—1902.6.12	东京京都	罗振玉任上海南洋公学东文科监督,藤田丰八任教习,王国维任"执事",赴日请"译手"。
3	1911.11—1915.4	京都	辛亥革命后流寓京都,与铃木虎雄等学者交往,因清明节送家属回国扫墓。
4	1915.5.27—1916.2.4	京都	与长子王潜明回国。
5	1917.1—1917.2.5	京都	应罗振玉之邀,在京都罗宅度岁。

由上表可知,王国维五次往返日本大体可分为两个阶段:前两次为第一阶段,主要活动地点在东京,此时他的身份主要还是一位二十多岁的青年学子,东渡日本的目的以求学为主,这一阶段可称为"东京时代";后三次为第二阶段,主要活动地点在京都,此时他已经是一位在学术上颇有成就的中年学者,寓居时间既久,其与日本学界的关系也就有别于前一阶段,呈现出互动的关系,这一阶段可称为"京都时代"。然而,王国维与日本的关系并非从他第一次东渡日本开始,还可以追溯到他于 1898 年初进入罗振玉主持的东文学社之时。王国维的"东文学社

---

① 　本表内容据陈鸿祥《王国维全传》(人民出版社 2007 年版)、《王国维年谱》(齐鲁书社 1991 年版)整理而成。

时代"约有两年半时间,其间亦曾三度进出,具体情况列表如下:

表7.2 王国维三度进出东文学社情况表①

次序	起止时间(公历)	备 注
1	1898.2—1898.7.18	在《时务报》供职,每日午后来社学习三小时日文,因足疾回乡养病。期间,东文学社因戊戌政变停办。藤田丰八任该社教习。
2	1898.12.1—1900.4	协助复办东文学社,在社学习,兼任"庶务",因赴杭州参加留学考试离社。田冈岭云来社任教习。
3	1900.6—1900.8	留学考试未果,再回学社,而后学社因庚子事变停办,回乡。

东文学社是中国较早的一所日语专门学校,但并非只教授日语,日语不过是教学内容中的一项,换言之,日语的教学是为了以日语为教学语言,即以日语教授中国学生新学知识。该校课程中既包括文学、史学、哲学等,也包括数学、物理、化学、英语等,教师则有东京大学出身的赤门文士藤田丰八、田冈岭云等人②。进入东文学社是王国维直接学习"西学""新学"的开始,而日语无疑是他学习"西学""新学"的语言媒介。入社第二年,以为那珂通世《中国通史》(原著为汉文)、桑原隲藏著《东洋史要》(樊炳清译)等作为东文学社教材的日本汉学论著作序为标志,王国维正式开始了其与日本学术的联系。此后王国维译介的大量西方论著,也大多与日本有关,"有些是在原书(指日译本)的基础上加以解释,或进行缩写的,而几乎是忠实翻译的也不少"③。

---

① 本表内容据陈鸿祥《王国维全传》(人民出版社 2007 年版)、《王国维年谱》(齐鲁书社 1991 年版)整理而成。

② 王国维《三十自序》,《教育世界》第 148 号,1907 年 5 月。

③ 钱鸥《王国维与〈教育世界〉未署名文章》,《华东师范大学学报》(哲学社会科学版),2000 年第 4 期,此文为作者日文论文《青年时代的王国维与明治学术文化》之一部分,原载《日本中国文学会报》第 48 集,1996 年 12 月。

因为有日译本在先,通过日译本转译或介绍西方论著也不足为怪,但是王国维早期有关孔子、孟子、荀子、子思等先秦诸子学说的文章,竟也都从日本学者的相关论著中译出①,这就不能不引发一些新的思考了。不惟如此,王国维在《教育世界》连载翻译的西方小说也多从日译本转译,其中有些对所据译本作了说明;有些则是因为"日本学校多假为课英语之用"②;有些虽未说明,但王国维并未学过这些作品的原著语言,极有可能是从日译本转译;而他所作的近两万字的《脱尔斯泰(托尔斯泰)传》详尽地论述了托尔斯泰的方方面面,这对于不精通俄语的王国维来说,若不借助其他语种材料,几乎是不可能完成的。事实上,王国维并未隐晦日译本在其译述过程中的作用,他在《论新学语之输入》一文中曾说:

> 数年以来,形之上学渐入于中国,而又有一日本焉,为之中间之驿骑。于是,日本所造译西语之汉文,以混混之势而侵入我国之文学界。(中略)日本之学者既先我而定之矣,则沿而用之,何不可之有?③

王国维和同时代的中国学界和学人一样,在输入日译新术语的同时,"以日本为'中间之驿骑','拿来'了他所见的日本学者的某些研

---

① 详细篇目及出处,可参见钱鸥《王国维与〈教育世界〉未署名文章》,《华东师范大学学报》(哲学社会科学版),2000 年第 4 期。

② 王国维译《姊妹花》,《教育世界》第 69—89 号,1904 年 2—12 月。

③ 王国维《论新学语之输入》,《教育世界》第 96 号,1905 年 4 月。王国维在所译的最早的一部西学论著《势力不灭论》(1900 年)中亦曾明确指出:"译语使用旧译。惟旧译名有未妥者,则用日本人译语。"该书原著者赫尔姆霍茨(1821—1894),德国物理学家、生物学家、心理学家,被后人誉为达尔文之后最伟大的科学家,他受康德哲学影响较深,被恩格斯称为"新康德主义者"。

究成果"①。

如果把进入东文学社作为王国维"志学"的起点②,那么,他从"志学"的起点开始,就和日本学术文化结下了不解之缘;后来他又在通州师范学校、江苏师范学堂与日本教习长期共事③;此后更是五次东渡,前后寓居日本凡五年,直接交往的日本学者达数十人。因此,他受日本学术的影响或与之互动,并非一时一地之事,而是贯穿在他整个学术生涯之中。故有论者认为:"王国维确实受到日本学术思想界多方面的影响,在二十几岁的王国维的自我形成中,日本的学术成果起了极大的作用。他后来开辟了国学的新领域,取得辉煌成就,但在其发轫之初却可以说曾受到日本学术许多沾溉。"④

二、《红楼梦评论》与岛村抱月的《文学概论》

王国维的学术研究兴趣和治学重点有一个较为明显的转变过程,可分为三个阶段:从1898年到上海《时务报》担任书记至1903年,为第一阶段;从1904年撰写《红楼梦评论》到1913年完成《宋元戏曲史》,为第二阶段;1913年之后由文学研究转入史学研究,为第三阶段⑤。其中,第二阶段是王国维从事文学研究的主要时期,其在文学研究方面最

① 陈鸿祥《王国维全传》,人民出版社2007年版,第239页。
② 王国维《三十自序》中有"志学以来,十有余年""十年所造""此十年间""前十年"等,他入东文学社正在此十年前。《教育世界》第148号,1907年5月。
③ 王国维于1903年3月至1904年1月在通州师范学校任教,当时有日本教习远藤民次郎等七八名。1904年秋至1906年春又在罗振玉任监督、藤田丰八任总教习的江苏师范学堂任教,当时该校中国教员仅有两三名,而日本教习有田冈岭云等七八名。
④ 钱鸥《王国维与〈教育世界〉未署名文章》,《华东师范大学学报》(哲学社会科学版),2000年第4期。
⑤ 苗怀明《从传统文人到现代学者——戏曲研究十四家》,中华书局2013年版,第14—16页。

重要的研究成果就是《红楼梦评论》和《宋元戏曲史》,而这两种著作所论恰为中国俗文学中的小说和戏曲,又与日本的相关研究有着千丝万缕的联系。

先说《红楼梦评论》。该文发表于《教育世界》(第 76、77、78、80、81 号,1904 年 6—8 月),是中国《红楼梦》研究的第一篇现代学术论文,"开启了近代中国文学批评的先河"①,其意义早已为学界所知,此不赘述。然而也有不少论者指出该文存在的某些缺陷,认为该文拿叔本华哲学"硬扣"在《红楼梦》上②。而有些论者则更进一步,认为王国维"所表现的有些文学批评的重要观念,其形成之因素实在乃是以他个人的性格为主","对于西方哲学并无深刻而系统之研究,其喜叔本华之说而受其影响乃自然直巧合","对叔本华哲学的接受乃是全凭他主观的喜好,往往强调叔氏的某些观点而排斥其他"③。也就是说,王国维对叔本华哲学的了解是有限的,他所说的《红楼梦评论》"全在叔氏之立脚地"④,也可能是立不住脚的。

平心而论,王国维撰写《红楼梦评论》的前后一年左右时间,"皆与叔本华之书为伴侣之时代也"⑤,期间他还曾题过《叔本华像赞》⑥,但也要注意到,王国维"所尤惬心者,则在叔本华之知识论"⑦,他在《红楼梦评论》确实也提及"知识",但这并不是全篇的"立脚地"。我们在不否认王国维亲读叔本华之书的同时,也可以对他究竟对叔本华哲学了解

---

① 陈鸿祥《王国维全传》,人民出版社 2003 年版,第 145 页。
② 李长之《王国维文艺批评著作批判》,《文学季刊》创刊号,1934 年 1 月。
③ 叶嘉莹《王国维及其文学批评》及文中所引缪钺《王静安与叔本华》、美国史密斯《王国维的早期思想》等文,河北教育出版社 1997 年版。
④ 王国维《三十自序》,《教育世界》第 148 号,1907 年 5 月。
⑤ 王国维《三十自序》,《教育世界》第 148 号,1907 年 5 月。
⑥ 王国维《叔本华像赞》,《教育世界》第 77 号,1904 年 6 月。
⑦ 王国维《三十自序》,《教育世界》第 148 号,1907 年 5 月。

到什么程度及他是通过何种方式了解叔本华等问题重新加以探讨。

有论者发现:"当王国维沉醉于'叔氏之书'的时候,有一个有趣的现象是,中国留日学生,或者受过来华日本教员影响的青年学子,喜好叔本华以及尼采哲学,殆成一时之风气,而不限于王国维一人。"①那么,"喜好叔本华以及尼采哲学"的为什么不是留德学生或读过叔本华、尼采之书对西方哲学有研究的青年学子,而是"留日学生"或"受过来华日本教员影响的青年学子"?原因大概只有一个,即这些"喜好叔本华以及尼采哲学"的青年学子大体上是通过留学日本或从日本教员那里获得关于叔本华以及尼采哲学的知识,而王国维既是"留日学生",又是"受过来华日本教员影响的青年学子",日本对他的影响也就不言而喻了。

具体到《红楼梦评论》,全文共分五章,如将第一章《人生及美术之概观》视作全篇的"立脚地",那么,这个"立脚地"不在叔本华哲学,而在日本人岛村抱月的《文学概论》②。王国维《红楼梦评论》第一章《人生及美术之概观》中有关文学与生活之关系的论述,即来自于《文学概论》第六章《文学与生活》。因岛村氏之书尚无中译本,学界知之者不多,为便于对照,故将其译出,以作证明。

先看两者关于生活、欲、利害等问题的认识。他们同样都认为人们在现实生活所见的只是与自己利害相关的一部分而已,文字虽有不同,大意基本相同。王国维说:

> 吾人生活之性质既如斯矣,故吾人之知识遂无往而不与生活之欲相关系,即与吾人之利害相关系。就其实而言之,则知识者固生于此欲,而示此欲以我与外界之关系,使之趋利而避害者也。常

---

① 陈鸿祥《王国维全传》,人民出版社 2003 年版,第 130 页。
② 《文学概论》是岛村抱月在早稻田大学的授课讲义,后由该校出版部出版,约在 1900 年前后。

人之知识，止知我与物之关系，易言以明之。止知物之与我相关系者，而于此物中又不过知其与我相关系之部分而已。①

岛村抱月则说：

　　所谓生活，即日常之感觉、思想、情意等诸活动，以人生之现实行为解之，即为一切保存或扩张自己之目的而成就之、守护之。然其眼界所至，只能与此一部分相关者。而欲成就自己之所欲，其活动每以与自己利害关系为准则来判定痛苦或快乐之价值，即有利则快，有害则苦。生活无外乎此。②

然后提出"超然于利害之外"的解决方法。王国维谓之曰"美术"，而岛村抱月谓之曰"艺术""文学艺术"，其所指内容并无大异。王国维写道：

　　兹有一物焉，使吾人超然于利害之外而忘物与我之关系，此时也，吾人之心无希望，无恐怖，非复欲之我，而但知之我也。（中略）然则非美术何足以当之乎！夫自然界之物，无不与吾人有利害之关系，纵非直接，亦必间接相关系者也，苟吾人而能忘物与我之关系而观物，则大自然界之山明水媚、鸟飞花落，固无往而非华胥之国，极乐之土也。岂独自然界而已，人类之言语动作，悲欢啼笑，孰非美之对象乎？然此，物既与吾人有利害之关系，而吾人欲强离其关系而观之，自非天才，岂易及此！于是天才者出，以其所观于自然人生中者复现之于美术中，而使中智以下之人，亦因其物之与己

---

① 王国维《红楼梦评论》，《教育世界》，1904 年 6—8 月。
② 岛村抱月《文学概论》，早稻田大学出版部藏版，第 19—20 页。

无关系而超然于利害之外。(中略)而艺术之美所以优于自然之美者,全存于使人易忘物我之关系也。惟美术之特质,贵具体而不贵抽象,于是举人类全体之性质,置诸个人之名字之下。(中略)善于观物者,能就个人之事实而发见人类全体之性质。今对人类之全体而必规规焉求个人以实之,人之知力相越,岂不远哉?(中略)凡人生中足以使人悲者,于美术中则吾人乐而观之。①

岛村抱月则说:

　　而艺术活动则与利害感、苦乐感保持距离,而非顽固执着,此即支配康德以来几多思想家之所谓"无关心、没利害"思想之代表。形成之过程,即由我及彼的同情转移。自己利害意识减退,代之以人类共同之利害感情。文学艺术必是由"自己"转化第三者之过程,将原来现实生活中痛切之喜怒哀乐之感寄托于艺术,此即艺术发生之动机,即展现自己之本能,具有疏通其情绪之慰藉作用。然艺术有其深远性与必然性,再进一步,其所展现之情绪传到第三者,彼将据自己之经验而共鸣。艺术之消极一面,即离个人之情绪,局部之快乐,而其积极之一面也正在于跳出现实生活,远离执着烦恼,给人以观照之态度。现实生活中所不能之事,却在艺术世界中实现,达到所谓"生"之境界,出现不可思议之快感,由局部种种悲喜情况的我,变成包含内心诸观念诸情意之活动即天地一切之我,体会到了"生"的意义,也就体会到了生活。至此,艺术活动完成了异于现实生活的条件。体会到脱出局部之我到达全我的生的意义与价值,艺术与生活实质区别就在这一线之间。②

---

①　王国维《红楼梦评论》,《教育世界》,1904 年 6—8 月。

②　岛村抱月《文学概论》,早稻田大学出版部藏版,第 20—23 页。

上述引文中,两者都详细论述了文学如何使人脱离局部之束缚、个人之欲望从而达到"忘物我之关系",体会到"全我的生的意义与价值",这其实就进入了另一个问题:文学之于人的意义,也即文学之目的的问题。岛村抱月对此有简明扼要的回答:

> 文学之目的如何? 曰:生。不止于文学,一切艺术之极致皆为此也。①

相对于岛村抱月开门见山式的设问句,王国维则采用了陈述句的表达方式:

> 美术之务在描写人生之苦痛于其解脱之道,而使吾侪冯生之徒于此桎梏之世界中,离此生活之欲之争斗,而得其暂时之平和。此一切美术之目的也。②

在撰写《红楼梦评论》的同时,王国维在另一篇文章中也表达了文学之于"国民"的意义远超于政治:

> 生百政治家,不如生一大文学家。何则? 政治家与国民以物质上之利益,而文学家与以精神上之利益。夫精神之于物质,二者孰重? 且物质上之利益,一时的也;精神上之利益,永久的也。(中略)(文学)诚与国民以精神上之慰藉,而国民之所恃以为生命者。③

---

① 岛村抱月《文学概论》,早稻田大学出版部藏版,第16页。
② 王国维《红楼梦评论》,《教育世界》,1904年6—8月。
③ 王国维《教育偶感》四则之四,《教育世界》第81号,1904年8月。

又说：

> 呜呼！活国民之思潮，新邦家之命运者，其文学乎！①

两者都认为正因为人类之苦痛源于人类有欲望，世上之所以有文学（美术），其目的就是为了使人脱离苦痛，"得其暂时之平和"，就是岛村抱月所称的"生"，这才是王国维《红楼梦评论》真正的"立脚地"。而王国维有关《红楼梦》悲剧的认识也能在岛村抱月的相关论述中找到相似之处，《文学概论》在论述文学与情的关系时提出"三段境说"，而第三段境与《红楼梦》悲剧极为吻合：

> 第一段境之情，乃是直接的反应，可谓之"我的"；第二段境之情，乃有批判的态度，谓之"半我的"；第三段境之情，乃是审美的同情，即生"他者"全离"我"而去之同情，感到妻儿零落、潦倒不堪、心中无限之悲哀，此悲哀之情直击作为傍观者的我等胸中，物来情往，主客合一。②

既然《红楼梦评论》与岛村抱月的著述有如此密切的关系，就不得不探讨王国维参考岛村氏之书的可能性了。据现有资料，虽未见王国维译介岛村抱月的著述或学说，但他仍有可能看到过岛村之书，其途径有如下两种：第一，由田冈岭云、藤田丰八等人处间接看到；第二，由他从日本直接带回。

先看第一种。王国维接触到康德、叔本华哲学最早是在田冈岭云"文集中有引汗德、叔本华之哲学者"，之前，王国维因"文字暌隔，自以为

---

① 王国维《格代（歌德）希尔列尔（席勒）合传》，《教育世界》第 70 号，1904 年 3 月。
② 岛村抱月《文学概论》，早稻田大学出版部藏版，第 14 页。

终身无读二氏之书之日"①。因此,他最初所读的康德、叔本华哲学,应是通过田冈岭云的文集,而不是康德、叔本华的哲学原著②,时尚在进入东文学社之初。而王国维撰写《红楼梦评论》时,正是他从日本留学回来后,进入"独学"时代,"始决从事于哲学,而此时为余读书之指导者,亦藤田君也"③,而作为他"从事于哲学"的第一篇论文《哲学辨惑》也参考了日本的相关成果④,虽未说明资料来源,但大体与"指导者"藤田丰八有关。

藤田丰八、田冈岭云两人都毕业于东京大学汉学科哲学专业,却又都成为近代日本从事中国(俗)文学的先驱者,早在来华之前就通过撰写中国文学史、设立东亚学院等,在当时的日本汉学界掀起了一阵汉学研究的热潮。特别是藤田丰八,他不仅打算撰写一部四卷本的《中国文学史》,还组织赤门文士撰写二十卷本的《中国文学大纲》,并且继森槐南之后在东京专门学校讲授中国文学,而岛村抱月正是继藤田丰八来华以后在东京专门学校的继任者。晚清新学兴起以来,新式学校直接引用或翻译日本教材是普遍现象,作为以日语为教学语言的东文学社当然更是如此,藤田丰八在东文学社任教期间曾多次回国度假,他将自己曾经任教过的东京专门学校的相关讲义带到上海作为教材或参考资料,是极有可能的⑤。

---

① 王国维《三十自序》,《教育世界》第 148 号,1907 年 5 月。
② 王国维在撰写《红楼梦评论》之前,曾写过一篇《孔子之美育主义》(《教育世界》第 69 号,1904 年 2 月),其中关于康德、叔本华哲学的引文和论述,可见于田冈岭云的相关著述。参见须川照一《王国维与田冈岭云》,收入《王国维学术研究论集》第 3 辑,华东师范大学出版社 1990 年版。
③ 王国维《三十自序》,《教育世界》第 148 号,1907 年 5 月。
④ 王国维在《哲学辨惑》(《教育世界》第 55 号,1903 年 7 月)中称:"夫哲学者,犹中国所谓'理学'云尔。(中略)哲学之语,实自日本始。日本称'自然科学'曰'理学',故不译'费禄琐非亚'曰'理学',而译曰'哲学'。"
⑤ 藤田丰八离开东京专门学校来华以后,当与该校继续保持联系,并于 1923 年再次执教。

　　而第二种情况,即王国维自己从日本带回的可能性也很大。《红楼梦评论》发表之前,王国维曾两次东渡,当时岛村抱月正在东京专门学校执教。王国维在藤田丰八事先安排下,进入东京物理学校,因为该校当时还只是一所夜校,故王国维"昼习英文,夜至物理学校习数学"①,至于他白天在何处又是如何"习英文"的,没有明说。王国维此前曾参加官派留学考试未果,故此次留日乃是出于罗振玉的资助②,在这种情况下,王国维留日不会只是为了来读一个夜校,他必然利用"昼习英文"的机会学习其他知识。东京专门学校是当时东京最大的私立学校,又是藤田丰八曾经执教的地方。而坪内逍遥主持的文学科更是以英语文学和中国文学闻名,该校除招收正式在校生外,还发行校外讲义,又与东京物理学校近在咫尺③。因此,王国维无论是亲自到校还是通过校外讲义,都极有可能看到岛村抱月的著述。再从王国维译介日本著述的情况来看,有不少都是东京专门学校(早稻田大学)的讲义,如桑木严翼的《哲学史要》、立花铣三郎的《教育学》、远藤隆吉的《中国哲学史》等。王国维在《红楼梦评论》中以小说戏曲为例进行论证,恐怕也与当时日本掀起的中国小说戏曲研究热潮不无关系。王国维"留东京四五月而病作,遂以是夏归国"④,他本打算回乡病愈后再回东京,但应罗振玉之邀,去了武昌农学堂。

三、王国维的戏曲研究与日本学界之互动关系

　　相比于《红楼梦评论》,王国维的戏曲研究与日本学界的互动关系

---

① 王国维《三十自序》,《教育世界》第 148 号,1907 年 5 月。
② 王国维《三十自序》,《教育世界》第 148 号,1907 年 5 月。
③ 据笔者在日本的调查,当时位于神乐坂町的东京物理学校(东京理科大学前身),距位于早稻田町的东京专门学校,步行约 30 分钟。
④ 王国维《三十自序》,《教育世界》第 148 号,1907 年 5 月。

更为明显。所谓互动关系,即指双方存在互相影响、合作乃至竞争的关系。大体而言,以《宋元戏曲史》成书为界,此前,主要是王国维受日本学界的影响,而此后,王国维对日本学界的影响更为明显。

王国维研究戏曲的动因,除了他本人说的"因词之成功"和"中国文学之最不振者,莫戏曲若"外①,"当时北京地区浓厚的戏曲氛围也会在一定程度上对他产生影响,激发其进行探讨的兴趣"②,许多稀见的戏曲文献都是他在北京获见的,其戏曲研究的重要论著也大多成书于北京。但除此以外,日本学者的影响也不容忽视。

日本学者中对王国维产生最大最直接影响的,莫如藤田丰八。王国维对藤田丰八执弟子礼,自称"受业王国维",他的"哲学—文学—史学"的学术兴趣转移路线也与藤田丰八极为相似。1916 年 4 月 6 日,藤田丰八致王国维函称:"剧曲脚色如旦如末,弟想可以梵言解之,不日发表问世。阁下有别所见否?"③据此函内容,应为回复王国维来函,可惜此来函已不可见,藤田氏"不日发表问世"的"以梵言解之"的关于剧曲脚色的论文亦不可见。但要注意的是,此时他们两人的主要兴趣都已不在文学,距王国维完成《古剧脚色考》也已将近五年,但两人却仍通信研讨戏曲问题,可以推测两人的学术交往中,戏曲一直是讨论的话题之一,而这很可能就要追溯到藤田丰八初到东文学社之时,详见本书第三章第一节。

---

① 王国维《三十自序》,《教育世界》第 152 号,1907 年 7 月。
② 苗怀明并指出:"这时期正是京剧发展成熟并达到鼎盛的重要时期,名家辈出,演出频繁,上至皇帝后妃,下至平民百姓,无不迷恋,达到举城若狂的程度。"见所著《从传统文人到现代学者——戏曲研究十四家》,中华书局 2013 年版,第 14—16 页。
③ 藤田丰八致王国维函,收入马奔腾辑注《王国维未刊来往书信集》,清华大学出版社 2010 年版,第 65 页。此函未署年份,但从信中提到王国维在仓圣明智大学编纂《学术丛编》来看,当写于 1916 年。

藤田丰八自 1897 年来华,次年便与罗振玉合作创办东文学社,王国维也于当年入社就学,而王国维赴日留学、避难,都是藤田丰八介绍安排。王国维受藤田丰八的指导或影响是长期的、多方面的,戏曲研究当是其中不能忽视的一方面。

此外,在上海时期,还有一位日本学者值得注意,他就是热心于中国戏曲小说研究的宫崎繁吉。宫崎繁吉应梁启超之邀到上海参与《时务报》编辑,而王国维稍后也在该报社供职。宫崎繁吉与同样致力于中国戏曲研究的久保天随有交往,并与在东文学社任教的田冈岭云相识,王国维极有可能通过田冈岭云的介绍或之前就认识宫崎繁吉。

宫崎繁吉回国后任早稻田大学讲师,出版讲义录《中国近世文学史》《中国戏曲小说文钞释》及续编,他的《清代传奇及杂剧》一文曾被译成中文,刊于《月月小说》(第 14 号,1908 年 3 月)。宫崎繁吉在早稻田大学主讲的课程内容明确、特色鲜明,即以小说、戏曲为主的中国俗文学。《中国近世文学史》是继笹川临风《中国小说戏曲小史》后以中国俗文学为重点的专史,以讲述金元以来的小说、戏曲为主,但在第一编第四章也以一节的篇幅简述了元以前的小说戏曲发展史。他著此书,是因为"中国之文学,当然属小说戏曲。其建国已久,文学由来已古,然小说、戏曲至近世始发展。以前因儒教之势力,以躬行实践为主旨,自政治宗教以至于文学,无不如此。不适于实际日用之小说戏曲,遂为人间无用之文、海淫唱乱之书,一遭排斥。(中略)本书便为近世疏漏之小说戏曲吐气,详说其体裁、角色、传本、诸评等"①。王国维所称的"吾中国文学之最不振者莫戏曲若"的观点,与此极为相似,即他们从事戏曲研究的目的,都是为了振兴戏曲,为不振之戏曲吐气。

流亡日本之前,与王国维有直接接触并就戏曲研究展开讨论的日

---

① 三浦叶《明治时代的汉学》,汲古书院 1998 年版,第 299—300 页。

本学者还有狩野直喜。狩野直喜留学上海时，就从同学藤田丰八处听说了"头脑极明晰，且擅长日本文，英语也很不错"的王国维①，可惜当时没有见面，后来又通过在通州师范学校任教的友人知道王国维也在那里任教，不过，两人正式见面要到 1910 年。当时狩野直喜、内藤湖南等人为调查敦煌文献到北京，方通过藤田丰八的介绍，与在学部图书馆、京师大学堂农科任职的王国维相见。

狩野直喜此时已是京都大学"中国语中国文学讲座"教授，1910 年又是京都大学中国戏曲研究史上极为重要的一年，狩野直喜开始在文学科开设"中国戏曲及小说"专门课程，这是日本帝国大学中第一次开设系统性的中国戏曲小说课程；他也于本年开始发表有关中国戏曲的论文，如《关于〈琵琶行〉题材的中国戏曲》、《〈水浒传〉与中国戏曲》、《元曲的由来与白朴〈梧桐雨〉》等；他还在成立于 1907 年的京都大学中国学会上先后发表题为《中国戏曲之起源》《〈琵琶行〉题材的元剧》的演讲。

关于和王国维研讨戏曲的情况，狩野直喜回忆道：

> （我）听了他关于元杂剧研究的一些想法，觉得非常有见地。当时《大阪朝日新闻》正计划南极探险的活动，为整个社会所注目。小川（琢治）博士每一次与每个会面的中国人都谈论南极北极的话题，而我则跟王君始终畅谈中国戏曲中的南曲北曲问题。②

---

① 狩野直喜《回忆王静安君》，原载《艺文》1927 年第 8 号。此据王萌译，郭海良审订，收入谢维扬、房鑫亮主编《王国维全集》第 20 卷，浙江教育出版社、广东教育出版社 2010 年版，第 369 页。

② 狩野直喜《回忆王静安君》，原载《艺文》1927 年第 8 号。此据王萌译，郭海良审订，收入谢维扬、房鑫亮主编《王国维全集》第 20 卷，浙江教育出版社、广东教育出版社 2010 年版，第 370—371 页。

　　王国维与日本学者更为直接的互动,当在他流亡日本寓居京都之后。由于狩野直喜的系列活动给京都大学中国戏曲教学与研究客观上造成了相当大的声势,戏曲研究一时成为京都大学中国学的显学,而盐谷温认为,王国维寓居京都更使日本"学界大受刺激,自狩野君山博士起,久保天随学士、铃木豹轩学士、西村天囚居士、亡友金井保三君等,皆于斯学造诣极深,或研究曲学,或译介名作,呈万马齐喑之势"①。在这种情况下,王国维直接接触到日本的戏曲研究成果也就更加自然了。王国维戏曲研究的扛鼎之作,就是寓居京都时期完成的《宋元戏曲史》,他此前从事研究已历时四五年,但既没有为戏曲作史,也没有表达过类似的研究计划,为何到了日本才撰此书?

　　中国戏曲和小说一样"自来无史,有之,则先见于外国人所作之中国文学史中"②,王国维在戏曲文献研究的大量前期工作的基础上,最后用史的体系完成《宋元戏曲史》,当与日本此前呈现的各种戏曲史研究有关。早在 1891 年 3 月 14 日,森槐南在东京文学会上,以《中国戏曲一斑》为题做演讲,稍后《报知新闻》以《中国戏曲之沿革》为题概述了演讲内容。这是日本第一个关于中国戏曲的专题演讲,也是森槐南第一次梳理中国戏曲的发展脉络,虽未冠以"史"名,实际上即是一篇简要的中国戏曲发展史。森槐南后来在此基础上进一步扩充成《作诗法讲话》和《词曲概论》中有关戏曲史的部分,其与《中国小说讲话》等文一起,构成了森槐南最初的中国小说戏曲史体系。1894 年 4 月,京都汉文书院发行的《中国学》讲义中又有《戏曲史》《小说史》,既是作为"中国学"讲义,那么这里的小说史、戏曲史无疑都是指中国小说史、中国戏曲史,这当是日本正式出版的最早的中国小说史、戏曲史。只可惜这两种

---

① 盐谷温《中国文学概论讲话》,大日本雄辩会 1919 年版,第 166 页。
② 鲁迅《中国小说史略·序言》,北新书局 1927 年版。

讲义如今知之者不多,笔者亦未见到原书,无法判断其对后来的戏曲史著作产生多大的影响。

森槐南以外致力于戏曲史研究的当属笹川临风。笹川临风始从事中国俗文学研究虽晚于森槐南,但他也和森槐南一样,夺得了日本中国俗文学研究史上的多个第一:他的《中国小说戏曲小史》(东华堂1897年版)是第一部中国小说戏曲专史;《中国文学史》(博文馆1898年版)是第一部把戏曲小说和诗文并列的中国文学史。他为《中国文学大纲》丛书编写的《汤临川》一卷,不仅有汤临川专题研究,还用半数的篇幅叙述中国古代戏曲发展史。后来久保天随的《中国文学史》、宫崎繁吉的《中国近世文学史》等多种文学史著作都仿笹川临风《中国文学史》的体例,为小说戏曲列专章,若将其中的戏曲部分抽出来,也就是一部戏曲史。换言之,在王国维寓居京都以前,日本已有了多种戏曲史或为戏曲作史的中国文学史。

再看具体观点。如王国维《宋元戏曲史》开篇中提出的著名观点:

> 凡一代有一代之文学,楚之骚,汉之赋,六代之骈语,唐之诗,宋之词,元之曲,皆所谓一代之文学,而后世莫能继焉者也。①

将元曲与楚辞汉赋、唐诗宋词并列,在今天看来早已成为人所共知的文学常识,但在那个"中国文学之最不振者,莫戏曲若"的时代,将元曲与诗文并列可谓骇人听闻。当然,前已述及,最早从文学史的角度将两者并列的并不是王国维,同样,王国维这一著名观点,也能在日本学者的著述中找到根据。早在1895年,日本"系统介绍元人杂剧之第一

---

① 王国维《宋元戏曲史》,《王国维文学论著三种》,商务印书馆2009年版,第57页。

人"的幸田露伴就发表了《元杂剧》长文①,他也在开篇就明确指出:

> 若论中国文学,文必称秦汉,诗必称盛唐,词必称两宋,非秦汉唐宋以外无文章诗词,乃因文章诗词必于特定之时代发达繁荣、大放光彩,故称其时代也,剧于元代亦如此。(中略)元代忽然发达繁荣之剧,实夺后世之光辉,故称剧者,必于前冠以"元"字。秦汉乃文章之源泉,唐宋乃诗词之标的,元代即戏曲之祖先也。②

王国维则在此基础上,将其概括为"一代有一代之文学",其观点与幸田露伴基本相同。王国维接着又说明欲研究元曲而又不能止于元曲,必须追本溯源的原因:

> 往者读元人杂剧而善之,以为能道人情,状物态,词采俊拔而出乎自然,盖古所未有,而后人所不能仿佛也。辄思究其渊源,明其变化之迹,以为非求诸唐宋辽金之文学弗能得也。③

王国维的这段话,尤其是"非求诸唐宋辽金之文学弗能得"的观点,也可以从前述宫崎繁吉的《中国近世文学史》中找到完全相同的对应点:

> 至元代则有称得上千古未曾有之小说戏曲之发达,在中国文学史上的大放异彩,固须特笔大书也,欲知元明清之文学,必先知元代文学之由来,元代文学一出于宋,一出于金,故需明宋金之文

---

① 黄仕忠《日本所藏中国戏曲文献研究》,高等教育出版社 2011 年版,第 14 页。
② 幸田露伴《元杂剧》,《太阳》,1895 年 1、6、9 月,收入《露伴丛书》,博文馆 1902 年版,第 1739 页。
③ 王国维《宋元戏曲史》,《王国维文学论著三种》,商务印书馆 2009 年版,第 57 页。

学,前人于唐宋以前述之已详,于金元甚为疏漏,本书的目的是为近世文学吐气,故自金代文学始。①

从上引文字来看,王国维极有可能是在之前的研究及大量的文献工作基础上,将日本学者的著述中的观点整合、概括成更为精炼的观点。以上是王国维撰写《宋元戏曲史》的纲领性文字,既明确了为何要为戏曲作史,又说明了戏曲史为何不自元始而自唐前始的原因,对全书的指导性意义不言而喻。

王国维对元杂剧的评价很高,也倾注了更多的精力,而对于南戏的研究则相对薄弱一些,但日本学者森槐南则在这方面用力颇多。森槐南遗著《作诗法讲话》(1911 年)第五章为"词曲及杂剧传奇",遗稿《词曲概论》(《诗苑》,1912—1914 年)共十六章,后六章为曲论:词曲之分歧、乐律之推移、俳优扮演之渐、元曲杂剧考、南曲考、清朝之传奇②。其中,《南曲考》是日本第一篇南戏专论,约占《词曲概论》全文的一半,篇幅远多于王国维《宋元戏曲史》的相关部分。

森槐南是第一位明确提出"南戏源于南宋温州"的学者,早于王国维在《宋元戏曲史》中提出的相同观点。王国维也认为"南戏之渊源于宋,殆无可疑","南戏当出于南宋之戏文,与宋杂剧无涉,唯其与温州相关系,则不可诬也","宋元戏文大都出于温州,然则叶氏永嘉始作之言,祝氏温州杂剧之说,其或可信矣","《录鬼簿》(中略)以'南曲戏文'四字连称,则南戏出于宋末之戏文,固昭昭矣"③。

---

① 宫崎繁吉《中国近世文学史》,早稻田大学出版部 1905 年版,第 3 页。
② 此六章已由黄仕忠译成中文,以《戏曲概论》为题分两次刊于《文化遗产》,2011 年第 1、2 期。
③ 王国维《宋元戏曲史》,《王国维文学论著三种》,商务印书馆 2009 年版,第 172、179、180 页。

除南戏通论以外,森槐南还对《琵琶记》有过较为全面的考论,在《标新领异录·琵琶记》(《目不醉草》第 27 卷,1898 年 4 月 17 日)一文中,主要考论《琵琶记》的作者及创作动机、作品风格、版本及译本等几个方面,这些都是王国维所未言及的。森槐南的考论,材料丰富、论证严密,其关于作者及创作动机的考论尤使人信服,已被后来的多数学者所认同。有论者认为该文对王国维《宋元戏曲史》之论《琵琶记》颇有影响,王国维"所引材料大多与森槐南相似,而森槐南详论之陆放翁诗'满村听说蔡中郎',王国维仅一语带过,恐正是彼已述者,此则略之耳"①。铃木虎雄曾将新近出版的《槐南集》赠与王国维,事在《宋元戏曲史》成书之前②。因此,王国维关注森槐南及其戏曲研究并酌情参考,也在情理之中。

另一方面,王国维寓居京都也成了促进日本中国戏曲研究的重要契机。日本学者经常登门拜访,探讨戏曲研究问题,其中,尤以铃木虎雄和西村天囚为勤。关于二人当时对戏曲研究的兴趣及与王国维的联系情况,铃木虎雄曾回忆说:

> 他(指王国维)寓居京都田中村的时候正在梳理他以往的词曲研究成果,当时我也起了研究词曲的念头,所以屡次登门受教。为了练习,我曾试着训点高则诚的《琵琶记》,难解之处时常求教于王君。这个稿本迄今犹藏箧底。我做完训点后不久,已故的西村天囚博士在《大阪朝日新闻》上连载了《琵琶记》的日译。虽然天囚先生从事词曲研究比我早得多,我还是屡次看到他往来于王君寓所。(原注:天囚先生后来在《日本及日本人》上刊载了《倭寇

① 黄仕忠《日本所藏中国戏曲文献研究》,高等教育出版社 2011 年版,第 41 页。
② 铃木虎雄 1912 年 5 月 8 日致王国维函,收入马奔腾辑注《王国维未刊来往书信集》,清华大学出版社 2010 年版,第 70 页。

题材的中国戏曲》一文,介绍了《鸣凤记》。当时我对这个题目也有些自己的见解,写了篇关于《鸣凤记》的文章,投稿于该刊物同期。虽然我的稿子因故未登载,但是我们两人同一时期以同一题材作为研究对象,两次巧合,我至今还觉得奇怪,真是奇缘。)关于词曲,王君当时在《国学丛刊》上发表了《古剧脚色考》,这篇文章我曾在《艺文》上译载。①

西村天囚虽非中国戏曲的专门研究者,但也颇感兴趣,常向寓居京都的王国维请教,并开始着手翻译《琵琶记》,先在《大阪朝日新闻》上连载,后以《南曲〈琵琶记〉附中国戏曲论》为题出版(1913 年),是最早的《琵琶记》日译本。王国维为之作序,对西村氏的译本给予了高度的评价:

> 日本与我隔裨海,而士大夫能读汉籍者亦往往而有,故译书之事反后于欧人,而其能知我文学,固非欧人所能望也。癸丑夏日,得西村天囚君所译《琵琶记》而读之。南曲之剧,曲多于白,其曲白相生亦较北曲为甚。故欧人所译北剧多至三十种,而南戏则未有闻也。君之译此书,其力全注于曲,以余之不敏,未解日本文学,故于君文之趣味神韵,余未能道焉。然以君之邃于汉学,又老于本国之文学,信君之所为,必远出欧人译本之上无疑也。②

① 铃木虎雄《追忆王静庵君》,原载《艺文》1927 年第 8 号。此据王萌译、郭海良审订,收入谢维扬、房鑫亮主编《王国维全集》第 20 卷,浙江教育出版社、广东教育出版社 2010 年版,第 377—378 页。
② 王国维《〈译本琵琶记〉序》,收入谢维扬、房鑫亮主编《王国维全集》第 14 卷,浙江教育出版社、广东教育出版社 2010 年版,第 134 页。前文已述,森槐南、森鸥外等人于 1898 年发表的《标新领异录·琵琶记》一文就曾指出该剧的欧洲译本,而王国维此时尚不知有欧译本,亦可见其对南戏的认识颇为有限。

相比之下,王国维对铃木虎雄戏曲研究的影响则更为直接,详见本书第四章第三节。

王国维《宋元戏曲史》成书后对狩野直喜的影响也很明显。狩野直喜对王国维的研究给予很高的评价:

> 根据王君的看法,传统的中国文学研究以诗文为中心而忽视了戏曲小说类,这种偏见是十分荒谬的。从纯文学的角度而言,戏曲、小说也与诗文一样重要。他公然持这样的观点,也形诸文字。正如他所说,就元代文学而言,诗人、文章家在纯文学上的造诣,可能远不如杂剧的作者。王君开拓了此前中国学者疏忽了的研究领域。现在的中国新学者都注重中国俗文学的研究,则是受益于王君的启示,他十几年前就已在这方面导夫先路。[1]

王国维回国以后,狩野直喜在京都大学开设系统的中国戏曲史课程(1917年9月至1918年6月),将王国维的戏曲研究系列著述列为基本参考文献,其《中国戏曲略史》讲义[2]中除介绍欧洲中国戏曲研究情况及日本戏剧与中国戏曲的比较以外,所用材料大多与王国维《宋元戏曲史》相似,并在行文中频频引用或提及王国维的观点。

狩野直喜在讲义第一章《总论》回顾了自己与王国维就戏曲研究的交流:"我于先年游北京,曾与戏曲研究造诣极深的王国维数度会面,他

---

① 狩野直喜《回忆王静安君》,原载《艺文》1927年第8号,此据王萌译,郭海良审订,收入谢维扬、房鑫亮主编《王国维全集》第20卷,浙江教育出版社、广东教育出版社2010年版,第379页。

② 该讲义后与狩野直喜在前一年度的《中国小说略史》讲义合为一册,美篶书房1992年版,已由笔者译成中文,题名《中国小说戏曲史》,江苏人民出版社2017年版。

提出的种种质疑,我不能一一回答。"①紧接着从学术史的角度对王国维的戏曲史研究进行评价:"历来关于戏曲研究之著述,较其他文学体裁为少,其中又以随笔体为多,所记者,多为剧中有趣之语句、剧情之本事、伶人之轶事等,聊以戏笔自娱,真正从学术角度进行史的研究则无。然近来吾友王国维致力于此方面研究,著有《戏曲考原》《曲录》《宋元戏曲史》等。"②而讲义正文对《宋元戏曲史》的借鉴和引用就更多了,兹举数例:

王国维引用《汉书·礼乐志》、孟康《汉书注》、《史记·大宛传》、张衡《西京赋》、李尤《平乐观赋》中的相关材料论述汉代象人、角抵戏等"汉之俳优"的内容,几乎被狩野直喜全部引用,然后加以更为详细的解说,构成了讲义第二章《上古至秦汉之剧》中长达9页的内容③。

《中国戏曲略史》第三章《六朝隋唐之剧》则又根据王国维的"至唐而所谓歌舞戏者,始多概见"理论,并全部转引了王国维所举的代面(大面)、拔头(钵头)、踏摇娘(苏中郎、苏郎中)、樊哙排君难戏(樊哙排闼)等唐代歌舞戏材料,唯对参军戏作了更加详细的考论,但也包括了王国维所用材料④。

《中国戏曲略史》第四章《宋代之剧及乐曲》则又引王国维之说,认为宋杂剧与元杂剧名同而实异,大体与唐之滑稽戏同,唯在滑稽剧以外,又渐起以演故事为主的戏剧,这受到宋代逐渐起来的小说的影响⑤。

---

① 狩野直喜《中国小说戏曲史》,美篶书房1992年版,第168页。
② 狩野直喜《中国小说戏曲史》,美篶书房1992年版,第171页。
③ 狩野直喜《中国小说戏曲史》,美篶书房1992年版,第199—207页。按,讲义该章缺第207页以下内容,原稿所引王国维的材料或恐更多。
④ 狩野直喜《中国小说戏曲史》,美篶书房1992年版,第208—216页。
⑤ 狩野直喜《中国小说戏曲史》,美篶书房1992年版,第223页。

　　无论是王国维的《宋元戏曲史》,还是狩野直喜的《中国戏曲略史》,元杂剧都是论述的重中之重。前者全书十六章中,元杂剧独占六章;后者全书七章中,第六章《元杂剧》分为五节,分述元杂剧概况、结构、宫调、脚色、作者及作品种类,和王国维的论述结构基本上能对应,其引用之处也就更多了。颇具意味的是,在元杂剧之后,王国维仅以两章论南戏,狩野直喜则以一章论南曲,两书均止于元代,而不及明清戏曲。王国维之书题为"宋元戏曲史",其下限到元,乃在情理中,而狩野之讲义乃中国戏曲之通史,为何也止于元? 这恐怕与王著之结构不无关系。由上述可知,结识王国维之前,狩野直喜的戏曲研究多有独立之创见,而结识王国维之后,特别是他的《宋元戏曲史》完稿之后,狩野直喜则对其多有借鉴,可以说狩野氏的《中国戏曲略史》基本上是参照《宋元戏曲史》而写成的。

　　在近代日本中国戏曲研究著名学者中,王国维与盐谷温的直接交往并不多,没有像狩野直喜、铃木虎雄那样密切,但他对盐谷温的影响却颇为深远。盐谷温追溯自己的治曲历程时曾说:"我的中国戏曲研究启蒙于森槐南先生,大成于叶德辉先生、王国维君。"①如果说森槐南带给盐谷温更多的是研究方向的启发,那么,王国维之于盐谷温,则主要是具体知识和治学方法的影响,参见本书第三章第二节。

　　盐谷温的戏曲研究主要见于所著《中国文学概论讲话》,和狩野直喜的《中国戏曲略史》一样,该书也是在讲义基础上整理而成,讲授时间也与狩野直喜大体相同(1917 年夏),该书为分体文学概论,其第五章专论戏曲(该章题即"戏曲",以下称"《戏曲》")。有趣的是,对于明清戏曲作品,《戏曲》仅对《牡丹亭》作了简述,也可以说止于元代,这大概也与王国维《宋元戏曲史》的影响有关。

---

①　盐谷温《天马行空》,日本加除出版株式会社 1956 年版,第 91 页。

盐谷温《戏曲》除第一节为"叙说",简要回顾中日两国的戏曲研究情况以外,第二节直接讲述唐宋古剧,并全部转引了王国维所举的代面(大面)、拔头(钵头)、踏摇娘(苏中郎、苏郎中)、樊哙排君难戏(樊哙排闼)等唐代歌舞戏材料①。在此后论述中,盐谷温引用或提及王国维的观点更多,有些观点虽不尽赞同,但加以介绍备考。如关于《拜月亭》的作者,盐谷温同意元人施君美所作之说,但他介绍王国维同意元人所作、但对是否出自施君美之手存疑的观点,还提到王国维在《宋元戏曲史》中将南戏《拜月亭》与杂剧《拜月亭》做比较。

受王国维影响最大的日本中国戏曲研究者当是青木正儿。他是上述几位学者中唯一一位比王国维年轻十岁的学者,可算是晚一辈的学者。青木正儿后来的名山事业,也是中国戏曲研究史上的扛鼎之作——《中国近世戏曲史》,可以说就是在王国维的影响下所作的:"本书之作,出于欲继述王忠悫国维先生名著《宋元戏曲史》之志。"②不惟如此,王国维此前的戏曲论著也对青木正儿产生很大的影响,详见本书第四章第三节及第六章第二节。

在王国维完成《宋元戏曲史》以后,日本的中国戏曲研究者不管是同意还是反对王国维的观点,都不能无视他的存在。寓居京都期间的王国维完成了学术兴趣和治学重心的转移,他的这种学术变化,在当时与其有直接交往的狩野直喜、青木正儿等人那里也可以得到印证。狩野直喜在回忆王国维的文章中说道:

> 我觉得他来京都以后,学问有一些变化。也就是说,他好像重新开始研究中国的经学,并提出了新的见解。(中略)以后他开拓

---

① 盐谷温《中国文学概论讲话》,大日本雄辩会 1919 年版,第 170—179 页。
② 青木正儿著,王古鲁译著,蔡毅校订《中国近世戏曲史·序》,中华书局 2010 年版。

了元杂剧的研究领域,写了《宋元戏曲史》。可是对他而言,写这本书已纯属消遣。此前他说过,他对杂剧的研究以他的《宋元戏曲史》为终结,以后将再也不涉及这一领域。(中略)开始对文字、考古发生了极大的兴趣。与此同时,他又研究经学。①

青木正儿也回忆说:

　　他在京都的时候,看来主要是帮助罗(振玉)先生从事金石、古史研究,这时也是他研究戏曲的最后阶段,此后就转向史学了。②

王国维的学术兴趣转向史学等领域之后,仍与同领域的日本学者保持密切的联系,经常通过书信论学,继续呈现良好的互动关系,被日本学者视为"中国现代之完人,学界之耆宿"③。王国维自沉以后,狩野直喜、内藤湖南、铃木虎雄、神田喜一郎等人于同月 25 日在京都召开追悼会,到会者达 51 人,大多都是日本比较著名的汉学家,其中也包括俄国、蒙古的两位学者。当年的《艺文》杂志还专门出版了连续两期的王国维学术纪念专号。1941 年 12 月,盐谷温游北京万岁山,在王国维投湖自尽处徘徊不忍去,并赋诗曰:"三十年前共学文,博闻强识固超群。孤忠殉节光清史,万寿山头忍哭君。"④

---

① 狩野直喜《回忆王静安君》,原载《艺文》1927 年第 8 号。此据王萌译,郭海良审订,收入谢维扬、房鑫亮主编《王国维全集》第 20 卷,浙江教育出版社、广东教育出版社 2010 年版,第 399 页。
② 青木正儿《追忆与王静庵先生的初次会面》,原载《中国文学月报》第 26 号,1937 年 5 月。此据王萌译,郭海良审订,收入谢维扬、房鑫亮主编《王国维全集》第 20 卷,浙江教育出版社、广东教育出版社 2010 年版,第 399 页。
③ 狩野直喜等《追悼会小启》,收入陈平原、王枫编《追忆王国维》(增订本),三联书店 2009 年版,第 284 页。
④ 盐谷温《天马行空》,日本加除出版株式会社 1956 年版,第 97 页。

第三节 从"贾氏系图"看近代东亚三国的《红楼梦》研究之关系

在鲁迅、盐谷温的"抄袭案"中,鲁迅的"一张贾氏系图"确实是根据盐谷温的,但盐谷温包括"贾氏系图"在内的《红楼梦》研究却完全脱胎于森槐南,而森槐南的"贾氏系图"又是根据清人寿芝的《红楼梦谱》改编的。这张原本出自中国人之手的"贾氏系图",漂洋过海经过日本再回到中国时,却神奇地引发了一场学术公案。

一、鲁迅的"贾氏系图"根据盐谷温但有改动

鲁迅、盐谷温的"抄袭案"是 20 世纪学术史上的一大公案[1],鲁迅本人对此做过说明:"盐谷氏的书,确是我的参考书之一。我的《小说史略》二十八篇的第二篇,是根据它的。还有论《红楼梦》的几点和一张"贾氏系图",也是根据它的。但不过是大意,次序和意见就很不同。其他二十六篇,我都有我独立的准备,证据是和他的所说还时常相反。"[2]

从上文看,鲁迅承认他根据盐谷温的内容集中在两处,一是第二篇《神话与传说》,二是《红楼梦》。鲁迅与盐谷温其实都不是专门的红学家,他们关于红学的相关论著主要见于所著小说史或概论,而鲁迅的《中国小说史略》和盐谷温的《中国文学概论讲话》又都不是有意为专著,而是先作为讲稿,然后再整理出版,初版后又曾进行了修订再版,因

---

[1] 张京华归纳了有关这一公案的 20 种说法,见《鲁迅与盐谷温》一文,《中华读书报》,2014 年 4 月 2 日。

[2] 鲁迅《不是信》,发表于《语丝》周刊第 65 期,1926 年 2 月 8 日,后收入《华盖集续编》,《鲁迅全集》第 3 卷,人民文学出版社 2005 年版,第 244—245 页。

此,两书的关系就显得尤为复杂,不能简单地归结为谁抄袭了谁。但盐著出版在先,鲁著在后,且鲁著的雏形——油印本《小说史大略》第十四篇《清之人情小说》(即《红楼梦》部分)参考了盐著,则是不争的事实。《小说史大略》该篇不仅全篇思路与盐著相似,个别地方连字句都相同,鲁迅对于故事梗概的简述则几乎就是盐著相关部分的翻译,连盐著比较明显的疏失也照搬过来。

因为还是讲义,参考他人观点,本无可厚非,但作为专著出版则不同,故在后来出版的《中国小说史略》中,鲁迅把上述内容全部删去,并根据胡适、俞平伯等人的考证,及时更新了自己的观点,使全篇显得更为充实;而盐著出版在前,尚未及见胡适等人的考证,故他直到1947年再版时才加入了"自叙传说",并表示赞同此说①。因此,鲁著定稿出版时与盐著已有根本观点的不同。但使人疑惑不解的是,鲁著引胡适等人的观点都在书中注明,对盐谷温影印出版《三国志平话》一事也及时做了附言,唯独对那张从油印本保留下来的"贾氏系图"未加任何说明,两图对比如下:

大略来看,两图大体只有符号和线条不同,其余完全相同。但仔细比较起来,两图的相异之处颇不少:第一,盐图中男性人物用黑字,女性人物用红字,而鲁图一律用黑字;第二,盐图以贾宝玉和金陵十二钗为中心人物,故给这些人物打了方框,而鲁图只给金陵十二钗打了" * "号,未给贾宝玉加特殊标记;第三,盐图在元、迎、探、惜四春下按照年龄标注了阿拉伯数字序号,鲁图则无;第四,盐图在迎春、探春、妙玉三人后注有身世来历,鲁图则无;第五,盐图中贾氏两府始祖记为宁国公贾演、荣国公贾源,鲁图简记为宁公演、荣公源;第六,盐图中(贾)敏未标

---

① 盐谷温《中国文学概论》,弘道馆1947年版,第457—458页。

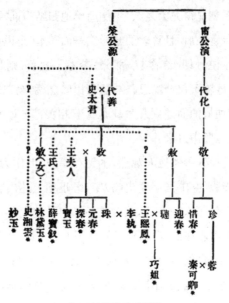

鲁迅的"贾氏系图"

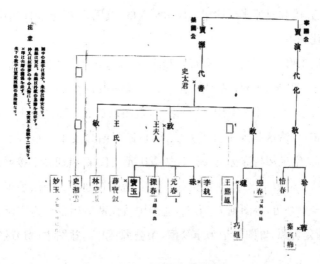

盐谷温的"贾氏系图"

图 7.1　鲁迅、盐谷温的"贾氏系图"对照图

注性别,鲁图则加注性别①。

由此看来,鲁图的改动是不少的,将其定性为"抄袭",或有失公允,但不管怎么说,鲁迅此图根据盐著,这是他承认的,而盐著之图又从何而来?这却是人们所未注意,也是盐谷温从未说起的。由于盐著在中国广为人知,便产生一种错觉,以为盐谷温是日本最早研究中国小说之人,其实不然,他的研究非常明显地受到他的老师森槐南的影响,他的"贾氏系图"和《红楼梦》研究也是参考了森槐南的研究成果。

二、盐谷温的红学研究脱胎于森槐南

森槐南是日本第一位将中国俗文学搬上高等学校讲坛的学者,早在1890年,他已经在东京专门学校讲授中国小说戏曲史,他还曾于1899年受聘于东京大学文科大学讲授中国俗文学,一时称为破天荒之举。他也是日本最早以现代论文形式发表中国小说研究成果的学者,曾于1891—1892年在《早稻田文学》连续发表《中国小说讲话》六篇,这是第一次对中国小说史进行梳理。1892年在《城南评论》发表《红楼梦序词》,又在《早稻田文学》发表《红楼梦论评》。1907年,他又在《文章世界》发表《中国小说讲话》。将以上数篇合看,基本上已经是一部结构完整、重点突出的中国小说史。

森槐南的《红楼梦论评》是中日两国最早的关于《红楼梦》的现代意

---

① 鲁著北新书局排印本的"贾氏系图"中没有标示贾宝玉和薛宝钗为夫妻关系的符号,但据李云发现的北大藏鲁迅《中国小说史大略》铅印本及单演义、荣太之整理本中都保留该符号,单演义、荣太之整理本还都保留了金陵十二钗名字的长方框,李云并认为许寿裳藏铅印本之所以没有长方框,是因为铅印排版的原因。见其所著《北大藏鲁迅〈中国小说史大略〉铅印本讲义考》一文,载《中国现代文学研究丛刊》,2014年第1期。

义上的专题论文,比王国维的《红楼梦评论》早了十二年,在《红楼梦》研究中最先使用"贾氏系图"的正是该文。森图因杂志排版关系,分布在两页上,因此难以与盐图做直接对比,笔者根据森图的思路和内容,将其摹画为一表,对比如下:

　　通过对比可知,两图的结构完全相同,最大的不同之处在于人物的多寡:第一,森图将书中大部分主次要人物都列了出来,并把相关的列在一起,人物之间的关系也做了简要标注,而盐图则将次要人物全部删去,仅保留以贾宝玉和金陵十二钗(加方框)为中心的主要人物;第二,盐图加了妙玉,森图则无;第三,森图中荣国公为贾法,盐图为贾源。此外,森图人物全部为黑字,盐图则男性人物用黑字,女性人物用红字;森图中父系、母系全用黑线,盐图则以父系为黑线,母系为红线。

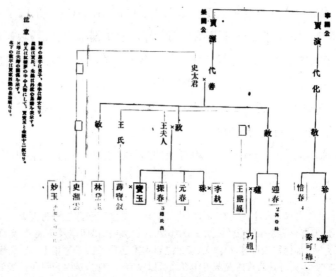

盐谷温的"贾氏系图"

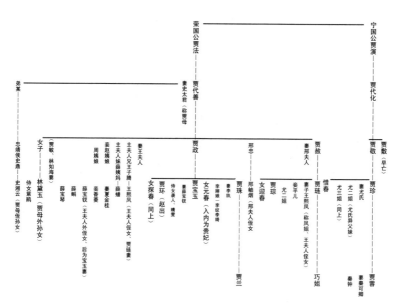

森槐南的"贾氏系图"

图 7.2 盐谷温、森槐南的"贾氏系图"对照图

由此看来,说盐图是森图的简化版,恐不为过,而盐谷温又确实是看过森槐南的这篇论文的:他在论述中曾介绍森氏在该文中所说的相信《红楼梦》成书于康熙间京师某府某幕宾孝廉之手的观点①,但并未予以反驳②。此外,森槐南认为《红楼梦》百二十回"首位贯通,前后一致,若非一人所为,岂能如此"③,而盐谷温也认为高鹗续的可能性虽然存在,但毕竟没有确证,"以结构论,以文笔见,出自同一人所作之说较为稳当"④。关于《红楼梦》的创作意图,盐著在看到胡适的"自叙传说"

---

① 森槐南《红楼梦论评》,《早稻田文学》第 27 号,1892 年 11 月。

② 盐谷温《中国文学概论讲话》,大日本雄辩会 1919 年版,第 529 页。森氏的这一观点在后来是颇受关注的,笹川临风就曾引用并加以驳斥,认为作者是曹雪芹,也不肯信森氏之说,见其所著《中国小说戏曲小史》,东华堂 1897 年版,第 108 页。

③ 森槐南《红楼梦论评》,《早稻田文学》第 27 号,1892 年 11 月。

④ 盐谷温《中国文学概论讲话》,大日本雄辩会 1919 年版,第 530 页。

之前的初版中，和森槐南文一样对"纳兰性德说"是比较认可的。

如果说盐著对森槐南的《红楼梦论评》还是"个别引用"的话，那么，其对森氏的《作诗法讲话》则称得上是"整段抄袭"了。《作诗法讲话》是森槐南去世后由学生根据听课笔记整理出版的遗著，出版于1911年，比盐著早8年，研究者往往为该书书名所惑，以为是纯诗学论著，其实不然，其凡例中已经明确说："本书既讲作诗，且说戏曲小说之大要，故非独益诗家，单欲钻研汉土戏曲小说者，亦可以之为指南车也。"①

《中国文学概论讲话》与《作诗法讲话》"有着共通的结构，可以看出盐著吸收了森著的要点和主旨"②，今将两书目录对照如下：

章节	《作诗法讲话》	《中国文学概论讲话》
第一章	平仄的原理	音韵
第二章	古诗的音节	文体
第三章	唐韵的区别	诗式
第四章	诗、词之别	乐府及填词
第五章	词曲与杂剧、传奇	戏曲
第六章	小说概要	小说

孙俍工曾评价盐著说："关于中国文学的研究的著述，照现在的情形看来，恰与内田先生所说日本数年前的情形同病，纵的文学史一类的书，近年来虽出版了好几部，但求如盐谷先生这种有系统的横的地说明中国文学的性质和种类的著作，实未曾见。"③内田泉之助作为盐谷温

① 大泽真吉、土屋政朝《作诗法讲话·凡例》，京文社1926年版。
② 小野忍《盐谷先生治学的西洋方法》，《东京中国学报》第9号，1963年6月。
③ 孙俍工《中国文学概论讲话·译者自序》，开明书局1929年版，第10页。内田泉之助的原话是："在当时的学界叙述文学底发达变迁的文学史出版的虽不少，然说明中国文学底种类与特质的这种的述作还未曾得见，因此举世称称，尤其是其论到戏曲小说，多前人未到之境，筚路蓝缕，负担着开拓之功盖不少。"见内田泉之助《中国文学概论讲话·序》，开明书局1929年版，第7页。

的学生,孙俍工作为盐著的译者,他们的话似乎存在有意无意间拔高盐谷温的倾向,他们对盐著的评价也完全可以用于森著,而且应先用于森著。

森著、盐著关于《红楼梦》的论述都见两书的第六章,概述中国古代小说发展流变过程,思路和所举作品基本相同,一些小说类型的专门性称谓也相同,如称白话小说为"浑词小说",称《金瓶梅》《红楼梦》等为"人情小说"(这种在《红楼梦论评》中已有,鲁迅也沿此说)。森著第六章不分节,而盐著第六章分为四节,《红楼梦》部分属于第四节"浑词小说"的第三项(和森著一样,清代小说只着重介绍《红楼梦》),篇幅虽较为扩大,但主要观点均承袭森氏的说法,或是稍作改动,或是整段照搬。暂且不避其繁,转译于下。

关于《红楼梦》与《金瓶梅》《源氏物语》的对比:

森著:四大奇书中唯《金瓶梅》与《红楼梦》相类,然《金瓶梅》所写乃下层社会之丑陋处,而《红楼梦》正与之相反,乃写上流社会也,其品自高。《金瓶梅》开篇即有许多丑秽,《红楼梦》不弄猥亵卑陋之笔而能写人情,大体与《源氏物语》相似。①

盐著:同是人情小说,其与《金瓶梅》大异其趣,此写才子佳人,彼写奸夫淫妇,此写纨绔少年,彼写市井小人,即《金瓶梅》写下层社会,揭露一般世间之恋爱关系,颇下品,而《红楼梦》乃以富贵红楼之上流社会为中心,恰与《源氏物语》相当,士人君子所以爱玩也。②

---

① 森槐南《作诗法讲话》,京文社1926年版,第341页。
② 盐谷温《中国文学概论讲话》,大日本雄辩会1919年版,第518—519页。

关于《红楼梦》的影响：

> 森著：此书乃百年前之作，说中国上下有一股"红楼梦热"，亦不为过。其于艺术有非常之影响，绘画、雕刻乃至于茶碗、食器、家具等，皆有《红楼梦》在。（中略）此《红楼梦》写贵族社会腐败之状，故读者不知不觉见倾其精神，受其荼毒，腐败其人心，而中国之元气以至于弱。若仅此而论，"红楼梦亡国论"不亦宜乎？然以一管笔而动天下人心，快事无过于此。①

> 盐著：(《红楼梦》)愈发流行，评之、赞之犹不足，并演之、绘之、刻之，以至装饰、家具、食器等，无不受《红楼梦》影响（中略）《红楼梦》之意虽在讽论，但因写上流社会之内情，读者不知不觉见倾其精神，受其荼毒，腐败其人心，消耗其元气，其荼毒之甚，与鸦片无异，"红楼梦亡国论"因之而起。然以一管笔而能左右天下人心至于如此，实乃不可思议之力也。②

关于《红楼梦》的相关作品：

> 森著：此书极盛，续书伙出，先是《红楼续梦》《红楼梦补》之类，不一而足。此外，复有《红楼梦赋》《红楼梦诗》《红楼梦词》《红楼梦论赞》《红楼梦谱》《红楼梦图咏》《红楼梦传奇》等，题为《红楼梦传奇》者，且有三种之多。③

> 盐著：《红楼梦》续编极多，如《红楼梦补》《红楼续梦》之类。此外，尚有《红楼梦赋》《红楼梦诗》《红楼梦词》《红楼梦论赞》《红楼梦

---

① 森槐南《作诗法讲话》，京文社 1926 年版，第 344 页。
② 盐谷温《中国文学概论讲话》，大日本雄辩会 1919 年版，第 536 页。
③ 森槐南《作诗法讲话》，京文社 1926 年版，第 342—343 页。

谱》《红楼梦图咏》《红楼梦散套》《红楼梦传奇》,仅传奇就有三种。①

森著论《红楼梦》部分仅 6 页,除了最后一段谈及《红楼梦》在语言学上的价值及其西文译本外(盐著其实也提到了),几乎被盐著照单全收,且均未注明来源,而盐著《红楼梦》部分,如果除去上述内容外,仅剩下第一回、第五回摘译和故事梗概。此外,就是前文提到了创作意图的"康熙朝政治说"和"顺治帝说",再联系其与《红楼梦论评》的关系,说盐谷温的《红楼梦》研究完全脱胎于森槐南亦不为过。

三、森槐南的"贾氏系图"来自清人寿芝的《红楼梦谱》

然而,此事并非到此为止,若再追究下去,其实森槐南的"贾氏系图"亦非纯属原创,他在文中明确说:"《红楼梦系图》非吾创意,彼国(指清朝)亦有《红楼梦谱》一卷,其谱细大无遗,书迷俱举,却大有淆乱眉目之虞,因稍加裁订之,以男性为系,女性为旁,以明卷中所写人物。"②此处所说的《红楼梦谱》,盖指清人寿芝所作者,该书在阿英的《〈红楼梦〉书录》中有著录,称:"寿芝著,光绪三年丁丑(1877)刊,巾箱本,为葛啸固《闲情小录初编》之一。其目为:贾氏家谱、来往世交宾客表、浑名表、宗祠表、宅第园林表、生辰表。"③序云"将书(指《红楼梦》)中之人,溯本家源,分门别户,编成谱牒,灿若列眉,使人一目了然,易于查核,知某人隶于某府,某婢系于某房,无一或遗,有条不紊,洵为此书之津梁"④,其

---

① 盐谷温《中国文学概论讲话》,大日本雄辩会 1919 年版,第 537 页。
② 森槐南《红楼梦论评》,《早稻田文学》第 27 号,1892 年 11 月。
③ 阿英《〈红楼梦〉书录》,载中国社会科学院文学研究所《红楼梦研究集刊》编委会编《红楼梦研究集刊》第 5 辑,上海古籍出版社 1980 年,第 459 页。
④ 仓山旧主《红楼梦谱序》,北京图书馆出版社 2002 年影印版。

卷首确有一个"贾氏系图",与森图对比如下:

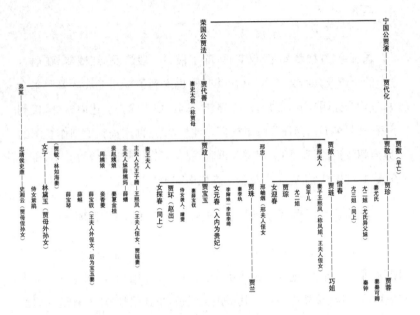

森槐南的"贾氏系图"

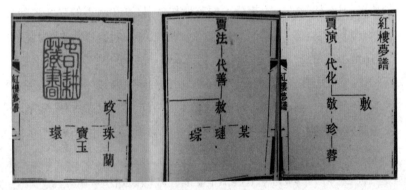

寿芝的"贾氏系图"

图7.3　森槐南、寿芝的"贾氏系图"对照图

其实寿芝仅列出了贾氏父系系图，其余人物则以词条形式附后，故图中无金陵十二钗等女性人物，而森槐南是在父系系图的基础上，将其他相关人物直接添加到系图中去。此外，森氏将荣国公记作贾法，将贾敷列为贾敬之兄、贾琮列为贾琏之弟，都与寿芝相同，至于森氏是直接根据寿芝，还是他们两人都根据《红楼梦》第五十三回《宁国府除夕祭宗祠》提供的信息所作，一时难以判断。而在盐谷温等人的"贾氏系图"中，荣国公均作"贾源"，且均无"贾敷""贾琮"。寿图有而森图无的仅有贾琏的另一个兄弟"某"。寿图看似最简要，但实际上已经奠定了基本框架，森图是寿图的详细版。然寿芝非为专题论文而作，森氏的改动又颇大，非是全部照搬，但森槐南仍不肯窃为己有，这种学术胸襟是值得钦佩的，而盐谷氏之图却未说明来源。

那么，寿芝又是谁呢？关于寿芝其人，目前所知不多，且有争议。陈南轩认为寿芝即是清代红学家姚燮（1805—1864），他认为姚燮又字"寿芝"，并说他"以'谱录''索引'的样式编写过读《红楼梦》的工具书《红楼梦谱》和《红楼梦类索》。（中略）《谱》刊于光绪三年（1877），初为巾箱本，后来上海城东出版社 1922 年校正重印过一次"[1]。这里说的《红楼梦谱》即上述署名"寿芝"所作的《红楼梦谱》，《红楼梦类索》确为姚燮所编，但姚燮是否又字寿芝并编过《红楼梦谱》，却尚未成为共识，陈南轩亦未说明出处。

上海市红楼梦学会编的《红楼梦之谜》一书却认为姚燮与寿芝并非同一人。该书将姚燮与寿芝统计的《红楼梦》人物数量分别列出：姚燮的《红楼梦类索》共分三卷，其卷一《人索》将原著中的人数做了统计，共计 519 人，其中男性 282 人，女性 237 人。而根据寿芝的《红

① 陈南轩《简介〈红楼梦谱〉和〈红楼梦类索〉》，《辞书研究》，1982 年第 4 期，第 163—164 页。

楼梦谱》所收人物，"剔除有重复的外，可得男子 206 人，女子 192 人，合计 398 人"①，统计的标准或许有不同，但两书是清代四种统计资料中差距最大的②，如系一人所为，当不至此。另外，如是一人，又何必得出两个统计结果？

两说相比，当以后者为是。姚燮死于 1864 年，而《红楼梦谱》初刊时间是在光绪三年丁丑(1877)，彼时作者尚在人间。作者完成此书后曾请仓山旧主作序，后者序称"今春出以示余，余阅之，极称新异，因怂恿啸园主人，付之剞劂"③，作序时间正是刊行当年暮春三月。由此可知，寿芝与姚燮决非同一人。

《红楼梦谱》刊行时，寿芝不仅在世，而且似乎还较仓山旧主为年轻。仓山旧主即袁祖志(1827—1898)，袁枚之孙，其序中称寿芝为"寿芝公子"，说他"酷嗜此书，能参三昧，闲居无事，戏将书中之人，溯本家源，分门别户，编成谱牒"④，从这些话的语气上看，袁祖志不大可能是在描述一位长辈，更像是在说同辈或是晚辈。如序文中的"公子"并非指寿芝身份的话，那么寿芝当属袁祖志的晚辈，《红楼梦谱》刊行时，袁祖志正好 50 岁，寿芝当比他年少。因此，认为寿芝与袁祖志同时或稍晚，即同治、光绪间人，大体不差。

此外，或可再进一步考究寿芝的活动区域和交游情况。阿英在《〈红楼梦〉书录》中说《红楼梦谱》为《闲情小录初编》之一，《闲情小录初编》盖为《闲情小录初集》之误，清光绪丁丑年啸园刻袖珍本，白纸线装

① 上海市红楼梦学会编《红楼梦之谜》，上海古籍出版社 1994 年版，第 107 页。
② 另外两种是嘉庆时诸联统计共 421 人(男 232，女 189)、约嘉庆时姜祺统计共 448 人(男 235，女 213)，见上海市红楼梦学会编《红楼梦之谜》，上海古籍出版社 1994 年版，第 107 页。该书还把姚燮和寿芝的统计分属咸丰、同光时，可见该书认为他们并非同一人。
③ 仓山旧主《红楼梦谱序》，北京图书馆出版社 2002 年影印版。
④ 仓山旧主《红楼梦谱序》，北京图书馆出版社 2002 年影印版。

四册,内收《诗钟》《酒筹》《红楼梦谱》《捧腹集诗钞》等七种。啸园主人乃是乾隆时松江巨富沈虞扬,号古心翁。啸园位于上海松江,原为明代参政范惟一私宅,后为沈虞扬所得,与古倪园并称为沈氏两园。啸园后为虞扬次子沈慈所居,作为清代著名诗社泖东莲社觞咏之所。沈氏曾刊刻过不少图谱,如《梅花喜神谱》等,是一个集创作、刊刻为一体的延绵数代的书香世家。

袁祖志作序时,沈氏父子早已过世,故他所称的"啸园主人"当是沈氏后人。这样的诗书大族又岂会听袁祖志一言就将寿芝的《红楼梦谱》刊行出来呢?袁祖志不仅是大诗人袁枚之孙,擅长诗文,而且当时正任由上海道台冯焌光创办的《新报》主编,因此才能有资格"怂恿"啸园主人,后者才会同意"付之剞劂",并在年内兑现,由此,可知袁祖志与沈氏的交往情况。袁祖志在《红楼梦谱》的刊行过程中起了关键作用,更可知寿芝与袁祖志的交情非同一般。从袁祖志、沈氏等的籍贯和活动区域来看,寿芝应该也是江南人或长期寄寓江南之人。另外,寿姓在全国来看虽是小姓,但在浙江绍兴地区,尤其在诸暨却是大姓,如果"寿芝"是其真名实姓的话,似也可为推测他的籍贯增加一点依据。

从袁祖志序言《红楼梦谱》"极称新异"来看,寿芝的"贾氏系图"当属首创,这张由中国人首创的"贾氏系图"漂洋过海经过日本再回到中国时,却神奇地引发了一场学术公案。然而,故事还未结束,自森槐南首次在红学研究中使用"贾氏系图"后,沿用此法的学者并不止盐谷温、鲁迅二人,在20世纪20年代以前,还有两位重要的东亚学者,他们是日本的狩野直喜和韩国的梁建植,他们的"贾氏系图"与上述三人既有联系又有区别。

四、狩野直喜和他的《红楼梦》研究

狩野直喜是近代日本较早用现代学术方法研究《红楼梦》的学者之

近代日本中国俗文学研究史论

一，目前所见他关于《红楼梦》的研究专题论文有三篇，分别是：1908 年 3 月发表于《活人》杂志的英文论文 *On the Authorship of the Hung-lou Meng and the Date of its Composition*；1909 年 1 月发表于大阪《朝日新闻》的《关于小说〈红楼梦〉》；1916 年 9 月至次年 9 月在京都大学开设的"中国小说史"讲义第十章《红楼梦》。其红学论文虽仅此三篇，且由于研究材料的限制等原因，并没有得出今天学界公认的结论，但其在文中体现的严谨的考证学风，是前述森槐南、盐谷温所不及的。

狩野直喜的这三篇论文是一个循序渐进、逐步完善的过程，共同组成一个相对完整的红学领域的"狩野体系"。这三篇论文中都有"贾氏系图"，且有详略两种，略图是三篇共有的，而详图只在讲义中使用。先看略图，此图在三篇中的内容是相同的，其与盐谷温之图对比如下：

狩野直喜之所以列该略图，目的不在于明晰原著纷繁复杂的人物关系，而是为了证明《红楼梦》所写实为明珠家事，明珠之子纳兰性德乃

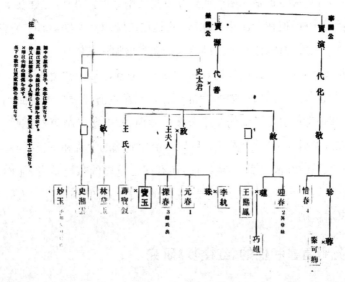

盐谷温的"贾氏系图"

466

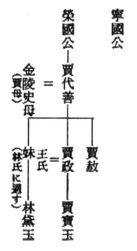

狩野直喜的"贾氏系图"(略图)

图 7.4　盐谷温、狩野直喜的"贾氏系图"对照图(一)

是贾宝玉的原型,故他在每篇中略图之旁又附列从金台什、倪迂韩、明珠到纳兰性德的四代世系图,以便与贾氏自荣国公至贾宝玉间四世世系对应,这是森槐南、盐谷温相关论著中所没有的。狩野氏探讨的主要问题是《红楼梦》的著者及其成书年代,如果说蔡元培的《石头记索隐》(1912)主张"康熙朝政治说",王梦阮、沈瓶庵《红楼梦索隐》(1916)主张"顺治帝说",胡适《红楼梦考证》(1921)主张"自叙传说"的话,那么,狩野氏显然是主张"纳兰性德说"的。此说虽早已出现,但如此详尽地以治经史的考证学来论证的,狩野氏恐怕还是第一人,且他早于上述三著,也早于盐谷温。因此,有人认为他是中日学界《红楼梦》研究的先驱①。

---

① 狩野直祯《中国小说戏曲史·跋》,美篶书房 1992 年版。狩野直祯还认为盐谷温、鲁迅的中国小说史也受到了狩野直喜的影响,他是狩野直喜之孙,其评价显然忽视了森槐南等更早时期的红学研究者。

再说详图。狩野直喜的详图虽比他的略图详细,但比森槐南、盐谷温等人的仍要简略,只列出了贾氏人物,亲眷、丫鬟等概不列入,连薛宝钗也未出现,其与盐谷温之图对比如下:

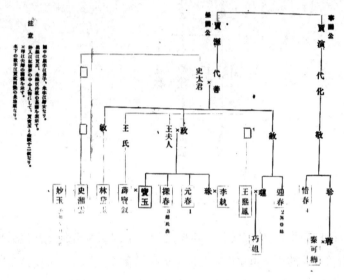

盐谷温的"贾氏系图"

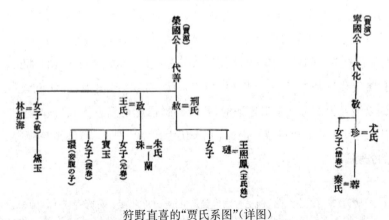

狩野直喜的"贾氏系图"(详图)

图 7.5　盐谷温、狩野直喜的"贾氏系图"对照图(二)

从狩野直喜的上述详略两图来看,其与森槐南、盐谷温等人的研究并非一脉相承,而是自成一体,可举例说明之。作为论证的中心观点,森槐南否定了《红楼梦》的作者是曹雪芹的说法,盐谷温虽然认为"曹雪芹说"有一定的道理,但又引森氏的观点而未反驳,态度较为模糊,没有明确支持"曹雪芹说"。而狩野氏的论证乃从英国汉学家翟里斯《红楼梦》作者不详"的观点出发,认为该书作者是曹雪芹,原因有二:第一,在中国古代,小说的地位更在戏曲之下,故作者往往不肯署真名,或以笔名,或故意把自己说成编辑者而非原作者;第二,《红楼梦》写的是北京贵族社会,曹雪芹具备这一创作条件。狩野氏认为曹雪芹是江宁织造曹寅之子,又通过曹寅与姜宸英、纳兰性德之间的关系及纳兰性德与宝玉的若干相似点,极力证明曹雪芹生于贵族之家,《红楼梦》来源于他幼时从其父曹寅处得知的纳兰性德、姜宸英等人的故事①。

狩野直喜对清朝制度与文学很有研究,曾出版过专著《清朝的制度与文学》,故他对《红楼梦》的成书时间的考证颇为细致。他认为《红楼梦》反映了清朝封建制度的腐败,欲知其始于何时,则考证该书的成书时间就显得极为重要,反之,也可以从清朝历史发展进程来推测其成书年代。《红楼梦》第九十九回出现了"军机处",狩野氏根据《皇朝通典》,认为军机处的设置是在雍正十年,但雍正九年(一说七年)就有了"军机大臣",由此可见,《红楼梦》的成书一定晚于雍正七至十年。又根据曾在《红楼梦图咏》题咏的诗人张问陶(生卒年不详)是乾隆年间进士,十五岁就会作诗,由此推测《红楼梦》的成书时间大概在雍正末年至乾隆中期。而雍正朝以前,满人仍尚武,保留较多入关前北方骑马民族的勇武色彩,至雍正朝,满人逐渐文弱化,因此,《红楼梦》虽写纳兰性德事,

---

① 狩野直喜《关于中国小说〈红楼梦〉》,《大阪朝日新闻》,1909 年 1 月 17 日。

但小说的时代背景却是曹雪芹所处的乾隆初期①。森槐南、盐谷温则未对成书时间作如此详尽地考证。

除了上述主要观点以外，还可以举出两个细节，证明狩野氏的研究是较为独立的：

第一，前述宝、黛、钗三人的年龄问题。盐谷温认为宝玉比黛玉大一岁，与宝钗同岁；鲁迅认为宝玉与黛玉同岁，比宝钗小一岁；而狩野氏认为宝玉比黛玉大一岁，比宝钗小一岁。三者相比，狩野氏的观点最为合适，至少与书中人物的称呼相吻合。

第二，《红楼梦》人物数量的统计。关于《红楼梦》到底写了多少人物，历来有不同的说法，影响最大的是清代姜祺（字季南）在《红楼梦诗自序》中所说的 448 人（男 235 人，女 213 人），森槐南、盐谷温、鲁迅以及下文要论述的梁建植都采此说，但狩野氏却另执一说，即男 332 人，女 189 人（合计 521 人）②，既不同于姜祺之说，也不同于其他诸说③。狩野直喜未说明该统计数字的出处，可能是他本人的统计，也有可能是引用诸联的统计而造成的笔误，将男子 232 人误写成了 332 人。

狩野直喜的红学研究相对独立，但并非孤立，他与森槐南、盐谷温等东京方面的研究既有联系又有区别，这并不是偶然的，其与狩野直喜的学术经历以及东京、京都两大学之间的学术竞争有着深刻而密切的关系。

五、梁建植及其《红楼梦》研究

由于特殊的历史背景及学术资料较为稀见等客观原因，本来受中

---

① 狩野直喜《关于中国小说〈红楼梦〉》，《大阪朝日新闻》，1909 年 1 月 17 日；《中国小说戏曲史》，美篶书房 1992 年版，第 136—137 页。
② 狩野直喜《中国小说戏曲史》，美篶书房 1992 年版，第 138 页。
③ 清嘉庆时诸联统计共 421 人（男 232，女 189）、清咸丰时姚燮统计共 519 人（男 282，女 237）、清同光时寿芝统计共 398 人（男 206，女 192）、民国初年星白统计共 721 人（男 397，女 324）。

国传统文化影响最为深远的朝鲜半岛,却在近代国际汉学界处在一个
近乎缺席的位置。如果说该地区还有一些汉学研究成果的话,多半都
与日本相关殖民统治机构有关,研究者也多为日本人,朝鲜半岛本籍学
者的研究则寥寥无几。具体到对中国古典小说戏曲的研究更是如此,
以至于学界在对海外汉学进行再研究时,往往忽略了近代该地区的研
究成果。但朝鲜半岛毕竟处于汉字文化圈,这是他们进行汉学研究的
天然优势,说他们的成果较少,并不等于完全没有。近代韩国出现了一
位大力提倡并亲自从事中国俗文学研究的学者——梁建植,《红楼梦》
是他重点研究的对象,他在研究中也使用了"贾氏系图"①。

　　梁建植(1889—1944),1910 年毕业于汉城外国语学校汉语科,后
赴中国游学数年,1915 年前后开始从事写作,笔名有白华、菊如等,他
"研究中国文学,而尤以戏曲小说为主者也"②。早在 1917 年 11 月,他
就在《每日申报》发表《关于中国小说及戏曲》,他在该文中重点介绍了
中国小说发展史,从庄子寓言、汉魏六朝小说、唐传奇到宋代话本,尤其
是着重介绍了几部明清小说名著。当然,他在有些作品的作者问题上
的结论还没有得到公认,如《西游记》的作者,该文和稍早前他发表于
《朝鲜佛教丛报》第 3 号(1917 年 5 月)的《关于小说〈西游记〉》一样,认
为是丘处机所作。但他不仅注意到了中国小说戏曲对韩国古典文学的
影响,更难能可贵的是,他呼吁应该多研究中国小说戏曲等平民文学。

　　梁建植的中国俗文学研究分为译介和评论两部分,在上文发表后

---

① 关于梁建植的《红楼梦》研究,本文参考了韩国高丽大学崔溶澈教授《1910—
　1930 年韩国红楼梦研究和翻译——略论韩国红学史的第二阶段》,《红楼梦研
　究》,1996 年第 1 辑;《梁建植致胡适的信——兼论民国红学在韩国的传播》,
　《曹雪芹研究》,2014 年第 1 期。
② 梁建植致胡适书信,1921 年 1 月 17 日,收于耿云志编《胡适遗稿及秘藏书信》第
　42 册《胡适书信·他人致胡适信》(20),黄山书社 1994 年版,第 603 页。

不到半年,他就以"菊如"为笔名开始在《每日申报》(1918 年 3 月 23 日—10 月 4 日)发表韩译《红楼梦》,可惜的是连载 138 回(原著前 28 回)后终止,其中连载的第 21 回附载了"宁荣两府系谱"。这里对应的是原著第四回薛宝钗进贾府的情节,此时书中的主要人物均已登台亮相,人物关系也进一步纷繁复杂起来。作为对外国文学的译介,在此时加入一个已出场人物关系图,显得颇合时宜,而他还加注"未完"字样,打算随着故事的进展,将其他重要人物也加到图谱上来,最终形成完整的"贾氏系图"。梁建植的系图与前述寿芝、森槐南、盐谷温、狩野直喜诸人的系图都有所不同,不仅因为这张系图是活动的,还因为由于译文的未完成而导致这是一张尚不完整的系图。数年以后,他又以"白华"为笔名重译《红楼梦》,并更题为《石头记》,在《时代日报》(1925 年 1 月 12 日—6 月 8 日)连载,但这次只连载了 17 回(原著前 3 回),且没有使用"贾氏系图"。他虽两度翻译《红楼梦》,遗憾的是都没有全部译完。

梁建植在第一次翻译《红楼梦》之前曾在《每日申报》(1918 年 3 月 21 日)发表了《关于〈红楼梦〉》一文,这是近现代韩国的第一篇红学专门论文。在该文中,他认为《红楼梦》与《金瓶梅》同属人情小说,与《水浒传》同为中国文学史上无与伦比的杰作,他也认为共写 448 人(男 235,女 213),着重介绍了贾宝玉和金陵十二钗等人物,还根据张问陶诗注支持"高鹗续书说",并介绍了王梦阮、沈瓶庵刚出版的《红楼梦索隐》中所说的"顺治帝说"。总体上看,该文还显得很单薄,介绍的也只是当时流行的一些说法,尤其是与森槐南的《红楼梦论评》颇有相似之处,似乎还没有他自己的观点,这与他当时所能看到的研究成果有关。值得注意的是他对中国红学界最新研究成果的关注,这种关注在梁建植的研究中一以贯之,后文将述及。

他的第二篇红学论文是《〈红楼梦〉是非——中国的问题小说》,发表在《东亚日报》(1926 年 7 月 20 日—9 月 28 日),相对上一篇论文而

言,这是一篇严谨而又充实的长文,共分 17 次连载,该文重点讨论的是
《红楼梦》的创作背景(作者)问题。梁建植写作该文时,中国红学界的
研究已是新说迭出、热闹非凡,论证的焦点问题也是作者及其版本,故
梁建植在该文中详细分析了当时最流行的四种说法:纳兰性德说、顺治
帝说、康熙朝政治说、自叙传说。在胡适等人考证出来之前,森槐南、盐
谷温都倾向于"纳兰性德说",狩野直喜还详尽地考证了该说的合理性,
胡适考证之后,鲁迅、盐谷温都认同了"自叙传说",而梁建植并列诸说,
表示这些说法都只能作为参考,若要坐实,除非曹雪芹起死回生亲自
承认。

后来他又在《朝鲜日报》(1930 年 5 月 26 日—6 月 1 日)发表《中国
名作〈红楼梦〉考证》,更将前述四说扩到十说,另六说为:影射当时伶人
说、影射金陵张侯家说、讽刺和珅说、谶纬背景说、影射《金瓶梅》说、顺
康间八十年史说。该文虽然已经连载了 7 次,仍未写完,但其后未见继
续连载。在该文中,他再次使用"贾氏系图",这张"贾氏系图"并非梁氏
自作,而是采用了鲁迅之图。20 世纪 20 年代不仅是鲁迅创作小说的
黄金时期,也是他在北京大学等高等学府讲授中国小说史的主要时期,
又是中国红学界新说迭出之时,梁建植的作家兼学者身份与鲁迅颇有
相似之处,不难想见他对鲁迅红学研究成果的关注。

梁建植是韩国介绍鲁迅的第一人,他在翻译青木正儿的《以胡适为
中心翻涌着的文学革命》一文称:"在小说方面,鲁迅是位有远大前程的
作家,像他的《狂人日记》描写了一个患迫害狂的人的恐怖幻觉,达到了
迄今为止的中国作家尚未达到的境地。"梁建植也是 20 世纪 20 年代韩
国最热心介绍鲁迅的人,1924 年他在《开辟》第 44 号上发表《流行反新
文学出版物的中国文坛奇现象》。他在这篇文章里批判了借新文学的
幌子而反对新文学的"伪新文学"作品,也批判了浅薄的文人滥用新式
标点符号,随意写出很多"俗新文学",他唯一推崇周树人兄弟等几个

人。他还在 1929 年编辑了《中国短篇小说集》，其中收有他自己翻译的
鲁迅小说《头发的故事》，他认为这篇小说能给日本统治下的朝鲜人民
以力量，能鼓舞人们的斗志。1930 年 1 月 4 日开始，他又在《朝鲜日报》
上连载其翻译的《阿 Q 正传》①。

事实上，梁建植和鲁迅的相关红学论文最后都或引用或接受了胡
适等人的考证，前述的盐谷温也在《中国文学概论讲话》再版时专门将
《红楼梦考证》列为参考书目，引用并表示赞同胡适的观点，此外还加了
一篇附录《文学革命》，重点介绍了以胡适、鲁迅为主将的新文化运动。
而梁建植与胡适、青木正儿三者之间的联系更似近代东亚三国学术交
流关系的一个缩影：

中国新文化运动兴起前后，日本统治下的朝鲜半岛民族解放运动
高涨，也出现了建设本国新文化的呼声，中国的新文化运动，势必为其
所关注，而作为新文化运动主将，胡适自然也成为梁建植重点关注的对
象。有趣的是，与梁建植一样关注胡适的还有日本学者青木正儿，而梁
建植最初对胡适的介绍正是译自青木正儿。1920 年 6 月创刊的《开
辟》杂志以"开新纪元、创新时代、养新人物"为宗旨，第 5—8 号连载梁
建植翻译的青木正儿所作《以胡适为中心翻涌着的文学革命》一文。该
文是日本第一篇介绍胡适和新文化运动的文章，在青木氏等人创办的
《中国学》创刊号和第 2 号（1920 年 9 月、10 月）连载，梁建植在该文刊
出后一个月内就将其译出，向韩国介绍了中国当时方兴未艾的新文化
运动，其捕捉信息的目光不可谓不敏锐，他关注的不仅是中国学界，还
有日本学界，尤其关注日本汉学界的动态。

《中国学》和青木正儿对胡适的文学活动颇为关注，创刊号上还有

---

① 参看金秉活《二三十年代朝鲜的鲁迅研究》，《上海鲁迅研究》，1995 年 7 月，第 200 页。

青木氏的《读胡适著〈红楼梦考证〉》一文,还特别介绍了胡适的第一部白话诗集《尝试集》,第 7 号(1921 年 3 月)又有青木氏的《读新式标点〈儒林外史〉》,而此前梁建植也发表了有关中国小说戏曲的论文,并翻译了《红楼梦》前 28 回。以他的学术兴趣,当不可能对青木的上述文章视而不见,虽未将其悉数译出,但他在后来的两篇《红楼梦》论文中重点评介了胡适的版本考订与观点论据,他对胡适红学研究的持续关注和介绍,很难说没有青木氏的影响。

青木正儿在发表《以胡适为中心翻涌着的文学革命》一文后,随即致函胡适,并寄上《中国学》创刊号,以后两人多次通信,互赠书刊,并由此与狩野直喜建立联系,胡适后来所作《〈水浒传〉后考》还颇得青木氏在日本搜求材料之力。而《开辟》社也于 1920 年 12 月致函胡适,寄赠已出各卷外,还请胡适为新年号题词,胡适复函并题写祝词,一并影印刊登于《开辟》1921 年新年号。1921 年 1 月,梁建植致函胡适,表示仰慕,希望其赐文稿和照片刊载于《开辟》,因《开辟》遭日本当局处罚,未果。1923 年,梁建植参与的《东明》周刊于第 2 卷第 16 号(4 月 15 日)刊登了李允宰译胡适的《建设的革命文学论》,并附有胡适站立的照片。而胡适又致函青木正儿,对《中国学》将变成一个"打破国境"的杂志表示"极欢迎",并称《开辟》译载青木正儿的文章,"也是打破国境的一种现象"[1],由此看来,青木正儿大概是从胡适那里得知梁建植翻译之事[2]。

---

[1]　参看桑兵《国学与汉学:近代中外学者交往录》,中国人民大学出版社 2010 年版,第 173 页。

[2]　或许在胡适告知之前,梁建植已与青木正儿联系,并在青木氏授权下翻译他的文章,因未见证实,不敢妄断。在梁建植译文刊出以后,按理也应寄赠青木,当时日本学者极少有人关注中国现代文学,青木氏颇以为孤独,梁建植可谓知音,加之胡适从中介绍,两人当不难建立联系,梁氏后来还翻译了青木正儿的《吴虞的儒教破坏论》(《呉虞氏の儒教破壊論》)一文。

　　纵观梁建植的《红楼梦》研究,他虽然没有在大学讲坛讲授过《红楼梦》,也没有完成全译本,更没有写过红学专著,但他与前述森槐南、狩野直喜、盐谷温、鲁迅诸人不同,他对《红楼梦》的关注是持续的,他的《红楼梦》翻译与评论并非作为大学讲义讲授,而是纯属自身兴趣所致,又是作家兼学者身份,因此更具有个人的自由性特色。客观地说,他的这三篇《红楼梦》文章,主要是评论和介绍他人的观点,较少阐述自己的看法,在红学史上没有太大的突破性价值,但在对当时中国红学界研究成果的关注和介绍方面而言,他又有无可替代的意义。梁建植的这一研究特色与他和中日学界的联系有密切关系,而与他有联系的中日学者正是俗文学研究界的大家。

结　　语

　　近代学者的治学方法、研究成果至今仍为今天的学者所借鉴和利用，使得日本的中国俗文学研究得以延绵不断，成为日本汉学中的一支劲旅。当然，随着时间的推移、时代的发展，当代学者所面临的学术形势毕竟与百年前的先辈们有了很大的不同，第二次世界大战以后的日本中国俗文学研究可以说又进入了一次新的转型期，特别是进入新世纪以来，这种转型期的特征显得尤为突出。

　　与前辈学者一样，第二次世界大战以来的日本中国俗文学研究学者主要也是由大学教授组成的，他们中的代表人物有：京都大学的吉川幸次郎（1904—1980）、小川环树（1910—1994）、入矢义高（1910—1998）、田中谦二（1911—2002）、金文京（1952—　）、井波陵一（1953—）、赤松纪彦（1957—　）；东京大学的小野忍（1905—1980）、伊藤漱平（1925—2009）、竹田晃（1930—2021）、田仲一成（1932—　）、大木康（1951—　）；东北大学的内田道夫（1916—?）、志村良志（1928—1984）、小川阳一（1934—?）、阿部兼也（1937—?）、矶部彰（1950—　）、矶部佑子（1955—　）；早稻田大学的大矢根文次郎（1903—1981）、泽田瑞穗（1912—2002）、冈崎由美（1958—　）；庆应义塾大学的村松暎（1923—?）、冈晴夫（1939—?）、八木章好（1957—　）；广岛大学的白木直也（1909—1996）；北海道大学的饭塚朗（1907—1989）、中野美代子（1933—?）；山口大学的岩城秀夫（1923—2011）；东京都立大学的松枝茂夫（1905—1995）；京都府立大学的小松谦(1959—);大阪市立大学的香坂顺一(1915—2013);横滨市立大学的波多野太郎(1912—2003);山形大学的八木泽元(1905—1977)、庄司格一(1923—?);神户外国语大学的太田辰夫(1916—1999)、佐藤晴彦(1944—);大东文化大学的中川谕(1964—);金泽大学的井波律子(1944—2020)、上田望(1965—);筑波大学的内山知也(1926—?)、小松建男(1955—);冈山大学的高岛俊男(1937—?);神奈川大学的铃木阳一(1950—);大阪经济大学的樽本照雄(1948—);埼玉大学的大塚秀高(1949—);九州大学的中里见敬(1959—);东京外国语大学的川岛郁夫(1955—);关西大学的井上泰山(1952—)等。

他们在师承关系、研究领域等方面或多或少都与前辈学者有联系,这也是由整个日本学界注重家学和师承的大环境所决定的,但又有一些属于自己的特征,兹举数例以言之:

第一,从研究者的年龄层次上看,他们都出生于20世纪,但具有较为明显的世代性:世纪初出生的学者,在第二次世界大战前已逐渐走上学术道路,但其主要成就和影响是在第二次世界大战以后;第二次世界大战前后出生的学者其主要成就在20世纪,进入21世纪以后,他们或因学术兴趣的转移而改变研究方向,或因年事、工作调动等原因而较少有新的研究成果;50年代后期至60年代出生的学者是当前研究队伍的主力军,他们正处于学术研究的黄金时期。

第二,从研究者的整体素质上看,除世纪初出生的学者外,大多长成在相对和平的年代,接受相对完整的基础教育,并且多具有博士学位,不少人毕业于日本的重点大学,受过正规而严格的学术训练,具有较高的学术功底,发表或出版过高质量的学术成果,有些成果还代表了该领域目前的先进水平。

第三,从研究者的汉学背景上看,他们的时代虽然没有前辈学者那样的汉文环境,但他们基本上都是大学的中国学科科班出身,大都具有熟练的现代汉语会话能力,他们不止研究中国文学,还在大学中担任汉语教师,不仅能翻译中国古代的俗文学作品,而且能翻译现代武侠小说。他们基本上都到过中国,有些还在中国访学、留学或取得学位,与中国学界保持较为密切的联系。

第四,从研究者的地理分布上看,他们不再集中于东京大学、京都大学两个老牌的国立大学,而是分布在各地区、各种性质的大学。既有东京大学、京都大学这样的国立大学,也有早稻田大学、庆应义塾大学这样的私立大学;既有综合性大学,也有大阪经济大学、大东文化大学这样的专门大学;既有位于东京、京阪等大都市地区的大学,也有位于金泽、仙台等相对偏远的大学。也有不少学者从国立大学退休后,返聘到地方大学或私立大学,为提升这些大学的学术水平和培养学术继承人做出了较大的贡献。

第五,从研究者的研究特征上看,专才较多,通才较少,但作为一个整体的研究集体来看,他们的研究范围涵盖了包括小说、戏曲、说唱文学在内的整个中国俗文学。学术视野更加宽阔,研究手段更加多样,但仍保持以实证为研究基础的学术传统,特别重视文献资料的发掘整理和文本的解读,选题往往很细密,多微观方面的观察和思考,擅长以小见大。

二战以来的日本中国俗文学研究取得了相当大的成绩,整体研究领域涵盖了各种俗文学样式。既有对已有文献的研究,也有新文献的发现;既有文本研究,也有田野调查;既有译注和考证等较为传统的方法,也有运用现代理论和科技进行研究的新方法;既有纯文学的研究,也有对相关文化的综合解读。其不足之处也是显而易见的,如研究领域分布的不平衡,小说研究独占大头,戏曲和说唱文学研究显得尚不充分。

附录一 近代日本中国俗文学 研究大事年表

本年表所列大体为明近代日本中国俗文学研究状况之经络,简要说明数点:

一、日本该领域研究传统前后相继,故于近代(1868—1945)以外,又略列明治以前为之前引。

二、同一研究者如跨多领域研究,本表则仅列其俗文学研究大事,以醒纲目。

三、近代日本汉学研究具有明显的时代性,故表中列出日本近代政治、文化、外交大事,以明相关重要外部条件。

四、日本汉学是国际汉学的重要组成部分,故又略列欧美中国俗文学研究大事,以明东西汉学之关系。

645 年(唐贞观十九年 日本大化元年)

日本开始"大化改新"运动,汉籍大规模传入,传统汉学逐渐形成,此后直到明治维新为止,汉文化在日本占据上层和主流地位。

1549 年(明嘉靖二十八年 天文十八年)

西班牙传教士方济各到日本,是最早进入日本的西方传教士。

1604 年(万历三十二年 庆长九年)

德川幕府在长崎设立负责与中国商船贸易翻译事务的专门机构,其翻译人员称为"唐通事",把当时的汉语称为"唐话"。

《罗山林先生集》中第一次著录《三国演义》。

1689 年(康熙二十八年 元禄二年)

湖南文山译成《通俗三国志》。

1704 年(康熙四十三年 宝永元年)

冈岛冠山译刊《通俗皇明英烈传》。

1707 年(康熙四十六年 宝永四年)

荻生徂徕与中国僧人悦峰笔谈,问及古小说"唱个大喏"一词、小说(实为戏曲)中"出(齣)"字。

1715 年(康熙五十四年 正德五年)

俄国在北京设立东正教教会。

1716 年(康熙五十五年 享保元年)

唐通事成立"唐韵勤学会",是日本第一个研究汉语白话的学术结社。

1719 年(康熙五十八年 享保四年)

冈岛冠山仿《三国》《水浒》,把日本军记物语《太平记》改编成了章回小说体的汉文小说《太平记演义》。

是年译毕、1761 年出版的《好逑传》英译本是欧洲最早的中国小说戏曲译本。

1728 年（雍正六年　享保十三年）

冈岛冠山《忠义水浒传》训译本前十回刊行，第十一至二十回刊于 1755 年，并记有"二十一回以下嗣刻"字样，然似未见再刻。

1755 年（乾隆二十年　宝历五年）

大阪书林出版俗语辞典《小说字汇》，引录以白话小说为主的中国各类文学作品共 160 种。

1757 年（乾隆二十二年　宝历七年）

冈岛冠山《通俗忠义水浒传》日译本完成于 1704 年，所据底本为李卓吾本，全书共四十七卷一百回，分三编刊于 1757 年，卷四十五至卷四十七及《拾遗》则刊于 1790 年。

1807 年（嘉庆十二年　文化四年）

俄国喀山大学东方系建立。

1814 年（嘉庆十九年　文化十一年）

11 月 1 日，法兰西学院设立汉语、鞑靼和满族语言与文学讲座，是法国第一个汉学机构。雷慕沙（1815—1832 年在任）、儒莲（1832—1873 年在任）、德理文（1873—1893 年在任）、沙畹（1893—1918 年在任）相继主持讲座。

1816 年（嘉庆二十一年　文化十三年）

德国腓特烈威廉帝国大学设立亚洲语言文学讲座，1912 年成立汉学讲座。

德国歌德对《好逑传》大加赞赏。

法国雷慕莎在评论著作《赏与罚》中介绍了《金瓶梅》，认为从该书可以了解当时中国的社会风俗。

1828 年(道光八年　文政十一年)

俄国喀山大学设立蒙古语讲座，1835 年以后，俄国政府曾要求全国所有大学都教授蒙古文，但未能实现。

1832 年(道光十二年　天保三年)

法国儒莲翻译《灰阑记》。

1834 年(道光十四年　天保五年)

儒莲翻译《赵氏孤儿》。

1837 年(道光十七年　天保八年)

俄国喀山大学设立汉文讲座，以西维洛夫(法号丹尼尔)为教授，是俄国最早的大学中的汉学机构。

1843 年(道光二十三年　天保十四年)

法国国立东方语言文化学院设立通俗汉语讲座。巴赞(1843—1863 年在任)、儒莲(1863—1869 年在任)、亚历山大·克莱茨考夫斯基(1871—1886 年在任)、加布里埃尔·德韦里亚(1887—1899 年在任)、维西埃尔(1900—1930 年在任)相继主持讲座。

1853 年(咸丰三年　嘉永五年)

美国将军佩里和日本幕府签订《神奈川条约》《下田条约》，打开日本港口，1858 年的《江户条约》使通商贸易进一步确定。

1855 年（咸丰五年　安政二年）

俄国圣彼得堡大学东方语言系设立，是当时除喀山大学东方系以外唯一的东方语言教育机构。

1856 年（咸丰六年　安政三年）

盐谷温的祖父盐谷箐山为友人菊池纯所作汉文小说《奇文观止本朝虞初新志》作叙。

1859 年（咸丰九年　安政六年）

坪内逍遥（1859—1935）出生。

1860 年（咸丰十年　万延元年）

儒莲翻译包括《三言二拍》《三国演义》等书片段的《中国短篇小说集》和《平山冷燕》。

1861 年（咸丰十一年　文久元年）

清朝设立总理各国通商事务衙门，并招聘外国教习，学习各国语言。

1862 年（同治元年　文久二年）

6 月 2 日，高杉晋作到达上海，这是日本锁国后第一次派员出国。

儒莲翻译《玉娇梨》。其弟子巴赞主要研究元代戏曲，对日本和中国后来的元曲研究，起到了开先河的作用。

英国德庇时翻译《好逑传》《汉宫秋》等。

1863 年（同治二年　文久三年）

森槐南（1863—1911）出生。

1866 年（同治五年　庆应二年）

古城贞吉（1866—1949）出生。

12 月，前岛密向末代将军德川庆喜提交了《汉字废止之议》，最早提出"废除汉字论"。

1867 年（同治六年　庆应三年）

幸田露伴（1867—1947）出生。

12 月，新政府发表"王政复古宣言"。

1868 年（同治七年　明治元年）

狩野直喜（1868—1947）出生。

确立天皇政权为标志的明治维新是日本历史上的转折点，延续了七百年的武士政权至此告终。3 月 14 日，天皇在紫宸殿宣布《五条誓文》，最后两条为：破历来陋习，以天地公道为基；向世界求知识，大力振起皇基。7 月，天皇政权决定迁都东京。医学所、学问所（昌平学校）、开成所（开成学校）复兴。

1869 年（同治八年　明治二年）

藤田丰八（1869—1929）出生。

5 月，南部义筹向大学头山内容堂提出了《修国语论》，明确提倡日文罗马字化。6 月 15 日，下令昌平坂学问所（幕府时期最高学府）改为大学校中心（翌年，改为大学本校），开成所（以藩书调所、洋书调所、兰学为主的外语养成所）、医学校（培养西医）改为大学校分局（翌年，改为南校、东校），三校合并。其中设教育行政职官，统辖全国教育事务，因此，大学校是兼有教育和行政两方面性质的机构。8 月，学校举行学神祭祀，一改《大宝令》以来对孔子的祭祀，而将日本的神作为学神来祭祀。9 月,废止京都皇学所和汉学所。12 月 17 日,"大学校"更名为"大学"。

是年,允许国民赴海外留学。

1870 年(同治九年　明治三年)

笹川临风(1870—1949)出生。

明治政府着手制定近代新学制,提出"邑无不学之户,家无不学之人"的普及教育理想。公布《海外留学规则》,留学费用占全部教育费的 18%。

最初的日报《横滨每日新闻》发行,至 1880 年前后,报纸多达 230 余种。

1871 年(同治十年　明治四年)

宫崎繁吉(1871—1933)出生。

7 月,大学废止,三校复分立,设立文部省,教育机构和教育管理机构分离,大成圣殿绝祀。8 月,神祇官员归入神祇省,神祇省置于太政官之下。

向原来对清朝和日本两方都有朝贡关系的琉球国要求收其版籍,清朝事实上默认其对琉球的吞并。

1872 年(同治十一年　明治五年)

明治政府颁布近代新学制,分为《大学规则》和《中小学规则》,全国分为 8 个大学区,250 个中学区,53 700 余个小学区。神祇省废止,改置教部省。招请欧美学者,1872 年 102 人,1874 年 151 人,1876 年 129 人,月薪 2 000 日元,是当时太政大臣(首相)的两倍。1874 年共付外国专家工资 76 万日元,占年预算的 30%。1877 年,东京大学全校 39 名教授,27 人来自欧美。1881 年,49 人中 26 人来自欧美。

1872—1880 年,儒莲翻译《西厢记》。

1873 年(同治十二年　明治六年)

3 月,公布《学制》第二编。实行和西方一样的太阳历。解除基督教教禁。

8 月,福泽谕吉发表《文字之教》,主张限制汉字。

外务卿副岛种臣出使北京,反对跪拜清朝皇帝,代之以三鞠躬,反对与各国公使同时谒见,要先行谒见,得逞,此举在日本国内引起强烈反响,促进了日本对清朝采取强硬政策。

1874 年(同治十三年　明治七年)

4 月,日本出兵台湾,内阁于此年作与清朝开战的决议。

1875 年(光绪元年　明治八年)

久保天随(1875—1935)出生。

三菱会社开通上海航路,是日本最早的国际航线。

日本与朝鲜发生"江华岛事件",次年签订《修好条约》,规定朝鲜为"自主独立国家",否认了朝鲜对清朝的附属关系。

1877 年(光绪三年　明治十年)

废除教部省,宗教事务归内务省管理。三校再次合并,东京大学正式成立,初设法、理、文、医四学部,最高负责人称为总理,地位相当于内阁首相。9 月,设立和汉学科,讲授儒学和国学,儒学不再是主导地位。

10 月,三岛中洲创设二松学舍,以儒学为宗旨,明治时期第一所分高等科二年与普通科一年半的学校,其中高等二年皆有"中国文学"课程,普通科则无。该校常获天皇赐金。

日本吞并琉球。

王国维(1877—1927)出生。

1878 年(光绪四年　明治十一年)

铃木虎雄(1878—1963)出生,祖父铃木文台、父铃木惕轩都是汉学家。

盐谷温(1878—1962)出生,曾祖(实为伯祖)盐谷宕阴、祖父盐谷簀山、父盐谷青山都是汉学家。

德国莱比锡大学设立汉学系,是德国最早设立汉学系的大学。

1879 年(光绪五年　明治十二年)

狩野直喜进汉学塾同心社学习,该塾后改为"济济黉",校名取自《诗经》"济济多士,文王以宁"。

在田中不二麿《理事功程》一书思想的基础上制定《教育令》,以代替原来的《学制》;又颁布元田永孚执笔的《教学大旨》,明治近代文化运动以来,国家首次重提"仁义忠孝",加强皇权思想。

井上馨出任外务大臣,提出"把日本变成欧洲化的帝国,把日本人民变成欧洲化的人民"。

1880 年(光绪六年　明治十三年)

3 月,森槐南创作的《补春天传奇》刊行,敷演钱塘陈文述梦中与明末才女冯小青相遇,终为"西湖三女士"(冯小青、杨云友、周菊香)修墓的故事。

政府发布《改正教育令》,以讲授儒学道德为内容的修身科置于中心学科位置,养成国民"尊皇爱国之心"。

俄国瓦西里耶夫出版《中国文学史纲要》(原为《世界文学史》的一部分,1880年曾在圣彼得堡单行出版),被称为世界第一部中国文学史。

1881年(光绪七年　明治十四年)

东京大学文学部除和汉文学外,又特设立"古典讲习科"。

足利学校举行明治维新后第一次孔子祭,1906年、1912年、1923年最为典型。1907至1944年,东京汤岛圣堂每年一祭。

鲁迅(1881—1936)出生。

1882年(光绪八年　明治十五年)

末松谦澄《中国古文学略史》刊行,原为其在留英日本学生会的讲演稿,是日本第一部以"中国文学史"为题的著述,但内容主要是先秦诸子学术。

森槐南发表另一部传奇作品《深草秋传奇》,内容为时人小野小町与深草少将之情事。卷首"题词"有一首《水调歌头》,仿《琵琶记》"副末开场",其序则称"调则一仿玉茗《牡丹》'惊梦'一曲"。

早稻田大学前身东京专门学校创立。

朝鲜壬午事变。

1883年(光绪九年　明治十六年)

《西厢记俗解》《水浒传讲义》出版。

"鹿鸣馆"建成,宾馆一切活动仿欧洲形式。

姚文栋《琉球地理志》刊行,是中国第一部汉译日文书。

1884年(光绪十年　明治十七年)

宫原民平(1884—1944)出生。

狩野直喜从济济黉毕业,进入东京神田共立学校学习英语。

东京大学文学部古典讲习科甲部、乙部改称为古典讲习科国书科和古典讲习科汉书科,汉文学教授有三岛毅、岛田重礼。

至是年,出国留学已经成为一大热门。

朝鲜甲申事变。

吴梅(1884—1939)出生。

1885 年(光绪十一年　明治十八年)

坪内逍遥写成《小说神髓》,引入西方小说观念。

东京大学古典讲习科于 1885 年暂停招生,到 1887 年又将学制由四年缩短为三年,并于 1888 年正式废止,总共不过两届毕业生。

森有礼出任文部大臣,主张废除日语,以英语为国语,日本人与欧美人通婚以改良日本人种。出现了主张罗马字化的团体,出版了刊物。

1886 年(光绪十二年　明治十九年)

狩野直喜从东京开成学校毕业,进入第一高等学校。

天皇视察东京大学,认为:"国学汉学固陋,然系历来教育之宜,其忠孝道德之主本,和汉固有,今由西洋教育之方法,设其课程,则于其中须置一修身科,以求在东洋哲学中,探穷道德之精微,使学生近忠孝廉耻,进而知经国安民,此乃堪称我真正日本帝国之大学也。"东京大学于是年设立汉文学科,1889 年改为汉学科。

颁布《寻常中学校学科及其程度》,规定了汉文阅读和写作能力。

西村茂树发表的《日本道德论》,成为国粹主义的先驱。

1887 年(光绪十三年　明治二十年)

青木正儿(1887—1964)出生。

哲学馆创立,后为东洋大学。

中村敬宇发表《汉学不可废论》。

军部提出与清朝作战的具体设想,同时派出大量人员前往中国收集情报。

德国柏林大学东方语言研究所成立。

1888 年(光绪十四年　明治二十一年)

是年至 1890 年,中央堂刊行那珂通世《中国通史》(止于宋元),汉文撰写,是最有代表性的西方通史体著作,后由和田清译为日文,后来中国和日本的诸多通史,多受其影响。

内田周平的《中国哲学史》(仅先秦部分)刊行,是日本第一部以“中国哲学史”为题的著作,第一次把先秦思想称为“哲学”。

枢密院通过《大日本帝国宪法》,于次年 2 月 11 日公布,确立天皇的绝对权威。

1890 年(光绪十六年　明治二十三年)

由坪内逍遥建议,东京专门学校设立日本国内第一个以中国俗文学为特色的文学科,次年创刊《早稻田文学》,森槐南即在该科讲授中国俗文学,第一次将中国俗文学搬上高等学府讲坛。

10 月 30 日,颁布《教育敕语》。11 月 3 日,天皇诞生日“天长节”于东京大学举行最初“奉读式”,诏告天下。是年前后,日本的大学、政府、科技等部门,实现本国人才化。

法国、荷兰学者科尔迪耶、施古德等创办了欧洲唯一的汉学杂志《通报》,以英、法、德语出版,成为国际上最权威的汉学杂志之一。

美国伯克利加州大学设立阿加辛东方语言讲座。

1891 年(光绪十七年 明治二十四年)

竹田复(1891—1986)出生。

儿岛献吉郎在《中国文学》杂志上发表《中国文学史》,虽然只发表了先秦部分即停刊,但这是目前所见日本第一部(篇)直接使用"中国文学史"题名的著述,这一命名方式被后来的学者所沿用,影响及于今日。

铃木虎雄从东京英语学校初等科毕业。

胡适(1891—1962)出生。

1892 年(光绪十八年 明治二十五年)

内田泉之助(1892—1979)出生。

狩野直喜从东京第一高等学校毕业,进入东京大学文科大学汉学科。

1893 年(光绪十九年 明治二十六年)

俄国格奥尔吉耶夫斯基在圣彼得堡出版了《中国人的神话观念和神话故事》,这是世界上较早的该方面的专著之一。

1894 年(光绪二十年 明治二十七年)

汉文书院出版的《中国学》刊发《小说史》《戏曲史》,是为最早的中国小说戏曲分体专史。

铃木虎雄毕业于东京寻常中学。

中日甲午战争爆发。

1895 年(光绪二十一年 明治二十八年)

4 月,藤田丰八组织东京大学青年学友设立东亚学院。该学院设有"中国文学"科目,课程中列有"中国小说""戏曲讲义",发行的第一号讲义中有小柳司气太的《中国文学史》和田中参的《西厢记讲义》。是年至 1897 年，藤田丰八开始执教东京专门学校，主讲"中国文学史"，著《中国文学史稿》，虽只迄于东汉，但已列入了"小说的萌芽"一节。稍后（1897—1904），他与笹川种郎等共著《中国文学大纲》，将李渔、汤显祖列入专论。

狩野直喜从东京大学文科大学汉学科毕业，升入该校研究生院。

清朝与日本签订《马关条约》，承认朝鲜独立，割让辽东半岛、台湾及澎湖列岛给日本，赔偿日本白银两亿两（相当于清政府三年的国家收入），开放杭州等为通商口岸，给予日本最惠国待遇。

1896 年（光绪二十二年　明治二十九年）

盐谷温进入东京第一高等学校，前在学习院就读时，与后来的大正天皇是同学。

1897 年（光绪二十三年　明治三十年）

藤田丰八于 1897 年春来华，先与马建忠共同办报，后协助罗振玉创办东文学社，王国维正在此求学，受藤田丰八等人的影响较深。藤田丰八召集赤门文士策划编写的大型丛书《中国文学大纲》，于是年 8 月开始，每月出版一卷，其中《李笠翁》《汤临川》《元遗山》三卷专门为词曲传奇等俗文学作家立传。《汤临川》不仅有汤临川专题研究，还用半数的篇幅叙述中国古代戏曲发展史。

古城贞吉《中国文学史》出版，这是日本第一部比较系统的中国文学史，但只在再版"余论"中有关于小说词曲的内容。

笹川临风《中国小说戏曲小史》由东华堂出版，是日本最早的中国小说戏曲专史。

铃木虎雄毕业于东京第一高等学校，进入东京大学汉学科。

京都帝国大学成立,原来设在东京的帝国大学改称东京帝国大学。

俄国在海参崴设立远东语言学校和远东研究所,成立黑龙江研究会,并以北满铁路公司为中心,对中国东北进行全面调查和渗透。

1898 年(光绪二十四年　明治三十一年)

笹川临风《中国文学史》出版,这是日本第一部将俗文学与经史诗文并列的中国文学史。

松本文三郎《中国哲学史》出版,这是日本第一部中国哲学通史。

东京专门学校文学部分科,设立国语及汉文科。岛村抱月开始执教东京专门学校,主讲"中国文学史"。

俄国东方学院(海参崴)成立。

美国亚洲学会成立,是维持至今的美国最重要的中国研究单位之一。

郑振铎(1898—1958)出生。

1899 年(光绪二十五年　明治三十二年)

奥野信太郎(1899—1968)出生。

森槐南任东京大学讲师,主讲中国诗学、词曲、俗文学,这是中国俗文学第一次登上日本帝国大学讲堂。

盐谷温考入东京大学史学科,受森槐南的影响,在升入研究生院时,转攻中国文学。

狩野直喜在东京外语学校教汉语。

久保天随毕业于东京大学汉学科,曾从森槐南学。

1900 年(光绪二十六年　明治三十三年)

4 月,狩野直喜、服部宇之吉作为文部省留学生前往北京留学。他们是作为东京、京都两个大学未来的汉学教授被培养的。6月,狩野直喜、古城贞吉、服部宇之吉等在北京遇义和团事件,被困北京城两月。日本出兵镇压义和团运动,是列强中出兵最多的国家。7月,铃木虎雄毕业于东京大学汉学科。8月,狩野直喜回国,11月为京都帝国大学法科大学讲师。

日本在南京设立南京同文书院,次年移至上海,设立东亚同文书院。

敦煌发现藏经洞。英国斯坦因西域探险,发现古画和古文字,1902年在汉堡世界东方学者会议上发表,掀起中亚、西藏探险热潮。

俄国皇家东方学会成立。

1901 年(光绪二十七年 明治三十四年)

2月9日至6月26日,王国维由罗振玉资助、藤田丰八安排,赴东京专门学校附近的东京物理学校留学。

秋,狩野直喜再往中国留学,在上海进入英国皇家亚洲文会北华支会,接触到欧洲汉学的研究方法,1902年入会,1903年以后回国。

铃木虎雄在陆羯南的日本新闻社就职。

翟理斯《中国文学史》在伦敦刊行,被称为是欧美最初的《中国文学史》。

美国哥伦比亚大学设立丁龙中文讲座。

1902 年(光绪二十八年 明治三十五年)

长泽规矩也(1902—1980)出生。

东京专门学校正式更名早稻田大学,森槐南再度受聘执教该校,盐谷温毕业于东京大学,进入研究生院,并任早稻田大学讲师,主讲"中国文学史"。

东海义塾出版东快量《中国小说译解》。

罗振玉在苏州创办寻常高等师范学校,藤田丰八任总教习,藤田丰八还从日本招募了数十名教习,他因此受到清政府表彰。

德国葛禄博出版《中国文学史》。

1903 年（光绪二十九年　明治三十六年）

东京人文社出版久保天随《中国文学史》,提出应当重视从来被轻视的小说戏曲,并对此进行了相对具体的论说。

铃木虎雄前往台湾,为《日日新报》社汉文主任,1905 年 1 月辞职回东京。

辛岛骁(1903—1967)出生。

增田涉(1903—1977)出生。

张之洞主持的《奏定学堂章程》(西历次年 1 月颁布)的"学科程度章第二"首次列入了"中国文学"课程,制定了"中国文学史研究法",明确指出:"日本有《中国文学史》,可仿其意,自行编辑讲授。"中国留日学生和来华日本教习逐年增加。

俄国中亚东亚研究委员会成立。

1904 年（光绪三十年　明治三十七年）

秋,宫崎繁吉已在早稻田大学出版部出版《中国戏曲小说文钞释》讲义,署"讲师宫崎繁吉述"。1905 年 4 月,他又出版《中国近世文学史》讲义,仍署"讲师宫崎繁吉述"。冬,又出版《续中国戏曲小说文钞释》。

林传甲编、作为京师大学堂讲义的《中国文学史》出版,卷首题记:"传甲斯编,将仿日本笹川种郎《中国文学史》之意以成书焉。"但无小说戏曲部分。

王国维发表《红楼梦评论》,此文当受到岛村抱月《文学概论》的影响。

1905 年(光绪三十一年　明治三十八年)

铃木虎雄任东京同文书院讲师、东京高等师范学校讲师。

盐谷温为学习院教授。

东京大学文科大学设立"中国文学讲座"。

早稻田大学设立"清国留学生部"。

日俄战争后,双方签订《朴茨茅斯条约》,确认了日本在远东、中国东北及朝鲜半岛的利益。

1906 年(光绪三十二年　明治三十九年)

4 月,狩野直喜任京都大学文科大学创设委员。7 月,任京都大学文科大学教授。9 月,京都大学成立文科大学,哲学科中有中国哲学课程,次年设东洋史学科。

7 月,盐谷温任东京大学讲师,9 月为助教授,10 月 30 日,作为文部省留学生前往德国、中国留学,和欧洲汉学家接触,在中国俗文学研究方面,受到他们很大的启发。

铃木虎雄任东京大学讲师、明治大学讲师。

古城贞吉任教东洋大学,主讲"中国文学史"。

宫原民平从台湾协会专门学校(拓殖大学前身)毕业,留校任教,此后历任教授、学监,开创了具有拓殖大学特色的"中国学",他也因此被誉为"拓殖大学'中国学'开山之祖"。

1907 年(光绪三十三年　明治四十年)

早稻田大学设立和汉文学科。松平康国开始在早稻田大学主讲

"中国文学史"。古城贞吉任早稻田大学讲师。

京都大学中国哲学、东洋史学、中国文学三个专业的师生联合校外同好者,成立中国学会,这是一个综合性的东洋学研究机构,为日后京都学派的活动发挥了重要的平台作用。狩野直喜获文学博士学位,在京都大学中国学会上先后发表题为《中国戏曲之起源》《〈琵琶行〉题材的元剧》的演讲。

3月,英国人斯坦因携走敦煌文书8102件,现存大英博物馆。

12月,法国人伯希和到达敦煌,逗留3个月,取走约5 500件文书,现存法国巴黎国家图书馆。

1908 年(光绪三十四年　明治四十一年)

森槐南在《汉学》杂志上连载介绍元曲解题。

京都大学文科大学设立"中国语学中国文学讲座",首任教授为狩野直喜,开设中国俗文学史、中国小说戏曲、元曲选、元杂剧等课程,培养了一大批中国文学研究者。铃木虎雄任京都大学助教授。

5月,幸田露伴受聘为文科大学日本文学讲师,9月到任,次年9月辞职回东京,1914 年 9 月正式解聘。

9月,青木正儿进入京都大学文科大学中国文学讲座,为第一届学生。

1909 年(宣统元年　明治四十二年)

盐谷温从德国往中国留学,在北京学习中文一年,初识王国维,王国维亲赠其所著《戏曲考原》《曲录》,盐谷温读后,敬服其博识。盐谷温回国后,读王著《宋元戏曲史》,益为其学识之赅博、考据之精确而折服,以王国维的戏曲研究系列成果为参考,写出博士论文《元曲研究》。

11 月 23 日,东京、大阪两地《朝日新闻》皆以《敦煌石室的发见物》为题报道,是日本国内首次报道敦煌文物。24—27 日,内藤湖南又在《朝日新闻》连载《敦煌发见之古书》。28—29 日,京都大学史学家在京都府立图书馆举行第二届年会,研讨敦煌文物,狩野直喜等人作报告。

罗振玉为京师大学堂农科监督,藤田丰八任总教习。

在哈尔滨的俄国学者发起成立俄国东方学家协会,后与皇家东方学会合并。

德国汉堡殖民学院设立东亚语言和历史讲座,福兰阁任教授。

1910 年(宣统二年　明治四十三年)

狩野直喜开始在文学科开设"中国戏曲及小说"专门课程,这是日本帝国大学第一次开设系统性的中国戏曲小说课程。京都大学派狩野直喜等五人赴北京调查敦煌文物,狩野直喜初见王国维,探讨中国戏曲。京都大学文科大学创办综合性学术期刊《艺文》。

盐谷温往长沙拜叶德辉为师,学习词曲,所得甚多。

日本吞并朝鲜。

1911 年(宣统三年　明治四十四年)

2 月,森槐南、幸田露伴等四人被文部省授予文学博士称号。2 月 11 日至 12 日,京都大学召开盛大报告会、展览会,掀起介绍敦煌文物的第二次高潮。7 月,青木正儿毕业于京都大学,论文题目是《元曲研究》,其中第七章《燕乐二十八调考》中引用了德国学者关于音乐理论和对于中国乐器的相关研究成果。

是年起,辻听花陆续在《顺天时报》上发表剧评。宫原民平于是年 1 月至次年 5 月赴北京留学,研究中国语言文学。

辛亥革命后,在藤田丰八的帮助下,罗振玉、王国维东渡日本。王国维与铃木虎雄研讨戏曲,所著《宋元戏曲史》,对后来日本的中国戏曲研究产生较大的影响。

1912 年(民国元年　大正元年)

2 月,青木正儿首次拜访寓居京都的王国维。8 月 16 日,盐谷温留学回国。9 月,狩野直喜赴英法调查敦煌文物,认为由变文可推导出中国俗文学(话本)之萌芽显现于唐末五代;10 月 20 日,写信介绍俄国探险家科兹洛夫在黑水城遗址所获之"杂剧零本"《刘知远诸宫调》,认为"此为元曲之源流"。

德国柏林大学成立专门研究中国文化的汉学研究所,教授有高延、福兰阁等人。

1913 年(民国二年　大正二年)

10 月,狩野直喜从欧洲回国。11 月 27 日,狩野直喜在京都中国学会第一次大会上作了题为《敦煌发掘物视察谈》的调查报告。次年,安排《元刊杂剧三十种》作为文科大学丛书第二卷出版,题为《覆元椠古今杂剧三十种》。

1914 年(民国三年　大正三年)

金井保三、宫原民平译成《西厢歌剧》。

日本占领青岛。

第一次世界大战爆发。

1915 年(民国四年　大正四年)

盐谷温和泷川资言前往上海,购得《中国史》中译本(泷川资言、市村瓒次郎原著)。

本学年,铃木虎雄在京都大学开设"明代戏曲概要"课程。

青木正儿任京都第一高等女学校汉文讲师。

日本向袁世凯政府提出"二十一条"。

美国芝加哥大学设立东方语文系。

1916 年(民国五年　大正五年)

是年 4 月至 1918 年,铃木虎雄前往北京留学,还专门向人学习《桃花扇》等戏曲。

是年 9 月至次年 6 月,狩野直喜在京都大学讲授"中国小说史"课程,并在《艺文》杂志上连续介绍敦煌文献中有关变文和俗文学的资料,开拓了中国文学研究的新领域。

1917(民国六年　大正六年)

盐谷温开始主持东京大学中国文学讲座,在文科大学夏季公开讲演,后根据竹田复的记录,写成著名的《中国文学概论讲话》,1918 年 12 月完稿,该书分上下两篇,下篇专谈戏曲小说。

是年 9 月至次年 6 月,狩野直喜在京都大学讲授"中国戏曲史"课程。12 月 2 日,狩野直喜在京都中国学会第四次大会上作题为《关于敦煌遗书》的调查报告。

三菱集团购买莫里森文库,更名东洋文库,有藏书约 24 000 册。

英国东方学院创刊《东方学院报》。

1918 年(民国七年　大正七年)

2 月,狩野直喜在国文学会发表题为《〈太平记〉所见中国故事》的演讲。7 月,铃木虎雄任京都大学教授,9 月,经推荐为文学博士。

由于新的大学令,早稻田大学进行机构改组,在文学部分设哲学科、文学科（设有中国文学专业）、史学科。

德国汉堡大学成立中国语言文化研究所，延续至今。第二次世界大战以前，研究所主任为福兰阁。

1919 年（民国八年　大正八年）

5月，盐谷温《中国文学概论讲话》出版。9月，铃木虎雄升任京都大学中国语中国文学第二讲座教授，两讲座制一直保留下来。

是年至1922年，狩野直喜任京都大学文学部部长。

颁布《帝国大学令》，明确全国性帝国大学网络，把原来的分科大学改为学部，允许在帝国大学以外成立公私立大学、单科大学。

1920 年（民国九年　大正九年）

3月，盐谷温以《元曲研究》获东京大学文学博士学位，9月，任该校教授。9月，青木正儿、本田成之、小岛佑马等创办的《中国学》杂志发行。

《顺天时报》社出版辻听花用汉文撰写的中国戏剧研究专著《中国剧》，短短数年间，多次再版。

狩野直喜任高等学校教育检定委员会临时委员。

美国夏威夷大学设立中国语言历史课程，1925年开始收藏中文书籍，1935年成立东方研究所。

法国巴黎大学中国学院成立，首任院长为葛兰言。

1921 年（民国十年　大正十年）

是年10月至1924年5月，竹田复作为文部省在外研究员留学中国，从事中国语言文学研究。

1922 年(民国十一年　大正十一年)

青木正儿前往中国,游历上海、杭州、苏州、南京、扬州等地。

吉川幸次郎由于留学生张景桓的关系,开始学习汉语。

1923 年(民国十二年　大正十二年)

狩野直喜、服部宇之吉任"对支文化事业调查委员会"委员。

青木正儿任东北大学助教授。

吉川幸次郎进入京都大学文学部。

长泽规矩也进入东京大学中国学科。

东北大学、九州大学设立中国文学讲座、汉学讲座。

文部省发布《常用汉字表》(1 962 字)和《略字表》(154 字),这是日本官方最早的汉字整理案,也是汉字限制案。

1924(民国十三年　大正十三年)

青木正儿再往中国,到上海、长沙旅行。

狩野直喜为天皇进讲《尚书》。

日本在朝鲜设立京城帝国大学,1926 年设立法文学部文学科,专门设有"中国语学中国文学讲座",首任讲座教授为儿岛献吉郎,辛岛骁先为讲师,后为助教授(1935 年前),再升任讲座教授(1939 年前)。

1925 年(民国十四年　大正十四年)

青木正儿前往中国留学,经釜山、平壤到北京,在北京和王国维、辻听花、久保天随相见,表示要撰写明清戏曲史,王国维当时并不以为然。

弘文堂出版铃木虎雄《中国文学研究》。共立社出版宫原民平《中国小说戏曲史概说》。

6 月 13 日,狩野直喜在京都中国学会第十二次大会上作题为《关于敦煌遗书》的调查报告。10月9日，以日本退还的庚款为基金，中日成立了中日文化委员会总会（次年7月27日正式定名为东方文化事业总委员会），狩野直喜参与工作，和服部宇之吉前往北京。

德国法兰克福中国学社成立。

1926年（民国十五年　大正十五年　昭和元年）

1月，青木正儿回国，4月，再往中国，到上海、绍兴、宁波、舟山、庐山、汉口、洞庭湖、湘江等地。7月回国，8月任东北大学教授。

3月，盐谷温影印出版《治至新刊全相三国志平话》三卷。同年，北京朴社出版盐谷温著、陈彬龢摘译《中国文学概论》。

吉川幸次郎毕业于京都大学，进入研究生院。

长泽规矩也毕业于东京大学，进入研究生院，研究题目是《中国文学书志学研究》。

实藤惠秀毕业于早稻田大学，毕业论文题为《中国志怪小说所见命运观》，以《聊斋》为中心，旁及六朝志怪小说。

1927年（民国十六年　昭和二年）

6月2日，王国维投昆明湖自尽，25日，狩野直喜、铃木虎雄等人在京都五条袋中庵举行追悼法会，并出版《艺文》追悼专号。

狩野直喜为天皇进讲《关于古代中国儒学政治的理想》。弘文堂出版狩野直喜《中国学文薮》，收有其对《水浒传》和戏曲、杂剧关系的研究文章。

弘文堂出版青木正儿《中国文艺论薮》。

久保天随以《西厢记研究》一文获东京大学文学博士学位，他是继盐谷温之后第二位以元杂剧研究获博士学位的日本汉学家，也是第一位以《西厢记》专书研究获博士学位的日本汉学家。

长泽规矩也受外务省补助,前往北京留学,至 1932 年,他曾先后 7 次前往中国,收集了不少中国通俗文学文献。

1928 年(民国十七年　昭和三年)

盐谷温影印出版《杂剧西游记》六卷、《新编金童玉女娇红记》二卷。

狩野直喜从京都大学离职,为名誉教授,因"对支文化事业调查委员会"工作,前往北京,吉川幸次郎等同行。5 月,济南事件发生,中日关系突变,中方委员全部退出"东方文化事业总委员会"。

弘道馆出版久保天随《中国戏曲研究》,分前后两篇,前篇主要是《西厢记》研究,后篇是对元代以来的一些代表性戏曲作品的研究,附录中还有久保氏所撰《论曲绝句三十首》。日本政府在台湾成立台北帝国大学,最初设文政、理农二学部,文政学部部长为藤田丰八。次年,文政学部文学科增设东洋文学讲座,首任讲座教授为久保天随,助教授为神田喜一郎。

哈佛燕京社成立,设有图书馆,收藏中日文资料,1930 年又设立引得编纂处,编印《汉学索引丛刊》。

1929 年(民国十八年　昭和四年)

盐谷温为天皇进讲《汉书》。影印出版《吴昌龄西游记》《橘浦记》。开明书局出版盐谷温著、孙俍工译《中国文学概论讲话》。

东方文化学院成立,狩野直喜为理事兼京都研究所第一任所长。为天皇进讲《关于儒学在日本的变迁》。

长泽规矩也任东京第一高等学校教授。

1930 年(民国十九年　昭和五年)

青木正儿《中国近世戏曲史》出版。

盐谷温兼任京城帝国大学讲师。

德国汉学家库恩出版《金瓶梅》节译本,后又翻译《好逑传》《红楼梦》《水浒传》《三国演义》《隔帘花影》《子夜》等,最后的译作是《肉蒲团》。

1931 年(民国二十年　昭和六年)

5 月,那波利贞作为文部省在外研究员赴法国留学。1933 年 5 月,再受命往德国留学,8 月回国,主要目的是调查法国所藏敦煌文献,抄录了大量的敦煌文献资料,由此开始了敦煌文书研究,后撰有《俗讲与变文》一文。

增田涉赴上海,从鲁迅学中国小说史,留学的最大成果是促成了他对《中国小说史略》的翻译。

吉川幸次郎回国任京都大学文学部讲师、东方文化学院京都研究所所员。

1932 年(民国二十一年　昭和七年)

狩野直喜为天皇进讲《儒学的政治原理》。

4 月 15 日,盐谷温前往欧美各国出差,在英国拜访翟理斯,临别,后者有诗相赠,次年 1 月 3 日回国。

小川环树毕业于京都大学文学部,毕业论文是《〈儒林外史〉的形式和内容》,进研究生院。

日本书志学会成立,次年创刊《书志学》,1942 年停刊,1965 年复刊。

1933 年(民国二十二年　昭和八年)

狩野直喜任日本学术振兴会委员,"日满文化协会"评议员。

共立社出版长泽规矩也《中国小说》,后收在《长泽规矩也著作集》

第 6 卷。

1934 年(民国二十三年　昭和九年)

11 月,神田喜一郎升任台北帝国大学东洋文学讲座教授,以迄台湾光复。是年末至 1936 年 8 月,作为日据台湾总督府在外研究员赴英、法两国留学,其主要活动是调查两国所藏敦煌文书情况,尤其是尚未介绍到日本的法国伯希和所藏文书。

狩野直喜、服部宇之吉任"日满文化协会"理事。

小野忍、松枝茂夫、竹内好等东京大学中国学文科年轻研究者组织成立中国文学研究会。小川环树赴中国留学,在北京大学、中国大学听课,1936 年回国,1937 年在大谷大学任教。

泽田瑞穗毕业于国学院大学高等师范部。

1935 年(民国二十四年　昭和十年)

4 月,原田季清任台北帝国大学讲师,1939 年 4 月升任助教授。

增田涉翻译的《中国小说史》出版,此书为鲁迅《中国小说史略》之日译本。

1936 年(民国二十五年　昭和十一年)

上海商务印书馆出版青木正儿著、郭虚中译《中国文学发凡》。

奥野信太郎 1936 年至 1938 年留学北京,其间,曾调查北京的戏台,并撰文介绍。

1937 年(民国二十六年　昭和十二年)

吉川幸次郎、小岛佑马前往北京,初见周作人。

弘文堂出版青木正儿《元人杂剧序说》。

盐谷温兼任台北帝国大学讲师。

7月7日,卢沟桥事变爆发。12月,日军占领南京,发动震惊中外的南京大屠杀。

1938 年(民国二十七年 昭和十三年)

3月,青木正儿继铃木虎雄任京都大学中国语学中国文学第二讲座教授,并兼任东北大学教授,所译《元人杂剧》出版。4月,小川环树任东北大学法文学部讲师。

吉川幸次郎在京都大学东方文化研究所计划《元曲辞典》的编写,青木正儿、入矢义高、田中谦二等参与工作,在研究所被称为"元曲研究班",每周召开研究会,并有"会读",会读成果后以《读元曲选记》为题于《东方学报》上连载,后加以整理,成为《元曲选释》四集二十册,于战后刊行。

狩野直喜辞去东方文化学院京都研究所所长职务。

1939 年(民国二十八年 昭和十四年)

4月,盐谷温从东京大学退休。

小川环树任东北大学法文学部助教授。

1940 年(民国二十九年 昭和十五年)

青木正儿为日本学术振兴会委员。

小野忍进入"南满洲铁道株式会社",在上海分社从事江浙地区的民俗调查。

长泽规矩也为法政大学教授。

1941 年(民国三十年 昭和十六年)

盐谷温为东方文化学院理事。

松枝茂夫任九州大学助教授。

青木正儿著、隋树森译、徐调孚校补《元人杂剧序说》由开明书店出版。

12月7日,日本偷袭珍珠港,发动太平洋战争。

1942年(民国三十一年　昭和十七年)

小野忍在大连满铁总社从事北方伊斯兰教研究。

泽田瑞穗和周作人在北京组织"风俗研究会"。

1943年(民国三十二年　昭和十八年)

中央公论社出版出石诚彦《中国神话传说研究》。

阪屋号书店出版竹内好翻译的叶圣陶《小学教师倪焕之》。

小野忍受日本民族研究所之托进行工作。

1944年(民国三十三年　昭和十九年)

森三树三郎出版《中国古代神话》。

狩野直喜被授予日本文化勋章,12月,代理京都东方文化研究所所长事务。

奥野信太郎再赴中国,任辅仁大学教授。

1945年(民国三十四年　昭和二十年)

2月,狩野直喜辞去京都东方文化研究所代理所长职务。

小野忍任日本民族研究所研究员,8月回国。

8月初,美国在广岛、长崎投下原子弹,15日,日本宣布投降,第二次世界大战结束。

附录二 近代日本中国俗文学
研究著述目录

说明：

一、文学史、专著或论文集中涉及中国俗文学者，收录在内，但不收录中国俗文学作品日译本。

二、论文目录按年编排，同一年发表的论文大体按月编排，同一作者或同一出处则相对集中编排。

三、因这一时期的研究文献查阅难度相对较大，其中有部分文献未及寓目，参考于曼玲《中国古典戏曲小说研究索引》（广东高等教育出版社 1992 年版）。

一、论著目录

1894 年

1. 岛村抱月《宣和遗事评释》，东京专门学校出版部 1894 年版。

1895 年

1. 田中从吾轩《西厢记讲义》，东京专门学校出版部，约本年前后。

1897 年

1. 藤田丰八、笹川临风等《中国文学大纲》，日本图书株式会社

1897—1904 年版。

2. 笹川临风《中国小说戏曲小史》,东华堂 1897 年版。

1898 年

1. 笹川临风《中国文学史》,博文馆 1898 年版。

1903 年

1. 久保天随《中国文学史》,人文社 1903 年版。

1904 年

1. 久保天随《中国文学史》,早稻田大学出版部 1904 年版。

2. 宫崎繁吉《中国戏曲小说文钞释》,早稻田大学出版部 1904 年版。

1905 年

1. 宫崎繁吉《中国近世文学史》,早稻田大学出版部 1905 年版。

2. 宫崎繁吉《续中国戏曲小说文钞释》,早稻田大学出版部 1905 年版。

1906 年

1. 古城贞吉《中国文学史》,富山房 1906 年版。

1907 年

1. 久保天随《中国文学史》,平民书房 1907 年版。

1908 年

1. 儿岛献吉郎《中国文学史》,早稻田大学出版部 1908 年版。

1910 年

1. 久保天随《中国文学史》，早稻田大学出版部 1910 年版。

1911 年

1. 森槐南《作诗法讲话》，文会堂书店 1911 年版。

1913 年

1. 西村天囚《南曲〈琵琶记〉附中国戏曲论》，自印本 1913 年。

1919 年

1. 盐谷温《中国文学概论讲话》，大日本雄辩会 1919 年版。

1920 年

1. 辻听花《中国剧》，顺天时报社 1920 年版。

1925 年

1. 宫原民平《中国小说戏曲史概说》，共立社 1925 年版。
2. 铃木虎雄《中国文学研究》，弘文堂 1925 年版。

1926 年

1. 安冈秀夫《小说所见中国民族性》，聚芳阁 1926 年版。

1927 年

1. 青木正儿《中国文艺论薮》，弘文堂 1927 年版。
2. 狩野直喜《中国学文薮》，弘文堂 1927 年版。

1928 年

1. 久保天随《中国戏曲研究》,弘道馆 1928 年版。

1930 年

1. 青木正儿《中国近世戏曲史》,弘文堂书房 1930 年版。

1931 年

1. 长泽规矩也《中国学入门书略解》(改订版),文求堂书店 1931 年版。

1932 年

1. 水野平次《新讲中国文学史》,东洋图书株式合资会社 1932 年版。

1933 年

1. 内田泉之助《中国文学史》,共立社 1933 年版。

1934 年

1. 内田泉之助《晋唐小说》,弘道馆 1933—1934 年版。

1935 年

1. 青木正儿《中国文学概说》,弘文堂 1935 年版。

2. 鲁迅著,增田涉译《中国小说史》,东京赛棱社 1935 年版。

1937 年

1. 青木正儿《元人杂剧序说》,弘文堂 1937 年版。

1938 年

1. 井上红梅《〈金瓶梅〉与〈红楼梦〉》,改造社 1938 年版。

2. 长泽规矩也《中国学术文艺史》,三省堂 1938 年版。

1939 年

1. 长泽规矩也、内田泉之助《中国文学史纲要》,龙文书局 1939 年版。

1940 年

1. 宫原民平《中国口语文学》,日本放送出版协会 1940 年版。

2. 石崎又造《近世日本中国俗语文学史》,弘文堂书房 1940 年版。

3. 波多野乾一《中国剧大观》,大东出版社 1940 年版。

1941 年

1. 青木正儿《江南春》,弘文堂书房 1941 年版。

1942 年

1. 井坂锦江《〈水浒传〉与中华民族》,大东出版社 1942 年版。

2. 青木正儿《中国文学艺术考》,弘文堂 1942 年版。

1943 年

1. 青木正儿《中国文学思想史》,岩波书店 1943 年版。

2. 稻田尹《台湾歌谣集》,台湾艺术社 1943 年版。

1944 年

1. 滨一卫《中国戏剧的故事》,弘文堂 1944 年版。

二、论文目录

1891 年

1. 森槐南《中国戏曲之沿革》,《报知新闻》,1891 年 3 月 16 日。

2. 森槐南《中国小说讲话》,《早稻田文学》,第 5、10、12、14、18、20 号,1891—1892 年。

3. 森槐南《西厢记读方》,《中国文学》第 1、3、6、10、14、18、22 号,1891 年。

1892 年

1. 森槐南《〈红楼梦〉序词》,《城南评论》,第 1 卷第 2 号,1892 年。

2. 森槐南《〈红楼梦〉论评》,《早稻田文学》,第 27 号,1892 年。

3. 柳井絅斋《〈桃花扇〉梗概》,《早稻田文学》,第 21—28 号,1892 年。

1893 年

1. 野口宁斋《吟风歌词曲谱》,《早稻田文学》,第 31 号,1893 年。

1894 年

1. 森槐南《小说史》,《中国学》,京都汉文书院 1894 年版。

2. 森槐南《戏曲史》,《中国学》,京都汉文书院 1894 年版。

3. 幸田露伴《郑廷玉的〈忍字记〉》,《通俗佛教新闻》,1894 年 2 月。

1895 年

1. 幸田露伴《元杂剧》,《太阳》,1895 年 1、6、9 月。

1896 年

1. 笹川临风《金圣叹》,《帝国文学》,1896 年 3—4 月。

2. 笹川临风《读〈云翘传〉》,《文学界》,1896 年 3—5 月。

3. 笹川临风《读〈西厢记〉》,《帝国文学》,1896 年 9—10 月。

4. 笹川临风《金陵十二釵》,《江湖文学》,1896 年 11 月。

5. 笹川临风《元以前的小说》,《太阳》,1896 年 11 月。

1897 年

1. 森槐南《牡丹亭钞目》,《太阳》,第 3 卷第 10、13、15 号, 1897 年。

2. 森槐南《水浒传》,《目不醉草》,第 20 卷,1897 年 8 月。

3. 笹川临风《元代戏曲〈琵琶记〉》,《江湖文学》,1897 年 4 月。

4. 笹川临风《李渔的戏曲论》,《江湖文学》,1897 年 4 月。

5. 笹川临风《中国戏曲》,《太阳》,第 3 卷第 11 号,1897 年 6 月。

6. 笹川临风《汤显祖〈南柯记〉》,《帝国文学》,1897 年 6 月。

7. 笹川临风《答大町桂月》,《日本人》第 47 号,1897 年 7 月 20 日。

8. 大町桂月《评〈先秦文学史〉与〈中国小说戏曲小史〉》,《帝国文学》,第 3 卷第 7 号,1897 年 7 月 10 日。

1898 年

1. 笹川临风《中国文学与室町文学》,《帝国文学》,第 4 卷第 1 号, 1898 年 4 月。

2. 森槐南《琵琶记》,《目不醉草》,第 27 卷,1898 年 4 月。

1899 年

1. 笹川临风《〈长恨歌〉及其戏曲》,《中央公论》,1899 年 5 月。

2. 幸田露伴《粲花主人〈画中人〉》,《新小说》,第 4 年第 12 卷,1899 年 10 月。

1901 年

1. 藤田丰八《论中国小说的起源》,《帝国文学》,第 7 卷第 5 号, 1901 年 5 月。

2. 大町桂月《关于赤门文士》,《新文艺》,第 1 卷第 8 号,1901 年 8 月。

3. 宫崎繁吉《读清代小说》,《新文艺》,第 1 卷第 9 号,1901 年 9 月。

1902 年

1. 幸田露伴《元剧谈片》,《太平洋》,1902 年 8 月。

1903 年

1. 幸田露伴《〈琵琶记〉梗概》,《女学世界》,第 3 卷第 1—3 号,1903 年 1—3 月。

2. 幸田露伴《娼夫张酷贫》,《新小说》,第 8 年第 3 卷,1903 年 3 月。

3. 稻叶君山《中国剧的由来》,《太阳》,第 9 卷第 14 号,1903 年 12 月。

1904 年

1. 千叶掬香《〈水浒记〉解题》,《明星》,1904 年 4 月。

1905 年

1. 宫崎繁吉《清代传奇及杂剧》,《太阳》,第 11 卷第 14、16 号, 1905 年 11 月。

1907 年

1. 冈本正文《中国演剧》,《趣味》,第 2 卷第 3 号,1907 年 3 月。

2. 千叶掬香《中国小说话》,《趣味》,第 2 卷第 9 号,1907 年 9 月。

3. 森槐南《中国小说讲话》,《文章世界》,第 2 卷第 14 号,1907 年。

4. 幸田露伴《游仙窟》,《蜗牛庵夜谭》,春阳堂 1907 年版。

5. 坂本箕山《中国的音乐与演剧》,《太阳》,第 13 卷第 13 号,1907 年 10 月。

1908 年

1. 狩野直喜《〈红楼梦〉的作者及成书时间》,原英文,《活人》,1908 年 3 月。

2. 幸田露伴《金圣叹与王元麓》,《第一高等学校校友会杂志》,1908 年 10 月。

1909 年

1. 狩野直喜《关于中国小说〈红楼梦〉》,《大阪朝日新闻》,1909 年 1 月。

1910 年

1. 狩野直喜《关于〈琵琶行〉题材的中国戏曲》,《大阪朝日新闻》,1910 年 1 月。

2. 狩野直喜《〈水浒传〉与中国戏曲》,《艺文》,1910 年第 5 号。

3. 铃木虎雄《王国维〈曲录〉及〈戏曲考原〉》,《艺文》,1910 年第 8 号。

4. 铃木虎雄《蒋士铨〈冬青树传奇〉》,《大阪朝日新闻》,1910 年 8 月。

5. 森槐南《元曲百种解题》,《汉学》,第 1 编第 3—8 号、第 2 编第 1 号,1910 年 7 月—1911 年 3 月。

6. 宇野哲人《关于中国戏剧》,《汉学》,第 1 编第 5 号,1910 年 10 月。

1911 年

1. 铃木虎雄《周汉游侠与唐代剑侠》,《日本及日本人》,1911 年 1 月。

2. 狩野直喜《元曲的由来和白朴〈梧桐雨〉》,《艺文》,1911 年第 3 号。

3. 幸田露伴《题〈水浒传〉》《再题〈水浒传〉》《三题〈水浒传〉》,东亚堂 1911 年版。

4. 津田左右吉《杂剧与能》,《东洋学报》,第 1 号,1911 年 1 月。

5. 青木正儿《元曲研究》,京都大学毕业论文。

1912 年

1. 幸田露伴《四题〈水浒传〉》,原稿,1912 年 4 月。

2. 森槐南《词曲概论》,《诗苑》,1912 年 10 月—1914 年 1 月。

3. 森槐南《汉晋小说史》,《诗苑》,约在是年。

4. 盐谷温《西厢记考》,《东亚研究》,第 2 卷第 11、12 号,1912 年 11、12 月。

5. 盐谷温《游学漫言》,《东亚研究》,第 2 卷第 11 号,1912 年 11 月。

1913 年

1. 狩野直喜《海外通信》,《艺文》,1913 年第 1 号。

2. 铃木虎雄《〈桃花扇传奇〉作者的诗》,《艺文》,1913 年第 1 号。

3. 铃木虎雄《毛奇龄的拟连厢词》,《东亚研究》,第 3 卷第 7 号,1913 年 7 月。

4. 盐谷温《中国歌曲之沿革》,《东亚研究》,第 3 卷第 5、6 号,1913 年 5、6 月。

5. 盐谷温《南北曲私言》,《东亚研究》,第 3 卷第 7、9、10、11 号,1913 年 7、9、10、11 月。

6. 千叶掬香《中国小说讲话》,《自由讲座》,1913 年 6 月。

1914 年

1. 盐谷温《梧桐雨》,《东亚研究》,第 4 卷第 1 号,1914 年 1 月。

2. 盐谷温《伍员吹箫》,《东亚研究》,第 4 卷第 4、5 号,1914 年 4、5 月。

3. 盐谷温《楚昭王杂剧》,刊载不详,1914 年 12 月。

4. 狩野直喜《续狗尾录》,《艺文》,1914 年第 2、3、11 号。

1916 年

1. 狩野直喜《中国俗文学史研究的材料》,《艺文》,1916 年第 1、3 号。

2. 狩野直喜《中国小说史》,1916—1917 年京都大学讲义,美篶书房 1992 年版。

1917 年

1. 狩野直喜《中国戏曲略史》,1917—1918 年京都大学讲义,美篶书房 1992 年版。

2. 幸田露伴《〈水浒传〉第一美女李师师》,《淑女画报》,1917 年 5 月。

3. 入矢义高《关于宋代的讲谈》,《学艺》,第 1 卷第 2 号,1917 年。

4. 久保天随《读〈荆钗记〉》,《帝国文学》,1917 年。

1919 年

1. 盐谷温《唐代歌舞戏》,《斯文》,第 1 编第 2 号,1919 年 4 月。

2. 盐谷温《中国剧之发展》,《中央公论》,1919 年 5 月。

3. 幸田露伴《中国戏曲》,《帝国文学》,1919 年 8—10 月。

1920 年

1. 迷阳逸人《〈今古奇观〉与〈英草纸〉和〈蝴蝶梦〉》,《中国学》,第 1 卷第 1 号,1920 年 9 月。

2. 盐谷温《宋代杂剧》,《斯文》,第 2 卷第 2 号,1920 年 4 月。

3. 盐谷温《元曲研究》,东京大学博士论文,1920 年。

1921 年

1. 青木正儿《元代杂剧的创始者关汉卿》,《中国学》,第 1 卷第 6 号,1921 年 2 月。

2. 青木正儿《读新式标点〈儒林外史〉》,《中国学》,第 1 卷第 7 号,1921 年 3 月。

3. 青木正儿《〈水浒传〉在日本文学史上的影响》,《中国学》,第 1 卷第 9 号,1921 年 5 月。

4. 狩野直喜《读曲琐言》,《中国学》,第 2 卷第 2 号,1921 年 10 月。

5. 铃木虎雄《采桑传说》,《中国学》,1921 年 3 月。

6. 铃木虎雄《关于桑树的传说》,《中国学》,1921 年 5 月。

7. 铃木虎雄《万古愁曲》,《艺文》,1921 年第 8 号。

8. 盐谷温《中国戏曲之沿革》,《国译汉文大成》,第 9 卷,1921 年

2 月。

1925 年

1. 宫原民平《琵琶记》,《东洋》,第 28 卷第 10 号,1925 年 10 月。

1926 年

1. 盐谷温《中国小说史》,《中国文学大观》,第 8 卷,1926 年 4 月。

2. 盐谷温《关于明代小说"三言"》,《斯文》,第 8 编第 5、6、7 号,1926 年 5、6、7 月。

3. 盐谷温《明代通俗短篇小说》,《改造》,第 8 卷第 8 号,1926 年 7 月。

4. 田中贡太郎《中国小说的语言》,《改造》,第 8 卷第 8 号,1926 年 7 月。

5. 大高岩《贾宝玉的研究》,《满蒙》,1926 年第 4 号。

6. 大高岩《红楼杂感》,《满蒙》,1926 年第 5 号。

7. 青木正儿《自昆曲至皮黄调之推移》,《内藤博士还历祝贺中国学论丛》,京都弘文堂书房 1926 年版。

8. 青木正儿《沈璟〈南九宫十三调曲谱〉与蒋孝之〈九宫十三调〉二谱》,《高濑博士还历纪念中国学论丛》,弘文堂书房 1926 年版。

9. 实藤惠秀《中国志怪小说所见命运观》,早稻田大学毕业论文,1926 年。

1927 年

1. 濑沼三郎《〈儒林外史〉及其著者》,《满蒙》,1927 年第 5 号。

2. 松井秀吉《读〈九命奇冤〉记》,《满蒙》,1927 年第 4、5 号。

3. 山县初男《中国小说》,《满蒙》,1927 年第 9 号。

4. 泷泽俊亮《关于中国剧的音韵、音乐、舞法》,《满蒙》,1927 第 12 号、1928 年第 1—3 号。

5. 幸田露伴《金圣叹》,《随笔春秋》,1927 年 5 月。

6. 米田佑太郎《中国近代小说考》,《东洋》,第 30 卷第 11 号,1927 年。

7. 长泽规矩也《日本现存戏曲小说类目录》,《文字同盟》第 7 号,1927 年。

8. 久保天随《西厢记研究》,东京大学博士论文,1927 年。

1928 年

1. 仓石武四郎《小说家的正统论》,《狩野教授还历纪念中国学论丛》,东京弘文堂书房 1928 年版。

2. 青木正儿《南北曲源流考》,《狩野教授还历纪念中国学论丛》,东京弘文堂书房 1928 年版。

3. 盐谷温《关于〈全相平话三国志〉》,《狩野教授还历纪念中国学论丛》,东京弘文堂书房 1928 年版。

4. 小川琢治《〈穆天子传〉考》,《狩野教授还历纪念中国学论丛》,东京弘文堂书房 1928 年版。

5. 长泽规矩也《〈京本通俗小说〉与清平山堂》,《东洋学报》,第 17 卷第 2 号,1928 年。

6. 长泽规矩也《关于"三言""二拍"》,《斯文》,第 10 编第 9 号,第 11 编第 5 号,1928 年。

1929 年

1. 辛岛骁《金圣叹生平及其文艺批评》,《朝鲜中国文化研究》,京城帝国大学法文学会第二部论纂第 1 辑,刀江书院 1929 年版。

2. 青木正儿《明朝前期的杂剧》,《中国学》,第 5 卷第 4 号,1929 年
12 月。

1930 年

1. 大高岩《小说〈红楼梦〉与清朝文化》,《满蒙》,1930 年第 3 号。

2. 大高岩《〈红楼梦〉的新研究》,《满蒙》,1930 年第 5 号。

1931 年

1. 熊木启作《明代白话短篇小说文化史》,东京大学毕业论文,
1931 年。

2. 石田正信《〈红楼梦〉的一个考察》,东京大学毕业论文,1931 年。

3. 铃木三八男《〈长恨歌〉题材戏曲的发展及〈长生殿〉研究》,东京
大学毕业论文,1931 年。

4. 原三七《中国剧角色研究》,东京大学毕业论文,1931 年。

5. 森井庸男《〈桃花扇〉新研究》,东京大学毕业论文,1931 年。

6. 八木泽元《汤显祖及其〈还魂记〉》,东京大学毕业论文,1931 年。

7. 吉浦千里《关于唐传奇》,东京大学毕业论文,1931 年。

8. 盐谷温《元曲选改题》,《中国学研究》2、3,1931 年 12 月、1933
年 6 月。

1932 年

1. 神田喜一郎《释〈游仙窟〉》,《中国学》,第 6 卷第 2 号,1932 年
4 月。

2. 神田喜一郎《释〈游仙窟〉之补记》,《中国学》,第 6 卷第 3 号,
1932 年 7 月。

3. 伊藤慎一《汉魏六朝神怪小说研究》,东京大学毕业论文,

1932 年。

4. 伊能源太郎《"三言"研究》,东京大学毕业论文,1932 年。

5. 内山良太郎《作为文言小说的〈聊斋志异〉》,东京大学毕业论文,1932 年。

6. 加藤守光《〈琵琶记〉评论》,东京大学毕业论文,1932 年。

7. 下村是隆《唐代小说论》,东京大学毕业论文,1932 年。

8. 早川光二郎《〈水浒传〉研究》,东京大学毕业论文,1932 年。

1933 年

1. 长泽规矩也《关于江户时代中国小说流行之一斑》,《书志学》,第 1 卷第 4 号,1933 年。

2. 神田喜一郎《〈游仙窟〉之我见》,《历史与地理》,第 31 卷第 1 号,1933 年。

3. 石崎又造《〈水浒传〉的异本及其日译本》,《图书馆杂志》,第 27 卷第 1—3 号,1933 年。

4. 柴田天马《狐异七题》,《满蒙》,1933 年第 8 号。

5. 小川环树《小说〈儒林外史〉的形式与内容》,《中国学》,第 7 卷第 1 号,1933 年。

6. 久保天随《〈剪灯新话〉及其对东洋近代文学的影响》,《台北帝国大学文政学部研究年报》第 1 辑,1933 年。

7. 高原四郎《中国小说对日本江户文学的影响》,东京大学毕业论文,1933 年。

8. 榎村巧《〈红楼梦〉评论》,东京大学毕业论文,1933 年。

9. 小森政治《鲁迅论》,东京大学毕业论文,1933 年。

10. 曹钦源《〈红楼梦〉语言学研究》,东京大学毕业论文,1933 年。

1934 年

1. 柴田天马《中国怪奇谭：道中师》，《满蒙》，1934 年第 2 号。

2. 柴田天马《中国怪奇谭：妖道师、狐、鬼》，《满蒙》，1934 年第 2 号。

3. 柴田天马《中国怪奇谭：土偶、何仙、采薇翁》，《满蒙》，1934 年第 3 号。

4. 柴田天马《中国怪奇谭：犬、猿、狐、狼的怪异》，《满蒙》，1934 年第 4 号。

5. 柴田天马《中国怪奇谭：鬼王、鬼子、悍妇》，《满蒙》，1934 年第 5 号。

6. 柴田天马《中国怪奇谭：阎魔与狐与幽灵》，《满蒙》，1934 年第 6 号。

7. 柴田天马《中国怪奇谭：怨鬼与恶鬼》，《满蒙》，1934 年第 7 号。

8. 柴田天马《中国怪奇谭：名裁判与象豚鬼》，《满蒙》，1934 年第 9 号。

9. 柴田天马《中国怪奇谭：七条怪》，《满蒙》，1934 年第 10 号。

10. 柴田天马《中国怪奇谭：巫·僧·僮·蝶·系·狗·狼》，《满蒙》，1934 年第 11 号。

11. 柴田天马《中国怪奇谭：八角奇谈》，《满蒙》，1934 年第 12 号。

12. 柴田天马《关于〈聊斋志异〉》，《满蒙》，1934 年第 12 号，1935 年第 2、5 号。

13. 水野平次《关于古佚小说〈游仙窟〉》，《立命馆文学》，第 1 卷第 12 号，1934 年。

14. 长泽规矩也《现存明代小说书刊行者表初稿》，《书志学》，第 3 卷第 3、5 号，1934 年。

15. 铃木虎雄《李卓吾年谱》，《中国学》，第 7 卷第 2、3 号，1934 年

2、7 月。

16. 上村幸次《元曲〈桃花女〉杂剧的神煞解襄》,《中国学》,第 7 卷第 2 号,1934 年 2 月。

17. 大高岩《关于清末的社会小说》,《同仁》,第 8 卷第 6 号,1934 年。

18. 那波利贞《韩朋赋考》,《历史与地理》,第 34 卷第 4、5 号,1934 年。

19. 盐谷温《关于〈茶酒论〉》,《汉学会杂志》,第 2 卷第 3 号,1934 年。

20. 大井弘夫《〈楚辞·天问〉中的神话传说》,东京大学毕业论文,1934 年。

21. 平田幸男《中国神话研究》,东京大学毕业论文,1934 年。

22. 佐藤永弌《〈桃花扇传奇〉研究》,东京大学毕业论文,1934 年。

23. 津久井信也《关于〈宣和遗事〉》,东京大学毕业论文,1934 年。

1935 年

1. 柴田天马《中国怪奇谭:塑像》,《满蒙》,1935 年第 1 号。

2. 柴田天马《中国怪奇谭:从天落地秀才》,《满蒙》,1935 年第 2 号。

3. 柴田天马《中国怪奇谭:地狱船》,《满蒙》,1935 年第 3 号。

4. 柴田天马《中国怪奇谭:短篇》,《满蒙》,1935 年第 4 号。

5. 柴田天马《中国怪奇谭:贤女传》,《满蒙》,1935 年第 5 号。

6. 柴田天马《中国怪奇谭:愚盗奇谈》,《满蒙》,1935 年第 6 号。

7. 柴田天马《中国怪奇谭:花神檄》,《满蒙》,1935 年第 7 号。

8. 松井秀吉《谈〈九命奇冤〉记》,《满蒙》,1935 年第 4、5 号。

9. 山县初男《关于中国小说》,《满蒙》,1935 年第 9 号。

10. 太田辰夫《关于〈金云翘传〉》,《中国文学月报》,1935 年第 9、10 号。

11. 长泽规矩也《关于中国戏曲的文本》,《书志学》,第 4 卷第 4 号,1935 年。

12. 长泽规矩也《家藏旧钞曲本目录》,《书志学》,第 4 卷第 4 号,1935 年。

1936 年

1. 长泽规矩也《关于元明两朝戏曲小说的书志学的考察》,《汉学会杂志》,第 4 卷第 2 号,1936 年。

2. 八木泽元《冯小青传说及其戏曲》,《汉学会杂志》,第 4 卷第 3 号、第 5 卷第 2 号,1936 年、1937 年。

3. 武田泰淳《关于唐代佛教文学的民众化》,《中国文学月报》,1936 年第 13 号。

4. 石崎又造《芝叟〈卖油郎〉》,《中国文学月报》,1936 年第 15 号。

5. 吉村永吉《〈红楼梦〉热的再兴》,《中国文学月报》,1936 年第 16 号。

6. 千田九一《关于〈今古奇观〉》,《中国文学月报》,1936 年第 19 号。

7. 野村正雄《〈儒林外史〉杂话》,《同仁》,第 10 卷第 4 号,1936 年。

8. 平井雅尾《关于〈聊斋志异〉的著者蒲松龄的遗稿》,《同仁》,第 10 卷第 5 号,1936 年。

9. 平井雅尾《聊斋小曲》,《同仁》,第 10 卷第 9 号,1936 年。

10. 宫原民平《中国戏曲的翻译》,《中国语学报》,1936 年第 2 号。

11. 长泽规矩也《明代戏曲刊行者表初稿》,《书志学》,第 7 卷第 1 号,1936 年。

1937 年

1. 长泽规矩也《家藏曲本目录》,《书志学》,第 8 卷第 3 号,1937 年。

2. 长泽规矩也《家藏中国小说书目》,《书志学》,第 8 卷第 5 号,1937 年。

3. 青木正儿《〈御文库目录〉中的中国戏曲》,《书志学》,第 8 卷第 5 号,1937 年。

4. 目加田诚《关于〈红楼梦评论〉及〈人间词话〉》,《中国文学》,1937 年第 26 号。

5. 丰田穰《读曲杂记》,《斯文》,第 19 编第 3 号,1937 年。

6. 八木泽元《〈牡丹亭〉版本的一个考察》,《斯文》,第 19 编第 11 号,1937 年。

7. 丰田穰《元杂剧中畅道唱道腊道的俗语用例及其意义》,《汉学会杂志》,第 5 卷第 2 号,1937 年。

8. 永持德一《中国剧的全貌及其状况》,大正大学学报创立十周年纪念特辑号,大正大学出版部 1937 年版。

9. 重松俊章《关于敦煌本〈还冤记〉残卷》,《史渊》,第 17 卷,1937 年。

10. 青木正儿《中国文学研究中日本人的立场》,《东京帝大新闻》,1937 年 6 月。

11. 原田季清《关于〈情史〉》,《台大文学》,第 2 卷第 1 期,1937 年。

1938 年

1. 原田季清《话本小说论》,台北帝国大学文政学部《文学科研究年报·言语与文学》第 2 辑,1938 年。

2. 斋藤护一《百回本〈水浒传〉考》,《汉学会杂志》,第 6 卷第 1 号,

1938 年。

3. 工藤篁《织田确斋氏旧藏中国小说的二三事》,《汉学会杂志》,第 6 卷第 2 号,1938 年。

4. 竹田复《诸宫调中刘智远的地位》,《汉学会杂志》,第 6 卷第 2 号,1938 年。

5. 池田毅《游仙窟杂考》,《国学院杂志》,第 44 卷第 4、5 号,1938 年。

6. 长泽规矩也《江户时代〈水浒传〉的流行》,《书志学》,第 11 卷第 6 号,1938 年。

7. 奥野信太郎《论〈三国志演义〉》,《中央公论》,第 54 卷第 9 号,1938 年。

8. 泽田瑞穗《〈剪灯新话〉传入年代》,《中国文学》,1938 年第 25 号。

9. 饭塚朗《桃花扇》,《中国文学》,1938 年第 36 号。

10. 工藤篁《〈卖油郎〉与绀屋高尾》,《中国文学月报》,1938 年第 34 号。

11. 泽田瑞穗《关于道情》,《中国文学月报》,1938 年第 44 号。

12. 青木正儿《从小说〈西湖三塔〉到〈雷峰塔〉》,《文化》,第 5 卷第 5 号,1938 年。

13. 大高岩《论〈红楼梦〉金陵十二钗》,《满蒙》,第 19 卷第 2、3、5 号,1938 年。

14. 大高岩《〈红楼梦〉的构想》,《满蒙》,第 19 卷第 7 号,1938 年。

15. 铃木善三郎《孟姜女》,《满蒙》,第 18 卷第 6 号,1938 年。

16. 八木泽元《明代剧作家梅鼎祚》,《斯文》,第 20 编第 12 号,1938 年。

17. 山崎宏《关于唐代的义邑、法社与俗讲》,《史学集志》,第 49 卷第 7 号,1938 年。

18. 那波利贞《梁户考》,《中国佛教史学》,第 2 卷第 1、2、4 号,
1938 年 3—11 月。

19. 稻田尹《〈红楼梦〉研究》,台北帝国大学毕业论文,1938 年。

1939 年

1. 长泽规矩也《〈金瓶梅〉在我国的流行》,《书志学》,第 12 卷第 1
号,1939 年。

2. 长泽规矩也《家藏中国曲本小说书目补遗》,《书志学》,第 13 卷
第 1 号,1939 年。

3. 长泽规矩也《"三言"书名版本续考》,《书志学》,第 13 卷第 3 号,
1939 年。

4. 长泽规矩也《〈大唐三藏法师取经记〉与〈大唐三藏取经诗话〉》,
《书志学》,第 13 卷第 6 号,1939 年。

5. 神田喜一郎《家藏明版戏曲小说目录》,《书志学》,第 12 卷第 5
号,1939 年。

6. 神田喜一郎《家藏明版戏曲小说目录补遗》,《书志学》,第 13 卷
第 1 号,1939 年。

7. 原田季清《中国"骈文"与"小说"之关系》,《台大文学》,第 4 卷第
2 号,1939 年。

8. 稻田尹《关于〈石头记〉创作的记录》,《台大文学》,第 4 卷第 4
号,1939 年。

9. 服部宇之吉《从中国传奇小说看中国国民性》,《文艺春秋》,第
17 卷第 1 号,1939 年。

10. 石崎又造《〈庆长见闻集〉与〈卖油郎独占花魁〉》,《中国文学月
报》,1939 年第 54 号。

11. 近藤杢《日本近世中国俗文学小史》,《东亚研究讲座》,第 87 辑,1939 年 6 月。

12. 那波利贞《基于佛教信仰的中晚唐社邑》,《史林》,第 24 卷第 3、4 号,1939 年 7、9 月。

13. 那波利贞《中晚唐时代俗讲僧文溆法师释疑》,《东洋史研究》,第 4 卷第 6 号,1939 年 8 月。

1940 年

1. 吉田幸一《关于〈游仙窟〉的成书、作者、传入日本的年代》,《书志学》,第 15 卷第 1 号,1940 年。

2. 吉田幸一《〈游仙窟〉注引用书目索引》,《书志学》,第 15 卷第 1 号,1940 年。

3. 吉田幸一《〈游仙窟〉关系文献目录》,《书志学》,第 15 卷第 3 号,1940 年。

4. 东洋文学会《〈游仙窟〉以及有关资料展览参考书志》,《书志学》,第 15 卷第 1 号,1940 年。

5. 荒井瑞雄《关于毛声山》,《汉学会杂志》,第 8 卷第 1 号,1940 年。

6. 尾上八郎《中国小说与日本记事》,《汉学会杂志》,第 8 卷第 2 号,1940 年。

7. 小川环树《关于全像本〈水浒传〉》,《文化》,第 7 卷第 6 号,1940 年。

8. 小川环树《关于〈剪灯丛话〉》,《文化》,第 7 卷第 6 号,1940 年。

9. 八木泽元《论〈牡丹亭〉版本及其形成年代》,《斯文》,第 22 编第 1 号,1940 年。

10. 斋藤护一《关于全像本〈水浒传〉》,《斯文》,第 22 编第 12 号,

1940 年。

11. 丰田穰《续读曲杂记》，《斯文》，第 22 编第 12 号，1940 年。

12. 足立原八束《古名家杂剧及元人杂剧选研究》，《斯文》，第 22 编第 12 号，1940 年。

13. 小衫一雄《〈搜神记〉评论》，《史观》，1940 年第 25 号。

14. 上村幸次《〈搜神记〉考》，《大谷学报》，第 21 卷第 4 号，1940 年。

15. 后藤和夫《梁山泊快杰列传》，《文艺春秋》，第 18 卷第 4 号，1940 年。

16. 八幡关太郎《金圣叹》，《东洋》，1940 年第 4 号、1941 年第 6 号。

17. 高林静夫《〈聊斋志异〉的狐》，《中国文学》，1940 年第 62 号。

1941 年

1. 田中谦二《关于元曲和险韵的关系》，《东方学报》，第 12 卷第 2 号，1941 年。

2. 入矢义高《〈盛世新声〉与〈重刊增益词林摘艳〉》，《东方学报》，第 12 卷第 2 号，1941 年。

3. 入矢义高《关于话本的性质》，《东方学报》，第 12 卷第 3 号，1941 年。

4. 丰田穰《〈搜神记〉〈搜神后记〉源流考》，《东方学报》，第 12 卷第 3 号，1941 年。

5. 丰田穰《明刊四十卷〈拍案惊奇〉及〈水浒志传评林〉全本的出现》，《斯文》，第 32 编第 6 号，1941 年。

6. 内田道夫《礼亲王的戏曲与清朝文化》，《汉学会杂志》，第 9 卷第 2 号，1941 年。

7. 原田季清《中北支俗文学资料调查报告》，台北帝国大学文政学部编《东亚事情：昭和十四年度海外视察报告》，1941 年版。

1942 年

1. 秋谷《评〈盛明杂剧三集〉》，《斯文》，第 24 编第 2 号，1942 年。

2. 秋谷《评〈唐宋传奇集〉》，《斯文》，第 24 编第 10 号，1942 年。

3. 工藤篁《宋人话本》，《斯文》，第 24 编第 4 号，1942 年。

4. 波多野太郎《卢生及谢小娥》，《中和月刊》，1942 年第 3、5、6 号。

5. 内田道夫《论清代小说》，《汉学会杂志》，第 10 卷第 3 号，1942 年。

6. 松枝茂夫《论〈醒世姻缘传〉》，《文学研究》，1942 年第 32 号。

7. 田中克己《〈老残游记〉的妙法》，《中国文学》，1942 年第 81 号。

8. 吉川幸次郎《元杂剧的听众》，《东洋史研究》，第 7 卷第 5 号，1942 年。

9. 丰田穰《关于〈曲品〉及〈新传奇品〉的一钞本》，《书志学》，第 18 卷第 1 号，1942 年。

1943 年

1. 上村幸次《论〈搜神记〉的价值》，《中国学》，第 15 卷特别号，1943 年。

2. 山中鹰夫《〈金瓶梅〉的作者》，《火源》，第 6 卷第 5 号，1943 年。

3. 田中谦二《元杂剧的题材》，《东方学报》，第 13 卷第 4 号，1943 年。

4. 吉川幸次郎《元杂剧的作者》，《东方学报》，第 13 卷第 4 号，1943 年。

5. 村田治郎《在满洲的薛仁贵传说》，《学志》，第 1 卷第 3、4 号，

1943 年。

6. 秋谷《评元曲〈金钱记〉》,《斯文》,第 25 编第 8 号,1943 年。

7. 今关天彭《长生殿传奇》,《东洋》,1943 年第 1、2 号。

8. 藤原登喜夫《〈聊斋志异〉研究》,台北帝国大学毕业论文,1943 年。

1944 年

1. 入矢义高《元曲助字杂考》,《东方学报》,第 14 卷第 1 号,1944 年。

2. 吉川幸次郎《元杂剧的构成》,《东方学报》,第 14 卷第 2—4 号,1944 年。

3. 吉川幸次郎《元杂剧的文章》,《东方学报》,第 15 卷第 1 号,1944 年。

4. 井上红梅《白蛇传》,《东洋》,1944 年第 4 号。

5. 秋谷《评〈儒林外史〉》,《斯文》,第 26 编第 11、12 号,1944 年。

参 考 文 献

一、外文部分

（一）外文著作

日文部分

1. 末松谦澄《中国古文学略史》，文学社 1882 年版。

2. 藤田丰八《中国文学史》，东京专门学校出版部，约 1895 年。

3. 藤田丰八《中国文学史稿·先秦文学》，东华堂 1897 年版。

4. 中根淑《中国文学史要》，金港堂 1900 年版。

5. 松平康国《中国文学史谈》，早稻田大学出版部，约 1900 年。

6. 永井一孝《国文学史》，早稻田大学出版部，约 1900 年。

7. 岛村抱月《文学概论》，早稻田大学出版部，约 1900 年。

8. 幸田露伴《露伴丛书》，博文馆 1902 年版。

9. 日下宽《中国文学》，出版地点及时间不详。

10. 儿岛献吉郎《中国文学史纲》，富山房 1912 年版。

11. 湖南文山《通俗三国志》，有朋堂书店 1912 年版。

12. 金井保三、宫原民平译《西厢歌剧》，文求堂书店 1914 年版。

13. 儿岛献吉郎《中国文学考》，目黑书店 1920 年版。

14. 大隈重信《东西文明之调和》，早稻田大学出版部 1922 年版。

15. 井上红梅《金瓶梅：中国社会的状态》，上海日本堂书店 1923

年版。

16. 宫原民平《中国小说戏曲史概说》,共立社 1925 年版。

17. 坪内逍遥《逍遥选集》,春阳堂 1926 年版。

18. 斯文会编《斯文六十年史》,斯文会 1929 年版。

19. 冈田正之《日本汉文学史》,共立社书店 1929 年版。

20. 庆应义塾大学《庆应义塾七十五年史》,庆应义塾 1932 年版。

21. 东京帝国大学编《东京帝国大学五十年史》,东京帝国大学 1932 年版。

22. 石田干之助《欧人的中国研究》,日本图书株式会社 1932 年版。

23. 儿岛献吉郎《中国文学杂考》,关书院 1933 年版。

24. 京都帝国大学文学部编《京都帝国大学文学部三十周年史》,1935 年版。

25. 矢嶋玄亮《中国文学年表》,关书院 1936 年版。

26. 牧野谦次郎《日本汉学史》,世界堂书店 1938 年版。

27. 后藤末雄《中国思想西渐法国》,第一书房 1939 年版。

28. 笹川临风《琵琶记物语》,博多成象堂 1939 年版。

29. 石田干之助《长安之春》,创元社 1941 年版。

30. 东京帝国大学《东京帝国大学学术大观·总说篇·文学部篇》,东京帝国大学 1942 年版。

31. 石田干之助《欧美的中国研究》,创元社 1942 年版。

32. 京都帝国大学编《京都帝国大学史》,1943 年版。

33. 滨一卫《中国戏剧的故事》,弘文堂 1944 年版。

34. 盐谷温《中国文学概论》,弘道馆 1947 年版。

35. 吉川幸次郎《元杂剧研究》,岩波书店 1948 年版。

36. 青木正儿《清代文学评论史》,岩波书店 1950 年版。

37. 长泽规矩也《中国文学概观》,学友社 1951 年版。

38. 幸田露伴《露伴全集》,岩波书店 1951、1955 年版。

39. 大矢根文次郎《中国文学史》(上),前野书店 1955 年版。

40. 仓石武四郎《中国文学史》,中央公论社 1956 年版。

41. 内田泉之助《中国文学史》,明治书院 1956 年版。

42. 盐谷温《天马行空》,日本加除出版株式会社 1956 年版。

43. 京都大学《京都大学文学部五十年史》,京都大学 1957 年版。

44. 大村弘毅《坪内逍遥》,吉川弘文馆 1958 年版。

45. 大阪市立大学中国文学研究室编《中国的八大小说》,平凡社 1965 年版。

46. 福地樱痴《福地樱痴集》,筑摩书房 1966 年版。

47. 八木泽元《游仙窟全讲》,明治书院 1967 年版。

48. 奥野信太郎著,村松暎编《中国文学十二话》,日本放送出版协会 1968 年版。

49. 小林秀雄编《幸田露伴·泉镜花》,《现代日本文学馆》第 3 卷,文艺春秋株式会社 1968 年版。

50. 坪内逍遥《坪内逍遥集》,《明治文学全集》第 16 卷,筑摩书房 1969 年版。

51. 吉川幸次郎《吉川幸次郎全集》,筑摩书房 1969、1971 年版。

52. 神田喜一郎《敦煌学五十年》,筑摩书房 1970 年版。

53. 狩野直喜《中国文学史》(上古至六朝),美篶书房 1970 年版。

54. 青木正儿《青木正儿全集》,春秋社 1969—1975 年版。

55. 内田泉之助《唐代传奇》,明治书院 1971 年版。

56. 宫崎市定《〈水浒传〉——虚构中的史实》,中央公论社 1972 年版。

57. 狩野直喜《中国学文薮》,美篶书房 1973 年版。

58. 吉川幸次郎述,黑川洋一编《中国文学史》,岩波书店 1974

年版。

59. 那波利贞《唐代社会文化史研究》，创文社 1974 年版。

60. 早稻田大学编《稿本早稻田大学百年史》，早稻田大学出版部 1974、1977 年版。

61. 前野直彬《中国文学史》，东京大学出版会 1975 年版。

62. 盐谷赞《幸田露伴》，中央公论社 1977 年版。

63. 西周《西周全集》第 4 卷，宗高书房 1981 年版。

64. 神田喜一郎编《中国诗学概说·森槐南遗稿》，临川书店 1982 年版。

65. 大矢根文次郎《〈世说新语〉和六朝文学》，早稻田大学出版部 1983 年版。

66. 东京大学编《东京大学百年史》，东京大学出版会 1983 年版。

67. 狩野直喜《清朝的制度与文学》，美篶书房 1984 年版。

68. 石田干之助《石田干之助著作集》，六兴出版社 1985 年版。

69. 长泽规矩也《长泽规矩也著作集》，汲古书院 1985 年版。

70. 神田喜一郎《神田喜一郎全集》，同朋舍 1986 年版。

71. 早稻田大学编《早稻田大学百年史》，早稻田大学出版部 1988 年版。

72. 斩马剑禅《东西两大学：东京帝大与京都帝大》，讲谈社 1988 年版。

73. 江上波夫编《东洋学系谱》，大修馆 1992、1994 年版。

74. 狩野直喜《中国小说戏曲史》，美篶书房 1992 年版。

75. 宫崎市定《宫崎市定全集》，岩波书店 1992 年版。

76. 京都大学编《京都大学百年史》，京都大学后援会 1998 年版。

77. 三浦叶《明治汉文学史》，汲古书院 1998 年版。

78. 坪内祐三等编《幸田露伴》，《明治文学》第 12 卷，筑摩书房

2000 年版。

79. 东方学会编《东方学回想》8 卷,刀水书房 2000 年版。

80. 宫原民平《宫原民平文集》,拓殖大学出版社 2001 年版。

81. 砺波护《京洛之学风》,中央公论新社 2001 年版。

82. 高田时雄《草创期的敦煌学》,知泉书店 2002 年版。

83. 砺波护《京都大学东洋学百年》,京都大学学术出版会 2002 年版。

84. 三浦叶《明治时代的汉学》,汲古书院 2003 年版。

85. 仓石武四郎《日本中国学之发展》,二松学舍大学 2006 年版。

86. 冈崎由美、黄仕忠、伴俊典、川浩二《早稻田大学坪内博士纪念演剧博物馆藏〈水浒记〉钞本的翻刻与研究》,成志社 2013 年版。

其他

1. [英]翟理斯《中国文学史序》,纽约阿普尔顿出版公司 1901 年版。

2. [德]葛禄博《中国文学史》,莱比锡阿美朗斯出版社 1902 年版。

(二)外文论文

1. 坪内逍遥《日本史剧》,《早稻田文学》第 49、50、51、55、60、61 号,1893 年 10 月—1894 年 4 月。

2.《早稻田文学小史》,《早稻田文学》第 3 期第 9 号,1898 年 6 月。

3. 幸田露伴《明治二十年前后的二文星》,《早稻田文学》第 232 号,1925 年 6 月。

4. 市岛谦吉《回忆往事》,《早稻田文学》第 380 号,1926 年 10 月。

5. 盐谷温《先师叶郋园先生追悼记》,《斯文》第 9 编第 8 号,1927 年 8 月。

6. 那波利贞《晚唐有关茶的滑稽文学作品》,《史林》第 30 卷第 3 号,1946 年 3 月。

7. 古城贞吉《我与狩野博士》,《东光》第 5 号《狩野先生永逝纪念》, 1948 年。

8. 青木正儿《我与君山先生及元曲》,《东光》第 5 号《狩野先生永逝纪念》,1948 年。

9. 那波利贞《俗讲与变文》,《佛教史学》第 1 卷第 2、3、4 号,1950 年 1、6、10 月。

10. 宫崎市定《〈水浒传〉的伤痕——现行本成立过程的分析》,《东方学》第 6 辑,1953 年 7 月。

11.《那波利贞自撰略历》,《东洋史研究》第 12 卷第 5 号,1953 年。

12. 那波利贞《中晚唐五代佛教寺院变文演出方式》,《甲南大学文学会论集》(2),1955 年 2 月。

13. 那波利贞《敦煌发现古写录〈茶酒论〉之研究》,《甲南大学文学会论集》(8),1958 年 12 月。

14. 那波利贞《敦煌发现本〈悉达太子修道因缘〉解说》,龙谷大学《西域文化研究》第 1 卷,法藏馆 1958 年版。

15. 那波利贞《变文探源》,《樽本博士古稀纪念东洋学论丛》,1960 年 6 月。

16. 黄得时《久保天随博士小传》,《中国中世文学研究》2,1962 年 3 月。

17. 小野忍《盐谷先生治学的西洋方法》,《东京中国学报》第 9 号,1963 年 6 月。

18. 远藤光正《〈中国故事金言集〉中〈明文抄〉与〈太平记〉出典之关系》,《东洋文化研究所纪要》第 7 辑,1967 年 3 月。

19. 宫崎市定《两个宋江?》,《东方学》第 34 辑,1967 年 6 月。

20. 田中谦二《日本的元代戏剧研究史》,载日本东方学会编《亚洲学刊》第 16 期,1969 年。

21. 大矢根文次郎《〈太平记〉中的批评文、汉语、汉诗文、故事二三题》,《军记物及其周边——佐佐木八郎博士古稀纪念论文集》,早稻田大学出版部 1969 年版。

22. 狩野直祯《狩野直喜博士年谱》,《东方学》第 42 辑,1971 年 8 月。

23. 宫崎市定《〈水浒传〉与江南民屋》,《文学》第 49 卷第 4 号,1981 年 4 月。

24. 钱鸥《京都时代的王国维与铃木虎雄》,《中国文学报》第 49 册,1994 年。

25. 钱鸥《青年时代的王国维与明治学术文化》,《日本中国文学会报》第 48 集,1996 年 12 月。

26. 钱鸥《罗振玉、王国维与明治日本学界的接触:围绕农学报、东文学社时代》,《中国文学报》第 55 册,1997 年 10 月。

27. 杜轶文《古城贞吉与〈中国文学史〉》,《二松学舍大学大学院纪要》第 17 卷,2003 年。

28. 杜轶文《儿岛献吉郎与中国文学史研究》,《二松学舍大学人文论丛》第 71 卷,2003 年。

29. 杜轶文《藤田丰八的中国文学史研究》,《二松学舍大学人文论丛》第 73 卷,2004 年。

30. 杜轶文《笹川临风的中国文学研究》,《二松学舍大学人文论丛》第 80 卷,2008 年。

31. 沟部良惠《森槐南的中国小说史研究——以先唐为中心》,《中国研究》,2008 年第 1 号。

二、中文部分

（一）中文著作

1. 林传甲《中国文学史》,武林谋新室 1914 年版。

2. 张静庐《中国小说史大纲》，上海泰东图书局 1920 年版。

3. 鲁迅《小说史大略》，油印本 1920 年版。

4. 庐隐《中国小说史略》，《晨报》副刊《文学旬刊》第 3—11 号，1923 年 6—9 月。

5. 徐敬修《说部常识》，大东书局 1925 年版。

6. 吴梅《中国戏曲概论》，大东书局 1926 年版。

7. 范烟桥《中国小说史》，苏州秋叶社 1927 年版。

8. 鲁迅《中国小说史略》，北新书局 1927 年版。

9. 胡怀琛《中国小说研究》，商务印书馆 1929 年版。

10. 刘永济《小说概论讲义》，商务印书馆函授学校国文科，约 1930 年前后。

11. 沈从文《中国小说史》，暨南大学出版室，约 1930 年前后。

12. 孙俍工《中国小说史》，暨南大学出版室，约 1930 年前后。

13. 胡怀琛《中国小说的起源及其演变》，正中书局 1934 年版。

14. 胡怀琛《中国小说概论》，世界书局 1934 年版。

15. 卢前《中国戏剧概论》，世界书局 1934 年版。

16. 谭正璧《中国小说发达史》，光明书局 1935 年版。

17. 卢前《明清戏曲史》，商务印书馆 1935 年版。

18. 周贻白《中国戏剧史略》，商务印书馆 1936 年版。

19. 王古鲁编著《最近日人研究中国学术之一斑》，自印本 1936 年版。

20. 胡适《白话文学史》，新月书店 1938 年版。

21. 郭箴一《中国小说史》，商务印书馆 1939 年版。

22. 蒋祖怡《小说纂要》，正中书局 1948 年版。

23. 郑振铎《插图本中国文学史》，人民文学出版社 1957 年版。

24. 孙楷第《日本东京所见中国小说书目》，人民文学出版社 1958

年版。

25. 黄遵宪著,钱仲联笺注《人境庐诗草笺注》,上海古籍出版社 1979 年版。

26. 严绍璗《日本的中国学家》,中国社会科学出版社 1980 年版。

27. 鲁迅《鲁迅全集》,人民文学出版社 1981 年版。

28. 梁容若《现代日本汉学研究概观》,商务印书馆 1985 年版。

29.《中国艺术研究院首届研究生硕士学位论文集》,文化艺术出版社 1985 年版。

30. 靳文翰等主编《世界历史词典》,上海辞书出版社 1985 年版。

31. 陈玉堂《中国文学史书目提要》,黄山书社 1986 年版。

32. 严绍璗《中日古代文学关系史稿》,湖南文艺出版社 1987 年版。

33. 胡适《胡适古典文学研究论集》,上海古籍出版社 1988 年版。

34. 钟兆华《元刊全相平话五种校注》,巴蜀书社 1990 年版。

35. 钱林森《中国文学在法国》,花城出版社 1990 年版。

36. 陈鸿祥《王国维年谱》,齐鲁书社 1991 年版。

37. 于曼玲《中国古典戏曲小说研究索引》,广东高等教育出版社 1992 年版。

38. 严绍璗《汉籍在日本的流布研究》,江苏古籍出版社 1992 年版。

39. 马兴国《中国古典小说与日本文学》,辽宁教育出版社 1993 年版。

40. 上海市红楼梦学会编《红楼梦之谜》,上海古籍出版社 1994 年版。

41. 耿云志编《胡适遗稿及秘藏书信》第 42 册,黄山书社 1994 年版。

42. 叶嘉莹《王国维及其文学批评》,河北教育出版社 1997 年版。

43. 胡从经《中国小说史学史长编》,上海文艺出版社 1998 年版。

44. 董康《书舶庸谭》,辽宁教育出版社 1998 年版。

45. 李庆编注《东瀛遗墨——近代中日文化交流稀见史料辑注》,上海人民出版社 1999 年版。

46. 孙歌等《国外中国古典戏曲研究》,江苏教育出版社 2000 年版。

47. 胡适著,曹伯言整理《胡适日记全编》,安徽教育出版社 2001 年版。

48. 顾颉刚《当代中国史学》,上海古籍出版社 2002 年版。

49. 寿芝《红楼梦谱》,北京图书馆出版社 2002 年影印版。

50. 王三庆等编《日本汉文小说丛刊》,台湾学生书局 2003 年版。

51. 陈鸿祥《王国维全传》,人民出版社 2003 年版。

52. 苗怀明《二十世纪戏曲文献学述略》,中华书局 2005 年版。

53. 严绍璗《日本藏汉籍珍本追踪纪实》,上海古籍出版社 2005 年版。

54. 莫东寅《汉学发达史》,大象出版社 2006 年版。

55. 邱岭、吴芳龄《三国演义在日本》,宁夏人民出版社 2006 年版。

56. 孙玉明《日本红学史稿》,北京图书馆出版社 2006 年版。

57. 张西平编《欧美汉学研究的历史与现状》,大象出版社 2006 年版。

58. 王高鑫、程仁桃《东亚三国古代关系史》,北京工业大学出版社 2006 年版。

59. 钱婉约《从汉学到中国学——近代日本的中国研究》,中华书局 2007 年版。

60. 张宝三、杨儒宾编《日本汉学研究初探》,华东师范大学出版社 2008 年版。

61. 叶国良、陈明姿编《日本汉学研究续探:文学篇》,华东师范大学出版社 2008 年版。

62. 王国维《王国维文学论著三种》,商务印书馆 2009 年版。

63. 谢维扬、房鑫亮主编《王国维全集》,浙江教育出版社、广东教育出版社 2010 年版。

64. 严绍璗《日本中国学史稿》,学苑出版社 2009 年版。

65. 苗怀明《二十世纪中国小说文献学述略》,中华书局 2009 年版。

66. 陈平原、王枫编《追忆王国维》(增订本),三联书店 2009 年版。

67. 马奔腾辑注《王国维未刊来往书信集》,清华大学出版社 2010 年版。

68. 宋莉华《传教士汉文小说研究》,上海古籍出版社 2010 年版。

69. 桑兵《国学与汉学:近代中外学者交往录》,中国人民大学出版社 2010 年版。

70. 荒见泰史《敦煌讲唱文学写本研究》,中华书局 2010 年版。

71. 王涵《梦里不知身是客》,南京大学出版社 2010 年版。

72. 孙虎堂《日本汉文小说研究》,上海古籍出版社 2010 年版。

73. 李庆《日本汉学史》,上海人民出版社 2010 年版。

74. 臧佩红《日本近现代教育史》,世界知识出版社 2010 年版。

75. 刘正《京都学派汉学史稿》,学苑出版社 2011 年版。

76. 王古鲁著,苗怀明整理《王古鲁小说戏曲论集》,中华书局 2013 年版。

77. 苗怀明《从传统文人到现代学者——戏曲研究十四家》,中华书局 2013 年版。

78. 仝婉澄《日本明治大正年间的中国戏曲研究》,凤凰出版社 2016 年版。

79. 谭皓《近代日本对华官派留学史(1871—1931)》,社会科学文献出版社 2018 年版。

（二）期刊论文

1. 王国维《哲学辨惑》，《教育世界》第 55 号，1903 年 7 月。

2. 王国维译《姊妹花》，《教育世界》第 69—89 号，1904 年 2—12 月。

3. 王国维《叔本华像赞》，《教育世界》第 77 号，1904 年 6 月。

4. 王国维《红楼梦评论》，《教育世界》，第 76、77、78、80、81 号，1904 年 6—8 月。

5. 王国维《教育偶感》四则之四，《教育世界》第 81 号，1904 年 8 月。

6. 王国维《格代（歌德）希尔列尔（席勒）合传》，《教育世界》第 70 号，1904 年 3 月。

7. 王国维《孔子之美育主义》，《教育世界》第 69 号，1904 年 2 月。

8. 王国维《论新学语之输入》，《教育世界》第 96 号，1905 年 4 月。

9. 王国维《三十自序》，《教育世界》第 148、152 号，1907 年 5、7 月。

10. 王国维《敦煌发见唐朝之通俗诗及通俗小说》，《东方杂志》第 17 卷第 9 号，1920 年。

11. 鲁迅《不是信》，《语丝》周刊第 65 期，1926 年 2 月 8 日。

12. 叶德辉《元曲研究·序》，《斯文》第 9 编第 8 号，1927 年 8 月。

13. 李长之《王国维文艺批评著作批判》，《文学季刊》创刊号，1934 年 1 月。

14. 刘百闵《〈最近日人研究中国学术之一斑〉书评》，《日本评论》，1937 年第 3 期。

15. 戈宝权《青木正儿论鲁迅》，《社会科学战线》，1978 年第 1 期。

16. 熊融《鲁迅与辛岛骁——读鲁迅致辛岛骁信》，《吉林师大学报》，1978 年第 3 期。

17. 戈宝权《鲁迅与增田涉》，《中国现代文学研究丛刊》，1979 年第

1 期。

18. 徐实《鲁迅致增田涉一信中的两处笔误》,《四川大学学报》(哲学社会科学版),1980 年第 3 期。

19. 阿英《〈红楼梦〉书录》,中国社会科学院文学研究所《红楼梦研究集刊》编委会编《红楼梦研究集刊》第 5 辑,上海古籍出版社 1980 年。

20. 陈南轩《简介红楼梦谱和红楼梦类索》,《辞书研究》,1982 年第 4 期。

21. 黄福庆《近代日本在华文化及社会事业之研究》,台湾《中研院近代史研究所集刊》第 45 期,1982 年。

22. 张杰《王国维和日本的戏曲研究家》,《杭州大学学报》,第 13 卷第 4 期,1983 年 12 月。

23. 陆晓燕《关于日本版〈鲁迅增田涉师弟答问集〉的一页手稿》,《鲁迅研究动态》,1985 年第 8 期。

24. 康文《谈鲁迅所说"外国人所作之中国文学史"——对〈鲁迅全集〉一条注释的补正》,《鲁迅研究动态》,1987 年第 5 期。

25. 须川照一《王国维与田冈岭云》,收入《王国维学术研究论集》第 3 辑,华东师范大学出版社 1990 年版。

26. 萧欣桥《对"话本"定义的思考——评增田涉〈"话本"的定义〉》,《明清小说研究》,1990 年第 1 期。

27. 谌景云摘编《唐诗在西方各国的翻译初版》,《全国新书目》,1992 年第 1 期。

28. 王魁伟《青木正儿与中国文学研究管窥》,《日本研究》,1992 年第 1 期。

29. 张小钢《青木正儿博士和中国——关于新发现的胡适、周作人等人的信》,《吉林大学社会科学学报》,1994 年第 6 期。

30. 植田渥雄《试论盐谷温著〈中国文学概论讲话〉与周树人著〈中

国小说史略〉之关系》，《外国问题研究》，1995 年第 2 期。

31. 金秉活《二三十年代朝鲜的鲁迅研究》，《上海鲁迅研究》，1995 年 7 月。

32. 何晓毅《“小说”一词在日本的流传及确立》，载《陕西师大学报》（哲学社会科学版），第 24 卷第 2 期，1995 年 6 月。

33. 马蹄疾《一九二二年鲁迅交往日人考》，《新文学史料》，1996 年第 2 期。

34. 刘兴汉《对“话本”理论的再审视——兼评增田涉〈“话本”的定义〉》，《社会科学战线》，1996 年第 4 期。

35. 崔溶澈《1910—1930 年韩国红楼梦研究和翻译——略论韩国红学史的第二阶段》，《红楼梦研究》，1996 年第 1 辑。

36. 张伯伟《关于〈补春天〉传奇的作者及其内容》，《文学遗产》，1997 年第 4 期。

37. 黄霖、顾越《盐谷温对于中国小说史的研究》，《复旦学报（社会科学版）》，1999 年第 6 期。

38. 钱鸥《王国维与〈教育世界〉未署名文章》，《华东师范大学学报》（哲学社会科学版），2000 年第 4 期。

39. 传田章《日本的中国戏曲史研究》，《文学遗产》，2000 年第 3 期。

40. 程华平《王国维与近代日本的中国戏曲研究》，《中华戏曲》第 34 辑，文化艺术出版社 2001 年版。

41. 郭延礼《19 世纪末 20 世纪初东西洋〈中国文学史〉的撰写》，《中华读书报》，2001 年 9 月 19 日第 22 版。

42. 李明滨《世界第一部中国文学史的发现》，《北京大学学报》（哲学社会科学版），2002 年第 1 期。

43. 钟扬《盐谷温论〈红楼梦〉——兼议鲁迅“抄袭”盐谷温之公案》，

《南京师大学报(社会科学版)》,2005年第2期。

44. 陈广宏《韩国"汉学"向"中国学"转型之沉重一页——日据朝鲜时期京城帝国大学的"中国学研究及其影响"》,《韩国研究论丛》,2005年。

45. 张晶萍《叶德辉与日本学者的交往及其日本想象》,《厦门大学学报(哲学社会科学版)》,2006年第4期。

46. 刘岳兵《叶德辉的两个日本弟子》,《读书》,2007年第5期。

47. 陈福康《略论新版〈鲁迅全集〉日文书信和答增田涉问的校译和重译》,《鲁迅研究月刊》,2007年第3期。

48. 唐宏峰《当"小说"遭遇"novel"的时候——一种新的现代性文类的兴起》,《文学评论丛刊》,2008年第2期。

49. 符杰祥《重识鲁迅"剽窃"流言中的人证与书证问题》,《山东师范大学学报》(人文社会科学版),2008年第3期。

50. 鲍国华《鲁迅〈中国小说史略〉与盐谷温〈中国文学概论讲话〉——对于"抄袭"说的学术史考辨》,《鲁迅研究月刊》,2008年第5期。

51. 黄仕忠《从森槐南、幸田露伴、笹川临风到王国维——日本明治时期的中国戏曲研究考察》,台湾《戏曲研究》第4期,2009年7月。

52. 仝婉澄《狩野直喜与中国戏曲研究》,《广州大学学报(社会科学版)》,2010年第5期。

53. 林以衡《日本旅台文人宫崎来城在台汉文学创作与评论初探》,《台湾学研究》第9期,2010年6月。

54. 胡旭《〈汉文学史纲要〉之成因及其文学史意义》,《福州大学学报》(哲学社会科学版),2010年第2期。

55. 苗怀明《近代学术文化的转型与中国古代文学学科的生成》,韩国《中国学报》第61辑,2010年6月。

56. 谢崇宁《中国小说史的构建——鲁迅与盐谷温论著之比较》，《中山大学学报》（社会科学版），2011年第4期。

57. 牟利锋《盐谷温〈中国文学概论讲话〉在中国的传播》，《中国现代文学研究丛刊》，2011年第11期。

58. 罗小东《日本汉文小说家的构成及其小说观念》，《或问》第20号，2011年。

59. 陈广宏《关于斋藤木〈中国文学史〉讲义录——东京专门学校文学科成立初期的中国文学史讲义》，《国际汉学研究通讯》第4期，2011年12月。

60. 周阅《青木正儿与盐谷温的中国戏曲研究》，《中国文化研究》，2012年夏之卷。

61. 李云《北大藏鲁迅〈中国小说史大略〉铅印本讲义考》，《中国现代文学研究丛刊》，2014年第1期。

62. 崔溶澈《梁建植致胡适的信——兼论民国红学在韩国的传播》，《曹雪芹研究》，2014年第1期。

63. 张京华《鲁迅与盐谷温》，《中华读书报》，2014年4月2日。

64. 赵苗《久保天随和他的中国文学史》，《文史知识》，2014年第4期。

65. 苗怀明、宋楠《国外首部〈金瓶梅〉全译本的发现与探析》，《上海师范大学学报（哲学社会科学版）》2015年第6期。

（三）学位论文

1. 李楠《论日本汉学家青木正儿的中国戏曲史研究》，华东师范大学硕士论文，2008年。

2. 郑晨《中国俗文学在法国的译介与接受》，南京大学硕士论文，2012年。

三、外文汉译部分

（一）著作

日文部分

1. 盐谷温著,郭希汾译《中国小说史略》,中国书局 1921 年版。

2. 盐谷温著,陈彬龢译《中国文学概论》,朴社 1926 年版。

3. 盐谷温著,君左译《中国小说概论》,《中国文学研究》第 17 卷,1927 年。

4. 盐谷温著,孙俍工译《中国文学概论讲话》,开明书局 1929 年版。

5. 儿岛献吉郎著,胡行之译述《中国文学概论》,北新书局 1931 年版。

6. 青木正儿著,郑震编译《中国近代戏曲史》,北新书局 1933 年版。

7. 青木正儿著,郭虚中译《中国文学发凡》,商务印书馆 1936 年版。

8. 青木正儿著,隋树森译,徐调孚校补《元人杂剧序说》,开明书店 1941 年版。

9. 井坂锦江著,孙世瀚译《〈水浒传〉新考证》,大连实业印书馆 1942 年版。

10. 长泽规矩也著,胡锡年译《中国文艺学术史讲话》,世界书局 1943 年版。

11. 盐谷温著,隋树森译《元曲概说》,商务印书馆 1947 年版。

12. 竹田复著,隋树森译《中国文艺思想》,香港龙门书局 1966 年版。

13. 增田涉著,北京师范大学中文系译《鲁迅的印象》,内部资料,1976 年印本。

14. 伊藤漱平、中岛利郎编,杨国华译,朱雯校《鲁迅增田涉师弟答问集》,华东师范大学出版社 1989 年版。

15. 神田喜一郎著,程郁缀等译《日本填词史话》,北京大学出版社2000年版。

16. 佐竹靖彦著,韩玉萍译《梁山泊——〈水浒传〉一〇八名豪杰》,中华书局2005年版。

17. 宫崎市定著,赵翻等译《宫崎市定说水浒——虚构的好汉与掩藏的历史》,陕西人民出版社2008年版。

18. 青木正儿著,卢燕平译《琴棋书画》,中华书局2008年版。

19. 青木正儿,王古鲁译著,蔡毅校订《中国近世戏曲史》,商务印书馆2010年版。

20. 坪内逍遥著,刘振瀛译《小说神髓》,上海译文出版社2010年版。

21. 安藤彦太郎著,李国胜等译《早稻田大学与中国——架起通向未来之桥》,武汉大学出版社2010年版。

22. 狩野直喜著,周先民译《中国学文薮》,中华书局2011年版。

23. 铃木贞美著,王成译《文学的概念》,中央编译出版社2011年版。

24. 天野郁夫著,黄丹青等译《大学的诞生》,南京大学出版社2011年版。

25. 实藤惠秀著,谭汝谦等译《中国人留学日本史》,北京大学出版社2012年版。

26. 仓石武四郎著,杜轶文译《日本中国学之发展》,北京大学出版社2013年版。

27. 狩野直喜著,张真译《中国小说戏曲史》,江苏人民出版社2017年版。

其他

1. ［韩］金文京著,邱岭等译,李均洋校《〈三国演义〉的世界》,商务印书馆2010年版。

2.［法］亨利·科尔迪埃著,唐玉清译,钱林森校《18 世纪法国视野里的中国》,上海书店出版社 2010 年版。

（二）论文

1. 宫崎繁吉著,陶报癖译《论中国之传奇》,《月月小说》第 14 号,1908 年 3 月 17 日。

2. 狩野直喜著,汪馥泉译《中国俗文学史研究的材料》,《语丝》第 4 卷第 52 期,1929 年 1 月。

3. 青木正儿《南北曲源流考》,殷乃节译《南北曲的比较》,《清华周刊》第 37 卷第 12 期,1932 年 5 月;江侠庵译《南北戏曲源流考》,商务印书馆 1938 年版。

4. 青木正儿著,梁盛志译注《中日文学关系论——中国文学对日本文学的影响》,《东亚联盟》,第 1 卷第 2 期,1940 年 8 月。

5. 森槐南著,黄仕忠译《戏曲概论》,《文化遗产》,2011 年第 1、2 期。

后　　记

本书是在博士论文的基础上修订而成的。回首六七年前,我在南京大学这座"山寺"里埋头博士论文写作的时候,浑不知人间芳菲将尽、山寺桃花已开。南大是我心仪已久的高等学府,我很庆幸自己能在这里度过三年的求学时光。

负笈南雍的三年里,对我影响最大、最要感谢的就是我的导师苗怀明教授。恩师对我很好,但同时也非常严格。还在刚被录取之时,恩师就通过电子邮件指导我在入学前要做的功课,等于让我在读博之前先读了近半年的"预科"。从入学第三天起,大概连续近一个月,我都被恩师"摁"在他的书房里学习。每次都是从下午两点半左右到晚上七点半左右,中间是没有"课间"的。晚上"放学"后,恩师还要请我吃晚饭。在被"摁"在恩师书房的时间里,我感受到了高强度的学习压力。在恩师拼命指导的时候,我拼命地用笔在小本子上记,飞速,有时候我也不知道我记得对不对,因为有太多没听说过的人名、书名……当然不敢给他老人家看,只是偶尔不懂装懂地旁敲侧击一些不知道的人名、书名……但恩师好像毫不费力,还在说;不仅说,还站在椅子上,一本一本地把相关书籍从书架上拿出来给我,让我记下书名、作者等信息。

当时恩师对我说,中国俗文学作为现代意义上的学科,日本在时间上要早于中国本土,并对中国本土产生一定的影响,这是一个很值得研究的问题,而目前尚未见有这方面的专著。在恩师的指导下,我开始真正接触海外汉学这门历史悠久而又颇感陌生的学问。我把几乎所有的时间都给了学习，但仍不过是完成了一篇博士论文而已，这篇博士论文也只是研究了日本汉学中极小的一个方面和一个部分，大概只能用沧海一粟来形容。值得庆幸的是，读博期间终于如愿以偿地获得了赴日访学的机会，在访学导师早稻田大学冈崎由美教授的指导和帮助下，我得以尽可能地搜集与研究课题相关的资料，而这些资料绝大多数都在论文写作中派上了用场。当然，写作过程中，还得到了不少学友的帮助，他们或是提供研究资料，或是打磨英文摘要，难以细述。

博士毕业以后，我又蒙恩师和温州大学文科资深教授俞为民先生的引荐到温州大学工作。因为本科毕业后，曾当过三年中学教师，所以这次并非是初次走上工作岗位，尽管如此，我仍有一些胆怯，朱玉麒教授一如既往地给我极大的鼓励。工作以来，蒙师友、领导的关心和提携，取得了一些微不足道的成绩，但同时也深感个人学养之不足、能力之有限。

本书得以顺利出版，要感谢温州大学人文学院领导团队和中文学科建设经费的大力支持，感谢杨万里教授的热情帮助，感谢上海古籍出版社刘赛先生、张卫香女史的辛勤付出。书中部分内容曾以多种形式在刊物、网络等平台发表，其间也曾受到不少指点、帮助，在这篇小小的后记里，请恕我无法一一致谢。

当时在恩师书房谈论论文选题时的情景仍清晰在目，校毕全稿，在如释重负的同时，唯恐论文还有诸多不足之处，有负恩师的辛勤栽培。

一转眼，博士毕业好几年了。再也没有人这样"摁"着我读书。

张 真

写于四顾桥边怀籀园

2021 年 8 月 20 日